Vom gleichen Autor erschienen außerdem
als Heyne-Taschenbücher

In stolzer Trauer · Band 907
Geometrie einer Ehe · Band 931
Gottes zweite Garnitur · Band 977
Ferien im Jenseits · Band 968
Mittlere Reife · Band 1000
Alte Häuser sterben nicht · Band 5173
Jahre wie Tau · Band 5233

WILLI HEINRICH

DAS GEDULDIGE FLEISCH

Roman

WILHELM HEYNE VERLAG
MÜNCHEN

HEYNE-BUCH Nr. 842
im Wilhelm Heyne Verlag, München

10. Auflage

Genehmigte Taschenbuchausgabe

Printed in Germany 1976
Umschlaggestaltung: Atelier Heinrichs, München
Gesamtherstellung: Ebner, Ulm

ISBN 3-453-00178-8

ERSTES BUCH

Der Tag war mit einem wilden Feuerschlag der russischen Artillerie hinter den großen Wäldern versunken. Das war gestern so gewesen und vorgestern und immer schon und würde morgen wieder so sein. Die Männer im Bunker dösten vor sich hin. Schnurrbart stocherte in seiner Pfeife herum. Als er sie anzündete, läutete das Feldtelefon. Steiner meldete sich. Während er mit dem Kompanieführer sprach, beobachteten ihn die Männer. »Das ist verrückt«, sagte er. Er behielt noch eine Weile den Hörer in der Hand, dann knallte er ihn auf den Apparat zurück und holte eine Zigarettenpackung aus der Tasche. Die hohlwangigen, unrasierten Gesichter der Männer wurden besorgt. »Was hat er gesagt?« fragte Krüger. Steiner gab keine Antwort. Auf dem Tisch brannten zwei Kerzen, ihr Licht warf die Schatten der Männer auf die nackten Lehmwände des Bunkers. Draußen hämmerte ein deutsches Maschinengewehr. Krüger wiederholte seine Frage: »Was hat er gesagt?«

»Der ganze Krieg sei verrückt«, antwortete Steiner. Anselm schüttelte ungläubig den Kopf. »Das hat Schäfer gesagt?«

Steiner nickte. Ihre Unruhe belustigte ihn. Als Dorn einwarf: »Aber das ist doch nicht möglich!«, streifte er ihn flüchtig mit einem Blick. »Warum nicht? Schließlich kann auch ein Kompanieführer eine private Meinung über den Krieg haben.«

Schnurrbart legte die Beine auf den niedrigen Tisch und grinste.

Die Männer lachten, ihre Schatten hüpften jetzt über die Wände.

»Das Regiment baut ab«, sagte Steiner gleichmütig. »Der Russe ist links durchgebrochen und hat den Gefechtsstand der Nachbardivision kassiert. In zwanzig Minuten setzen sich die Kompanien ab.«

Sie starrten betroffen in sein hageres Gesicht mit den tiefen Falten an den Mundwinkeln. Krüger reagierte zuerst. »Das hättest du gleich sagen können!« knurrte er und stand rasch auf. Mit einem Ruck riß er die Wolldecke von seiner Schlafpritsche und rollte sie zusammen. Auch die anderen standen auf. Die behagliche Atmosphäre des Bunkers war zerrissen von dem hastigen Treiben, das jedem plötzlichen Aufbruch vorausgeht.

Steiner war regungslos sitzengeblieben. Er hielt die Zigarette im Mundwinkel und blickte Schnurrbart an, dessen Beine noch immer auf dem Tisch lagen. Als sich ihre Blicke trafen, kniff dieser das rechte Auge zusammen. Steiner lächelte. Schnurrbart war der einzige, der ihn durchschaute, aber schließlich kannte er ihn nun bereits seit über fünf Jahren. In der Garnison war er ihm zum erstenmal begegnet. Sein richtiger Name war Reisenauer. Ein ungewöhnlich starker Bartwuchs, der alle Wechselfälle des Krieges überdauert hatte, war Ursache für seinen Spitznamen; er stammte schon aus der Kaserne.

»Sie haben noch immer nichts gemerkt!« sagte Schnurrbart. Steiner nickte und blickte auf die Männer. Sie waren eifrig beim Packen. Dorn kniete am

Boden und rollte noch seine Wolldecke zusammen, während die anderen bereits ihr Sturmgepäck fertigmachten. »Idioten!« sagte Steiner.

»Weshalb?« Schnurrbart feixte. »Wenn ich dich nicht so gut kennen würde, wäre ich genauso darauf hereingefallen. Wie lange müssen wir noch bleiben?«

Steiner blies den Zigarettenrauch zur Decke. »Warte noch; ich muß den Mist sonst zweimal erzählen.«

Die Männer waren inzwischen fertig geworden. Erst jetzt merkten sie, daß die beiden ruhig am Tisch sitzen geblieben waren. Dorn blickte Steiner mit einem verständnislosen Ausdruck in seinem schmalen, durch die Brille unscheinbar wirkenden Gesicht an.

Steiner sah auf seine Armbanduhr. »Zehn Minuten!« sagte er. »Im Ernstfall darf das höchstens fünf Minuten dauern.«

Es wurde ganz still im Bunker. Irgendwoher klangen wieder die Abschüsse einer schweren Batterie und das abgehackte Hämmern eines Maschinengewehrs.

Krüger faßte sich auch diesmal zuerst. Er ging langsam auf Steiner zu und fragte: »Was soll das heißen?«

»Habe mich deutlich ausgedrückt«, sagte Steiner.

Krüger blieb eine Weile regungslos stehen. Dann riß er sich das Sturmgepäck vom Rücken, schleuderte es wild auf den Boden und brüllte: »Beim nächsten Mal kannst du mich am Arsch lecken.«

Er drehte sich um, ging zu den sechs Schlafpritschen an der Rückseite des Bunkers und setzte sich wütend hin. Steiner wandte sich an die anderen: »Habe ich ein Wort gesagt, daß wir abhauen?«

»Du hast gesagt, wir setzen uns ab!« sagte Dietz vorwurfsvoll. »Wir haben es alle gehört.«

»Wirklich?« fragte Steiner und blickte Dorn an. »Was habe ich gesagt, Doktor?«

»Daß wir uns absetzen«, sagte Dorn. Steiner grinste. »Dir als Akademiker hätte ich ein besseres Gedächtnis zugetraut. Ich habe gesagt, die Kompanien setzen sich ab. Kein Wort mehr und kein Wort weniger.«

Die Männer sahen einander betreten an. Anselm brummte: »Was regen wir uns überhaupt auf!« Er legte das Sturmgepäck ab und setzte sich mürrisch an den Tisch.

Steiner blickte wieder auf seine Armbanduhr. »Ich gehe jetzt zu Schäfer. Jedes Bataillon läßt einen Zug als Nachhut zurück. Angeblich sollen wir noch bis morgen früh hierbleiben.«

»Und die anderen?« fragte Anselm.

»Setzen sich in zwanzig Minuten ab«, sagte Steiner.

Die Gesichter der Männer wurden blaß. »Die Idioten sind verrückt!« stammelte Dietz.

»Idioten sind immer verrückt«, sagte Steiner. Er stand auf, schnallte sich das Koppel um und wandte sich an Schnurrbart: »Geh 'raus und sag den anderen Bescheid. Sie bleiben in ihren Löchern, bis sie abgelöst werden.« Er verließ den Bunker.

Die Männer blickten sich an. Schnurrbart stieß einen Fluch aus. Er griff nach seiner Maschinenpistole und sagte: »Jetzt wißt ihr es genau!«

Sie beobachteten stumm, wie er hinter Steiner in die Nacht hinaustrat.

Anselm seufzte. Er stützte das Kinn auf die Fäuste und dachte: Das hat uns gerade noch gefehlt! Die Gefechtsstärke des Zuges betrug noch elf Mann. Ein Teil davon hielt die Stellungen besetzt, und Anselm versuchte sich vorzustellen, wie man mit elf Männern das unübersichtliche Waldgelände bewachen sollte. Bis zum Morgen konnte der Russe hundertmal gemerkt haben, daß die Stellungen gegenüber kaum mehr besetzt waren. Was dann passierte, war nicht abzusehen. Eine Stunde hätte sich Anselm noch gefallen lassen, vielleicht auch zwei, aber bis morgen früh, das war einfach unverantwortlich! Ein richtiges Himmelfahrtskommando!

Einer der Männer setzte sich neben ihn. Er sah auf und erkannte Kern, der sich mit verdrossenem Gesicht eine Zigarette anzündete. »Was meinst du dazu?« fragte Anselm ihn. Kern zuckte mit den Schultern. »Ein Scheißladen, wie er im Buch steht. Die Bande gibt keine Ruhe, bevor wir nicht alle verreckt sind.«

Anselm sah angewidert in sein Gesicht; er konnte diese vulgäre Art nicht ausstehen. Dabei kannte er Kern erst seit vierzehn Tagen, angeblich sollte er vorher bei einer Bäckereikompanie gewesen sein. Warum er zur Infanterie versetzt worden war, wußte keiner. Im Zivilleben war Kern Gastwirt; er gab oft mit seinem Gasthaus an. Insgeheim war Anselm ein wenig neidisch auf ihn; Gastwirte verdienten nämlich im allgemeinen gut, aber dafür war Kern ungemein häßlich. Er hatte behaarte Hände, eine flache Boxernase, und das zottige Haar wuchs ihm tief in die Stirn.

Die anderen Männer hatten sich inzwischen gleichfalls an den Tisch gesetzt. Krüger zog ein Kartenspiel aus der Tasche und sagte: »Es hat doch keinen Sinn mehr, sich hinzulegen.« Er zupfte an seiner Nase und legte die Stirn in Falten. Sein Gesicht wirkte verärgert, aber so sah er fast immer aus. Während Anselm ihn anschaute, erinnerte er sich, daß Krüger Ostpreuße war und aus Königsberg kam. Er sprach perfekt Russisch. In der Kompanie erzählte man sich, sein Vater stamme aus Kiew. Krüger sprach nie davon. Neben ihm saß Dorn. Die Männer sagten nur Doktor zu ihm. Mit ihm kam man gut aus. Er war immer ruhig und gefällig. Der letzte am Tisch war der Gefreite Dietz, Sudetendeutscher und der Jüngste im Zug. Steiner sagte Baby zu ihm, Krüger nannte ihn einen Träumer.

Anselm beobachtete noch eine Weile ihre Gesichter, dann stand er gähnend auf, ging zu dem kleinen Kanonenofen neben der Tür und warf zwei Holzscheite in das Feuer. Die Aprilnächte waren noch immer kühl, besonders weil es in den letzten Tagen fast ununterbrochen geregnet hatte. Er starrte trübsinnig in die rote Glut des Ofens. Der Gedanke, den Bunker schon wieder aufgeben zu müssen, bedrückte ihn. Er sagte laut: »Das ist doch ein ganz verdammter Mist! Kaum hat man einen Bunker fertig, geht es wieder weiter. Der Teufel soll den Barras holen!«

»Amen!« sagte Krüger und schmetterte einen Buben auf den Tisch. Eine der beiden Kerzen fiel um. »Paß doch auf, du Idiot!« schrie Kern.

Krüger kniff etwas die Augen zusammen. »Selber Idiot.« Sie starrten einander lauernd an wie zwei Raubtiere, bis Kern seine Karten wegwarf. »Spielt euren Dreck allein«, sagte er.

Krüger grinste. »Hast schon die Hosen voll, was?«

»Nicht deinetwegen«, sagte Kern.

Die Bunkertür wurde aufgestoßen; Schnurrbart kam herein.

»Wie sieht es aus?« fragte Kern. Schnurrbart stellte seine Maschinenpistole in eine Ecke und setzte sich zu ihnen an den Tisch.

»Gibt es etwas Neues?« fragte Krüger.

»Ihr stellt euch an, als wäre ich vierzehn Tage weggewesen«, knurrte Schnurrbart. Er zog seinen Tabaksbeutel aus der Tasche und stopfte mit geübten Fingern seine Pfeife. Zu Anselm sagte er: »Schnapp dir den Feldfernsprecher und bring ihn zu Schäfer; die Leitungen bleiben liegen; sie haben keine Zeit mehr, sie abzubauen. Die Kompanien hauen bereits ab. Wißt ihr, was Hollerbach glaubt?«

»Woher?« fragte Krüger mürrisch. »Hast du mit ihm gesprochen?«

Schnurrbart nickte. »Vor fünf Minuten. Er glaubt, daß gegenüber kein Schwanz von einem Russen mehr liegt.«

Sie starrten ihn bestürzt an. »Das ist doch Quatsch!« sagte Krüger. »Wo sollen denn die Iwans sein?«

Schnurrbart zuckte mit den Schultern. »Hab' sie nicht gefragt. Jedenfalls ist etwas dran. Ich saß über eine Viertelstunde bei Maag im Loch; auf der anderen Seite rührte sich kein Furz.«

Seine Worte lösten bei den Männern eine neue Welle der Beunruhigung aus. Dietz rutschte besorgt auf seinem Stuhl hin und her. »Junge, Junge«, sagte er, »das setzt was, sag ich euch. Am besten ist, wir verschwinden mit den anderen.«

Krüger spuckte auf den Boden. »Steiner macht das nie; ich kenne ihn. Aber wenn es stimmt, können wir uns auf etwas gefaßt machen.«

Sie sprachen eine Weile erregt durcheinander, bis sich Kern mit einem lauten Fluch Gehör verschaffte. »Wir müssen sofort einen Posten vor die Tür stellen«, sagte er.

Schnurrbart grinste. »Das hat er noch von der Bäckereikompanie. Wofür brauchst du einen Posten!«

Seine Gleichgültigkeit regte Kern noch mehr auf, er sagte laut: »Was willst du machen, wenn plötzlich der Iwan hereinkommt?«

Er blickte unruhig zur Tür. »Wo nur Steiner so lange steckt!«

Schnurrbart gähnte. Er tastete seine untere Gesichtshälfte ab und wandte sich an Krüger: »Du kannst dich mal nach ihm umschauen.«

»Weshalb ausgerechnet ich?« fragte Krüger abweisend.

»Auf dich ist am meisten Verlaß«, sagte Schnurrbart. Krüger stand auf. Dann bemerkte er einen Ausdruck in Schnurrbarts Gesicht, der ihm nicht gefiel. Er ließ sich rasch wieder auf seinen Stuhl fallen. »Bin kein Kindermädchen«, sagte er schroff. »Steiner kann auf sich selbst aufpassen.«

»Flaschenkopf!« sagte Schnurrbart. Er klopfte seine Pfeife aus, griff nach seiner Maschinenpistole und ging hinaus.

Vor der Tür blieb er eine Weile stehen. Die Stellung verlief durch einen dichten Laubwald. Es war so dunkel, daß man kaum etwas unterscheiden konnte. Schnurrbart blickte zum Himmel. Es wird wieder regnen, dachte er.

Er tastete im Dunkeln zur nächsten MG-Stellung und stieß auf Maag, der frierend in seinem Loch stand. »War Steiner bei dir?« fragte Schnurrbart.

»Klar«, sagte Maag. »Er ist doch hinüber.«

Schnurrbart starrte in sein Gesicht, das sich wie ein matter Fleck aus der Dunkelheit hob. »Wo hinüber?«

»Zu den Russen«, sagte Maag. »Er wollte mal sehen, was los ist.«

»Allein?«

»Macht er doch immer so«, sagte Maag.

Schnurrbart setzte sich auf den Grabenrand. »Der Idiot!« sagte er leise. Er machte sich Vorwürfe, nicht schon früher nach Steiner geschaut zu haben. Es war ein Leichtsinn, allein in dem stockdunklen Wald herumzukriechen. »Jag mal 'ne Leuchtkugel hoch!« sagte er. Maag widersprach: »Steiner hat ausdrücklich befohlen, keine zu schießen, solange er unterwegs ist.«

»Idiot!« sagte Schnurrbart und starrte in die Dunkelheit. »Hat er nicht gesagt, wie lange er wegbleibt?«

»Das wußte er selbst noch nicht«, sagte Maag mürrisch. »Das kommt ganz auf die Iwans an. War Schäfer bei euch?«

»Nein. Hätte sich wenigstens noch verabschieden können. Ich wollte ihm noch . . .« Schnurrbart verstummte und lauschte.

»Was war das?« flüsterte Maag, der das Geräusch gleichfalls gehört hatte. Sie starrten beide in die Dunkelheit. »Sicher so 'ne Nachteule!« sagte Maag, während sein Herz einen wilden Wirbel trommelte. Als sich das Geräusch nicht wiederholte, atmete er auf. »Das Viehzeug macht mich noch verrückt«, murmelte er. »Das ist die blödeste Stellung, die wir je hatten.«

»Wir hatten schon schlimmere«, sagte Schnurrbart. »Da hast du das Gruseln lernen können.«

»Mir reicht das hier«, knurrte Maag.

Sie schwiegen eine Weile. Schnurrbarts Beine verkrampften sich, er stand auf und machte einige Schritte. Seine Unruhe wurde immer größer, er kehrte zu Maag zurück und sagte: »Geh in den Bunker. Die sollen sich fertigmachen. Wenn Steiner in zehn Minuten noch nicht hier ist, suchen wir ihn.«

Er half Maag aus dem Loch und stellte sich selbst hinter das schwere Maschinengewehr. Der nächste Posten stand etwa fünfzig Meter entfernt. Es mußte Doll oder Pasternack sein. Sicher war dort alles in Ordnung, sonst hätte Hollerbach sich gemeldet. Es waren durchweg erfahrene Männer, die sich nicht kampflos überrumpeln ließen. Seine Gedanken beschäftigten sich wieder mit Steiner. Die Vorstellung, daß er vielleicht in irgendeinem verlassenen russischen Bunker saß und eine Zigarette rauchte, ließ Schnurrbart grinsen. Es würde zu ihm passen!

Während er auf ihn wartete, dachte er zum ungezählten Male über Steiner nach. Es hatte lange gedauert, bis sie sich angefreundet hatten, fast zwei Jahre. Er erinnerte sich noch deutlich an die Stellungen vor Kramatorskaja, an die endlose Schneewüste vor dem Bunker.

Seit Tagen tobte ein fürchterlicher Schneesturm. Die Stellungen verliefen durch eine Kolchose. Sie saßen im Bunker und wärmten sich an dem glühenden Kanonenofen. Schnurrbart röstete sich auf der Ofenplatte eine Scheibe Brot, während Steiner in einer Frontzeitung blätterte. Die anderen Männer lagen auf ihren Pritschen und schliefen. Plötzlich legte Steiner die Zeitung weg und fragte: »Spielst du Schach?«

»Ein wenig«, sagte Schnurrbart. Steiner holte ein kleines Reiseschach aus seinem Gepäck und stellte die Figuren auf. Schon nach den ersten Zügen merkte Schnurrbart, daß Steiner ihm haushoch überlegen war. Er hatte auch bei der Revanche kein Glück. Als er durch einen Leichtsinnsfehler seine Dame verlor, wischte er die Figuren ärgerlich zur Seite. Steiner drehte sich grinsend eine Zigarette. »Es ist immer schwer, sie mit Haltung zu verlieren«, sagte er.

»Wen?« fragte Schnurrbart verständnislos.

Steiner wies auf die Figuren. »Die Dame.«

Schnurrbart stopfte seine Pfeife. Wieder einmal fiel ihm auf, daß Steiner sonst nie über Frauen gesprochen hatte. Er tat immer so, als existierte das Problem für ihn nicht. Es hatte sich auch nie eine richtige Gelegenheit für ein solches Gespräch unter vier Augen ergeben, aber vielleicht war das hier eine! Schnurrbart fragte: »Hast du schon mal eine verloren?«

»Im Spiel selten«, sagte Steiner grinsend.

»Und sonst?«

Steiner schwieg.

»Dann eben nicht«, sagte Schnurrbart und klopfte seine Pfeife aus. Als er aufstehen wollte, hielt ihn Steiner zurück. »Ich war damals noch jung«, sagte er. »Erste Liebe. Du weißt ja, wie das ist.«

Schnurrbart nickte.

»Sie wohnte in der Schweiz«, sagte Steiner. »Meine Eltern hatten Verwandte dort; in den Ferien lernte ich sie kennen.«

Schnurrbart sagte: »Was ist aus ihr geworden?«

»Verunglückt«, sagte Steiner.

»Tot?«

Steiner nickte. Dann grinste er. »Brauchst mich jetzt nicht zu bemitleiden; das tu ich selbst. Sie hieß Anne.«

Schnurrbart steckte seine Pfeife wieder an. »Wie ist das passiert?«

»Ich habe sie fallen lassen«, sagte Steiner, und sein Gesicht sah auf einmal grau aus, aber er grinste noch immer. Schnurrbart blickte ihn stumm an. Schließlich fragte er: »Wo?«

»Wir waren unterwegs zu einem Gipfel, auf dem wir uns kennengelernt hatten«, sagte Steiner. »Wir kletterten beide gern. Als es passierte, hatten wir das gleiche Wetter wie heute; wir wurden von einem Schneesturm überrascht.«

»Das ist scheußlich«, murmelte Schnurrbart. »Wann war das?«

»Achtunddreißig, kurz bevor sie mich eingezogen haben. Aber ich begegne ihr eines Tages wieder.«

»Wem?« fragte Schnurrbart verständnislos.

»Ihr«, sagte Steiner grinsend. »Ich glaube nämlich an Seelenwanderung.«

Er drückte seine Zigarette aus und blickte Schnurrbart an. »Warum sagst du es nicht?«

»Was?« fragte Schnurrbart.

»Daß ich verrückt bin«, sagte Steiner. »Das denkst du doch, oder nicht?«

Schnurrbart merkte, daß er Streit suchte, er sagte: »Ich weiß noch nicht, was ich denken soll.«

»Du wirst es auch morgen noch nicht wissen«, sagte Steiner. »Bist viel zu primitiv.«

»Du mußt mich ja kennen«, sagte Schnurrbart ruhig.

»Eben deshalb«, sagte Steiner. Er stand auf und ging so, wie er war, zur Tür hinaus. Schnurrbart wartete am Tisch auf ihn, aber es dauerte über eine halbe Stunde, bis er wieder zurückkam. Sein Gesicht und seine Hände waren blau gefroren, an seiner Uniform und seinen Haaren hing Schnee. Er klopfte sich den Schnee herunter, trat an den Ofen und hielt die Hände über das Feuer. »Es heimelt mich jedesmal an, in einem Schneesturm im Freien zu sitzen«, sagte er grinsend. »Habe ich dich geärgert?«

»Nein«, sagte Schnurrbart.

Während er sich daran erinnerte, hatte er wieder das sichere Gefühl, daß damals ein einziges falsches Wort von ihm genügt hätte, um das künftige Beisammensein mit Steiner unerträglich zu machen, aber so war man sich immerhin nähergekommen, wenn auch nicht ganz so nahe, wie er es gehofft hatte; Steiner war immer auf eine undefinierbare Art unzugänglich geblieben. Es gab sogar Augenblicke, in denen Schnurrbart ihn haßte. So wie jetzt.

Er blickte auf das Leuchtzifferblatt seiner Armbanduhr und stellte erschrocken fest, daß er über zwanzig Minuten mit seinen Erinnerungen vertrödelt hatte. Rasch stieg er aus der MG-Stellung, lauschte einige Sekunden mit schräggelegtem Kopf in die Dunkelheit und wandte sich dann dem Bunker zu. Nach ein paar Schritten stieß er auf Hollerbach. »Wo kommst du denn her?« fragte der Odenwälder.

»Habe Maag abgelöst«, sagte Schnurrbart. »Nichts von Steiner gehört?«

»Nein.«

»Es ist zum Kotzen!« sagte Schnurrbart. »Er hätte doch etwas sagen können.«

Hollerbach zuckte mit den Schultern. »Der sagt doch nie etwas; was regst du dich noch darüber auf.« Obwohl Schnurrbart nicht klein war, überragte Hollerbach ihn um einen halben Kopf. Er gehörte neben Krüger zu den wenigen Männern der Kompanie, die Schnurrbart noch aus der Garnison kannte. Sie waren Freunde. »Er hat uns ja auch nie erzählt, warum sie ihn degradiert haben«, sagte Hollerbach mürrisch. »Möchte nur wissen, was damals vorgefallen ist.« Schnurrbart hatte sich diese Frage schon unzählige Male selbst gestellt. Vor über einem Jahr war Steiner als Feldwebel vor Izyum verwundet worden. Als Unteroffizier war er sieben Monate später zur Kompanie zurückgekommen, aber er hatte nie darüber gesprochen.

Jemand kam aus der Dunkelheit auf sie zugerannt; sie erkannten Kern. »Ihr sollt sofort zu Steiner kommen!« sagte er.

Schnurrbart hatte plötzlich Herzklopfen, er fragte: »Wo ist er?«

»Im Bunker«, sagte Kern. »Ich muß auch noch die anderen holen.«
»Hauen wir ab?« fragte Hollerbach.
»Keine Ahnung«, sagte Kern und rannte weiter.
Als sie in den Bunker kamen, saß Steiner am Tisch. Er blickte Schnurrbart an und sagte: »Hast du mich gesucht?«
Schnurrbart schwieg.
Auch die anderen Männer kamen jetzt herein. Sie drängten sich um Steiner und blickten ihn erwartungsvoll an. Er zog eine Karte aus der Tasche und legte sie vor sich auf den Tisch. »Die Division bezieht heute nacht neue Stellungen östlich von Krymskaja«, sagte er. »Morgen abend setzt sie sich auf die endgültige Linie westlich der Stadt ab. Für uns war vorgesehen, daß wir bis fünf Uhr hierbleiben. Ich habe versucht, Verbindung mit den Nachhuten der anderen Bataillone aufzunehmen; hat sich aber niemand gemeldet. Weiß nicht, was da los ist.«
»Die sind schon abgehauen«, sagte Krüger.
Steiner zuckte mit den Schultern. »Kann sein, kann auch nicht sein. Vielleicht wurden sie an einer anderen Stelle eingesetzt. Vom Iwan gegenüber ist auch nichts mehr zu sehen; seine Bunker sind leer.«
Sie starrten ihn betroffen an. »Du hast ...«, sagte Hollerbach. Er sprach nicht weiter. Steiner nickte. »War mir zu ruhig drüben. Wahrscheinlich sind sie durch das Loch bei der Nachbardivision marschiert.«
»Dann sind sie vor uns in Krymskaja!« sagte Kern blaß.
»Das hängt von ihrer Marschrichtung ab«, sagte Steiner. »Wir müssen es jedenfalls darauf ankommen lassen.«
Sie starrten ihn wieder an. »Du willst doch nicht bis fünf Uhr hierbleiben?« fragte Hollerbach erschrocken.
»Das nicht«, sagte Steiner, »aber mindestens noch zwei oder drei Stunden.« Er grinste. »Könnte sonst passieren, daß *wir* vor dem Bataillon in Krymskaja sind.«
Doll schlug mit der Faust erregt auf den Tisch. »Das ist doch Blödsinn!« sagte er laut. »Ich bin dafür, daß wir auf der Stelle abhauen.«
»Wofür du bist«, sagte Steiner, »ist vollkommen uninteressant. Ich lasse mich deinetwegen nicht vor ein Kriegsgericht bringen. Kapiert?«
»Nein«, sagte Doll und zerrte nervös an einem knallgelben Tuch an seinem Hals. »Wenn kein Russe mehr hier liegt, haben wir hier auch nichts mehr verloren. Es ist jedenfalls vernünftiger, nicht länger zu warten.«
Krüger grinste. »Der Kerl hat die Hosen gestrichen voll. Sie werden dir, wenn du nach Krymskaja kommst, dein schönes Halstuch gegen einen Strick eintauschen. Bin neugierig, ob er dir genausogut steht.«
»Dem steht immer etwas«, knurrte Maag und kratzte sich am Bauch. Sein sommersprossiges Gesicht mit den roten Haaren war blaß. Er wandte sich an Steiner, der sich wieder über die Karte gebeugt hatte: »Wie weit ist es nach Krymskaja?«
»Ungefähr dreißig Kilometer«, sagte Steiner. »Wenn wir allerdings die Straße benutzen, sind es fast siebzig.«
»Dann nehmen wir eben nicht die Straße«, sagte Krüger und zupfte an seiner zu lang geratenen Nase.

Steiner runzelte die Stirn. »Darüber bin ich mir noch nicht ganz im klaren. Zwischen uns und Krymskaja liegt ein großer Sumpfwald; auf der Karte ist auch ein Bach eingezeichnet. Ob wir da durchkommen, ist eine Frage.«

»Dann marschieren wir eben doch auf der Straße«, sagte Krüger.

Kern nickte. »Klar, auf der Straße läuft man besser. Die siebzig Kilometer schaffen wir bis morgen abend. Das Bataillon ist sicher auch auf der Straße marschiert.«

»Erstens ist das Bataillon nicht marschiert«, sagte Steiner. »Es wurde auf Lastwagen verladen. Und zweitens dürfte es für die Straße schon zu spät sein.«

Kern betrachtete verständnislos die Karte. »Wieso?«

»Wenn die Russen rechts durchgebrochen sind«, sagte Steiner, »stoßen sie früher oder später auch auf die Straße; sie brauchen sie genausosehr wie wir selbst.«

Die Gesichter der Männer verdüsterten sich wieder. »Wo verläuft eigentlich diese Straße?« fragte Dorn und blickte Steiner über die Schulter.

Steiner zeigte sie ihm. »Etwa fünf Kilometer entfernt. Sie macht einen großen Bogen um das Sumpfgebiet nach Norden und führt dann genau nach Süden auf die Stadt zu.« Er zog seinen Marschkompaß aus der Tasche, legte die Marschzahl fest und wandte sich dann wieder an die Männer: »Legt euch noch solange flach; wer weiß, wann wir wieder zum Schlafen kommen. Vor den Bunker kommt vorsorglich ein Posten. Dietz beginnt, Dorn löst ihn in einer Stunde ab. Ich denke, daß ich bis dahin wieder zurück bin.«

Schnurrbart, der sich während der ganzen Zeit im Hintergrund gehalten hatte, schob sich widerwillig an den Tisch und fragte: »Wohin gehst du?«

»Das erzähl ich euch, wenn ich wieder hier bin«, sagte Steiner. Er griff nach seiner Maschinenpistole und verließ den Bunker.

»Was hat er jetzt schon wieder vor?« fragte Krüger verdrossen. Schnurrbart klopfte sich mit dem Zeigefinger gegen die Stirn. Trotzdem machte er sich bereits wieder Sorgen; es war immer dasselbe!

Krüger wandte sich an Dietz. »Geh auf deinen Posten! Worauf wartest du noch?«

Während Dietz seinen Mantel anzog, streckten sich die anderen auf den Pritschen und am Boden aus. Nur Dorn blieb am Tisch sitzen. Da er in einer Stunde Dietz ablösen mußte, lohnte es sich für ihn nicht, sich noch hinzulegen. Zudem plagten ihn seit Tagen Koliken; er mußte sich irgendwann den Magen verdorben haben.

Er merkte nicht, wie die Zeit verging. Als er wieder einmal auf die Uhr schaute, war die Stunde beinah herum. Er machte sich fertig, griff nach seinem Karabiner und stieg über die schlafenden Männer hinweg. Draußen merkte er, daß es regnete; seine Brillengläser beschlugen sofort. Er nahm die Brille ab, stieg vorsichtig die schlüpfrigen Stufen hinauf und blieb eine Weile stehen, bis sich seine Augen an die Dunkelheit gewöhnt hatten.

Nach einigen Schritten stieß er auf Dietz, der an einem Baum lehnte und fragte:

»Bist du es, Doktor?«

»Ja«, sagte Dorn. Dietz kam zu ihm. Seine Zähne schlugen aufeinander. Er sagte: »Hundewetter. Was denkst du, was das morgen früh gibt! Bei diesem Regen dreißig Kilometer durch einen versumpften Wald!«

»Es ist schrecklich«, bestätigte Dorn.

Sie schwiegen und starrten bekümmert in die Nacht. Der Regen rieselte gleichmäßig.

Dorn hängte sich die Zeltplane über die Schultern und stellte sich unter einen Baum. »Na ja, dann mach's gut!« sagte Dietz. Er schlug Dorn tröstend auf die Schulter und verschwand im Bunker.

Eine Viertelstunde verging; die Dunkelheit schien immer undurchdringlicher zu werden. Von irgendwoher klang der Ruf eines Nachtvogels, ein Windstoß rüttelte an den Bäumen; es prasselte, als fielen Eiskörner auf ein Zeltdach. Dorn schob die Mütze aus der Stirn und starrte mit weitgeöffneten Augen in die Finsternis. Seine Brille hatte er in die Tasche gesteckt; bei diesem Wetter war sie unbrauchbar.

Seine Magenschmerzen verstärkten sich. Er preßte die Faust gegen den Leib und hielt die Luft an. Für Sekunden ließen die Schmerzen nach. Als er die Faust aber wieder wegnahm, setzten sie mit doppelter Heftigkeit ein. Er krümmte etwas den Körper zusammen, und als dies nicht half, setzte er sich auf seine Fersen und lehnte den Rücken gegen einen Baum. So war es erträglicher. Er stützte die Ellbogen auf die Knie, das Kinn auf die Fäuste und fühlte sein unrasiertes Gesicht. Die Haut war feucht und klebrig. Schmutz, dachte er angewidert. Alles war schmutzig, der Körper, die Wäsche, die Uniform. Er fuhr sich mit der Hand in die Hose und fühlte den Dreck auf seinen Schenkeln. Er roch den Gestank seines Körpers und ließ resigniert den Kopf hängen.

Sein Kopf sank immer tiefer. Er hielt den Mund offen und fühlte Speichel über seine Lippen fließen. In seiner augenblicklichen Verfassung bereitete es ihm eine ebenso sinnlose wie bösartige Genugtuung, sich völlig gehenzulassen. So bin ich, dachte er, so und nicht anders! Wenn mich Maria so sehen könnte!

Der Gedanke an seine Frau belebte ihn, er hob den Kopf und wischte sich den Speichel von den Lippen. Jürgen würde dieses Jahr in die Schule kommen; kaum zu fassen, wie rasch die Zeit vergangen war! Er versuchte sich vorzustellen, wie seine Frau Jürgen jeden Morgen zur Schule bringen würde, aber da war noch Betty, zwei Jahre jünger als Jürgen, immer etwas kränklich und so ganz anders als Mädchen in ihrem Alter. Der Arzt hatte empfohlen, sie in ein Erholungsheim zu schicken; man sollte endlich etwas unternehmen.

Der Gedanke beschäftigte ihn noch, als er plötzlich am Arm gepackt und hochgerissen wurde. Vor Schreck völlig bewegungsunfähig, erkannte er Steiners Stimme neben sich: »Zwei Dinge habe ich in diesem Krieg gelernt, Doktor: in jeder Offiziersuniform meinen Todfeind zu sehen und auf Posten nicht einzuschlafen. Wenn du es nicht genauso hältst, wirst du bald keine Gelegenheit mehr haben, über die Zusammenhänge aller Dinge und ihren Wertgehalt zu meditieren.« Er ließ Dorn los, stieg in den Bunker hinunter und kehrte etwas später mit einer Zeltplane und einer Wolldecke zurück. Er legte die Decke unter einem Baum auf den Boden, hängte sich die Zeltplane um und kauerte sich nieder. »Sitzen kannst du«, sagte er, »nur nicht schlafen. Wenn du sitzt, hast du bei Nacht eine bessere Perspektive und erkennst mehr. Setz dich zu mir!«

Dorn gehorchte. Nachdem er sich von seinem Schrecken erholt hatte, fühlte er sich schuldbewußt. Er kämpfte mit sich, ob er Steiner etwas von seinen Koliken erzählen sollte, aber merkwürdigerweise waren die Schmerzen jetzt völlig weg. »Warst du an der Straße?« fragte er.

»Ja.«

»Und? Wie sieht es aus?«

Steiner lachte humorlos. »Lieblich!«

»Was heißt das?« fragte Dorn beunruhigt. »Hast du Russen gesehen?«

»Alles, was du willst«, sagte Steiner. »Infanterie, Lastwagen, Panzer; da marschiert eine ganze Armee.«

»Dann können wir die Straße also nicht benutzen?« sagte Dorn heiser.

»Ich glaube nicht, daß uns die Russen eine Konzession dafür geben«, sagte Steiner. »Aber hinüber müssen wir auf alle Fälle.«

»Wo hinüber?«

»Über die Straße natürlich.«

»Aber du sagst doch selbst ...«

»Wir müssen eben warten, bis der Betrieb nachläßt«, sagte Steiner. »Gegen Morgen wird es voraussichtlich ruhiger werden.«

Dorn schwieg bedrückt. Nach einer Pause fragte er: »Können wir sie nicht umgehen?«

»Das wäre der doppelte Weg; so viel Zeit haben wir nicht. Wir müssen spätestens morgen abend beim Bataillon sein, sonst ...«

»Sonst?« fragte Dorn, als Steiner nicht weitersprach.

»Nichts«, sagte Steiner. Sie saßen eine Weile stumm nebeneinander, bis Dorn fragte: »Wieso siehst du in jeder Offiziersuniform einen Todfeind?«

Steiner lachte leise. »Warum bist *du* nicht Offizier geworden?«

»Hatte meine Gründe«, sagte Dorn.

»Ich auch«, sagte Steiner. »Wahrscheinlich aber andere als du. Kennst du den Unterschied zwischen einem Landser und einem Offizier?« Er wartete keine Antwort ab, sondern sprach sofort weiter: »Ein Landser wird immer zuerst an sich selbst denken, ein Offizier an seinen Befehl, und weil diese Idioten *jeden* Befehl unbesehen weitergeben, ist jeder Offizier mein Todfeind. Wenn es mich eines Tages erwischt, Doktor, dann bestimmt nicht, weil ich versucht habe, einen sinnlosen Befehl auszuführen, sondern weil ich Pech hatte. Bis heute hatte ich immer Glück.«

»Bist du freiwillig dabei?« fragte Dorn.

Steiner lachte wieder. »Sehe ich so aus? Mein Urgroßvater war noch Handwerksgeselle; einer von jenen, die es nirgendwo lange ausgehalten haben. Ich flog schon in der Obertertia 'raus, weil ich die meiste Zeit unentschuldigt fehlte, später aus dem gleichen Grund aus meiner Lehrstelle. Ich habe so etwas wie einen ununterdrückbaren Freiheitstrieb. Dann holten sie mich zum Arbeitsdienst, und dort haben sie mich fertiggemacht; in der Kaserne noch schlimmer. Damals habe ich mir vorgenommen, eines Tages eines dieser Arschgesichter umzulegen.«

»Ich denke, du verstehst dich so gut mit dem Regimentskommandeur?« sagte Dorn überrascht.

»Sein Privatvergnügen«, sagte Steiner, und Dorn merkte an seiner Stimme, daß er grinste. »Er ist ein netter Opa, der sich einredet, ich hätte ihm einmal das Leben gerettet, dabei habe ich damals nur an mich selbst gedacht. Er ist genauso mein Todfeind wie du, wenn du auf Posten schläfst. Deinetwegen lasse ich mich nicht erwischen. Ich habe mir vorgenommen, diesen Scheißkrieg zu überleben, und wer mir dabei gefährlich wird, den lege ich um. Wer zuerst schießt, lebt am längsten. Das ist meine Philosophie, Doktor.«

Seine Worte erinnerten Dorn wieder an ihre unangenehme Situation. Er fragte: »Wären unsere Chancen, bei Dunkelheit über die Straße zu kommen, nicht größer?«

Steiner schüttelte den Kopf. »Vergiß nicht, daß wir unbekanntes Gelände vor uns haben, Doktor. In der Dunkelheit könnten wir leicht auseinanderkommen. Wir überqueren kurz vor Morgengrauen die Straße; ich will sehen, wen ich vor mir habe.«

»Wie du denkst«, sagte Dorn. Es wurde wieder still zwischen ihnen, bis Steiner kurz auflachte. »Du hast doch Philosophie studiert?«

»Warum fragst du?« sagte Dorn verwundert.

»Weil ich nicht an Zusammenhänge glaube«, sagte Steiner. »Es geht mir grundsätzlich gegen den Strich, zu sehen, wie ihr aus jedem Mist ein sinnvolles Geschehen machen wollt, großartige Zusammenhänge konstruiert und schließlich doch nur im eigenen Dreck landet. So wie du, Doktor! Habe ich recht?«

Dorn mußte lächeln. »Wenn man es als Nihilist betrachtet . . .«

»Bleib mir vom Hals damit«, sagte Steiner verdrossen. »Im Gegensatz zum Nihilisten leugne ich lediglich den Sinn des Sinnlosen.«

»Des scheinbar Sinnlosen!« warf Dorn ein.

Steiner machte eine unbestimmte Handbewegung in die Dunkelheit. »Ist das scheinbar? Oder findet die Philosophie auch am Krieg einen Sinn?«

»Interessierst du dich für diese Dinge?« fragte Dorn.

»Nicht mehr, als ich zum Leben brauche«, sagte Steiner. Er blickte auf das Leuchtzifferblatt seiner Armbanduhr. »Schon zwei Uhr!« sagte er. »Wir müssen die anderen wecken.«

Sie standen auf und gingen in den Bunker.

Die Kerzen waren fast niedergebrannt. Die Männer schliefen; Steiner weckte sie. »In fünf Minuten marschieren wir los«, sagte er. »Beeilt euch!«

»Ich möchte mal wieder eine Nacht ungestört pennen können!« knurrte Krüger. »Wie sieht es draußen aus?«

»Es regnet«, sagte Dorn.

Hollerbach fluchte. »Dann können wir unsere Zeltplanen wieder abschnallen.« Steiner widersprach: »Sie würden euch nur behindern. Es kann sein, daß ihr wie die Hasen laufen müßt.«

»Wieso?« fragte Schnurrbart beunruhigt. Sie blickten Steiner mit übernächtigen Gesichtern an.

»Der Russe marschiert auf der Straße«, sagte er. »Wir müssen durch das Sumpfgebiet, aber vorher noch über die Straße. Bleibt dicht beisammen und haltet eure Schnauzen.« Er zählte die Munitionskästen. »Verliert keinen«, sagte er. »Kann sein, daß ihr noch um jeden froh seid.«

»Weit kommen wir nicht damit«, brummte Krüger.

»Dann laßt eure Stahlhelme hier«, sagte Steiner. »Die Gasmasken auch.«

»Auf deine Verantwortung«, sagte Hollerbach.

Steiner nickte.

Während sie die Gasmasken und Stahlhelme in eine Ecke warfen, sagte Schnurrbart zu Krüger: »Merkst du was?«

»Und ob!« sagte Krüger mürrisch.

Steiner drängte zur Eile. Als der letzte Mann den Bunker verlassen hatte, stieß er den Ofen um. Er beobachtete noch, wie eines der glühenden Holzstücke auf die Schlafpritschen fiel und das Stroh zu brennen anfing, dann ging er rasch hinaus.

Die Männer erwarteten ihn vor dem Bunker. »Es wird nicht geraucht und nicht gesprochen«, sagte er. »Schnurrbart marschiert am Schluß und paßt auf, daß keiner abhängt. Marsch!«

Ihr Weg führte sie mitten durch den Wald. Damit sie sich nicht aus den Augen verloren, gingen sie dicht hintereinander. Nach dreißig Minuten wurde der Wald lichter, dann kamen sie auf ein freies Feld. Ein kalter Wind peitschte ihnen den Regen ins Gesicht. Schon nach wenigen Metern hing der lehmige Ackerboden in schweren Stollen an ihren Stiefeln. Sie keuchten unter der Last ihrer Waffen und Munitionskästen und fluchten leise und ununterbrochen vor sich hin.

Krüger hielt sich dicht hinter Hollerbach. Er trug das schwere Maschinengewehr wie einen Stock über der Schulter. Einmal glitt er aus und rutschte in eine Ackerfurche. Er rappelte sich mühsam hoch und wischte den Lehm von den Händen. Dieser Scheißkrieg! dachte er.

Schnurrbart kam zu ihm. »Was ist los?«

»Halt dein verdammtes Maul«, sagte Krüger. Dann prallte er im Dunkeln gegen Hollerbach, der stehengeblieben war. Auch die anderen Männer waren stehengeblieben und starrten regungslos nach vorne in die Dunkelheit.

Krüger hörte das Geräusch erst jetzt. Es klang wie das dumpfe Dröhnen schwerer Motoren, wie das Knarren hochbeladener Fuhrwerke und dazwischen, undeutlich im Wind, auch wie Stimmen. »Russen!« flüsterte Hollerbach.

»Eine ganze Division!« stammelte Kern. Er griff mit zittrigen Fingern nach einer Zigarette und steckte sie zwischen die Lippen. Als er sie mit einem Streichholz anzündete, tauchte Steiner neben ihm auf und schlug ihm die Zigarette im Gesicht aus. Es ging so rasch, daß die Männer es kaum begriffen, sie sahen nur den Funkenregen, hörten Kern unterdrückt aufbrüllen und dann Steiners vor Wut heisere Stimme: »Das nächste Mal leg' ich dich um!«

Steiner führte sie etwa hundert Schritt in der bisherigen Richtung auf die Straße zu. Das Gelände stieg etwas an, die Geräusche wurden immer deutlicher. Schon konnten sie den harten Marschtritt genagelter Stiefel hören, aber es war immer noch so dunkel, daß man keine zehn Schritt weit sehen konnte. Vorne gab es wieder eine Stockung. Steiner rief Hollerbach und Schnurrbart zu sich. In gebückter Haltung verschwanden sie in der Dunkelheit.

Die anderen Männer kauerten sich am nassen Boden nieder und horchten zur Straße. Krüger blickte auf seine Uhr; es war halb vier. Der Regen hatte nachgelassen, es waren nur noch einzelne Tropfen. Von mir aus könnte es jetzt schütten! dachte Krüger. Neben ihm flüsterte Dietz: »Da kommen wir nie hinüber.«

»Überlaß das Steiner«, sagte Krüger. Dietz blickte Kern an, der am Boden saß und beide Hände gegen das Gesicht preßte. »Er hätte ihn nicht schlagen dürfen!« flüsterte Dietz.

Krüger spuckte auf den Boden. »Warum nicht?«

»Es war nicht richtig«, sagte Dietz. »Wo kämen wir hin, wenn jeder Unteroffizier uns ins Gesicht schlagen würde!«

»Halt dein Maul!« knurrte Krüger. »Wir haben jetzt andere Sorgen.«

Dietz schwieg eingeschüchtert und betrachtete im Dunkeln seine schmutzigen Hände. Trotzdem wurde er mit der Sache nicht fertig. Je länger er darüber nachdachte, desto mehr empörte es ihn. Er flüsterte: »Wenn es im kleinen nicht stimmt, kann es im großen auch nicht stimmen, und deshalb bin ich dagegen. Was glaubst du, wenn die im Führerhauptquartier das genauso machten . . .«

Krüger, dem seine Beharrlichkeit in der augenblicklichen Situation auf die Nerven fiel, unterbrach ihn gereizt: »Im Führerhauptquartier saufen sie Mokka und gurgeln mit Champagner. Wir werden mit Scheiße gurgeln, wenn sie uns da oben steht!« Er hielt die Hand vor den Mund und beugte sich zu Dietz hinüber. »Soll ich dir sagen, was wichtig ist? Wichtig ist, daß wir hier herauskommen, und weißt du auch, weshalb das so wichtig ist?«

»Nein«, sagte Dietz und rückte beunruhigt ein Stück von ihm weg.

»Ich will es dir sagen«, sagte Krüger. »Es ist deshalb so wichtig, damit wir rechtzeitig in die nächste Scheiße 'reinkommen! Raus aus der Scheiße, 'rin in die Scheiße. Seit drei Jahren schon und noch so lange, bis wir endgültig drin steckenbleiben. An deiner Stelle würde ich mir lieber den Kopf darüber zerbrechen, wie wir über die verdammte Straße hinwegkommen, statt große Reden zu schwingen.«

»Dazu ist Steiner da!« sagte Dietz. »Wofür ist er Zugführer?«

Es wurde allmählich hell. Vor ihnen stieg der Acker steil zur Straße an, und jenseits der Straße hoben sich die schwarzen Silhouetten bewaldeter Hügel gegen den sich grau färbenden Himmel ab. »Komisch, daß man nichts von der Straße sieht«, flüsterte Doll. »Die muß doch ganz nah sein!«

»Wahrscheinlich liegt sie etwas tiefer«, sagte Krüger. »Wenn wir mal drüben in diesem Dreckswald sind, haben wir es geschafft.«

Anselm kicherte hysterisch. »Ich wollte, es wäre Abend, und wir hätten gesiegt. Kennt ihr das?«

»Heißt ganz anders«, knurrte Krüger. Dorn schaltete sich ein: »Seid mal still; es ist plötzlich so ruhig!«

Sie hoben die Köpfe und lauschten. Tatsächlich waren die Geräusche auf der Straße verstummt. Sie standen wie auf Kommando auf und blickten den Acker hoch. »Da kommt jemand!« flüsterte Dietz.

Aus der Dämmerung tauchte eine Gestalt auf, jagte in großen Sätzen auf sie zu; sie erkannten Hollerbach. Er winkte ihnen mit beiden Händen.

Sie griffen nach ihren Waffen und rannten den Acker hinauf. Hollerbach ließ sie herankommen, dann legte er die Finger auf die Lippen, drehte sich um und lief weiter. Sie folgten ihm keuchend. Als sie die Anhöhe erreichten, lag im grauen Zwielicht der Dämmerung die leere Straße unter ihnen. Sie glitten die steile Böschung hinab und rannten über die Straße hinweg auf einen Waldrand zu, der wie eine schwarze Mauer vor den Hügeln stand. Dort wurden sie von Schnurrbart und Steiner erwartet. Sekunden später trampelten sie durch dichtes Unterholz einige hundert Meter weit in den Wald hinein und warfen sich, nach Luft ringend, zu Boden.

Es war inzwischen fast hell geworden. Sie blickten Steiner an und bemerkten die Genugtuung in seinen Augen. Dann wandten sie ihre Gesichter fast gleichzeitig der Straße zu, wo jetzt erneut Motorengeräusch laut wurde. Auch der Marschtritt vieler Stiefel drang wieder zu ihnen, aber nun, da sie die Straße überquert hatten, klang es ihnen wie Musik. Sie grinsten, nickten sich bedeutungsvoll zu und blickten wieder Steiner an. Nur Kern preßte noch immer eine Hand gegen die Brandblasen am Mund und starrte verbissen vor sich hin. Schnurrbart fragte Steiner: »Was sind das für Berge?«

»Nur einige Hügel«, sagte Steiner. »Auf der anderen Seite beginnt der Sumpfwald. Wollen machen, daß wir 'rüberkommen.«

Die Männer standen auf. In den nächsten Minuten führte sie ihr Weg über moosigen Waldboden hinweg, dann stieg das Gelände steil an; sie quälten sich mit ihrem schweren Gerät keuchend den Hügel hinauf. Einige begannen zu fluchen.

Als sich die protestierenden Stimmen mehrten, legte Steiner eine kurze Rast ein. Es war unterdessen Tag geworden, im Wald wurden Vögel laut, zuerst zaghaft, dann immer lärmender. Die Männer lagen am Boden und blickten den steilen Hang hinab.

»Verdammte Schinderei!« sagte Doll. »Wir müssen doch bald oben sein!«

»Sind wir auch«, sagte Steiner. »Die paar Meter hättet ihr noch durchhalten können.«

Maag gähnte. Er streckte die Beine von sich und sagte: »Wozu die Hetzerei. Dort, wo wir hinwollen, kommen wir noch früh genug hin.«

»Kommt darauf an, wohin du willst«, sagte Steiner.

Anselm schaltete sich ein: »Die dreißig Kilometer schaffen wir bis heute abend spielend.« Er war zufrieden, am Boden zu liegen, und nahm sich vor, in der nächsten Viertelstunde nicht mehr aufzustehen. Steiner musterte ihn verächtlich. »Wenn es bei den dreißig Kilometern bleibt!« sagte er. »Das Bataillon setzt sich heute abend wieder ab. Falls wir es bis dahin nicht schaffen, haben wir noch einmal zwanzig vor uns.«

»Die schaffen wir auch noch«, sagte Maag gleichgültig.

Steiner schwieg. Keinem von ihnen schienen die bevorstehenden Schwierigkeiten klar zu sein. Am meisten Kopfzerbrechen bereitete ihm der auf der Karte eingezeichnete Bach; es war nicht anzunehmen, daß in dem unbewohnten Waldgebiet eine Brücke existierte. Er sagte: »Fertigmachen!«

Die Männer starrten ihn empört an. Doll sagte: »Stell dich doch nicht so an, Mensch!«

»Wer?« fragte Steiner. Als Doll nicht antwortete, stand er auf und trat dicht vor ihn hin. »Hör mal zu«, sagte er leise, »du bist mir schon ein paarmal aufgefallen. Wenn du noch einmal die dumme Schnauze aufmachst, marschieren wir ohne dich. Verstanden?«

Er wartete keine Antwort ab, sondern drehte sich sofort um und stieg weiter den Hügel hinauf. Die Männer standen hastig auf, klopften sich das nasse Laub von der Uniform und folgten ihm.

Nach zehn Minuten erreichten sie die Kuppe. Hier war das Blätterdach weniger dicht. Überrascht stellten sie fest, daß der Himmel wolkenlos war. Die Wipfel der Bäume röteten sich im Licht der aufgehenden Sonne, die noch unsichtbar hinter den Wäldern stand. Steiner wandte sich nach rechts und folgte dem von Süden nach Norden verlaufenden Höhenrücken. Er hatte das Tempo noch beschleunigt; die Abstände zwischen den Männern vergrößerten sich.

Doll hatte sich Kern angeschlossen, der als letzter in der Reihe ging. Sie stapften eine Weile stumm nebeneinander her. Jeder von ihnen schleppte zwei schwere Munitionskästen, der Schweiß zog weiße Spuren durch ihre schmutzigen Gesichter. Der Mund des Gastwirts war rot und geschwollen, er fuhr sich immer wieder mit der Zungenspitze über die schmerzende Haut. »Ich hätte mir das an deiner Stelle nicht gefallen lassen«, sagte Doll.

Kern grinste wütend. »Das habe ich vorhin gemerkt. Hast ganz schön den Schwanz eingezogen.«

»Was willst du tun, wenn er die MPi in den Pfoten hat!« knurrte Doll. »Der verdammte Schinder ist glatt imstande, dich umzulegen. Aber warte nur ab, es kommen auch mal andere Zeiten.«

»Bis dahin haben dich die Würmer gefressen«, sagte Kern. Sein Mund juckte und brannte, er stieß einen wilden Fluch aus und sagte: »Du glaubst doch nicht im Ernst daran, daß wir hier noch mal herauskommen?«

»Dem Schinder da vorne traue ich alles zu«, brummte Doll. »Der hat mehr Glück als Verstand.«

»Dann paßt ihr ja gut zusammen«, sagte Kern. Seine Wut verlor allmählich ihre Überzeugungskraft. Selbstverständlich war es ein Blödsinn gewesen, die Zigarette anzuzünden; er hatte sich wie ein blutiger Anfänger benommen. Der Gedanke daran ärgerte ihn fast noch mehr als der Schlag ins Gesicht. Bisher war es ihm gelungen, sein Schuldbewußtsein mit einem künstlich genährten Haß zu kompensieren, aber die physischen und psychischen Belastungen des Marsches lenkten ihn ab. Zu dem Gefühl der Scham über sein tölpelhaftes Verhalten kam nun immer mehr die Überzeugung, bei dieser Geschichte noch viel Glück gehabt zu haben, denn genausogut hätte ein Russe das brennende Zündholz sehen können. Der bloße Gedanke entsetzte ihn nachträglich, er empfand jetzt sogar fast Erleichterung darüber, daß alles so gut abgegangen war, und wären die Schmerzen an seinem Mund nicht gewesen, so hätte er die Angelegenheit als erledigt betrachtet. Er fuhr sich wieder mit der Zungenspitze über die Lippen und fragte: »Hast du zufällig irgendeine Salbe bei dir?«

»Sehe ich so aus?« sagte Doll mürrisch.

Kern blickte von der Seite angewidert in sein Gesicht. Es wirkte unklar und verschwommen, auch seine Augen hinter den horngefaßten Brillengläsern gefielen Kern nicht. Jedesmal, wenn Doll ihn anschaute, hatte er das Gefühl eines obszönen Erlebnisses.

Er blickte wieder nach vorne. Etwas erregte seine Aufmerksamkeit. Beim Näherkommen stellte er fest, daß es das eiserne Gerippe eines Hochspannungsmastes war, der am Ende der Kuppe aus den Bäumen ragte. Etwas später stießen sie auf die anderen Männer. Sie standen auf einer künstlich geschlagenen Schneise und blickten alle in eine Richtung.

Das Gelände fiel hier steil ab. In regelmäßigen Abständen hoben sich die eisernen Masten über die Bäume. Nach Westen aber, bis zu den purpur angestrahlten Bergen am Horizont, breitete sich unter einem weißen Dunstschleier ein riesiges Waldgebiet aus. Das helle, gleichmäßige Grün der Bäume wirkte völlig lückenlos; aus der Höhe des Hügels glich es einem grünen Ozean, mit dem fernen Ufer der purpurnen Hügel am Horizont.

Die Männer blickten stumm in die Tiefe. Krüger fragte: »Hat keiner 'nen Fotoapparat?«

Anselm stieß plötzlich einen Ruf aus. »Da hinten ist eine Stadt!« sagte er aufgeregt. »Direkt vor den Hügeln!«

Auch die anderen hatten jetzt die Türme und Dächer entdeckt, die am Fuße der fernen Hügel aus dem weißen Dunstschleier ragten, als seien sie mit flüchtigen Strichen auf den rötlichen Hintergrund des Himmels skizziert. Krüger wandte sich an Steiner: »Siehst du sie?«

»Krymskaja«, sagte Steiner. »Da müssen wir hin.«

»Wenn wir nur schon dort wären!« sagte Schnurrbart. Er beobachtete, wie Steiner seinen Marschkompaß aus der Tasche zog und die Stadt anvisierte. Krüger zupfte sich erregt an der Nase. »Das schaffen wir nicht bis heute abend. Wie marschieren wir dann?«

»Links an der Stadt vorbei«, sagte Steiner.

»Wir müssen es schaffen«, sagte Schnurrbart. Sein Blick fiel auf Hollerbach, der geistesabwesend in die Tiefe schaute. »Was denkst du?« fragte er.

Hollerbach sah in sein Gesicht. »An das Bataillon. Ein komisches Gefühl zu wissen, daß es jetzt da hinten in der Stadt liegt.«

»Mit einer Armee Russen dazwischen«, sagte Schnurrbart. »Wenn wir es schaffen, lege ich einen um.«

»Wen?« fragte Krüger.

»Einen dieser Idioten, die uns hier zurückgelassen haben«, sagte Schnurrbart und setzte sich auf den Boden. »Kommt jetzt nicht mehr darauf an!« sagte er zu Steiner.

»Wieso nicht?« fragte Maag verständnislos.

»Bist du schon einmal durch so einen Wald marschiert?« fragte Schnurrbart.

Maag schüttelte den Kopf.

»Aber ich«, sagte Schnurrbart. »Mach dich auf was gefaßt.«

Sie setzten sich alle hin; auch Steiner. Er wußte, daß Schnurrbart recht hatte; das Bild übertraf seine schlimmsten Befürchtungen. Ein paar Sekunden lang verspürte er den unsinnigen Wunsch, einfach hier sitzen zu bleiben. Kein Mensch würde sie in dieser verlassenen Gegend finden.

Schnurrbart saß neben Krüger und blickte unverwandt über den Wald hinweg, dessen westlicher Teil bereits in der Sonne lag. Die weißen Schleier über den Bäumen begannen sich langsam zu heben. Gebannt beobachtete er, wie sich das Purpur der fernen Hügel allmählich in ein helles Blau verwandelte und ihre Konturen verblaßten. Es war ihm plötzlich zum Heulen zumute, und er versuchte krampfhaft, seine weiche Stimmung zu unterdrücken. Man darf so etwas nicht aufkommen lassen, dachte er, das geht wie Gift ins Blut und macht alles nur noch schwerer.

Einen Schritt neben ihm saß Dietz und blickte mit geöffnetem Mund in den Himmel. »Was ist mit dir?« fragte Krüger ihn. »Siehst du weiße Mäuse?«

Dietz hob die Hand, sagte: »Psst!« und schloß lauschend die Augen.

»Der spinnt!« sagte Krüger verwundert, aber Dietz schüttelte heftig den Kopf und sagte: »Sei doch mal ruhig! Hörst du sie nicht?«

Krüger starrte ihn mißtrauisch an. »Wen? Die weißen Mäuse?«

»Quatsch!« sagte Dietz aufgeregt. »Du mußt sie doch auch hören, das sind Glocken!« Er wandte sich an die anderen: »Hört ihr sie? – Da! Jetzt wieder – ganz deutlich!«

Sie blickten argwöhnisch in sein aufgeregtes Gesicht. »Was hörst du?« fragte Kern perplex.

»Glocken!« sagte Schnurrbart. »Das Baby hört Glocken! Mitten im Wald Glocken; ich werd' verrückt!«

Sie sahen einander ratlos an. »Seid mal ruhig!« sagte Krüger und richtete sich etwas auf. Kern legte die großen Hände hinter die Ohrmuscheln und sagte: »Ja, verdammt noch mal, seid mal ruhig!«

Sie horchten angestrengt. Schließlich zuckte Krüger mit den Schultern. »Ich höre nichts; der Kerl will uns veräppeln.«

»Ich höre auch nichts«, sagte Kern. Sie waren verärgert und maßen Dietz mit unfreundlichen Blicken. »Bei dir ist 'ne Schraube locker!« knurrte Doll. Dietz hob hilflos die Schultern. »Ich verstehe das nicht«, sagte er unsicher. »So kann man sich doch nicht täuschen!«

»Warum nicht?« sagte Krüger, dem der kleine Kerl leid tat. Er wandte sich an Dorn: »Hast du eine Erklärung dafür, Doktor?«

Dorn nickte. »Halluzinationen.«

»Was?« fragte Krüger und sperrte den Mund auf.

»Sinnestäuschungen«, sagte Dorn kurz.

Krüger schüttelte den Kopf. »Komisches Zeug, das.« Er warf einen besorgten Blick auf Dietz, der in seiner Ratlosigkeit das Wort jetzt an Steiner richtete: »Hast du sie auch nicht gehört?«

»Die Glocken?« fragte Steiner.

»Ja.«

»Natürlich habe ich sie gehört«, sagte Steiner.

Dietz atmete auf. Die anderen blickten Steiner empört an. »Das ist doch Quatsch!« sagte Anselm. Steiner wandte ihm langsam das Gesicht zu. »Sag das noch einmal!« Seine Augen waren plötzlich dunkel vor Wut; Anselm erschrak. »Was?« fragte er nervös.

»Daß ich Quatsch rede«, sagte Steiner. Krüger mischte sich ein: »Reg dich doch nicht auf!« Aber Steiner achtete nicht auf ihn, er starrte in das blasse Gesicht Anselms und sagte: »Was ist?«

Anselm schluckte. Er versuchte zu sprechen, brachte aber kein Wort heraus. Er beobachtete, vor Schrecken fast gelähmt, wie Steiner aufstand und langsam auf ihn zukam. Erst als er dicht vor ihm stand, sprudelten die aufgestauten Worte überstürzt von seinen Lippen. »Was willst du denn?« fragte er atemlos. »Ich wollte doch nur sagen, daß ich keine Glocken gehört habe. Die anderen haben doch auch keine gehört; frag sie doch!«

Seine unverhüllte Furcht wirkte auf Steiner wie eine kalte Dusche, die ihn ganz plötzlich ernüchterte; er kehrte angewidert auf seinen Platz zurück.

Die Männer reagierten mit Erleichterung; auch Schnurrbart zündete sich seine Pfeife wieder an. Es war ihm schon ein paarmal aufgefallen, daß Steiner für den kleinen, immer ein wenig hilflos wirkenden Sudetendeutschen eine Schwäche hatte. Zwar bevorzugte er ihn nicht im Dienst, aber wenn er mit ihm sprach, klang seine Stimme immer ein wenig väterlich, und bei Auseinandersetzungen stellte er sich jedesmal hinter ihn. Schnurrbart nahm solche Dinge regelmäßig mit einer ihn selbst belustigenden Eifersucht zur Kenntnis, und auch diesmal verstimmte ihn die ihm unverständliche Stellungnahme Steiners mehr, als er wahrhaben wollte. Natürlich hatten keine Glocken geläutet! Ausgerechnet mitten in Rußland und mitten im Wald; es war zu lächerlich. Er war trotz des häßlichen Zwischenfalls mit Anselm schon halb entschlossen, noch einmal die Rede darauf zu bringen, als Dietz ihm unvermittelt zuvorkam. Er sagte zu Steiner: »Hast du sie auch wirklich gehört?« Steiner runzelte die Stirn. »Habe ich mich nicht klar genug ausgedrückt?«

»Das schon«, sagte Dietz, durch seinen schroffen Ton eingeschüchtert. Er blickte schuldbewußt zu Anselm hin, der mürrisch vor sich auf den Boden starrte. Auch die anderen Männer schienen noch verärgert zu sein, die Mauer ihrer abweisenden Gesichter bedrückte Dietz; er hatte das Gefühl, sie besänftigen zu müssen. Mit einem hilflosen Grinsen wandte er sich an Krüger: »Ist doch komisch das, oder nicht?«

»Wieso komisch?« fragte Steiner. »Ist es vielleicht komisch, wenn am Sonntagmorgen die Glocken läuten?«

Die Männer blickten ihn überrascht an. Hollerbach schlug sich knallend auf die Schenkel. »Klar!« sagte er laut. »Heute ist ja Sonntag, Kinder! Das hab' ich völlig verschwitzt.«

»Ich auch!« sagte Schnurrbart erleichtert. Ihre Stimmung schlug jäh um, sie grinsten einander an, und Maag sagte: »Um diese Zeit habe ich daheim immer noch ein paar Stunden weitergepennt.«

»Und anschließend Kaffee mit Kuchen!« sagte Pasternack. Krüger stieß einen Fluch aus. »Hör auf damit!« sagte er gereizt. »Was soll mir das Wasser im Maul, wenn es in der Blase Platz hat.«

Schnurrbart kicherte. Er hatte seine Mütze abgenommen und kratzte sich am Kopf. »Die Milch für den Kaffee hat er noch von seiner Mutter bekommen«, sagte er.

Pasternack blickte ihn wütend an. »Man wird doch noch über Kuchen reden dürfen!« sagte er aufsässig.

»Du kannst auch über Scheiße reden«, sagte Krüger.

»Daß du immer so ordinär sein mußt!« sagte Pasternack. Krüger starrte ihn verdutzt an.

»Richtig ordinär!« bestätigte Pasternack wütend. Er war kaum wiederzuerkennen. Sein dünnes, hungriges Gesicht mit den roten Pickeln auf der Stirn, das sonst immer einen melancholischen Ausdruck trug, wirkte jetzt böse und aggressiv. »Und das noch am Sonntag!« sagte er.

Krüger faßte sich wieder. »Du kannst mich mit deinem Sonntag!« sagte er laut. »Was fragt der Barras nach dem Sonntag? Hier!« – er fuhr sich mit der Hand über das unrasierte Gesicht –, »ist das vielleicht Sonntag, oder hier!« Er riß aufgebracht die Knöpfe seines Rockes auf und zerrte das schmutzige Hemd aus der Hose. »Wie eine Sau sieht man aus!« sagte er wild. »So lassen sie uns herumlaufen, die Verbrecher, seit zwei Monaten keine frische Wäsche mehr und den Arsch nicht gewaschen, und da kommst du her und willst mir was von einem Sonntag erzählen!«

»Brüll nicht so in der Gegend herum!« sagte Schnurrbart. »Keiner von euch hat einen Garantieschein in der Tasche, daß im Wald keine Russen sind.«

Seine Worte erinnerten die Männer wieder an den bevorstehenden mühsamen Marsch. Krüger stopfte mürrisch sein Hemd in die Hose zurück und knurrte: »Lieber eine russische Kugel, als von den verdammten Läusen aufgefressen zu werden. Oder hast du keine?«

»Frag mich nicht«, sagte Schnurrbart. Er brauchte nur dran zu denken, schon spürte er sie an jeder Stelle seines Körpers. Er versuchte sich vorzustellen, wie es sein würde, wenn er unter einer heißen Dusche stünde; der Gedanke machte ihn fast verrückt.

Steiner beendete ihr Gespräch. Er stand auf, griff nach seiner Maschinenpistole und sagte: »Wir haben ungefähr dreißig Kilometer vor uns, vielleicht auch fünfzig. Wenn meine Karte stimmt, ist der Wald stark versumpft. Wer schlappmacht, bleibt liegen; richtet euch danach.«

»Du kannst einem aber auch den ganzen Spaß verderben«, sagte Schnurrbart.

»Je früher, desto besser«, sagte Steiner und stieg in der Schneise den steilen Hang hinab. Die Männer folgten ihm sofort.

Dorn ging am Schluß. Seine Diarrhöe hatte sich in den letzten Stunden gebessert. In Gedanken beschäftigte er sich noch mit der merkwürdigen Sinnestäuschung von Dietz. Sicher läuteten jetzt irgendwo die Glocken, aber einige tausend Kilometer entfernt, und seine Chancen, sie noch einmal zu hören, waren nicht sehr groß.

Nach einer Viertelstunde erreichten sie die Ebene. Die Schneise war hier zu Ende. Als sie unter die Bäume kamen, verschwand der Himmel über dem dichten Laubdach. Aus den dämmrigen Tiefen des Waldes schlug ein kühler Hauch in ihre erhitzten Gesichter. Einer nach dem anderen verschwanden sie zwischen den Bäumen. Nur das Geräusch ihrer Waffen war noch zu hören.

Die neuen Stellungen des Regiments verliefen westlich von Krymskaja durch ein vegetationsloses Hügelgelände. Der beherrschende Teil des Abschnitts war die Höhe 121,4. Sie stieß aus dem übrigen Frontverlauf etwa einen Kilometer weit fingerförmig nach Osten vor. Das erste Bataillon hielt die auf der

Südseite liegenden Stellungen besetzt. Von hier aus reichte der Blick weit in das feindliche Hinterland, und die Artilleriebeobachter konnten bis fast nach Krymskaja sehen, das erst vor wenigen Stunden von den letzten Teilen der Division geräumt worden war. In den Gräben herrschte lebhafter Betrieb, Bunker wurden ausgegraben, MG-Stellungen tief in die Erde getrieben, und die Kolonnen der mit Baumaterial beladenen Mulis rissen nicht ab. Man war sich bei den Stäben der Bedeutung der nächsten Stunden bewußt. Das völlig übersichtliche Gelände würde es dem Gegner unmöglich machen, noch bei Tageslicht nachzustoßen, aber vom nächsten Morgen an mußte man wieder damit rechnen. Es hätte nicht der mahnenden Worte der Kompanieführer bedurft, um die Männer daran zu erinnern. Obwohl sie seit achtundvierzig Stunden kaum mehr geschlafen hatten, arbeiteten sie pausenlos.

Der Bataillonskommandeur befand sich in einer vorgeschobenen Schützenstellung der zweiten Kompanie. Seit einigen Minuten betrachtete er durch ein Scherenfernrohr ein etwa dreihundert Meter entferntes Waldstück. An seinem nördlichen Rand führte die Straße Krymskaja–Anapa vorbei. Sie mußte beim nächsten Angriff der Russen zwangsläufig Schwerpunkt der Kämpfe werden. Das rund drei Quadratkilometer umfassende Waldgebiet bot einen idealen Bereitstellungsraum für die russische Offensive.

Je länger der Kommandeur das Gelände vor den Stellungen betrachtete, desto ungehaltener wurde er. Schließlich wandte er sich verärgert an den Führer der zweiten Kompanie, Oberleutnant Schäfer: »Man hätte den Wald entweder abholzen oder abbrennen müssen. Ich begreife nicht, warum man es nicht getan hat.«

»Vielleicht kamen wir früher als erwartet«, sagte Schäfer.

Der Kommandeur winkte gereizt ab: »Die Herren wußten seit spätestens Dezember, daß wir den Kaukasus nicht halten können. Es war also genügend Zeit, gute Stellungen vorzubereiten.« Er beugte sich wieder über das Scherenfernrohr.

Schäfer betrachtete ihn. Hauptmann Stransky, seit acht Tagen Kommandeur des ersten Bataillons, war zweifellos ein gutaussehender Mann. Er hatte ein langes, sonnengebräuntes Gesicht, weiße Schläfen und schlanke Hände; er war fast zu schön. Auch seine Uniform kam von einem erstklassigen Schneider. Trotzdem konnte Schäfer ihn nicht ausstehen. Er beobachtete mit einem kaum unterdrückten Widerwillen, wie Stransky die gepflegten Hände an das Scherenfernrohr legte. Am kleinen Finger der rechten Hand trug er einen massiven Goldring mit einem großen Wappen. Schäfer erinnerte sich, daß ihm der Regimentsadjutant von großen Gütern Stranskys in Ostpreußen erzählt hatte, aber das beeindruckte ihn wenig. An der Front zählten solche Dinge kaum, hier hatten und waren sie alle das gleiche, nämlich eine Handvoll Leben, das sich jeder zu erhalten suchte wie das Kerzenlicht in den Bunkern, und ein Bündel uniformierten Pflichtbewußtseins, das zwar wie ein Mensch denkt und empfindet, jedoch wie eine Maschine zu reagieren pflegt. Außerdem war Schäfer Schwabe und dickköpfig. Hatte er einmal eine Aversion, so war er nicht mehr davon abzubringen, und Stransky war ihm vom ersten Augenblick an unsympathisch gewesen.

Der Kommandeur richtete sich wieder auf. »Ich werde dem Regiment eine entsprechende Meldung machen«, sagte er. »Leider ist es jetzt natürlich schon zu spät, um noch etwas zu unternehmen.«

Schäfer stimmte ihm zu: »Es ist durchaus möglich, daß schon Russen im Wald sitzen.«

»Das glaube ich nicht«, sagte Stransky. »Es war bereits hell, als wir hier ankamen; wir hätten sie sehen müssen.«

Schäfer grinste. »Das haben wir gestern auch gedacht. Trotzdem waren die Russen fast gleichzeitig mit uns in Krymskaja.«

Obwohl Stransky ihm innerlich recht geben mußte, verstimmte ihn Schäfers Widerspruch. Er kam auf andere Dinge zu sprechen und sagte dann: »Ihren zweiten Zug werden wir wohl abschreiben müssen.«

»Steiner führt ihn«, sagte Schäfer.

Stransky runzelte die Stirn. »Wer ist Steiner?«

»Ich vergaß, daß Sie erst seit acht Tagen das Bataillon führen«, sagte Schäfer lächelnd. »Unteroffizier Steiner ist so etwas wie ein Spähtruppspezialist. Der Herr Regimentskommandeur hält große Stücke auf ihn; Steiner hat ihm einmal das Leben gerettet.«

»So«, sagte Stransky gelangweilt. Er hielt nicht viel von diesen Typen. Sicher war dieser Steiner auch nur so ein wilder Schießer, der einige Male Glück gehabt hatte und das mit persönlichen Verdiensten verwechselte. Man kannte diese Burschen ja, primitiv und unfähig, sich über die Bedeutung einer Gefahr überhaupt klarwerden zu können. »Scheint ja ein Universalgenie zu sein«, sagte er.

Sein abfälliger Ton verdroß Schäfer, er sagte: »Zumindest ist er ein ausgezeichneter Soldat. Ich bin sicher, Sie werden meine Meinung über ihn bald teilen.«

»Das muß sich erst noch zeigen«, sagte Stransky kühl. »Für mich gibt es neben den soldatischen auch noch andere Eigenschaften, die den Wert eines Menschen bestimmen. Es wundert mich übrigens, daß dieser – äh, wie hieß er doch gleich?«

»Sie meinen Steiner?«

»Ja, richtig, Steiner. Es wundert mich, daß er trotz seiner von Ihnen so gerühmten Fähigkeiten und Verdienste nur Unteroffizier ist.«

Schäfer nickte. »Ich habe vor, ihn bei nächster Gelegenheit zu befördern. Er kam erst vor einem halben Jahr, kurz nachdem ich die Kompanie übernommen habe, von einem längeren Lazarettaufenthalt zurück.«

»Und seitdem führt er den Zug?« fragte Stransky.

Schäfer schüttelte den Kopf. »Wenn das der Fall wäre, hätte ich ihn schon längst befördert. Bis vor zwei Monaten war er Gruppenführer. Erst als der damalige Zugführer, Feldwebel Graf, ausfiel, habe ich ihm den Zug gegeben. Seither ging es bei uns so drunter und drüber, daß alle Beförderungen und Auszeichnungen liegengeblieben sind. Ich werde Ihnen in den nächsten Tagen eine genaue Aufstellung machen.«

Stransky lächelte ein wenig. »Wenn es Ihrem Steiner gelingt, den Zug hierherzubringen, befördere ich ihn selbst, und zwar zum Oberfeldwebel.«

»Dann ist er es schon«, sagte Schäfer.

Stransky runzelte wieder die Stirn. »Ich habe nichts dagegen, Herr Schäfer, wenn Sie um ein gutes Verhältnis mit Ihren Männern bemüht sind, aber wir unterhalten uns schließlich über einen Unteroffizier.«

»Ich verstehe nicht ...«, sagte Schäfer verwundert.

Stransky blickte in sein Gesicht. »Ich finde Ihr persönliches Engagement in diesem Falle nicht ganz angebracht. Es ist mir überhaupt schon einige Male aufgefallen, daß Sie mit Ihren Leuten in einem Ton verkehren, der sich nachteilig auf ihre Disziplin auswirken kann.«

»Aber das ist doch ein Schmarrn!« sagte Schäfer impulsiv. Es tat ihm schon leid, bevor er es ganz ausgesprochen hatte. Mit einer Mischung aus Unbehagen und Neugierde betrachtete er die weißen Flecken in Stranskys gebräuntem Gesicht, die er vor einer Sekunde noch nicht bemerkt hatte.

Stransky blickte ihn stumm an. Sein Zorn kam nicht plötzlich, sondern wuchs langsam in ihm, kroch in seine Kehle und legte sich schwer auf seine Stimme. »Ich möchte Ihre Bemerkung nicht gehört haben«, sagte er. »Versuchen Sie so etwas nicht ein zweites Mal bei mir.«

»Jawohl«, sagte Schäfer.

Stransky drehte sich um. Während sie hintereinander durch den Graben gingen, sprachen sie nichts mehr. Vor einem MG-Stand blieb Stransky wieder stehen. Der Posten legte die Hand an den Stahlhelm. »Zweites MG ohne Neuigkeiten«, meldete er.

Stransky ging weiter. Etwas später begegnete ihnen Leutnant Gaußer. Das jungenhafte Gesicht des Führers der dritten Kompanie war rot und verschwitzt. Er trug keinen Rock, sein grünes Hemd klebte naß an seiner Haut. Stransky musterte ihn mißbilligend. »Laufen Sie immer halb angezogen in Ihren Stellungen herum?«

»Nur wenn ich arbeite«, sagte Gaußer. »So etwas nennt die Welt ausgebaute Stellungen! Ich mußte mir erst einmal eigenhändig meinen Kompaniegefechtsstand ausgraben. Hoffentlich lassen uns die Russen noch etwas Zeit, sonst sehe ich schwarz für uns.«

»Ihre Aufgabe als Kompanieführer ist es nicht, schwarzzusehen«, sagte Stransky kühl. »Gute Stellungen helfen uns zwar Blut sparen, aber für die erfolgreiche Abwehr eines feindlichen Angriffs brauchen wir mehr, vor allen Dingen eine untadelige Kampfmoral. Ich hoffe, Sie brauchen wenigstens in diesem Punkt keine Falschmeldung zu riskieren.«

»Das hoffe ich auch«, sagte Gaußer. »Wenn die Russen trotzdem eines Tages vor Ihrem Gefechtsstand auftauchen sollten, Herr Hauptmann, so können Sie davon überzeugt sein, daß wir alles so getan haben, wie das Gesetz es befahl.«

»Ihr Ehrgeiz müßte sein, noch mehr zu tun«, sagte Stransky und verabschiedete sich frostig.

Schäfer lächelte breit. »Sie sind mir in den letzten Minuten ungemein sympathisch geworden.«

»Das enttäuscht mich«, sagte Gaußer. »Ich war nämlich so überheblich anzunehmen, ich sei es Ihnen schon immer gewesen.« Er wischte sich mit dem Handrücken den Schweiß von der Stirn. »Und das schon im April! Wie wird das erst zur Sommerszeit!«

»Spätestens morgen bekommen wir wieder Regen«, sagte Schäfer.

Es fiel Gaußer auf, daß er zerstreut wirkte. »Ärger mit Stransky gehabt?« fragte er.

Schäfer winkte ungeduldig ab. »Er kann mir gestohlen bleiben. Ich denke an meinen zweiten Zug.«

»Ich auch«, sagte Gaußer und wurde ernst. »Hoffentlich trifft er noch vor den Russen hier ein. Wie sieht es bei den anderen Bataillonen aus? Haben Sie schon etwas gehört?«

Schäfer blickte ihn überrascht an. »Daran habe ich noch gar nicht gedacht! Die haben ja auch je einen Zug zurückgelassen! Kann ich mal von Ihrem Gefechtsstand telefonieren?«

»Selbstverständlich«, sagte Gaußer.

Während sie durch den Graben gingen, sagte Schäfer: »Ich werde Kiesel anrufen; der weiß es bestimmt. Werde ihm bei dieser Gelegenheit auch gleich sagen, daß Steiner den Zug führt. Den Kommandeur wird das interessieren.«

»Er scheint viel von Steiner zu halten?« sagte Gaußer.

Schäfer nickte. »Mit Recht.«

An Gaußers Bunker wurde noch gearbeitet, drei Männer waren damit beschäftigt, Tür und Fenster einzusetzen. Gaußer schickte sie hinaus. Er setzte sich auf einen Stuhl und beobachtete, wie Schäfer den Hörer des Feldtelefons abnahm und das Regiment verlangte. »Wenn Stransky wüßte«, sagte Schäfer, »daß ich über seinen Kopf hinweg mit dem Regimentsadjutanten telefoniere, würde er heute morgen zum dritten Male die Fassung verlieren.«

Das Gespräch zog sich in die Länge, da Kiesel zwischendurch anscheinend mit dem Kommandeur einige Worte wechselte. Schäfers Gesicht verdüsterte sich immer mehr. Als er den Hörer zurücklegte, stieß er einen Fluch aus. »Haben Sie das mitbekommen?« fragte er.

Gaußer schüttelte den Kopf und blickte ihn erwartungsvoll an.

»Das zweite und dritte Bataillon haben ihre Nachhuten selbständig mitgenommen.«

»Gegen den Befehl?« fragte Gaußer verwundert.

Schäfer setzte sich verdrossen auf den Tisch und zündete sich eine Zigarette an. »Der Befehl kam von der Division. Als sich das dritte Bataillon abgesetzt hat, ist der Russe sofort mit starken Kräften nachgestoßen. Major Vogel, Sie kennen ihn ja, hat auf den Divisionsbefehl gepfiffen und seinen Zug einfach mitgenommen. Beim zweiten Bataillon muß es ähnlich gewesen sein.«

»Das würde ja bedeuten . . .«, sagte Gaußer bestürzt.

Schäfer nickte. »Ich glaube nicht, daß sich Stransky jetzt beim Regimentskommandeur sehr beliebt gemacht hat. Kiesel hat ihm gesagt, daß Steiner den Zug führt; scheint nicht sehr erbaut davon gewesen zu sein.«

»Anscheinend kennt er Steiner schon lange?«

»Seit Kriegsbeginn«, sagte Schäfer. »Damals war er noch sein Kompanieführer. Steiner hat ihm einmal das Leben gerettet.«

»Kennen Sie die Geschichte?« fragte Gaußer neugierig.

»Ungefähr«, sagte Schäfer. »Es war bei Studenok am Donez. Strauß führte damals schon das Bataillon. Die zweite Kompanie lag, soviel mir bekannt ist, direkt am Donez. Den Russen war es irgendwie gelungen, bei Nacht über den Fluß zu kommen. Bei den Kämpfen wurde die zweite Kompanie fast völlig aufgerieben. Der Rest – ich glaube, es waren noch fünfzehn Männer – verschanzte sich in einem Stukatrichter. Strauß stieß gegen Morgen zu ihnen vor, weil keine Verbindung mehr existierte.«

»Allein?« fragte Gaußer gespannt.

Schäfer schüttelte den Kopf. »Er hatte noch einen Melder bei sich. Obwohl schon überall die Russen saßen, stieß er von ihnen unbemerkt auf den Stukatrichter, in dem auch Steiner saß. Es muß kurz vor Tagesanbruch gewesen sein. Strauß ließ sich über die Lage unterrichten und wollte dann wieder zu seinem Bataillonsgefechtsstand zurück. Inzwischen war es aber schon so hell geworden, daß die Russen ihn sehen konnten. Wohl oder übel mußte er bei den Männern im Trichter sitzen bleiben. Die Russen griffen den ganzen Vormittag über an, es gab immer neue Verluste, am Schluß waren außer Strauß und Steiner nur noch vier Männer unverwundet geblieben. Die Munition ging ihnen aus. In diesem kritischen Augenblick verließ Steiner den Trichter und ...« Schäfer verstummte einen Augenblick und schüttelte den Kopf. »Stellen Sie sich vor«, sagte er, »einige hundert Russen, vielleicht fünfzig Meter entfernt, aber der verrückte Hund hat es trotzdem geschafft. Sie müssen wissen, daß der Trichter an einem völlig deckungslosen Hang gelegen hat. Steiner mußte ungefähr zweihundert Meter den Berg hinauflaufen. Man kann sich denken, was für ein Scheibenschießen das für die Russen gewesen ist, aber der Bursche hatte mehr Glück als Verstand, er wurde nur leicht verwundet. Beim Bataillonsgefechtsstand herrschte vorher begreifliche Aufregung, von Strauß fehlte jede Spur, die zweite Kompanie ließ nichts mehr von sich hören, alles ging drunter und drüber.«

»Kann ich mir vorstellen«, sagte Gaußer gefesselt. »Und dann?«

»Der Rest ist rasch erzählt«, sagte Schäfer. »Aufgrund von Steiners Bericht konnte man sofort die erforderlichen Gegenmaßnahmen einleiten. Die dritte, Ihre Kompanie – sie wurde damals von Oberleutnant Mosterts geführt – unternahm sofort einen Gegenstoß und erschien gerade noch in letzter Minute, um die Restbesatzung des Trichters herauszuhauen. Auf diese Weise wurde auch Strauß gerettet.«

»Das macht manches verständlich«, sagte Gaußer. »Als ich noch vor Moskau lag, kannte ich einen ähnlichen Typ, Feldwebel mit Ritterkreuz. Er hat nur mit Handgranaten allein drei T 34 erledigt, sprang von Panzer zu Panzer und steckte die Handgranaten in das Kanonenrohr. Seit wann ist Steiner beim Bataillon?«

»Angeblich seit 1940«, sagte Schäfer.

Gaußer schüttelte verwundert den Kopf. »Und immer noch Unteroffizier?«

»Das verstehe ich selbst nicht«, sagte Schäfer. »Stransky hat mich vorhin schon daraufhin angesprochen. Ich muß mal bei Fetscher recherchieren. Wenn meine Rechnung stimmt, müßte Steiner schon seit zwei oder drei Jahren Unteroffizier sein.«

»Vielleicht weiß Hauser etwas«, sagte Gaußer. »Er dürfte Steiner noch aus der Garnisonszeit kennen. Warten Sie mal!« Er ging in den Graben hinaus und kehrte kurz darauf mit einem Obergefreiten zurück. »Oberleutnant Schäfer hat eine Frage an Sie«, sagte er zu ihm. »Sie kennen doch sicher Unteroffizier Steiner von der zweiten Kompanie?«

»Jawohl«, sagte der Obergefreite. Er hatte ein mageres Gesicht mit scharfen Zügen und mißtrauischen Augen. Schäfer fragte:

»Ist Ihnen zufällig bekannt, seit wann er Unteroffizier ist?«

Der Obergefreite zögerte, dann sagte er: »Unteroffizier ist er, glaube ich, seit er aus dem Lazarett zurückgekommen ist.«

»Dann war er vorher Obergefreiter?« fragte Schäfer.

»Nein, Feldwebel«, sagte Hauser.

Schäfer starrte ihn verblüfft an, während Gaußer befriedigt lächelte. »Ich habe mir so etwas Ähnliches gedacht«, sagte er zu Schäfer. Den Obergefreiten fragte er: »Ist Ihnen auch bekannt, weshalb man ihn degradiert hat?«

Der Obergefreite schüttelte den Kopf.

»Es ist gut«, sagte Gaußer. »Sie können wieder an Ihre Arbeit gehen, Hauser.«

Er wartete, bis der Mann draußen war, dann blickte er Schäfer an.

»Unglaublich!« sagte dieser. »Das hätte ich nie bei ihm vermutet!«

Gaußer lächelte. Er mochte Schäfer. Der biedere Schwabe verkörperte einen Typ von Frontoffizier, den die Landser schätzten. Sein augenscheinliches Phlegma beeinträchtigte nicht seine Fähigkeit zu blitzschnellem Handeln, wenn der Augenblick es erforderte. »Ich verstehe Ihre Aufregung nicht«, sagte Gaußer. »Außerdem sind Sie inkonsequent.«

»Wieso?«

»Sie haben mir gegenüber schon ein paarmal durchblicken lassen, daß es sich bei Steiner um einen schwierigen Fall handelt, bei dem man gelegentlich ein Auge zudrücken muß.«

»Das ist etwas anderes«, sagte Schäfer verdrossen.

Gaußer schüttelte den Kopf. »Im Gegenteil! Stellen Sie sich einen Mann wie Steiner in einem sturen Kasernenbetrieb vor. Wahrscheinlich hat er sich während seiner Genesungszeit ein paar Disziplinlosigkeiten geleistet. Die Front verdirbt die Männer für die Kaserne.«

Es klang einleuchtend; Schäfer nickte erleichtert. »So wird es gewesen sein.« Er lachte. »Offen gestanden, Herr Gaußer, in der Kaserne wollte ich ihn auch nicht zum Zugführer haben.«

»Na also!« sagte Gaußer grinsend. Schäfer stand auf. »Ich muß mich wieder um meine Stellungen kümmern. Schärfen Sie Ihren Männern für heute nacht erhöhte Wachsamkeit ein; Steiner weiß ungefähr, wo wir liegen. Nicht, daß er und seine Männer von unseren eigenen MGs zusammengeschossen werden!«

Stransky war nach seinem Gespräch mit den beiden Kompanieführern zu seinem Gefechtsstand gegangen. Die Bunker lagen in einer kleinen Obstplantage, deren verkrüppelte Bäume einen guten Schutz gegen feindliche Flugzeuge boten. Vor seinem Bunker blieb Stransky stehen und betrachtete das Gelände. Der von West nach Ost verlaufende Höhenzug hatte an dieser Stelle eine muldenförmige Einbuchtung, die sich nach oben verjüngte und mit ihrem tiefsten Teil neben der Plantage in eine steile Schlucht führte. Die Sonne schien grell auf die nackte Erde, die nach drei Seiten rötlichbraun vor dem blauen Himmel lag. In Stranskys Augen war es ein denkbar ungünstiger Platz für einen Bataillonsgefechtsstand, eine richtige Mausefalle. Falls die Russen einmal hier auftauchten, blieb nur noch der Weg durch die Schlucht. Sie führte etwa zwei Kilometer bis nach Kanskoje, wo sich der Gefechtstroß befand.

Bevor Stransky in den Bunker ging, rief er seinen Burschen zu sich. Der Mann hieß Dudek und war Obergefreiter. Stransky schickte ihn zu seinem Adjutanten, Leutnant Striebig, und ließ diesem ausrichten, daß ab sofort ein Posten vor dem Kommandeursbunker aufzustellen sei.

Stranskys Bunker war größer als die anderen. Das alte Bett hatte er in Kanskoje requirieren lassen, ebenso den Tisch und die Stühle. Er schnallte sein Koppel ab, legte seine Mütze neben den Feldfernsprecher auf den Tisch und setzte sich auf das Bett.

Das Telefon läutete. Als er den Hörer abhob, meldete die Vermittlung ein Gespräch von Oberstleutnant Strauß. Augenblicke später klang die polternde Stimme des Regimentskommandeurs an sein Ohr: »Wie sieht es bei Ihnen aus, Herr Stransky?«

»Schlecht«, sagte Stransky. »Ich komme soeben aus den Stellungen zurück, sie sind . . .«

Strauß unterbrach ihn: »Ich weiß Bescheid, bei den anderen Bataillonen ist es genauso. Sie müssen eben Dampf dahintermachen. Sie haben vorgestern einen Zug in den alten Stellungen zurückgelassen?«

»Jawohl«, sagte Stransky. »Wie es befohlen war, Herr Oberstleutnant.«

»Das zwote und dritte Bataillon hatten den gleichen Befehl«, sagte Strauß. »Sie haben trotzdem dafür gesorgt, daß die Nachhuten rechtzeitig abgerufen wurden. Ich hätte das auch von Ihnen erwartet.«

Stransky mußte sich setzen, seine Gedanken überschlugen sich. »Ich verstehe das nicht, Herr Oberstleutnant. Ich habe mich jedenfalls genau an die vorliegenden Befehle gehalten.«

»Das haben Sie wirklich«, sagte Strauß frostig. »Ich erwarte aber von meinen Bataillonskommandeuren, daß sie nicht nur fähig sind, sich an Befehle zu halten, sondern gegebenenfalls auch in der Lage, selbständig zu handeln, wenn es die Situation erfordert. Wie stark ist der Zug?«

»Ich weiß es nicht«, sagte Stransky blaß. »Wenn Sie es wünschen, werde ich mich sofort vergewissern.«

»Dazu hätten Sie schon früher Gelegenheit gehabt«, sagte Strauß und beendete das Gespräch.

Stransky behielt noch eine Weile den Hörer in der Hand; er verstand die Welt nicht mehr. Sicher hing der Anruf nur mit diesem verdammten Steiner zusammen; Stransky haßte ihn schon, bevor er ihn überhaupt kennengelernt hatte. Heute schien sich alles gegen ihn verschworen zu haben, zuerst die beiden Kompanieführer und jetzt auch noch der Regimentskommandeur persönlich. Mit den Kompanieführern würde er schon fertig werden. Wenn der Kompetenz eines Bataillonskommandeurs auch Grenzen gesetzt waren, so blieb seine Möglichkeit, Einfluß auf die Kompanie zu nehmen, doch wirksamer als die eines Generals.

Sein Blick fiel auf die Karte. Er breitete sie auf dem Tisch aus und betrachtete das riesige Waldgebiet östlich von Krymskaja; die blauen Striche ließen darauf schließen, daß es stark versumpft war.

Während er noch die Karte betrachtete, wurde an die Tür geklopft. Sein Adjutant kam herein. »Was wollen Sie?« fragte Stransky unfreundlich.

Leutnant Striebig lächelte sanft. »Major Vogel hat vorhin angerufen, Herr Hauptmann. Er läßt Sie bitten, ihn morgen abend zu besuchen.«

»Es ist gut«, sagte Stransky. Er wunderte sich über die Einladung. Als er Vogel vor einer Woche zum erstenmal im Regimentsgefechtsstand begegnet war, hatte ihn der Major sehr herablassend behandelt, aber er war Kommandeur des dritten Bataillons, und ein gutes Verhältnis mit ihm konnte nur von Nutzen sein.

»Damit ich es nicht vergesse«, sagte Stransky. »Verständigen Sie die Kompanieführer, ich erwarte sie morgen vormittag um neun Uhr zu einer Besprechung.«

»Jawohl«, sagte Striebig. »Um neun Uhr, Herr Hauptmann.«

Stransky betrachtete angewidert das ovale Gesicht mit der kleinen Nase, den mandelförmigen dunklen Augen und vollen Lippen. Auch so ein schmieriger Bursche, dachte er und sagte: »Sie können gehen!«

Striebig grüßte. Er öffnete die Tür, drückte sie leise hinter sich zu und ging in seinen Bunker. Dort telefonierte er mit den Kompanieführern und verständigte sie von dem Befehl des Kommandeurs. Anschließend wusch er sich die Hände, stellte einen kleinen Spiegel auf den Tisch und kämmte sich sorgfältig. Er war noch damit beschäftigt, als sein Bursche hereinkam.

»Haben Sie eine Arbeit für mich, Herr Leutnant?« fragte er.

»Sie können noch eine Wolldecke auf mein Bett legen«, sagte Striebig. »In meinem Gepäck finden Sie eine.«

Er drehte sich um und beobachtete, wie der Mann den Befehl ausführte. Bevor Striebig ihn zu seinem Burschen gemacht hatte, war er bei der ersten Kompanie gewesen, er hieß Keppler und war noch sehr jung, höchstens neunzehn. Striebig hatte ihn sich selbst ausgesucht, nachdem sein erster Bursche vor vierzehn Tagen bei einem Tieffliegerangriff verwundet worden war. Er wußte noch nicht viel über ihn, die ständigen Absetzbewegungen der Division auf den Kubanbrückenkopf hatten kaum Gelegenheit für persönliche Gespräche geboten. Das würde sich nun ändern, und er beschloß, keine Zeit mehr zu verlieren.

Es war sehr heiß im Bunker. Er zog seinen Rock aus und sagte: »Meine Stiefel können Sie bei der Gelegenheit auch gleich putzen, Keppler. Wie alt sind Sie eigentlich?«

Keppler drehte sich nach ihm um. »Zwanzig, Herr Leutnant.«

»Ich habe Sie für jünger gehalten«, sagte Striebig. »Gefällt es Ihnen bei mir?«

»Jawohl, Herr Leutnant«, sagte der Mann und schlug die Hacken zusammen.

Striebig lächelte. Er gab ihm seinen Rock und sagte: »Als mein Bursche haben Sie es besser als die anderen. Sie brauchen nicht mehr in einem Schützenloch zu sitzen und haben mehr Freizeit. Solange ich mit Ihnen zufrieden bin, wird das auch so bleiben. Helfen Sie mir aus den Stiefeln!« Er setzte sich auf das Bett, beobachtete, wie der Mann ihm den Rücken zuwandte, seine Stiefel zwischen die Beine nahm und sie auszog. Die Berührung erregte Striebig. Er griff plötzlich nach dem Arm des jungen Mannes, zog ihn neben sich auf das Bett und blickte in sein weiches, unfertiges Gesicht.

»Sie wissen, daß ich Sie jederzeit in eine Schützenkompanie zurückversetzen kann«, sagte er.

Keppler nickte. »Ich bin Herrn Leutnant sehr dankbar.«

»Haben Sie schon ein Mädchen?« fragte Striebig. Keppler wurde ein wenig rot. »Nein, Herr Leutnant.«

»Noch nie eines gehabt?« fragte Striebig neugierig.

»Noch nie, Herr Leutnant.«

»Wenn Sie mir versprechen«, sagte Striebig, »daß Sie keinem Menschen ein Wort davon sagen, werde ich dafür sorgen, daß Sie bald in Urlaub fahren können. Sie haben doch seit dreizehn Monaten keinen mehr gehabt?«

»Jawohl, Herr Leutnant«, sagte Keppler und hatte vor Dankbarkeit feuchte Augen.

Striebig berührte seine Wange. »Sie müssen mir noch etwas versprechen!«

»Alles, was Sie wollen, Herr Leutnant«, sagte Keppler und wollte aufstehen, aber Striebig hielt ihn fest und sagte: »Bleiben Sie sitzen. Sie haben vielleicht schon gehört, daß wir bald eine große russische Offensive erwarten. Hier im Bataillonsgefechtsstand sind Sie einigermaßen sicher. Ich brauche einen Burschen, auf den ich mich verlassen kann, der nichts weitererzählt und zuverlässig ist. Sind Sie das?«

Keppler nickte eifrig. »Stellen Sie mich auf die Probe, Herr Leutnant.«

»Es hätte auch keinen Sinn, wenn Sie etwas weitererzählten; man wird einem Offizier mehr Glauben schenken als Ihnen. Ist Ihnen das klar?«

»Ja«, sagte Keppler, aber sein Ton verriet, daß er ihm nicht mehr folgen konnte.

»Ich will es Ihnen erklären«, sagte Striebig und legte eine Hand auf Kepplers Knie. Seine Erregung war jetzt schon so groß, daß sie ihm einen wollüstigen Schmerz bereitete. »Angenommen, ich würde etwas tun, das ein Offizier nicht tun soll, und weiter angenommen, Sie wären daran beteiligt. Wenn Sie es verraten, wird man Sie umgehend wieder in eine Schützenkompanie versetzen, egal, ob es stimmt oder nicht. Mir könnte man nichts anhaben, weil ich es leugnen würde. Sie gewinnen also in keinem Fall etwas. Leuchtet Ihnen das ein?«

Keppler blickte ihn groß an und nickte.

»Und Sie werden in keinem Fall etwas verraten?« fragte Striebig.

»Bestimmt nicht, Herr Leutnant«, sagte Keppler.

»Das auch nicht?« fragte Striebig. Er nahm die Hand von Kepplers Knie und legte sie zwischen dessen Beine. Keppler wurde wieder rot, schüttelte aber stumm den Kopf.

Striebig ließ seine Hand eine Weile liegen. Er schwitzte jetzt am ganzen Körper, und als er sich seiner Sache sicher war, ließ er Keppler los und sagte: »Kommen Sie heute abend zu mir, wenn die anderen schlafen. Passen Sie aber auf, daß man Sie nicht sieht.«

»Jawohl«, sagte Keppler und stand auf. Er grinste mit rotem Kopf. »Herr Leutnant können sich auf mich verlassen.«

Striebig nickte lächelnd. »Es wird nicht Ihr Schaden sein, Fritz. Nehmen Sie meine Stiefel mit, ich möchte jetzt eine halbe Stunde schlafen. Knöpfen Sie Ihre Hose zu.«

»Jawohl«, sagte Keppler. Er wandte sich halb ab, beschäftigte sich mit seiner Hose und griff dann nach Striebigs Stiefeln. Als er draußen war, legte sich Striebig auf das Bett und grinste erleichtert. Es ging nicht immer so glatt wie diesmal, er hatte schon einige peinliche Situationen erlebt, zuletzt mit Oberleutnant Schäfer; dabei war es nur ein dummes Mißverständnis gewesen. Er hatte Schäfer in dessen Bunker besucht. Der Oberleutnant hatte gerade seine Wäsche gewechselt. Als Striebig mit einer Entschuldigung die Tür wieder schließen und vor dem Bunker warten wollte, hatte Schäfer ihn hereingerufen und lachend gefragt, ob er an einem nackten Mann Anstoß nähme. Striebig hatte darin eine unverblümte Aufforderung gesehen und etwas impulsiv geantwortet, ihm persönlich sei ein nackter Mann immer lieber als eine nackte Frau, worauf Schäfer unvermittelt grob geworden war und ihn mehr oder weniger hinausgeworfen hatte. Seitdem machte Striebig immer einen großen Bogen um ihn.

Seine Gedanken kehrten zu Keppler zurück.

Der Regimentsgefechtsstand lag mit seinen Bunkern an der Westseite eines sich von Südosten nach Nordwesten erstreckenden Höhenzuges. Im Bunker des Kommandeurs saßen sich Oberstleutnant Strauß und Hauptmann Kiesel gegenüber. Strauß sagte verdrossen: »Um jeden Dreck muß man sich persönlich kümmern. Da man die Bataillone auf Lastwagen verladen hat, waren die Nachhuten ohnedies überflüssig. Stransky hätte es genauso machen müssen wie die anderen.«

Kiesel zuckte mit den Schultern. »Es ist nicht jedermanns Sache, sich mit Gewissensentscheidungen zu belasten, wenn sich die Verantwortung einer höheren Instanz zuschieben läßt; Stransky hat, von seinem Standpunkt aus gesehen, korrekt gehandelt. Übrigens traue ich Steiner durchaus zu, daß er es trotzdem schafft.«

»Es handelt sich hier um einen ganzen Zug!« sagte Strauß scharf.

Kiesel lächelte. »Sicher, aber ohne Steiner hätten die Männer kaum eine Chance, durchzukommen.«

»Das weiß ich selbst«, knurrte Strauß. Er war ein großer, kräftiger Mann mit einem wuchtigen Schädel, dessen Schläfenknochen wulstig hervortraten. Kiesel hatte sich als Regimentsadjutant noch mit keinem anderen Kommandeur so gut verstanden wie mit Strauß. Er kannte auch dessen Schwäche für Steiner, und er nahm sich jetzt vor, den Unteroffizier, falls er heil zum Regiment zurückkehren sollte, einmal persönlich kennenzulernen. Bis zur Stunde kannte er ihn nur aus den Erzählungen von Strauß. Vor einigen Monaten hatte Strauß beiläufig auch einen dunklen Punkt in Steiners jüngerer Vergangenheit erwähnt und ihn gebeten, sich einmal darum zu kümmern. Dies war geschehen, aber das Ergebnis war für Strauß ebenso wie für Kiesel unbefriedigend gewesen. Kiesel hatte zwar erfahren, warum Steiner degradiert worden war, aber Strauß hatte das Delikt als lächerlich bezeichnet und darin nur einen Vorwand für eine andere Sache gesehen. Sie hatten diese Angelegenheit dann auch nicht weiterverfolgt.

Strauß kam wieder auf Stransky zu sprechen. »Ich kenne ihn noch zuwenig«, sagte er. »Haben Sie sich schon eine private Meinung über ihn gebildet?«

Kiesel zuckte wieder mit den Schultern. »Ich bin ihm bis heute nur dreimal kurz begegnet. Die paar Worte, die ich mit ihm gesprochen habe, waren in gewissem Sinn aufschlußreich, reichen aber zu einer objektiven Beurteilung nicht aus. Wenn ich sein etwas konfuses Gerede richtig interpretiert habe, schwebt ihm eine geistige Beherrschung des Bataillons vor.«

»Eine was?« fragte Strauß verdutzt.

Kiesel lächelte. »Es klingt merkwürdig, aber bei der Mentalität des Herrn Stransky ist es vielleicht gar nicht so sehr absurd. Er möchte den Männern nicht mit seinem Dienstgrad, sondern mit seiner Persönlichkeit imponieren.«

»Du großer Gott!« sagte Strauß. Er grinste. »Seit ich die Uniform trage, habe ich einen solchen Blödsinn noch nicht gehört. Der Mann ist entweder verrückt oder ein hoffnungsloser Phantast. Damit wird er sich beim ersten Bataillon nicht populär machen. Offen gestanden, Kiesel, die moralische Verfassung der Männer gefällt mir nicht. Es ist kein Schwung mehr dahinter. Sie sind zu Schachfiguren geworden, die sich zwar noch bewegen lassen, sich aber nicht mehr von selbst bewegen.«

Kiesel antwortete ruhig. »Die Division steht jetzt seit einundzwanzig Monaten ununterbrochen im Einsatz. Die Männer haben die Schnauze voll. Sie wissen selbst, wie oft man ihnen die Ablösung versprochen hat.«

»Ist das unsere Schuld?«

»Ich bin kein General«, sagte Kiesel ausweichend. »Ich weiß nur, daß die Männer in jedem neuen Kommandeur einen Anwärter auf das Ritterkreuz sehen, das er sich mehr oder weniger mit ihrem Blut verdienen will. Hat er es, kommt der nächste an die Reihe.«

Strauß wußte das alles selbust. Er hatte auch sein möglichstes getan, um das Regiment endlich einmal für einige Wochen aus dem Glutofen der Front herauszubringen. Er sagte: »Man müßte einmal versuchen, den Männern klarzumachen, warum sie nicht abgelöst werden können. Neunzig Prozent unseres Personals kommen vom Ersatz. Jene, die seit Juni 1941 beim Regiment sind, können Sie an den Fingern abzählen. Man muß dem General zustimmen, wenn er meint, daß sich dieser paar Männer wegen eine Ablösung nicht lohnt. Die meisten stehen ja erst seit einigen Wochen oder Monaten an der Front oder wieder an der Front.«

»Da bin ich eben anderer Meinung«, sagte Kiesel.

»Warum?«

»Es lohnt sich nicht, darüber zu reden.«

»Es lohnt sich immer, wenn Sie mich zum Zuhörer haben«, sagte Strauß zurechtweisend. »Worum geht es Ihnen eigentlich?«

»Gerade um die Männer unseres Stammpersonals«, sagte Kiesel. »Sie sind es ja, die den Ersatz bei der Stangc halten, oder besser gesagt, bei der Stange gehalten haben. Heute fühlen sie sich mißbraucht, ihr sogenanntes Pflichtgefühl wurde schamlos ausgenutzt. Die Folge ist, daß sie genauso unzuverlässig werden wie unser Ersatz der letzten Monate, der, seit er an der Front steht, nur rückläufige Bewegungen erlebt und in jedem Russen eine ihm überlegene Kampfmaschine sieht. Denken Sie nur an den Winter 1941/42. Die Rückschläge, die wir damals erlebt haben, hatten für die Moral unserer Männer noch keine nachhaltigen Folgen. Damals waren sie noch bereit, der verantwortlichen Führung nach den rauschenden Erfolgen des Vormarsches auch einmal das Recht auf einen Irrtum einzuräumen.«

»Also Fairneß?« fragte Strauß.

Kiesel nickte. »Wenn Sie es so nennen wollen. Ihr wird es auch zu danken sein, daß sich die Männer, fern der Einflußsphäre politischer Hasardeure, ihren Patriotismus erhalten haben.«

»Für wen?« fragte Strauß. Dann wurde er ärgerlich. »Führen Sie Ihre defätistischen Gespräche mit wem Sie wollen, aber nicht immer ausgerechnet mit mir. Ich werde mir heute mittag die Stellungen einmal selbst anschauen. Sie können mich begleiten; kommen Sie gegen fünfzehn Uhr zu mir.«

»Jawohl!« sagte Kiesel und ging hinaus.

Strauß blieb am Tisch sitzen und betrachtete angewidert die Karten.

Die Entscheidung über den Ausgang des Krieges war längst gefallen; es hatte keinen Sinn mehr, es noch anders sehen zu wollen.

Gegen Abend machte Schäfer noch einmal einen Rundgang durch die Stellungen. Er überzeugte sich davon, daß die Arbeit an den Gräben und Bunkern trotz der einsetzenden Dunkelheit pausenlos weitergeführt wurde. Während er die Stellungen abging, waren seine Gedanken wieder bei Steiner und seinem Zug. Er rechnete fest damit, daß er noch in dieser Nacht eintreffen würde. Hatten die Russen erst einmal eine durchgehende HKL besetzt, so blieben dem Zug kaum noch Chancen.

Obwohl es inzwischen sehr spät geworden war, fühlte sich Schäfer noch nicht müde genug, um schlafen zu gehen. Er kletterte aus dem Graben, stieg einige Meter den steilen Hang hinauf und setzte sich dann auf den Boden. Außer den Geräuschen der arbeitenden Männer in den Stellungen war nichts zu hören. Der Sternenhimmel wölbte sich klar über den dunklen Hügeln. Schäfer ertappte sich dabei, daß er Heimweh hatte. Als vor einem Jahr die neue Sommeroffensive begann, hatte er noch gehofft, bald wieder zu Hause zu sein, aber die jüngste Entwicklung hatte alles nur noch aussichtsloser werden lassen. Er dachte erbittert daran, daß im Dezember die Stadt Tuapse zum Greifen nah vor der Division gelegen hatte, die türkische Grenze wäre in einigen Tagesmärschen zu erreichen gewesen, aber dann passierte die Sache bei Stalingrad. Um nicht ein ähnliches Schicksal zu erleiden, hatte sich die Armee aus dem Kaukasus auf den Brückenkopf zurückziehen müssen. Jetzt lag sie, zermürbt in unzähligen Schlachten, hoffnungslos und abgekämpft, mit dem Rücken zum Meer, in der tscherkessischen Hügellandschaft und in den Sumpfgebieten des Kubans einer vielfachen Übermacht gegenüber.

Es wurde langsam heller. Schäfer blickte hinüber zum Wald. Sicher hatte ihn der Russe inzwischen schon mit seinen Vorausabteilungen besetzt, spätestens morgen früh würde er ihn auch mit seinen Sturmdivisionen erreichen.

Er fror plötzlich und stand auf. Sein Bunker lag in einem schmalen Stichgraben. Er setzte sich an den Tisch, zündete die Kerze an und betrachtete das Feldtelefon. So wartete er bis zum Morgengrauen auf das Eintreffen des zweiten Zuges. Aber Steiner und seine Männer kamen auch in dieser Nacht nicht.

Leutnant Gaußer hatte die halbe Nacht in den Stellungen verbracht. Als er kurz vor neun Uhr von Schäfer zu der Kompanieführerbesprechung bei Stransky abgeholt wurde, war er unausgeschlafen und schlecht gelaunt. Er sagte: »Wenn ich nur einen Bruchteil dessen, was der Mensch an Schlaf braucht, zu fordern hätte, bliebe die Wehrmacht mein lebenslänglicher Schuldner. Haben Sie nichts von Ihrem Zug gehört?«

Schäfer schüttelte den Kopf.

»Ich auch nicht«, sagte Gaußer. »Vor meinem Abschnitt hat sich nichts gerührt.«

Sie machten sich auf den Weg. Schäfer war wortkarg. Einmal legte ihm Gaußer die Hand auf die Schulter und sagte: »Er ist jetzt seit dreißig Stunden überfällig.«

Schäfer betrachtete den Himmel. »Es wird wieder Regen geben«, sagte er.

Vor dem Kommandeursbunker wurden sie von Leutnant Schwerdtfeger und Oberleutnant Merkel, den Chefs der ersten und vierten Kompanie, erwartet. »War bei Ihnen schon etwas los?« fragte Schwerdtfeger.

Schäfer schüttelte den Kopf. »Bei Ihnen?«

»Gegen fünf Uhr heute früh«, sagte Schwerdtfeger. »Sie kamen mit einem schwachen Spähtrupp bis dicht vor die Stellungen. Nach den ersten Schüssen verschwanden sie wieder.«

»Dann sind sie also schon da!« sagte Gaußer. Oberleutnant Merkel lachte. »Haben Sie etwas anderes erwartet?«

»Ich nicht«, sagte Gaußer. »Es ist nur...« Er blickte Schäfer an und verstummte.

In der Tür des Kommandeursbunkers tauchte Striebig auf. »Der Herr Hauptmann erwartet Sie. Guten Morgen!«

»Hoffen wir es«, sagte Merkel. Striebig blickte ihn verständnislos an.

Stransky stand vor einer Karte an der rechten Längsseite des Bunkers. Er begrüßte die Offiziere steif und wartete, bis sie sich gesetzt hatten. Dann sagte er: »Ich darf mir die Schilderung der großen taktischen Lage ersparen, meine Herren. Sie haben ja Gelegenheit, sich durch den Wehrmachtsbericht auf dem laufenden zu halten. Es dürfte Ihnen auch bekannt sein, daß sich Teile unserer Armee über Rostow abgesetzt und in die neue HKL eingegliedert haben, die östlich Taganrog in Richtung Woronesch verläuft. Die Front westlich Stalingrad scheint sich gleichfalls stabilisiert zu haben. Man betrachtet jetzt bei der obersten Heeresführung den Kubanbrückenkopf als taktisches Sprungbrett für eine künftige Offensive, die, nach Norden geführt, nicht nur die gesamte Südfront der Russen aufrollen, sondern auch, im Rücken der feindlichen Armeen geführt, von kriegsentscheidender Bedeutung sein dürfte.«

»Ich werd' verrückt!« murmelte Merkel. Schwerdtfeger nickte und blickte Gaußer an, der sich mit dem Handrücken ein Grinsen aus dem Gesicht wischte. Stransky fuhr unbeirrt fort: »Es ist anzunehmen, daß man sich beim Gegner dieser Gefahr bewußt ist und keine Anstrengung scheut, den Brückenkopf zu beseitigen. Der Abschnitt unserer Division verläuft von hier in nordwestlicher Richtung bis zu den Lagunen bei Temryuk. Sie sehen selbst« – er stieß den Zeigefinger auf die Karte –, »der Brückenkopf gleicht einer Armbrust, deren Sehne das Schwarze Meer bildet. Der Division sind Teile einer rumänischen Einheit unterstellt. Nach Süden liegen im Anschluß an unseren rechten Flügel eine Jägerdivision sowie zwei Infanteriedivisionen und nördlich von uns eine Gebirgsjägerdivision. Der Schwerpunkt eines russischen Angriffes dürfte, wie ich befürchte, in unserem Abschnitt liegen, da die nördlich gelegenen Sumpfgebiete ein natürliches Hindernis darstellen. Zudem – übersehen Sie die taktische Bedeutung der Straße nicht. In Anbetracht der geringen Ausdehnung des Brückenkopfes wäre jeder Meter verlorenen Bodens eine nicht wiedergutzumachende Einbuße. Die jetzige Linie, die sogenannte Siegfriedstellung, muß unter allen Umständen gehalten werden.« Er wandte sich von der Karte ab und den Offizieren zu, seine Stimme wurde eindringlich: »Sorgen Sie für gute Stellungen, treiben Sie Ihre Leute rücksichtslos in die Erde, jeder Spatenstich, jeder Unterstand verringert die Gefahr eines feindlichen Durchbruchs. Vergessen Sie nicht: Wir haben kein Land, sondern nur das Meer im Rücken.«

Die Gesichter der Offiziere waren ernst geworden. Oberleutnant Schäfer fragte: »Dann muß der ganze Nachschub über das Meer gebracht werden?«

»Es werden Fähren eingesetzt«, sagte Stransky. »Wir haben zwei Landestellen, die erste bei Tamanskaja, die zweite westlich der Großen Salzsee. Durch feindliche Minen und Tiefflieger sind bereits zwei Fähren verlorengegangen. Ferner ist mit dem Einsatz russischer U-Boote zu rechnen.«

»Herrliche Aussichten!« warf Oberleutnant Merkel ein. »Was tut man dagegen?«

»Es werden Gegenmaßnahmen ergriffen«, sagte Stransky. »Hat noch jemand eine Frage?«

»Wie steht es mit den Reserven?« fragte Gaußer.

Stransky trat wieder an die Karte. »Der Division ist ein Sturmregiment unterstellt; es liegt westlich von Kanskoje. Für einen reibungslosen Nachschub werden zwei zusätzliche Straßen und eine Schmalspurbahn für Dieselloks gebaut. Ein neuer Feldflughafen wurde heute früh auf der Halbinsel Taman in Betrieb genommen. Sie sehen, daß an alles gedacht wurde.«

Die Offiziere standen auf und drängten sich an die Karte. Schäfer sagte: »Wenn es den Russen gelingt, über Taganrog hinaus durchzubrechen und die Landenge von Perekop zu besetzen . . .«

Er wurde von Stransky unterbrochen: »Wie Sie sich selbst überzeugen können, liegt Taganrog etwa dreihundert Kilometer östlich von Perekop. Eine Entwicklung, wie Sie sie andeuten, würde immerhin die Zeit in Anspruch nehmen, die es der Führung ermöglicht, entsprechende Vorkehrungen zu treffen.«

»Stalingrad!« warf Merkel ein. Stransky wandte ihm rasch das Gesicht zu, seine Stimme wurde kalt: »Ich glaube, daß für die Beurteilung Stalingrads höhere Instanzen kompetent sind, Herr Merkel. Der Gesichtskreis eines Kompanieführers genügt nicht, um es sinnvoll in das größere Kampfgeschehen einzuordnen. Im übrigen wäre es für Sie in diesem Fall bedeutungslos, ob Sie sich auf der Krim oder im Kubanbrückenkopf befinden.« Er richtete das Wort an alle: »Ich erwarte um siebzehn Uhr Ihre Meldung über den Stand des Stellungsbaus. Das wäre alles.«

Die Kompanieführer grüßten und verließen den Bunker. Draußen trennten sie sich. Schäfer stieg mit Gaußer langsam die Höhe hinauf. Sie sprachen beide nichts. Erst als sie Schäfers Gefechtsstand erreicht hatten, fragte Gaußer: »Was halten Sie davon?«

Schäfer blickte über den Grabenrand hinweg zu dem Wald hinüber. »Wir werden eine herrliche Schießscheibe für sie abgeben.«

»Genau dasselbe habe ich eben auch gedacht«, sagte Gaußer und ging weiter. Schäfer blickte ihm nach, aber seine Gedanken waren wieder bei Steiner und seinen Männern.

Der Zug quälte sich bereits seit über zehn Stunden durch das unwegsame Waldgelände. Das dornige Unterholz zerfetzte den Männern die Uniformen und zerkratzte ihnen Hände und Gesicht. Im Wald herrschte eine dumpfe Treibhausschwüle, der sumpfige Boden strömte unter ihren Schritten widerliche Gase aus. Sie schwitzten und kämpften vergeblich gegen eine Wolke kleiner Stechmücken an, die, je tiefer sie in den Wald eindrangen, immer größer wurde. Oft war der Boden so versumpft, daß sie zu zeitraubenden Umwegen gezwungen waren.

Krüger marschierte hinter Schnurrbart. Sein Gesicht war rot und schweißbedeckt; seine Augen brannten, als hätte man ihm Pfeffer hineingestreut. Das Maschinengewehr drückte wie eine Zentnerlast auf seine Schulter. Wenn er einmal für einen Augenblick stehenblieb, zitterten seine Beine und drohten einzuknicken. Seine Mundhöhle schien sich in einen trockenen Schwamm verwandelt zu haben, der ihm die Luft wegnahm und auch den letzten Tropfen Flüssigkeit aus seinem Körper saugte. Den andern Männern ging es nicht besser. Dietz litt am meisten unter den Strapazen. Er hielt den Mund weit offen und taumelte von einem Bein auf das andere. An seinen Armen zerrten die schweren Munitionskästen wie Bleigewichte und bereiteten ihm bei jedem Schritt höllische Qualen. Steiner hatte sie ihm zwar für eine Weile abgenommen, aber Dietz war bereits so fertig gewesen, daß ihm auch diese vorübergehende Erleichterung nicht mehr geholfen hatte. Er starrte beim Gehen stumpfsinnig auf den Boden. Am schlimmsten war der Durst, er hatte immer das Rauschen eines Baches in den Ohren, aber jedesmal, wenn er die entzündeten Augen aufriß, sah er nur das endlose Gewirr des Unterholzes und das Labyrinth der Bäume, die mit ihrem dichten Blätterdach den Himmel verdeckten.

Er schleppte sich noch einige Zeit weiter, dann brach er in die Knie und fiel auf das Gesicht. Dorn, der dicht hinter ihm ging, blieb erschrocken stehen. Er wollte die anderen aufmerksam machen und schrie. Seine Stimme klang wie das heisere Krächzen eines Vogels, und keiner hörte ihn. Er stieß Krüger die Faust in den Rücken. Der Ostpreuße drehte sich um, sah Dietz am Boden liegen und brüllte nach Steiner. Als dieser zurücklief, ließen sich die Männer zu Boden fallen und rührten sich nicht mehr. Er beugte sich über Dietz und rüttelte ihn an der Schulter. »Er ist ohnmächtig geworden«, sagte Dorn heiser. Steiner nahm die Feldflasche vom Koppel, knöpfte Dietz den Rock auf und schüttete ihm Wasser über die Stirn und auf die Brust. Dietz schlug die Augen auf und blickte verständnislos in sein Gesicht. »Was ist los?« fragte er.

»Du bist umgefallen«, sagte Steiner. »Wie fühlst du dich?«

»Ich kann nicht mehr«, sagte Dietz weinerlich.

Steiner biß sich auf die Lippen. Sie hatten noch nicht einmal die Hälfte des Weges geschafft, und ihre Aussichten, bis zum Abend nach Krymskaja zu kommen, wurden mit jeder Minute geringer. »Du mußt dich zusammenreißen, Baby«, sagte er. »Wenn du dich nicht zusammenreißt, gehen wir alle vor die Hunde.«

»Du siehst doch, daß er nicht mehr kann«, sagte Krüger mürrisch. »Dieses Tempo hält ja kein Schwein durch.«

»Willst du hier verrecken?« fragte Steiner. Sein Blick fiel auf Doll, der etwas abseits auf dem Bauch lag und das Gesicht auf die Arme gebettet hatte. Er ging zu ihm hin und fragte: »Wo sind deine Munitionskästen?«

»Vor zehn Minuten hat er sie noch gehabt«, sagte Krüger. »Der Hund muß sie weggeworfen haben.«

»Dann wird er sie wieder holen«, sagte Steiner. Als er Doll bei der Schulter packte, fuhr dieser herum und starrte mit blutunterlaufenen Augen in sein Gesicht. »Laß deine dreckigen Pfoten von mir«, sagte er.

Steiner schlug ihm mit dem Handrücken hart auf den Mund. Es ging so rasch, daß Doll nicht mehr ausweichen konnte. Er stieß einen Wutschrei aus, sprang auf die Beine, bückte sich nach seinem Karabiner und richtete den Lauf auf Steiner. »Tu das nicht mehr!« sagte er keuchend. »Beim nächsten Mal lege ich dich um; ich schwör' es dir!«

Steiner blickte neugierig in sein wildes Gesicht. »Dazu bist du zu feige«, sagte er grinsend. »Paß auf!« Er ließ seine Maschinenpistole fallen und hielt Schnurrbart und Krüger, die gleichfalls auf die Beine gesprungen waren und mit vorgeschobenen Köpfen auf Doll losgingen, zurück. Sie blieben stehen und beobachteten, wie er langsam die Hand ausstreckte, Dolls Karabiner beim Lauf faßte und ihn an sich nahm. Es geschah mit einer so aufreizenden Selbstverständlichkeit, daß Doll nicht einmal mehr den Versuch machte, es zu verhindern. In seinem Gesicht spiegelte sich eine Mischung von Wut, Furcht und Scham. Steiner warf den Karabiner weg, bückte sich nach seiner Maschinenpistole und sagte mit normaler Stimme: »In fünfzehn Minuten marschieren wir weiter. Bis dahin bist du mit den Kästen wieder hier, oder wir marschieren ohne dich. Hau ab!«

Doll starrte ihn noch ein paar Sekunden an, dann drehte er sich um und verschwand zwischen den Bäumen.

Krüger ließ das schußbereit in den Hüften liegende MG sinken und fragte: »Warum hast du mich ihn nicht umlegen lassen?«

»So was besorge ich selbst«, sagte Steiner. Er ging wieder zu Dietz und fragte: »Wie geht's?«

»Besser«, sagte Dietz und versuchte ein Lächeln. Steiner nickte ihm aufmunternd zu.

Die anderen Männer hatten sich hingesetzt. Anselm fragte: »Wie weit haben wir noch?«

»Dreißig Kilometer«, sagte Steiner.

Sie starrten ihn bestürzt an. »Wieso dreißig?« fragte Maag. »Es waren insgesamt doch nur dreißig!«

»Bis nach Krymskaja«, sagte Steiner. Er blickte auf seine Armbanduhr. »In fünf Stunden setzen sich die Bataillone auf die neuen Stellungen westlich von Krymskaja ab.«

»Das schaffen wir nicht mehr!« murmelte Pasternack. Maag widersprach erregt: »Das müssen wir schaffen. Nach Krymskaja können es doch höchstens noch zehn Kilometer sein.«

»Ungefähr«, sagte Steiner, »aber der Karte nach haben wir seit heute früh höchstens zwanzig Kilometer geschafft, pro Stunde zwei Kilometer. Außerdem haben wir noch den Bach vor uns.«

»Da schwimmen wir hinüber«, sagte Maag.

»Mit deinen Munitionskästen?« fragte Schnurrbart. Er zerschlug eine Schnake auf seiner Stirn und fluchte. »Die verdammten Viecher machen mich noch verrückt.«

»Ich kann nicht schwimmen«, sagte Dietz. Sie blickten ihn stumm an.

»Mal sehen, wie breit er ist«, sagte Steiner und zündete sich eine Zigarette an. Er war der einzige unter den Männern, der sich noch keinen Augenblick hingesetzt hatte.

Er muß Knochen aus Eisen haben, dachte Dorn. Er fragte: »Warum setzt du dich nicht hin?«

»Sein Geheimrezept!« antwortete Schnurrbart für Steiner. »Sobald du dich während eines solchen Marsches hinhockst, bist du hinterher noch müder als zuvor.«

»Du sitzt ja auch!« sagte Dorn.

Schnurrbart grinste und zeigte auf seine Pfeife. »Sie schmeckt mir nur, wenn ich sitze. Außerdem bin ich schon so erledigt, daß es nicht mehr drauf ankommt.«

Er übertrieb; Dorn wußte es. Schnurrbart war zumindest genauso zäh wie Steiner, und Dorn erinnerte sich noch gut der sechzig und siebzig Kilometer, die sie während des Marsches in den Kaukasus täglich zurückgelegt hatten. Während die anderen Männer in ihren Quartieren am Abend buchstäblich zusammengebrochen waren, hatten sich Schnurrbart und Krüger kaum etwas anmerken lassen und noch für die Verpflegung gesorgt.

Die Erinnerung daran machte Dorn wieder bewußt, daß er seit zwei Tagen kaum mehr etwas gegessen hatte. Wenn er sich eine Scheibe Brot vorstellte, eine Scheibe frischen Brotes, wie er es zu Hause beim Frühstück bekommen hatte, füllte sich sein Mund mit Speichel. Er schloß die Augen und sah in Gedanken einen Bäckerladen vor sich; das Bild machte ihn fast verrückt. Er kam erst wieder zu sich, als er von Schnurrbart angesprochen wurde: »Es geht weiter, Doktor!«

Dorn riß die Augen auf. Er sah, daß die Männer aufgestanden waren.

Einige Schritt neben ihnen, das Gesicht rot und verschwitzt, stand Doll mit den Munitionskästen; Dorn hatte seine Ankunft überhaupt nicht bemerkt. Während er aufstand, wurde ihm beinahe schlecht vor Hunger. Schnurrbart, der ihn beobachtete, fragte besorgt: »Stimmt etwas nicht mit dir?«

Dorn schüttelte den Kopf.

»Seid ihr fertig?« fragte Steiner.

Schnurrbart zog sich das Koppel mit den schweren Patronentaschen ein Stück höher. »Wie nach der Hochzeitsnacht.«

»Du marschierst am Schluß«, sagte Steiner zu ihm. »Paß auf, daß keiner mehr Ballast abwirft. Marsch!«

Nach einer Stunde wurde der Boden wieder sumpfig. Das Wasser quietschte unter ihren Schritten und floß in ihre Stiefel. Sie sanken bereits bis zu den Knöcheln in den schwammigen Boden ein, als Steiner endlich stehenblieb. Vor ihnen, etwa fünfzig Schritt entfernt, tauchte hohes Schilf zwischen den Bäumen auf. Zwischen den gelben Halmen schimmerte offenes Wasser. Hinter dem Schilf standen keine Bäume; die Männer sahen den blauen Himmel.

»Da kommen wir nicht durch«, sagte Krüger. »Was kann das sein? Ein See?«

»Wenn es ein See ist«, sagte Schnurrbart, »können wir ihn umgehen. Was meinst du?« sagte er zu Steiner.

»Ich muß es mir von oben anschauen«, sagte Steiner. Er schnallte sich das Koppel ab, warf sein Sturmgepäck auf den Boden und ging auf einen Baum zu, dessen Äste fast bis zur Erde reichten. Mit einem Klimmzug schwang er sich hinauf und kletterte dann von Ast zu Ast, bis er über das hohe Schilf hinwegschauen konnte. Es war nur ein schmaler Streifen Schilf, aber dahinter dehnte sich eine breite Wasserfläche aus. Nach dem Wasser kam wieder Schilf und etwa hundert Meter hinter dem Schilf war wieder Wald.

Steiner blickte eine Weile hinüber; das Bild übertraf seine schlimmsten Befürchtungen. »Wie sieht es aus?« fragte Krüger von unten.

Steiner kletterte zu ihnen hinunter, sie blickten erwartungsvoll in sein Gesicht. Er breitete die Karte am Boden aus und ließ sie die feine, durch den ganzen Wald führende blaue Linie sehen. Die Männer starrten ihn bestürzt an. »Willst du damit sagen, daß das vor uns der verdammte Bach sein soll?« fragte Krüger.

»Es gibt keinen Zweifel«, sagte Steiner. »Bis zum anderen Ufer sind es mindestens hundert Meter.«

»Dann sind wir verkauft«, sagte Maag blaß.

Die Erkenntnis ihrer aussichtslosen Situation fiel wie ein dunkles Tuch über sie. »Was willst du tun?« fragte Schnurrbart.

Steiner faltete die Karte zusammen, griff nach seinem Gepäck und ging wieder ein Stück in den Wald hinein. An einem verhältnismäßig trockenen Platz setzte er sich auf den Boden und zündete sich eine Zigarette an. Auch die anderen Männer waren inzwischen herangekommen. Sie warfen ihr Gepäck ab, ließen sich auf den Boden fallen und starrten mutlos vor sich hin. Schnurrbart setzte sich zu Steiner und sagte: »Irgend etwas müssen wir tun. Hast du keine Idee?«

»Wenn ich allein wäre«, sagte Steiner, »hätte ich eine.«

»Du bist nicht allein«, sagte Schnurrbart gereizt. »Wenn die Kerls merken, daß du keine Idee mehr hast, spielen sie verrückt.

Steiner sagte laut: »Hört mal her! Wir werden hier übernachten. Morgen früh geht es vor Tagesanbruch weiter. Wir werden nach Norden zur Straße marschieren; sie muß irgendwo den Bach kreuzen. Dort ist sicher auch eine Brücke.«

»Wie weit ist das?« fragte Maag.

»Ungefähr fünfzig Kilometer.«

Krüger lachte wütend. »Wie stellst du dir das vor, Mann! Ohne einen Bissen im Magen!«

»Es ist unmöglich«, sagte Dorn. »Mit leerem Magen schaffen wir das nicht.«

Ihr Widerspruch reizte Steiner, er sagte scharf: »Wenn du um dein Leben marschierst, schaffst du alles. Wir werden spätestens übermorgen auf die Straße kommen. Wenn ihr unbedingt etwas zu fressen braucht, so versucht es mit Baumrinde, im Wasser weichgekocht soll sie sogar genießbar sein. Ihr habt euer Kochgeschirr, ihr habt Holz, ihr habt Feuer. Eine Feldküche kann ich euch nicht liefern.«

»Hast du dir die Brühe angeschaut?« fragte Krüger verdrossen. »Sieht aus, als hätten hundert Kühe hineingeschissen.«

»Dann kocht sie vorher ab«, sagte Steiner. »Es hat schon Leute gegeben, die ihren eigenen Urin gesoffen haben.«

Seine Zuversicht wirkte ansteckend. Kern sagte: »Ich komm' auch mal zwei Tage mit dieser Dreckbrühe aus. Es darf nur nicht noch länger dauern.«

»Wenn wir an der Straße sind«, sagte Steiner, »haben wir es so gut wie geschafft.«

Dorn schaltete sich ein: »Das ist mir nicht ganz klar«, sagte er. »Du willst doch nicht auf der Straße marschieren?«

»Nein«, sagte Steiner.

»Schön«, sagte Dorn. »Dann müssen wir auf der anderen Seite der Brücke praktisch wieder den gleichen Weg zurückgehen, und das sind noch einmal fünfzig Kilometer, ohne daß wir weitergekommen wären. Frühestens in vier Tagen können wir hundert Meter von hier entfernt auf der anderen Seite des Baches sein. Ist es das, was du vorhast?«

Steiner betrachtete ihn belustigt. »Mit deiner Intelligenz hätte ich es schon längst zum Regimentskommandeur gebracht.«

»Aber er hat doch recht!« sagte Hollerbach laut. »Wenn du nicht auf der Straße bleiben willst ...«

»Das habe ich nicht gesagt«, warf Steiner ein. »Ich habe lediglich gesagt, daß wir nicht auf der Straße marschieren werden. Dort rollt der russische Nachschub. Wir werden uns einen Lkw kassieren, möglichst einen, der Verpflegung geladen hat.«

Schnurrbart schlug sich mit der flachen Hand an die Stirn. »Daß ich Idiot nicht daran gedacht habe!« Zu Steiner sagte er: »Wie damals mit dem T 34!«

»Genau«, sagte Steiner.

Die Männer blieben skeptisch. Dorn sagte: »Ich weiß zwar noch nicht, wie ihr euch das denkt, aber habt ihr euch schon überlegt ...«

»Da gibt es nichts zu überlegen«, sagte Schnurrbart. »Wer nicht mitmachen will, soll sich selbst etwas einfallen lassen.«

»Wie war das mit dem T 34?« fragte Maag neugierig.

Schnurrbart winkte ab. »So etwas kannst du nur erleben, aber nicht erzählen.« Zu Steiner sagte er: »Wir müssen versuchen, morgen so weit wie möglich zu kommen. Morgen sind wir noch einigermaßen bei Kräften. Wir haben noch unsere eisernen Rationen. Wenn wir sie zusammenwerfen, können wir uns eine Suppe kochen; das reicht bis morgen abend.«

»Hast du deine noch?« fragte Steiner.

»Natürlich.«

Steiner blickte die Männer an. »Wer noch?«

Als sich keiner meldete, nickte er. »Genauso habe ich mir das vorgestellt.«

»Ihr Idioten!« sagte Schnurrbart wütend. »Wann habt ihr die gefressen?«

»Muß schon auf dem Rückmarsch gewesen sein«, sagte Krüger verdrossen. »Damals gab es ja auch nichts zu futtern.«

»Ich bin ohne meine eiserne Ration durchgekommen!« sagte Schnurrbart.

Steiner öffnete sein Gepäck, holte die eiserne Ration heraus und warf sie Schnurrbart hin. »Dann müssen wir eben mit den beiden auskommen. Wem die Suppe zu dünn wird, der soll sie als einen Denkzettel betrachten. Kern und Anselm holen jetzt Wasser; sammelt sämtliche Kochgeschirre ein. Wenn ihr an den Bach nicht 'rankommt, grab ein Loch in den Boden, bis es sich mit Wasser füllt. Daß mir aber keiner das Zeug unabgekocht trinkt. Die anderen sammeln Brennholz.«

Die Männer standen auf. Kern ließ sich die Kochgeschirre geben und ging mit Anselm zum Bach. Sie schafften es nicht, bis zum Ufer vorzudringen, und gruben, wie Steiner es befohlen hatte, ein Loch in den Boden. Es füllte sich sofort bis zum Rand mit einer dunklen, übelriechenden Brühe. Mit Einbruch der Dunkelheit war längs des Baches ein tausendfältiges Froschkonzert laut geworden. »Froschschenkel!« sagte Kern fasziniert. »Man sollte ein paar erwischen!«

»Pfui Teufel!« sagte Anselm.

Sie hatten jetzt sämtliche Kochgeschirre gefüllt und kehrten zum Lagerplatz zurück. Dort hatte man inzwischen ein Feuer gemacht; das feuchte Holz entwickelte starken Rauch, der die zahlreichen Fliegen und Schnaken vertrieb. Die Männer lagen mit Ausnahme von Pasternack und Doll, die von Steiner für die erste Wache eingeteilt worden waren, an dem niedriggehaltenen Feuer. Es brannte in einem flachen, rechteckigen Loch im Boden, das die Männer vorher ausgegraben hatten. Die Kochgeschirre wurden an einen starken Ast, dessen Enden auf Holzgabeln ruhten, über die Flammen gehängt.

Steiner hatte sich mit dem Rücken gegen einen Baum gelehnt. Neben ihm lagen Schnurrbart, Krüger und Maag. Dietz unterhielt sich leise mit Hollerbach. Dorn saß etwas abseits bei Kern und starrte geistesabwesend in das Feuer. Obwohl keiner von ihnen sprach, beschäftigten sie sich ununterbrochen mit ihrer schwierigen Situation.

Kern blickte immer wieder unbehaglich zwischen die dunklen Bäume. Die Geschichte mit dem russischen Lkw gefiel ihm nicht. Selbst wenn es klappen sollte, wäre es immer noch eine Verrücktheit, in ihren deutschen Uniformen in einer russischen Kolonne mitzufahren, aber vielleicht hatte Steiner hier schon eine andere Idee. Hoffentlich war es wenigstens ein Lkw mit Verpflegung, und wenn sie etwas Glück hatten, erwischten sie vielleicht auch etwas zum Saufen. Der Gedanke belebte ihn. Er sprach etwas später mit Anselm darüber, der, seine Hose zuknöpfend, zwischen den Bäumen auftauchte und sich neben ihn setzte. »Warum nicht?« fragte Anselm. »Wenn die ihre Verpflegung bekommen, sind immer ein paar Flaschen Wodka dabei.«

»Vielleicht auch ein paar hundert!« sagte Kern fasziniert. Der Gedanke füllte ihm den Mund mit Speichel, er sagte: »Was denkst du, was ich wegsaufen würde!«

»Nicht mehr, als du vertragen kannst«, sagte Anselm.

Kern grinste. »Schnaps vertrage ich noch mehr als Weiber, und das soll bei mir etwas heißen.«

Krüger, durch die prahlerischen Worte des Gastwirts gereizt, fragte: »Und wieviel Weiber verträgst du?«

»Bestimmt mehr als du«, sagte Kern.

Das Gespräch hatte die übliche Wendung genommen. Maag schob erwartungsvoll die Hände in die Hosentaschen und sagte: »Erzähl doch ein bißchen!«

Kern zierte sich noch eine Weile. Erst als Schnurrbart einwarf, man sehe es seiner krummen Nase an, daß er nicht mehr als ein kleiner Angeber sei, geriet Kern in Fahrt: »Wenn du einmal so viele Weiber durchgezogen hast wie ich, hast du es nicht mehr nötig, anzugeben.«

Maag schaute ihn neugierig an. Das Thema interessierte ihn aus einem persönlichen Grund. Er hatte es bis jetzt nur einmal bei einer Frau versucht. Es war in einem Bordell in Frankreich gewesen, und er hatte sich zuerst Mut angetrunken. Dann war er von einer blondgefärbten Nutte in ein Zimmer mit einer roten Tapete geführt worden. Sie hatte seine Hose aufgeknöpft und sich über seinen kleinen »Fritz« lustiggemacht. Er erinnerte sich noch lebhaft, wie sie vor ihm am Boden gesessen und gekichert hatte. Als sie ihn dann mit ins Bett nehmen wollte, war seine Erregung plötzlich weggewesen. Seitdem hatte er Angst davor, sich mit einer Frau einzulassen. Wenn ihm bei Monika das gleiche passierte, würde sie bestimmt zu einem anderen laufen; vielleicht hatte sie es auch schon getan!

Er versuchte nicht daran zu denken und hörte Kern zu, der ein Erlebnis mit einer fünfundzwanzigjährigen Kriegerwitwe erzählte, die einige Tage in seinem Gasthaus gewohnt hatte. »Ich war bis dahin schon einiges gewohnt«, sagte er grinsend, »aber die hättet ihr erleben sollen. Sie wollte es ständig über einem Stuhl.«

»Wieso über einem Stuhl?« fragte Anselm gefesselt.

Dorn stand angewidert auf, lief einige Meter zwischen die Bäume und setzte sich hinter einen Baum. Steiner, der ihn beobachtet hatte, ging zu ihm hin. »Kein Thema für dich, Doktor!« sagte er.

»Er ist vulgär«, sagte Dorn. »Wieso?« fragte Steiner und setzte sich neben ihn. »Du bist doch verheiratet?«

»Ich sehe da keinen Zusammenhang«, sagte Dorn abweisend. Er verspürte keine Lust zu einem neuen Gespräch. Seit ein paar Minuten fühlte er mit wachsendem Unbehagen ein leises Pochen in der Leistengegend, das sich ständig verstärkte. Sicher der Beginn eines neuen Anfalls seiner Magenkoliken. Er sagte unwirsch: »Laß mich in Ruhe!«

Steiner blickte ihn ein paar Sekunden stumm an. Dann stand er auf und sagte: »Kannst du haben, Doktor, aber sollte ich eines Tages einmal zufällig über deinen Kadaver stolpern, so werde ich es nicht versäumen, ihn in den richtigen Zusammenhang zu bringen.« Er drehte sich um und ging davon.

Dorn blickte ihm betroffen nach. Das hatte er nicht gewollt, aber seine Schmerzen waren jetzt schon so heftig, daß sie alles andere überwogen. Er legte sich auf den Boden und zog stöhnend die Knie an die Brust.

Schnurrbart hatte inzwischen damit begonnen, die beiden eisernen Rationen auf die Kochgeschirre zu verteilen. Dann sah er sich suchend um. »Wo ist Steiner?«

Krüger sagte: »Der Doktor fehlt auch.«

»Müssen dort zwischen den Bäumen sein«, sagte Maag.

Hollerbach stand auf, um nach ihnen zu sehen.

Kern hatte sich das Kochgeschirr auf die Knie gestellt und schupperte angewidert. Er schluckte einen Löffel voll, verbrannte sich den Mund und fluchte.

»Schütt wenigstens den Dreck vorher 'runter«, sagte Krüger grinsend.

»Welchen Dreck?« fragte Kern.

Der Ostpreuße wandte sich an die andern: »Möchte nur wissen, welchen Fraß er früher seinen Gästen vorgesetzt hat.«

Kern, der in diesem Punkt empfindlich war, stellte sein Kochgeschirr auf die Seite und sagte: »Halt dein Maul!«

Das Gesicht des Ostpreußen wurde kantig. »Hast 'ne Unze zuviel Dampf drauf!« sagte er. »Willst du etwas?«

Kern blickte in seine kalten Augen und bekam plötzlich Furcht. Er griff wieder nach seinem Kochgeschirr. Als er die dicke Schmutzschicht auf der Suppe schwimmen sah, wurde ihm fast schlecht, er schüttete über die Hälfte auf den Boden. Maag sagte: »Du hättest den Dreck mit dem Löffel herunterfischen sollen. So wie ich. Schau!«

Aber Kern hatte keinen Appetit mehr. Als er aufstand, kam Hollerbach zurück. »Hast du sie nicht gefunden?« fragte Schnurrbart den Odenwälder.

»Nur Dorn«, sagte Hollerbach. »Liegt hinter einem Baum. Ist ihm nicht ganz wohl, sagt er. Steiner ist verschwunden.«

»Was?« fragte Schnurrbart beunruhigt.

Hollerbach zuckte mit den Schultern. »Pasternack hat beobachtet, wie er in den Wald gegangen ist.«

»Wohin?« fragte Krüger. Hollerbach setzte sich zu ihnen. »Keine Ahnung; hat nichts gesagt.«

Ein paar Sekunden war es still, nur das feuchte Holz im Feuer knallte, und am Bach quakten die Frösche. Schnurrbart stieß einen Fluch aus. »Immer diese Extratouren!« sagte er.

»Ist er abgehauen?« fragte Kern. Schon die bloße Möglichkeit entsetzte ihn. Sein Blick fiel in das blasse Gesicht Anselms, der über das Feuer hinweg zwischen die dunklen Bäume starrte. Solange Steiner da war, nahmen sie alle den Mund voll, aber ohne Steiner ... Er konnte es sich selbst nicht vorstellen, obwohl er ihn mehr haßte als liebte. »Sollen wir ihn nicht suchen?« fragte er Schnurrbart.

»Wo willst du ihn bei dieser Dunkelheit suchen!« sagte Schnurrbart unwirsch. »Setz dich auf den Arsch, du stehst mir im Licht! Du kannst sowieso Pasternack ablösen, und du« – er wandte sich an Anselm – »löst Doll ab.«

»Warum ausgerechnet ich?« fragte Anselm aufsässig. Er starrte die Männer der Reihe nach an. Als sein Blick bei Krüger landete, bückte dieser sich nach einem dürren Ast und schleuderte ihn wild über das Feuer. Anselm ließ sich blitzschnell auf den Rücken fallen. Als der Ast hinter ihm gegen einen Baum knallte, sprang er mit einem Wutschrei auf; auch der Ostpreuße war aufgestanden. Ein Blick in sein Gesicht brachte Anselm wieder zur Besinnung. Er erschrak nachträglich vor seinem eigenen Mut; Krüger war ihm körperlich weit überlegen. Er wandte sich an Kern und sagte gehässig: »Die fühlen sich bereits als Kapos! Komm!«

Kern griff stumm nach seinem Karabiner. Hinter sich hörte er Dietz noch angewidert sagen: »Mit eurer verfluchten Händelei!« Dann ging er mit Anselm zu Doll und Pasternack, die etwa dreißig Meter vom Feuer entfernt auf Posten standen und bereits ungeduldig auf die Ablösung warteten. »Habt euch reichlich Zeit gelassen«, knurrte Doll.

»Hau ab!« sagte Kern. Er hoffte, Doll würde es zu einer Auseinandersetzung kommen lassen. Zu seiner Enttäuschung drehte ihm dieser aber nur verächtlich den Rücken zu. »Auch so ein Scheißkerl!« sagte Kern laut.

Anselm seufzte. »Du glaubst nicht, wie mir dieser Laden stinkt!« sagte er. »Am liebsten würde ich abhauen. Mit dem verdammten Großmaul rechne ich eines Tages noch ab; verlaß dich drauf.«

Kern grinste geringschätzig. »Erstens wirst du mit diesem Halbrussen nicht fertig, und zweitens: Wo willst du hin? Zum Iwan vielleicht?«

»Die sind mir noch lieber als diese verdammten Radfahrer!« knurrte Anselm. Kern lehnte sich gegen einen Baum; sein Magen gab protestierende Geräusche von sich. Es war eine Dummheit gewesen, die Suppe nicht zu essen! Vielleicht hatte es inzwischen ein anderer getan. Schon der Gedanke daran brachte ihn wieder in Wut. Eine Weile versuchte er sich vorzustellen, was er tun würde, wenn tatsächlich einer seine Suppe gegessen hatte. Am liebsten hätte er sofort nachgesehen, aber es fiel ihm noch rechtzeitig ein, daß er seinen Posten nicht verlassen durfte. »Wer löst uns eigentlich ab?« fragte er.

»Ich werde Krüger wecken«, sagte Anselm.

Kern grinste. »Gute Idee! Wird er bald befördert, weil du das mit den Kapos gesagt hast?«

»Der und Schnurrbart«, sagte Anselm. »Bei der nächsten Beförderung sind sie dran. Wenn die Kapos werden, können wir den Schwanz einziehen. Die sind doch alle gleich, das steigt ihnen in die Krone, und das ist von oben bis unten so. Da steckt einfach der Wurm drin, sag' ich dir, im ganzen Barras steckt der Wurm drin.« Er wechselte den Karabiner von der rechten auf die linke Schulter. Das Thema regte ihn wieder auf, aber es fehlten ihm die richtigen Worte, um es so sagen zu können, wie er es fühlte. Man war einfach kein Mensch, das war es! Man war ein Stück Vieh, das herumgestoßen wurde, und man konnte nichts dagegen tun. Überhaupt nichts!

Kern starrte unbehaglich zwischen die Bäume. Ein leichter Wind war aufgekommen, im Wald rauschte es. Er beneidete die anderen, die jetzt am Feuer lagen und schliefen. Seine Zähne schlugen plötzlich so laut aufeinander, daß Anselm es hören konnte, er fragte verwundert: »Was hast du denn? Hast du Angst?«

»Du nicht?«

»Man gewöhnt sich daran«, sagte Anselm, der sich jetzt sehr überlegen vorkam. »Mach das mal zehn Monate lang mit wie ich; du bist ja erst seit vierzehn Tagen hier. Ich habe ein paar Sachen erlebt, die waren zehnmal so schlimm. Übermorgen haben wir es geschafft!«

Kern war nicht überzeugt. »Wer weiß!« murmelte er. »Wir sitzen ganz schön in der Tinte, Mann. Hoffentlich ist mit Steiner nichts los.«

»Mit dem ist immer was los«, sagte Anselm abfällig. »Wegen dem brauchst du dir keine Sorgen zu machen.«

»Wie war das eigentlich mit dem T 34?« fragte Kern. »Hast du das miterlebt?«

»Nein. Das passierte, bevor ich zur Kompanie kam. Da waren, glaube ich, nur Schnurrbart, Hollerbach, Steiner und Krüger dabei und noch einer, der später gefallen ist. Angeblich wurden sie während eines Spähtrupps abgeschnitten, schnappten sich unterwegs einen T 34, dessen Besatzung in einem Haus schlief, und dann sind sie eben zurückgefahren.«

»Mit dem T 34?« fragte Kern ungläubig.

»Was ist da schon dabei!« sagte Anselm. »Sie kannten sich in dem Kasten ein wenig aus, sind 1941 während des Vormarschs schon mal in erbeuteten Panzern in der Gegend herumkutschiert.«

»Trotzdem ...«, sagte Kern beeindruckt. Anselm, den es ärgerte, damals nicht auch dabeigewesen zu sein, sagte: »Sie hatten Glück, das war alles. Wenn wir hier herauskommen wollen, brauchen wir genausoviel Glück.«

Seine Worte erinnerten Kern wieder an die eigene schlimme Situation. Er verwünschte sein Pech, das ihn ausgerechnet zu diesem Zug verschlagen hatte, und alles nur wegen dieser verdammten Weiber, aber schließlich hatte er ja nicht riechen können, daß sich das stramme Russenweib vom letzten Quartier der Bäckerkompanie ausgerechnet in den Stabsfeldwebel verknallt und jede Nacht mit ihm verbracht hatte. Dabei hatte Kern ursprünglich nur vorgehabt, einmal festzustellen, ob sie einen Schlüpfer trug oder nicht, und da sie keinen Schlüpfer getragen hatte, war er eben wild geworden und hatte sie hergenommen. Merkwürdigerweise hatte sie erst zu schreien angefangen, als es schon vorbei gewesen war, und zwei Tage später war er zur Infanterie versetzt worden. Wegen Vergewaltigung einer Zivilperson im besetzten Gebiet! Es war zum Lachen, und nun hockte man mitten im dicksten Dreck. Er sagte heiser: »Wenn wir hier noch mal 'rauskommen, freß ich einen Besen!«

Als sie nach einer Stunde Krüger aufweckten, war Steiner noch nicht zurück. Dietz und Hollerbach hatten die letzte Wache. In der Nacht hatte

Schnurrbart noch befohlen, daß die Männer um vier Uhr zu wecken seien, falls Steiner bis dahin noch nicht zurück sei.

Es war zwanzig Minuten vor vier, als Steiner zwischen den Bäumen auftauchte. Hollerbach bemerkte ihn zuerst. Er ließ den Karabiner sinken und starrte mit einer Mischung von Zorn und Erleichterung in sein übernächtiges Gesicht. »Wo hast du denn gesteckt?« fragte er vorwurfsvoll.

»Das wirst du bald hören«, sagte Steiner und ging zu den schlafenden Männern. Er weckte sie und sagte: »Fertigmachen! In fünf Minuten marschieren wir los!«

Sie schälten sich schlaftrunken aus ihren Decken und Zeltplanen. Während sie sich fertigmachten, sagte Schnurrbart zu Krüger: »Hast du sein Gesicht gesehen?«

»Es hängt mir zum Hals heraus!« knurrte Krüger. Schnurrbart grinste. »Du bist ja genauso froh wie ich. Irgend etwas ist los, sag' ich dir, und ich wette meinen Hintern, daß wir heute noch ein ordentliches Stück weiterkommen.«

Die Männer waren inzwischen fertig geworden. Sie standen dicht beisammen und froren. Durch die Baumwipfel sickerte graues Licht und ließ ihre Gesichter hohl und gespenstisch erscheinen. »Jetzt einen warmen Kaffee!« sagte Maag. Seine Zähne schlugen aufeinander.

»Ein warmer Bauch wäre mir lieber«, knurrte Doll. Maag drehte ihm das Gesicht zu: »Von 'nem Weib?«

»Sehe ich aus wie ein Schwuler?« fragte Doll.

Krüger kicherte. »Alles zu seiner Zeit. Wenn wir wieder beim Bataillon sind, schicken sie euch für vierzehn Tage zur Erholung in ein Puff.«

Anselm sagte: »Erholung und Puff! Das wäre genauso, als würdest du zum Skilaufen an die Nordsee fahren.«

Daß er sein verdammtes Maul nicht halten kann, dachte Krüger und sagte: »Wenn es mir Spaß macht, zum Skilaufen an die Nordsee zu fahren, kannst du denken, was du willst.«

»Du kannst dir auch mit der Hand über den Arsch fahren«, sagte Anselm.

Krüger ging mit vorgeschobenem Kopf auf ihn zu. »Was hast du gesagt?«

Mit zwei großen Schritten stand Steiner zwischen ihnen. »Aufhören!« sagte er scharf. »Wenn ihr überflüssige Kräfte habt, könnt ihr sie heute loswerden.« Er blickte sich suchend um. »Wo ist der Doktor?«

Die Männer sahen sich betroffen an; Dorns Fehlen war ihnen noch gar nicht aufgefallen. »Gestern abend war ihm nicht gut«, sagte Hollerbach. »Er muß dort hinter dem Baum liegen!«

Sie fanden Dorn noch am selben Platz. Er hatte die Decke über den Kopf gezogen und schien fest zu schlafen. Hollerbach rüttelte ihn kräftig bei der Schulter. Unter der zurückgeschlagenen Decke tauchte Dorns verschlafenes Gesicht auf. »Was gibt es?« fragte er benommen.

»Wir marschieren los«, sagte Hollerbach. »Wie geht es dir, Doktor?«

Dorn setzte sich aufrecht hin und strich das Haar aus der Stirn. »Meine Schmerzen sind weg«, sagte er.

»Welche Schmerzen?« fragte Steiner dazwischen.

»Er hatte Magenschmerzen«, sagte Hollerbach.

»Wenn ich das gewußt hätte«, sagte Steiner, »hätte ich ihm eine Wärmflasche besorgt.«

Sie kehrten zu den anderen Männern zurück. Steiner zündete sich eine Zigarette an, klemmte sie in den Mundwinkel und sagte: »Etwa acht Kilometer von hier ist ein Weg. Der Weg führt zu einer Brücke, an der Brücke stehen drei Häuser, und in den Häusern liegen Russen. Wir werden sie kassieren.«

Die Männer waren so überrascht, daß sie ihn eine Weile nur stumm anschauen konnten. Schnurrbart faßte sich zuerst, er fragte: »Wieviel Russen?«

»Da sie an der Brücke liegen«, sagte Steiner, »ist es unwichtig, wieviel es sind.«

»Da bin ich anderer Meinung!« sagte Krüger. »Wenn ein Regiment dort liegt, wäre es verrückt, sich mit ihnen anzulegen.«

Steiner nickte. »Noch verrückter ist es, anzunehmen, daß in drei Häusern – in Wirklichkeit sind es drei Blockhütten – ein ganzes Regiment liegen soll. Es handelt sich entweder nur um eine Brückenwache oder um eine kleine, durchziehende Kolonne. Jedenfalls haben sie bessere Karten als wir, sonst müßte der Weg auf meiner eingezeichnet sein.« Er hängte sich die Maschinenpistole über die Schulter. »Verliert keine Munition unterwegs; wir werden sie jetzt brauchen. Los!«

Es war in den letzten Minuten immer heller geworden. Wie aus unsichtbaren Quellen schien das Licht von oben zwischen die Bäume zu sickern. Im Wald wachten die Vögel auf.

Ihr Weg führte parallel zum Bach nach Norden. Hier war das Unterholz weniger dicht, der Wald glich einer schönen Parklandschaft mit hochgewachsenen Bäumen. Er erinnerte Pasternack, der am Schluß des Zuges marschierte, an die Geschichten, die sein Vater ihm erzählt hatte. Sie hatten sich immer in großen Wäldern zugetragen, die ausgesehen haben mußten wie dieser hier, aber dann war sein Vater im Bergwerk verunglückt, und die Mutter hatte es schwer gehabt, die sieben Kinder durchzubringen. Tagsüber war sie als Putzfrau unterwegs; Pasternack hatte sie nie lachen sehen. Sonntags wusch sie die Kinder besonders gründlich, zog ihnen die besten Sachen an und ging mit ihnen in die Kirche. Dort weinte sie manchmal.

An der Spitze des Zuges, einige Meter hinter Steiner, marschierten Schnurrbart und Krüger; sie unterhielten sich flüsternd. »Möchte nur wissen, wie er sich das gedacht hat«, sagte Krüger und blickte mürrisch auf Steiners Rücken. Schnurrbart nickte. Der ursprüngliche Plan mit dem russischen Lkw wäre ihm auch sympathischer gewesen. Man hätte den Fahrer umgelegt, irgendeiner hätte seine Uniform angezogen, und man wäre auf diese Weise ein großes Stück schnell vorangekommen. So aber mußten sie einen ungewissen Angriff auf einen unbekannten Gegner machen, und wenn von den Russen einige entwischten, würden sie das ganze feindliche Hinterland alarmieren. Wie der Zug dann noch durch die russische HKL kommen sollte, konnte Schnurrbart sich beim besten Willen nicht vorstellen. Er sagte: »Schließlich muß er wissen, was er tut. Bis heute haben wir uns immer auf ihn verlassen können.«

Sie gingen eine Weile stumm nebeneinander her, bis Krüger einen Fluch ausstieß. »Ein Tempo hat der wieder drauf!« sagte er und blickte wütend zu Steiner vor.

»Dabei muß er doch die ganze Nacht unterwegs gewesen sein!« sagte Schnurrbart.

»Hat keiner von ihm verlangt!«

»Es ist besser so«, sagte Schnurrbart. »Stell dir vor, wir wären ahnungslos auf die Iwans gestoßen!«

»Verdammter Mist!« sagte Krüger. Er blickte zum Himmel. »Ob es heute regnet?«

Schnurrbart zuckte mit den Schultern. »Ich glaube nicht. Ich glaube, es wird so wie gestern.«

»Ist auch egal«, sagte Krüger. »Es ist so und so alles Scheiße.« Er blickte wieder zu Steiner vor und sagte: »Mach mal langsamer, verdammt. Bin kein D-Zug!«

Steiner blieb stehen und wartete auf sie. »Wie weit ist es noch?« fragte Schnurrbart und wischte sich den Schweiß von der Stirn.

Steiner blickte auf seine Armbanduhr. »Etwa dreißig oder vierzig Minuten.«

»Bis zum Weg?« fragte Schnurrbart.

Steiner nickte.

»Und dann?«

»Dann geht es über die Brücke«, sagte Steiner.

Krüger blickte zurück; eben tauchte Hollerbach zwischen den Bäumen auf. Von den anderen war noch nichts zu sehen. »Wir müssen eine Rast machen«, sagte Krüger. »Die Kerls brechen dir zusammen.«

»Den Teufel müssen wir!« sagte Steiner. Zu Hollerbach sagte er: »Wenn du schlafen willst, dann hau dich hin. Ich komme auch ohne euch durch.«

»Red keinen Mist«, sagte Krüger. »Ist nicht jeder so ein Pferd wie du.«

Sie warteten, bis alle Männer da waren. Die meisten ließen sich sofort auf den Boden fallen. Steiner blickte wieder auf seine Uhr und sagte: »Hat kein Mensch was von einer Rast gesagt. Steht auf!«

»Warte wenigstens noch, bis sie wieder zu Atem gekommen sind«, sagte Hollerbach.

»Meinetwegen könnt ihr warten, bis euch die Würmer fressen«, sagte Steiner und ging weiter.

Anselm blickte ihm fassungslos nach. »Eines Tages leg' ich ihn bestimmt um«, sagte er heiser.

»Du armes Würstchen«, sagte Schnurrbart. Er nahm ihm die Munitionskästen ab und sagte: »Auf zum großen Russenschießen; ihr werdet alle das Ritterkreuz bekommen!«

»Eisen ins Kreuz«, knurrte Maag.

Sie trotteten stumpfsinnig weiter. Steiner ging nun etwas langsamer, blieb gelegentlich stehen, und die Männer hoben dann jedesmal besorgt den Kopf. Es wurde kaum noch gesprochen. Die Stille im Wald wirkte plötzlich bedrohlich und verwandelte ihre Sinne in hochempfindliche Instrumente.

Anselm ging hinter Schnurrbart. Seine Gedanken bewegten sich wie am

Rande eines dunklen Abgrundes, er rechnete jeden Augenblick mit dem Aufpeitschen einer russischen Maschinenpistole. Er versuchte sich vorzustellen, wie es sein würde, wenn es ihn dabei erwischte, und er dachte: hoffentlich kein Bauchschuß! In Gedanken sah er sich bereits zusammengekrümmt am Boden liegen, während die anderen davonrannten und ihn den Russen überließen.

Die Vorstellung entsetzte ihn. Er betete hastig ein Vaterunser vor sich hin. Früher hatte er regelmäßig gebetet, seine Eltern waren fromme Leute, die trotz der Nazis jeden Sonntag in die Kirche gingen. Wahrscheinlich wäre er genauso fromm geworden wie sie, wenn ihm nicht eines Tages Gertrud begegnet wäre. Sie war drei Jahre älter als er, und er würde nie vergessen, wie sie neben ihm im Wald gelegen, mit ihm über einen Film gesprochen und ganz unvermittelt ihre Hose ausgezogen und ihn gefragt hatte, ob er so etwas schon einmal gesehen habe. Er war damals gerade siebzehn geworden und hatte so etwas tatsächlich noch nie gesehen gehabt. Gertrud hatte ihm dann auch noch gezeigt, was man damit macht, und von da an waren sie regelmäßig zusammen in den Wald gegangen.

Am Anfang hatte er die Sache noch gebeichtet, später nicht mehr. Er hatte es satt bekommen, sich ständig diese Moralpredigten anhören zu müssen, und das Beten hatte er dann auch sein lassen. Er empfand jetzt Gewissensbisse, denn Gertrud war nicht das einzige Mädchen geblieben, mit dem er geschlafen hatte. Kurz vor seiner Einberufung hatte er sogar versucht, Christa zu verführen, obwohl er gewußt hatte, daß sie aus der katholischen Jugendbewegung kam. Den Spaziergang in den Wald hatte sie nicht ausgeschlagen, aber als er zwischen ihre Beine greifen wollte, war sie davongelaufen. Trotz seiner augenblicklichen reuigen Verfassung ärgerte er sich auch jetzt wieder darüber. Weshalb war sie dann überhaupt mit ihm in den Wald gegangen! Blöde Gans!

An der Spitze des Zuges gab es eine Stockung; Steiner war vor einem dichten Gesträuch stehengeblieben. Zwischen dem Gesträuch wuchs hohes Farnkraut und versperrte die Sicht. »Was ist los?« fragte Krüger. »Haben wir uns verlaufen?«

Steiner schüttelte den Kopf und deutete auf das Gesträuch. »Auf der anderen Seite ist der Weg. Wir machen hier eine kurze Rast, und dann holen wir uns die Brücke.«

»Kann es kaum mehr abwarten!« knurrte Krüger und ließ sich auf den Boden fallen. Auch die anderen Männer setzten sich hin und blickten Steiner an. »Wie willst du vorgehen?« fragte Schnurrbart.

Steiner zündete sich eine Zigarette an. »So rasch wie möglich. Die Häuser liegen diesseits der Brücke. Wenn wir sofort die andere Seite besetzen, haben wir sie in der Zange. Gefangene werden keine gemacht; damit das von vornherein klar ist.« Er wandte sich an Dorn: »Was macht der Magen, Doktor?« Seine Stimme klang fast sanft; Dorn blickte ihn verblüfft an. »Die Schmerzen sind weg«, antwortete er.

Steiner griff in seinen Brotbeutel und holte eine kleine Flasche heraus. »Wodka«, sagte er. »Nimm einen Schluck; das bringt dich wieder auf die Beine.«

»Danke«, sagte Dorn mechanisch; er wurde immer weniger klug aus ihm.

Krüger beobachtete mißgünstig, wie Dorn einen großen Schluck aus der Flasche nahm. Als er sie Steiner zurückgab, griff sich Krüger mit gespieltem Unbehagen an den Magen. »Ich glaube, ich habe mir meinen auch versaut.«

»Scheiß dich aus«, sagte Steiner.

Die Männer grinsten. »Hast du Angst?« fragte Anselm.

Krüger wandte ihm rasch das Gesicht zu. »Dir werde ich gelegentlich das große Maul stopfen, mein Junge!«

»Wo willst du die tausend Mann dafür hernehmen?« fragte Anselm. Er wunderte sich wieder selbst über seine Courage. Irgend etwas an dem Ostpreußen reizte ihn dauernd dazu, ihn zu provozieren. Außerdem wußte er, daß Steiner keine Tätlichkeiten dulden würde.

Schnurrbart hatte der kleinen Auseinandersetzung zwischen den beiden mürrisch zugehört und wandte sich jetzt an Steiner: »Möchte nur wissen, woher der Bursche immer seine große Schnauze nimmt.«

»Es ist eure Sache, wenn ihr sie euch gefallen laßt«, sagte Steiner.

»Hast du das gehört?« sagte Schnurrbart zu Krüger.

Krüger nickte und stand auf.

»Nicht jetzt«, sagte Steiner. »Was du beim Bataillon mit ihm machst, ist mir egal.«

»In Ordnung«, sagte Krüger und setzte sich wieder hin.

Anselm hatte mit wachsendem Unbehagen zugehört; damit hatte er nicht gerechnet. Er wandte sich hilfesuchend an Kern: »Bei dir würde er sich nicht so groß aufspielen.«

»Laß mich in Ruhe«, sagte Kern. Seit Steiner die Sache mit der Brücke erzählt hatte, steckte ihm die nackte Angst in den Knochen, aber dann fiel sein Blick auf Krüger, der Anselms Bemühen, einen Verbündeten zu finden, mit spöttischem Grinsen verfolgt hatte, und Kern bezog das Grinsen auf sich selbst; er sagte: »Grins nicht so saublöd.«

Krüger wurde ernst. »Willst du etwas?«

»Leck mich am Arsch!« sagte Kern. Die Strapazen der letzten Tage, seine ständige Furcht, der Hunger und der Durst, all das, was sich in ihm aufgestaut hatte, führte zu einer jähen Entladung. Als er mit vorgerecktem Kopf aufstand, war sein Gesicht vor Wut kaum mehr zu erkennen. »Du verdammte Sau!« sagte er atemlos.

Krüger richtete sich gleichfalls auf. Im selben Augenblick trat Steiner zwischen sie; er sagte kalt: »Schluß jetzt; an der Brücke könnt ihr euch austoben. Wen es dabei erwischt, der bleibt liegen; wir können keine Verwundeten mitschleppen.«

Seine Worte wirkten wie eine kalte Dusche auf die Männer; Kerns Gesicht wurde käsig, Krüger griff mürrisch nach seinem Maschinengewehr.

»Ihr seid alle verrückt geworden«, sagte Dorn.

Schnurrbart nickte. »Wird Zeit, daß wir zum Bataillon kommen, sonst bringen sich diese verdammten Idioten noch gegenseitig um.«

Sie folgten Steiner, der sich einen Weg durch das dichte Unterholz bahnte.

»Möchte nur wissen, was mit den Kerls auf einmal los ist«, sagte Schnurrbart zu Dorn. »So etwas hat es bei uns noch nie gegeben.«

»Es wird noch schlimmer werden«, sagte Dorn.

Nach etwa hundert Schritten stießen sie auf den Weg. Er war etwa zwei Meter breit, führte schnurgerade durch den Wald und wurde auf beiden Seiten von hohem Gesträuch gesäumt. »Den hätten wir schon gestern finden sollen!« sagte Maag.

Sie betrachteten die tiefen Radspuren und die Abdrücke der unbeschlagenen Pferdehufe. »Viele können es nicht sein«, sagte Schnurrbart. »Höchstens drei Fahrzeuge und zwanzig Männer.«

»Zwanzig?« fragte Kern erschrocken.

Als Steiner das Magazin seiner Maschinenpistole herauszog, gab es ein metallisches Geräusch, das die Männer zusammenfahren ließ. Sie beobachteten mit blassen Gesichtern, wie er die Patronen im Magazin anschaute und es dann wieder zurückschob. Sie kontrollierten ihre eigenen Waffen. Krüger schob einen Munitionsgurt in das Maschinengewehr und ließ die Patronentrommel einschnappen. »Fertig!« sagte er.

Steiner winkte ihnen; sie gingen auf dem Weg weiter. Das Gesträuch auf beiden Seiten wurde immer dichter. Der feuchte Boden dampfte in der Sonne. In den Bäumen sangen Vögel.

Doll hatte die Brille abgenommen; sein Gesicht wirkte aufgedunsen und fiebrig. Er hatte einen dumpfen Druck in der Magengegend. Die Unterhose klebte feucht zwischen seinen Schenkeln. Aus seinen Kleidern stieg ihm ein ekelhafter Geruch in die Nase. Er hielt den Blick starr auf den Boden gerichtet und betrachtete die kleinen Sonnenflecken, die sich mit den leisen Regungen der Baumwipfel ständig veränderten, bald größer, bald kleiner wurden und oft wie silberne Pfeile über den Weg huschten. Zuerst unbewußt, dann immer konzentrierter, bemühte er sich, mit den Stiefeln stets im Schatten zu bleiben. Es wurde immer mehr zu einer Art Orakel über Leben und Tod für ihn, er redete sich ein, den Angriff auf die Brücke nur dann zu überstehen, wenn es ihm gelänge, mit den Fußspitzen keinen der vielen Sonnenflecken, die durch das dichte Blätterdach auf den Weg fielen, zu berühren. Damit es den anderen Männern nicht auffiel, blieb er stehen und urinierte. Erst als der letzte an ihm vorüber war, setzte er das Spiel fort. In den nächsten fünf Minuten kreuzte er einige Dutzend Male den Weg, oft in kleinen Schritten trippelnd, dann wieder in großen Sätzen eine breite Sonnenpfütze überspringend. Er war so in sein Orakel vertieft, daß er alles andere darüber vergaß.

Als Steiner einmal zurückschaute, fiel ihm das seltsame Gebaren Dolls auf. Er überließ Schnurrbart die Führung und lief zurück. Sie begegneten sich, als Doll gerade wieder eine breite Sonnenpfütze überspringen wollte. Der Sprung wurde zu einem verkrampften Schritt; er bleib regungslos stehen und blickte auf den weißen Sonnenbalken quer über seinem Stiefel. Aus! dachte er. Sonst nichts.

»Was soll das?« fragte Steiner. Doll hob den Blick in die kalten Augen des anderen. Eine Sekunde lang fühlte er sich versucht, seine Munitionskästen fallen zu lassen und sich auf ihn zu stürzen, aber dann zog er den Kopf zwischen die Schultern und ging mit gekrümmtem Rücken weiter. Etwas später sah er Steiner an sich vorbeilaufen. Während er ihm nachschaute, zitterte er am ganzen Körper. Dieser Hund, dachte er, dieser dreimal verdammte Hund! Er bekam vor Wut und Enttäuschung Tränen in die Augen. Eine Weile war er fest davon überzeugt, daß es ihn nun erwischen würde.

An der Spitze gab es wieder eine Stockung. Als Doll die anderen Männer einholte, standen sie auf der rechten Wegseite, während Steiner langsam hinter einer Biegung verschwand. Sie blickten ihm regungslos nach. Maag flüsterte: »Jetzt kommt der Ernst!«

»Wer kommt?« fragte Kern erschrocken. Er war mit seinen Gedanken der Zeit vorausgeeilt gewesen; seine Blicke jagten gehetzt über den Waldweg.

Im selben Augenblick kam Steiner zurück. Er winkte die Männer zu sich und sagte leise: »Wir sind da. Zur Brücke sind es noch etwa hundert Meter; sie wird von einem Posten bewacht. Krüger baut das MG am Waldrand auf, Dorn, Dietz, Doll und Pasternack bleiben bei ihm. Ihr achtet darauf, daß keiner aus den Fenstern auf dieser Seite kommt; die Türen liegen auf der anderen Seite. Der Rest kommt mit mir. Geschossen wird erst, wenn ich anfange. Ist das klar?«

Sie nickten. »Was ist mit dem Posten?« fragte Krüger.

Steiner hob etwas die Maschinenpistole. »Haltet eure Köpfe hinter den Bäumen«, sagte er. »Wenn wir nicht an die Häuser 'rankommen, jag' ich eine weiße Leuchtkugel hoch. Das ist für euch das Zeichen, auf dem schnellsten Weg über die Brücke zu laufen; wir geben euch Feuerschutz. Los!«

Er führte sie durch das Gesträuch auf der linken Seite des Weges etwa fünfzig Meter in den Wald hinein. Dort war das Unterholz weniger dicht, der Boden stieg etwas an und versperrte ihnen die Sicht. Sie sahen Steiner auf die Knie gehen, der Wald lichtete sich, auf Händen und Füßen krochen sie die kleine Steigung hinauf. Als sie die Kuppe erreichten, sahen sie die Häuser.

Es waren, wie Steiner gesagt hatte, drei aus Baumstämmen errichtete Hütten. Sie standen in einer Reihe am diesseitigen Ufer des Baches. Über den schindelgedeckten Dächern stieg aus zwei Kaminen schwarzer Rauch zum Himmel. Am jenseitigen Ufer wuchs mannshohes Schilf, das sich vor der grünen Wand des Waldes leise im Wind rührte. Die Brücke lag dicht neben dem ersten Haus, ein primitiver, aber breiter Holzsteg mit einem hölzernen Geländer auf beiden Seiten. In der Mitte der Brücke, die Arme auf das rechte Geländer gestützt, stand der Posten. Soweit es sich erkennen ließ, handelte es sich um einen älteren Mann. Er hatte die Mütze aus der Stirn geschoben und blickte gelangweilt in das Wasser. Die Maschinenpistole hing quer über seinem Rücken.

Die Männer blieben eine Weile regungslos liegen. Dann arbeitete sich Schnurrbart auf dem Bauch zu Steiner vor und flüsterte: »Ob sie noch pennen?«

»Sieht so aus«, sagte Steiner. Er betrachtete die drei Panjewagen an der Längsseite der mittleren Hütte. Es beunruhigte ihn, daß er die Pferde nirgendwo entdecken konnte. Falls man sie an einen anderen Platz gebracht hatte, war sicher eine Wache dabei. Sie würde durch den Gefechtslärm gewarnt werden und vielleicht entkommen; das war Steiners größte Sorge. Solange sich der Zug unbemerkt hinter der russischen Linie herumtrieb, brauchte er nur etwas Glück. Wußten die Russen jedoch erst von ihm, so würde eine gnadenlose Hetzjagd beginnen, aber Steiner sah im Augenblick keine Möglichkeit, es zu verhindern; die Brücke war noch wichtiger als die Pferde.

Er betrachtete wieder die Hütten. Die rechte schien unbewohnt zu sein, dort waren die Läden geschlossen, und der Kamin rauchte nicht. Der Posten auf der Brücke hatte seine Haltung nicht verändert. Als Steiner ihn in das Visier seiner Maschinenpistole nahm, hielten die Männer den Atem an.

Einige Schritt hinter Steiner lag Dorn. Er hatte das Kinn auf die Arme gelegt und rührte sich nicht. Seit er die Hütten gesehen hatte, erlebte er die Vorgänge in seiner Umgebung in einem Zustand dumpfer Gleichgültigkeit. Erst ein Geräusch an seiner Seite ließ ihn wieder aufmerken; es kam von Dietz. Der Sudetendeutsche zitterte wie im Fieber, seine Zähne schlugen laut aufeinander. Obwohl Dorn genügend mit sich selbst beschäftigt war, legte er ihm beruhigend die Hand auf den Rücken. Wie durch einen Schleier sah er Steiner den Mann auf der Brücke anvisieren. Erinnerungsfetzen huschten durch sein Hirn. Er versuchte an seine Frau zu denken, aber jedesmal, wenn ihr Gesicht sich vor seinen geschlossenen Augen zu formen begann, verschwammen die Konturen wieder wie kunstvoll geblasene Rauchringe in einem plötzlichen Luftzug. Er erinnerte sich der Worte, die Professor Stahl beim Abschied gesagt hatte: »Sie waren ein ausgezeichneter Dozent; versuchen Sie, ein ebenso guter Soldat zu sein, aber ziehen Sie die Uniform ohne Illusionen an.«

Er öffnete wieder die Augen und betrachtete das bläuliche Metall von Steiners Maschinenpistole. Das peitschende Gehämmer der Schüsse drang kaum in sein Bewußtsein. Der Posten auf der Brücke geriet in Bewegung, als stünde er in der Mitte einer sich langsam drehenden Scheibe. Seine Hände klammerten sich haltsuchend an das Geländer, dann knickten seine Beine ein, und er rutschte unterhalb des Geländers in das bis zu den Bohlen reichende schmutzige Wasser. In derselben Sekunde hämmerte das Maschinengewehr los. Steiner stand auf und rannte auf die Brücke zu, Schnurrbart und die anderen folgten ihm sofort. Sie hetzten an der ersten Hütte vorüber, jagten geduckt weiter und warfen sich an der Brücke auf den Boden. Ihre MPi-Garben fetzten das Glas aus den Fenstern, schlugen Späne aus den Türen und fegten wie Hagelkörner über die Wände. Als Steiner das zweite Magazin einsetzte und die Hand hob, wurde es plötzlich still. Auch drüben, wo Krüger hinter dem MG lag, war es still geworden; die Männer blickten fragend herüber.

Einige Sekunden verstrichen; in den Hütten rührte sich nichts. Steiner fragte durch die Zähne: »Verstehst du das?« Schnurrbart schüttelte stumm den Kopf.

Steiner richtete sich ein wenig auf. Wäre nur ein einziger Schuß aus den Hütten gefallen, so hätten sich seine nächsten Schritte von selbst ergeben, aber die unnatürliche Stille trieb ihm den Schweiß auf die Stirn. Mit einer Mischung von Wut und Ekel fühlte er Feuchtigkeit an seinen Schenkeln herunterrinnen; es passierte ihm jedesmal, wenn er nicht weiterwußte. Er stand auf und blickte in die weißen Gesichter der Männer. »Was liegt ihr hier auf euren Säcken herum!« fragte er gereizt. Er packte Anselm beim Arm, riß ihn hoch und sagte: »Du gehst 'rüber zu Krüger; er soll sofort einen Posten etwa hundert Meter entfernt auf den Waldweg stellen, und dann kommst du auf dem schnellsten Weg zurück, läufst über die Brücke und beziehst Posten auf der anderen Seite. Wenn ein einzelner Russe kommt, legt ihr ihn um, sind es mehrere, so kommt ihr her und sagt Bescheid. Verstanden?«

Anselm nickte und rannte davon. Steiner wandte sich an Kern und Maag: »Ihr rast jetzt an den Hütten vorbei. Zieht eure Schädel ein, wir geben euch Feuerschutz. An der letzten Hütte stellt ihr fest, ob sie an der Nordseite eine Tür oder ein Fenster hat. Wenn ja, so habt ihr dafür zu sorgen, daß keine Maus herauskommt. Ab mit euch!«

»Auf dieser Seite?« fragte Kern blaß.

»Frag nicht wie ein Idiot!« sagte Steiner. Zu Schnurrbart und Hollerbach sagte er: »Haltet über sie hinweg, ich die erste, du die zweite und Hollerbach die dritte Hütte. Los!«

Kern und Maag gingen geduckt auf die Blockhäuser zu. Sie bewegten sich so langsam, als hätte jeder von ihnen ein Zentnergewicht auf den Schultern. Steiner sagte scharf: »Tempo, oder soll ich euch Beine machen!«

Sie begannen zu laufen. Als die drei Männer über sie hinweg das Feuer eröffneten, warfen sie sich auf den Boden.

»Diese Idioten!« sagte Steiner fassungslos. »Seht euch diese Idioten an!« Er rannte zu ihnen hin, trat ihnen ins Gesäß und trieb sie fluchend weiter. Schnurrbart und Hollerbach hatten das Feuer eingestellt. Sie blickten Steiner, der wütend zurückkam, grinsend an und beobachteten, wie die beiden Männer hinter der letzten Hütte verschwanden. »Scheint alles in Ordnung zu sein«, sagte Schnurrbart. »Und jetzt?«

Steiner schwieg. Obwohl bisher alles wie am Schnürchen gelaufen war, fühlte er sich bei der Sache nicht wohl. Etwas stimmte hier nicht, und er fand keine Erklärung dafür. Er wartete ein paar Minuten und betrachtete wieder die Hütten, die mit ihren grüngestrichenen Läden still und friedlich in der warmen Morgensonne standen, als wären sie unbewohnt. Dann peitschten an der Nordseite plötzlich Schüsse los.

Maag und Kern hatten sich hinter der Hütte rasch umgesehen, aber sie hatte hier weder Fenster noch Tür. Kern lehnte sich mit dem Rücken erleichtert gegen die massiven Balken und sagte: »Nichts! Sollen wir wieder zurück?«

»Bin nicht verrückt«, knurrte Maag und musterte argwöhnisch den etwa dreißig Meter entfernten Waldrand. »Wenn Steiner von uns was will, soll er sich melden.« Er hatte unvermittelt einen Druck auf der Blase und urinierte gegen die Hütte.

Kern starrte ihn verwundert an. »Was ist denn mit dir los, Mann?«

»Was?« fragte Maag verständnislos. Dann merkte er es selbst, aber er war noch so aufgeregt gewesen, daß es ihm gar nicht bewußt geworden war. Er knöpfte rasch seine Hose zu und sagte: »Was ist da schon dabei, Mann! Andere machen in die Hose, und mir passiert eben das.«

»Immer?« fragte Kern verwundert.

Maag nickte. »Jedesmal, wenn ich mich aufgeregt habe. Hast du das nie?«

»Nur, wenn ein Weib bei mir ist«, sagte Kern grinsend. Jetzt, da die schlimmste Gefahr überstanden war, fühlte er sich wieder selbstsicherer. Er sagte: »Vielleicht sitzen gar keine Russen in den Häusern.«

»Das glaube ich nicht«, sagte Maag. Er setzte sich auf den Boden, holte eine zerdrückte Zigarettenpackung aus der Tasche und streckte sie Kern hin. Während sie rauchten, betrachtete Maag wieder den Waldrand. Er war noch immer erregt und fuschelte mit einer Hand in der Tasche herum. Mit Waldrändern hatte er es oft gehabt. Meist hatte Monika ihr kurzes rotes Kleid getragen und ihn ihre braunen Schenkel sehen lassen. Er hatte sich dann jedesmal auf den Bauch gedreht und über unverfängliche Dinge gesprochen, und Monika war immer ein wenig zärtlich geworden, hatte ihn geküßt und ihm errötend gestanden, daß auch sie lieber bis zur Hochzeit damit warten wolle, aber wenn es ihm dann genauso erging wie damals bei der Nutte, würde sie wahrscheinlich ein langes Gesicht machen. Er nahm sich vor, im nächsten Urlaub einmal zu einem Psychiater zu gehen, denn er hatte Monika wirklich gern und wollte sie auf keinen Fall verlieren. Über die wirtschaftliche Zukunft brauchte er sich keine Gedanken zu machen, er hatte Autoschlosser gelernt, und seinem Vater gehörte eine kleine Werkstatt. Wenn der verdammte Krieg nicht gekommen wäre, hätte er sich schon längst einen Wagen zusammengebastelt und könnte mit Monika in der Welt herumkutschieren.

Als Kern ihn plötzlich beim Arm packte, sah er unwillig auf. Das Gesicht des Gastwirts war kreidebleich, er starrte mit aufgerissenen Augen zum Waldrand hinüber und sagte: »Da war einer!«

Maag erschrak. »Wer?«

»Ein Russe!« flüsterte Kern. Maag legte sich blitzschnell auf den Bauch und zog den Karabiner an die Schulter. »Wo?« fragte er heiser, aber Kern war so aufgeregt, daß er keinen Ton mehr herausbrachte. Er wies stumm auf eine mit dichtem Unterholz bewachsene Stelle des Waldrandes. Maag starrte angestrengt hinüber. Einige Male glaubte er Bewegungen zwischen den Bäumen zu erkennen, aber jedesmal, wenn er die Stelle aufmerksam betrachtete, wurde er wieder unsicher. Schließlich sagte er: »Ich sehe nichts; du mußt dich getäuscht haben.«

»Bestimmt nicht!« sagte Kern undeutlich. »Ich hab's genau gesehen; es war ein Kopf mit einer Mütze, einer russischen Mütze.«

»Wo denn, zum Teufel?«

»Genau vor uns, neben dem krummen Baum mit den tiefen Ästen.«

»Neben dem Schilf?«

»Nein, einen Daumensprung rechts davon, dort wo ... da, jetzt wieder! Siehst du ihn?«

Kerns Stimme überschlug sich. Maag richtete sich etwas auf und sank sofort auf den Boden zurück; der Gastwirt hatte sich nicht getäuscht. Über dem Gesträuch, neben dem Stamm einer schräggewachsenen Erle, war deutlich das Gesicht eines Mannes zu erkennen. Aus seinem Verhalten ließ sich nicht schließen, ob er sie schon gesehen hatte oder nicht, aber Maag hatte den Eindruck, als starre der Russe ihm direkt in die Augen. Ein paar Sekunden lag er wie gelähmt und schwankte zwischen dem Wunsch, einfach davonzulaufen, und der Erkenntnis, daß dies für den Zug ein Unglück wäre, hin und her. Kerns kopfloses Verhalten bestärkte ihn noch in seiner Unsicherheit.

Als er langsam den Karabiner hob, tat er es fast gegen seinen Willen. Über Kimme und Korn betrachtet, wirkte das Gesicht des Russen wie ein brauner Fleck zwischen dem Grün der Blätter. Maag senkte etwas den Lauf und nahm Druckpunkt. Dann zog er durch. Als er zum zweiten Male schoß, bemerkte er aus den Augenwinkeln, daß auch Kern den Karabiner hochriß und zu feuern begann. Sie schossen wie in blindwütiger Besessenheit die Magazine leer, rissen sich, auf der Seite liegend, die Patronentaschen auf, luden mit zitternden Händen nach und jagten wieder Schuß um Schuß hinaus. Das Gesicht des Russen war längst verschwunden.

Bevor sie ihre Magazine zum zweiten Male nachfüllen konnten, tauchte Steiner auf. Er kam in großen Sätzen um das Haus gestürmt, warf sich neben sie auf den Boden und brüllte: »Was ist los?«

Maag ließ den Karabiner sinken und stammelte mit blassen Lippen: »Russen!«

»Wo?«

»Dort drüben.«

»Wie viele?«

»Einen hab' ich gesehen.«

»Und?«

Maag hob unsicher die Schultern. »Ich weiß nicht«, sagte er. »Jetzt ist er weg!«

Steiner wandte sich an Kern, der währenddessen das Magazin nachgefüllt hatte und wieder den Karabiner hob: »Worauf schießt du eigentlich?«

»Russen«, sagte Kern atemlos.

Steiner und Maag liefen zum Waldrand. Da Kern dem Frieden noch nicht ganz traute, folgte er ihnen vorsichtig. Sie verschwanden zwischen dem dichten Gesträuch, dann hörte er Maag etwas rufen. Er ging ein wenig rascher. Als er das Gesträuch auseinanderbog, sah er sie neben einem Russen stehen. Es war ein älterer Mann mit einem gelben, zerknitterten Gesicht. Er lag auf dem Rücken, preßte die Hände gegen den Bauch und starrte die Männer an.

»Wir haben ihn also doch erwischt«, sagte Maag befriedigt. Steiner sah sich nach der Waffe des Russen um. Er fand die Maschinenpistole zwei Schritte von ihm entfernt im dichten Unterholz. Er hob sie auf und sagte: »Man hätte mit eurer Knallerei zwar ein ganzes Regiment aufreiben können, aber es war gut, daß ihr ihn erwischt habt. Hol Krüger her; die anderen bleiben auf ihren Plätzen.«

Maag lief davon.

Kern blickte unbehaglich auf den Russen nieder, er tat ihm plötzlich leid. Es war eine verdammte Sauerei, so alte Leute noch an die Front zu schicken. »Wo hat es ihn erwischt?« fragte Kern. »Am Bauch?«

»Sieht so aus«, sagte Steiner.

»Was machen wir mit ihm?«

Steiner schwieg. Er wartete, bis Maag mit Krüger auftauchte, und sagte zu dem Ostpreußen: »Frag ihn, wie er hierherkommt?«

Krüger wandte sich an den Russen, aber er mußte seine Frage zweimal wiederholen, ehe der Mann antwortete. Seine Stimme klang brüchig und so leise, daß sich Krüger tief zu ihm hinunterbeugen mußte. »Er war bei den Pferden«, sagte Krüger. »Als er die Schüsse hörte, ist er hierhergelaufen.«

»Dann frag ihn noch, wo die Pferde stehen, ob noch ein Posten bei ihnen ist und wie viele Männer in den Hütten stecken.«

Krüger sprach wieder mit dem Russen; diesmal dauerte es lange. Schließlich richtete er sich verdrossen auf. »Die Pferde stehen fünfzig Meter entfernt auf einer kleinen Wiese; er war allein bei ihnen. Wie viele Männer in den Hütten stecken, will er nicht verraten.«

»Frag ihn noch einmal«, sagte Steiner und setzte dem Verwundeten die Mündung seiner Maschinenpistole auf die Stirn. Das runzlige, gelbe Gesicht des Russen wurde fast heiter, er murmelte ein paar Worte und blickte Steiner an. »Was sagt er?« fragte Steiner.

»Daß er sowieso sterben werde«, sagte Krüger.

Steiner bewunderte den Mann. Als er den Drücker der Maschinenpistole durchzog, tat er es mit dem Gefühl eines Menschen, der sich einen losen Fetzen Haut wegreißt. Der Schuß klang eigenartig dumpf. Einen Augenblick lang bäumte sich der Körper des Mannes auf, das Weiße seiner Augäpfel quoll aus dem Kopf, seine Füße trommelten einen Wirbel auf den Waldboden, dann lag er still. Steiner blickte in die blassen Gesichter der Männer.

»Kotzt mich genauso an wie euch«, sagte er.

»Wenn er sowieso gestorben wäre ...«, murmelte Kern. Er hatte das Bedürfnis, seinen Magen zu entleeren. Krüger spuckte auf den Boden. »Ich habe schon Männer um eine Kugel betteln hören«, sagte er.

Sie kehrten an die leere Hütte zurück. Schnurrbart und Hollerbach standen neben der Brücke und blickten besorgt herüber. Als Steiner ihnen winkte, rannten sie geduckt an den Hütten vorbei und kamen zu ihm. »Was war los?« fragte Schnurrbart.

»Die Pferdewache«, sagte Steiner.

»Entwischt?« fragte Schnurrbart.

Steiner schüttelte den Kopf. Er wandte sich an Hollerbach und gab ihm die erbeutete russische Maschinenpistole. »Du bleibst hier stehen und paßt auf die Fenster auf. Die anderen kommen mit mir!«

»Wohin?« fragte Kern nervös.

»Wir werden uns diese verdammten Buden jetzt einmal von innen anschauen«, sagte Steiner. Er zog eine Stielhandgranate aus dem Koppel, ging von der Seite an die erste Hütte heran und rüttelte am Laden. Er ließ sich öffnen, durch die schmutzigen Scheiben sah Steiner einen völlig kahlen Raum.

»Leer?« fragte Schnurrbart. Steiner nickte.

»Vielleicht sind die anderen Hütten auch leer!« sagte Kern hoffnungsvoll.

Steiner grinste. »Hast du auf einem leeren Haus schon einmal einen Kamin rauchen sehen?«

»Nein«, sagte Kern betroffen.

Sie gingen zur nächsten Hütte. Hier waren die Läden nicht geschlossen. Steiner gab den Männern mit der Hand ein Zeichen, trat geduckt an das erste Fenster heran, dessen Scheiben von den MPi-Garben zersplittert waren. Die Männer beobachteten mit angehaltenem Atem, wie er die Handgranate abzog und sie durch das Fenster warf. Es gab einen dumpfen, polternden Laut, dem ein vielfältiges Klirren und Scheppern folgte. Die zersplitterten Fensterscheiben flogen nach außen; Steiner fühlte die Scherben auf seinen Rücken prasseln, aber noch ehe es im Innern des Hauses wieder ganz ruhig geworden war, brachte er das Gesicht an den leeren Fensterrahmen und warf einen raschen Blick hinein. Er zuckte sofort wieder zurück, lief einige Schritte weiter bis zur Tür und drückte sich an die Wand. Schnurrbart kam geduckt zu ihm und fragte: »Hast du etwas gesehen?«

»Eine Küche«, sagte Steiner.

»Sonst nichts?«

»Liegen mindestens zehn russische Kochgeschirre am Boden.«

»Das ist eine Falle«, sagte Schnurrbart blaß.

Steiner blickte zu Kern und Maag hin, die etwa fünf Schritt entfernt an der Hausecke standen. Hinter ihnen, noch einmal zwanzig Schritt entfernt, stand Hollerbach mit der russischen Maschinenpistole. Es war so still, daß sie ihren eigenen Atem hörten. »Gib mir deine Handgranaten!« sagte Steiner.

Schnurrbart zog zwei Stielhandgranaten aus seinem Koppel und gab sie Steiner. Er beobachtete, wie er die Sicherungskappen abschraubte, die Abreißknöpfe herausholte und sie in die Hand nahm. »Was hast du vor?« fragte er.

»Verschwindet um die Ecke«, sagte Steiner. Er wickelte die Abreißschnüre zu einem einfachen Knoten und schob sich seitlich an die Tür heran. Zwei Stufen führten hinauf. Er setzte den linken Fuß auf die unterste Stufe, hängte die beiden Handgranaten an ihren Schnüren über die Türklinke und blickte sich nach den Männern um; sie rannten hinter die Hausecke. Als sie verschwunden waren, stieß er die beiden Handgranaten nach unten und ließ sie los. Sie pendelten noch ein wenig und begannen wie ein Teekessel zu zischen. Er schaffte es noch bis zur Hausecke. Der schmetternde Schlag der Explosion fand in dem gegenüberliegenden Wald ein vielfaches Echo, das noch in den Ohren klang, als die Männer die mit Holzsplittern übersäte Treppe erreichten. Die zerfetzte Tür hing schräg in der oberen Angel; Schnurrbart schleuderte sie mit einem wilden Fußtritt nach innen.

Vor ihnen lag ein schmaler Flur mit zwei Türen; auf jeder Seite eine. Steiner nahm die Maschinenpistole hoch. Als er langsam die Treppe hinaufstieg und in den Flur trat, folgten ihm die Männer dicht aufgeschlossen. Unter ihren genagelten Stiefeln knarrten die Dielen. Von jenseits des Baches, wo sich das hohe Schilf in das warme Sonnenlicht reckte, klang ein Vogelruf seltsam laut und eindringlich in das zwielichtige Hausinnere.

Plötzlich war ein neues Geräusch da. Steiner verhielt den Schritt und lauschte. Zuerst schien es aus dem Hintergrund des Flurs zu kommen, es klang wie das hohle Stöhnen in einem Ofen, wenn der Wind in einer dunklen Regennacht über Dächer und Kamine streicht, ständig anschwellend und in leisen Seufzern erstickend. Dann schien es wieder von oben zu kommen, die Wände herabzusickern und den ganzen Raum zu füllen; es war fürchterlich. Dann gab es einen polternden Schlag, der das Stöhnen und Winseln übertönte.

Steiner wirbelte herum, sah noch, wie Kern, dessen Karabiner am Boden lag, mit drei großen Sätzen zur Tür stürmte und mitten in den hellen Tag hineinsprang; Schnurrbart und Maag starrten ihm mit offenen Mündern nach. Das Bild wirkte so unsagbar komisch auf Steiner, daß er unvermittelt die Beherrschung verlor und auf eine wahnwitzige Weise zu lachen anfing. Er krümmte sich vor Lachen, und jedesmal, wenn er nach Luft ringend den Kopf hob und die verdatterten Gesichter der beiden Männer sah, brach er von neuem in sein sinnloses Gelächter aus, das förmlich aus ihm herauszuquellen schien.

Schnurrbart fühlte, wie ihm die Nerven durchgingen. Er sah rasch zur Tür, wo eben das erschrockene Gesicht Hollerbachs auftauchte, der verständnislos auf die seltsame Szene starrte und die schußbereite Maschinenpistole sinken ließ, dann wandte er sich wieder Steiner zu und schlug ihm mit der flachen Hand hart auf den Mund.

Steiner kam unvermittelt zur Besinnung. Er griff nach seinem Mund, blickte Schnurrbart ein paar Sekunden über seine Hand hinweg an und wandte sich dann der Tür auf der linken Seite zu. Als er sie öffnete, sah er wieder die Küche vor sich. Sie wurde fast zur Hälfte von einem riesigen Lehmofen ausgefüllt. Über dem flackernden Feuer hing an einem eisernen Stab ein rußgeschwärzter Kessel, dessen Wasser überkochte und zischend in der Glut verdampfte. Am Fenster standen ein langer Tisch, daneben eine Holzbank und einige Hocker. Die zerbeulten Kochgeschirre am Boden mochten von der Gewalt der Handgranatenexplosion vom Tisch gefegt worden sein. In der hinteren Ecke lag unter einem Wandregal ein Haufen zerbrochener Teller.

»Es sind zwölf Kochgeschirre«, sagte Schnurrbart, der hinter Steiner in die Küche getreten war.

Steiner ging an ihm vorbei in den Flur zurück. Dort stieß er auf Hollerbach. »Wo ist Kern?« fragte er ihn.

Hollerbach zuckte mit den Schultern. »Ich sah ihn über die Brücke rennen.«

»Und wo bist du?« fragte Steiner.

»Ich?« fragte Hollerbach. Er lachte ein wenig. »Du siehst es doch: hier!«

»Und wo sollst du sein?« fragte Steiner.

Hollerbach erschrak. Er drehte sich um und lief auf seinen Posten zurück; Maag blickte ihm neidisch nach.

Schnurrbart kam zu ihnen. Er betrachtete die andere Tür und sagte: »Jetzt habe ich die Schnauze voll!« Ehe ihn einer der beiden Männer daran hindern konnte, richtete er seine Maschinenpistole auf die Tür und feuerte das ganze Magazin leer. Dann griff er zur Klinke, aber die Tür war verschlossen. Er schob ein neues Magazin in die Maschinenpistole, zielte auf das Schloß und sägte es mit einer Garbe heraus. Dann trat er die Tür nach innen und schob sich breitbeinig in das Zimmer.

Steiner beobachtete ihn empfindungslos. Obwohl er nur sein Profil sehen konnte, fiel ihm sofort der Ausdruck grenzenloser Verblüffung auf. Er ging zu ihm hin und blickte in das Zimmer.

Am Boden lag Stroh, der Tür gegenüber stand ein Schrank, in der hinteren Hälfte des Zimmers aber, mit teils trotzigen, teils furchtsamen Gesichtern, standen ein Dutzend Frauen in russischen Uniformen.

Steiner betrachtete sie, aber er mußte zweimal hinschauen, bis er begriff. Sein Blick fiel auf eine Frau am Boden, ihr Oberkörper war entblößt, über der rechten Brust lag ein blutdurchtränkter Verband. Sie stöhnte mit geschlossenen Augen; das war das Geräusch, das ihn im Flur so entsetzt hatte.

Eine Weile war er vor Wut und Scham unfähig, einen klaren Gedanken zu fassen. Als Schnurrbart neben ihm zu kichern anfing, blickte er in sein Gesicht. Schnurrbart wurde ernst. »Darauf war ich nicht gefaßt«, sagte er. »Was tun wir mit ihnen?«

»Was tut man mit Flintenweibern?« fragte Steiner.

»Das sind keine Flintenweiber«, sagte Schnurrbart. »Sie gehören zu einer regulären Truppe.«

»Dann werden wir sie genauso behandeln, wie wir jeden Gefangenen einer regulären Truppe in unserer Situation behandeln müssen.«

Er blickte Maag an, der begehrlich auf die nackte Brust der Verwundeten starrte: »Willst du sie haben?« fragte er.

Maag wurde rot. »Muß ja nicht gerade die sein.«

»Wenn du eine anrührst«, sagte Steiner, »schlag ich dich tot.« Zu Schnurrbart sagte er: »Schick Krüger zu mir. Die Posten am Weg werden um je einen Mann verstärkt. Mit dem Rest gehst du in das nächste Haus und bringst alles, was drüben steckt, hierher. Paßt auf; es muß noch ein Mann dabei sein.«

»Wieso?«

»Der dritte Fahrer der Panjefahrzeuge«, sagte Steiner. »Wenn sie Schwierigkeiten machen, werft ihr eine Handgranate hinein . . .« Er verstummte. Sein Blick war zufällig auf die Verwundete gefallen. Sie hatte die Augen jetzt geöffnet, ihr ovales, nicht unschönes Gesicht trug einen entsetzten Ausdruck.

»Ich glaube, sie versteht uns«, sagte Schnurrbart.

Die anderen Frauen verhielten sich noch immer regungslos; ihre Gesichter wirkten alle gleich blaß, müde und verstört. Unter ihren kurzgeschnittenen Haaren fielen die kräftigen Backenknochen besonders auf. Sie trugen die üblichen russischen Uniformen mit weiten, bis über die Lenden reichenden Blusen, ausgebeulten Hosen und hohen Stiefeln.

Schnurrbart betrachtete noch immer die Verwundete. »Ob *ich* die erwischt habe?« sagte er.

Steiner blickte auf den großen Schrank; seine Tür sah wie ein Sieb aus. »Wahrscheinlich ein Querschläger«, sagte er.

»Verdammte Sauerei!« sagte Schnurrbart und ging hinaus.

»Wie willst du sie umlegen?« fragte Maag. »Mit dem MG?«

»Du redest zuviel«, sagte Steiner. »Paß auf, daß sie keine Zicken macht.« Er ging zu den Frauen und beugte sich über die Verwundete; sie starrte ihn mit aufgerissenen Augen an. Als er nach ihrem Verband griff, zuckte sie zurück. »Stell dich nicht an!« sagte er. »Was glaubst du wohl, was ich von dir will?«

Die Wunde sah böse aus, die Kugel mußte zuerst die Hüfte gestreift haben und dann von unten in die rechte Brust gedrungen sein; sie blutete ohne Unterlaß. Er blickte auf ihre großen Brustwarzen, auf ihren dunklen Nabel und dann in ihr Gesicht. Über der rechten Braue hatte sie eine kleine Narbe, ihre Nase war schön, der Mund etwas zu breit. »Hast du Schmerzen?« fragte er.

Sie nickte, und er blickte in ihr Gesicht. »Du verstehst mich?«
Sie nickte wieder.
»Kannst du nicht sprechen?« fragte er.
»Es tut weh«, sagte sie.
»Du wirst bald keine Schmerzen mehr haben«, sagte Steiner und blickte wieder auf ihre Brust. Sie hatte keine schlechte Figur, wahrscheinlich hatte sie schon manchen Mann damit verrückt gemacht, und jetzt lag sie hier und verblutete. Er dachte mit einem gewissen Unbehagen daran, was passiert wäre, wenn er die Handgranate nicht in die leere Küche, sondern in dieses Zimmer geworfen hätte. »Habt ihr kein Verbandszeug mehr?« fragte er.
Sie schüttelte den Kopf.
Er holte sein Verbandspäckchen aus dem Brotbeutel und sagte zu Maag: »Gib mir deines auch!«
»Wozu!« fragte Maag. »Wenn du sie doch umlegen willst . . .«
Natürlich war es absurd, aber er konnte nicht mit ansehen, wie sie verblutete. Er blickte zu den Frauen, die jede seiner Bewegungen aufmerksam verfolgten. Als er ihnen die beiden Verbandspäckchen hinstreckte, trat eine einen Schritt vor und nahm sie ihm aus der Hand; sie bedankte sich nicht.
Vor dem Haus wurden Schritte laut, sie polterten die Treppe herauf durch den Flur, dann kamen Krüger, Hollerbach und Schnurrbart ins Zimmer. »Wie steht es?« fragte Steiner.
Schnurrbart grinste. »Dreizehn Hennen und ein Hahn; sie stehen vor der Tür.«
»Wo ist Kern?« fragte Steiner.
Krüger zuckte mit den Schultern. »Noch nicht aufgetaucht. Ich sah ihn über die Brücke rennen, als wäre der Teufel hinter ihm her.« Er blickte die Verwundete an. »Schlimm?«
»Sieht so aus«, sagte Steiner.
»Geschieht ihr recht«, sagte Krüger. »Was brauchen die Weiber Uniformen anzuziehen; man sollte ihnen die Ärsche versohlen, daß sie vier Wochen nicht mehr sitzen können.«
»Sie werden liegen«, sagte Steiner.
Krüger runzelte die Stirn. »Schnurrbart hat schon so etwas gesagt. Ohne mich, wenn du mich fragst!«
»Ich frage dich nicht«, sagte Steiner.
Die Verwundete war inzwischen von zwei Frauen verbunden worden. Sie hatte das Gesicht auf die Seite gedreht und rührte sich nicht; anscheinend war sie wieder bewußtlos.
Steiner wandte sich an Schnurrbart: »Durchsucht die Fahrzeuge; vielleicht haben sie Verpflegung geladen. In der Küche habe ich einen Beutel mit Tee gesehen. Die Posten werden an die Brücke zurückgezogen; zwei Männer genügen.«
»Was ist mit den Weibern draußen?« fragte Schnurrbart.
»Kommen anschließend hier herein«, sagte Steiner. »Paßt gut auf sie auf; ich habe hier noch etwas zu erledigen. Krüger bleibt bei mir.«
Die Männer rannten hinaus.
Steiner blickte wieder die Frauen an. Sie wirkten jetzt nicht mehr so

furchtsam und unterhielten sich flüsternd. »Frag sie, woher sie kommen, wohin sie wollen und ob noch mehr von der Sorte unterwegs sind; wenn sie uns belügen, werfen wir sie in den Bach.«

»Viel Arbeit, wenn sie schwimmen können«, sagte Krüger. Er winkte eine der Frauen zu sich. Sie trug das Abzeichen einer Chargierten und beantwortete seine Fragen prompt und ohne zu überlegen.

»Sie gehören zum 34. Weiblichen Granatwerferbataillon und sind auf dem Weg von Maikop nach Krymskaja«, sagte Krüger. »Sie haben ...«

»Was ist mit Krymskaja?« fragte Steiner.

Krüger sprach wieder mit der Russin. Sie wechselte einige Worte mit den anderen Frauen, die dem Verhör gleichgültig zuhörten, dann wandte sie sich wieder an Krüger und zuckte, während sie sprach, mehrmals mit den Schultern.

»Krymskaja soll angeblich gestern nacht von den Russen genommen worden sein«, sagte Krüger. »Sie weiß es aber nicht genau. Ihr Zug mußte in Maikop auf neue Werfer warten, während das Bataillon auf der Straße nach Krymskaja marschiert ist.«

Steiner stellte noch einige Fragen, vor allem interessierte ihn, wie die Frauen den Waldweg gefunden hatten. »Angeblich hat ihnen ein Zivilist davon erzählt«, sagte Krüger. »Es ist eine Abkürzung. Sie kamen gestern abend hier an und wollten in einer Stunde weiter.«

Es klang alles plausibel; Krüger machte ein bedenkliches Gesicht. »Dann können wir gar nicht mehr durch die Stadt!« sagte er.

»Wir haben gewußt, daß sich das Bataillon gestern abend auf die endgültige Linie abgesetzt hat«, sagte Steiner. »Wir werden die Stadt umgehen.«

Krüger blickte wieder die Frauen an. »Dann dürfen sie aber vor morgen abend nicht nach Krymskaja kommen.«

»Sie dürfen überhaupt nicht hinkommen«, sagte Steiner und ging ins Freie. Die Gefangenen aus der zweiten Hütte standen in einer Reihe neben der Tür; sie wurden von Doll und Anselm mit schußbereiten Karabinern bewacht. Am linken Flügel stand der dritte Panjefahrer; er wirkte trotz seines Alters noch sehr rüstig. Als Steiner den Blick auf ihn richtete, trat er einen Schritt vor und hob bittend die Hände.

»Er hat Angst, daß wir ihn erschießen«, sagte Schnurrbart.

»Schafft sie hinein«, sagte Steiner. »Wer steht auf Posten?«

»Dietz und Pasternack«, sagte Schnurrbart.

Während die Gefangenen von Doll und Anselm in das Haus getrieben wurden, sah sich Steiner nach den anderen Männern um. Er fand sie bei den Fahrzeugen, sie hielten russisches Brot in den Händen und bissen heißhungrig hinein. Steiner schickte Krüger und Maag zu den Pferden. »Bringt sie hierher«, sagte er.

Hollerbach war auf einen Wagen geklettert und zerrte die Plane herunter. »Zwei Granatwerfer!« sagte er.

Außer den Granatwerfern entdeckten sie noch zwei Dutzend nagelneuer russischer Maschinenpistolen und drei Kisten Büchsenkonserven. »Made in USA«, sagte Hollerbach. »Die Kapitalisten schicken den Kommunisten Corned beef! Wofür kämpfen wir eigentlich?«

»Frag mich keine Dinge, von denen ich nichts verstehe«, sagte Schnurrbart verdrossen. »Was machen wir mit dem Zeug?«

»Die Verpflegung laden wir ab«, sagte Steiner. »Hol Anselm heraus; Doll kann die Gefangenen allein bewachen. Wir nehmen uns, was wir brauchen können; der Rest kommt ins Wasser. Wo ist Dorn?«

»Kocht uns einen Tee«, sagte Schnurrbart und ging Anselm holen. Steiner griff nach einer der russischen Maschinenpistolen und betrachtete sie. »Sind viel besser als unsere eigenen Spritzen«, sagte Hollerbach.

»Ist auch Munition dabei?« fragte Steiner.

Hollerbach nickte. »Der halbe Wagen voll. Warum fragst du?«

»Wir nehmen sie mit«, sagte Steiner. »Unsere eigenen werfen wir in den Bach.«

»Das wollte ich schon immer einmal tun«, sagte Hollerbach und wischte sich das blonde Haar aus der Stirn. »Fragt sich nur, was die beim Bataillon dazu sagen werden.«

»Das überlaß mir«, sagte Steiner. »Wir haben kaum mehr Munition. Für die Maschinenpistolen haben wir genug.«

Schnurrbart kam mit Anselm zurück. Steiner erklärte ihnen, was er vorhatte, und schloß: »Die Wagen rollen wir mit den Granatwerfern auf die Brücke und kippen sie ins Wasser.«

»Zu Befehl, General«, sagte Schnurrbart und zog seinen Rock aus.

Dietz und Pasternack saßen jenseits der Brücke am Waldrand und beobachteten den Weg. Pasternack sagte: »Das kommt gar nicht in Frage, Mann! Wenn dieser Dreckkrieg aus ist, kommandiert mich keiner mehr herum.«

»Das sagt man so«, sagte Dietz. »Schau mich an, ich habe früher auf dem Bau gearbeitet. Zuerst sollte ich ja studieren, aber dann war kein Geld da.«

»Was wolltest du studieren?« fragte Pasternack.

»Medizin. Ich war immer wild darauf, Arzt zu werden. Weißt du, mich beeindruckt das: einem Menschen das Leben retten zu können und so; das ist doch etwas, oder nicht?«

»Natürlich ist das etwas«, sagte Pasternack und betrachtete den schmächtigen Körper des anderen. »Du hättest ja auch etwas anderes lernen können, Kaufmann oder was Ähnliches. Für den Bau bist du doch viel zu schwach.«

»Ich weiß«, sagte Dietz. »Es ging eben nicht anders; ich mußte so rasch wie möglich verdienen. Mein Vater hat dann von einem Bekannten erfahren, daß bei einer Baufirma eine Lehrstelle frei sei, und da bin ich eben mal hingegangen. Zuerst wollte ich nur mitmachen, bis sich etwas Besseres ergeben würde; und dann bin ich eben nicht mehr weggekommen. Wie das eben so geht.«

»Bei mir war es ähnlich«, sagte Pasternack. »Als mein Vater verunglückte, mußte ich auch Geld verdienen, und im Bergwerk hast du eben verhältnismäßig gut verdient. Das ist auch kein Beruf für mich. Ich möchte nicht mehr ins Bergwerk zurück; lieber krepieren.«

»Mir ist es auch egal, ob ich krepiere oder nicht«, sagte Dietz. »Mir ist alles egal, sag' ich dir. Das war doch kein Leben.«

Er tat Pasternack leid, er sagte: »Krepieren möchte ich doch nicht. Meine

Mutter sagte immer, wenn man gesund sei, wäre alles nur halb so schlimm. Ich glaube, da ist was dran!«

»Das hat meine Mutter nie gesagt«, sagte Dietz, »die ist immer nur davongelaufen.«

»Wieso?« fragte Pasternack.

Dietz winkte angewidert ab. »Es hängt mit meinem Vater zusammen. Es wäre alles nicht so gekommen, wenn wir mehr Geld gehabt hätten. Die einen haben mehr, als sie ausgeben können, und die anderen wissen nicht, wie sie leben sollen. Das ist doch alles ein großer Schwindel, sag' ich dir.«

Pasternack schwieg. Das Gespräch machte ihn traurig. Er schloß die Augen und hielt das Gesicht in die warme Sonne. Es war still im Wald, der Geruch des Schilfes erinnerte ihn an die Sonntage an der Oder. Bevor sein Vater verunglückt war, hatte er den Kindern dort das Schwimmen beigebracht; sie hatten viel Spaß miteinander gehabt.

Ein Geräusch im Wald erregte seine Aufmerksamkeit, er drehte sich rasch um und sah Kern zwischen den Bäumen auftauchen. Der Gastwirt näherte sich vorsichtig der Brücke und hielt nach allen Seiten mißtrauisch Umschau. Als Dietz, der ihn gleichfalls gesehen hatte, seinen Namen rief, blieb er erschrocken stehen. Dann kam er rasch zu ihnen und sagte heiser: »Mensch, hast du mir was in die Knochen gejagt. Was treibt denn ihr hier?«

»Du siehst es doch!« sagte Pasternack. »Wir bewachen die Brücke. Wo hast du denn gesteckt?«

Kern kratzte sich verlegen am Kinn und blickte nervös zu den Häusern hinüber. »Ich mußte mal«, sagte er. »Muß mir bei dem Fraß gestern den Magen versaut haben.«

Dietz und Pasternack, die seine wilde Flucht miterlebt hatten, grinsten. »Steiner sucht dich wie eine Stecknadel«, sagte Pasternack. »Du kannst doch nicht einfach abhauen, Mann!«

»Abhauen?« Kern tat empört. »Wer spricht denn hier von abhauen, Mensch! Ich hab' euch doch gesagt, daß ich mal mußte . . . ähhh!« Er griff sich in gespielter Pein an den Magen. »Ich bin ganz kaputt, sag' ich euch, vielleicht krieg' ich die Ruhr; war Blut dabei. Wo sind überhaupt die verdammten Russen?«

Pasternack lachte. »Waren gar keine; nur Frauen.«

»Was?« fragte Kern und starrte ihn ungläubig an.

Dietz nickte lächelnd. »Waren nur russische Frauen von einem Granatwerferbataillon. Steiner hat sie alle kassiert und eingesperrt.«

»Du große Scheiße!« sagte Kern entsetzt.

Pasternack sagte belustigt: »Geh nur mal 'rüber; die werden sich freuen. Sag ihnen, sie sollen uns bald ablösen. Wir haben Kohldampf.«

»Er wird dich nicht gleich umbringen!« sagte Dietz. »Wenn er dich wieder schlägt, meldest du es dem Kompaniechef; er darf dich gar nicht schlagen.«

»Das sagst du so«, sagte Kern unbehaglich.

»Mich schlägt keiner mehr«, sagte Dietz. »Mich haben sie vor dem Krieg herumgeprügelt, aber damit ist's aus. Seit ich Soldat bin, hat mich noch keiner geschlagen.«

»Du hast auch eine gute Nummer bei ihm«, sagte Kern. Er ging langsam über die Brücke. Als er an das Ufer kam, sah er die anderen Männer. Sie schoben einen Wagen und waren so in ihre anstrengende Arbeit vertieft, daß sie ihn nicht bemerkten.

Schnurrbart zerrte an der Deichsel, Hollerbach, Anselm und Steiner hatten den Rücken gegen den Wagen gestemmt und schoben ihn auf die Brücke zu.

Schnurrbart sah Kern zuerst. Der Gastwirt legte beschwörend den Finger auf die Lippen, lief rasch zum Wagen und stemmte die breite Schulter gegen eine Runge. Sie schoben den Wagen in die Mitte der Brücke und blieben atemholend stehen. Als Steiner sich den Schweiß von der Stirn wischte, fiel sein Blick auf Kern. Auch Hollerbach sah ihn jetzt. Er riß verwundert die Augen auf und sagte: »Ist es die Möglichkeit!«

Steiner kam zu Kern. »Wo warst du?«

»Im Wald«, sagte Kern blaß. »Ich habe mir den Magen verdorben.«

»So«, sagte Steiner. Kern duckte sich wie unter dem Geheul einer heranrauschenden Granate. Schnurrbart, der ihn beobachtete, wunderte sich wieder einmal über die fast unheimliche Wirkung, die von Steiner selbst dann ausging, wenn er einen Mann nur anschaute. Obwohl der Gastwirt viel kräftiger wirkte als Steiner, benahm er sich wie ein kleiner Junge vor der verdienten Prügel. Die Szene widerte Schnurrbart plötzlich an, er sagte zu Steiner: »Wir haben vorhin alle die Hosen voll gehabt. Du auch.«

Steiner wandte ihm langsam das Gesicht zu. Was es in seinen Augen fast unverzeihlich machte, war nicht, daß es zutraf, sondern daß Schnurrbart es in Gegenwart der anderen sagte. Es gab für die Autorität eines Zugführers in einer Situation wie dieser nichts Tödlicheres, als den Männern das Gefühl zu geben, daß man letztlich die gleichen Probleme hatte wie sie. Den Schlag auf den Mund vor einigen Minuten hätte er ihm noch nachgesehen, aber das hier . . .

Er drehte sich um, ging zu den Hütten und holte seine Sachen. Die Männer beobachteten stumm, wie er sein Sturmgepäck überzog, eine russische Maschinenpistole nahm, zwei Magazine an sein Koppel hängte und wieder zurückkam. Als Hollerbach ihm in den Weg treten wollte, stieß er ihn zur Seite und verschwand jenseits der Brücke hinter dem dichten Unterholz.

Die Männer schauten sich mit blassen Gesichtern an. »Lauf ihm nach«, sagte Hollerbach zu Schnurrbart. »Lauf ihm sofort nach, Menschenskind!«

»Es hat keinen Zweck«, sagte Schnurrbart. Ihm war zumute, als hätte er das eigene Haus in Brand gesteckt.

»Dort kommt Krüger!« sagte Anselm.

Sie sahen zu den Hütten hinüber. Hinter der ersten tauchten eben Krüger und Maag auf; sie führten sechs kleine, struppige Pferde mit sich. Krüger winkte herüber. Dann schien ihm etwas aufzufallen, er überließ Maag die Pferde und kam rasch zu den Männern.

»Ist etwas passiert?« fragte er.

Hollerbach nickte. »Steiner ist abgehauen.«

»Wohin?« fragte Krüger verständnislos.

»Frag *ihn*!« sagte Hollerbach und winkte mit dem Kinn zu Schnurrbart hin. Krüger fuhr herum. »Was ist los, Mann?«

»Was soll schon los sein!« sagte Schnurrbart verdrossen. »Ich hab' ihm ein wenig Bescheid gestoßen; das war alles.«

»Wo ist er?« fragte Krüger und sah über die Brücke.

Hollerbach winkte unlustig ab. »Gib es auf. Wenn er nicht von allein zur Vernunft kommt, bringen ihn keine zehn Pferde zurück. Vielleicht wartet er unterwegs auf uns.«

»Das tut der nie!« sagte Anselm blaß. Krüger wandte sich wieder an Schnurrbart, seine Stimme klang rauh vor Wut: »Du bist ein dreimal verdammter Idiot. Weißt du das?« Sein Blick fiel auf Kern, der bedrückt neben ihnen stand. Er starrte ihn einige Sekunden an, dann fragte er: »War es seinetwegen?«

Schnurrbart zögerte. Zu dem Gefühl, den Zug durch seine Unüberlegtheit in eine schlimme Lage gebracht zu haben, kam auch noch ein persönlicher Konflikt: Er hatte Steiner wieder einmal falsch eingeschätzt, und das nahm er sich am meisten übel. Er sagte: »Das spielt jetzt keine Rolle mehr.«

»Für mich schon«, sagte Krüger, noch immer Kern anstarrend. »Dieser Hund kommt nicht zurück, sag' ich euch, und wenn wir alle dabei draufgehen müssen.«

Schnurrbart ging an ihm vorbei zu dem Panjewagen. Er nahm zwei schwere Munitionskästen herunter und warf sie in das Wasser. »Worauf wartet ihr noch?« fragte er ruhig.

Hollerbach nickte. »Verrecken werden wir so und so.«

Sie begannen wie besessen zu arbeiten.

Hinter der Brücke stieß Steiner auf Dietz und Pasternack. »Wo gehst du hin?« fragte Dietz. Sein kindliches Gesicht wirkte so ahnungslos, daß Steiner seinem Blick auswich. Er brachte es auch nicht fertig, ihm die Wahrheit zu sagen, und murmelte: »Bin gleich wieder zurück.«

Dietz blickte ihn neugierig an. »Hat Kern sich schon bei dir gemeldet?«

Steiner nickte.

»Ich glaub', er macht sich noch«, sagte Dietz. »Er ist eben noch nicht lang bei uns. Wann werden wir abgelöst?«

»Bald«, sagte Steiner und wollte weitergehen, aber jetzt schaltete sich Pasternack ein: »Einmal ganz ehrlich: Glaubst du, wir kommen hier noch einmal 'raus?«

»Klar«, sagte Dietz überzeugt. »Überlaß das nur ihm; er hat uns bis jetzt immer wieder 'rausgebracht. Nicht wahr?« sagte er lächelnd.

Steiner konnte sein argloses Gesicht nicht mehr sehen, er lief an ihnen vorbei in den Wald hinein, aber je weiter er sich von der Brücke entfernte, desto langsamer ging er. Es war, als hätten sich die letzten Worte des kleinen Sudetendeutschen in Gummiseile verwandelt, die seinen Körper an der Brücke festhielten. Mit jedem Meter schien sich ihre Zugkraft zu verstärken. Schließlich blieb er widerwillig stehen und blickte zurück. Der Weg zog sich in vielen Kurven durch das dichte Spalier des Unterholzes. Durch das Blätterdach fielen schräge Sonnenstrahlen auf den Waldboden; Steiner fühlte sich auf einmal sehr allein. Er setzte sich neben einen Baum und dachte nach. Wahrscheinlich hing alles wieder einmal nur mit Dietz zusammen, er hatte schon oft versucht, sich seine Gefühle für den kleinen Kerl zu erklären, es war ihm nie gelungen. Möglich, daß etwas Perversität dahintersteckte, er hatte sich schon dabei ertappt, daß er Dietz beim Urinieren beobachtete, mit dem Blick sein Gesäß abtastete und ihn sich nackt vorstellte. Allerdings hatten solche Momente nie lange angehalten, er wäre auch nie ernsthaft auf den Gedanken gekommen, sich mit einem Mann einzulassen. Seit er Anne zum ersten Male geküßt hatte, war er mit seinen Pubertätsproblemen fertig geworden. Dietz war nicht viel mehr als ein kleines Stehaufmännchen mit einem netten Gesicht und treuen Hundeaugen. Er hatte ihn zwar einige Male bevorzugt behandelt, aber immer so, daß die anderen es nicht merkten. Möglich auch, daß sie es trotzdem gemerkt hatten; Schnurrbart hatte schon dumme Bemerkungen gemacht, aber das konnte auch Einbildung sein. Zudem war es völlig unwichtig, was Schnurrbart sagte!

Die Szene an der Brücke stand plötzlich wieder brutal vor seinen Augen, er biß sich in aufwallendem Zorn auf die Lippen. Jeder andere hätte so etwas sagen dürfen, nur Schnurrbart nicht. Und was Dietz betraf ... Auch Dietz würde ihn nicht davon abhalten, den Zug seinem Schicksal zu überlassen.

Er stand rasch auf. Als er sich nach seiner Maschinenpistole bückte, fiel ein großer Schatten über ihn.

Die Männer saßen mit Ausnahme von Doll in der Küche. Um Zeit zu gewinnen, hatte Schnurrbart die Posten von der Brücke zurückgenommen, damit sie mit den andern essen konnten. Die Fahrzeuge lagen auf dem Grund des Baches, und die Männer hatten sich mit den russischen Maschinenpistolen bewaffnet. Sie schlürften heißen Tee und aßen aus den amerikanischen Büchsenkonserven. Das russische Brot war naß und schwer; sie schlangen trotzdem unvorstellbare Mengen hinunter.

Schnurrbart hatte keinen Appetit. Er plagte sich mit Selbstvorwürfen, und er wußte, daß ihm die Männer seinen Fehler nicht verzeihen würden. Seit sie die Zusammenhänge erfahren hatten, vermieden sie es, ihn anzuschauen.

Er wandte sich an Maag: »Beeil dich, du mußt noch Doll ablösen.«

Maag nickte und schob sich eine große Portion Corned beef in den Mund; Schnurrbart beobachtete es angewidert. Er blickte Krüger an. »Was machen wir mit den Weibern?«

Die Männer hörten auf zu kauen. Dorn nahm die Brille ab, putzte die Gläser mit einem Taschentuch und setzte sie wieder auf. »Was hast du dir gedacht?«

»Wir können nichts riskieren«, sagte Schnurrbart. »Wenn wir sie nach Krymskaja entkommen lassen, werden sie die russische Linie alarmieren und uns ein paar Bataillone auf den Hals hetzen.«

»Willst du sie umbringen?« fragte Dorn.

»Ich habe euch gefragt«, sagte Schnurrbart. »Vor allem dich!« sagte er zu Krüger.

Krüger schwieg.

»Ich bin grundsätzlich dagegen«, sagte Dorn.

Sein bestimmter Ton weckte Schnurrbarts Widerspruch. »Warum?«

Dorn sah ihn ruhig an. »Grundsätzlich. Außerdem gibt es da noch ein wichtigeres Problem. Wer von euch weiß, wo das Bataillon jetzt liegt?«

»Das ist doch auf der Karte eingezeichnet«, sagte Schnurrbart.

Dorn nickte. »Und wo ist die Karte?«

Schnurrbart bewegte ein wenig den Kopf und begegnete dem erschrockenen Blick Krügers. Hollerbach sagte heiser: »Steiner!«

Sie blieben ein paar Sekunden starr vor Entsetzen sitzen, nur Dorn verlor seine Ruhe nicht. Er wandte sich an Pasternack. »Hat Steiner nichts von der Karte gesagt?«

Pasternack schüttelte stumm den Kopf.

»Dann haben wir keine Chance mehr«, sagte Dorn. »Ich schlage vor, wir marschieren nach Krymskaja und lassen uns dort gefangennehmen.«

»Gefangen?« fragte Krüger. Er stand plötzlich auf, beugte sich mit weißem Gesicht über den Tisch und sagte: »Noch so ein blöder Vorschlag, Doktor, und ich leg' dich um. Ich brauch' keine Karte, verstehst du? Ich scheiß' auf die Karte! Soll ich dir zeigen, nach welcher Karte ich marschieren werde?« Er bückte sich nach seiner Maschinenpistole und schmetterte sie auf den Tisch. »Hier ist sie!« sagte er.

Einige Kochgeschirre kippten um, die Männer schnellten von ihren Plätzen hoch, und Kern, der Tee über die Schenkel bekommen hatte, brüllte unbeherrscht: »Du verdammter Halbrusse!«

Krüger wirbelte herum und warf sich auf ihn. Der Zusammenprall war so heftig, daß Kern hinterrücks auf den Tisch geschleudert wurde. Die Männer sprangen fluchend zur Seite. »Aufhören!« schrie Schnurrbart. Seine Stimme ging in dem allgemeinen Tumult unter.

Kern hatte sich auf der anderen Seite des Tisches zu Boden fallen lassen, richtete sich dann blitzschnell auf und empfing den Ostpreußen mit einer Serie wütender Hiebe. Sie waren ebenbürtige Gegner.

Während die meisten Männer tatenlos dabeistanden und mit einer sinnlosen Genugtuung zuschauten, beobachtete Dietz entsetzt die wilde Prügelei. Jedesmal, wenn eine Faust im Gesicht des anderen landete, schloß er die Augen und bewegte lautlos die Lippen. Als Krüger den Gastwirt plötzlich unterlief und beide ineinander verkrallt zu Boden stürzten, fand er endlich die Sprache wieder. Er wandte sich an Schnurrbart, der mit verkniffenem Gesicht zuschaute, und schrie: »Die sollen doch aufhören! Sag ihnen doch, sie sollen aufhören!«

Schnurrbart verständigte sich durch einen raschen Blick mit Hollerbach, sie näherten sich von beiden Seiten den keuchenden Männern. Kern hatte sich soeben mit einem Ruck Luft verschafft, wälzte sich über Krüger und klammerte seine behaarten Fäuste um seinen Hals. Obwohl sich Schnurrbart und Hollerbach verzweifelt bemühten, sie voneinander zu trennen, gelang es ihnen nicht. Schließlich versuchte Schnurrbart eines der herumwirbelnden Beine zu fassen und bekam von Kern einen harten Tritt in den Magen, der ihn zurücktaumeln ließ. Als er mit schmerzverzerrtem Gesicht auf den Rücken fiel, peitschte das grausame Gehämmer einer russischen Maschinenpistole über ihre Köpfe.

Doll war allein bei den Gefangenen geblieben. Während die Männer draußen arbeiteten, stand er mit dem Rücken zur Tür und beobachtete die Frauen. Sie flüsterten miteinander; Doll hatte den Eindruck, als machten sie sich über ihn lustig. Damit er sie besser im Auge behalten konnte, saßen sie alle am Boden. In der hintersten Ecke, mit dem Kopf auf dem Schoß einer anderen, lag die Verwundete; sie war bewußtlos.

Der einzige männliche Gefangene saß in der ersten Reihe. Doll beobachtete mißtrauisch, wie er ununterbrochen auf die Frau rechts von ihm einsprach. Sie war noch jung, höchstens zwanzig, und nicht unschön. Jedesmal, wenn sie Doll mit ihren graublauen Augen anschaute, wurde er unsicher. Sie gefiel ihm, er stellte fest, daß sie von allen Frauen die längsten Oberschenkel hatte, und er versuchte sich vorzustellen, wie sie ohne ihre ausgebeulten häßlichen Hosen aussehen würde. Es erregte ihn. Um sich abzulenken, schaute er zum Fenster hinaus. Draußen plagten sich die Männer mit den Fahrzeugen herum. Er beobachtete, wie sie eines nach dem anderen auf die Brücke schoben, das Brückengeländer einrammten und die Fahrzeuge in das Wasser kippten. Es erfüllte ihn mit doppelter Genugtuung, einmal, daß die Russen mit diesen Wagen keine Granatwerfer mehr transportieren würden, und zum anderen, daß er sich an der Schinderei nicht zu beteiligen brauchte. Seit er wußte, daß Steiner den Zug verlassen hatte, fühlte er sich ohnedies viel besser; er hatte förmlich aufgeatmet, als er es erfuhr.

Ein Geräusch lenkte seine Aufmerksamkeit wieder auf die Frauen. Es fiel ihm auf, daß die meisten plötzlich zu schlafen schienen. Sie hatten das Tuscheln eingestellt und saßen regungslos mit hängenden Köpfen am Boden. Auch der Russe schien zu schlafen. Es war auf einmal sehr still geworden. Doll vergewisserte sich, daß die Maschinenpistole entsichert war, und trat unwillkürlich einen Schritt zurück. Sein Blick fiel auf die junge Gefangene, mit der sich der Russe vorhin so angeregt unterhalten hatte. Sie lag halb auf dem Rücken und kratzte sich mit geschlossenen Augen unter ihrer Bluse. Er beobachtete fasziniert, wie sie Bluse und Unterhemd ein wenig hinaufschob und mit den Fingernägeln ihre Haut scheuerte. Dann öffnete sie plötzlich die Augen, schaute ihn wieder mit ihren graublauen Augen an und lächelte. Sie zog Hemd und Bluse noch weiter hinauf, daß er ihren Nabel sehen konnte; ihr Lächeln verstärkte sich. Doll hielt den Atem an. Der Gedanke, hinter ihrem obszönen Verhalten könnte ein übler Trick stecken, ging rasch wieder in seiner plötzlich erwachten Begehrlichkeit unter. Er nickte ihr grinsend zu, beobachtete fasziniert, wie sie ihren nackten Bauch kratzte und die Füße etwas spreizte.

Er blickte schnell zum Fenster. Die Männer hatten soeben das dritte Fahrzeug über die Brücke gestürzt und kamen rasch zur Hütte. Er hörte ihre schweren Stiefel auf der Treppe, dann im Flur, und dann wurde die Tür aufgestoßen, und Schnurrbart trat ein. »Alles in Ordnung?« fragte er.

Doll nickte. Aus den Augenwinkeln stellte er fest, daß die Russin ihre Bluse wieder über die Hüfte gestreift hatte und gleichgültig zu Boden sah. »Ich lass' dich in einer Viertelstunde ablösen«, sagte Schnurrbart. »Paß gut auf!« Er ging hinaus.

Doll wandte sich rasch wieder der jungen Frau zu; sie sah ihn prüfend an.

Er grinste sie aufmunternd an, und als sie sich nicht rührte, gab er ihr durch eine Geste zu verstehen, ihn wieder ihren Bauch sehen zu lassen. Sie deutete fragend auf ihre Bluse. Als er nickte, lächelte sie und zog sie diesmal bis über ihre Brüste hinauf. Sie waren groß, weiß und sehr prall. Doll starrte fasziniert auf die bräunlichen Teller. Er schwitzte am ganzen Körper, schob eine Hand in die Hosentasche und schluckte. Die Frau blinzelte verständnisvoll und streifte die Bluse wieder hinab. Sie legte einen Finger auf die Lippen, zeigte mit dem Daumen auf die anderen Gefangenen und zuckte mit den Schultern.

Doll verstand sie. Obwohl er der schläfrigen Gleichgültigkeit der anderen Gefangenen noch immer nicht ganz traute, war seine Erregung jetzt schon so groß, daß sie seine Vernunft verdrängte. Vielleicht wäre er trotzdem noch einmal zur Besinnung gekommen, wenn die Gefangene nicht plötzlich zuerst auf ihn und dann zwischen ihre Beine gedeutet hätte. Er winkte mit dem Kinn zur Tür, und als sie sofort nickte, öffnete er sie und blickte in den Flur. Die Küchentür auf der anderen Seite war nur angelehnt, er hörte die Stimmen der Männer; wenn er sich beeilte, konnte er in fünf Minuten wieder hier sein. Er machte sich auch keine Gedanken über die Bereitwilligkeit der Frau, vielleicht hoffte sie, er würde sie anschließend laufenlassen. Auch der Männer wegen machte er sich keine Gedanken mehr, es genügte ihm, daß Steiner nicht mehr hier war, und mit den anderen würde er fertig werden. Außerdem brauchten sie ja nichts zu merken.

Er winkte die Frau zu sich. Bevor er mit ihr das Zimmer verließ, betrachtete er noch einmal die Gefangenen; sie rührten sich nicht. Es fiel ihm noch auf, daß das Gesicht des Russen plötzlich unnatürlich grau wirkte, aber auch das konnte ihn nicht mehr zurückhalten. Er faßte die Russin bei der Hand, zog sie auf den Flur, schloß die Tür hinter sich und ging mit ihr zur Treppe; sie folgte ihm willig. Sie schlichen auf den Fußspitzen zur nächsten Hütte, gingen hinein und durch die offene Tür in das Zimmer. Auch hier lagen Strohbündel auf dem Boden, gegenüber der Tür stand ein großer, massiver Schrank; sonst war der Raum leer.

Doll legte seine Maschinenpistole auf den Boden, griff mit beiden Händen nach der Frau, schob ihre Bluse hinauf und küßte ihre Brüste. Als er sie auf den Boden legen wollte, begann sie sich unvermittelt zu wehren. Er war so überrascht, daß es ihr gelang, sich loszureißen, aber bevor sie die Tür erreichte, hatte er sie wieder eingeholt. Er war vor Wut und Erregung wie von Sinnen, warf sie auf den Boden und ließ sich auf sie fallen. Sie begann zu schreien, schlug in sein Gesicht und stieß die Knie zwischen seine Leisten. Ihr Widerstand brachte ihn vollends um den Verstand, er preßte mit einer Hand ihre Kehle zu, zerrte ihr mit der anderen Stiefel und Hosen herunter, riß ihr die Bluse über den Kopf und grub die Zähne in ihre Brüste. Sie leistete noch immer Widerstand, röchelte, er verstärkte den Druck an ihrem Hals, hämmerte mit der Faust auf ihre Beine, bis sie nachgaben und er ein Knie zwischen ihre Schenkel brachte. Er preßte sie auseinander, schob auch das zweite Knie dazwischen und hatte jetzt beide Hände frei. Ihr Gesicht war bereits blau, sie schnappte mit aufgesperrtem Mund nach Luft, dann wurde ihr Körper unvermittelt schlaff. Sie ließ den Kopf auf die Seite fallen, er schob keuchend die Hände in ihre Achselhöhlen und küßte ihren Hals. Als er in sie eindrang, fühlte er seine Schenkel feucht werden. Sie war seine erste Jungfrau; er stöhnte vor Lust.

Wladimir Ignatjew hörte ihre Schreie, als er auf die Brücke zulief. Arme Ninotschka, dachte er, während ihm Wasser aus den Augen schoß, arme, kleine Ninotschka! Er hatte vom Fenster aus beobachtet, wie sie mit dem Deutschen in der Hütte verschwunden war, und er hatte den anderen Frauen noch gesagt, sie sollten sich nicht vom Fleck rühren, sonst würden sie alle sterben müssen. Dann war er aus dem Fenster gesprungen. Jeden Augenblick hatte er die Schüsse der Deutschen, ihr Geschrei erwartet, und nun hetzte er über die Brücke, und der Wald streckte ihm seine grünen Hände entgegen, und der Wald rief: »Lauf schneller, Wladimir Ignatjew!« Und er lief zwischen die hohen Bäume, keuchte, stolperte über Wurzeln am Boden, kämpfte sich mit Armen und Beinen durch das dichte Gestrüpp, bis er wieder auf den Weg stieß. Er blieb ein paar Sekunden stehen, rang nach Luft und eilte dann weiter. Als er um die Kurve bog, blieb er entsetzt stehen. Sein Herz schlug rasend gegen die Rippen, sein keuchender Atem schien sich in heißes Wasser verwandelt zu haben, das seine Brust von innen her verbrühte.

Etwa ein Dutzend Schritt entfernt saß ein Deutscher; Wladimir Ignatjew erkannte den Anführer der Männer. Der Deutsche bewegte sich nicht. Er brauchte nur den Kopf ein wenig zu drehen, und alles wäre umsonst gewesen. Auch die Schmerzen Ninotschkas, die sich für ihn geopfert hatte!

Sein pergamentenes Gesicht straffte sich, er mußte ihn töten, mußte seine Waffe bekommen und so schnell wie möglich nach Krymskaja laufen. Als er zum Sprung ansetzte, stand der Deutsche plötzlich auf und bückte sich nach seiner Maschinenpistole. Da stürzte sich Wladimir Ignatjew wie ein Baum auf seinen Rücken und riß ihn zu Boden.

Obwohl der Angriff völlig überraschend kam, reagierte Steiner geistesgegenwärtig. Noch im Stürzen gelang es ihm, eine halbe Drehung zu machen, dabei erkannte er den Russen. Als dieser ihm die Hände um den Hals klammerte, krümmte sich Steiner zusammen, griff über die Schultern hinweg in sein Gesicht und stieß die Fingerspitzen in seine Augen. Der Russe stieß einen dumpfen Schrei aus, der Griff seiner Hände lockerte sich. Steiner wälzte sich rasch zur Seite, rollte über den Waldweg und schnellte auf die Beine. Er sah noch, wie der Russe mit einem riesigen Satz zwischen dem dichten Gesträuch verschwand, rannte zu seiner Maschinenpistole, stolperte, schlug lang hin und sprang wieder auf. Aber er hatte jetzt so viel Zeit verloren, daß er keinen Versuch mehr machte, dem Russen zu folgen; in diesem unübersichtlichen Waldgebiet wäre es sinnlos gewesen. Er hob die Maschinenpistole auf, kämpfte einen Augenblick mit sich, ob er auf gut Glück in den Wald feuern solle, aber die Bäume standen so dicht, daß nicht einmal ein Zufallstreffer wahrscheinlich gewesen wäre.

Er ertappte sich dabei, daß er sogar Genugtuung über die gelungene Flucht des Russen empfand. Um einen Zug zu führen, brauchte man doch etwas mehr, als Schnurrbart in seinem Köpfchen hatte. Sollte er selbst sehen, wie er diese Suppe auslöffelte! Natürlich wurde die Situation durch die geglückte

Flucht des Russen nur noch schlimmer. Ein Grund mehr, sich allein zum Bataillon durchzuschlagen; für einen einzelnen Mann waren die Chancen immer noch größer.

Als er sich die Maschinenpistole über die Schulter hängte, fiel sein Blick auf ein Papier am Boden; es war seine Karte, er mußte sie bei dem Überfall durch den Russen verloren haben. Während er sie aufhob, fiel ihm plötzlich ein, daß keiner der Männer genau wußte, wie die neuen Stellungen des Bataillons verliefen. Zum ersten Male in seinem Leben verwünschte er seine Wortkargheit, die ihn bisher daran gehindert hatte, den Männern präzise Hinweise zu geben. Zumindest hätte er ihnen sagen müssen, daß die Umgehung von Krymskaja nur nach Süden möglich war. Schlugen sie den nördlichen Weg ein, fanden sie keine Brücke über den Adagum und waren verloren. Außerdem war durch die Flucht des Russen eine völlig neue Situation geschaffen worden; er hatte gar keine andere Wahl, als zurückzukehren.

Die Eilfertigkeit, mit der er sich dazu entschloß, verdroß ihn. Es wurde ihm bewußt, daß er in der vergangenen halben Stunde nur nach einem Vorwand für seine Rückkehr gesucht hatte. Nun, da er ihm sozusagen in den Schoß gefallen war, hielt er es keine Sekunde länger hier aus. Zuerst langsam, dann immer rascher folgte er dem Weg zur Brücke; die letzten hundert Meter rannte er.

An der Brücke blieb er stehen und sah sich um; die Posten waren verschwunden, die Hütten jenseits der Brücke lagen wie verlassen in der Sonne. Er ging rasch weiter. Als er das andere Ufer erreichte, sah er die Pferde. Sie standen mit hängenden Köpfen unter einem Fenster der letzten Hütte; anscheinend hatte man sie dort angebunden; ihr Anblick beruhigte ihn etwas. Er ging leise auf die erste Hütte zu, passierte sie und näherte sich der mittleren Hütte mit den Gefangenen. Er hatte sie schon fast erreicht, als ein unterdrücktes Stöhnen an sein Ohr drang; es schien aus der ersten Hütte zu kommen. Er drehte sich um, schlich sich vorsichtig unter das Fenster und sah hinein.

Das Bild, das sich ihm bot, ließ ihn eine Weile unbeweglich verharren. Als er sich abwandte und weiterlief, hatte er einen roten Kopf. Er rannte in die nächste Hütte, öffnete rasch die Küchentür und blieb verdutzt stehen. Dann nahm er die russische Maschinenpistole hoch und schoß.

Die Männer warfen sich, noch aus der Schrecksekunde heraus, zu Boden und starrten zuerst entsetzt, dann fassungslos Steiner an. Kern und Krüger lagen noch immer ineinander verkrallt halb unter dem Tisch, aber der fürchterliche Griff Kerns hatte sich gelockert, und als Krüger mit etwas glasigen Augen hochtaumelte, rollte der schwere Körper des Gastwirts wie ein Stück Holz auf die Seite. Die Blicke der Männer wanderten verständnislos von dem regungslosen Körper Kerns zu Krüger, der mit unsicheren Schritten zur Tür ging, sich grinsend vor Steiner aufbaute und sagte: »Hast du mich erschreckt, Mann!«

Steiner blinzelte. Er wandte sich rasch an Schnurrbart, der in einem Zustand grenzenloser Erleichterung und völliger Verständnislosigkeit zwischen den Männern stand. »Wer ist bei den Gefangenen?«

Schnurrbart mußte sich erst besinnen. »Doll«, sagte er schließlich.

Steiner nickte. »Genauso habe ich es mir gedacht.« Er drehte sich um, ging zu den Gefangenen hinüber und stieß die Tür auf. Die Frauen standen mit blassen Gesichtern im Zimmer. Als Schnurrbart hereinkam, blickte Steiner ihn an. »Euch braucht man nur einmal fünf Minuten allein zu lassen!«

Auch die anderen Männer waren inzwischen hereingekommen. »Wo ist Doll?« fragte Dorn verstört.

»Das hättest du schon vor einer halben Stunde fragen sollen«, sagte Steiner. »Macht euch fertig; keiner verläßt vorläufig das Haus.«

Er schob sich an ihnen vorbei zur Tür, lief durch den Flur ins Freie und von dort zur nächsten Hütte. Als er in das Zimmer kam, zerrte sich Doll gerade die Hose herauf. Die Russin lag regungslos am Boden. Doll fuhr herum und starrte in ungläubigem Entsetzen in das ausdruckslose Gesicht Steiners, der zuerst ihn, dann die Russin und dann wieder Doll anschaute. »War es nett?« fragte er.

Doll bewegte die Lippen, brachte aber keinen Laut heraus. Steiner blickte wieder die Russin an. Er betrachtete ihren roten Hals, ihre zerkratzten Brüste, ihre blutigen Schenkel, und während er sie betrachtete, bewegte sie sich. Sie schlug die Augen auf, hob den Kopf und sah Doll an. In ihrem Gesicht war ein Ausdruck, der Steiner frösteln ließ, aber es brachte ihn auf eine Idee, die ihm viel besser dünkte als eine Pistolenkugel. Er schaute sich im Zimmer um, trat an den großen Schrank und öffnete ihn. Er war leer; Steiner betrachtete ihn befriedigt. Dann wandte er sich wieder an Doll. »Geh da 'rein«, sagte er.

Doll rührte sich nicht. Er hielt mit beiden Händen seine Hose fest und bewegte noch immer lautlos die Lippen. Als Steiner ihm den massiven Lauf der Maschinenpistole über das Gesicht schlug, stieß er ein heiseres Gebrüll aus, ließ seine Hose los und fuhr mit beiden Händen zum Mund. Steiner griff nach seinem Arm, stieß ihn in den Schrank und fragte: »Warst du schon mal im Theater?«

Doll nahm die Hände vom Gesicht, er blutete aus Nase und Mund und starrte Steiner haßerfüllt an. »Sicher warst du schon mal im Theater«, sagte Steiner. »Dann weißt du auch, daß es dort so etwas wie einen eisernen Vorhang gibt, oder weißt du das nicht?«

»Was willst du?« fragte Doll und leckte sich mit der Zunge das Blut von den Lippen.

»Zieh die Hose hinauf«, sagte Steiner. »Was soll die Dame von dir denken.«

Er wartete, bis Doll die Hose hinaufgezogen hatte. Als er aus dem Schrank steigen wollte, stieß er ihm den Lauf der Maschinenpistole vor die Brust und sagte: »Du hast mich noch immer nicht verstanden; ich habe von dem eisernen Vorhang im Theater gesprochen. Nehmen wir einmal an, diese Schranktür sei der eiserne Vorhang, und nehmen wir ferner an, die Vorstellung sei zu Ende, der Applaus sei verklungen und das Publikum habe beeindruckt die Plätze verlassen. Was denkst du, was dann wohl geschieht?«

Doll schwieg, aber er empfand plötzlich eine entsetzliche Furcht, die ihn den brennenden Schmerz im Gesicht vergessen ließ. Die muffige Luft im Schrank legte sich beklemmend auf seine Brust, er machte einen neuen Versuch, aus dem Schrank zu kommen, aber Steiner verhinderte es wieder. »Für einen

Soldaten warst du viel zu begriffsstutzig«, sagte er ruhig. »Ich habe dir erklärt, die Vorstellung sei zu Ende, das Publikum habe seine Plätze verlassen und der Vorhang fällt, so . . . paß auf!« Er hatte, während er sprach, die Hand an die Tür gelegt. Jetzt schlug er sie mit einem Ruck zu, schob den massiven Holzriegel vor und trat einen Schritt zurück. »Wenn du schreist«, sagte er, »schieße ich durch die Tür.«

Er ging um den Schrank herum, schob ihn ein Stück von der Wand weg, bis er seinen Körper in den Spalt zwängen konnte. Dann preßte er den Rücken gegen den Schrank, drückte sich mit Händen und Knien von der Wand ab und kippte den Schrank um. Das schwere Möbel schlug krachend auf den Boden und wirbelte eine Staubwolke auf. Im selben Augenblick begann Doll zu brüllen und trommelte mit den Stiefeln gegen die stabile Rückwand des Schrankes. Steiner schlug mit der Maschinenpistole ein paarmal hart dagegen, bis Dolls Gebrüll verstummte. »Solange du in dem Schrank bist«, sagte er laut, »wird dir nichts passieren. Außerdem hat es keinen Sinn, wenn du brüllst; es hört dich keiner.« Er ging zu der Russin, packte ihren Arm und zerrte sie auf die Beine. Er schob sie vor sich her und stieß sie auf den Schrank. »Bleib hier sitzen«, sagte er. Als er sich abwenden wollte, griff sie rasch nach seiner Hand und küßte sie. Er riß seine Hand los, schlug ihr angewidert ins Gesicht und sagte: »Um dich geht es hier nicht.«

Sein Blick fiel auf ihre Kleider am Boden. Der Gedanke kam ihm so plötzlich, daß er einige Zeit brauchte, bis er ihn begriff. Er bückte sich, hob die Uniform und die Wäsche auf, klemmte sich die Stiefel unter den Arm und hängte sich noch Dolls Maschinenpistole über die Schulter. Es lagen noch mehr Dinge in dem Zimmer, Wolldecken und Ausrüstungsgegenstände der Russinnen. Er hatte fünf Minuten zu tun, bis er alles ins Freie getragen hatte. Dann ging er noch einmal hinein und nahm ein Bündel Stroh unter die Arme. Die Russin saß regungslos auf dem Schrank und starrte ihn mit ausdruckslosem Gesicht an. »Mich erwischt ihr nicht«, sagte er und ging wieder hinaus. Er warf das Stroh auf den Boden, legte alles, was er aus der Hütte getragen hatte, darauf und zündete es mit einem Streichholz an. Während er beobachtete, wie die Flammen aufzüngelten, grinste er.

Die Männer waren marschfertig. Sie standen in der Küche und blickten auf Kern, der stöhnend am Boden lag. Schnurrbart schüttete ihm einen Eimer Wasser über den Kopf. Das Stöhnen verstummte, Kern riß die Augen auf.

»Zeit, daß du wach wirst«, sagte Schnurrbart. Zu Krüger sagte er: »Wie hast du das eigentlich gemacht?«

»Familienrezept«, sagte Krüger. Die Männer blickten ihn respektvoll an; es tat ihm gut. Als er Kern auf die Beine half, kam Steiner zurück. »Bist du wieder normal?« fragte er Krüger.

»Schau mich an«, sagte Krüger.

»Das will bei dir nichts heißen«, sagte Steiner. »Komm mit!«

Er ging mit ihm zu den Gefangenen hinüber, die jetzt von Maag und Pasternack bewacht wurden. »Sag ihnen, sie sollen sich ausziehen«, sagte Steiner.

Krüger legte verwundert den Kopf schräg. »Die Frauen?«

»Wenn sie keine Kleider mehr haben«, sagte Steiner, »können sie auch nicht davonlaufen.«

»Deinen Kopf möchte ich haben«, sagte Krüger. »Die Verwundete auch?«

»Wir lassen ihr zwei Wolldecken hier«, sagte Steiner. »Beeil dich!« Er beobachtete, wie Krüger seinen Befehl weitergab. Die Gesichter der Frauen wurden weiß, sie drängten sich noch enger zusammen und nahmen eine trotzige Haltung ein. »Sie wollen nicht«, sagte Krüger.

Steiner richtete die Maschinenpistole auf sie. »Dann müssen wir sie umlegen. Sag ihnen das. Sag ihnen auch, warum wir ihre Kleider wollen.«

Krüger redete wieder auf sie ein, aber sie zögerten noch immer. Erst als die Chargierte ein paar scharfe Worte sagte, gehorchten sie. Sie rissen sich die Blusen über den Kopf, zogen ihre Stiefel und Hosen aus und warfen sie auf den Boden. Einige trugen Schlüpfer, die meisten lange Männerunterhosen. Sie standen halb nackt vor den Männern.

Inzwischen waren auch die anderen Männer hereingekommen. Sie betrachteten die Frauen; ihre Gesichter waren geil.

»Was soll diese Schweinerei!« fragte Dorn empört.

Steiner grinste. »Warum stehst du hier, wenn es dich stört?«

Dorn lief angewidert aus dem Zimmer. Steiner wandte sich an die Männer. Er betrachtete ihre roten Gesichter, ihre glänzenden Augen, er hörte sie laut atmen und sagte: »Die Stiefel fliegen in den Bach; alles andere wird verbrannt, bis auf die Uniformen.«

»Was willst du damit?« fragte Krüger.

»Wir ziehen sie an«, sagte Steiner. »Unsere eigenen wickeln wir in die Zeltplanen und schnallen sie auf das Sturmgepäck; unsere Stiefel behalten wir. Nehmt die Wickelgamaschen dazu; dann geht es.«

»Das Dreckzeug sollen wir anziehen?« fragte Hollerbach ungläubig.

Steiner blickte in sein Gesicht. »Sie sind nicht dreckiger als unsere eigenen. Wenn der entflohene Russe nach Krymskaja kommt, werden sie uns wie eine Stecknadel suchen. Außerdem ist dies unsere einzige Chance, über die HKL zu kommen. Wer nicht mitmachen will, marschiert allein.«

»In Ordnung«, sagte Schnurrbart und ging zum Fenster. Er riß es auf, bückte sich nach den Stiefeln der Russinnen und warf sie hinaus. Krüger half ihm. »Die Wolldecken auch«, sagte Steiner. Er ging zu der Verwundeten hin. Sie war wieder bei Bewußtsein und blickte ihn an. »Tut mir leid«, sagte er. »Du mußt deine Sachen auch ausziehen; wir lassen dir zwei Wolldecken hier. Wie fühlst du dich?«

Sie schwieg.

»Wir lassen euch genügend Verpflegung hier«, sagte Steiner. »Ich bin sicher, ihr werdet nicht lange allein bleiben. Euer Fahrer ist uns entwischt.«

»Er ist entkommen?« flüsterte sie.

Steiner nickte. »Wo hast du so gut Deutsch gelernt?«

»Ich bin Lehrerin«, sagte sie. »Ich lehre es die Kinder in der Schule.«

»Für euren Endsieg?« fragte Steiner. »Noch seid ihr nicht soweit; es ist noch weit nach Deutschland.«

»Für dich«, sagte sie und schloß wieder die Augen; ihr Gesicht war gelb. Sie wird sterben, dachte Steiner.

Er wandte sich an Schnurrbart: »Sorg dafür, daß nichts vergessen wird. Ihr könnt euch in der Küche umziehen; für die Verwundete bleiben zwei Decken hier; alles andere wird verbrannt.«

»Wo ist Doll?« fragte Schnurrbart.

»Desertiert«, sagte Steiner. Er ging hinaus und lief wieder zu der anderen Hütte. Als er durch das Fenster schaute, sah er die Frau regungslos auf dem Schrank sitzen. Er kehrte zu den Männern zurück und beobachtete, wie sie die Stiefel der Russinnen in den Bach warfen. Die Wolldecken legten sie auf einen Haufen. »Nehmt Stroh dazu!« sagte Steiner.

Er ging in die Küche. Kern und Pasternack zogen sich bereits um. Die Hose des Gastwirts reichte knapp bis unter seine Knie. Er blickte betroffen an sich hinab, griff an das Gesäß und wandte sich kläglich an Steiner: »Schau dir das an!«

»Nimm dir eine andere«, sagte Steiner.

Nach und nach kamen auch die anderen Männer herein. Sie grinsten und machten Witze. Krüger hatte bereits die dritte Hose anprobiert, er schwitzte und fluchte ununterbrochen. Hollerbach betrachtete ihn erheitert. Seit Steiners Rückkehr fühlte er sich so erleichtert, daß er noch viel schlimmere Dinge gelassen mitgemacht hätte. Er hatte eine Hose gefunden, die ihm gut in den Hüften saß. Steiner hatte schon eine passende Uniform gefunden; er war kaum mehr zu erkennen, wirkte jetzt viel breiter, auch sein Gesicht war anders, noch härter als sonst. »Wie ein waschechter Russe!« flüsterte Schnurrbart dem Ostpreußen zu.

Es dauerte noch eine Weile, bis die Männer fertig waren, sie trugen ihre Wickelgamaschen zu den russischen Uniformhosen, die russischen Mützen, und sie bewegten sich wie schwangere Frauen. Kern kicherte albern. »Ihr seht vielleicht aus!« sagte er.

Krüger schaute ihn verdrossen an. »Wenn Stalin dich sehen könnte, würde er noch am selben Tag kapitulieren. Mir ist überhaupt unklar, wie das ausgehen soll. Wenn wir in diesen verdammten Klamotten vor unserer HKL auftauchen, legen uns die eigenen Leute um.«

»Was zerbrichst du dir meinen Kopf?« fragte Steiner.

»Trotzdem wird jeder sehen, daß wir keine Russen sind«, sagte Maag. »Sie brauchen nur unser Sturmgepäck und unsere Koppel anzuschauen. Das sieht doch ein Blinder, daß hier etwas nicht stimmt.«

Steiner schüttelte den Kopf. »Bei Nacht nicht. Hört endlich auf zu stänkern und beeilt euch!«

Sie wickelten noch ihre Uniformen und Mützen in die Zeltplanen, schnallten sie auf das Sturmgepäck und nahmen die übriggebliebenen russischen Uniformen mit. Vor dem Haus warfen sie sie in das Feuer, das übelriechend, schwefelgelb qualmte.

Hollerbach unterhielt sich mit Schnurrbart. »Hat er zu dir schon gesagt, wie er über die HKL hinwegkommen will?«

»Zu mir nicht«, sagte Schnurrbart. »Wenn der entflohene Russe es bis nach Krymskaja schafft, kommen wir vielleicht überhaupt nicht hinüber. Ich könnte diesen verdammten Hund umlegen.«

»Den Russen?« fragte Hollerbach.

Schnurrbart schüttelte den Kopf. »Ich rede von Doll. Ist dir vorhin nicht aufgefallen, daß ein Weib fehlt?«

»Nein.« Hollerbach blickte ihn bestürzt an. »Du meinst ...«

»Ich weiß noch nicht, was ich meinen soll«, sagte Schnurrbart und ging zu den anderen.

Hollerbach blickte zum jenseitigen Ufer hinüber, wo sich das hohe Schilf im Wind bewegte. Das Bild erinnerte ihn ohne erkennbaren Zusammenhang an einen Sonntagsausflug, den er zusammen mit Brigitte nach Würzburg gemacht hatte. Als sie von der Burg aus die Stadt betrachtet hatten, klangen vom Dom und von der Neumünsterkirche her die Glocken. »Hier möchte ich öfter her«, hatte Brigitte gesagt.

Hollerbach grinste bitter. Er hatte für diesen Sonntagsausflug drei Monate sparen müssen, das Geld war knapp zu Hause. Sein Vater war Rentner, und die Mutter lag seit fünf Jahren krank im Bett. Zu allem Unglück war auch noch vor einem Jahr der jüngere Bruder an der Mittelfront gefallen, und wer konnte schon sagen, was noch alles kommen würde! Als Junge hatte er immer davon geträumt, eines Tages viel Geld und einen eigenen Wagen zu haben, in der Welt herumzureisen, aber seine Welt war immer nur wie ein enger Trichter gewesen, dessen Spitze unverrückbar über Mudau stand. Der Horizont reichte nie weiter als bis zum Waldrand hinter der Kirche.

Er fuhr sich rasch über die Augen und sah sich um, aber niemand kümmerte sich um ihn. Die Männer hatten die Pferde geholt und beluden sie mit den schweren russischen Munitionskästen. Die Pferde hatten struppige Mähnen, kleine, rötliche Augen und bewegten sich unruhig. Anselm hielt einen Holzprügel in der Hand und schlug auf sie ein; die Szene lenkte Hollerbach von seinen Erinnerungen ab. Die Kerls hatten keine Ahnung, wie man mit Pferden umging; er lief rasch zu ihnen hin. Mudau lag wieder dreitausend Kilometer entfernt.

Steiner stand etwas entfernt und achtete darauf, daß keiner der Männer in die zweite Hütte ging. Als sie die Pferde beladen hatten, ging er zu ihnen und fragte: »Wo ist Maag?«

Die Männer zuckten mit den Schultern. »Vielleicht noch im Haus«, sagte Schnurrbart.

Steiner ging in die Küche, aber dort war Maag nicht. Er fand ihn bei den Frauen. Als Steiner die Tür öffnete, fuhr Maag ertappt herum. »Was treibst du hier?« fragte Steiner.

Maag wurde rot. »Ich wollte nur mal ...« Er stockte.

»Ficken?« fragte Steiner.

Maag lief hinaus.

Die Frauen saßen dicht zusammengedrängt am Boden. Die Verwundete lag regungslos unter ihren Wolldecken. Etwas an ihrer Haltung gefiel Steiner nicht. Er ging zu ihr hin und sah in ihr Gesicht; es war wachsgelb und von einer Schweißschicht überzogen. Sein Blick fiel auf ihre Füße; sie waren mit Stroh zugedeckt. Er griff nach der Decke und riß sie ihr herunter.

Sie trug, wie die anderen auch, nur noch Unterwäsche, aber ihre nackten Beine steckten in hohen Lederstiefeln. Er blickte die Frauen an, ihre Gesichter waren weiß und unbeweglich auf ihn gerichtet »Kein übler Trick«, sagte er. »Tut mir leid.« Er ging zum Fenster, rief Schnurrbart und Krüger herein und sagte: »Zieht ihr die Stiefel aus und durchsucht das Stroh; vielleicht haben sie noch ein Paar versteckt.«

»Verdammtes Volk!« sagte Krüger. Er jagte die Frauen von ihren Plätzen hoch, trieb sie in die andere Hälfte des Zimmers und stocherte mit den Schuhen im Stroh herum; Schnurrbart half ihm dabei. Dann zogen sie der Verwundeten die Stiefel aus und warfen diese durch das Fenster in den qualmenden Haufen vor der Hütte.

»Verstehe nicht, weshalb du dir so viel Mühe machst«, sagte Schnurrbart zu Steiner. »Wenn der entflohene Russe nach Krymskaja kommt ...«

Steiner unterbrach ihn: »Kann sein, daß ich ihm ein wenig die Augen lädiert habe.«

Die beiden Männer starrten ihn überrascht an. »Du bist ihm begegnet?« fragte Krüger.

»Er mir«, sagte Steiner. »Ich war nicht schnell genug.« Er ging wieder zu der Verwundeten, deckte sie zu und blickte in ihr Gesicht. Es erinnerte ihn plötzlich an ein anderes, mit dem gleichen Ausdruck tödlicher Furcht in den Augen. Er sah die weißen Flocken auf ihrer Haut zergehen, und seine bloßen Hände schmerzten unerträglich in dem eisigen Sturm. Als sie vor einigen Minuten auf dem schmalen, abschüssigen Felsband ausgerutscht war, hatte er noch eine Hand von ihr erwischt. Nun lag er flach an den Boden gepreßt, und ihr Gesicht war dicht unter ihm. Sie hing frei über der Wand. Er hatte die Finger in ihre Arme gekrallt und wußte, daß sie verloren war. Sie öffnete den Mund und sagte etwas, aber ihre Worte drangen nicht mehr in sein Bewußtsein. Zum ungezählten Male versuchte er, mit den Ellbogen auf dem vereisten Boden einen Halt zu finden und sie neben sich zu ziehen, aber er war am Ende. Sie hielt noch immer das Gesicht hoch, ihre Augen blickten ihn unverwandt an. Der Sturm hatte etwas nachgelassen, nur der Schnee fiel in großen, nassen Flocken. Seine Arme und Beine waren wie abgestorben, die Schräglage und die Anstrengung trieben ihm das Blut in den Kopf. Er fühlte, wie er die Kontrolle über seinen Körper verlor. Er sah wieder die Flocken auf ihrem Gesicht zergehen und wollte sie mit den Händen wegwischen, er sah ihre Lippen zucken, die tödliche Furcht in ihren Augen, und er röchelte Worte, die sie trösten sollten und doch nur Ausdruck seines Entsetzens waren. Als sie plötzlich die Augen schloß, fühlte er, daß sich der Griff seiner Hände gelockert hatte.

»Sie ist tot«, sagte Schnurrbart.

Steiner nickte. Er zog die Decke über ihr Gesicht und ging zu den Männern am Ufer. Sie standen bei den Pferden, und Steiner sah ihre hageren Gesichter unter den russischen Feldmützen. Er stieg die Treppe hinunter und ging zu der Brücke. Die Männer folgten ihm mit müden Schritten in den Wald.

Der Schrank war fast fugenlos. Nur an der Bodenseite, wo sich die Tür befand, klaffte ein daumenbreiter Spalt. Doll hatte sich auf den Bauch gelegt, den Kopf auf die Arme gebettet und hielt den Mund dicht an den Spalt. Seit Steiner den Schrank umgeworfen hatte, waren etwa zehn Minuten vergangen.

Bei dem Sturz war Dolls Brille zerbrochen. Seit er sich darüber klargeworden war, daß er aus eigener Kraft nicht aus seinem Käfig herauskommen würde, hatte er seine Anstrengungen eingestellt. Noch betrachtete er seine unangenehme Lage als eine der üblichen Boshaftigkeiten Steiners und rechnete jeden Augenblick mit dem Eintreffen der Männer. Vielleicht standen sie schon neben dem Schrank und warteten grinsend darauf, daß er wieder um Hilfe brüllen würde, aber diesen Gefallen würde er ihnen nicht tun; im Gegenteil. Er fing an zu pfeifen: *»Das kann doch einen Seemann nicht erschüttern!«*

Allmählich wurde die Hitze im Schrank unerträglich. Er streifte die Hose hinab, zog das Hemd über den Bauch und legte sich auf den Rücken. Mich machen die nicht weich, dachte er. Er schloß die Augen und döste eine Weile vor sich hin. Aus seiner Erinnerung brodelten angenehme Bilder, er sah sich in Gedanken in seinem neuen Wagen sitzen, ein Geschenk seines Vaters zum achtzehnten Geburtstag, und die Leute auf der Straße starrten ihn neidisch an. Auch die Mädchen starrten ihn an, sie warteten nur darauf, daß er sie einladen würde. »Irgendwohin«, hatten sie immer gesagt, und Doll grinste, als er sich daran erinnerte. Eine Weile schwelgte er in feuchten Erinnerungen, seine Erregung kehrte zurück, das Erlebnis mit der Russin beschäftigte ihn wieder, und er onanierte. Es erschöpfte ihn so, daß er noch eine Weile apathisch auf dem Rücken liegenblieb, dann wurde er besorgt. Es war ihm unbegreiflich, daß Steiner das Spiel so lange treiben konnte, ohne auf den Widerspruch der Männer zu stoßen. Für sein unerwartetes Auftauchen hatte Doll noch keine plausible Erklärung gefunden, aber vielleicht war alles nur ein abgekartetes Spiel gewesen, um ihn hereinzulegen. Ähnlich sehen würde es diesem Hund, und Doll nahm sich zum ungezählten Male vor, ihm bei der nächsten Gelegenheit eine Kugel in den Rücken zu jagen. Krepieren sollte er, jämmerlich krepieren!

Er zog die Hosen hoch, drehte sich wieder auf den Bauch, preßte das Ohr gegen die Seitenwand des Schrankes und horchte mit angehaltenem Atem, bis ihm die Anstrengung wieder den Schweiß aus den Poren trieb. Da draußen alles still blieb, verwandelte sich seine Unruhe in Furcht. Ganz unvermittelt kam ihm der schreckliche Gedanke, der Zug könnte bereits weitermarschiert sein. Er vergaß seinen Stolz und begann zu rufen. Zaghaft zuerst, dann immer lauter, bis er schließlich ein ununterbrochenes Gebrüll von sich gab. Er krümmte den Körper zusammen, stieß mit den Schuhen gegen den Schrankboden, riß sich die Finger an dem schmalen Türspalt blutig, bis er vor Erschöpfung nicht mehr brüllen und nicht mehr mit den Stiefeln treten konnte und keuchend liegenblieb. Immer mehr festigte sich in ihm die Überzeugung, daß Steiner ihn allein zurückgelassen hatte in dem Schrank, aus dem es ohne fremde Hilfe kein Entrinnen gab.

Er warf sich wieder auf den Rücken und starrte entsetzt in die Finsternis. Vor seinen Augen tanzten feurige Punkte, die sich, wenn er sie schloß, zu glühenden Kreisen sammelten, sich rasend zu drehen begannen und auseinandersprühten, wenn er die Augen aufriß. Dann glaubte er plötzlich Stimmen zu hören, aber noch ehe er sich seiner Sache ganz sicher geworden war, geriet seine Umgebung in Bewegung. Sein Körper schlug zweimal hart gegen das Holz, und das Tageslicht fiel so jäh über ihn, daß er geblendet die Augen schloß. Halb betäubt stemmte er sich auf den Ellbogen hoch und blinzelte fassungslos in einen Wald höhnischer Gesichter, in funkelnde Augen, auf ein Spalier gedrungener Schenkel und haariger Bäuche, auf ein paar Dutzend schmutziger Hände, die sich in den Schrank schoben, sich in seine Haare, seine Glieder und Kleider verkrallten, ihn emporrissen und außerhalb des Schrankes zu Boden warfen. Als er sich wehren wollte, wurde er an Armen und Beinen festgehalten, seine Kleider wurden ihm vom Leib gezerrt, und auf seinen Körper prasselte ein Hagelschauer erbarmungsloser Schläge. Dicht über sich erkannte er das Gesicht der von ihm vergewaltigten Russin, die Haare hingen ihr wirr in die Stirn, und ihre Augen glühten wie grünes Glas in der Sonne. Sie schlug ihn nicht, und sie trat ihn nicht, wie die anderen es taten, sie stand nur über ihn gebeugt und starrte ihn an. Sie starrte ihn an und schwieg. Und während Doll in ihr Gesicht schaute, während ihm das Blut über die Stirn lief, aus der Nase und dem Mund quoll, während er sich aufbäumte unter den Fußtritten und Hieben, die jeden Zoll seines Körpers trafen, während er seine Qual zwischen den zusammengebissenen Zähnen hinausstöhnte und fast irrsinnig vor Schmerzen das Bewußtsein zu verlieren drohte, sah er nur ihr Gesicht über sich, sah ihre zerschundenen Brüste, ihren gefleckten Hals, ihren blutigen Schoß und ihre grünen Augen.

Dann zuckte ein Schmerz durch seinen Körper, der alle seine hundertfältigen Schmerzen unter sich begrub und wie ein glühendes Eisen seinen Bauch spaltete. Aus seiner Brust brach ein Schrei, der nichts Menschenähnliches mehr hatte, der wie eine Keule um die Köpfe der Frauen schlug, daß sie von ihm zurückfuhren und sich die Ohren zuhielten; aber der Schrei verstummte nicht. Er hing tierisch, schrecklich zwischen den Wänden und verstummte nicht. Bis eine von ihnen das Entsetzen von sich schüttelte und mit beiden Füßen zugleich auf den brüllenden, blutenden, zuckenden Körper sprang, und auch die anderen sprangen auf ihn und stampften und schrien und ließen nicht von ihm ab, ehe nicht das letzte Zucken und das letzte Röcheln unter ihren Füßen zertreten waren. Als sie von ihm zurückwichen, fiel durch das Fenster ein breiter Sonnenbalken quer durch das Zimmer, und die Fußspitzen des zertretenen Körpers lagen mitten in dem flimmernden Licht.

Stransky machte sich am Abend auf den Weg zu Major Vogel. Der Gefechtsstand des dritten Bataillons lag auf der Nordseite der Höhe 121,4 in einem nach Westen hin abfallenden Wiesengelände. Ein kleiner Bach, dessen Ufer mit dichtem Gesträuch bewachsen waren, floß nahe am Gefechtsstand vorbei. Es wurde schon dunkel. Als Stransky den Kommandeursbunker betrat, brannten zwei Kerzen auf dem Tisch. Major Vogel hatte bereits Besuch; Kiesel war bei ihm.

Nach den üblichen Begrüßungsfloskeln machte sich Vogel in einer Ecke des Bunkers zu schaffen und stellte drei Flaschen auf den Tisch. »Mosel!« sagte er. »Er nimmt sich in dieser Landschaft nicht absurder aus als wir selbst. Zum Wohl, meine Herren!«

Stransky zündete sich eine Zigarette an und sah sich im Bunker um. Er war viel kleiner als sein eigener, ungemütlich und primitiv. Wie sein Bewohner! dachte Stransky. Sie sprachen eine Weile über belanglose Dinge, bis Stransky fragte: »Sie sagten vorhin, daß Sie unsere Anwesenheit hier absurd finden, Herr Vogel. Warum eigentlich?«

Vogel wandte ihm das hagere Gesicht mit den schlohweißen, militärisch kurz geschnittenen Haaren zu. »Ich dachte, Sie wüßten es selbst«, sagte er. »Wenn wir schon immer Feuerwehr spielen müssen, dann aber doch nicht einige hundert Kilometer vom Brandherd entfernt wie hier.«

»Ich verstehe Sie nicht ganz«, sagte Stransky. »Die taktische Bedeutung des Brückenkopfes steht doch wohl außer Zweifel! Sie sind zweifellos ein alter Soldat mit viel Erfahrung, aber übersehen Sie doch bitte nicht, daß sich die Form der Kriegführung seit dem Ersten Weltkrieg entscheidend geändert hat. Wir rennen uns heute nicht mehr die Köpfe blutig, wie das noch bei Verdun geschehen ist, sondern wir suchen die schwachen Stellen des Gegners; das aber erfordert Beweglichkeit.«

»Ähhh!« Vogel wischte mit der Hand angewidert durch die Luft. »Verschonen Sie mich mit diesem Gesappel, Mann. Nicht die schwachen, die stärksten Stellen haben wir immer gesucht, und wenn dabei ganze Armeen zum Teufel gegangen sind. Prestige, klingende Namen, sonst nichts. Zuerst die Beule bei Leningrad, dann der blutige Schädel vor Moskau, dann die Amputation bei Stalingrad und am Schluß die verrückte Offensive in den Kaukasus. Und heute, was haben wir erreicht? Einen Dreck, oder wollen Sie das vielleicht bestreiten?«

Sein zorniges Gesicht ließ es Stransky für den Augenblick klüger erscheinen, ihn nicht weiter zu reizen. Er beobachtete, wie Vogel die Gläser nachfüllte und mit Kiesel anstieß. »An Rhein und Mosel geboren«, sagte er, »an der Wolga gestorben. Möchte nur wissen, was wir verbrochen haben!«

Kiesel lächelte. »Wir haben nur fortgesetzt, was andere vor uns begonnen haben; wir haben unsere humanistische Tradition gepflegt.«

»Und haben vor lauter Humanismus einige Millionen Menschen umgebracht!« sagte Vogel. »Sie sind ein Witzbold, Kiesel.«

Der Hauptmann nickte. »Vielleicht. Ändert aber nichts daran, daß wir uns den Witz geleistet haben.«

»Und wohin wird er uns führen?« fragte Vogel.

»Wer weiß! Wenn mich nicht alles täuscht, sind wir gerade dabei, unsere Nachfolger in die Weltgeschichte einzuführen.«

»Die Russen?« fragte Vogel.

»Ja.«

Stransky, der ihnen verdrossen zugehört hatte, fragte: »Fühlen Sie sich etwa als Kreuzritter?«

»Ich nicht«, sagte Kiesel. »Aber in diesem Punkt haben wir vieles mit den Amerikanern gemein.«

»Das ist doch alles Unsinn«, sagte Stransky ungeduldig. »Sie glauben doch nicht im Ernst daran, daß dieses primitive Volk hier eines Tages eine entscheidende Rolle in Europa spielen wird?«

Kiesel trank einen Schluck, stellte sein Glas auf den Tisch zurück und nickte. »Genau das glaube ich. Nach allem, was wir bis heute gesehen und erlebt haben, werden wir einige Klischees abbauen müssen. Sie genauso wie ich, Herr Stransky.«

Der Major versuchte abzulenken und erkundigte sich nach dem vermißten Zug der zweiten Kompanie. »Noch keine Nachricht?«

Das Thema war Stransky unangenehm, er schüttelte den Kopf.

»Dann wird er wohl auch nicht mehr kommen«, sagte Vogel ernst.

Stransky wandte sich rasch an Kiesel: Wie beurteilt man bei der Division die Lage?«

»Die große oder die kleine?«

»Die kleine natürlich.«

»Gefaßt«, sagte Kiesel sarkastisch. »Die Vorbereitungen der Russen lassen auf eine großangelegte Offensive schließen. In Krymskaja treffen laufend neue Divisionen ein.«

»Gott mit uns!« sagte der Major grimmig. »Wenn wir den Brückenkopf nicht halten ...«

Stransky nickte. »Ich habe gestern vormittag meine Kompanieführer entsprechend instruiert. Wir müssen den Brückenkopf halten, und wir werden ihn halten!«

»Sicher werden wir das«, sagte Kiesel. »Wir werden wieder einige zehntausend Männer opfern, und das alles nur, um den so heroisch verteidigten Boden eines Tages freiwillig zu räumen, weil uns die große taktische Lage wieder einmal dazu zwingt.«

»Sie malen zu schwarz«, sagte Stransky ungeduldig. »Schließlich binden wir hier starke Kräfte des Feindes und entlasten die Front an ihren Brennpunkten.«

Vogel hatte mit wachsendem Ärger zugehört. Jetzt sagte er grob: »Das ist doch Blödsinn, was Sie da schwätzen. Dem Russen tun die paar Divisionen nicht weh, bei uns fehlen sie an allen Ecken und Enden. Sind Sie eigentlich so beschränkt, oder tun Sie nur so?«

»Erlauben Sie mal ...«, sagte Stransky blaß. Kiesel schaltete sich ein, er sagte besänftigend: »Ich glaube, wir streiten uns um Dinge, die wir doch nicht ändern können. Es ist nun mal nicht jedem gegeben, auch einer verlorenen Stellung einen Sinn abzugewinnen. Mir leider auch nicht.«

Der Major schien sich auf seine Rolle als Gastgeber zu besinnen, er schlug einen versöhnlichen Ton an: »Machen Sie um Gottes willen kein so eingeschnapptes Gesicht, Stransky. Mir ist eben mal der Gaul durchgegangen; schließlich mache ich dieses Theater schon länger mit als Sie.« Er richtete das Wort an Kiesel: »Wen ich bei der Geschichte am meisten bedaure, ist der Landser. Schätze, er ist die unglücklichste Erfindung unseres Jahrhunderts. Oder sind Sie auch hier anderer Meinung, Herr Stransky?«

»Wenn Sie nichts dagegen haben«, sagte Stransky beherrscht. »Es hat zu allen Zeiten Soldaten gegeben, die für ihr Vaterland Opfer auf sich genommen haben. Mir leuchtet nicht ein, weshalb ausgerechnet der Landser besonders bedauernswert sein soll.«

»Das leuchtet Ihnen nicht ein?« fragte Vogel, schon wieder gereizt. »Wofür kämpfen unsere Soldaten überhaupt noch? Weder für die Freiheit noch für das Abendland, weder gegen Eindringlinge noch für ein System, das sie begeistert. Soll ich Ihnen sagen, wofür sie kämpfen?« Er beugte sich wütend über den Tisch. »Um ihr nacktes Leben, wenn Sie es so wollen.«

Stransky blickte kalt in sein gerötetes Gesicht. »Ist das nichts?«

»Doch«, warf Kiesel ein, »aber es ist nicht alles, sonst wären sie schon längst desertiert.« Er wandte sich an den Major. »Vielleicht darf ich Ihre Gedanken noch etwas ergänzen. Das Fleisch ist geduldig, man kann es benutzen, wie und wozu man will, man kann es gebrauchen, und man kann es mißbrauchen, und man hat es mißbraucht, bis es nur noch um seiner selbst willen dazusein schien. Aber dahinter steckt noch die Anständigkeit des einfachen Mannes, die sich dagegen sträubt, den Kameraden im Stich zu lassen, und ein letzter Rest Hoffnung, daß sich doch noch alles zum Guten wenden könnte.« Er blickte auf seine Uhr und stand auf. »Es wird Zeit für mich. Entschuldigen Sie mich, Herr Vogel.«

Auch Stransky stand auf. Der Major ging noch mit ihnen zur Tür und schüttelte Kiesel kräftig die Hand. Er kehrte in den Bunker zurück und schlug die Tür hinter sich zu. Stransky zitterte vor Wut und Empörung. »Ein unmöglicher Mensch!«

»Das finde ich nicht«, sagte Kiesel. »Er ist ein qualifizierter Soldat alter Schule; ich schätze ihn auch als Mensch sehr. Auf Wiedersehen, Herr Stransky!« Er drehte sich um und verschwand rasch zwischen dem hohen Gesträuch beiderseits des Baches.

Die Nacht war hell und verhältnismäßig warm. Wie eine dunkle Wolkenwand schob sich die Höhe 121,4 vor die Sterne. Während Stransky die Höhe hinaufstieg, blickte er weder nach links noch nach rechts. Wenige hundert Meter von seinem Bunker entfernt blieb er plötzlich stehen. Aus der Dunkelheit über ihm schwoll ein Geräusch an. Stransky warf sich blitzschnell zu Boden und preßte das Gesicht auf die Arme. Ein heißer Luftzug streifte sein Gesicht, er roch den Gestank verbrannten Pulvers und wartete halb besinnungslos vor Furcht auf die nächste Granate. Als sich das Geräusch am Himmel wiederholte, grub er die Fingerspitzen in den weichen Boden, aber diesmal zog das Rauschen hoch über ihn hinweg und endete in einem dumpfen Brüllen jenseits der Höhe. Dann blieb es ruhig.

Es waren die ersten russischen Granaten auf Höhe 121,4.

Stransky blieb regungslos liegen. Als aber Sekunde um Sekunde verstrich, ohne daß weitere Granaten folgten, richtete er sich mühsam auf, blies den Sand von den Lippen und betastete seine Glieder. Es erschien ihm wie ein Wunder, daß er noch lebte; nie war er dem Tod so nahe gewesen.

Den restlichen Weg zu seinem Gefechtsstand legte er im Laufschritt zurück. Ohne sich um den Posten zu kümmern, der seine Meldung herunterrasselte, ging er in seinen Bunker und warf sich auf das Feldbett. Wie würde das erst werden, wenn die russische Offensive begann!

Er blieb eine halbe Stunde auf seinem Bett liegen. Jedesmal, wenn er sich an das Gespräch mit Vogel und Kiesel erinnerte, schien es ihm, als berühre er mit der Zunge einen schmerzenden Zahn. Er hielt es schließlich nicht mehr aus, stand auf, zündete eine Kerze an und setzte sich an den Tisch. Fast unbewußt begann er nach Entschuldigungen für sein klägliches Verhalten zu suchen. Wahrscheinlich hatten ihn die zwei Jahre in Paris weich gemacht. Als Kommandeur eines Wachbataillons hatte sein Leben dort eigentlich nur aus angenehmen Beschäftigungen bestanden, und er erinnerte sich an das fassungslose Gesicht des Obersten, als er ihm seinen Entschluß mitteilte, sich an die Ostfront versetzen zu lassen. »Ich kann Sie nicht halten«, hatte der geantwortet, »aber Sie werden schon Ihre Gründe haben.«

Heute schien es ihm unbegreiflich, daß er es nicht länger mehr hatte ertragen können, unter den vielen ordengeschmückten Uniformen im Offizierskasino mit kahlem Rock herumzulaufen. Es war im Laufe der Zeit zu einem Komplex geworden, um so mehr, als ihm nicht entgangen war, daß auch Evelyne solchen Äußerlichkeiten gegenüber nicht gleichgültig blieb.

Als an die Bunkertür geklopft wurde, fuhr er wild herum und brüllte: »Ja!«

Leutnant Striebig blieb mit einem entschuldigenden Lächeln auf der Schwelle stehen. »Verzeihen Sie die späte Störung, Herr Hauptmann, aber die Tagesmeldungen müssen noch unterschrieben werden.«

»Geben Sie her!« sagte Stransky unwirsch. Während er seinen Namen unter die Papiere setzte, fiel ihm ein, daß er bisher kaum Zeit gefunden hatte, mit seinem Adjutanten einmal ein paar persönliche Worte zu wechseln, und da ihm ohnedies nach einer Ablenkung zumute war, deutete er auf einen Stuhl und sagte: »Wie lange sind Sie eigentlich schon beim Bataillon?«

»Vier Monate, Herr Hauptmann«, sagte Striebig. »Es lag damals noch vor Tuapse.«

»Und wo waren Sie früher?«

»In Arcachon, Küstenschutz, Herr Hauptmann.«

»Ah!« Stransky blickte angenehm überrascht auf. »Das kenne ich gut.« Er grinste. »Die Versetzung muß Ihnen schwergefallen sein. Warum wurden Sie versetzt?«

Seine Frage brachte Striebig in Verlegenheit. Offiziell war die Versetzung zwar auf seinen eigenen Wunsch erfolgt, aber es gab da eine Vorgeschichte, die sich für eine simple Konversation wenig eignete, er sagte: »Ich bin freiwillig hier, Herr Hauptmann.«

Stransky blickte ihn verwundert an, er hatte ihn bisher immer ein wenig abfällig beurteilt. Striebig war so gar nicht der Offizierstyp nach seinem Geschmack, eine weichliche Kreatur ohne Mumm in den Knochen, aber vielleicht hatte er sich doch in ihm getäuscht, und da sie nun schon einmal gemeinsame Erinnerungen hatten, kam er wieder auf Arcachon zu sprechen. »Ich war dreimal im Urlaub dort«, sagte er. »Wo haben Sie gewohnt?«

»Direkt am Strand«, sagte Striebig. »Vom Fenster aus konnte ich das Meer sehen.«

»Und nicht nur das!« sagte Stransky lächelnd. Striebig blickte ihn fragend an.

»Ich erinnere mich«, sagte Stransky, »daß es da noch andere Sachen zu sehen gibt. Die Franzosen sind ja nicht so prüde wie wir.«

»Das stimmt«, sagte Striebig höflich.

»Vor allen Dingen sollen sie dort etwas bereitwilliger sein als in Paris«, sagte Stransky. »Sind Sie verheiratet?«

»Nein, Herr Hauptmann.«

»Verlobt?«

»Auch nicht«, sagte Striebig.

»Dann werden Sie sich ja sicher gut amüsiert haben.«

»Sehr«, sagte Striebig, »es war ein einmaliges Erlebnis. Die ganze Landschaft dort ist ja wie ein einziger Garten, der blaue Himmel, das Meer, die Palmen ...« Die Erinnerung daran ergriff ihn sekundenlang. Stransky bemerkte es verwundert. Er sagte amüsiert: »Sie muß es Ihnen ja ganz schön angetan haben.«

»Das stimmt«, sagte Striebig.

»Französin?« fragte Stransky.

Striebig blickte ihn verständnislos an. »Bitte?«

»Ich fragte, ob es eine Französin war«, sagte Stransky, durch Striebigs Begriffsstutzigkeit leicht verärgert.

Striebig lächelte verlegen. »Für so etwas hatte ich kaum Zeit.«

»Na, na!« Stransky drohte ihm scherzhaft mit dem Finger. »Küstenschutz und keine Zeit für Frauen. Erzählen Sie mir doch keine Märchen.«

Striebig versuchte seinen Fehler wettzumachen und sagte hastig: »Natürlich gab es Möglichkeiten, aber ich hatte andere Interessen.« Er fühlte, wie unbefriedigend seine Erklärung klang.

Stransky betrachtete ihn abwägend. Die Geschichte mit der freiwilligen Versetzung kam ihm immer undurchsichtiger vor. Striebig gehörte kaum zu jenen Männern, die für einen Orden freiwillig das Risiko des Heldentods auf sich nahmen. Er fragte: »Sind Sie gerne Soldat?«

»Sehr gerne«, sagte Striebig. »Das ist, wenn ich es so sagen darf, eine ganz andere Welt als ...«

»Als was?« fragte Stransky.

Striebig lächelte wieder verlegen. »Es läßt sich schwer erklären, Herr Hauptmann. Ich denke an früher.«

Stransky nickte ihm gönnerhaft zu. »Eine Welt der Gefahr, eine Welt des Kampfes und vor allem eine Welt ohne Frauen. Ist es das, was Sie meinen?«

»Jawohl«, sagte Striebig.

Stransky betrachtete wieder sein weiches Gesicht, seine vollen Lippen, seine schönen Naturwellen. Ein Typ, auf den die Frauen hereinfielen, aber er war weder verlobt noch verheiratet, noch hatte er eine Freundin. Ein Offizier, der in Frankreich andere Interessen gehabt hatte, als die Nächte bei einer Frau zu verbringen! Er hielt Striebig sein Zigarettenetui hin, ließ sich von ihm Feuer geben und schlug die langen Beine übereinander. »Ein interessantes Thema«, sagte er lächelnd. »Eine alte These von mir, daß wir Männer auch ohne Frauen auskommen können. Die Abhängigkeit von ihnen erscheint mir als ein bedauerlicher Schönheitsfehler. Oder sind Sie da anderer Meinung?«

Striebig blickte ihn verwirrt an. Sein durch üble Erfahrungen geschärftes Mißtrauen war jetzt hellwach. Andererseits wollte er sich, falls hinter Stranskys Worten eine ernst gemeinte Aufforderung stecken sollte, nicht selbst den Weg verbauen. Abgesehen von den persönlichen Vorteilen eines solchen Verhältnisses, war ihm Stransky auch nicht unsympathisch; im Gegenteil, er schätzte diese gutaussehenden, selbstbewußten Typen sehr. Außerdem hatte er dieses nervenaufreibende Spiel schon so oft mitgemacht, daß er sich einige Erfahrung zutraute. Er sagte: »Das kommt wohl auf den Mann an, Herr Hauptmann. Es gibt solche und solche.«

»Und zu welchen zählen Sie sich?« fragte Stransky lächelnd.

Striebig zögerte wieder, es war eine entscheidende Frage, und er sagte ausweichend: »Ich glaube, daß ich, wenn es sein müßte, auch ohne Frau auskäme.«

»Aber nicht ohne Mann?« fragte Stransky.

Die Worte hingen unvermittelt nackt und brutal im Raum. Striebig starrte in einer Mischung von Furcht, Zustimmung und Erwartung in das gleichbleibend freundliche Gesicht des Kommandeurs. »Das habe ich nicht gesagt, Herr Hauptmann.«

Stransky nickte ihm beruhigend zu. »Ich verstehe, daß Sie nicht darüber reden wollen, aber es ist doch so, oder nicht?«

»Ich weiß nicht ...«

»Natürlich wissen Sie es«, sagte Stransky ungeduldig. »Sie ziehen in jedem Fall die Gesellschaft eines Mannes der einer Frau vor. Wahrscheinlich wurden Sie in Arcachon dabei erwischt. Ist es Ihnen lieber, wenn ich es von Ihrem ehemaligen Kommandeur erfahre?«

Striebig starrte ihn stumm an.

»Sie haben mir noch immer keine Antwort gegeben«, sagte Stransky und lächelte wieder. »Warum geben Sie es nicht zu, wenn es so ist? Genieren Sie sich?« Er stand auf, trat neben ihn und blickte von oben in sein Gesicht. »Wollen Sie es mir nicht sagen?« fragte er sanft.

Striebig fühlte, wie sein Kinn nach unten zuckte. Er hatte es nicht gewollt, und er versuchte noch, durch ein rasches Kopfschütteln die Geste ungeschehen zu machen, aber Stransky hatte ihm bereits den Rücken zugedreht. Er ging zu seinem Stuhl zurück, setzte sich breitbeinig hin und blickte über den Tisch hinweg in Striebigs Gesicht. »Offen gestanden«, sagte er, »habe ich bis zur Stunde nicht gewußt, wie diese Sorte Männer aussieht. Stehen Sie auf.«

Striebig stand mit weißem Gesicht auf, er stammelte: »Ich verstehe nicht, Herr Hauptmann ...«

»Sie verstehen mich genau«, sagte Stransky kalt. »Wenn ich Sie jemals dabei erwische, sorge ich persönlich dafür, daß man die richtige Verwendung für Sie findet. Verschwinden Sie und lassen Sie sich in den nächsten vierundzwanzig Stunden hier nicht mehr sehen.« Er beobachtete, wie Striebig zur Tür ging. Zum ersten Male seit acht Tagen war er wieder mit sich und der Welt restlos zufrieden.

Striebig ging zu seinem Bunker, stolperte die Stufen hinab und ließ sich auf das Feldbett fallen. Er tastete im Dunkeln nach seiner Pistole. Als er aber den kühlen Stahl an der Schläfe spürte, warf er sie entsetzt zu Boden. Er legte sich auf den Bauch und weinte vor Wut und Haß. Später überlegte er sogar, wie er Stransky umbringen könnte.

Gegen Abend stießen sie auf die Russen. Sie hatten gerade wieder eine größere Sumpfstelle umgehen müssen, als sich das von Dietz geführte Pferd plötzlich losriß und in wilden Sprüngen zwischen die Bäume galoppierte; Dietz starrte ihm verdattert nach. Da es einen Teil der Verpflegung trug, traf sie der Verlust empfindlich. »Du verdammter Trottel!« sagte Krüger. Steiner kam mit großen Schritten zu ihnen und sagte heiser vor Wut: »Hol das Biest zurück, sonst mach' ich dir Beine!«

Dietz rannte los. Er vergaß seine Schmerzen und seine Erschöpfung. Er war nur noch von dem Gedanken besessen, seinen Fehler wiedergutzumachen, und er rannte blindlings durch den Wald, zwischen Stämmen und Unterholz hindurch, stolpernd, stürzend, sich aufraffend und weiterkeuchend, bis es einfach nicht mehr ging. Dann blieb er stehen, lehnte sich mit dem Rücken gegen einen Baum und weinte vor Erschöpfung.

Unter den Bäumen wurde es dunkel. Als Dietz den Kopf hob, waren die Russen bereits bis auf einige Dutzend Schritt herangekommen. Es waren fünf Männer, sie trugen lange Mäntel, flache Pelzmützen und Maschinenpistolen. Dietz empfand keine Furcht und kein Entsetzen. Es war nur ein großes Staunen in ihm. Dann fiel ihm wieder der Zug ein. Er mußte ihn warnen, und wenn er ihn warnte, würden ihm die Männer auch die Geschichte mit dem Pferd verzeihen. Der Gedanke erleichterte ihn so, daß er darüber fast die Russen vergaß. Sie waren jetzt schon so nahe, daß er ihre Gesichter erkennen konnte, und sie schienen nicht recht zu wissen, was sie von ihm halten sollten. Als einer von ihnen den Lauf der Maschinenpistole auf ihn richtete, riß er die Füße vom Boden und stürzte davon. In seinem Rücken wurde Gebrüll laut, und er zog instinktiv den Kopf ein. Dann bekam er einen Stoß zwischen die Schultern, der ihn auf das Gesicht warf, und über ihn hinweg dröhnte das hysterische Knattern einiger Maschinenpistolen. Zuerst glaubte er, jemand habe ihn mit der Faust geschlagen, und blieb bestürzt liegen. Über seinem Kopf zischten die Geschoßgarben, patschten gegen die Bäume und brummten als Querschläger durch den Wald. Dietz dachte: Was die nur so verrückt schießen! Er versuchte aufzustehen, aber seine Arme waren wie abgestorben, und im Rücken lastete ein dumpf schmerzender Druck, als hielte ihn ein umgestürzter Baum am Boden fest. Mit viel Mühe gelang es ihm, die Hand unter das Sturmgepäck zu schieben. Er tastete seinen Rücken ab, ohne etwas Besonderes feststellen zu können. Als er sich aber auf die Seite drehen wollte, jagte ein glühender Schmerz durch seine Brust. Er ließ das Gesicht auf den kühlen Boden fallen und wimmerte.

Die Männer hatten sich, nachdem Dietz zwischen den Bäumen verschwunden war, hingesetzt und ließen müde die Köpfe hängen. Nur Steiner war bei den Pferden stehengeblieben. Seine Unruhe war noch größer als seine Müdigkeit. In spätestens fünfzehn Minuten würde es dunkel sein, und das Ende des Waldes war noch immer nicht abzusehen. Während des Marsches hatte sich herausgestellt, daß die Pferde eine zusätzliche Belastung waren, weil sie durch ihr störrisches Verhalten immer neue Verzögerungen herbeiführten. Er hätte sie schon längst laufenlassen, wenn ihn die schlechte Verfassung der Männer nicht daran gehindert hätte. Sie waren über zehn Stunden fast pausenlos marschiert und völlig erschöpft.

Er blickte ungeduldig auf die Uhr. Seit dem ärgerlichen Zwischenfall waren etwa drei Minuten vergangen, und er begann sich Sorgen zu machen. Er wandte sich an die Männer und befahl ihnen, den Platz nicht zu verlassen.

Während er durch den Wald lief, verwünschte er Dietz und sich selbst. Es war eine Dummheit gewesen, ihn hinter dem Pferd herzuschicken, er hätte sich denken können, daß Dietz es nicht mehr einholen würde.

Da in dem dichten Wald eine Orientierung unmöglich war, verließ er sich nur auf seinen Instinkt. Er hatte etwa dreihundert Meter zurückgelegt, als halb rechts von ihm plötzlich Stimmen laut wurden. Er blieb stehen und starrte in den immer dunkler werdenden Wald. Das Rufen steigerte sich zum Brüllen, russische Kommandos dröhnten durch den Wald, dann setzte MPi-Feuer ein.

Steiner rannte hinter einen dicken Baumstamm und nahm die Maschinenpistole hoch. Das Feuer verstärkte sich. Steiner blickte zurück. Das Gewehrfeuer mußte auch die Männer alarmiert haben, und er überlegte ein paar Sekunden, ob er auf sie warten sollte, aber wenn Dietz noch lebte, was man aufgrund des pausenlosen Feuers annehmen mußte, konnte es bis dahin schon zu spät sein. Deshalb rannte er geduckt auf den nächsten Baum zu und von dort zum übernächsten, bis er das Mündungsfeuer der MPi sehen konnte. Dann schoß er das Magazin leer. Als er es auswechselte, glaubte er zwischen den Bäumen eine dunkle Gestalt zu erkennen. Da es sich aber vielleicht um Dietz handeln konnte, wagte er nicht zu schießen. Er stellte fest, daß sich das Feuer der unsichtbaren Schützen immer stärker auf seine Person zu konzentrieren begann. Wenn sie erst einmal herausgefunden hatten, daß es sich nur um einen einzelnen Gegner handelte, würden sie ihn rasch in die Zange nehmen. Seine Befürchtung bestätigte sich auf eine erschreckende Weise. Rechts von ihm hämmerte atemberaubend nah eine MPi los, die Garben klatschten neben ihm in den Boden und rissen Erdschollen und welkes Laub hoch. Er warf sich blitzschnell hin und feuerte zurück. Dann rollte er sich seitwärts hinter den nächsten Baum und wechselte wieder das Magazin aus. Das Flankenfeuer war verstummt, vielleicht war ihm ein Zufallstreffer geglückt. Nur links, hinter einem Streifen dichten Unterholzes, setzte das Geknatter nicht aus. Er blieb regungslos liegen und horchte auf die Geschoßgarben über ihm. Dann brach in seinem Rücken ein ohrenbetäubendes MPi-Feuer los. Er blickte wieder zurück und sah seine Männer in einer breiten Schützenreihe durch den Wald kommen. Sie feuerten aus den Hüften und näherten sich rasch. Hollerbach bemerkte Steiner zuerst, er kam zu ihm gerannt und warf sich neben ihm auf den Boden. Auch die anderen kamen, noch immer zwischen die Bäume feuernd, zu ihm und stellten das Feuer dann ein. Es wurde plötzlich so still, daß nur noch ihr keuchender Atem zu hören war.

Steiner richtete sich auf. Die Russen waren anscheinend geflohen. Irgendwo im Wald klang noch das Geräusch brechender Äste, verstummte aber rasch. »Wir dachten schon, sie hätten dich erwischt«, sagte Schnurrbart heiser. »Wie viele waren es?«

»Fünf oder sechs«, sagte Steiner. »Wahrscheinlich ein Spähtrupp. Sie müssen auf Dietz gestoßen sein. Wenn er noch da ist, muß er irgendwo in der Nähe liegen. Wer ist bei den Pferden?«

»Pasternack«, sagte Krüger.

Sie verteilten sich und suchten den Boden ab. Es war jetzt schon so dunkel geworden, daß sie kaum mehr etwas sahen. Auch Dorn hätte Dietz nicht gesehen, wenn er nicht über ihn gestolpert wäre. Er rief die anderen Männer zu sich. »Hier liegt er«, sagte er.

»Tot?« fragte Steiner rauh. Er kniete sich neben dem Sudetendeutschen auf den Boden, zerrte ihm das Sturmgepäck herunter und drehte ihn auf den Rücken. Als er ihm den Rock aufknöpfte, knipste Krüger die Taschenlampe an und leuchtete in sein Gesicht; es war wachsgelb. »Vielleicht hat es ihn am Bauch erwischt«, sagte Krüger undeutlich.

Sie fanden die Verletzung erst, als sie Dietz wieder umdrehten und ihm das Hemd hinaufstreiften. Unter seinem rechten Schulterblatt waren dicht nebeneinander zwei haselnußgroße Löcher. Krügers Hand mit der Taschenlampe zitterte. Er sagte: »Damit kommt er nicht durch.«

»Sein Herz schlägt noch«, sagte Steiner. »Holt die Pferde!«

Während Anselm und Maag davonrannten, verband Steiner den Verwundeten. Dann stand er auf, griff mechanisch in seine Tasche und suchte nach einer Zigarette. Schnurrbart streckte ihm seinen Tabaksbeutel und ein Stück Zeitungspapier hin. »Dreh dir eine.«

»Ist nicht nötig«, sagte Steiner und wischte sich mit dem Rockärmel die Augen ab.

»Es war nicht deine Schuld«, sagte Schnurrbart. »Mach dich jetzt nicht verrückt. Wenn sie Spähtrupps in den Wald schicken, wissen sie, daß wir hier sind. Der Russe muß durchgekommen sein.«

»Dann können wir uns gleich eine Kugel durch den Kopf schießen«, sagte Hollerbach.

»Aber nur die letzte«, sagte Krüger. »Vorher nehm' ich noch ein paar von den Säuen mit.«

»Ich auch«, sagte Schnurrbart.

Steiner schwieg.

Als die Männer mit den Pferden kamen, nahmen sie zweien die Lasten herunter und koppelten sie eng zusammen. Sie legten Zeltplanen über ihre Rücken und verknüpften sie unter ihren Bäuchen. Es wurde dabei nicht gesprochen, nur Maag sagte einmal: »Das hat doch alles keinen Sinn mehr.«

Als sie Dietz verladen hatten, wandte sich Steiner an Schnurrbart: »Du und Krüger, ihr paßt auf, ob sie hinter uns herkommen.«

»Es war seine eigene Schuld«, sagte Schnurrbart leise.

Steiner gab wieder keine Antwort. Er zog seinen Marschkompaß aus der Tasche, legte die neue Richtung fest und führte die Männer weiter durch den Wald.

Es war jetzt stockdunkel. Durch das Laubdach schimmerten gelegentlich einige Sterne. Das Brechen der dürren Äste unter ihren Stiefeln klang überlaut durch den stillen Wald.

Schnurrbart und Krüger folgten dem Zug mit großem Abstand. Sie blieben immer wieder stehen und horchten zurück, aber hinter ihnen rührte sich nichts. »Die sind abgehauen«, sagte Krüger.

»Sie werden am Waldrand auf uns warten«, sagte Schnurrbart. »Das war erst der Anfang, sag' ich dir.«

»Wir bringen ihn nicht durch«, sagte Krüger. »Ausgerechnet Dietz!«

»Ist doch egal, wer«, sagte Schnurrbart. »Das verdanken wir alles Doll.«
»Vielleicht begegnen wir ihm ja noch mal«, sagte Krüger durch die Zähne.
»Das glaube ich nicht«, sagte Schnurrbart und blickte nach vorne, wo irgendwo in der Dunkelheit Steiner marschieren mußte.

Dietz ging am Schluß des Zuges. Er führte das Pferd am Zügel und hatte schrecklichen Durst. Dann riß das Pferd sich plötzlich los, und Steiner kam auf ihn zugestürmt. Sein Gesicht war fürchterlich, und Dietz rannte in den Wald und immer hinter dem Pferd her. Oft war er ihm so nahe, daß er meinte, es am Schwanz packen zu können, aber jedesmal, wenn er danach greifen wollte, wurde es wieder schneller und rannte davon. Er streckte den Arm aus und rief und schluchzte, und plötzlich blieb das Pferd stehen. Als er sich ihm näherte, sah er zu seinem Entsetzen, daß es sich in einen Russen verwandelte, der fünf Köpfe hatte und ihn mit vielen Augen anstarrte. Er drehte sich um und lief, so schnell er konnte, davon. Dann traf ihn ein harter Schlag in den Rücken, der ihn umwarf. Viel später wurde er aufgehoben, der Boden unter ihm begann sanft zu schaukeln, es war angenehm und einschläfernd. Plötzlich wachte er auf. Über sich sah er das Gesicht Steiners; er hörte ihn fragen: »Willst du etwas trinken?«
Dietz nickte. Steiner hielt ihm eine Feldflasche an den Mund. Während Dietz trank, spürte er die kalte Flüssigkeit durch seine Brust rinnen. Er seufzte dankbar und ließ den Kopf zurückfallen. Er war jetzt bei vollem Bewußtsein.
Steiner blickte auf die Uhr; es war schon weit über Mitternacht. Die Männer lagen in ihre Wolldecken eingerollt und schliefen. Es hatte sich als unmöglich erwiesen, den Marsch durch den dunklen Wald noch weiter fortzusetzen. Immerhin waren sie seit dem Zusammentreffen mit den Russen noch einmal fast vier Stunden unterwegs gewesen, bis sie auf die kleine Lichtung gestoßen waren. Sie hatten Dietz unter die Bäume gelegt, Steiner hatte die Posten eingeteilt und sich dann zu Dietz gesetzt. Seit er zum letztenmal mit der Taschenlampe in sein Gesicht geleuchtet hatte, wußte er, daß er nicht mehr lange leben würde, er kannte diesen Ausdruck im Gesicht eines Mannes. Unter den Backenknochen schienen dunkle Löcher zu sein, die Haut straffte sich wächsern über den Kiefern, und die Augen waren in tiefe Schatten eingebettet.
Er schob ihm noch eine Wolldecke unter den Kopf und fragte: »Hast du Schmerzen?«
»Nein«, sagte Dietz. Er hatte die Augen geöffnet und blickte Steiner unverwandt an. Nach einer Weile fragte er: »Muß ich sterben?«
»Unsinn«, sagte Steiner. »Du bist etwas angekratzt, das ist alles. Wir verladen dich morgen früh wieder auf die Pferde und schaffen dich zum Bataillon. Übermorgen liegst du schon in einem Lazarettzug Richtung Heimat.«
Dietz schloß die Augen. Die Pferde! Das war es gewesen. Er war hinter dem Pferd hergerannt und hatte es nicht einholen können. Dann war er stehengeblieben, und dann . . . Er riß die Augen auf und begann zu schreien.
Die Männer fuhren von ihren Plätzen hoch. »Was hat er denn?« fragte Krüger schlaftrunken. Sie standen auf, kamen zu Steiner und starrten auf den

brüllenden Mann nieder. »Er wird uns die Russen auf den Hals locken!« sagte Schnurrbart besorgt.

Steiner leuchtete Dietz mit der Taschenlampe in das Gesicht und sprach beruhigend auf ihn ein. Als es nichts nützte, hielt er ihm mit der Hand den Mund zu, bis sein Brüllen erstickte. »Er hat Wundfieber«, sagte er. »Legt euch wieder hin.«

»Er wollte früher mal Arzt werden«, sagte Pasternack.

Sie kehrten zögernd an ihre Plätze zurück, nur Schnurrbart blieb neben Steiner stehen.

»Ich löse dich ab«, sagte er. »Du mußt auch ein paar Stunden pennen, Mann.«

»Kümmere dich um deinen eigenen Dreck«, sagte Steiner.

»Du bist ein sturer Hund«, sagte Schnurrbart aufgebracht.

Steiner blickte in sein Gesicht. Ehe er aber zu einer Entgegnung ansetzen konnte, kam ihm Dietz zuvor: »Warum händelt ihr schon wieder?« fragte er leise. »Ihr sollt doch nicht händeln!«

»Wir händeln nicht«, sagte Steiner.

»Ich hab' es doch gehört«, sagte Dietz weinerlich. »Wenn ihr dauernd miteinander händelt, kommt ihr nie zum Bataillon zurück.«

Steiner fühlte, wie Dietz im Dunkeln nach seiner Hand tastete. Er hielt sie fest und strich ihm beruhigend über die feuchte Stirn. Schnurrbart ging davon.

Es war sehr still im Wald. Steiner setzte sich wieder auf den Boden. Genauso hatte er sich gefühlt, als er mit Anne zum letzten Mal auf einer Wiese gelegen hatte. Sie waren unterwegs zum Gipfel gewesen, und am Himmel waren die ersten Wolken aufgekommen.

Sie sprachen über den bevorstehenden Krieg; Anne wollte, daß er in Zürich blieb. »Mein Vater würde dir eine Stellung besorgen.«

»Das geht nicht.«

Sie blickte ihn ruhig an. »Willst du dich für die Nazis umbringen lassen.«

»Das hat nichts mit den Nazis zu tun«, sagte Steiner.

»Wieso nicht? Es ist doch ihr Krieg, sie zetteln ihn an!«

Steiner blickte zum Gipfel hinauf. »Das Wetter schlägt um; es ist besser, wir bleiben hier.«

»Es ist dein letzter Tag bei uns«, sagte Anne. »Wenn du für die Nazis kämpfen willst, sehen wir uns vielleicht nicht mehr.«

»Wir können ihn auch hier verbringen«, sagte Steiner und legte die Hand auf ihre Brust. Sie blickte ihn stumm an. Als er sie küßte, verschränkte sie die Hände in seinem Nacken. Sie hatte plötzlich Tränen in den Augen und sagte: »Vielleicht bin ich sentimental, aber wenn es unser letzter Tag überhaupt ist, möchte ich noch einmal mit dir hinauf.«

»Es wird nicht unser letzter Tag sein«, sagte Steiner. Er schob ihr das Kleid über die Hüften; sie hielt seine Hand fest. »Nur, wenn du hierbleibst.«

Sie verknüpfte es jedesmal mit Bedingungen, auf die er nicht eingehen konnte. Er sagte: »Hast du Angst?«

»Nein«, sagte sie. »Das ist es nicht.«

»Was sonst?«

»Ich möchte es nur mit einem Mann tun, den ich heirate«, sagte sie. »Wenn dir etwas passiert . . .«

»Rückversicherung?« fragte Steiner.

»Nenn es, wie du willst«, sagte sie und stand auf. Sie sah hübsch aus, er kannte kein anderes Mädchen, das so schön war wie sie. Selbst in ihren schweren Bergstiefeln sah sie noch schön aus. Er meinte das Blut in seinen Ohren rauschen zu hören. Jedesmal, wenn er sie anschaute, verstand er nicht, weshalb sie sich ausgerechnet in ihn verliebt hatte! Und ihr Vater war ein verdammter Kapitalist; sie wohnte in einem der größten Häuser am See. Er sagte: »Ohne dich kann ich nicht mehr leben.«

»Ich auch nicht mehr ohne dich«, sagte sie weinend.

Das Rauschen in seinen Ohren hielt unvermindert an. Monoton und beständig schien es die Luft zu füllen, trommelte mit unzähligen winzigen Fäusten in sein Bewußtsein und führte ihn in die Wirklichkeit zurück. Als er den Oberkörper aufrichtete, spürte er die Nässe in seinem Rücken und hob verwundert das Gesicht. Es regnete. Die Baumwipfel schwankten im Sturm, über der Lichtung lag undurchdringliche Finsternis. Steiner betrachtete einige Sekunden verständnislos seine Umgebung, dann merkte er, daß er seine Hand um etwas Weiches geklammert hatte, das seltsam kalt und leblos zwischen seinen Fingern war. In plötzlichem Ekel ließ er es los. Er tastete nach seiner Taschenlampe und richtete ihren Strahl auf Dietz. Sein Mund stand weit offen, zwischen ihren halbgeschlossenen Lidern glotzte das Weiße der Augäpfel; im Tod war er Steiner so fremd wie jeder andere Mann. Der Gedanke, daß er während der ganzen Zeit seine Hand festgehalten hatte, erfüllte ihn mit Widerwillen. Er zog die Wolldecke über das Gesicht des Toten. Als er sich wieder aufrichtete, kam Schnurrbart zu ihm. »Er ist tot«, sagte Steiner.

Schnurrbart griff nach seinem Arm und zog ihn hinüber zum Lagerplatz der Männer. Sie setzten sich auf eine Decke, zogen eine Zeltplane über ihre Köpfe und blickten in die vom Sturm aufgewühlte Finsternis. »Er war nicht mehr zu retten«, sagte Schnurrbart. »Es ist besser so für ihn wie für uns. Wir hätten ihn nicht weiter mitschleppen können. Früher oder später erwischt es uns sowieso alle.«

»Mich nicht«, sagte Steiner. »Glaubst du an Gott?«

Die Frage kam so unvermittelt, daß Schnurrbart erst nach einer Weile antwortete: »Du nicht?«

»Wenn es einen gibt«, sagte Steiner, »ist er ein Sadist.«

Schnurrbart schwieg.

Am frühen Morgen begruben sie Dietz. Es regnete noch immer; die Wolken hingen tief über den Bäumen. Die Männer hatten eine Grube ausgehoben und standen naß und frierend auf der Lichtung. Ein kalter Wind strich durch den Wald. Als Steiner dicht an die Grube trat, kamen die anderen näher. Dietz lag in einer Zeltplane klein und unscheinbar in der Grube. Die Männer hielten ihre kurzen Feldspaten in den Händen und blickten Steiner ungeduldig an. »Worauf warten wir noch?« fragte Maag.

Steiner sah in ihre schmutzigen, unrasierten Gesichter. »Vielleicht will ich noch eine Grabrede halten«, sagte er rauh. »Wäre er zu Hause gestorben, stünden vielleicht hundert Menschen um sein Grab. Ein paar Wochen später hätten sie ihn vergessen. Ich hoffe, daß keiner von euch ihn vergißt.« Er bückte sich und warf eine Handvoll Erde in das offene Grab. Wortlos begannen sie mit der Arbeit.

Eine Stunde später brachen sie auf. Der Regen hatte nicht nachgelassen, sie hängten sich die Zeltplanen über die Schultern. Von den Pferden führten sie nur noch zwei mit sich; die anderen hatten sie laufenlassen. Da sie jeden Augenblick auf Russen stoßen konnten, hielten sie ihre Waffen schußbereit und bewegten sich nach allen Seiten sichernd vorsichtig durch den Wald.

Schnurrbart unterhielt sich leise mit Dorn: »Das war komisch, was?«

Dorn nickte. »Die seltsamste Grabrede, die ich je gehört habe. Er ist ein Original, egal, was und wie man sonst auch über ihn denken mag.«

»Was denkst du über ihn?« fragte Schnurrbart.

Dorn zuckte nur mit den Schultern und blickte zum Himmel. »Wenn nur endlich der Regen aufhörte!«

»Wir können uns kein besseres Wetter wünschen«, erwiderte Schnurrbart. »Wenn wir über die HKL gehen, könnte es meinetwegen sogar Katzen hageln.«

Dorn machte ein besorgtes Gesicht. »Wie er sich das nur vorstellt! Will er bei Tag 'rüber?«

Schnurrbart lachte leise. »Du bist verrückt, Doktor.«

Nach einigen Kilometern stießen sie auf eine Bahnlinie, die ihren Weg kreuzte. Steiner blieb stehen und blickte auf die Karte. »Wohin führt sie?« fragte Krüger.

»Nach Noworossijsk«, sagte Steiner. »Sie kommt von Krymskaja. Wir gehen einzeln hinüber. Bis zum Fluß haben wir dann noch einen Kilometer.«

Die Männer blickten ihn bestürzt an. »Bis zu welchem Fluß?« fragte Dorn.

»Er heißt Adagum«, sagte Steiner. »Vielleicht ist es auch nur ein Bach. Nördlich der Stadt ist er der Karte nach doppelt so breit.«

Er kletterte den steilen Bahndamm hinauf, überquerte ihn rasch und tauchte auf der anderen Seite wieder im Wald unter. Die Männer folgten ihm.

Bis zum Fluß brauchten sie noch eine halbe Stunde. Er war breit und tief, und sie verloren zwei Stunden damit, eine Furt zu suchen. Als sie schließlich eine fanden, mußten sie bis zur Brust im eiskalten Wasser waten. Auf der anderen Seite war wieder dichter Wald.

Die Männer schleppten sich nur noch mühsam dahin, ihre Gesichter und Lippen waren blau. Steiner ließ den Zug anhalten, streifte seine Stiefel ab und wrang die Socken aus. »Wir müssen das Zeug trocknen«, sagte Kern zähneklappernd. »Warum machen wir kein Feuer?«

»Die Russen werden dir den Arsch mit ihren MPi wärmen«, sagte Steiner. »In spätestens einer Stunde sind wir am Waldrand; dort könnt ihr euch ausruhen.«

»Wenn der eine Stunde sagt«, flüsterte Anselm Kern zu, »dauert es mindestens noch zwei«, aber er täuschte sich; sie erreichten den Waldrand schon nach fünfzig Minuten. Er war mit dichtem Gesträuch bewachsen. Als sie es durchbrochen hatten, sahen sie eine breite Wiese mit hohem Gras und, etwa hundert Meter entfernt, eine vegetationslose Hügelkette. In der Mitte der Wiese floß ein kleiner Bach.

Steiner befahl, die Pferde anzubinden. »Wir lassen sie heute abend laufen«, sagte er. »Dorn beginnt mit dem ersten Posten. Achtet hauptsächlich auf die Wiese; von hinten haben wir kaum etwas zu befürchten. Legt euch in das Gebüsch.«

»Wie lange bleiben wir hier?« fragte Krüger.

Steiner blickte auf die Uhr. »Bis es dunkel wird.«

Die Männer befolgten seine Anweisungen. Ein verhältnismäßig trockener Platz zwischen dem Gesträuch wurde mit Zeltplanen abgedichtet. Einige Männer suchten dürres Holz und machten ein kleines Feuer. Dann packten sie ihre Vorräte aus, wärmten den Tee über dem Feuer und aßen. Steiner hatte die Karte auf seinen Knien ausgebreitet. »Noch etwa zehn Kilometer«, sagte er, als Schnurrbart ihn fragte. »Krymskaja liegt schon halb rechts hinter uns. Wir halten uns jetzt immer auf den Hügeln in nordwestlicher Richtung, sonst kommen wir zu nahe an die Dörfer heran.«

»Und wie willst du über die HKL?« fragte Krüger.

Steiner blickte in sein unrasiertes Gesicht. »Das werde ich dir verraten, wenn ich es weiß. Ich muß mir das erst aus der Nähe anschauen. Sie suchen uns; das steht fest. Wir können jetzt nichts mehr riskieren. Wahrscheinlich sind schon sämtliche russischen Posten in der HKL davon verständigt, daß wir heute nacht versuchen werden, uns zur eigenen Linie durchzuschlagen.«

»Wenn ich diesen Doll noch einmal sehe . . .«, sagte Krüger und verstummte.

»Glaube nicht, daß du ihn noch einmal sehen wirst«, sagte Steiner. Anselm fragte: »Was willst du Schäfer sagen? Daß er desertiert ist?«

»Dann müssen seine Eltern es ausbaden«, sagte Schnurrbart. »Wir melden ihn einfach als vermißt, schlage ich vor.« Er blickte Steiner an.

Sie schliefen den ganzen Nachmittag. Gegen Abend wurden sie von Steiner geweckt. Sie machten sich fertig, trieben die beiden Pferde in den Wald zurück und marschierten auf die Wiese hinaus. Der Boden war hier stark sumpfig, sie bekamen schon nach wenigen Schritten Wasser in die Stiefel. Der Bach erwies sich als kein ernsthaftes Hindernis, das Wasser ging ihnen nur bis zu den Knien. Als sie ihn durchwatet hatten, blieben sie plötzlich stehen.

Halb rechts von ihnen, etwa zweihundert Meter entfernt, stieg eine weiße Leuchtkugel zum Himmel, blieb sekundenlang in der Luft, als hinge sie an einem unsichtbaren Faden, und flatterte dann langsam auf die Wiese nieder, wo sie noch eine Weile weiterbrannte. Dann war es wieder dunkel wie vorher.

»Die Front!« stammelte Pasternack.

Krüger stieß einen leisen Fluch aus. »Du bist verrückt, Mann! Das ist keine Front, das ist eine Schweinerei. Sie haben auf den Hügeln Posten aufgestellt, die den Waldrand bewachen. Was tun wir?«

Seine letzten Worte galten Steiner, der regungslos zu den Hügeln schaute.

»Vielleicht steht vor uns auch einer«, sagte Kern zitternd. »Wir müssen es an einer anderen Stelle versuchen.«

Steiner schwieg. Wenn die Russen tatsächlich Posten aufgestellt hatten, konnte er sich nur noch auf sein Glück verlassen. Die Gefahr war hier am größten. Hatten sie die ersten Hügel einmal hinter sich gebracht, dann lag auch die Postenkette hinter ihnen. Er hielt es für unwahrscheinlich, daß sie sehr dicht war. Er wandte sich an die Männer: »Wenn wir angerufen werden, antwortet Krüger. Wenn geschossen werden muß, beginne ich. Seid leise!«

Sie gingen vorsichtig weiter bis zum Fuß des Hügels und kletterten den steilen Hang hinauf. Sie erreichten unbehelligt die Kuppe. Hier war es schon so dunkel, daß sie keine zehn Schritt weit sehen konnten, der Wind peitschte ihnen den Regen ins Gesicht. Sie fühlten die Nässe widerlich kalt auf ihren verschwitzten Rücken.

Steiner wartete, bis sie wieder zu Atem gekommen waren, dann führte er sie in nordwestlicher Richtung weiter. Nach wenigen Schritten ging es wieder bergab, aber das Gefälle hielt nicht lange an. Sie durchquerten eine flache Mulde und stiegen wieder einen Hang hinauf.

Steiner hatte sich gerade entschlossen, die Richtung zu ändern, als sie vor sich einen Schrei aus der Dunkelheit hörten: »Wnimanije!«

Er kam so plötzlich, daß die Männer ihn wie einen körperlichen Schlag empfanden, der ihnen den Boden unter den Füßen wegriß und das Blut gerinnen ließ. Sie warfen sich flach hin und starrten mit aufgerissenen Augen den Hang hinauf. Steiner faßte sich zuerst. Er schob sich rasch zu Krüger zurück und zischte: »Gib doch Antwort! Antwort geben, Mann!«

Der Ostpreuße richtete sich ein wenig auf, legte die Hände wie einen Schalltrichter an den Mund und brüllte: »Towarischtschi ... Towarischtschi ...!«

Sie hielten den Atem an. Über ihnen blieb alles ruhig. Als die Stille unerträglich wurde, flüsterte Steiner: »Auf dem Bauch weiter, rechts 'runter, hundert Meter, dann warten!«

Während die Männer an ihm vorbeirobbten, hielt er Krügers Arm fest und flüsterte: »Was hat er gerufen?«

»Achtung oder ähnlich; ich hab's nicht recht verstanden.«

»Verstehst du das?« flüsterte Steiner. »Möchte nur wissen, was da los war. Was hast du geantwortet?«

Krüger kicherte hysterisch. »Daß wir Genossen sind. Sind wir doch auch, oder nicht?«

»Du bist ein Sonnyboy«, murmelte Steiner. »Komm!«

Sie standen auf und rannten geduckt den anderen nach. »Was gibt's?« fragte Schnurrbart.

Steiner zuckte mit den Schultern. »Hat sich nicht mehr gemeldet. Wir müssen jetzt noch vorsichtiger sein. Wenn einer hustet, leg' ich ihn um.«

Der Zug folgte ihm wie ein vielgliedriges, sprungbereites Tier. Über eine Stunde führte sein Weg ohne weiteren Zwischenfall hügelauf und hügelab. Die Eintönigkeit des Marsches, der aufgeweichte Boden, die immer wieder sich schier endlos in die finstere Regennacht erstreckenden steilen Hänge, deren Kuppen nie abzusehen waren, und die permanente stumme Bedrohung durch einen erbarmungslosen Gegner stellten wieder fast übermenschliche Anforderungen an die Männer. Ihre Furcht und Vorsicht wichen bald einer stumpfen

Apathie. Auch die gelegentlichen scharfen Zurufe Steiners konnten sie nicht mehr aufschrecken.

Selbst Krüger und Schnurrbart waren am Ende. Krüger humpelte. Seit einer halben Stunde fühlte er an der rechten Ferse einen stechenden Schmerz, der immer schlimmer wurde. Er blieb plötzlich stehen und warf das MG zu Boden. Das patschende Geräusch drang bis zu Steiner vor. Er kam zurückgelaufen und beobachtete, wie Krüger sich auf den nassen Boden setzte, seinen Stiefel und Socken auszog und die weiche Blase an seiner Ferse betastete.

»Hast du ein Wehwehchen?« fragte Steiner.

Krüger schwieg. Er streckte den schmerzenden Fuß in den Regen und stöhnte vor Erleichterung. Die Männer waren jetzt alle herangekommen und grinsten.

Plötzlich fielen sie auf das Gesicht, als hätte ihnen einer in den Rücken getreten. Vor ihnen, ungefähr an der Stelle, die sie, wenn Krüger nicht gewesen wäre, unterdessen wohl erreicht hätten, zerbarst die Nacht wie im Licht einer feurigen Rakete. Im selben Augenblick erscholl ein berstendes Krachen, so laut, daß es den Männern den Mund aufriß.

Steiner lag mit dem Gesicht auf Krügers Rücken. Krüger hatte seine schmerzende Ferse vergessen und kniff entsetzt die Augen zusammen. Das Brüllen hielt in unveränderter Heftigkeit an, aber je länger es anhielt, desto mehr verlor es seine schreckhafte Wirkung für die Männer, und Sekunden später hatten sie das Geräusch analysiert: Sie lagen dicht vor der Feuerstellung einiger russischer Batterien, die in einer der zahlreichen Mulden stehen mußten.

Steiner stand langsam auf und blickte auf Krüger. »Zieh deinen Stiefel an«, sagte er laut. »Du wirst dich sonst erkälten.«

»Einen Augenblick«, sagte Krüger. Er legte den entblößten Fuß über das linke Knie und fragte: »Hast du 'ne Nadel?«

Steiner holte eine Sicherheitsnadel aus der Tasche. »Mach's kurz«, sagte er.

Auch die anderen Männer waren inzwischen aufgestanden. Sie beobachteten stumm, wie Krüger die Blase aufstach und sie ausdrückte.

Im selben Augenblick verstummte das Artilleriefeuer. Sie lauschten. Irgendwo vor ihnen, erstaunlich nahe, erfolgten die Einschläge; die Männer blickten sich vielsagend an. Krüger sagte: »Wenn wir dort sind, wo die Granaten sind, sind wir auch bei unserem Haufen.«

Sie umgingen die russischen Batteriestellungen in großem Bogen. Das Gelände stieg wieder an, aber diesmal schien die Steigung kein Ende zu nehmen. Als Steiner plötzlich stehenblieb, hoben die Männer furchtsam die Köpfe. »Was ist denn?« fragte Krüger leise.

Steiner wies in die Dunkelheit vor ihnen. Sie starrten in die Höhe, ohne zuerst etwas Besonderes feststellen zu können, aber dann sahen sie es alle: Für einen Augenblick hoben sich die Konturen des Hügels deutlich aus der dunklen Regennacht und verschwammen dann wieder mit der Finsternis. Das wiederholte sich in unregelmäßigen Zeitabständen. Ehe sie sich aber der Bedeutung der merkwürdigen Erscheinung erklären konnten, lief Steiner weiter.

Als sie Minuten später keuchend die Kuppe erreichten, blieben sie fasziniert stehen. Vor ihnen fiel das Gelände steil nach Süden ab. Tief unten schien sich eine weite Ebene auszudehnen. Eine schier endlose Kette abgeblendeter Kraftfahrzeugscheinwerfer bewegte sich von Ost nach West. Der westliche Horizont wurde in seiner ganzen Weite durch das schwebende Licht weißer Leuchtraketen gespenstisch angestrahlt.

Die Männer starrten ergriffen hinüber, sie schluckten und fuhren sich über die nassen Gesichter. Maag flüsterte fast andächtig: »Die Front. Wir haben die Front erreicht.«

»Das gefällt mir nicht«, sagte Schnurrbart, der sich als einer der ersten über die Bedeutung des rollenden Materials in der Tiefe bewußt wurde. »Wo fahren die eigentlich hin?«

Steiner zog seine Karte aus der Tasche und ließ das abgeblendete Licht der Taschenlampe darauf fallen. »Es ist die Straße Krymskaja–Melechow«, sagte er. »Melechow liegt dicht hinter der russischen Linie.«

»Und wo liegt das Bataillon?« fragte Schnurrbart.

»Gegenüber von Melechow«, sagte Steiner und knipste die Taschenlampe wieder aus. »Merkt ihr was?«

»Und ob ich was merke!« sagte Krüger. »Und da willst du hinüber?«

»Die müssen doch von unserer Ari gesehen werden!« sagte Maag aufgeregt.

»Sie fahren nicht bis nach Melechow hinein«, sagte Steiner. »Vom Bataillon aus gesehen, liegt noch ein Wald dazwischen; ich vermute, sie laden dort ab.« Er legte seine Zeltplane auf den Boden, setzte sich hin und beobachtete die Leuchtkugeln.

»Was ist?« fragte Schnurrbart. »Machen wir eine Pause?«

Steiner nickte. »Ruht euch fünf Minuten aus. Ich muß mir das erst mal genauer ansehen.«

»Was ich bisher gesehen habe«, sagte Krüger, »genügt mir. Da rollen ja ganze Armeen.«

Sie setzten sich hin. Kern sagte: »Ausgeschlossen, daß wir da durchkommen. Wir müssen es an einer anderen Stelle probieren. Stellt euch doch bloß vor, wie wir über die russischen Schützengräben kommen sollen. Das ist doch purer Wahnsinn, Menschenskind!«

»Das finde ich auch«, sagte Dorn.

Steiner wandte ihm das Gesicht zu. Er hatte genug gesehen, um zu wissen, daß der Zug kaum eine Chance hatte; er sagte gereizt: »Ich hab' dich nicht um deine Meinung gefragt. Hast du die Hosen voll?«

»Vielleicht bin ich nicht primitiv genug«, sagte Dorn mit einer ungewohnten Aufsässigkeit in der Stimme.

Steiner fragte kalt: »Das ging wohl gegen mich?«

Dorn schwieg.

»Steh auf!« sagte Steiner.

Als Dorn sich nicht rührte, richtete Steiner die Maschinenpistole auf ihn und sagte: »Das war ein dienstlicher Befehl, Gefreiter Dorn.«

Dorn stand auf.

»Du kommst dir wohl sehr groß vor?« sagte Steiner. »Ich habe Leute wie dich schon vor Angst kotzen sehen.« Er wandte sich an die anderen: »Was sitzt ihr auf euren Ärschen, wenn der Doktor steht! Auf mit euch!«

Sie blickten ihn trotzig an und rührten sich nicht.

»Wollt ihr ohne mich marschieren?« fragte Steiner.

Kern gehorchte zuerst, die anderen folgten zögernd.

»Vielleicht bin ich primitiv«, sagte Steiner, »aber auch nicht primitiv genug, um euretwegen ein überflüssiges Risiko einzugehen. Wer aussteigen will, hat jetzt die letzte Gelegenheit. Wer nicht aussteigt, hält das Maul und tut, was ich ihm sage.«

Er stand auf und stieg rasch den steilen Hang hinab. Die Männer folgten ihm sofort; Schnurrbart ganz am Schluß. Noch nie hatte er ihn so gehaßt wie in dieser Sekunde.

Nach einigen Minuten erreichten sie den Fuß des Hügels. Ihr Weg führte sie wieder über Äcker hinweg. Später kamen sie an einen kleinen Bach, dessen Ufer mit Gesträuch bewachsen war. Als sie ihn durchwateten, stieß Steiner mit dem Kopf gegen einen Draht. Er stellte fest, daß es sich um eine Fernsprechleitung handelte; sie hing quer über dem Bach auf zwei Holzstangen, die fest in den Boden gerammt waren, und führte frontwärts, vielleicht zu einem Artilleriebeobachter oder zu einem Gefechtsstand. Wenn letzteres zutraf, dann konnte es sich bei dieser Entfernung zur Front nur um einen Bataillonsgefechtsstand handeln.

Während Steiner darüber nachdachte, kam ihm der Gedanke, der ihm im ersten Augenblick fast absurd erschien, aber je länger er darüber nachdachte, desto stärker faszinierte er ihn. Er wandte sich an die Männer: »Wir müssen noch zwei Stunden warten. Kurz vor Morgengrauen ist die beste Zeit; haut euch hin!«

Er legte das Gepäck ab, hängte sich die Maschinenpistole über die Schulter und verschwand mit lautlosen Schritten in der Dunkelheit.

»Wo geht er jetzt schon wieder hin?« fragte Kern besorgt.

»Wahrscheinlich die Lage peilen«, sagte Schnurrbart. Sie setzten sich auf ihr Sturmgepäck und blickten unbehaglich in die regnerische Dunkelheit.

»Nerven hat er«, knurrte Maag. »Mich brächten keine zehn Gäule allein da vor. Man kann über ihn denken, was man will, aber als Zugführer hat er was auf dem Kasten.«

»Das ist aber auch alles«, knurrte Krüger. »Sonst ist er der eingebildetste Hund, der herumläuft. Eines Tages raßle ich doch noch mit ihm zusammen, gewiß.«

»Übernimm dich nicht«, brummte Schnurrbart.

Sie mußten fast eine Stunde auf Steiner warten. Als er schließlich zurückkam, griff er wortlos nach seinem Gepäck, setzte sich zwischen das dichte Gesträuch am Bachufer und betrachtete beim Licht der Taschenlampe wieder die Karte. »Wie sieht es aus?« fragte Schnurrbart.

Sie waren alle aufgestanden und blickten über Steiners Schulter. Seine russische Uniform war von oben bis unten mit Lehm verschmiert, auch seine Hände sahen aus, als hätte er mit ihnen ein Loch in den Boden gegraben. Er betrachtete eine Weile die Karte, dann schob er sie in die Tasche zurück und knipste die Lampe aus. »Es wird schwieriger, als ich gedacht habe«, sagte er.

»Das Bataillon liegt auf einer Höhe; die russische Linie scheint dicht besetzt zu sein. Wenn man den Leuchtkugeln trauen darf, liegen mindestens zweihundert bis dreihundert Meter dazwischen.«

»Zwischen unserer und der russischen Linie?« fragte Krüger besorgt.

Steiner nickte. »Völlig einsehbares Gelände; auf der Karte ist überhaupt nichts eingezeichnet; scheinen Äcker zu sein.«

»Scheiße«, sagte Maag blaß. »Wie willst du das schaffen?«

»Mit einem russischen Offizier«, sagte Steiner.

Sie starrten ihn verständnislos an.

Er deutete in die Luft. »Ich bin der Strippe nachgegangen, sie führt zu einem russischen Bataillonsgefechtsstand. Es sind vier Bunker. Wenn wir sie kassieren und den Kommandeur lebend erwischen, wird er uns über die HKL führen.«

»Du bist verrückt«, murmelte Krüger.

Steiner wandte ihm das Gesicht zu. »Hast du einen besseren Vorschlag?«

»Das hat er noch nie gehabt«, sagte Schnurrbart ruhig. »Du mußt nur damit rechnen, daß man die Knallerei hört.«

»An der Front knallt es immer«, sagte Steiner. »Da hinten, zum Beispiel!« Er wies mit der Hand nach Süden, wo seit einigen Sekunden rote Flammen über den Himmel huschten. »Wo mag das sein?« fragte Dorn.

Steiner zuckte mit den Schultern. »Vielleicht bei Noworossijsk; kann uns egal sein.«

»Das finde ich nicht«, sagte Schnurrbart und zog fröstelnd die Zeltplane enger um die Schultern. »Wenn der Iwan dort durchrasselt, sind wir geliefert. Dann schneidet er uns den Rückweg ab, und wir sitzen in der Falle.«

»Es ist so und so Mist«, sagte Maag deprimiert. »Ob wir zum Bataillon kommen oder nicht, beschissen sind wir so und so.«

Das Flammen am südlichen Horizont war jetzt noch stärker geworden; der Himmel rötete sich wie von einer unsichtbaren Glut.

»Da brennt etwas«, sagte Pasternack aufgeregt. »Das sieht dem Iwan ähnlich, bei dem Sauwetter anzugreifen!«

»Der verdammte Krieg«, sagte Krüger angewidert. »Mich bringt später keiner mehr in eine Uniform; verlaßt euch drauf.«

Steiner lachte leise. »Arbeitest du nicht bei der Post?«

»Da war ich wenigstens ein freier Mensch«, sagte Krüger verdrossen.

»Der seinem Chef in den Hintern kriechen mußte«, sagte Steiner. »Hast du dir schon einmal überlegt, wie frei du wirklich bist?«

Von dieser Seite hatte Krüger seinen Beruf allerdings noch nicht betrachtet; er schwieg.

Steiner stand auf. »Es wird Zeit. Die Bunker werden von einem Posten bewacht; Krüger spricht ihn an. Er erzählt ihm, daß wir ein Spähtrupp von der Nachbardivision seien und uns beim Kommandeur melden sollen; den Rest besorge ich. Wenn ihr euch nicht dämlich anstellt, kann die Sache hinhauen. Nur rasch müßt ihr sein, rasch und leise. Macht die Türen hinter euch zu, wenn ihr schießt, und schießt nicht daneben. Die Burschen werden im tiefsten Schlaf liegen.«

Dorn sagte: »Könnten wir nicht vielleicht doch an einer anderen . . .«

»Nein«, sagte Steiner. »Ich habe mir alles genau überlegt; es ist unsere einzige Chance. Alles andere wäre reines Glücksspiel. Fertigmachen!«

Als sie etwas später hinter Steiner weitermarschierten, wurde kein Wort mehr gesprochen. Steiner folgte der Fernsprechleitung. Er hatte den isolierten Draht in die Hand genommen und ließ ihn durch die Finger gleiten. Nach etwa einem Kilometer rief er Krüger zu sich und sagte: »Wir müssen bald dort sein. Frag den Posten, in welchem Bunker der Kommandeur liegt. Hast du noch eine Zigarette?«

»Meine letzte«, sagte Krüger.

»Die gibst du ihm«, sagte Steiner. »Das ist für mich das Zeichen. Still jetzt!«

Sie kamen noch zweihundert Schritte weit, dann wurden sie aus der Dunkelheit angerufen. Obwohl sie darauf vorbereitet waren, fuhren sie entsetzt zusammen. Steiner krallte die Finger um Krügers Arm und zischte: »Gib Antwort!«

»Pozelui menja w schopu«, sagte Krüger laut. »Iddi sudda!«

Als sich in der Dunkelheit nichts rührte, ging er zwei Schritte weiter und sagte scharf: »Biuda!«

In diesem Augenblick wurde vor ihnen eine Gestalt in der Dunkelheit sichtbar und näherte sich langsam.

Steiner schluckte vor Erleichterung. Er ließ die Maschinenpistole sinken und starrte den Russen an, der wenige Schritt entfernt stehenblieb und sie neugierig betrachtete. Er war ein schmächtiger Kerl. Sein Kopf ragte aus dem langen Mantel, als hätte man ihn in einen großen Sack gesteckt. Die Maschinenpistole trug er lässig unter dem Arm mit der Mündung zum Boden. Seine Stimme klang arglos: »Kuda?«

Krüger ging zu ihm hin und wechselte ein paar Worte mit ihm. Der Russe lachte und deutete über die Schulter. Er sprach rasch und mit der Bereitwilligkeit eines Mannes, der froh für jede Abwechslung ist und seinen Gesprächspartner bei guter Laune halten möchte. Als Steiner zu ihnen kam, blickte ihn der Russe erwartungsvoll an. Krüger griff rasch in die Tasche und gab ihm die Zigarette.

»Spassiba«, sagte der Russe und wandte sich den Bunkern zu. Er kam nur zwei Schritte weit, dann traf ihn der massive Lauf von Steiners Maschinenpistole in den Nacken. Es gab einen häßlich knirschenden Laut, der Russe fiel mit dem Gesicht auf den Boden und blieb regungslos liegen. Steiner schlug noch zweimal zu.

Die Männer kamen mit weißen Gesichtern näher. »Das ist fürchterlich«, flüsterte Dorn.

Steiner nickte. »Du wirst in den nächsten Minuten noch mehr erleben. Welches ist der Kommandeursbunker?«

»Der erste«, sagte Krüger. »Moment!«

Er ging noch einmal zu dem Russen hin und nahm ihm die Zigarette aus den Fingern.

»Wartet hier«, sagte Steiner. Er verschwand wieder in der Dunkelheit, kehrte aber bereits nach zwei Minuten zurück und teilte die Männer ein. »Du schnappst dir den Kommandeur«, sagte er zu Krüger. »Falls du Papiere in seinem Bunker findest, bringst du sie mit. Anselm hilft dir. Außer ihm werden keine Gefangenen gemacht. Los!«

Schon nach wenigen Schritten konnten sie in der Dunkelheit die Erdhügel der Bunker erkennen. Sie lagen nebeneinander und waren durch einen tiefen Graben miteinander verbunden. Während drei der Bunker im Dunkeln lagen, fiel aus dem letzten ein Lichtschimmer aus der unteren Türritze. Zu ihm führten von allen Seiten Fernsprechleitungen. »Das ist die Vermittlung«, flüsterte Steiner. »Sicher sitzt eine Vermittlungswache drin.«

»Scheint ziemlich groß zu sein«, flüsterte Krüger besorgt.

»Um so besser«, sagte Steiner. »Ich eröffne das Feuer. Sobald der erste Schuß fällt, geht ihr sofort in die Bunker und macht die Türen hinter euch zu. Funktionieren eure Lampen?«

Sie nickten.

»Einer muß leuchten, während der andere schießt«, sagte Steiner. Er wandte sich an Dorn. »Du bleibst hier oben und paßt auf. Wenn sich etwas rührt, verständigst du uns sofort. Kapiert?«

»Ja«, sagte Dorn heiser.

Sie stiegen in kleinen Gruppen an verschiedenen Stellen in den Graben. Als Krüger an den Grabenrand trat, rutschte er auf dem schlüpfrigen Boden aus. Anselm wollte ihn noch festhalten, aber es war bereits zu spät. Der schwere Körper des Ostpreußen landete mit einem dumpfen Geräusch auf der Grabensohle. Er prallte mit dem Rücken gegen die Bunkertür und stieß sie nach innen auf. Ein paar Sekunden lag er, mit den Füßen noch im Graben und mit dem Oberkörper halb im Bunker, benommen am Boden, dann fiel grelles Licht in seine Augen.

Anselm, der Krüger sofort nachgesprungen war, starrte entsetzt auf den halbangezogenen Russen, der mit seiner Lampe den am Boden liegenden Ostpreußen anleuchtete. In diesem Augenblick setzte das dumpfe Gehämmer von Maschinenpistolen ein. Der Russe richtete den Strahl seiner Taschenlampe in den Graben. Da griff Krüger instinktiv nach seinen Beinen und riß ihn zu Boden.

Steiner wollte sich den Nachrichtenbunker vornehmen und war mit Maag unbemerkt bis an die Tür gekommen. Als er sie vorsichtig nach innen drückte, sah er den breiten Rücken eines Mannes, der mit gesenktem Kopf auf einem Stuhl saß und vor sich hin döste. Dann hörte er lautes Schnarchen. Er schob den Kopf so weit zwischen den Türspalt, bis er den ganzen Bunker sehen konnte. Auf sechs Pritschen, die dreistöckig die hintere Längs- und die rechte Breitseite des Bunkers ausfüllten, lagen die Russen in ihre braunen Wolldecken gerollt und schliefen; die meisten mit dem Rücken zur Tür. Der sitzende Mann hatte vor sich auf einer Kiste den Klappenschrank der Vermittlung stehen. Neben ihm, an einem Holzpfahl in der Wand, hingen die Waffen. Eine Kerze auf dem Klappenschrank beleuchtete den Bunker.

Steiner zog wieder vorsichtig die Tür zu und wandte sich an Maag. »Du nimmst die Betten auf der rechten Seite, und ich ...«

Ein dumpfes Poltern im Graben schnitt ihm das Wort ab. Sie fuhren beide herum. Maag sagte entsetzt.: »Da ist was passiert.«

Einen Augenblick lang war sich Steiner unschlüssig, dann stieß er rasch die Bunkertür auf und trat hinein.

Der Mann am Vermittlungsschrank war aufgesprungen und starrte ihn verwundert an. Steiner lächelte. Er wartete, bis Maag neben ihm stand. Dann drückte er mit dem Rücken die Tür hinter sich zu, hob die Maschinenpistole und feuerte.

Er sah noch, wie sich die Pupillen des Russen vor Überraschung weiteten, dann kippte er seitlich zu Boden.

Auf den Betten wurde es lebendig. Steiner sah zuckende Glieder, in Todesfurcht hervorquellende Augen, nackte Füße, die sich in die Luft schwangen, zur Erde fallende Gegenstände, Wolldecken, Zeltplanen, Brotbeutel. Dann setzte plötzlich Gebrüll ein und erstickte sofort wieder unter dem Gehämmer seiner Maschinenpistole. Auch Maag feuerte. Er stand etwas geduckt, mit dem Gesäß gegen die Tür gestützt. Sie stemmten die Kolben der Maschinenpistolen gegen den Bauch, standen breitbeinig da und starrten mit halbgeschlossenen Augen über die tanzenden Pistolenläufe hinweg auf die Betten. Die Geschoßgarben rissen Holzsplitter aus den Pritschen, fingen Körper im Sprunge auf, ließen sie wie Sandsäcke zu Boden klatschen und verwandelten verstörte Gesichter mit aufgerissenen Mündern in formlose, blutüberströmte Klumpen.

Die Tür wurde aufgestoßen, und Hollerbach und Pasternack kamen herein. Sie blieben bestürzt stehen. Dann kamen auch die anderen herein.

Krüger grinste. »Befehl ausgeführt, General.«

»Idiot«, sagte Steiner. Die Männer grinsten jetzt alle. Dann sahen sie sich im Bunker um.

»Wie in 'nem Schlachthaus«, sagte Schnurrbart angewidert. »Dieser Scheißkrieg macht mich noch fertig. Bei uns waren es nur vier; sie wachten überhaupt nicht mehr auf.«

»Offiziere?« fragte Steiner. Schnurrbart schüttelte den Kopf.

»Wir hatten zwei Offiziere«, sagte Hollerbach. »Wahrscheinlich ein Kommissar und der Adjutant.«

»Wo ist der Kommandeur?« fragte Steiner.

Krüger wies mit dem Daumen zur Tür. »In seinem Bunker; Anselm bewacht ihn.«

»Schafft ihn her«, sagte Steiner. Zu Maag und Hollerbach sagte er: »Ihr geht zu Dorn 'raus und paßt auf. Wenn einer kommt, kassiert ihr ihn lautlos.«

»Und wenn mehrere kommen?« fragte Hollerbach.

»Dann holt ihr mich«, sagte Steiner.

Die beiden Männer rannten hinaus. Im selben Augenblick klang vom Vermittlungsschrank her ein lautes Rasseln. Die Köpfe der Männer fuhren herum. Sie starrten auf die herabgefallene Klappe an dem Schrank und dann in das weiße Gesicht Steiners. »Daran habe ich nicht gedacht«, sagte er, und es klang mehr verwundert als bestürzt.

»Wenn sich niemand meldet«, sagte Schnurrbart, »werden sie mißtrauisch werden.«

»Hol Krüger«, sagte Steiner.

Er trat an den Schrank und betrachtete ihn. Er sah nicht viel anders aus als die deutschen, ein Gerät mit zehn Anschlüssen. Über den Klinken befanden sich die Drucktasten, und darunter hingen an starken Kordeln die Stöpsel. Über jeder Taste befand sich eine kleine Tafel; sie war mit Zahlen beschriftet; wahrscheinlich handelte es sich dabei um die verschiedenen Kompanien.

Steiner kam ein Gedanke, der ihn unwillkürlich grinsen ließ. Er konnte sich aber nicht länger damit befassen, weil sich das Rasseln wiederholte. Gleichzeitig tauchte Krüger in der Tür auf. Steiner instruierte ihn hastig: »Du mußt dich melden; paß aber auf, daß du keinen Mist redest.«

Er gab ihm den Hörer, drückte den Knopf über der heruntergefallenen Klappe und starrte in Krügers Gesicht. Auch die anderen Männer blickten mit angehaltenem Atem den Ostpreußen an. Er preßte den Hörer an das Ohr, sagte: »Da«, und sonst nichts. Sein Gesicht veränderte sich, er fing an zu grinsen, griff mit der freien Hand nach der Kurbel des Feldfernsprechers und drehte sie einige Male kräftig durch. »Charaschow!« sagte er grinsend und legte den Hörer zurück. Steiner drückte rasch auf eine kleine Taste am unteren Teil des Schrankes, worauf der schwarze Knopf über der Klappe wieder heraussprang. »Was war los?« fragte er scharf.

Krüger schüttelte fassungslos den Kopf. »Ihr würdet nie darauf kommen. Da hat doch so ein Idiot bei einer Kompanie eine Leitungsprobe gemacht!«

»Dafür müßte er mit einer T-Mine erschlagen werden«, sagte Steiner. Die Männer atmeten auf.

Anselm kam mit dem Gefangenen herein. »Wollt ihr ihn jetzt haben oder nicht?« fragte er ungeduldig.

Der Offizier war ein magerer, großgewachsener Mann mit einem hageren Gesicht und dunklen Augen.

Steiner wandte sich an Krüger: »Habt ihr Karten gefunden?«

»Hier sind sie!« sagte Maag und gab sie ihm. Sie beobachteten, wie Steiner sie auf dem Klappenschrank ausbreitete. Dann holte er seine eigene Karte aus der Tasche und verglich sie mit den anderen.

»Er wird die dritte Kompanie anrufen«, sagte Steiner und blickte den Russen an.

»Wozu?« fragte Krüger verständnislos.

Steiner blickte ihn an. »Er wird ihr sagen, daß ab sofort nicht mehr geschossen werden darf, weil ein eigener Spähtrupp über die Linie geht.«

»Das begreif' ich nicht«, sagte Krüger.

Schnurrbart kicherte. Es kam so unvermittelt, daß die Männer ihn besorgt anschauten. Er stand, von einem lautlosen Lachen geschüttelt, zwischen ihnen. Dann wischte er sich die Augen ab und sagte: »Hoffentlich macht er es mit.«

»Das werden wir gleich haben«, sagte Steiner und richtete das Wort an Krüger: »Welchen Dienstrang hat er?«

»Kapitän«, sagte Krüger, noch immer verständnislos.

Steiner nickte befriedigt. »Übersetz es ihm!«

»Das mit dem Spähtrupp?« fragte Krüger schwerfällig.

»Der Spähtrupp sind wir«, sagte Steiner. »Hat es bei dir noch immer nicht geschaltet?«

Krüger schwieg. Er dachte eine Weile darüber nach, dann sagte er: »Das ist zu gefährlich, Mann.«

»Nicht gefährlicher, als diesen Gefechtsstand auszuheben«, sagte Steiner. »Beeil dich, wir haben nicht mehr viel Zeit.«

Er beobachtete, wie Krüger auf den Offizier einsprach. Als dieser heftig den Kopf schüttelte, wandte sich Steiner an die Männer: »Macht ein wenig Platz hier.«

»Was hast du vor?« fragte Schnurrbart.

»Das wirst du sofort sehen.«

Er wartete, bis die Männer die Toten aus dem Weg geräumt hatten; sie warfen sie auf die Betten und wandten sich dann wieder dem Gefangenen zu.

»Zieht ihm die Hose aus«, sagte Steiner.

»Muß das sein?« fragte Schnurrbart angewidert.

»Wollt ihr zum Bataillon zurückkommen?« fragte Steiner.

Kern trat zu dem Offizier und riß ihm mit einem einzigen Ruck die Hose herunter.

»Und jetzt legt ihr ihn auf den Boden und haltet ihn fest«, sagte Steiner.

Das Gesicht des Offiziers war wutverzerrt. Er versuchte, seine Hose wieder hinaufzuziehen. Als er sich bückte, trat ihm Kern mit dem Stiefel unter das Kinn. Er fiel rücklings zu Boden. Sie bogen seine Arme nach hinten, und Kern stellte sich breitbeinig auf seine Arme und blickte Steiner an. »Ich tu alles, was du willst«, sagte er.

»Den Rest besorge ich selbst«, sagte Steiner. Er griff in die Tasche, holte ein Messer heraus und ließ die Klinge aufspringen. Zu den Männern sagte er: »Wem nicht danach ist, der kann meinetwegen wegschauen. Es macht mir keinen Spaß, aber wenn er nicht mitspielt, war diese ganze Sache hier umsonst.«

»Wenn du ihn umbringst«, sagte Schnurrbart, »kann er nicht mehr mitspielen.«

»Ich weiß was Besseres«, sagte Steiner. Als er sich mit dem Messer über den Russen beugte, fing dieser an zu brüllen. Kern bückte sich zu ihm nieder und schlug ihm viermal hintereinander mit der Faust auf den Mund. Er blutete sofort, seine Augen waren mit einem Ausdruck tödlicher Furcht auf Steiner gerichtet. Als dieser sein Hemd hinaufschob, brachen die Lippen des Offiziers auseinander, er sprudelte ein paar überstürzte Worte heraus. Steiner blickte in das zufriedene Gesicht des Ostpreußen. »Er will die Kompanie anrufen«, sagte er.

Steiner richtete sich auf und trat dem Offizier zwischen die Beine. Die Männer starrten empört in sein Gesicht und von dort auf den brüllenden Mann am Boden. »Er hat doch gesagt, daß er es tun will!« sagte Schnurrbart wütend. »Was soll die Sauerei!«

»Stell sein Gebrüll ab!« sagte Steiner zu Kern. Der Gastwirt bückte sich wieder und schlug mit der Faust so lange auf den Offizier ein, bis er verstummte.

»Aus dir wird eines Tages ein guter Soldat«, sagte Steiner zu Kern. Zu Schnurrbart sagte er: »Wir können uns keine Panne leisten. Nach allem, was er jetzt erlebt hat, weiß er, was auf ihn wartet, wenn er uns hereinlegt. Das ist nämlich ein typischer Held; ich kenne diese Idioten.« Er wandte sich an Krüger: »Im Kommandeursbunker steht sicher ein Telefon. Hol es herüber.«

»Wozu?« fragte Krüger. »Hier steht doch eines.«

»Zum Mithören«, sagte Steiner geduldig. »Er telefoniert mit dem Apparat hier, und du hörst an dem anderen mit, was die bei der dritten Kompanie antworten. Verstehst du das?«

Krüger rannte hinaus.

»Du kannst ihn jetzt loslassen«, sagte Steiner zu Kern.

Kern trat von den Armen des Offiziers herunter und fragte: »Soll er seine Hose wieder anziehen?«

»Erst, wenn er telefoniert hat«, sagte Steiner. Er blickte in die Gesichter der Männer. »Bei Barwenkowo haben sie im Januar 1942 einen Lazarettzug von uns erwischt. Wir fanden ihn nach einem Gegenstoß. Seitdem macht mir das alles nichts mehr aus.«

Sie setzten den Gefangenen an die Vermittlung. Sein Gesicht war noch immer schmerzverzerrt und blutbesudelt; Steiner gab ihm ein Taschentuch. Der Offizier nahm es und wischte sein Gesicht ab.

»Ich glaube, er ist soweit«, sagte Schnurrbart.

Krüger kam mit dem Apparat herein. Sie schlossen ihn an der Vermittlung an. »Ein einziges falsches Wort von ihm«, sagte Steiner, »und sie haben uns. Nach allem, was wir hier angestellt haben, werden sie uns dann die Haut abziehen. Ist das klar?«

»Verlaß dich drauf«, sagte Krüger.

Steiner nahm Kern beim Arm und führte ihn hinter den Offizier. »Du hast die richtigen Hände«, sagte er zu ihm. »Leg sie ihm um den Hals. Nicht zu hart, damit er sprechen kann, aber auch nicht zu lose, damit er sie nicht vergißt. Wenn er ein falsches Wort sagt, wird Krüger dir zunicken. Sobald er nickt, darf der Kerl keinen Ton mehr herausbringen. Traust du dir das zu?«

»Ich warte nur darauf«, sagte Kern.

»In diesem Fall müßtest du für ihn weitersprechen«, sagte Steiner zu Krüger. »Versuch es wenigstens, vielleicht triffst du ungefähr seinen Ton. Sind wir fertig?«

»Ja«, sagte Krüger.

Kern nickte nur und legte seine behaarten Hände von hinten um den Hals des Gefangenen.

Steiner blickte sie ein paar Sekunden an. Er hatte plötzlich das Gefühl, zuviel auf eine Karte gesetzt zu haben, aber nun gab es kein Zurück mehr. Die Männer beobachteten mit angehaltenem Atem, wie er einen der schwarzen Knöpfe drückte, die Kurbel des Feldfernsprechers durchdrehte und dem Offizier den Hörer in die Hand drückte. Sein Blick war starr auf Krüger gerichtet. Jetzt begann der Offizier zu sprechen.

Anselm schloß die Augen. Am liebsten hätte er sich auch die Ohren zugehalten. Erst als Krüger mit einem befreiten Atemzug den Hörer zurücklegte und laut sagte: »In Ordnung!«, riß Anselm die Augen wieder auf.

Die Männer blickten sich stumm an.

Steiner hängte sich die Maschinenpistole über die Schulter. »Wir nehmen ihn mit«, sagte er, den Gefangenen anschauend. »Damit er nicht auffällt, bekommt er eine Uniform von den Toten. Kern und Krüger sind für ihn verantwortlich. Wenn er Zicken macht, schlagt ihr ihn tot; geschossen wird nicht. Kommt heraus, sobald ihr fertig seid.«

Er schob die erbeuteten Karten unter die Bluse und ging hinaus. Vor den Bunkern wurde er von den drei Männern erwartet. Hollerbach sagte: »Das hat ja ewig gedauert! Was habt ihr so lange getrieben?«

»Kleines Gesellschaftsspiel«, sagte Steiner. »Alles in Ordnung?«

»Ja«, sagte Hollerbach.

Die Männer kamen mit dem Gefangenen aus dem Bunker. »Er wird uns in den Abschnitt der dritten Kompanie führen«, sagte Steiner zu Krüger. »Er marschiert mit uns an der Spitze.«

Es regnete noch immer, dünn und gleichmäßig. Die Front war auf der ganzen Linie ruhig geworden. Nur das Licht der Leuchtkugeln schwebte vor dem wolkenverhangenen Himmel, flatterte lautlos nieder und erlosch. Steiner beobachtete sie gespannt. »Fällt dir etwas auf?« sagte er zu Schnurrbart.

Schnurrbart nickte. »Vor uns werden nur noch deutsche Leuchtkugeln geschossen. Ist es das, was du meinst?«

»Es hat geklappt«, sagte Steiner.

Er gab den Männern noch einige Verhaltensmaßregeln, falls sie unterwegs auf Russen stoßen oder angesprochen werden sollten, dann marschierte der Zug los.

Wenn die Karten stimmten, konnten es bis zu den Stellungen der dritten Kompanie nicht mehr als fünfzehnhundert Meter sein. Die Männer gingen dicht aufgeschlossen.

Kern ließ kein Auge von dem Gefangenen; Steiner sollte mit ihm zufrieden sein! Er fühlte sich mit dem Zug und seinem Schicksal so verbunden, als wäre er schon fünf Jahre bei ihm, und er war froh, gerade zu ihm und zu keinem anderen gekommen zu sein.

Sie hatten sich der HKL inzwischen so weit genähert, daß sie bei jeder Leuchtkugel zu Boden mußten. Während sich die Russen vor ihnen völlig still verhielten, peitschten von der anderen Seite immer wieder MG- und Gewehrschüsse oft so dicht über sie hinweg, daß die Männer die Köpfe einzogen.

Der Boden stieg leicht an. Die lehmige Erde klebte schwer an den Stiefeln. Seit einigen Minuten hatte es aufgehört zu regnen. Vor ihnen, etwa dreihundert Meter entfernt, wurde wieder eine Leuchtkugel hochgeschossen. Für Sekunden waren alle Einzelheiten des Geländes zu erkennen. Vor ihnen hob sich ein dunkler Wall aus dem Boden. Steiner vermutete, daß es die Erdaufwürfe der russischen Stellungen waren. Er blieb stehen und ließ die Männer herankommen. »Warum gehen wir nicht weiter?« flüsterte Krüger.

Steiner erklärte ihnen seinen Plan und fuhr fort: »Ihr könntet auch zwischen den Linien warten, aber das ist mir zu gefährlich. Hier seid ihr sicher. Sobald drüben die beiden Leuchtkugeln hochgehen, könnt ihr in aller Ruhe über den russischen Graben hinweg und die Höhe hinaufsteigen; niemand wird euch daran hindern.«

»Ist viel zu gefährlich für dich«, sagte Schnurrbart.

»Noch gefährlicher wäre es«, sagte Steiner, »wenn wir alle gleichzeitig vor unserer eigenen Linie auftauchten. Da braucht nur so ein Nervenbündel vom Ersatz am MG zu stehen, schon fegt er uns mit einer einzigen Garbe von der Bühne. Wenn ihr in genau zwanzig Minuten die Leuchtkugeln noch nicht seht, macht sich Schnurrbart auf . . .«

Er verstummte plötzlich. Über ihnen schwoll ein Heulen an, das sie wie auf ein Kommando umfallen ließ. Dann dröhnte ein knallender Schlag durch die Nacht, und ein Hagelschauer großer und kleiner Erdbrocken prasselte auf ihre Rücken. Sie warteten mit angehaltenem Atem, bis das bösartige Summen der Splitter verstummte.

Die Männer richteten sich vorsichtig auf. Schnurrbart wischte sich den Lehm von den Händen und fluchte leise vor sich hin. »Da kommen sicher noch mehr«, sagte Krüger warnend. »Die schießen doch nicht nur eine Granate!«

»Die schießen immer nur eine Granate!« sagte Schnurrbart. »Seit ich die kenne, schießen sie immer nur eine Granate, und damit treffen sie dann noch die eigenen Leute.« Er wandte sich an Steiner: »Du wolltest noch etwas sagen.«

»Nicht mehr nötig«, sagte Steiner. »Krüger kommt ein Stück mit mir mit.«

Ehe einer der Männer noch etwas fragen konnte, stand er rasch auf und ging geduckt weiter; Krüger folgte ihm. Etwa dreißig Meter legten sie auf diese Weise zurück, dann krochen sie auf dem Bauch weiter. Einmal blieb Steiner liegen und flüsterte: »Es ist mir lieber, wenn wir nicht gesehen werden. Wenn ein einzelner Mann 'rübergeht, werden sie vielleicht Verdacht schöpfen.«

Sie schoben sich vorsichtig weiter an den russischen Graben heran. Plötzlich faßte Krüger nach Steiners Arm. Halb links von ihnen stand ein russischer Posten. Sie sahen nur seinen Kopf mit dem Stahlhelm aus dem Graben ragen.

Steiner wandte sich nach rechts. Sie glitten vorsichtig über den schlüpfrigen Boden, etwa fünfzig Meter parallel zu dem Graben, dann stand Steiner auf und ging geduckt auf den Graben zu. Als sie den Graben erreichten, stieg drüben wieder eine Leuchtkugel hoch. »Merk dir die Stelle gut«, flüsterte Steiner. »Hier müßt ihr 'rüber. Wenn ihr gesehen und angesprochen werdet, sagst du einfach, daß es sich um den angekündigten Spähtrupp handelt. Nimm meine MPi mit; ich brauch' sie jetzt nicht mehr.«

»Wieso nicht?« flüsterte Krüger besorgt.

Steiner blickte über den leeren Graben hinweg. Halb rechts von ihnen feuerte ein deutsches MG mit Leuchtspurmunition; es sah aus, als kämen die Geschosse von einem Flugzeug. »Das ist die Höhe!« flüsterte Steiner.

Sie beobachteten die Geschosse, die sich irgendwo in der Nacht wie Sternschnuppen auflösten. »Wieso brauchst du die MPi nicht mehr?« fragte Krüger wieder.

»Weil Überläufer keine Waffen bei sich tragen«, sagte Steiner. »Geh wieder zu den anderen und behaltet die Höhe gut im Auge.«

Krüger zögerte. Schließlich griff er rasch nach Steiners Hand und drückte sie heftig. »Wenn dir was passiert, schlag' ich sie alle tot«, flüsterte er.

»Das sind zu viele«, sagte Steiner. »Hau ab!«

Er beobachtete so lange, wie der Ostpreuße davonkroch, bis sein dunkler Schatten am Boden von der Finsternis verschluckt wurde. Plötzlich fühlte er sich sehr allein. Er blickte eine Weile über den Graben hinweg, dann stieg er vorsichtig auf die andere Seite, kniete sich auf den Boden und wartete auf die nächste Leuchtkugel. Als sie verglühte, richtete er sich auf und spannte den Körper. Sein Herz begann rasend zu klopfen, er sank auf den Boden zurück. Steh auf, du Schwein! dachte er. Seine Glieder zitterten wie im Krampf, er keuchte, rang nach Luft und krallte die Finger in die Erde. Ein paar Sekunden lang kämpfte er verzweifelt gegen seine Furcht an, die ihn zu Boden preßte und seinen Willen zu ersticken drohte. Er starrte mit aufgerissenen Augen in die Höhe, stöhnte zwischen den zusammengebissenen Zähnen und versuchte, seine Beine zu bewegen, aber sie gehorchten ihm nicht.

Unvermittelt wurde es wieder hell. Diesmal waren es zwei Leuchtkugeln, die, an verschiedenen Stellen, fast gleichzeitig emporstiegen, von einem leichten Wind seitwärts getrieben wurden und, eingehüllt in ihr helles Licht, zur Erde taumelten. Jetzt riß Steiner sich vom Boden und stürmte mit riesigen Sätzen vorwärts. Er sah nichts mehr, und er hörte nichts mehr. Er bewegte die Beine in einem unfaßbaren Wirbel, hatte in kurzer Zeit die Ebene hinter sich und jagte wie von einem Katapult geschleudert den steilen Hang empor. Er hatte die deutsche Linie bis auf etwa dreißig Meter erreicht, als die nächste Leuchtkugel hochstieg. Da warf er die Arme in die Luft und begann zu schreien.

Man hatte Unteroffizier Steiner und seinen Zug abgeschrieben. Nach einer scharfen Auseinandersetzung mit Stransky hatte Schäfer von diesem den Befehl erhalten, den Posten mitzuteilen, daß mit dem Eintreffen des vermißten Zuges nicht mehr zu rechnen und jede verdächtige Person vor den Stellungen wieder ohne Anruf unter Feuer zu nehmen sei. Schäfers Einwand, diese Verantwortung nicht auf sich nehmen zu können, hatte Stransky damit beantwortet, daß er als Kommandeur die Verantwortung für das ganze Bataillon trage und nicht daran denke, ein so lächerliches Risiko einzugehen. Mit Steiners Rückkehr noch zu rechnen sei geradezu absurd.

Dieses Gespräch hatte am Vormittag stattgefunden. Am späten Abend ging Schäfer zu Gaußer. Gaußer saß in seinem Bunker und schrieb beim Licht einer Kerze einen Brief. Als Schäfer hereinkam, blickte er überrascht auf und sagte: »Mit Ihnen habe ich heute nicht mehr gerechnet.«

Schäfer schüttelte den Regen vom Mantel, hängte ihn an einen Nagel und setzte sich zu Gaußer an den Tisch. »Ärger gehabt?« fragte Gaußer und schob ihm seine Zigarettenpackung hin.

Während Schäfer erzählte, hörte er ihm mit verkniffenem Gesicht zu. »Es ist eine Schweinerei!« sagte Schäfer aufgebracht. »So was habe ich noch nie gehört, seit ich Soldat bin.«

Gaußer zuckte mit den Schultern. »Ich verstehe nicht, warum Sie sich aufregen. Was vorne im Graben geschieht, ist immer noch Sache des Kompanieführers. Ich habe meinen Männern vor einer Stunde noch strikten Befehl gegeben, nur dann zu schießen, wenn eindeutig sicher ist, daß es sich um Russen handelt. Wissen Sie übrigens, was für einen Tag wir heute haben?«

Schäfer ahnte sofort, worauf er hinauswollte, und schwieg.

»Heute ist Dienstag«, sagte Gaußer unbeirrt. »Dienstag« – er blickte auf die Armbanduhr –, »zweiundzwanzig Uhr. Vor genau zweiundsiebzig Stunden haben Sie Ihren Zug zurückgelassen.«

Schäfer betrachtete gereizt seine brennende Zigarette. Schließlich warf er sie angewidert auf den Boden und sagte: »Und?«

»Warum sind Sie nicht ehrlich gegen sich selbst?« fragte Gaußer ruhig. »Ich wünsche Ihnen, daß Ihr Zug zurückkommt, aber haben Sie sich die Karte einmal genau betrachtet? Ich habe mir zum erstenmal überlegt, welchen Weg Steiner einschlagen muß, wenn er die Straße nicht benützt, und Sie wissen so gut wie ich, daß er sie nicht benützen kann.«

»Ich bin nicht hierhergekommen«, sagte Schäfer, »um mir das gleiche Geschwätz anzuhören, das ich mir schon bei Stransky anhören mußte.« Ehe ihn Gaußer hindern konnte, hatte er seinen Mantel angezogen. An der Tür drehte er sich noch einmal um. »Steiner wird Ihnen persönlich erzählen, welchen Weg er eingeschlagen hat. Verlassen Sie sich darauf!«

Er trat wütend in den Graben. Während er durch das Wasser watete und den Regen im Gesicht fühlte, fluchte er halblaut vor sich hin, aber sein Zorn war nicht echt. Was Gaußer gesagt hatte, waren seine eigenen Überlegungen, und je weiter er sich durch den schwarzen Schacht des Grabens tastete, desto hoffnungsloser erschien ihm alles.

Die Stellungen der dritten Kompanie zogen sich um den östlichen Ausläufer der Höhe 121,4. Vor etwa einer Stunde hatte es aufgehört zu regnen. In einem der vorgeschobenen Schützenlöcher stand der Obergefreite Kiefer hinter seinem MG. Seine Wache hatte um drei Uhr begonnen. Er war ein breitschultriger, wortkarger Mann. Vor dem Krieg hatte er bei St. Blasien im Schwarzwald Bäume gefällt. Seitdem war er fast ununterbrochen bei der dritten Kompanie und wegen seiner Zuverlässigkeit bei den Vorgesetzten gut angeschrieben. Nur zum Unteroffizier hatte er es nicht gebracht, und das war ihm auch lieber so. Er konnte nicht mit Untergebenen umgehen. Wenn er Befehle geben wollte, grinsten ihn die Männer an und schlugen ihm auf die Schulter: »Reg dich nicht auf, Holzkopf.«

Er stand allein auf Posten in der brusttiefen MG-Stellung und beobachtete das vor ihm liegende dunkle Gelände. Ab und zu drang ein Geräusch zu ihm, der unterdrückte Husten eines Mannes, das metallische Klirren einer Waffe oder das Schmatzen der Stiefel auf der verschlammten Grabensohle, wenn ein Posten abgelöst wurde. Kiefer vermerkte sie nur am Rande seines Bewußtseins. Trotzdem fiel ihm die unnatürliche Ruhe in den russischen Linien auf.

Er gebrauchte jetzt öfter die Leuchtpistole. Auch in den Schützenlöchern rechts und links von ihm wurden in immer kürzeren Zeitabständen Leuchtkugeln abgeschossen. Jedesmal, bevor eine erlosch, schloß Kiefer kurz die Augen, um sie so rasch wie möglich wieder an die Dunkelheit zu gewöhnen. Während er eine neue Patrone in den Lauf schob, überlegte er sich, ob es nicht besser wäre, den Zugführer zu verständigen. Er war schon halb dazu entschlossen, als rechts von ihm ein warnender Ruf erklang. Er griff blitzschnell zu der Leuchtpistole. Fast gleichzeitig mit seiner eigenen Leuchtkugel stiegen noch drei andere in die Luft, und er sah die geduckte Gestalt eines Mannes in russischer Uniform die Höhe heraufstürmen, sah ihn jäh stehenbleiben, die Arme in die Luft reißen, hörte seine Stimme, Worte in akzentfreiem Deutsch, und starrte ihn fassungslos an. Aber dann bewies der Schwarzwälder eine Geistesgegenwart, die bei seiner Schwerfälligkeit überraschte. Durch hastige Zurufe verständigte er sich mit den nächsten Posten, und noch ehe die Leuchtkugeln am Boden verglühten, forderte er den Russen, der von sich behauptete, Unteroffizier Steiner zu sein, auf, sich langsam und mit erhobenen Händen dem Graben zu nähern. Aus den benachbarten Schützenlöchern kamen Männer in die MG-Stellung gelaufen und nahmen mit schußbereiten Waffen den seltsamen Gast in Empfang. Sie beobachteten mißtrauisch, wie er sich keuchend mit dem Rücken gegen die Grabenwand lehnte. Kiefer hatte inzwischen eine neue Leuchtkugel abgeschossen. Erst, als er sich davon überzeugt hatte, daß keine weiteren ungebetenen Besucher unterwegs waren, wandte er sich an den Mann in der russischen Uniform und sagte: »Du bist also Steiner?«

»Ja.«

Kiefer leuchtete mit der Taschenlampe in sein Gesicht. Es war lehmverschmiert, unrasiert und unkenntlich. »Wo sind die anderen?«

»Wenn ihr noch mehr Zeit vertrödelt«, sagte Steiner, »könnt ihr sie gelegentlich in Sibirien besuchen. Sie warten auf das Zeichen, grüne und weiße Leuchtkugel hintereinander abgeschossen. Beeilt euch, zum Teufel!«

Kiefer zögerte. Es konnte sich genausogut um eine Falle handeln. Auch die anderen Männer waren unsicher, sie blickten Kiefer an. Als Truppführer lag die Entscheidung bei ihm.

Steiner beobachtete sie. Vom Augenblick an, als er den Graben erreicht und in den Männern Angehörige der dritten Kompanie erkannt hatte, war seine Energie verbraucht. Die Reaktion auf die körperlichen und seelischen Strapazen der vergangenen Stunden war so groß, daß er nicht einmal Genugtuung empfand. Am liebsten hätte er sich auf den Boden gelegt, aber dann fiel ihm wieder der Zug ein. Er klärte die Männer in hastigen Worten über den Zweck der Maskerade auf, riß sich das Sturmgepäck vom Rücken und zeigte ihnen seine eigene Uniform. »Stellt euch nicht so dämlich an!« sagte er. »Wenn Schäfer oder ein anderer meiner Kompanie hier wäre, hätten sie euch schon längst . . .«

Er verstummte. Keiner von ihnen hatte darauf geachtet, daß sich der Schwarzwälder bei seinen letzten Worten umgedreht und wieder nach der Leuchtpistole gegriffen hatte. Ehe ihn einer daran hindern konnte, zischte zuerst eine grüne und gleich darauf eine weiße Leuchtkugel zum Himmel. »Du bist verrückt!« rief einer der Männer. Die anderen starrten erschrocken über den Grabenrand.

Der Schwarzwälder schwieg. Er stand breitbeinig hinter dem MG und beobachtete, wie die Leuchtkugeln zu Boden sanken und erloschen. Dann wandte er den Kopf. »Geht an eure Plätze. Den ersten Schuß habe ich.«

»Du hättest warten sollen, bis wir den Feldwebel oder Leutnant Gaußer geholt haben«, sagte der Mann, der vorhin schon widersprochen hatte.

Kiefer schüttelte den Kopf. »Wenn es stimmt, was er uns erzählt, haben wir keine Zeit dazu.«

»Und wenn es nicht stimmt?« fragte ein anderer.

Kiefer blickte Steiner an. »Dann wird er der erste sein, der dran glauben muß. Geh 'raus!«

»Meinst du mich?« fragte Steiner überrascht.

»Wen sonst«, sagte Kiefer. »Du setzt dich fünf Schritte vor das MG. Wenn deine Männer eintreffen, forderst du sie auf, einzeln und ohne Waffen in den Graben zu kommen.«

Als Steiner aus dem Graben kletterte und sich vor das MG setzte, liefen die anderen Männer in ihre Löcher zurück.

Minuten verstrichen. Steiner fühlte die Nässe des Bodens durch die Kleider, aber die Umsicht des Mannes hatte ihn beeindruckt. Hoffentlich verlor er am Schluß nicht doch noch die Nerven. Er blickte zurück und sah seine Gestalt wie einen dunklen Klotz hinter dem MG. »Wie heißt du?«

»Das erzähl' ich dir später«, sagte Kiefer.

Es war die Stunde vor Morgengrauen. Die Nacht lag über den Hügeln, Gräben und Schützenlöchern. Nur im Osten klaffte über dem noch unsichtbaren Horizont ein schmaler Riß, aus dem gelbliches Licht sickerte. Steiner zog die Knie an die Brust und blickte wieder nach vorne, wo jetzt bald die Männer auftauchen mußten. Einige Male glaubte er das Klirren von Waffen zu hören, aber das konnte auch irgendwoher aus den Stellungen kommen. Immer wieder blickte er ungeduldig auf das Leuchtzifferblatt seiner Armbanduhr. Es schien ihm fast unwahrscheinlich, daß seit Abschuß der grünen Leuchtkugel erst vier Minuten vergangen waren. Seine Unruhe verstärkte sich. Er wollte sich gerade an den Mann hinter dem MG wenden und ihn auffordern, noch eine grüne Leuchtkugel zu schießen, als dieser einen zischenden Laut ausstieß. Steiner wunderte sich über seine guten Ohren, denn er hörte das Geräusch erst einige Sekunden später. Zuerst war es ein unbestimmbares dumpfes Poltern, das sich allmählich in das Getrampel vieler Stiefel, in keuchende Atemzüge und in ein blechernes Scheppern auflöste. Dann wurden in der Dunkelheit die schattenhaften Bewegungen einiger Gestalten erkennbar, die erstarrten, als hinter Steiners Rücken eine Leuchtkugel hochstieg und die Umgebung in kaltes Licht tauchte.

Auf halber Höhe des Hanges, etwa dreißig Meter von den Stellungen entfernt, sah er seine Männer und erkannte auf den ersten Blick Schnurrbart und Krüger, die, nebeneinanderstehend, mit zurückgelegten Köpfen heraufstarrten. Hinter sich hörte er den Mann am MG einige Worte rufen. Er stand auf, ging ein paar Schritte den Hang hinunter und befahl den Männern, ihre Waffen wegzuwerfen und einzeln, in Abständen, heraufzukommen. Mit dem Erlöschen der Leuchtkugel erschien Schnurrbart. »Was soll der Zirkus?« fragte er keuchend. »Seid ihr verrückt?«

Ehe Steiner antworten konnte, schaltete Kiefer sich ein. Er hatte bereits bei den ersten Worten Schnurrbarts die Hände vom MG genommen und kletterte nun aus dem Loch. »Nichts für ungut«, sagte er entschuldigend. »Wir mußten vorsichtig sein.«

»Das warst du«, sagte Steiner.

Die Männer waren inzwischen einer nach dem anderen heraufgekommen und drängten sich um Steiner. Aus den Löchern links und rechts kamen wieder die Posten gelaufen; die Nachricht von der glücklichen Rückkehr des Zuges verbreitete sich rasch durch die Stellungen.

»Jetzt einen Schnaps!« sagte Krüger unternehmungslustig. Sie lachten und stießen einander die Ellbogen in die Seiten. Steiner wandte sich an Schnurrbart: »Hat alles geklappt?«

»Wie geübt«, sagte Schnurrbart grinsend. »Zuerst hatten wir Bauchweh, weil sich nichts rührte. Als aber die Leuchtkugeln hochstiegen, sind wir losgewetzt . . .«

Er verlor sich in Details. Steiner hörte ihm unaufmerksam zu. Er schaute zu den russischen Stellungen. Er hatte plötzlich das Gefühl, etwas Unersetzliches verloren zu haben.

Kiefer hatte ihn beobachtet. Er trat zu ihm und sagte: »Es ist besser, du gehst zehn Schritte weiter, bevor du wieder zurückschaust.«

»Was soll das?« fragte Steiner.

Kiefer lächelte ein wenig. »Als kleiner Junge habe ich mich mal im Wald verlaufen. Am nächsten Morgen wurde ich von meinem Vater gefunden; er hat damals das gleiche zu mir gesagt.«

»Bei mir war es etwas anderes«, sagte Steiner. Er blickte in sein Gesicht. »Dich hätte ich gern in meinem Zug. Hast du Lust?«

»Kann sein«, sagte Kiefer.

»Du hörst von mir.« Steiner wandte sich an die anderen. »Schäfer hat immer einen Schnaps in seinem Bunker.«

»Nicht mehr lange«, sagte Schnurrbart.

Als Gaußer aufwachte, brauchte er einige Zeit, um sich zurechtzufinden. Neben sich hörte er die tiefen Atemzüge Schäfers, die auch nicht aussetzten, als er seine Schulter berührte. Irgend etwas hatte ihn geweckt, er war unruhig. Ein Blick auf seine Uhr zeigte ihm, daß es bald hell werden würde. Dann hörte er draußen ein Geräusch.

Mit drei großen Schritten stand er im Graben, seine Augen weiteten sich vor Überraschung. Aus dem Zwielicht der Dämmerung tauchte eine lange Reihe schemenhafter Gestalten auf, an der Spitze ein Unteroffizier seiner Kompanie, der lachend über seine Schulter deutete. »Sie sind da, Herr Leutnant!« sagte er. »Unteroffizier Steiner ist da.«

Ungläubig und nicht frei von plötzlichem Schrecken starrte Gaußer auf die russischen Uniformen der Männer. Erst als einer von ihnen grinsend die Hand an die Mütze legte und sagte: »Haben wir uns ausgeborgt, Herr Leutnant!«, gewann er seine Fassung zurück. Er kroch rasch in den Unterstand, wo Schäfer noch immer schlief. Er packte ihn kurzerhand am Arm und zog ihn ins Freie. Dort riß sich Schäfer aufgebracht los und fauchte: »Ihnen ist wohl nicht ganz ...«

Er verstummte jäh und griff instinktiv nach seiner Pistole. Gaußer hielt seine Hand fest und sagte: »Zuerst können Sie es kaum abwarten, bis Sie Ihren Zug wiederhaben, und jetzt, da Ihr Steiner da ist, wollen Sie mit der Pistole auf ihn losgehen. Das ist doch keine Art, Herr Schäfer!«

Schäfer fuhr sich mit der Hand über die Augen und blickte wieder in die grinsenden Gesichter der Männer. »Du liebes Herrgöttle von Biberach!« sagte er.

Das Rasseln des Feldfernsprechers weckte Stransky. Als er sich aufrichtete, stieß er mit dem Fuß heftig gegen einen Stuhl. Er humpelte mit schmerzverzerrtem Gesicht zum Tisch, riß den Hörer vom Apparat und meldete sich. Als er Schäfers Stimme erkannte, hätte er beinahe den Hörer wieder aufgelegt, aber schon die nächsten Worte des Kompanieführers machten ihn hellwach. Er setzte sich neben den Apparat auf den Tisch, schloß ein paar Sekunden überlegend die Augen, dann befahl er, den Gefangenen und den Zug sofort zu seinem Gefechtsstand zu bringen.

Er blieb noch eine Weile auf dem Tisch sitzen und überlegte, wie er sich weiter verhalten sollte. Was diese Sache so unangenehm machte, war nicht, daß Schäfer nun doch recht behalten hatte, sondern daß er ihm das auch noch durch die Beförderung des Unteroffiziers zum Oberfeldwebel honorieren mußte. Andererseits war es bei den guten Verbindungen des Zugführers zum Regimentsgefechtsstand vielleicht kein Fehler, ihn durch eine Beförderung zu Dankbarkeit zu verpflichten.

Er hatte sich gerade das Koppel umgeschnallt, als an die Tür geklopft wurde. Rasch ging er zu dem kleinen Fenster und blickte hinaus. Es begann Tag zu werden. Oberhalb des Grabens standen einige Männer; er konnte nur ihre Köpfe sehen. Ihre Gesichter wirkten grau und müde in dem kalten Licht des Morgens.

Als er ins Freie trat, stieß er zuerst auf Schäfer. Stransky bemerkte die tiefe Genugtuung in seinem Gesicht. Er stieg vor ihm die Stufen hinauf und betrachtete schweigend die Männer. Sie standen dicht beisammen, starrten ihn an und warteten auf ein Wort von ihm, aber der Anblick ihrer russischen Uniformen nahm ihm erst einmal die Sprache. Schäfer lächelte über seine Überraschung. »Ich vergaß, Ihnen am Telefon zu sagen . . .«

»Das können Sie mir nachher erzählen«, sagte Stransky. »Welches ist der Gefangene?«

Schäfer wies auf den Russen, der zwischen Kern und Krüger stand. Da inzwischen auch Leutnant Striebig aus seinem Bunker gekommen war, wandte sich Stransky an ihn und befahl ihm, den Gefangenen in einen Bunker zu stecken und gut bewachen zu lassen. Als Schäfer darauf hinwies, daß es sich um einen Kapitän handelte, sagte Stransky: »Für mich ist es ein Russe wie jeder andere. Wer ist Unteroffizier Steiner?«

Steiner trat einen Schritt vor. Während Stransky ihn betrachtete, fühlte er sich auf eine unklare Weise enttäuscht, er hatte sich ein ganz anderes Bild von ihm gemacht. Er merkte, daß Schäfer ihn beobachtete. »Sie sind mit sofortiger Wirkung zum Oberfeldwebel befördert«, sagte er, aber auch diesmal erlebte er eine Enttäuschung. Es war, als hätte er zu einer Wand gesprochen. Steiner zeigte weder Genugtuung noch Überraschung.

Ein primitiver Totschläger, dachte Stransky und wandte sich an Schäfer: »Kommen Sie mit, Sie und der Oberfeldwebel!«

Die Männer beobachteten, wie sie in den Bunker des Kommandeurs gingen. Es war ein kühler, unfreundlicher Morgen. Die Luft war dunstig, und die kahlen, nach allen Seiten ansteigenden Lehmhänge machten das Bild nicht freundlicher. Schnurrbart spuckte auf den Boden. Obwohl sie in Schäfers Bunker einige Schnäpse getrunken hatten, schlugen seine Zähne aufeinander. »Das war vielleicht ein Empfang!« sagte er. »Ich könnte diesem lackierten Affen . . .« Er verstummte wütend.

Krüger nickte. »Der wird auch nicht alt bei uns. Verlaßt euch drauf!«

Sie antworteten einsilbig auf die neugierigen Fragen der Männer des Bataillonsstabes. Sie waren zu erschöpft, um sich über ihre Rückkehr zum Bataillon noch freuen zu können. Als das Warten immer länger dauerte, verteilten sie sich schließlich auf die Bunker des Bataillonsstabes.

Währenddessen saß Steiner am Tisch des Kommandeurs und beantwortete dessen Fragen zuerst geduldig, später jedoch immer gereizter. Er konnte nur noch mit Mühe die Augen offenhalten, und Schäfer, der das merkte, wurde nun auch ungeduldig. Es gab ohnedies nur noch unwichtige Details zu besprechen. Als Stransky auch noch wissen wollte, was sie mit ihren eigenen Waffen gemacht hätten, sagte Schäfer gereizt: »Wäre es nicht möglich, diese Dinger später zu klären? Die Männer warten draußen im Freien; sie werden sich in den nassen Sachen erkälten.«

Obwohl er Schäfers Einmischung als ungehörig empfand, nickte Stransky scheinbar verständnisvoll. »Sie hätten mich schon vorher daran erinnern sollen, aber schließlich muß ich für die Meldung an das Regiment auch die Einzelheiten wissen.« Er drückte seine Zigarette aus und wandte sich mit gönnerhaftem Lächeln an Steiner: »Führen Sie Ihren Zug nach Kanskoje. Sie können sich bis heute abend ausruhen. Ich erwarte Sie aber wieder mit der Verpflegungskolonne, mir sind noch einige Punkte unklar.« Er musterte die schmutzige Uniform Steiners. Dann lächelte er wieder. »Erstaunlich übrigens, wie gut Ihnen Ihre Uniform steht.«

»Ihnen Ihre auch«, sagte Steiner.

Stransky lächelte nicht mehr. »Sie sind etwas vorlaut, Oberfeldwebel. Das werden Sie sich bei mir abgewöhnen.« Zu Schäfer sagte er: »Bringen Sie Ihren Männern gelegentlich Manieren bei. Sie können gehen.«

Schäfer stand auf. Als er mit Steiner ins Freie trat, legte er ihm die Hand auf die Schulter. »Nehmen Sie sich vor ihm in acht. Er hat keine Spur Humor.«

»Bei mir braucht er keinen«, sagte Steiner.

Sie holten die Männer aus den Bunkern. Schäfer schüttelte jedem die Hand. »Schlaft euch zuerst mal aus. Ich werde dafür sorgen, daß ihr ein paar Tage Ruhe bekommt.« Er erklärte Steiner noch den Weg nach Kanskoje. »In zwanzig Minuten könnt ihr dort sein; ich habe Fetscher bereits verständigt.«

Die Männer beobachteten, wie er rasch den steilen Hang zu den Stellungen hinaufstieg. Schnurrbart sagte: »Er ist in Ordnung, nur etwas fett. Im Gegensatz zu Stransky.«

»Vielleicht lege ich ihn eines Tages um«, sagte Steiner. Sie blickten ihn verwundert an. »Hat er sich wieder aufgespielt?« fragte Krüger.

»Schäfer?« fragte Kern.

»Idiot«, sagte Hollerbach. »Stransky natürlich.«

Steiner drehte sich um und kletterte in die Schlucht hinab. Obwohl der Himmel noch immer bewölkt war, regnete es nicht mehr. Der Anblick des frischen Grüns an den Sträuchern längs des Baches wirkte belebend auf die Männer. Ihre Gedanken beschäftigten sich bereits mit der trockenen Behaglichkeit ihrer Quartiere. Einer begann zu singen. Hollerbach griff das Lied auf, und etwas später klang es dröhnend durch die Schlucht:

»Wir, wir sind die Flachlandjäger,
die Hungerkünstler der Nation,
für Dörrgemüse und für Käse,
marschieren wir drei Jahre schon.«

Sie hatten, während sie sangen, ihre Schritte einander angepaßt, die Maschinenpistolen über die Schultern gehängt, die Daumen unter die Schulterriemen gehakt, und blickten freimütig aus schmutzigen, bärtigen Gesichtern. Das Lied hatte keinen Verfasser. Es wurde weder auf den Exerzierplätzen noch in den Mannschaftsstuben der Garnisonen gesungen. Es besaß weder geistliche noch weltliche Bedeutung, aber das kümmerte sie nicht. Sie hielten die Köpfe hoch und sangen so laut, daß ihre Stimmen viele hundert Meter weit zu hören waren:

»Vorwärts, Flachlandjäger,
vorwärts, im Kampf sind wir stets allein,
denn die anderen, die fahren mit den Autos hintendrein,
vorwärts, Flachlandjäger.«

Schnurrbart lief zu Steiner, der verdrossen an der Spitze marschierte. Eine Weile gingen sie stumm nebeneinanderher, bis Schnurrbart sagte: »Jetzt bist du also wieder Oberfeldwebel! Ich könnte mich totlachen.«

»Warum tust du es nicht?« fragte Steiner. Schnurrbart runzelte die Stirn. »Hast ja 'ne Saulaune. Sei froh, daß wir's geschafft haben. Genausogut könnten wir jetzt für die Russen marschieren.«

»Da bist du auch nicht schlechter aufgehoben als im Massengrab«, sagte Steiner.

»Dann geh doch hin«, sagte Schnurrbart. Er blieb wütend stehen und wartete auf Dorn, der ganz am Schluß marschierte.

Sie hatten das Ende der Schlucht erreicht. Zwischen grünen Bäumen tauchten die ersten Häuser von Kanskoje auf. Dort wurden die Männer bereits erwartet. Hauptfeldwebel Fetscher und die Männer des Gefechtstrosses schüttelten ihnen grinsend die Hände. »Wenn Schäfer mich nicht darauf vorbereitet hätte«, sagte Fetscher, »hätte ich mit der Gulaschkanone auf euch schießen lassen!«

Er war ein kräftiger Mann mit derbem Gesicht. Steiner hatte sich immer gut mit ihm verstanden; Fetscher wußte mehr über ihn als jeder andere im Regiment.

Während sich die Männer auf die Quartiere verteilten, ging Steiner mit Fetscher in dessen Schreibstube. Dort mußte er ihm alles erzählen. Der Hauptfeldwebel schüttelte immer wieder den Kopf. »Mehr Glück als Verstand«, sagte er. »Ich kümmere mich jetzt um heißes Wasser für dich.« An der Tür blieb er noch einmal stehen. »Und eure Gewehre habt ihr wirklich weggeworfen?«

»Bei der nächsten Sommeroffensive«, sagte Steiner, »hole ich sie wieder.«

Fetscher verschwand. Als Steiner einige Zeit später gewaschen und rasiert aus der Küche kam, stand auf dem Tisch ein Kochgeschirr mit Nudelgulasch. Er setzte sich auf einen Stuhl. Merkwürdigerweise hatte er keinen Hunger mehr, er war auch nicht mehr müde. Er fühlte sich aus einem ihm selbst unerfindlichen Grund bedrückt und übellaunig. Gut, man war wieder beim Bataillon, war befördert worden, hatte sich wieder in einen zivilisierten Menschen verwandelt, alles schien in Ordnung zu sein, und trotzdem . . .

Das Gespräch mit Stransky fiel ihm ein, er grinste. Stransky war nur einer von vielen Bataillonskommandeuren, die man bisher überlebt hatte, man würde auch ihn überleben. Ein dummer Wichtigtuer, mehr nicht.

Er stand auf, ging zum Fenster und blickte hinaus. Eben lief Maag vorbei. Er trug eine neue Uniform über dem Arm und sah vergnügt aus. Anspruchslos und stupid, dachte Steiner. Sie waren glücklich, wieder beim Bataillon zu sein. Hier fühlten sie sich daheim, in Sicherheit, aufgehoben. Er kannte dieses Gefühl schon lange nicht mehr.

Im Regimentsgefechtsstand löste die Nachricht von der Rückkehr des vermißten Zuges Genugtuung aus. Strauß ließ Kiesel zu sich rufen. »Ich wußte, daß er es schaffen wird«, sagte er polternd. »Ein Regiment mit Männern von Steiners Sorte, und die Russen gegenüber hätten keine ruhige Minute mehr.«

»Wissen Sie schon, wie er es geschafft hat?« fragte Kiesel.

Strauß nickte. »In groben Zügen; Stransky hat mir berichtet; schien zwar nicht sehr begeistert zu sein. Werden ein wenig aufpassen müssen.«

»Ich verstehe nicht ganz«, sagte Kiesel verwundert.

»Werden es schon noch verstehen. Berücksichtigen Sie, daß Stransky wegen Steiner schon einigen Ärger hatte, und berücksichtigen Sie ferner, um welchen Typ es sich bei Stransky handelt. Der Bursche hat ein verdammt loses Mundwerk!«

»Stransky?« fragte Kiesel überrascht.

»Unsinn, Steiner natürlich. Wenn sich Stransky, was ich befürchte, mehr um ihn kümmert, als nötig ist, wird es Ärger geben. Und nun hören Sie her, was sich der Windhund wieder geleistet hat...«

Er begann zu erzählen, wobei er immer wieder in lautloses Gelächter ausbrach und mit der Hand auf den Tisch schlug. Seine Heiterkeit wirkte ansteckend, Kiesel sagte lächelnd: »Ich habe auf Grund Ihrer Schilderungen ja einiges von ihm erwartet...«

»Ah, bah!« – Strauß schnitt ihm das Wort ab. »Der Bursche hat Einfälle, das ist alles. Zugegeben, er ist so etwas wie ein Steckenpferd von mir, aber nicht ohne Grund. Wissen Sie, was ich machen werde?«

»Befördern«, sagte Kiesel.

»Befördert ist er schon, von Stransky, zum Oberfeldwebel. Nein, ich denke an etwas anderes, ich schicke Steiner für vierzehn Tage nach Gursuf.«

»Er hat es verdient«, sagte Kiesel. In Gursuf, einem kleinen Kurort an der Südküste der Krim, war das Divisionserholungsheim. Kiesel zog ein Notizbuch aus der Tasche. »Der nächste Transport ist in zehn Tagen fällig; ich werde Steiner vormerken.«

Strauß widersprach: »Steiner wird sofort fahren, morgen schon, verstanden?«

»Die Plätze sind kontingentiert«, gab Kiesel zu bedenken.

»Bleiben Sie mir vom Hals mit Ihrer Bürokratie!« sagte Strauß unwirsch. »Die werden da unten schon noch ein Zimmer frei haben. Wenn nicht, kümmere ich mich persönlich darum. Rufen Sie die Division an und schildern Sie den Fall.« Er blickte ungeduldig auf seine Uhr. »Möchte nur wissen, wo der Gefangene so lange bleibt; bin neugierig, was wir von ihm erfahren. Als Bataillonskommandeur wird er einiges wissen.«

»Wer bringt ihn?«

»Stransky hat Striebig damit beauftragt.«

Kiesel erinnerte sich an einen Brief, den er mit der letzten Post bekommen hatte. »Ich habe heute eine persönliche Bitte, Herr Oberstleutnant. Mein Schwager hat mir geschrieben, Leutnant März. Er will unbedingt an die Ostfront versetzt werden. Zur Zeit ist er Kompanieführer in einer Leipziger Garnison. Sie wissen ja, wie die jungen Leute sind; meinen, es könnte ihnen etwas entgehen.«

Strauß blickte ihn überrascht an. »Wußte gar nicht, daß Sie verheiratet sind!«

»Es handelt sich um den Mann meiner Schwester«, sagte Kiesel. »Ich möchte ihn gern in meiner Nähe haben. Wenn man ihn über die Division . . .«

»Wie alt ist er?«

»Vierundzwanzig. Kommt aus Villingen im Schwarzwald; sein Vater hat dort eine Uhrenfabrik.«

Ehe Strauß weiter fragen konnte, traf Striebig mit dem Gefangenen ein. Strauß nickte ihm zu. »Bestellen Sie Stransky, daß ich Oberfeldwebel Steiner um sechs Uhr hier erwarte. Haben Sie auch die erbeuteten Karten mitgebracht?«

Striebig legte sie auf den Tisch und verabschiedete sich.

Die Männer hatten am Vormittag lange geschlafen. Erst das schöne Wetter trieb sie nach und nach aus ihren Quartieren. Sie erschienen einzeln und paarweise bei der Feldküche und bekamen die Kochgeschirre bis zum Rand mit Nudelgulasch gefüllt.

Schnurrbart saß neben Steiner auf einer Holzkiste und blinzelte zufrieden in die warme Sonne. Später kam Fetscher zu ihnen und sagte zu Steiner: »Schäfer hat angerufen. Du sollst um sechs zum Regimentsgefechtsstand kommen.«

»Was wollen die schon wieder von dir?« fragte Krüger. »Du hast ja jetzt schon keinen Platz mehr auf der Brust!«

Steiner zuckte mit den Schultern.

»Das ist sicher Strauß!« sagte Schnurrbart. »Mußt du heute abend nicht auch zu Stransky?«

»Um acht«, sagte Steiner.

»Hoffentlich macht er es kurz«, sagte Schnurrbart. »Wir brauchen dich nämlich.«

»Wozu?«

Schnurrbart feixte. »Wird nicht verraten.«

»Kann mir's schon denken«, sagte Steiner unlustig. »Fetscher hat euch wieder ein paar Flaschen spendiert.«

Schnurrbart machte ein enttäuschtes Gesicht. »Welche Niete hat hier wieder nicht dichtgehalten?«

»Du selbst«, sagte Steiner. »Wenn's was zu saufen gibt, sieht man das an deiner Nase.«

»Werde mir gelegentlich eine andere anschaffen«, knurrte Schnurrbart gutmütig.

»Von 'nem toten Russen«, sagte Steiner und folgte Fetscher, der grinsend davonging.

»Hast du dir die Sache mit der Rede überlegt«, sagte Schnurrbart zu Krüger. Der Ostpreuße zupfte sich an der Nase, sein Gesicht wurde abweisend. »Das soll der Doktor machen. Hab' noch nie in meinem Leben 'ne Rede gehalten.«

Schnurrbart schüttelte den Kopf. »Das muß einer von uns machen, einer von uns Alten, die mit Steiner schon in der Garnison waren.«

Die Männer redeten auf Krüger ein. »Du kannst das am besten!« sagte Maag.

Krüger resignierte. »Auf eure Verantwortung«, sagte er mürrisch. »Wenn ich aber Mist rede und ihr mich auslacht . . .«

»Wir werden nicht lachen«, sagte Schnurrbart beruhigend. Er stellte das leere Kochgeschirr neben sich auf den Boden und zündete seine Pfeife an.

Der Himmel war blank wie eine gescheuerte Herdplatte, sie hielten die Gesichter in die Sonne. »Hätte nicht gedacht«, sagte Anselm zufrieden, »daß es heute noch so schön wird.«

Sie schwiegen und waren alle ein wenig glücklich.

Als sich Steiner nach fünf Uhr auf den Weg machte, lag leichtes Störfeuer der russischen Artillerie auf der Schlucht. Er verzichtete deshalb auf den direkten Weg und brauchte fast eine Stunde zum Regimentsgefechtsstand. Die geschickte Anlage der Bunker erregte sofort seine Bewunderung. Man hatte sie in einen fast senkrechten Hang gebaut, und sie waren für die feindliche Artillerie praktisch unerreichbar. Er fragte sich nach dem Kommandeursbunker durch.

Strauß kam ihm mit zwei großen Schritten entgegen. »Unpünktlich und unsoldatisch wie immer!« Er lachte und drückte ihn auf einen Stuhl. »Diesmal hatten wir Sie schon aufgegeben.«

»Wir hatten Glück«, sagte Steiner.

Strauß setzte sich ihm gegenüber an den Tisch. »Wenn es nur Glück gewesen wäre, säßen Sie jetzt nicht hier. Erzählen Sie, aber lassen Sie nichts aus, Steiner.« Er holte eine Zigarettenpackung aus der Tasche und hielt sie Steiner hin.

Steiner zündete sich eine Zigarette an und erzählte. Strauß hörte ihm aufmerksam zu. Gelegentlich schüttelte er den Kopf oder trommelte mit den Fingern auf den Tisch. Als Steiner die Begegnung mit den russischen Frauen erwähnte, machte er sich Notizen. Er stellte noch einige Fragen, stand auf und ging mit auf dem Rücken verschränkten Händen im Bunker auf und ab. Schließlich blieb er vor Steiner stehen. »Die Geschichte mit dem russischen Bataillonsgefechtsstand war ein bißchen leichtsinnig, Steiner, aber der Gefangene und die Karten sind sehr wichtig für uns. Man redet sich bei der Armeeführung nämlich ein, daß das hier eine Art Ferienstellung für uns sein würde. Sieht nicht danach aus.« Er setzte sich wieder hin und blickte nachdenklich in die Luft.

Steiner beobachtete ihn abwartend. Er hatte Strauß schon als Kompanieführer gekannt, und seine Beziehungen zu ihm waren immer gut gewesen, nicht erst seit der Sache bei Studenok. Trotzdem war ihm das außergewöhnliche Interesse des Kommandeurs an seiner Person auf eine undefinierbare Weise unangenehm. Als Strauß Regimentskommandeur geworden war, hatte er ihn sogar zum Regimentsstab versetzen wollen und sich sehr enttäuscht gezeigt, als Steiner darum bat, bei seiner Kompanie bleiben zu dürfen. Seitdem war er ihm nicht mehr begegnet.

Er merkte, daß Strauß ihn prüfend ansah; ihre Blicke trafen sich.

Strauß schob einige Papiere über den Tisch. »Für Sie, Steiner. Sie fahren morgen früh für vierzehn Tage ins Divisionserholungsheim auf die Krim.«

Das kam so unerwartet, daß Steiner fragte: »Muß das sein?«

Strauß blickte ihn überrascht an. »Wollen Sie nicht?«

»Eigentlich hätte jeder Mann meines Zuges diesen Urlaub verdient«, sagte Steiner. »Es würde vielleicht einen schlechten Eindruck machen, wenn ausgerechnet ich ...«

Strauß schnitt ihm ungeduldig das Wort ab: »Soweit ich mich entsinnen kann, haben Sie sich noch nie darum gekümmert, was für einen Eindruck Sie irgendwo und irgendwann hinterlassen haben. Sie fahren morgen früh auf die Krim und damit basta. Ich habe bereits Ihren Kompanieführer verständigen lassen.«

Ehe Steiner noch etwas sagen konnte, stand Strauß auf und gab ihm die Hand. »Kommen Sie gesund zurück«, sagte er.

Als Steiner gleich darauf ins Freie trat, begegnete er einem Offizier, der ihn aufmerksam musterte. »Sie sind Oberfeldwebel Steiner?« fragte er.

Vorsichtig, damit es nicht zu beflissen aussah, stellte Steiner die Füße nebeneinander und nickte. Kiesel lächelte flüchtig. »Ich habe es mir gedacht«, sagte er und ging weiter. Steiner sah ihm verwundert nach.

Strauß saß am Tisch. Als Kiesel hereinkam, sah er auf und sagte: »Sind Sie ihm noch begegnet?«

»Er war nicht zu übersehen«, sagte Kiesel. Strauß blickte in sein Gesicht. »Und? Welchen Eindruck hatten Sie?«

»Er erinnert mich ein wenig an diesen Hauptmann von Köpenick.«

»Es dürfte Ihnen bekannt sein«, sagte Strauß, »daß Zuckmayer ein Jude ist.«

»Wilhelm Voigt war kein Jude«, sagte Kiesel. »Er war ein schlichter deutscher Schuhmacher. Heute würde er wohl eine SS-Uniform anziehen.«

Strauß betrachtete ihn düster. »Hören Sie mal zu, Kiesel«, sagte er, »mein Vater war noch mit einer jüdischen Familie eng befreundet, aber wenn Sie mich alten Mann nicht in Gewissenskonflikte bringen wollen, dann verschonen Sie mich mit Ihrer privaten Weltanschauung. Sind das die Karten von der Division?«

»Jawohl«, sagte Kiesel und legte die Karten auf den Tisch.

»Ich brauche Sie im Moment nicht mehr«, sagte Strauß. Er beobachtete, wie der Hauptmann zur Tür ging. Als er draußen war, lächelte er. Sein Blick fiel auf die Karten, er schob sie angewidert zur Seite, griff in die Rocktasche und brachte eine abgegriffene Lederhülle zum Vorschein. Er legte sie vor sich auf den Tisch, nahm ein postkartengroßes Foto heraus und betrachtete es. Sein Gesicht wirkte plötzlich müde und verfallen.

Steiner war von Strauß direkt zum Bataillonsgefechtsstand gegangen. Das Störfeuer der Russen hatte gegen Abend nachgelassen, und er erreichte den Gefechtsstand ohne Zwischenfälle. Er hatte noch über dreißig Minuten Zeit und ging zuerst zu Schäfer, der ihn zu seinem Sonderurlaub beglückwünschte. »Ich konnte mich nicht beherrschen, ich habe Stransky davon verständigt«, sagte er belustigt. »Gefreut hat er sich anscheinend nicht. Na ja, bis Sie zurückkommen, kann sich hier schon wieder einiges geändert haben. Trinken Sie einen Schnaps?«

Steiner nickte. »Wieso glauben Sie, daß sich bis zu meiner Rückkehr einiges geändert haben könnte?«

»Sieht aus, als hätten die Russen eine große Offensive vor«, sagte Schäfer. »Mir wäre es lieber, wir säßen nicht ausgerechnet auf dieser verdammten Höhe!« Er trank sein Glas leer und beugte sich etwas über den Tisch. »Seien Sie nachher vorsichtig bei Stransky. Vielleicht will er Ihnen wegen der weggeworfenen Waffen etwas am Zeug flicken.«

»Ich habe es dem Regimentskommandeur erzählt«, sagte Steiner. »Er hat kein Wort dazu gesagt.«

»Dann ist es ja gut.« Schäfer war erleichtert. Er blickte auf die Uhr. »Es wird Zeit für Sie.«

Steiner griff nach seiner Mütze. Als er sich von Schäfer verabschiedete, sagte dieser lächelnd: »Ich hoffe, Sie vergessen uns auf der Krim nicht.«

»Dazu bin ich schon zu lange in Ihrer Kompanie«, sagte Steiner.

Draußen wurde es dunkel. Zwischen einzelnen Wolken schimmerten Sterne hindurch, ein milder Wind strich über die Höhe. Steiner atmete einmal tief durch. Es war Frühling geworden.

Er traf Stransky im Kommandeursbunker. Der Hauptmann deutete auf einen Stuhl. »Setzen Sie sich, Oberfeldwebel. Ich hörte, daß Sie morgen auf die Krim fahren.«

»Auf Befehl des Regimentskommandeurs«, sagte Steiner. Er beobachtete, wie sich Stransky eine Zigarette anzündete. »Ich habe Sie hierherbestellt«, sagte Stransky dann, »weil mir noch einige Dinge unklar sind. Sie haben unterwegs zwei Männer verloren?«

»Ja«, sagte Steiner.

Stransky griff nach einem Blatt Papier und las einige Notizen. »Halten Sie es für möglich, daß dieser Doll den Russen in die Hände gefallen ist?«

»Ich halte es sogar für wahrscheinlich«, sagte Steiner.

»Haben Sie nach ihm gesucht?«

Steiner zuckte mit den Schultern. »Wir hatten keine Zeit. Ich konnte eines Mannes wegen kein Risiko für den ganzen Zug eingehen.«

»Ich möchte das noch schriftlich von Ihnen«, sagte Stransky. »Außerdem vermisse ich noch eine Erklärung für Ihren eigenmächtigen Befehl, Ihre Waffen gegen die russischen Maschinenpistolen umzutauschen.«

Steiner grinste. »Zu unseren russischen Uniformen paßten die Maschinenpistolen besser. Außerdem sind sie moderner als unsere Karabiner; das kann Ihnen jeder Mann im Graben bestätigen.«

Sein Ton trieb Stransky das Blut in den Kopf, er sagte: »Das ist dummes Gerede! Sie haben allen Grund, froh und dankbar für die vorzügliche Ausrüstung zu sein, die Ihnen von der Heimat unter großen Opfern geliefert wird.«

»Sie übersehen«, sagte Steiner, »daß ich diesen Scheißkrieg nicht gewollt habe.«

Stransky starrte ihn ein paar Sekunden lang fassungslos an, dann sagte er laut: »Gewöhnen Sie sich gefälligst einen anderen Ton an, wenn Sie mit mir reden. Sie wissen so gut wie ich, daß unsere Ausrüstung jener der Russen weit überlegen ist, und ich bitte mir aus . . .«

Was er sich im einzelnen ausbat, drang nicht mehr in Steiners Bewußtsein. Das Gespräch widerte ihn an. Er versuchte an Gursuf zu denken, an die Krim. Er stellte sich vor, wie das Meer aussehen würde. Stranskys Stimme war nur noch wie das lästige Summen einer Fliege, unwichtig und trotzdem störend. Dann wurde sie plötzlich sehr laut. Steiner hob verständnislos den Kopf. Erst jetzt fiel ihm auf, daß das Gesicht des Kommandeurs zornrot geworden war. Undeutlich erinnerte er sich, daß Stransky ihn etwas gefragt hatte, aber er wußte nicht mehr, was. Es interessierte ihn auch nicht, und als Stransky ihm laut befahl aufzustehen, stand er auf, griff nach seiner Maschinenpistole und wandte sich der Tür zu. Er hörte Stransky noch brüllen: »Bleiben Sie hier!«, aber er achtete nicht mehr darauf.

Während er in die Schlucht hinabstieg, grinste er noch immer. Vielleicht würde Stransky jetzt eine Meldung an das Regiment machen. Solange Strauß Kommandeur war, brauchte er sich deshalb nicht den Kopf zu zerbrechen.

Als er nach Kanskoje kam, war es kurz nach neun Uhr. Er öffnete die Tür zu seinem Quartier und hörte die Stimmen der Männer. Sie saßen am Tisch, hatten Gläser und Flaschen vor sich stehen und sahen ihn erwartungsvoll an.

Schnurrbart wies auf einen leeren Stuhl. »Der ist für dich.«

»Warum so feierlich?« fragte Steiner.

Krüger stand auf, seine Stimme klang belegt: »Fetscher hat uns gesagt, daß du morgen abhaust. Nun, ich bin kein großer Redner, und vierzehn Tage sind eine lange Zeit. Finde ich.«

Die Männer feixten. Krüger warf ihnen einen ärgerlichen Blick zu und fuhr fort: »Wie gesagt, vierzehn Tage sind eine verdammt lange Zeit, eine verflucht lange Zeit, sag' ich euch, und wir hoffen, daß du wiederkommst, denn als sie mir sagten, daß ich die Rede halten soll, wußten wir ja noch nicht, daß du fortfährst. Wir hoffen also, daß wir, wenn du wiederkommst, noch alle da sind, das hoffen wir, wie gesagt . . . ja.« Er runzelte die Stirn und zupfte sich an der Nase. »Der Teufel soll diesen Scheißkrieg holen, aber wenn es uns erwischt, dann hoffen wir, daß du mit dabei bist . . .«

Er sah, daß sich das Grinsen der Männer verstärkte, und begann zu stottern: »Das soll nicht heißen, daß es uns . . . ich meine, daß es dich auch erwischen soll, sondern daß wir alle, die wir hier sitzen, beisammensitzen, wenn wir mit dir und . . .« Er blieb hoffnungslos stecken. Jetzt schlug er mit der Faust auf den Tisch und wandte sich wütend an die Männer: »Ich habe es euch gleich gesagt, ihr Idioten!« Er griff nach seinem Glas, trank es leer und blickte dann auf einen kleinen Zettel in seiner hohlen Hand.

»Vielleicht fängst du noch einmal von vorne an«, schlug Schnurrbart mit unschuldigem Gesicht vor.

Krüger starrte ihn gereizt an. »Weißt du, was du mich kannst?«

Schnurrbart nickte. »Du hast es mir schon oft genug angeboten.«

»So! Hab' ich das?« Krüger stützte sich mit beiden Fäusten auf den Tisch und beugte sich zu ihm hinüber. »Dann tu es doch endlich!« brüllte er los. »Warum tust du es dann nicht, du räudiger Schnauzer . . .«

Der Rest seiner Worte ging in dem Gelächter der Männer unter. Sie schlugen sich vor Vergnügen auf die Schenkel, krümmten sich vor Lachen und trampelten johlend mit den genagelten Stiefeln. Zitternd vor Grimm ließ sich Krüger auf seinen Stuhl fallen. Steiner legte ihm die Hand auf die Schulter und stand rasch auf. »Ich bin auch kein großer Redner«, sagte er ruhig. »Es gibt Dinge, über die man sowieso nicht reden soll; wir kennen uns lange genug. Es gibt einiges, was Menschen miteinander verbinden kann, Gewohnheit, Liebe, Anhänglichkeit. Bei uns ist es etwas anderes. Auch die Uniform verbindet uns nicht, sie hat uns nur zusammengeführt. Wenn wir uns das gegenseitig schon zeigen wollen, so gibt es bessere Gelegenheiten dafür. Denkt gelegentlich darüber nach.«

Sie schwiegen noch, als er längst wieder auf seinem Stuhl saß. Nur langsam kam wieder ein Gespräch in Fluß.

Steiner blieb wortkarg. Seit er wieder beim Bataillon war, stimmte etwas nicht mehr. Mit seiner Umgebung nicht und mit ihm selbst nicht. Vielleicht hing es mit dem Tod von Dietz zusammen; er verstand es nicht. Dietz hatte eine Lücke in seinem Leben ausgefüllt, aber er wußte auch nicht, welche. Es war immer wie ein mühsames Gehen durch einen fast endlos erscheinenden dunklen Tunnel auf ein fernes Licht zu, das nie näher kam.

Die Unterhaltung am Tisch war inzwischen laut geworden. Anselm wandte sich an Steiner: »Gibt es dort, wo du hinfährst, auch Weiber?«

»Möglich«, sagte Steiner unlustig.

»Das wäre was für mich!« sagte Anselm. Krüger betrachtete ihn grinsend. »Bei dir hätte ja jeder Besen Glück, bloß einen Rock muß er tragen.« Er hatte ihm die Auseinandersetzung im Wald noch nicht vergessen und fand es an der Zeit, ihn daran zu erinnern, aber Anselm ging nicht darauf ein. Er sagte: »Wenn sie Fluidum hat, kann sie auch ein Besen sein.«

Die Männer starrten ihn verdutzt an. »Was ist denn das?« fragte Schnurrbart.

Anselm warf ihm einen mitleidigen Blick zu. »Das kannst du in jedem Lexikon nachlesen. Es ist das, was dich bei einer Frau nicht schlafen läßt.«

Schnurrbart sperrte den Mund auf; es sah aus, als hätte sein Bart plötzlich ein Loch bekommen. »Das ist Fluidum?« fragte er verwundert. Anselm nickte.

»Und ich dachte immer«, sagte Schnurrbart, »das sei Sex-Appeal.«

»Quatsch!« sagte Anselm unsicher. »Das ist doch was Erotisches!«

»Na und?« Schnurrbart spielte seine Rolle so gut, daß die Männer lachten. Maag sagte: »Die Garbo hat Sex-Appeal, was?«

»Hör auf mit der Garbo!« sagte Krüger verdrossen. »Diese überspannten Weiber können mir gestohlen bleiben.«

»Mir nicht«, sagte Maag. »Stellt euch vor, so eine im Bett! Ich würde verrückt werden, sag ich euch!«

»Das bist du schon«, sagte Krüger. »Du und die Garbo!«

Die Männer lachten wieder. Schnurrbart wischte sich mit dem Handrücken den Mund ab. »Diese Weiber sind für andere reserviert«, sagte er.

»Für die Parteibonzen«, sagte Krüger und griff nach seinem Glas.

Sein Beispiel wirkte ansteckend. Sie tranken und unterhielten sich laut. Dann fingen sie an zu singen.

Steiner verließ unauffällig das Haus. Er ging ein Stück auf der dunklen Straße. Später hörte er Schritte hinter sich, er drehte sich um und erkannte Dorn. »Störe ich?« fragte der.

Steiner gab keine Antwort.

Sie verließen die Straße und kletterten einen steilen Hügel hinauf. Oben setzten sie sich hin. Dorn betrachtete die Sterne. »Sentimental, Doktor?« fragte Steiner.

»Ein wenig«, sagte Dorn lächelnd.

Dann fühlte Steiner unvermittelt Dorns Hand am Arm. Über ihnen klang ein Geräusch, als fauchte eine Schnellzuglokomotive heran. Gleich darauf brüllte eine heftige Detonation durch die Nacht. Obwohl noch einige Granaten folgten, blieben die beiden Männer regungslos sitzen. Einige Sekunden lang hörten sie noch das häßliche Summen der Granatsplitter, bis sie irgendwo mit dumpfem Laut in den Boden schlugen.

»Der Abendsegen«, sagte Steiner. »Sie schießen sich auf unsere Artilleriestellungen ein.«

»Hoffentlich haben sie kein Haus erwischt«, sagte Dorn.

Steiner betrachtete die Häuser. Es sah aus, als duckten sie sich unter ihren Strohdächern. »Die Einschläge lagen mehr auf der anderen Seite«, sagte er. »In vier Wochen sieht es hier aus wie auf dem Mond. Ein Glück, daß die Erde so geduldig ist.«

»Das ist sie!« sagte Dorn.

Steiner grinste. »Klingt fast lyrisch Ob andere auch schon daran gedacht haben?«

»Die wenigsten«, sagte Dorn. »Wir haben auch wichtigere Dinge zu tun.«

»Zum Beispiel?«

Dorn lächelte. »Wir bauen Städte und zerstören sie wieder, wir zeugen Menschen und bringen sie wieder um. Und nebenbei sind wir auch in einem Tierschutzverein.«

Gegen Mittag des übernächsten Tages kam Steiner nach Gursuf. Bis Simferopol war er mit dem Zug gefahren, die letzten siebzig Kilometer mit einem Verpflegungswagen. Er bedankte sich bei dem Fahrer, kletterte herunter und stand ein paar Sekunden unschlüssig auf der kopfsteingepflasterten Straße. Es war sehr heiß. Er knöpfte die dicke Überjacke auf und sah sich um.

Der Ort lag am Fuße der fast senkrecht wirkenden Hänge des Gebirges. Hinter den Häusern leuchtete das Meer im gleichen Blau wie der Himmel. Am Strand standen Pinien und Palmen, und aus dem Wasser ragten verwitterte Felsklötze.

Nach einigen Schritten traf Steiner einen Soldaten. Er trug nur Hemd und Hose und saß faul neben einer Gartentür. Steiner fragte ihn nach dem Divisionsheim. Es war ganz in der Nähe, ein großer Bau mit hohen Fenstern und einem flachen Dach. Wie die meisten Häuser hatte das Heim einen schönen Park. Unter den Bäumen war es angenehm kühl. Ein breiter Weg führte durch den Park zur Haustür. Als Steiner auf sie zuging, wurde sie geöffnet, ein

Feldwebel und eine Rote-Kreuz-Schwester traten heraus. Der Feldwebel hatte ein faltiges, lederhäutiges Gesicht. Es gefiel Steiner ebensowenig wie seine tadellosen Bügelfalten. Diese Sorte kannte er noch vom Kasernenhof.

»Was suchst du hier?« fragte der Feldwebel.

»Redest du mit mir?« fragte Steiner.

Das Gesicht des Lederhäutigen wurde rot. Auch die Schwester blickte Steiner empört an. Sie war noch jung, höchstens neunzehn oder zwanzig.

»Sie sind wohl in der Hitze übergeschnappt!« sagte der Lederhäutige laut. »Wer sind Sie überhaupt? Was wollen Sie hier?«

Steiner griff in die Tasche und gab dem Feldwebel seine Papiere. Der sah sie wortlos durch, sein Gesicht veränderte sich. »Das hättest du gleich sagen können«, sagte er mürrisch. »Bei diesen verdammten Tarnanzügen weiß man ja nie, wer darunter steckt.« Er wandte sich an die Schwester. »Wo können wir ihn unterbringen? Ist doch alles belegt!«

»Kommt er zu uns?« fragte sie verwundert.

»Ja, Oberfeldwebel Steiner, für vierzehn Tage. Weiß nicht, wie die Herren sich das denken! Wir haben sonst immer geschlossene Transporte, die nur zehn Tage hierbleiben. Das ganze Haus ist belegt.«

»Wirst schon noch 'ne Bude frei haben«, sagte Steiner, dem die Sache zu lange dauerte. »Andernfalls such' ich mir ein Privatquartier.«

»Das ist verboten«, sagte der Feldwebel rasch. Die Schwester schaltete sich ein: »Wir könnten ihn ja oben 'raufnehmen!«

»Du meinst oben?« sagte der Feldwebel. Sie nickte. Er überlegte, dann wandte er sich wieder an Steiner: »Wir haben noch ein Zimmer für besondere Zwecke; im dritten Stock.«

Steiner blickte in sein Gesicht und dann auf die Schwester. Er sah, daß sie rot geworden war. »Bin ja auch für einen besonderen Zweck hier«, sagte er. »Worauf warten wir noch?«

»Wir müssen das Zimmer erst ein wenig umräumen«, sagte der Feldwebel. »Stehen noch ein paar Privatsachen drin. Warte hier!«

Er ging mit der Schwester in das Haus.

Steiner entdeckte in der Nähe eine weißlackierte Sitzbank. Er nahm sein Gepäck ab und setzte sich. Das Haus stand etwa dreißig Schritte vom Strand entfernt. Es herrschte eine fast unnatürliche Stille, keine Granatwerfer, kein MG, keine Tiefflieger. Nur das Meer rauschte in rhythmischen Schlägen gegen den Strand. Manchmal wehte ein sanfter Wind durch den Park, dann schraken die Pinien und Palmen auf aus ihrer Regungslosigkeit, und ihre Schatten tanzten über die schönen Beete.

Steiner betrachtete das Meer. Irgendwo dahinter lagen die Türkei, Syrien, Arabien und der Indische Ozean.

Er hatte für ein paar Minuten vergessen, wo er war. Als er die Stimme der Schwester hörte, sah er geistesabwesend auf. Sie wartete an der Tür auf ihn. Er griff nach seinem Gepäck und ging zu ihr.

»Sie waren wohl eingeschlafen?« fragte sie neugierig.

Steiner nickte. Während sie die Treppe hinaufstiegen, erzählte sie, daß das Haus früher einem Parteibonzen aus Moskau gehört habe und vorher einem Regierungsbonzen aus St. Petersburg. »Die anderen Feldwebel und Unteroffiziere haben kein Zimmer für sich allein«, sagte sie lächelnd. »Sie haben Glück.«

»Ich habe fast immer Glück«, sagte Steiner.

Das Zimmer lag am Ende eines langen Flurs. »In diesem Stockwerk haben früher die Dienstboten gewohnt«, sagte die Schwester und öffnete die letzte Tür. »Gefällt es Ihnen?«

Steiner betrachtete das Zimmer. Es hatte ein Bett, einen Schrank, einen Tisch und zwei Stühle. Auf der rechten Seite war ein kleines Waschbecken. Am besten gefiel Steiner das große Fenster; von dort aus konnte man direkt auf das Meer schauen. »Ich habe schon schlechter gewohnt«, sagte Steiner und warf sein Gepäck auf den Tisch. Er zog seine Überjacke aus und trat an das Fenster. Die Schwester kam zu ihm und blickte auf seine Auszeichnungen.

»Sie haben auch schon allerhand erlebt«, sagte sie.

Steiner sah in ihr Gesicht. Es war gewöhnlich; vor dem Krieg hatte sie vielleicht auf dem Land gewohnt, aber ihre Figur war nicht übel. Ohne ihre weiße Schürze konnte sie möglicherweise amüsant sein. Er fragte: »Wohnen Sie auch hier?«

Sie lächelte. »Direkt neben Ihnen; die nächste Tür.«

»Das trifft sich gut«, sagte Steiner. Sie wurde wieder rot. »Warum?«

»Darum«, sagte Steiner und zog sie an sich. Als er sie küssen wollte, drehte sie das Gesicht zur Seite, aber ihr Widerstand war mehr hinhaltend. Sie riß sich erst los, nachdem er festgestellt hatte, daß sie unter ihrer weißen Schürze keine Wäsche trug.

»Was fällt Ihnen ein!« sagte sie mit rotem Kopf.

Steiner grinste. »Ist Ihnen immer so warm?«

»Sie sind ein Frechdachs!« sagte sie und lief zur Tür hinaus.

Wahrscheinlich war sie genauso billig wie die andere, die er vor ihr kennengelernt hatte. Als er die Tür schloß, entdeckte er an der Wand ein Papier mit der Hausordnung. Von eins bis drei war Mittagsruhe; das erklärte auch die Stille im Haus. Auf die Gefahr hin, sich wieder den Unmut des Lederhäutigen zuzuziehen, entschloß sich Steiner trotzdem zu einem Bad. Er konnte es kaum mehr erwarten, endlich wieder einmal ins Wasser zu kommen. Eine Badehose hatte er mitgebracht. Er holte sie aus seinem Gepäck und ging an den leeren Strand hinunter. Dort zog er sich aus und schwamm ein Stück auf das Meer hinaus. Das Wasser war angenehm warm, er ließ sich eine Weile auf dem Rücken treiben. Später schwamm er zu einem Felsen, der wie ein Thron aus dem Meer ragte. Von seiner Spitze aus konnte Steiner einen großen Teil der Küste sehen. Sie war buchtenreich. Der Ort bestand nur aus einer langen Villenreihe am Strand. Hinter den Häusern mit ihren gepflegten Parks ragte das zerklüftete Gebirge zum Himmel.

Steiner hatte nie etwas Ähnliches gesehen; das Bild übertraf alle seine Erwartungen. Während er noch die Landschaft betrachtete, hörte er eine Stimme hinter sich. Er drehte sich um und sah einen Mann, der unbemerkt herangeschwommen war und jetzt zu ihm auf den Felsen kletterte. Er schüttelte sich das Wasser aus dem weißblonden Haar und zog sich die rote Badehose zurecht. »Schon ausgeschlafen?« fragte er munter. »Dich habe ich noch nie gesehen.«

»Bin erst angekommen«, sagte Steiner.

»Gratuliere«, sagte der Mann und setzte sich neben ihn. »Ich muß in vier Tagen wieder weg. Wo wohnst du?«

Steiner wies mit dem Daumen auf das Divisionsheim.

»Sturer Laden«, sagte der Weißblonde. »Mußt mal zu uns kommen; wir haben sogar 'ne Kantine. Den ganzen Tag geöffnet. Das übernächste Haus. Wie wär's heute abend? Gegen acht Uhr ist immer etwas los bei uns. Auch die Schwestern sind in Ordnung. Machen jeden Blödsinn mit.«

»Jeden?« fragte Steiner.

Der Weißblonde lachte. »Wenn du Glück hast. Für einfache Landser haben sie nicht so viel übrig; eine ist schon an den Oberzahlmeister vergeben. Bei uns sagen sie nur EK-Brust zu ihr.«

»Wieso?« fragte Steiner. »Hat sie das EK?«

»Das nicht«, sagte der Weißblonde belustigt. »Sie trägt nur ihre Brust wie ein Landser das EK; die hat vielleicht Holz vor der Hütte, Junge, Junge.«

»Da wird der Oberzahlmeister aber seine Freude haben«, sagte Steiner.

Der Weißblonde nickte. »Sobald die Brüder einen Stern auf der Schulter tragen, haben wir Landser ausgedient.«

Steiner mußte lachen. Er stand auf und fragte: »Gibt es auch Bier in deiner Kantine?«

»Soviel du willst!« sagte der Weißblonde. »Bis heute abend!«

Steiner schwamm zum Ufer zurück, wo jetzt einige Männer in der Sonne lagen, die meisten ohne Badehosen; vielleicht wollten sie den Schwestern eine kleine Freude machen.

Das Bad hatte Steiner erfrischt, er fühlte sich wie früher, wenn er an einem Samstagabend gewaschen und rasiert ausgegangen war. Auch auf der Treppe begegneten ihm jetzt Männer. Es wurde laut im Haus.

Er legte sich auf das Bett, schlief einige Stunden und wachte erst wieder auf, als es bereits Zeit für das Abendessen war. Es wurde in einem langen hohen Raum mit drei Tischreihen serviert. In einer Ecke fand Steiner einen freien Stuhl. Als er sich hinsetzen wollte, sagte einer der Männer: »Hier sitzen nur Landser, Herr Oberfeldwebel.«

»Bin ich keiner?« fragte Steiner und setzte sich neben ihn. Der Mann blickte ihn verblüfft an, die anderen am Tisch lachten und rückten ein wenig zusammen. Da ein Gedeck fehlte, sah sich Steiner nach einer Schwester um. Das Essen wurde in großen Schüsseln gebracht. Steiner wartete, bis eine Schwester an den Tisch kam, und bat sie um ein Gedeck. Sie wies zum anderen Ende der Tafel. »Sie müssen sich da vorne hinsetzen. Für Feldwebel und Unteroffiziere ist extra gedeckt.«

»Sie sehen, daß ich Oberfeldwebel bin«, sagte Steiner. »Bringen Sie mir einen Teller.«

Es wurde still am Tisch, die Männer schauten ihn alle an. Inzwischen hatte Steiner auch den Lederhäutigen entdeckt. Er saß mit einem halben Dutzend Unteroffizieren an einem Tisch neben der Tür und sah gleichfalls her. Jetzt stand er auf und näherte sich rasch. »Was ist hier los?« fragte er.

Die Schwester zeigte stumm auf Steiner.

»Du sitzt bei uns«, sagte der Feldwebel. »Extrawürstchen gibt es hier nicht.«

»Wo steht das, daß ich bei euch sitze?« fragte Steiner.

»In der Hausordnung. Wenn du hier eine Sondernummer aufziehen willst ...«

»Im Gegenteil«, sagte Steiner. »Ich bin grundsätzlich gegen alle Extrawürstchen. Ich erinnere mich auch nicht, in der Hausordnung in meinem Zimmer gelesen zu haben, daß Mannschaften und Unteroffiziere beim Essen getrennt sitzen müssen.«

»Das war hier schon immer so«, sagte der Lederhäutige gereizt.

Steiner nickte. »Wie in der Kaserne, aber wir sind hier nicht in der Kaserne. Wenn ich mein Essen künftig nicht auf diesem Platz bekomme, gehe ich zur Konkurrenz.«

Er stand auf und verließ den Saal. Er hatte ohnedies keinen Hunger gehabt, nur Durst. Wenn er an ein Glas Bier dachte, füllte sich sein Mund mit Speichel.

In seinem Zimmer schnallte er sich das Koppel um, setzte die Mütze auf und ging dann auf die Straße.

Das übernächste Haus war etwas kleiner und lag tief in einem großen Park. An der Tür wurde er bereits von dem Weißblonden erwartet, der ihn betroffen anstarrte.

»Was ist los?« fragte Steiner. »Hab' ich mein Gesicht vergessen?«

»Das nicht«, stammelte der Weißblonde verwirrt. »Ich wußte nicht, daß du ... daß Sie ...«

Steiner stieß ihm die Faust vor die Brust. »Red keinen Mist, mein Junge. Ich habe Durst, oder krieg' ich jetzt nichts?«

»Selbstverständlich!« sagte der Weißblonde. Er hatte sich inzwischen gefaßt und lachte. »Dir sieht man das ohne Uniform auch nicht an!«

»Das ist mein Trick!« sagte Steiner.

Während sie eine Treppe hinunterstiegen, erzählte der Weißblonde, daß die Kantine zwar nur für die Bewohner des Hauses geöffnet, es jedoch erlaubt sei, auch Freunde oder Bekannte mitzubringen. »Allein kommst du allerdings nicht 'rein«, sagte er. »Die Brüder sind stur.«

In einem kleinen, rechteckigen Raum saßen etwa zwei Dutzend Männer an runden Tischen. Einer saß an einem Klavier und spielte Soldatenlieder. Steiner folgte dem Weißblonden zu einer Theke. Ein Mann mit hochgekrempelten Hemdsärmeln bediente den Ausschank. Der Weißblonde flüsterte ihm einige Worte zu.

»In Ordnung«, sagte der Mann hinter der Theke. »Was soll es sein?«

»Bier«, sagte Steiner. Als der Mann zwei Flaschen auf den Tisch stellte, mußte Steiner schlucken. »Pilsner in Rußland!« sagte er. »Du lieber Gott! Gib mir fünf Flaschen.«

»Die Flasche kostet drei Mark«, sagte der Weißblonde.

Steiner lachte. »Ich habe zwölf Monate Löhnung mit Frontzulage zu versaufen.« Er warf einen Geldschein auf die Theke, klemmte sich die Flaschen unter den Arm und ging zu einem Tisch, an dem zwei Männer Schach spielten. Sie sahen kaum auf. Der Weißblonde setzte sich neben Steiner und beobachtete, wie er eine Flasche in die Hand nahm und das Etikett betrachtete. Als er sie öffnete, zitterten seine Hände. Er setzte sie an den Mund, trank sie mit geschlossenen Augen leer und stellte sie auf den Tisch zurück. Der Weißblonde war beeindruckt. »Deinen Zug möchte ich haben, Mann. Hier ist der Rest von deinem Geld, fünf Mark, du hast sie liegenlassen.«

Steiner nahm den Schein, zerriß ihn in kleine Stücke und warf sie auf den Boden. Der Weißblonde starrte ihn verständnislos an. »Warum tust du das?«

»Was?«

»Das Geld!« sagte der Weißblonde. »Wenn du es nicht brauchst, kannst du es doch nach Hause schicken.«

Steiner trank die zweite Flasche aus, wischte sich den Mund ab und fragte: »Schickst du dein Geld nach Hause?«

»Natürlich.«

»Warum?«

Der Weißblonde zuckte mit den Schultern. »Für später, wenn ich heimkomme.«

»Wer sagt dir, daß du heimkommst?«

»Man muß nicht immer gleich das Schlimmste denken«, sagte der Weißblonde mürrisch.

»Sicher nicht«, sagte Steiner. »Vielleicht hast du Glück und darfst in Sibirien Steine klopfen, bis du krepierst. Für Volk und Vaterland.«

»Sei doch still!« sagte der Weißblonde und blickte besorgt die beiden Schachspieler an.

»Damit sie dir ein Denkmal setzen«, sagte Steiner. »Ein Denkmal für dich, ein Denkmal für die Juden . . .«

»Hör auf!« sagte der Weißblonde beschwörend.

Steiner nickte verächtlich. »Wir haben alle die Hosen voll.« Dann fiel ihm auf, daß der Weißblonde noch nichts getrunken hatte, er warf ihm einen Geldschein zu und sagte: »Hol dir etwas! Nüchtern bist du kaum zu ertragen.«

Er beobachtete, wie er zur Theke ging und mit zwei Flaschen zurückkam. Unterdessen waren noch mehr Männer in die Kantine gekommen. Zwischen den Uniformen tauchte hier und dort eine Schwesterntracht auf. Der Weißblonde rutschte unruhig auf seinem Stuhl hin und her. »Möchte nur wissen, wo die Trudel bleibt!« sagte er.

»Wer ist das?« fragte Steiner. »Die EK-Brust?«

»Nein, die andere, die Gertrud. Sie unterhält sich oft mit mir.«

»Das gute Kind«, sagte Steiner und streckte ihm seine Zigarettenpackung hin. »Ich rauche nicht«, sagte der Weißblonde.

Steiner schüttelte den Kopf. »Rauchen tust du nicht, trinken tust du nicht viel, dein Geld schickst du nach Hause. Was hast du überhaupt vom Leben, Mensch?«

»Ich bin zufrieden«, sagte der Weißblonde. »Und was das Geld betrifft: Zu Hause können sie es brauchen.«

»Deine Eltern?«

»Ja.«

Steiner nickte. »Habe ich mir auch mal gedacht. Habe ihnen geschrieben, sie sollen in Urlaub fahren, sich ein paar schöne Tage machen.«

»Und? Sind sie gefahren?«

»Gefahren sind sie«, sagte Steiner. Sein Gesicht war plötzlich käsig. Er griff nach einer Flasche und sagte: »Frag nicht so viel. Trink!«

Später ging der Weißblonde mit unsicheren Schritten zur Theke und holte noch drei Flaschen. Steiner stützte das Kinn auf die Fäuste. Er fühlte sich auf eine angenehme Art betrunken, die Gegenstände in der Kantine veränderten sich, die Tische und Stühle verloren ihre scharfen Kanten, und alles wurde weich und rund wie die Brust einer Frau. Als der Weißblonde seine dritte Flasche öffnete, sagte Steiner: »So gefällst du mir viel besser.«

»Ich mir auch«, sagte der Weißblonde. »In vier Tagen geht es wieder los, Smolensk. Schon mal was davon gehört?«

»Sicher«, sagte Steiner. »Geburtsort von Goethe. Alles kommt von Rußland, alles bleibt in Rußland.«

Sie lachten und stießen ihre Flaschen gegeneinander. Die beiden Schachspieler hatten ihre Partie beendet und rückten neugierig näher. Steiner schob ihnen zwei Flaschen hin und sagte: »Das Spiel ist sowieso verloren, strengt euch nicht mehr an.«

Er fing an zu singen: »Auf der Straße nach Tuapse marschiert ein Bataillon, und das sind die Reste von unsrer Division . . .«

An den anderen Tischen wurde es still. Der Klavierspieler drehte den Kopf und blickte lachend herüber. In einer Ecke sang einer mit, und beim Refrain brüllten fast alle: »Wir konnten schon Tuapse sehn und mußten wieder stiftengehn wie einst Napoleon.«

Als Steiner die achte Flasche öffnete, hörte er eine weibliche Stimme hinter sich. Der Weißblonde stand hastig auf und sagte: »Da bist du ja endlich, Trudel! Komm her, setz dich zu uns!«

Steiner stellte die Flasche auf den Tisch zurück und drehte sich langsam um. Er blickte in das vorwurfsvolle Gesicht einer Schwester. Sie setzte sich zwischen ihn und den Weißblonden und sagte: »Seit wann trinkst du so viel?«

Der Weißblonde blinzelte Steiner verlegen zu. »Sie sieht es nicht gern, wenn man mehr als eine Flasche trinkt.«

»Vielleicht war sie früher in der Heilsarmee«, sagte Steiner. Die Schwester blickte ihn rasch an, dann fragte sie den Weißblonden:

»Wer ist das?«

»Ein Kumpel von mir.«

»Das wundert mich«, sagte die Schwester.

»Warum?« fragte Steiner. »Gefällt Ihnen meine Nase nicht.«

»Nicht allein Ihre Nase«, sagte die Schwester kühl. »Wo kommen Sie überhaupt her? Sie wohnen doch gar nicht hier!«

»Nein«, sagte Steiner. »Aber wenn Sie wissen wollen, wo ich wohne, dann schreiben Sie an den Führer.« Zu dem Weißblonden sagte er: »Ich finde sie stinklangweilig. Guten Abend!«

Er stand auf und hielt sich einen Augenblick am Tisch fest. Die Männer beobachteten ihn grinsend.

»Sie sind ja völlig betrunken!« sagte die Schwester.

Steiner nickte. »Das bin ich immer, wenn ich lustig bin«, sagte er und ging zur Treppe. Er stolperte die Stufen hinauf. Vor dem Haus blieb er wieder stehen. Die frische Nachtluft verschlimmerte seinen Zustand. Taumelnd bewegte er sich durch den Park und schlug die Richtung zum Wasser ein. Unterwegs stolperte er und fiel so unglücklich, daß er sich die Stirn blutig stieß. Halb blind erreichte er den Strand, riß sich die Kleider herunter und wischte sich das Blut von der Stirn. Als er in das Wasser steigen wollte, wurde er unvermittelt festgehalten. Eine Stimme sagte: »Sie können doch in diesem Zustand nicht schwimmen!«

Er fuhr herum und blickte in das blasse Gesicht der Schwester.

Die Nacht war hell, am Himmel hing der Mond wie eine runde Lampe mit gelbem Licht.

Steiner wischte sich wieder das Blut von der Stirn und sagte: »Passen Sie auf, ich habe keine Hose an.«

Er sah den Ekel in ihrem Gesicht und stieg in das Wasser. Als er den Boden unter den Füßen verlor, legte er sich auf den Rücken und ließ sich eine Weile treiben. Erst als alle Glieder gefühllos wurden, kehrte er an den Strand zurück. Schon von weitem stellte er fest, daß die Schwester auf ihn gewartet hatte, sie stand unbeweglich wie eine Statue vor dem dunklen Park. Seine Zähne schlugen aufeinander. Noch ehe er seine Kleider erreicht hatte, wurde ihm schlecht. Er drehte sich rasch um, ließ sich mit dem Gesicht in das Wasser fallen und kotzte. Obwohl ihm die Luft ausging, rutschte er immer tiefer in das Wasser, bis er plötzlich an den Beinen gepackt und zurückgezogen wurde. Nach Luft ringend lag er am Boden und sah das entsetzte Gesicht der Schwester über sich. Er blickte mit einer Mischung von Wut und Scham zu ihr auf. Der widerliche Geschmack von Magensäure war auf seiner Zunge, er spürte, wie sich sein Magen erneut zusammenkrampfte, aber es kam zu keinem neuen Anfall. Das Blut floß ihm wieder über die Stirn. Als die Schwester seine Schulter berührte, griff er nach ihrem Arm und riß sie zu sich herunter. Sie war so überrascht, daß sie einige Sekunden regungslos auf ihm liegenblieb und sich von ihm küssen ließ. Dann schlug sie ihm auf den Mund. Er ließ sie sofort los, rutschte auf den Knien zu seinen Kleidern und zog sich an. Dann sah er, daß die Schwester stehengeblieben war. Er ging zu ihr und sagte: »Lassen Sie künftig Ihre Hände von besoffenen Männern, Schwester Gertrud. Es könnte falsch verstanden werden.«

»Sie sind verrückt«, murmelte sie.

Steiner grinste. »Wir sind alle verrückt. Wir leben im Zeitalter der Verrückten, und die wenigen Normalen sitzen hinter Stacheldraht, weil sie noch immer nicht begriffen haben, daß es sich nicht mehr lohnt, normal zu sein. Sie sind genauso verrückt wie ich, denn wenn Sie normal wären, würden Sie jetzt zu Hause Socken stopfen, statt sich mit besoffenen Landsern abzugeben.«

Er wandte sich um. Als er etwas später zu seinem Zimmer hinaufstieg, war er völlig nüchtern. Vor seiner Tür blieb er unschlüssig stehen. Er vergewisserte sich, daß er unbeobachtet war, dann ging er eine Tür weiter, drückte die Klinke nieder und trat ein. Eine schläfrige Stimme fragte: »Bist du es Karl?«

»Karlchen ist heute müde«, sagte Steiner. Eine Weile blieb es still, dann wurde es hell. Sie saß aufrecht im Bett und drückte das Laken gegen ihre

Brust. »Zu heiß für ein Nachthemd«, sagte Steiner und betrachtete ihre runden Schultern. »Schlafen Sie immer bei offener Tür?«

»Wenn Sie nicht verschwinden«, sagte sie, »schreie ich.«

»Ich bin als Patient hier«, sagte Steiner. »Haben Sie ein Pflaster für meine Stirn?«

Sie schaute ihn prüfend an. Dann winkte sie mit dem Kinn zu ihrem Nachttisch. Er ging hin, zog die Schublade auf, holte das Pflaster heraus und sagte: »Sie können das besser als ich.«

Sie nahm ihm das Pflaster aus der Hand und fragte: »Wie ist das passiert?«

»Ich habe versucht, auf dem Kopf zu gehen. Immer bei der Infanterie wird ja langweilig.«

Sie kicherte ein wenig, klebte ihm das Pflaster auf die Stirn und sagte: »Jetzt können Sie wieder gehen.«

»Warum wollen Sie uns den schönen Abend verderben?« fragte Steiner und zog das Laken von ihrer Brust.

»Schließ die Tür ab«, sagte sie.

»Für den Fall, daß Karlchen kommt«, sagte Steiner und ging zur Tür.

Als er zurückkam, lag sie auf dem Bauch und hatte das Gesicht auf die Arme gelegt. Er deckte sie auf und fragte: »Hast du es von hinten lieber?«

»Angeber!« murmelte sie. Er hörte sie während der ganzen Zeit keuchen und stöhnen, und als es ihr kam, biß sie ihn in den Arm.

»Du ersparst einem Mann aber auch nichts«, sagte Steiner und ging zum Waschbecken. Sie sah ihm lächelnd zu. »War ich gut?«

»Gelernt ist gelernt«, sagte Steiner. »Warst du früher im Puff?«

Ihr Gesicht wurde weiß. »Hau ab!« sagte sie.

Er holte seine Kleider. »Wußte nicht, daß du so empfindlich bist.«

»Du bist auch nur ein Hurenbock«, sagte sie. »Komm!«

»Ich schicke dir Karlchen«, sagte Steiner. »Bin nicht mehr in Form.«

Sie starrte ihn wütend an. »Wenn du noch einmal hereinkommst ...«

»Keine Angst«, sagte Steiner. »Das reicht mir wieder für ein halbes Jahr.«

Er ging in sein Zimmer hinüber, legte sich auf das Bett und schloß die Augen. Vor dem Fenster atmete das Meer.

Am nächsten Morgen wachte er früh auf. Er klebte sich ein frisches Pflaster auf die Wunde, wusch sich und ging in den Speisesaal. Befriedigt stellte er fest, daß ein Gedeck auf seinem Platz lag.

Die Männer empfingen ihn respektvoll. »Unfall gehabt, Oberfeldwebel?« fragte einer.

Steiner betastete das Pflaster. »Keine Rede. Das Ding macht mich jünger.«

Die Männer lachten. »Denen haben Sie es gestern abend ganz schön gegeben!« sagte ein anderer. »War Zeit, daß hier mal einer den Mund aufmachte. Die sind hier noch sturer als in der Kaserne. Da kommen sie!«

Steiner blickte zur Tür, wo eben der Lederhäutige und die Unteroffiziere auftauchten. Sie setzten sich, ohne sich umzusehen. Etwas später sah Steiner auch die Schwester vom Zimmer nebenan. Sie servierte am Tisch der Unteroffiziere.

Nach dem Frühstück ging er an den Strand und begegnete dem Weißblonden, der mit mürrischem Gesicht im Sand lag. »Was ist mit deiner Stirn?« fragte er.

»Ein Schönheitspflaster«, sagte Steiner und setzte sich zu ihm. Der Weißblonde blickte ihn von der Seite an. »Hast du gestern abend noch mit der Schwester Gertrud gesprochen?«

»Wie kommst du darauf?«

»Sie ist dir doch nachgelaufen«, sagte der Weißblonde ungeduldig. »Sie sagte, du seist so betrunken, daß man dich nicht allein lassen könne.«

»Warum bist du nicht mit ihr gegangen?« fragte Steiner.

»Sie wollte es nicht; meinte, ich sei selbst blau. Jedenfalls ist sie dann nicht mehr in die Kantine gekommen.«

»Wird ihre Gründe gehabt haben«, sagte Steiner.

Der Weißblonde blickte ihn mißtrauisch an, öffnete den Mund und schloß ihn wieder. Er griff nach einem Stein, warf ihn in das Wasser und sagte: »Sie war jedenfalls heute morgen anders als sonst; ließ sich kaum sehen.«

Steiner schwieg. Am Strand wurde es allmählich voll. Einzeln und in Gruppen kamen die Männer aus ihren Quartieren, zogen sich aus und gingen ins Wasser. Steiner stand auf. »Habe noch etwas zu erledigen.«

»Kommst du heute abend wieder in die Kantine?« fragte der Weißblonde.

»Glaube nicht«, sagte Steiner.

Der Weißblonde blickte ihm mürrisch nach. Sonst hatte er sich um diese Zeit mit Schwester Gertrud im Park getroffen und ihr von seinen Fronterlebnissen erzählt, aber heute war sie nicht gekommen. Er blieb noch eine Weile am Strand sitzen. Schließlich stand er verdrossen auf und ging in die Kantine, wo bereits wieder einige Männer vor ihren Gläsern saßen. »Noch drei Tage!« sagte einer. »Soll allerhand los sein da oben.«

»Hat einer von euch den letzten Wehrmachtsbericht gehört?« fragte der Weißblonde. Sie kicherten nur.

Als er sich zu ihnen setzte, kam eine Schwester in die Kantine. Die Männer machten anzügliche Bemerkungen. Einer winkte ihr und zog sie neben sich auf einen Stuhl.

»Ich bin im Dienst«, sagte sie.

»Das bist du immer«, sagte der Mann neben ihr. »Tagsüber in der Küche und nachts im Bett.«

Sie schlug ihm mit den Fingerspitzen auf den Mund. »Aber nicht mit dir.«

»Ich weiß, mit wem!« sagte der Mann. »Oberzahlmeister müßte man sein!«

Die Männer lachten und betrachteten begehrlich den gut entwickelten Busen der Schwester. Ihr Gesicht war nicht sehr hübsch, aber sie hatte die beste Figur von allen Schwestern im Heim. »Das ist alles dummes Gerede«, sagte sie gelangweilt. »Ich bin auf keinen angewiesen, auch nicht auf den Oberzahlmeister.«

»Das glaub' ich dir«, sagte ein Obergefreiter. »Auf deinem Balkon würde sich sogar der General ausruhen.«

»Hat sogar Platz für zwei«, sagte der Mann neben ihr und betrachtete wieder ihre Brust. »Mit dem wickelst du jeden um den Finger.«

»Bis auf einen«, sagte der Weißblonde. »Ich kenne einen, den wickelt sie nicht um den Finger.«

Die Schwester blickte ihn an. »Dich vielleicht, Kleiner?«

»Sehe ich so aus?« fragte der Weißblonde. Der Einfall war ihm ganz plötzlich gekommen, er sagte: »Ich zahle dir hundert Mark, wenn du ihn nur dazu bringst, dir einen Kuß zu geben.«

Sie schob ein wenig die Unterlippe vor. »Hast du überhaupt hundert Mark?«

Der Weißblonde holte zwei Fünfzigmarkscheine aus dem Soldbuch. »Gegen deine Unschuld«, sagte er. »Ist das ein Geschäft?«

»Das traut sie sich nicht!« sagte der Obergefreite.

»Wer sagt das?« fragte sie.

»Ich«, sagte der Obergefreite.

Sie schaute ein paar Sekunden lang in sein grinsendes Gesicht, dann fragte sie den Weißblonden: »Wer ist es?«

»Oberfeldwebel mit EK I und Deutschem Kreuz«, sagte der Weißblonde.

Einer der Männer beugte sich neugierig über den Tisch. »Ist das der, den du gestern abend mit in die Kantine gebracht hast?«

»Ja.«

Der Mann lachte. »Ein sturer Hund. Dem trau' ich es zu. Hat die Gertrud ganz schön zur Minna gemacht.«

»Wann?« fragte die Schwester.

»Gestern abend in der Kantine«, sagte der Obergefreite. »Ich saß mit am Tisch.«

»Gegen deine Unschuld!« sagte der Weißblonde wieder und hielt ihr die beiden Fünfzigmarkscheine unter die Nase. Sie betrachtete der Reihe nach die grinsenden Gesichter der Männer und wandte sich dann an den Weißblonden: »Wenn du mich mit ihm zusammen bringst und anschließend verschwindest.«

Der Weißblonde nickte. »Heute abend am Strand. Gegen neun.«

»Vielleicht«, sagte sie.

»Gegen deine Unschuld?« sagte der Weißblonde. Die Schwester lächelte mitleidig. »Gegen meine Unschuld, Kleiner. Einen Kuß, hast du gesagt?«

»Nur einen Kuß«, sagte der Weißblonde. Er beobachtete, wie sie lässig aufstand und zur Tür ging. Als sie draußen war, blickten sich die Männer an.

»Hemmungen hat die jedenfalls keine«, sagte der Obergefreite.

»Vielleicht tut sie auch nur so«, sagte ein anderer. Zu dem Weißblonden sagte er: »Sie wird dich 'reinlegen. Du kannst ihr ja nicht das Gegenteil beweisen; erzählen kann sie dir viel.«

»Ich erfahre es«, sagte der Weißblonde. Seine Gedanken waren bereits wieder bei Schwester Gertrud. Er war sehr zufrieden mit sich.

Nach dem Abendessen entschloß sich Steiner zu einem Spaziergang durch den Ort. Die Straße wurde von Gärten gesäumt, deren Geruch sich mit dem des Meeres mischte. Vor dem Quartier des Weißblonden blieb er eine Weile stehen. Obwohl er sich dagegen wehrte, kamen seine Gedanken nicht von der Schwester los; er hatte den ganzen Tag nichts anderes mehr im Kopf gehabt, aber er hatte Hemmungen, zu ihr zu gehen. Die Erinnerung an das Erlebnis am Strand war ihm unangenehm. Er wünschte, er könnte es ungeschehen machen. Im Gegensatz dazu belastete ihn sein zweites Erlebnis kaum. Es bereitete ihm sogar Genugtuung, daran zu denken, daß er nicht einmal ihren Namen wußte. Wahrscheinlich würde sie sich heute nacht von ihrem Karlchen trösten lassen.

Als Steiner eine halbe Stunde später zu seinem Quartier zurückkehrte, wurde er an der Tür ungeduldig von dem Weißblonden erwartet. »Ich habe dich überall gesucht«, sagte der. »Hast du ein paar Minuten Zeit?«

»Wofür?«

»Ich erzähle es dir unterwegs«, sagte der Weißblonde.

Steiner folgte ihm verständnislos zum Strand. Es fiel ihm auf, daß der Weißblonde nervös wirkte und sich nach allen Seiten umschaute. »Was ist los mit dir?« fragte er.

»Nichts«, sagte der Weißblonde. Er griff nach Steiners Arm. »Da kommt jemand!«

Seine Nervosität wirkte ansteckend. Steiner griff unwillkürlich nach seiner Taschenlampe, die er vor dem Spaziergang vorsorglich eingesteckt hatte, aber dann erkannte er im Mondlicht die weiße Tracht einer Schwester. Er wollte sich mit einer spöttischen Bemerkung an den Weißblonden wenden, als dieser hastig sagte: »Das ist die Anne; ich will ihr nicht begegnen.«

Steiner blickte rasch in sein Gesicht. »Anne? Wer ist das?«

»Die EK-Brust!« sagte der Weißblonde. Ehe Steiner ihn daran hindern konnte, drehte er sich um und lief davon.

Die Schwester war inzwischen bis auf wenige Schritte herangekommen. Das kann nicht sein, dachte Steiner. Als er aber ihre Stimme hörte, wurde ihm fast schlecht. »Hat Ihr Freund Angst vor mir?« fragte sie.

Steiner blieb ein paar Sekunden regungslos stehen. Dann leuchtete er ihr mit der Taschenlampe ins Gesicht und starrte sie atemlos an. »Betrachten Sie alle Frauen so gründlich?« fragte sie. Ihre Stimme wurde unvermittelt ärgerlich: »Machen Sie das blöde Ding aus; Sie blenden mich.«

»Ich wollte nur sehen, wen ich vor mir habe«, sagte Steiner, noch immer atemlos. Wäre ihm plötzlich Dietz oder Doll begegnet, es hätte ihn nicht mehr überraschen können. Er hörte sie sagen: »Und? Sind Sie jetzt zufrieden?«

Er nickte nur, schaltete die Taschenlampe aus und griff so rasch zu, daß sie, ehe sie es begriff, an seiner Brust lag, aber sie lächelte weiter. Steiner riß sich die Mütze herunter, schob sie in die Tasche und sagte: »Und ob ich zufrieden bin! Guten Abend, Anne!«

Mit einer fast schmerzhaften Genugtuung beobachtete er, wie ihr Lächeln steif wurde. Sie starrte ihn ungläubig an.

»Ich verstehe es selbst nicht«, sagte Steiner, und das war nicht nur so dahergesprochen. Es war wie ein Wunder. Zwölf Monate lang hatte er sich diesen Augenblick unzählige Male herbeigewünscht. Als er sie kennengelernt hatte, war auch Frühling gewesen. In dem großen Lazarettgarten hatte es nach Kirschblüten gerochen. Er hatte noch ihre Stimme im Ohr: »Haben Sie überhaupt schon einmal eine Frau geliebt?«

Sie saß neben ihm in einem Liegestuhl und lächelte ungläubig. »Richtig? Im Bett?«

»Man kann eine Frau auch lieben, ohne mit ihr ins Bett zu gehen«, sagte er. Sie beugte sich belustigt zu ihm und legte die Hand in seinen Nacken. »Wirklich?«

Er schwitzte am ganzen Körper. Seit vier Wochen lag er nun in diesem Lazarett, in acht Tagen sollte er entlassen werden. Die Wunde am Bein war ohne Komplikationen verheilt, und er hätte soweit zufrieden sein können, aber da war diese Frau, Schwester Anne. Seit er sie zum erstenmal gesehen hatte, fühlte er sich ebenso angezogen wie abgestoßen von ihr. Vielleicht wär es gar nicht soweit gekommen, wenn sie nicht ausgerechnet Anne geheißen und ihm ihr Interesse für seine Person nicht vom ersten Tag an so unverschlüsselt gezeigt hätte.

Ihre Hand in seinem Nacken verursachte ihm eine Gänsehaut, er fragte: »Was wollen Sie eigentlich von mir?«

»Sie gefallen mir«, sagte sie und streichelte seine Nackenhaare. Es war, als knöpfte sie ihm die Hose auf, er sagte rauh: »Lassen Sie das!«

Sie lachte und nahm ihre Hand zurück. »So einer wie Sie ist mir noch nie begegnet. Mögen Sie mich nicht?«

Davon konnte keine Rede sein. Nachts träumte er von ihr. In Gedanken hatte er sie schon hundertmal ausgezogen, aber da war sein Komplex: nach Anne keine Frau mehr berühren zu können.

Er fühlte ihre Hand auf dem Knie. Trotzdem war noch ein Widerstand in ihm. Er sagte: »Sie benehmen sich wie eine ...«

»Wie wer?« fragte sie. Als er keine Antwort gab, stand sie auf und setzte sich auf die Lehne seines Stuhls. Sie trug keine Haube. Eine Strähne ihres langen Haars hing ihr bis über den Mund. Er roch wieder die Kirschblüten. Es war dunkel geworden, er müßte schon längst in seinem Zimmer sein. Wenn man ihn hier um diese Zeit erwischte ...

»Wie wer?« fragte sie wieder. Obwohl er die Füße fest gegen den Boden stemmte, begannen seine Beine zu zittern. Als sie sich über ihn beugte, faßte er mit den Zähnen nach der Haarsträhne vor ihrem Mund.

So ungefähr hatte es angefangen, aber es hatte nicht lange gedauert, drei Tage nur, dann hatten sie in seinem Zimmer die Uhr gefunden.

Er führte sie am Arm zu einer Bank an der dunklen Parkmauer und sagte: »Setz dich!« Das Zusammentreffen mit ihr war so überraschend gekommen, daß sich ein Teil seines Bewußtseins noch immer dagegen sträubte. Er hörte plötzlich, daß sie unterdrückt weinte. Sein Mund war wie ausgedörrt, er schluckte ein paarmal und sagte: »Du hättest damals weinen sollen, nicht heute.«

Sie wandte ihm rasch das Gesicht zu. »Doch nicht wegen dir?«

»Über dich selbst«, sagte Steiner und setzte sich neben sie. »Vielleicht war ich damals nicht ganz das, was du dir versprochen hast, aber eine Frau, die sich einem Mann aufdrängt, muß damit rechnen, daß sie ihm bald über ist.«

»Du warst schon damals gemein«, murmelte sie.

»Weil ich dir das gesagt habe?« Er lachte wütend. »Das war höchstens fair. Die Gemeinheit begann erst am nächsten Tag.«

Die Erinnerung schnürte ihm den Hals zu. Er sah wieder das verächtliche Gesicht des Oberarztes vor sich, der mit einigen Schwestern und Sanitätern das Zimmer durchsucht hatte. Es war wie ein häßlicher Traum gewesen, sein sofortiger Abtransport, das Kriegsgericht, die Verurteilung und die zahllosen Demütigungen bis in das Bewährungsbataillon. Damals hatte er noch an eine Verkettung unglücklicher Umstände geglaubt, aber je länger er Zeit gehabt hatte, darüber nachzudenken, desto sicherer war sein Verdacht geworden. Zwar ohne die letzte Gewißheit, aber die würde er sich jetzt verschaffen, in dieser Minute noch. Er sagte: »Damit hattest du natürlich nichts zu tun?«

»Womit?« fragte sie. Sie hatte aufgehört zu weinen, ihre Stimme klang feindselig.

»Natürlich hattest du nichts damit zu tun«, sagte Steiner. »Jemand, der mich überhaupt nicht kannte, hat sich den Witz geleistet, dem Beinamputierten in seinem Zimmer die Uhr zu klauen und sie ausgerechnet unter mein Kopfkissen zu legen. Seit damals weiß ich, daß es noch etwas Gefährlicheres gibt, als einem Offizier zu sagen, daß er ein kompletter Idiot sei, nämlich einer Frau wie dir das Gefühl zu verschaffen, sie sei gedemütigt worden. So war es doch, oder nicht?«

Sie saß neben ihm auf der Bank und grinste, so wie man einen Idioten angrinst oder einen Trottel von einem betrogenen Ehemann. Es war viel mehr als ein Geständnis, und die Mühe, die es ihn kostete, ihr das Grinsen nicht aus dem Gesicht zu schlagen, trieb ihm das Blut ins Gesicht. Er holte sein Soldbuch aus der Tasche, schlug eine leere Seite auf und kritzelte beim Schein seiner Taschenlampe einige Zeilen hinein. Dann legte er ihr das Soldbuch auf den Schoß und sagte: »Unterschreib das!«

»Was ist es?« fragte sie, ohne das Soldbuch zu berühren.

»Dein Geständnis«, sagte Steiner.

Sie grinste wieder. »Du bist verrückt.«

»Vielleicht«, sagte Steiner. Er stand auf und schnallte das Koppel ab. Im gleichen Augenblick rannte sie davon. Er holte sie mit einigen großen Schritten ein, legte ihr den Arm um den Hals und riß sie zu Boden. Als sie mit den Füßen nach ihm trat, schleifte er sie zum Ufer und drückte ihren Kopf unter das Wasser. Er wartete, bis ihre Bewegungen schwächer wurden, dann schleppte er sie zu der Bank zurück und sagte: »Wenn du schreist, bringe ich dich um. Sie haben mich deinetwegen zum Unteroffizier degradiert und sechs Monate in ein Bewährungsbataillon gesteckt. Eine dreckige Laus wie dich kann das Rote Kreuz entbehren.«

Er hob das Soldbuch auf und legte es ihr wieder auf den Schoß. Das Wasser floß ihr aus den Haaren, sie hustete, keuchte und rang nach Luft. Als er ihr den Bleistift in die Hand drückte, schrieb sie ihren Namen in das Soldbuch. »Du hast mich schon damals nicht ganz ernst genommen«, sagte Steiner und steckte das Soldbuch in die Tasche. »Inzwischen bin ich etwas älter geworden und habe noch mehr Huren kennengelernt. Hau ab!«

Sie stand auf. »Was wirst du machen?« fragte sie undeutlich.

»Das wirst du bald erfahren«, sagte Steiner.

Er sah, wie sie ein paarmal den Mund bewegte, aber sie brachte keinen Ton heraus. Schließlich drehte sie sich um und ging zuerst langsam, dann immer rascher zum Parktor. Die letzten Meter rannte sie.

Steiner blieb noch eine Weile auf der Bank sitzen. Er empfand keine Genugtuung, nur Ekel. Auch vor sich selbst. Er griff wieder nach dem Soldbuch, schlug die Seite auf und riß sie heraus. Noch vor einem halben Jahr hätte er weiß Gott was für dieses Geständnis gegeben.

Während er ihre Unterschrift betrachtete, merkte er, daß ihm nichts mehr daran lag. Er war endgültig damit fertig.

Am nächsten Morgen begegnete er dem Weißblonden. Sie gingen nebeneinander durch den Ort. Sie waren beide schweigsam. Der Weißblonde starrte die meiste Zeit verdrossen vor sich auf den Boden.

Am Westausgang des Ortes war den Bergen ein kleiner Hügel vorgelagert. Sie stiegen hinauf und setzten sich in das hohe Gras.

Steiner hatte das seltsame Verhalten des Weißblonden gestern abend noch nicht vergessen und fragte ihn, warum er so plötzlich davongelaufen sei.

»Hatte meine Gründe«, sagte der Weißblonde mürrisch.

Steiner lächelte. »Schlecht geschlafen?«

»Ich habe deinetwegen hundert Mark verloren«, sagte der Weißblonde.

Steiner blickte ihn verwundert an. »Ist das ein Witz?«

»Du hast sie geküßt«, sagte der Weißblonde.

»Wen?«

»Die Anne natürlich. Wen sonst?«

»Wer hat dir das erzählt?«

»Sie selbst«, sagte der Weißblonde. »Ich habe hundert Mark mit ihr gewettet, daß sie dich nicht dazu bringt, ihr einen Kuß zu geben.«

Es dauerte eine Weile, bis Steiner die Zusammenhänge begriff. Sein erster Ärger wich rasch einer ungestümen Heiterkeit. Er fing an zu kichern und lachte dann mit zuckenden Schultern eine Weile fassungslos in das mürrische Gesicht des Weißblonden. »Kannst dich beruhigen«, sagte er. »Ich weiß, daß ich ein Idiot bin.«

Steiner wischte sich die Augen ab und fragte atemlos: »Wann hat sie dir das erzählt?«

»Heute morgen.« Er blickte Steiner mißtrauisch an. »Hast du sie wirklich geküßt?«

»Selbstverständlich«, sagte Steiner. Er legte ihm die Hand auf die Schulter. »Du hast mir, ohne es zu wollen, einen großen Dienst erwiesen.«

»Wieso?«

»Das würdest du doch nicht verstehen«, sagte Steiner.

Es war sehr warm auf dem Hügel. Steiner zog den Rock aus. Das Geräusch der Brandung war auch hier noch zu hören. Der Weißblonde blickte von der Seite in sein Gesicht. »Mich hätte sie nicht geküßt«, sagte er. »Du mußt nur den richtigen Klimbim an der Uniform haben, schon laufen sie dir nach. Die wollen immer nur einen, zu dem sie aufschauen können.«

»Ist das alles?« fragte Steiner. Als der Weißblonde ihn verständnislos anschaute, sagte er: »Ich fragte dich, ob das alles ist, was du über Frauen weißt.«

»Mir genügt es«, sagte der Weißblonde verdrossen. Noch mehr als die verlorenen hundert Mark wurmte ihn, daß er auch bei Schwester Gertrud noch keinen Schritt weitergekommen war. Sie hatte ihn heute morgen nicht einmal angeschaut.

Steiner zog seinen Rock an. »Muß noch einen Brief schreiben. Wohin gehst du?«

»In die Kantine«, sagte der Weißblonde.

Während sie den Hügel hinabstiegen, sagte Steiner: »Du könntest mir einen Gefallen tun. Wenn du diese Anne siehst, sag ihr, daß ich das Papier weggeworfen habe.«

»Welches Papier?« fragte der Weißblonde.

»Sie weiß Bescheid«, sagte Steiner.

Den Rest ihres Weges legten sie schweigend zurück. Vor dem Quartier des Weißblonden verabschiedete sich Steiner von ihm. Als er weitergehen wollte, fiel sein Blick auf eine Schwester, die sich auf der anderen Straßenseite rasch näherte. Er hatte plötzlich Herzklopfen und ging ihr entgegen. »Es wäre mir lieber«, sagte er, »ich würde Ihnen zum erstenmal begegnen.«

»Sind wir uns schon einmal begegnet?« fragte sie.

Steiner lächelte. Er stellte fest, daß sie sehr hübsch war. Vorgestern abend in der Kantine war es ihm nicht so aufgefallen, aber vorgestern abend war er betrunken gewesen. Sie schaute ihn aufmerksam an. »Was wollen Sie?«

»Sie zu einem Spaziergang einladen«, sagte Steiner. »Haben Sie heute abend Zeit?«

»Nein«, sagte sie. Steiner nickte. »Gegen neun vor Ihrem Heim.«

Sie schüttelte verwundert den Kopf. »Sie sind maßlos von sich eingenommen, Oberfeldwebel. Ich denke nicht daran.«

»Ich werde trotzdem um neun Uhr auf Sie warten«, sagte Steiner und trat einen Schritt zur Seite. Sie blieb eine kleine Weile wie unschlüssig stehen, dann ging sie an ihm vorbei. Er schaute ihr lächelnd nach.

Hauptfeldwebel Fetscher hatte Sorgen. Er saß in seiner Schreibstube und starrte verdrossen durch das Fenster. In unregelmäßigen Abständen klang ein dumpfes, langanhaltendes Grollen durch die Mittagsstille, und er hob jedesmal beunruhigt den Kopf. Schließlich stand er auf und verließ das Haus. Er umging einige häßliche Trichter mitten in der Straße und näherte sich einem Haus, hinter dem einige Männer damit beschäftigt waren, ein tiefes Loch zu graben.

»Hört auf!« sagte er mürrisch. »Ihr müßt morgen früh nach vorn.«

Sie blickten ihn bestürzt an. »Morgen früh schon?« sagte Pasternack. »Ich dachte, erst nächste Woche.«

»Dachte ich auch«, knurrte Fetscher. »Befehl vom Kommandeur. Ihr werdet beim Bataillonsgefechtsstand eingesetzt.«

Krüger stieg aus dem Loch und klopfte sich den Schmutz von der Uniform.

»Diese Säue!« sagte er wild. »Zuerst versprechen sie acht Tage Ruhe, und dann holen sie einen schon nach einer halben Woche wieder.«

Auch die anderen warfen aufgebracht ihr Gerät weg. »Was sagt Schäfer dazu?« fragte Schnurrbart.

Fetscher zuckte mit den Schultern. »Keine Ahnung. Ist auch egal, ihr müßt so und so vor.« Er wandte sich an Dorn, der mit einem Taschentuch seine Brillengläser putzte. »Von dir wollen sie auch etwas, wegen der Offizierslaufbahn. Striebig möchte dich sprechen.«

Hollerbach lachte. »Dann wirst du uns ja bald nicht mehr kennen!«

»Red keinen Unsinn!« sagte Dorn. Krüger steckte sich eine Zigarette an. »Wenn wir das gewußt hätten«, sagte er übellaunig, »hättest du deinen verdammten Bunker selbst graben können.«

»Er war nicht für mich, sondern für euch bestimmt«, sagte Fetscher. Schnurrbart spuckte auf den Boden. »Ist egal, wo wir krepieren, hier oder beim Bataillonsgefechtsstand. Möchte nur wissen, was wir da sollen!«

»Das gleiche«, sagte Fetscher.

Sie blickten ihn verwundert an, und Kern sagte: »Bunker graben?«

»Ja.«

»Die haben doch schon alle ihre Bunker!« sagte Anselm.

»Der Kommandeur will einen anderen«, sagte Fetscher. »Einen tieferen.«

»Hat wohl schon die Hosen voll!« sagte Schnurrbart.

Fetscher warf ihm einen verweisenden Blick zu. »Er hat es befohlen und damit Schluß.« Er wandte sich zum Gehen. »Was sollen wir jetzt machen?« rief Schnurrbart ihm nach.

»Was ihr wollt«, sagte Fetscher. »Bringt eure Klamotten in Ordnung.«

Wieder in der Schreibstube, setzte sich Fetscher an den Tisch und blätterte unlustig in einigen Papieren. Die Geschichte mit dem Wehrpaß wollte ihm nicht aus dem Kopf, und er sagte sich zum ungezählten Male, daß es einen besonderen Grund haben müsse, wenn sich der Bataillonskommandeur für die Personalpapiere eines Zugführers interessierte. Als Stransky ihn vor zwei Tagen angerufen und ihm befohlen hatte, den Wehrpaß des Oberfeldwebels Steiner vorzuschicken, hatte er sofort Unheil gewittert und war dieses Gefühl auch nicht losgeworden, als die Papiere bereits wieder am nächsten Tag von der Verpflegungskolonne zurückgebracht wurden. Selbstverständlich wußte Stransky nun, daß man Steiner degradiert hatte, und Fetscher hätte selbst nicht sagen können, weshalb ihm der Gedanke daran so unangenehm war.

Als er zwei Stunden später das Haus verließ, trug er die Beförderungsvorschläge der Obergefreiten Krüger und Reisenauer bei sich.

»Ihr könnt sagen, was ihr wollt«, sagte Schnurrbart, »die Ruhe hier dauert keine acht Tage mehr; das spür' ich im Urin.«

Sie saßen zu viert vor ihrem Quartier. Krüger wandte sich an Dorn: »Wenn du gescheit bist, haust du ab. Wenn der Iwan hier anfängt, sind wir geliefert. Sei doch nicht blöd, Mensch! Bis der Kurs aus ist, ist der Krieg aus, und wenn der Krieg aus ist, kann es dir egal sein, ob du Offizier oder Landser warst.«

»Ich kann das mit meinem Gewissen nicht vereinbaren«, sagte Dorn.

»Gewissen!« Krüger blies verächtlich die Backen auf. »Wenn du einen kalten Arsch hast, nützt dir dein Gewissen einen Dreck. Du bist doch verheiratet, Mann, oder nicht?«

Dorn nickte.

»Na also! Was gibt's da noch zu überlegen? Denk an deine Frau, oder hast du auch noch Kinder?«

Dorn nickte wieder. Krüger wandte sich an Schnurrbart, der heftig an seiner Pfeife sog: »Was sagst du zu diesem Mann! Hat Frau und Kinder und weigert sich, die Rattenfalle zu verlassen, weil es gegen sein Gewissen geht, für den Adi Offizier zu spielen!«

»Er hat 'n Knall«, sagte Schnurrbart.

»Einen Mordsknall!« sagte Anselm, der auf einer Kiste saß und eine Mundharmonika in der Hand hielt. Es war spät am Abend. Im Osten rumpelte die Front, und der Himmel war oft sekundenlang in rotes Licht getaucht. Schnurrbart fragte: »Wie heißt denn deine Frau?«

»Maria«, sagte Dorn.

»Und deine Kinder?«

»Betty und Jürgen.«

Schnurrbart nahm die Pfeife aus dem Mund. »Wenn ich eine Maria und eine Betty und einen Jürgen hätte, würde ich mich mal fragen, ob ich allein darüber zu bestimmen habe, was aus mir und ihnen wird, und wenn ich das nicht tue, ist mein sogenanntes Gewissen keinen Pfifferling wert.«

Krüger blickte ihn bewundernd an. »Du sprichst wie Moses.« Zu Dorn sagte er: »Es kann uns egal sein, was du machst. Grundsätze hin und Grundsätze her, aber das eine sag' ich dir, wenn du diesmal auch wieder ablehnst, bist du bei mir ein für allemal abgemeldet.«

»Bei mir auch«, sagte Schnurrbart.

Was die Männer sagten, waren im Grunde Dorns eigene Gedanken. Wäre es nur seine Abneigung gegen die Offizierslaufbahn gewesen, so hätte er seinen Widerstand vielleicht schon aufgegeben, aber da war noch etwas anderes, und er versuchte, es ihnen verständlich zu machen: »Ihr stellt euch das einfacher vor, als es ist. Immerhin hat man sich inzwischen aneinander gewöhnt und . . .« Er verstummte.

Die Männer blickten ihn eine Weile wortlos an. Krüger räusperte sich. »Das ist Mist, was du da redest.« Er bemühte sich, seine Rührung zu verbergen, und fuchtelte mit den Armen durch die Luft. »Ich will dir was sagen, Doktor. Eines Tages werden wir alle, wie wir hier sitzen, einen kalten Arsch haben, und was hast du dann von uns?« Er beugte sich zu ihm hinüber und blickte aufgebracht in sein Gesicht. »Nichts hast du, im Gegenteil. Wenn du jetzt abhaust, brauchst du dir wenigstens nicht mit anzusehen, wie sie Hackfleisch aus uns machen, und das werden sie, worauf du einen lassen kannst!« Er stand auf. »Ich hau' mich hin. Morgen früh geht der Zirkus wieder los.«

»Ich auch«, sagte Schnurrbart. Zu Dorn sagte er: »Überleg's dir gut. So ein paar Säue wie uns verliert man leichter als das eigene Fell.«

Er ging mit dem Ostpreußen in das Haus.

Es war kurz vor elf Uhr, als sie zum Bataillonsgefechtsstand kamen. Während sich die Männer zwischen den Obstbäumen verteilten, meldete Schnurrbart dem Bataillonsadjutanten das Eintreffen des Zuges. Striebig ging mit ihm ins Freie und wies die Männer in ihre Arbeit ein. »Beeilt euch!« sagte er abschließend. »Der Bunker muß bis morgen abend fertig sein.« Er winkte Dorn zu sich und kehrte mit ihm in seinen Bunker zurück, wo er sofort auf die Offizierslaufbahn zu sprechen kam. »Sie sollen sich nicht gedrängt fühlen«, sagte er freundlich und bot ihm eine Zigarette an. »Ein Mann mit Ihrer Intelligenz muß selbst wissen, was er tut. Wir brauchen Offiziere, Männer, die über dem Durchschnitt stehen. Ich sehe wirklich keinen Grund, weshalb Sie noch zögern. In einigen Tagen können Sie schon auf dem Weg in die Heimat sein. Zudem haben Sie vielleicht die Möglichkeit, für alle Zeit aus Rußland herauszukommen. Ich versichere Ihnen, an Ihrer Stelle würde ich mich keine Sekunde besinnen.«

Dorn schwieg. Obwohl er fast die ganze Nacht darüber nachgedacht hatte, wußte er immer noch nicht, was er tun sollte.

Striebig sprach noch einige Zeit auf ihn ein und schob ihm einige Papiere zu. »Sie brauchen nur zu unterschreiben; selbstverständlich bekommen Sie vorher noch Ihren Urlaub; zu Ostern können Sie zu Hause bei Ihrer Familie sein. Sie können es sich noch bis heute mittag überlegen.« Er machte eine kleine Pause, dann fragte er unvermittelt: »Kennen Sie Oberfeldwebel Steiner schon lange?«

Dorn blickte verwundert auf. »Seit ich bei der Kompanie bin.«

»Seit einem Jahr also?«

»Nicht ganz«, sagte Dorn. »Er kam ja erst Ende letzten Jahres aus dem Lazarett zurück.«

»Aus dem Bewährungsbataillon«, sagte Striebig. »Oder wissen Sie nicht, daß er während seines Lazarettaufenthalts degradiert worden ist?«

Dorn blickte ihn ungläubig an.

»Anscheinend nicht«, sagte Striebig. »Er wurde wegen Kameradendiebstahls verurteilt und kam in ein Bewährungsbataillon, aber das nur nebenbei.« Er nickte ihm verabschiedend zu. Während er beobachtete, wie Dorn mit verstörtem Gesicht hinausging, hatte er das Gefühl, eine delikate Aufgabe geschickt erfüllt zu haben. Als Stransky ihn vor zwei Tagen zu sich gerufen und beiläufig erwähnt hatte, daß es sich bei Steiner um ein kriminelles Subjekt handle, war er nicht wenig überrascht gewesen. Stransky hatte auch durchblicken lassen, daß es vielleicht ratsam sei, Steiners Männer auf seine kriminelle Veranlagung hinzuweisen.

Nun, das war hiermit geschehen, und Stransky konnte zufrieden sein. Der Gedanke, daß Stransky es selbst gewesen war, der Steiner zum Oberfeldwebel befördert hatte, löste Schadenfreude in Striebig aus. Obwohl ihn der Kommandeur seit jener peinlichen Unterhaltung korrekt behandelte und mit keinem Wort mehr darauf eingegangen war, hatten sich Striebigs Empfindungen für ihn nicht geändert.

Er blieb noch eine Weile nachdenklich am Tisch sitzen. Später fiel ihm ein, daß es nichts schaden könnte, wenn er auch Schäfer auf Steiners Vergangenheit aufmerksam machte. Da ihm bekannt war, welch hohes Ansehen Steiner bei Schäfer genoß, sah er jetzt eine günstige Gelegenheit, dem biederen Schwaben eins auszuwischen.

Unterdessen hatten die Männer mit ihrer Arbeit begonnen. Sie hatten ihre Uniformröcke ausgezogen und waren damit beschäftigt, zwischen den Obstbäumen eine große, rechteckige Grube auszuheben.

Während Krüger mit einem scharfkantigen Spaten auf das Wurzelwerk im Boden einhieb, stieß er ununterbrochen Verwünschungen aus, bis Schnurrbart es schließlich satt hatte. Er richtete sich aus seiner gebückten Haltung auf, wischte sich mit dem Handrücken den Schweiß von der Stirn und sagte: »Jetzt halt mal endlich die Luft an, Mensch. Du machst mich noch ganz weich.«

Auch die anderen Männer hörten mit ihrer Arbeit auf und blickten Krüger verdrossen an, was ihn jedoch nicht beeindruckte. »Drei Meter tief!« sagte er laut. »Das gibt keinen Bunker mehr, das gibt eine Kläranlage. Der Kerl hat den Arsch offen.«

Er hätte noch einige Zeit in diesem Ton weitergemacht, wenn nicht Dorn aus dem Bunker des Adjutanten gekommen wäre. Sie blickten besorgt in sein verstörtes Gesicht. »Hat es Stunk gegeben?« fragte Schnurrbart.

Dorn schüttelte den Kopf und zog seinen Rock aus. »Was ist los?« fragte Anselm ungeduldig. »Gehst du, oder gehst du nicht?«

»Ich gehe«, sagte Dorn. Krüger grinste erleichtert. »War Zeit, daß du normal wirst. Deinem Gesicht nach könnte man zwar annehmen, daß du zu deiner eigenen Beerdigung gehst, aber das gibt sich schon. Wenn du erst einmal im Zug hockst, wird das besser.«

Da Dorn keine weiteren Erklärungen gab und stumm nach einem Spaten griff, wandten sie sich wieder ihrer Arbeit zu und hatten gegen Mittag ein brusttiefes Loch gegraben. »Vesperzeit!« sagte Schnurrbart und warf seine Schaufel weg.

Sie kletterten mit stiefen Gliedern aus dem Loch, holten ihre Verpflegung aus den Brotbeuteln und setzten sich unter die Bäume.

Dorn saß für sich. Später setzte sich Anselm zu ihm und versuchte ein Gespräch anzufangen, aber Dorn blieb einsilbig. Er hielt den Kopf gesenkt und blickte zwischen seine Beine. Was Striebig ihm über Steiner erzählt hatte, beantwortete alle Widersprüche in dessen Charakter. Er war ein Narr gewesen, sich von einem Mann beeindrucken zu lassen, dessen scheinbare Tragik nicht mehr als ein verdientes Geschick war, aber es erleichterte ihm wenigstens die Entscheidung, ob er Striebigs Vorschlag annehmen solle oder nicht. Er wollte Steiner nicht mehr sehen.

Sein Blick fiel zufällig auf die Männer; sie lagen flach am Boden. Er versuchte noch, seinen Körper herumzuwerfen, aber es war bereits zu spät. Zwischen den Bäumen zerbrach die Erde. Der Schlag warf ihn nach hinten. Sein Gesicht hatte sich nicht verändert, nur die Brille lag mit zerbrochenen Gläsern neben seinem Kopf.

Der schwarze Rauchpilz begann sich zu senken. Aus dem Qualm tauchten die zerfetzten Äste der Bäume auf und ragten nackt zum Himmel.

Die Männer richteten sich mit schreckensblassen Gesichtern auf. Drüben neben dem schwarzen Granattrichter lagen Anselm und Dorn. Schnurrbart faßte sich zuerst und ging zu ihnen. Er sah das rote Fleisch zwischen den Uniformfetzen des Doktors und wandte sich Anselm zu, der auf dem Bauch lag und die Finger in die Erde gekrallt hatte. Als Schnurrbart ihn auf den Rücken drehen wollte, ließ er ihn rasch zurückfallen; Anselm hatte kein Gesicht mehr.

Inzwischen waren auch die anderen herangekommen. Sie standen bei den Toten und blickten auf sie nieder.

Auch vor den Bunkern wurde es lebendig. Erschrockene Gesichter tauchten auf. Stransky erschien für einige Sekunden. Er warf nur einen kurzen Blick herüber und verschwand sofort wieder in seinem Bunker. Etwas später kam Striebig. Er blieb bei ihnen stehen und fragte: »Tot?« Sein Gesicht war blaß, er fuhr sich mit der Zunge über die Lippen. »Laßt sie liegen bis heute abend«, sagte er. »Der Verpflegungstroß soll sie mitnehmen.« Er ging einige Schritte weiter und betrachtete den schwarzen Granattrichter. Dann kehrte er rasch in seinen Bunker zurück.

Kern räusperte sich. »Das kam wie der Blitz.«

»Es kommt immer wie der Blitz«, sagte Schnurrbart tonlos. Sie blickten wieder auf Dorn nieder. Seine toten Augen starrten durch die zerfetzten Zweige zum Himmel. »War 'n prima Kerl, der Doktor«, sagte Kern gepreßt. »Der Scheißkrieg, der elende – einfach verrecken ...« Er wischte sich über die Augen und schluckte.

Pasternack stand neben Krüger. Seine Lippen zuckten. Plötzlich lief er ein Stück zwischen die Bäume, lehnte die Stirn gegen einen Stamm und blieb regungslos stehen.

»Fangt nur nicht an zu spinnen!« sagte Krüger heiser und starrte sie der Reihe nach wütend an. »Meint ihr vielleicht, euch geht's besser?« Er drehte sich schroff um, ging mit großen Schritten zur Grube hinüber und begann wie ein Verrückter zu arbeiten. Hollerbach folgte ihm.

»Worauf wartet ihr noch?« fragte Schnurrbart die anderen.

»Willst du sie so liegen lassen?« fragte Maag.

»Ich werde sie zudecken. Macht, daß wir hier fertig werden.«

Sie gehorchten zögernd. Schnurrbart blieb noch eine Weile neben den Toten stehen. Dann ging er zu dem Gepäck des Doktors, schnallte Zeltplane und Decke ab und deckte die Toten zu. Dorn war etwas größer als Anselm, seine Stiefel ragten unter der Zeltplane hervor, deutsche Wehrmachtsstiefel, Größe 42. Schnurrbart erinnerte sich, daß es die Stiefel eines Mannes waren, den es am gleichen Tag erwischt hatte, an dem Dorn bei der Kompanie eingetroffen war. Damals waren sie noch verhältnismäßig neu gewesen, und Dorn hatte sie gegen seine unbequemen Knobelbecher eingetauscht. Inzwischen waren ihre Nägel stumpf und das Leder rissig geworden, denn es war ein weiter Weg gewesen von den sauberen Straßen der Slowakei über die Sandwege in Polen, die Rollbahnen der Ukraine und über die endlosen Steppen zwischen Don und Terek bis zu den einsamen Waldpfaden des Kaukasus. Staub und Hitze hatten die Stiefel ausgetrocknet und rissig gemacht, durch Regen und grundlosen Morast waren sie gewandert, durch Kälte und tiefen Schnee. Schnurrbart fühlte, wie ihm die Tränen über die Backen liefen. Nun war der

Gefreite Dorn aus seinen Stiefeln und aus seinem Fleisch gestiegen, denn für die Straße, die er jetzt marschieren mußte, brauchte er beides nicht mehr.

Schnurrbarts Blick fiel auf Pasternack, der noch immer regunglos an dem Baum lehnte. Er ging zu ihm und legte ihm die Hand auf die Schulter. »Komm!« sagte er.

Sie gingen zu den anderen.

Es war der letzte Abend in Gursuf. Sie saßen am Strand. Steiner versuchte vergeblich, mit seiner sentimentalen Stimmung fertig zu werden. Er dachte an den Weißblonden, der nun schon längst wieder in dem brodelnden Hexenkessel des Mittelabschnitts steckte. Die Front vergaß keinen.

Steiner hatte es gewußt, und es hätte ihn nicht stärker belastet als sonst. Die Vorfreude auf das Wiedersehen mit den Männern hätte den kleinen, sentimentalen Abschiedsschmerz aufgewogen, aber nun war etwas geschehen, das über den Augenblick hinausging.

Er blickte auf das Meer. Das Würgen in seinem Hals verstärkte sich. Es würde auch morgen noch genauso blau sein wie heute, die Pinien würden in den Gärten stehen, und die Sonne würde hinter dem Meer versinken wie immer um diese Zeit. Alles würde bleiben, wie es war. Zurückbleiben.

Er fühlte eine Hand unter seinem Arm und drehte den Kopf. »Ich glaube, es hat mich erwischt«, sagte er.

»Wieso?«

»Mit dir«, sagte Steiner. »Habe ich dir eigentlich schon einen Heiratsantrag gemacht?«

»Schon zehn.«

»Dann ist dies der elfte«, sagte Steiner. »Meine letzte Chance.«

»Ich werde es mir noch überlegen«, sagte sie.

»Seit zehn Tagen«, sagte Steiner. »Du hältst mich ganz schön hin.« Er beugte sich über sie und betrachtete ihr Gesicht. »Warum willst du mich unbedingt heiraten?« fragte sie.

Er wunderte sich selbst darüber. Es hatte sich für ihn genauso selbstverständlich ergeben wie alles andere auch, geradeso, als hätte er sie schon immer gekannt. Sie war ihm in diesen zehn Tagen wichtiger geworden als jede andere Frau nach Anne, obwohl nicht viel mehr zwischen ihnen gewesen war als Spaziergänge am leeren Strand, einige nichtssagende Gespräche und ein Gefühl merkwürdiger Verbundenheit. Er wußte von ihr, daß sie Gertrud hieß, noch nicht verheiratet war und irgendwo in Norddeutschland wohnte. Er hatte sie auch schon geküßt, und sie hatte seine Küsse erwidert. Jeden Abend hatte er sich vorgenommen, mit ihr zu schlafen, und jedesmal hatte er Hemmungen gehabt. Er verstand sich selbst nicht mehr. Es genügte ihm, sie neben sich zu haben, ihre Stimme zu hören und ihre Brust zu berühren. Die Vorstellung, er würde sie vielleicht nie wiedersehen, war ihm unerträglich. Er sagte: »Du könntest mir wenigstens deine Heimatadresse geben.«

»Wozu?« fragte sie.

»Wenn wir nach dem Krieg heiraten wollen ...«, sagte Steiner.

Sie lachte. »Ich weiß ja noch nicht einmal, ob wir überhaupt zusammenpassen!«

»Warum sagst du das?«

»Weil ich das Gefühl habe«, sagte sie, »daß du dir noch immer einredest, an mir etwas gutmachen zu müssen.«

Es überraschte ihn, wie sehr sie ihn durchschaute. »Vielleicht hatten wir zu weing Zeit«, sagte er.

»Oder sie nicht richtig genutzt. Bist du immer so?«

»Im Gegenteil«, sagte er und zog sie an sich. Sie schloß beim Küssen die Augen und murmelte: »Nicht hier! Komm!«

Sie stand auf und faßte ihn bei der Hand.

Die Sonne war untergegangen. Ein dunkler Schatten wanderte über den Himmel. Nur am Horizont, wo das Meer hinter seiner äußersten Krümmung in die Finsternis stürzte, war noch ein Streifen hellen Lichts, bis der Schatten über den Horizont fiel.

Sie hatte sich bei ihm untergehakt und führte ihn an die Spitze einer schmalen Landzunge, die sich weit in das Meer hinaus schob.

»Mein Lieblingsplatz«, sagte sie.

»Warum verrätst du mir das erst heute?« fragte Steiner. »Wir hätten jeden Abend hierhergehen können.«

»Dann wäre es nichts Besonderes gewesen«, sagte sie und knöpfte ihr Kleid auf. Er kniete vor ihr auf dem Boden und hielt ihre Hände fest.

»Weißt du, daß ich aus dir nicht klug werde?« sagte er.

»Ich auch nicht aus dir«, sagte sie ruhig. »Stimmt etwas nicht mit dir?«

»Wieso?« Dann verstand er sie und lachte. Er preßte ihre Beine an sich und sagte: »Fühlt sich das so an?«

Sie schüttelte den Kopf, während sie unverwandt auf ihn herunterschaute. Unter ihrem Kleid war sie nackt. Er küßte sie, bis ihre Knie nachgaben und sie ihr Gesicht auf seine Schulter legte. Ein paar Minuten hielten sie sich nur umschlungen, dann legte er sie auf den Rücken, zog sich aus und kniete wieder vor ihr auf dem Boden. Er schaute sie an, und während er sie anschaute, schob sie sich im Sand auf ihn zu, bis sich ihre Schenkel berührten. Er beugte sich über sie, legte das Gesicht zwischen ihre Brüste und küßte sie. »Ich muß dich wiedersehen«, sagte er. »Verstehst du, ich muß.«

Sie gab keine Antwort. Als er in ihr Gesicht blickte, sah er, daß sie weinte. »Wenn du Angst hast . . .«, sagte er, aber sie schüttelte ungeduldig den Kopf und zog ihn auf sich. Er fühlte noch ihre Hand an den Schenkeln, ihre Liebkosung, und dann tat sie es selbst. Es war, als tauchte er mit den Lenden in ein warmes Bad. Sie klammerte die Arme um seinen Rücken, weinte und küßte, und dann hielt sie ihn nur noch fest.

Er hatte es mit keiner anderen Frau so erlebt wie mit ihr. Sie blieben noch eine Weile im Sand liegen. »Du hast wirklich keine Angst«, sagte er.

»Heute nicht«, sagte sie und wälzte sich unter ihm hervor. Er beobachtete, wie sie in das Wasser ging und sich wusch. Er schwamm zu ihr und küßte sie im Wasser. »Vielleicht lag es daran«, sagte er, »daß ich genau weiß, daß ich dich nicht mehr sehen werde.«

»Was lag daran?« fragte sie.

»Daß ich bis zum letzten Tag gewartet habe«, sagte Steiner.

Sie schwammen an das Ufer zurück. Er wollte sie daran hindern, ihr Kleid anzuziehen, aber sie sagte: »Es ist schon spät; ich muß zurück. Wenn eine von uns dabei erwischt wird, versetzt man sie in die Heimat.«

»Das möchte ich nicht«, sagte Steiner.

Während sie nebeneinander zu den Häusern gingen, hielt sie seine Hand fest. Einmal küßte sie seine Hand und sagte: »Ich werde dir schreiben.«

»Ich dir auch«, sagte Steiner. »Ich fahre morgen sehr früh weg. Da werde ich dich wohl nicht mehr sehen.«

»Nein«, sagte sie. Er hörte an ihrer Stimme, daß sie wieder weinte. Als er ihr unter das Kinn griff und in das Gesicht schauen wollte, sagte sie: »Nicht! Bitte nicht!« Sie schlang die Arme um ihn, küßte ihn heftig und hielt ihn eine Weile an sich gepreßt. Dann riß sie sich plötzlich los und rannte davon. Er öffnete den Mund, um ihren Namen zu rufen, aber seine Stimme gehorchte ihm nicht. Er wollte ihr nachlaufen, und seine Beine waren wie tot.

Die Osterzeit ging in der Eintönigkeit ihres Lebens unter. Der Frühling wurde kaum von ihnen empfunden. Nur manchmal, wenn sie vor ihren Unterständen und Bunkern in den tiefen Gräben standen und die müden Gesichter in die warme Sonne hielten, schlossen sie die Augen und vergaßen für ein paar Minuten ihre Umgebung.

Der erwartete Großangriff der Russen hatte noch nicht begonnen, aber immer neue Batterien schossen sich auf ihre Stellungen ein. Die Höhe lag tagsüber unter dem Staubschleier explodierender Granaten, und nachts flogen schwere Bombenflugzeuge oft so tief über die Stellungen, daß die Männer in den Bunkern unwillkürlich die Köpfe einzogen. Die Ungewißheit über den Zeitpunkt der russischen Offensive belastete sie kaum. Sie hatten das Warten gelernt, Monate und Jahre. Sie bewegten sich in ihren Laufgräben und Schützenstellungen wie Artisten, denen jeder falsche Schritt, jede ungeschickte Bewegung ein schlimmes Ende bringen konnten, aber sie taten es mit der Empfindungslosigkeit, die langjährige Übung hervorbringt, mit nachtwandlerischer Sicherheit. Der tägliche Beschuß der Stellungen, die vielen nächtlichen Angriffe starker russischer Stoßtrupps sowie das schwere Bombardement der rückwärtigen Verbindungen kosteten das Bataillon immer neue Opfer, und es verging kaum ein Tag ohne dramatische Ereignisse.

Während sie so, einige tausend Kilometer von zu Hause entfernt, unter dem wolkenlosen Himmel des Frühjahrs 1943 die russische Generaloffensive erwarteten, erlebten sie, wie der Krieg in einer neuen, schrecklichen Form über die Fronten hinweg bis in die Heimat getragen wurde. Immer seltener wurden auch an der Front die vertrauten Gesichter, immer mehr spürten sie, wie sinnlos ihr Kampf geworden war, und sie wurden immer stiller und hoffnungsloser dabei.

Die Bunker der zweiten Kompanie lagen in Abständen von zwanzig bis dreißig Metern in dem tiefen Laufgraben. Es war Mittag. Die Männer, soweit sie nicht in den Stellungen waren, lagen dösend auf den harten Pritschen. Auch Steiner war wieder da. Sofort nach seinem Eintreffen hatte ihn Fetscher mit auf die Schreibstube genommen und ihm eindringlich empfohlen, sich schleunigst zum Regimentsstab versetzen zu lassen. Obwohl Dorns Tod Steiner härter getroffen hatte, als er sich anmerken ließ, hatte er Fetschers gutgemeinten Rat zurückgewiesen und erklärt, daß selbst ein Dutzend von Stranskys Sorte ihn nicht dazu bewegen könnte, seine Kompanie zu verlassen. Das Wiedersehen mit den Männern war still und ernst verlaufen. Krüger und Schnurrbart waren inzwischen zu Unteroffizieren befördert worden, aber sie wirkten eher deprimiert als zufrieden. Auch Steiner wurde bald von ihrer melancholischen Stimmung angesteckt, um so mehr, als seine Gedanken nicht von Gertrud loskamen. Zum Glück lenkten ihn seine Aufgaben in der Kompanie ein wenig ab. Er hatte die Gruppen neu eingeteilt, die Bunkerbesatzungen festgelegt und sich um die Männer des Ersatzes gekümmert, die vor einigen Tagen mit einem Marschbataillon eingetroffen waren. Er unterrichtete sie über die Möglichkeiten und Gefahren des Stellungskrieges und bemühte sich, sie auf alle Phasen der bevorstehenden Schlacht vorzubereiten.

Auch jetzt beschäftigten sich seine Gedanken mit ihnen. Er saß am Tisch in seinem Bunker und beobachtete geistesabwesend, wie der Obergefreite Kiefer eine Scheibe Brot aß. Die Versetzung des Schwarzwälders von der dritten in die zweite Kompanie war nicht einfach gewesen. Leutnant Gaußer hatte den zuverlässigen MG-Schützen nur ungern abgegeben, und Schäfer hatte seine ganze Beredsamkeit aufbieten müssen. Aber schließlich hatte es doch geklappt, und nun war Kiefer MG-Schütze 1 im zweiten Zug.

Auf den Pritschen des Bunkers lagen fünf Männer und schliefen. Von den »alten« befand sich nur Kern unter ihnen. Maag und Pasternack waren der Gruppe Krüger zugeteilt, während Schnurrbart den übernächsten Bunker mit Hollerbach und vier Männern des Ersatzes teilte.

Der Schwarzwälder hatte inzwischen seine Mahlzeit beendet und wischte sich die fettigen Finger an der Hose ab. Sein Blick fiel auf Steiner, der nachdenklich die Männer auf den Pritschen betrachtete. »Nicht viel los mit ihnen«, sagte Kiefer.

Steiner nickte. »Sie haben keine richtige Ausbildung. Wir werden wieder Ärger mit ihnen haben.«

»Befürchte ich auch«, sagte Kiefer.

Maag und Pasternack waren in der MG-Stellung. Sie saßen auf zwei leeren Munitionskästen und blickten durch die Schießscharte hinüber zum Wald. Es war sehr warm, sie hatten die Röcke ausgezogen. In unregelmäßigen Zeitabständen hörten sie die dumpfen Abschüsse eines schweren Granatwerfers. Plopp, plopp, plopp. Es klang wie das Hämmern eines Spechtes. Die Einschläge lagen irgendwo in ihrem Rücken auf der kahlen Höhe.

Pasternack seufzte. »Wie lange dieser Dreckskrieg noch gehen wird!«

Maag verzog das sommersprossige Gesicht zu einer Grimasse und spuckte auf den Boden. »Bis zum Endsieg.«

»Daran glaubst du doch selbst nicht mehr!«

»Das ist mir egal«, sagte Maag. »Was ich mir wünsche, ist, den Krieg zu überleben. Solange der Karren noch im Dreck steckt, bleib' ich drin sitzen. Wenn er weiterrolt, springe ich ab. Verlaß dich drauf.«

Einige Granaten schlugen dicht vor ihnen ein, sie warfen sich flach auf den

Boden. Durch die Schießscharte quoll schwarzer Rauch. Als die Sicht wieder frei wurde, richtete sich Maag hustend auf und betrachtete die Trichter vor der Schießscharte. »Die Scheißgranatwerfer!« sagte er angewidert. »Drei Meter weiter, und wir hätten sie auf dem Kopf gehabt.« Plötzlich kam ihm ein Gedanke. »Vielleicht sind es sogar die Weiber von der Brücke!« sagte er. »Ich war gleich dafür, sie umzulegen.«

Pasternack klopfte sich den Staub von der Hose. »Das hätte auch nichts genützt; die haben genug andere. Zudem: Frauen bleiben Frauen, mit oder ohne Uniform.«

Ehe Maag antworten konnte, kam Schnurrbart zu ihnen. Maag feixte. »Was gibt's Neues, Unteroffizier?«

Schnurrbart zog sich eine Munitionskiste zwischen die Beine. »Wenn du noch einmal Unteroffizier sagst, lasse ich dich stillstehen.«

Während ihn die beiden erwartungsvoll anschauten, stopfte er sich seine Pfeife. »Was soll es schon Neues geben!« sagte er dann. »Daß wir den Krieg verloren haben, wißt ihr ja schon.«

Maag hatte sich wieder hingesetzt und bohrte mit der Schuhspitze mürrisch ein Loch in den Sand. »Wo steht das?« sagte er.

»Auf jeder Generalstabskarte«, sagte Schnurrbart.

Sie sprachen eine Weile nichts und blickten durch die Schießscharte. Maag stieß wieder einen Fluch aus. »Wennschon, Rückschläge kann es überall geben! Vielleicht gewinnen die anderen den Krieg, aber sie brauchen sich nichts darauf einzubilden. Das ist kein Kunststück, Dutzende auf einen. Unsere Verbündeten kannst du ja nicht mitzählen. Entweder sie hauen ab, oder sie schießen dir in den Rücken. Der Teufel soll sie holen!«

»Wen?«

Sie drehten sich um und sahen Krüger am Bunkereingang stehen.

»Alle und dich mit«, knurrte Maag.

Das Gesicht des Ostpreußen wurde rot. Er kam in den Bunker und sagte: »Nimm dich zusammen, Mann!«

»Seid friedlich«, sagte Schnurrbart und betrachtete einen Regenwurm, der quer durch den Unterstand kroch. »Nehmt euch ein Beispiel an diesem Vieh hier. Dem geht es noch dreckiger als uns.«

Maag betrachtete angeekelt den Wurm. »Widerliche Viecher. Möchte nur wissen, wofür die gut sind!«

»Wenn man ihnen den Kopf abschlägt«, sagte Krüger nachdenklich, »sollen sie trotzdem noch weiterleben.«

Schnurrbart kicherte. »Du kämst auch noch eine Weile ohne Kopf aus.« Maag und Pasternack lachten. Krüger betrachtete sie gereizt. Zu Schnurrbart sagte er: »So etwas kannst du sagen, wenn wir unter uns sind!« Er setzte seinen schweren Stiefel auf den Wurm, trat ihn in den Boden und verließ den Unterstand.

Maag wandte sich verwundert an Schnurrbart. »Dem ist wohl der Unteroffizier in den Kopf gestiegen?«

»Vielleicht hat er nur Spaß gemacht«, sagte Pasternack. »Das war sicher nur Spaß.«

»Sicher«, sagte Schnurrbart und blickte auf den zertretenen Wurm, dessen rotes Fleisch noch immer zuckte. »Es ist alles nur Spaß.«

Am Abend saßen wie wieder in ihrem Bunker. Steiner lag auf seiner Pritsche und blätterte unlustig in einer alten Zeitung. Es war eine Unruhe in ihm, die ihn ablenkte und für die er keine Erklärung fand. Kiefer saß am Tisch und schrieb. Mit den großen, behaarten Fäusten verdeckte er fast völlig den weißen Briefbogen. Gelegentlich starrte er geistesabwesend in das Kerzenlicht und malte dann wieder einige Worte. Neben ihm, an der anderen Hälfte des Tisches, spielten drei Männer Skat. Steiner beobachtete eine Zeitlang ihre Gesichter. Er hatte sich gerade entschlossen, nach Schnurrbart zu schauen, als die Tür aufging und Schäfer hereinkam. »Weitermachen«, sagte er und wandte sich an Steiner: »Sie können mit mir durch die Stellungen gehen.«

Seine Stimme klang unpersönlich, und Steiner blickte ihn verwundert an. Er schnallte das Koppel um, griff nach der Maschinenpistole und trat hinter Schäfer in den Graben.

Die Nacht war still und warm. Sie gingen durch die MG- und Schützenstellungen. Schäfer war schweigsam und nahm die Meldungen der Posten ohne die üblichen aufmunternden Worte entgegen. Als sie den rechten Flügel des Kompanieabschnittes erreicht hatten, kehrten sie um und gingen den Weg zurück. Plötzlich blieb Schäfer stehen und blickte über den Grabenrand. »Wenn die Russen ihren Graben in der bisherigen Richtung weitertreiben«, sagte er, »landen sie genau vor unserem Kompanieabschnitt.«

Steiner wußte bereits seit zwei Tagen, daß sie angestrengt an einem Sturmgraben arbeiteten, der vom Waldrand her über die freie Fläche auf die Höhe zielte. »Sobald sie nah genug sind«, sagte er, »besuchen wir sie. Vor übermorgen lohnt es sich noch nicht.«

»Hoffen wir es«, sagte Schäfer. Steiner merkte, daß der Kompaniechef ihn aufmerksam betrachtete. Sein seltsames Verhalten ging ihm auf die Nerven. Er war schon entschlossen, sich Klarheit zu verschaffen, als Schäfer von selbst zu sprechen anfing: »Sie wurden vor einem Jahr degradiert?«

Steiner hielt einen Augenblick die Luft an. Obwohl er immer damit gerechnet hatte, kam es jetzt doch überraschend. »Das stimmt«, sagte er.

»Weshalb?«

»Ich nehme an«, sagte Steiner, »Sie wissen auch das schon.«

Schäfer nickte. »Ich habe die eine Seite gehört, und ich möchte nun auch die andere hören. Vielleicht haben Sie noch etwas dazu zu sagen.«

Seine letzten Worte hatten kühl geklungen. Steiner blickte in sein Gesicht. »Ich bin für diese Sache keinem Menschen Rechenschaft schuldig.«

»Nicht einmal mir?«

»Nicht einmal Ihnen«, sagte Steiner.

Schäfer sah ihn eine Weile stumm an, dann drehte er sich um und ging rasch davon.

Kommißkopf! dachte Steiner und schaute ihm verächtlich nach. Sie sind alle gleich, dachte er, einer wie der andere. Er blieb noch eine Weile stehen. Als er weitergehen wollte, brach das Gehämmer einiger russischer Maschinenpistolen aus der Nacht. Die Garben pfiffen so dicht über seinen Kopf hinweg, daß er unwillkürlich in die Knie ging, aber sein Schreck dauerte nur eine Sekunde, dann stürmte er in großen Sätzen zur nächsten MG-Stellung, zwängte sich durch den Stollen und prallte mit einem Mann zusammen, der gerade in den Graben laufen wollte. Trotz der Dunkelheit erkannte er Maag und hielt ihn fest. »Wohin?« Er mußte brüllen, um sich verständlich zu machen.

»Verstärkung holen«, stammelte Maag. Steiner stieß ihn in das Loch zurück. Während er im Dunkeln nach dem MG tastete, schrie er: »Und da verläßt du Idiot deinen Posten! Das nächste Mal knall ich dich ab.«

Er blickte durch die Schießscharte. Das MPi-Feuer verstummte. Die Nacht lag schwarz vor den Stellungen. Von irgendwoher winselten einige Granaten durch die Luft und detonierten in der Ferne.

Steiner wandte sich an Maag. »Wo ist die Leuchtpistole?«

»Hier«, sagte Maag und drückte ihm die Waffe in die Hand.

Als Steiner eine Leuchtkugel durch die Schießscharte jagte, prasselte es gegen die Eisenteile des MGs, knallte über sie hinweg in die Holzverschalung des Unterstandes und summte mit dem häßlichen Geräusch von Querschlägern um ihre Ohren. »Die müssen direkt unter uns liegen!« schrie Maag. »In den Bombentrichtern!«

Steiner erinnerte sich, daß sich unterhalb der MG-Stellung einige große Bombentrichter befanden, und Maags Vermutung, daß sich die Russen dort festgesetzt hatten, mochte zutreffen. »Hol die anderen!« befahl er kurz.

Das Feuer hatte wieder nachgelassen, und Steiner überlegte, was er tun sollte. Bevor er etwas unternahm, würde er auf alle Fälle Schäfer verständigen müssen.

Schnurrbart schob sich als erster in den Unterstand. »Schönen Abend allerseits«, sagte er munter. »Sollen das wirklich russische Maschinenpistolen gewesen sein?«

»Was sonst?« knurrte Steiner.

»Hörte sich mehr wie die Feldküche an, wenn sie uns die harten Erbsen vorbringt«, sagte Schnurrbart. »Wo ist der Feind?«

Steiner schwieg. Er wartete noch, bis Krüger und Hollerbach da waren, dann klärte er sie mit einigen hastigen Worten auf und schloß: »Sie müssen da unten wieder weg. Bevor wir richtig zum Schießen kommen, können sie schon im Graben stehen. Krüger und Hollerbach ...« Er wurde durch die scharfe Stimme des Kompanieführers unterbrochen, der rasch in den Unterstand kam.

»Was ist los hier?« fragte er. Er hörte sich Steiners Bericht stumm an, dann wandte er sich dem Ausgang zu. »Sperrfeuer auslösen!« sagte er noch. »Ich verständige den Kommandeur.«

Steiner griff wieder zur Leuchtpistole, ließ sich von Maag die Patronen geben und trat in den Graben. Er jagte hintereinander drei rote Leuchtkugeln in die Luft. Der Artilleriebeobachter saß auf der Höhe. Er würde seine Abteilung anrufen, und die Abteilung würde ihre Batterien alarmieren. In Gedanken sah Steiner, wie sie jetzt einige Kilometer entfernt zu ihren Geschützen rannten und die schweren Granaten in die Verschlüsse schoben. Er wartete ungeduldig. Dann hörte er sie kommen. Als ihr Feuerschein jenseits der Stellungen aufflammte, kam Schäfer zurück. Steiner ging mit ihm in den MG-Stand, wo die Männer auf sie gewartet hatten, und während draußen das Sperrfeuer trommelte, gab Schäfer seine Befehle: »Der zweite Zug tritt zum Gegenstoß an, sobald das Sperrfeuer aussetzt. Ihr Auftrag, Steiner: Die Russen aus dem Bombentrichter zu vertreiben und möglichst einen Gefangenen einzubringen. Wie wollen Sie vorgehen?«

»Nicht frontal«, sagte Steiner. »Sie laufen uns sonst davon. Wir schnappen sie uns von drei Seiten, Krüger von Osten, Schnurrbart von Westen und ich von Süden. Zum Wald sind es mindestens vierhundert Meter, wir können weit ausholen.«

»Aber nicht zu weit«, sagte Schäfer. »Sonst sehen sie euch vom Waldrand aus.«

»Nicht, wenn wir in ihren schönen Sturmgraben steigen. Wenn es losgeht, brauchen wir allerdings Sperrfeuer auf den Waldrand. Was ist mit unseren Stellungen?«

»Übernimmt der erste Zug«, sagte Schäfer. Sie besprachen noch die Einzelheiten. Schnurrbart und Krüger rannten zu ihren Gruppen. Als Steiner gleichfalls in den Graben hinaustreten wollte, hielt Schäfer ihn fest und sagte: »Es ist oft sehr schwer, Sie zu verstehen, Steiner.«

»Das mag sein«, sagte Steiner, »aber noch schwerer ist es zu verstehen, daß man nicht verstanden wird.«

Das Sperrfeuer hielt in unverminderter Stärke an. Die Luft war gesättigt vom Gestank verbrannten Pulvers. Während Steiner durch den Graben lief, fühlte er sein Herz klopfen.

In seinem Bunker hängte er sich vier Reservemagazine an den Traggurt, wechselte einige Worte mit Kiefer und trieb die Männer zur Eile an. Es herrschte eine dumpfe, nervöse Spannung. Das Geklirr der Waffen und Munitionskästen riß nicht ab.

Im Graben drängte sich Krüger an Steiner heran. »Hast du nichts Besseres für mich?« fragte er verdrossen. »Blödsinniger Auftrag das, vor den Stellungen zu liegen und nichts zu tun.«

»Du wirst genug zu tun kriegen«, sagte Steiner. »Wenn Schnurrbart angreift und ich in ihrem Rücken auftauche, bleibt den Russen nur noch der Weg nach Osten. Kann sein, daß bei euch dann der Teufel los ist. Du kannst schon losmarschieren. Sobald das Sperrfeuer aussetzt, steigt ihr hinunter und legt euch auf euren Platz.«

Er wartete, bis die Gruppe des Ostpreußen in der Dunkelheit verschwunden war, dann führte er den Rest des Zuges im Graben etwa hundert Meter nach Westen. Von dort beobachteten sie das Sperrfeuer. Es verstummte so unvermittelt, wie es eingesetzt hatte. Sie kletterten aus dem Graben und stiegen vorsichtig den steilen Hang hinab. Als sie die Ebene erreichten, blieb Steiner stehen und sprach noch einmal mit Schnurrbart: »In genau zehn Minuten greift ihr an«, sagte er. »Sobald die ersten Schüsse fallen, kommen wir. Habt ihr genug Handgranaten?«

»Mehr, als wir tragen können«, sagte Schnurrbart und drückte ihm die Hand.

Steiner führte seine Männer in südöstlicher Richtung über das Niemandsland. Als Schnurrbart sie nicht mehr sehen konnte, wandte er sich an seine Gruppe: »Bleibt mir hübsch beisammen und spart nicht mit Munition. Vergeßt nicht, die Augen des ganzen deutschen Volkes sind auf euch gerichtet!«

Sie grinsten mürrisch. Einer sagte: »Scheiße!« Er war mit dem letzten Ersatz gekommen, ein blutjunges Kerlchen mit gelbem Gesicht. »Das sind nur die ersten fünf Minuten«, sagte Schnurrbart zu ihm. »Nachher bist du tot und kriegst einen schönen Nachruf.«

»Sehe nicht ein«, sagte ein anderer, »weshalb ausgerechnet wir anfangen müssen! Wir könnten doch hier warten, bis der Oberfeldwebel auf die Russen trifft.«

Schnurrbart lächelte. »Ein helles Köpfchen!« sagte er zu Hollerbach. »Merk ihn dir für die nächste Beförderung vor.« Er blickte auf seine Uhr.

»Wie spät?« fragte Hollerbach.

»Noch drei Minuten.« Er schaute wieder in die Richtung, in der Steiner mit seiner Gruppe verschwunden war. Zuerst hielt er es für eine Täuschung, aber Hollerbach hatte die lange Reihe schattenhafter Gestalten, die sich langsam auf sie zubewegte, gleichfalls bemerkt.

Die Männer sanken lautlos zu Boden. Jetzt drang auch das harte Klirren von Waffen an ihre Ohren. Sie preßten sich flach an die Erde und zogen die Gewehrkolben an die Schulter. »Es sind Russen«, sagte Schnurrbart.

Steiner war mit seinen Männern direkt auf den Wald zumarschiert. Sie konnten nicht mehr weit vom Sturmgraben der Russen entfernt sein, als er jäh zu Boden ging. Seitlich von ihnen, von Süden nach Nordost marschierend, sah er in der Dunkelheit die Russen auftauchen. Sie kamen direkt auf ihn zu. Er gab seinen Männern ein Zeichen und kroch mit ihnen noch ein großes Stück auf den Wald zu, bis sie die Russen nicht mehr sehen konnten. Dann erst richtete er sich auf und wandte sich an Kiefer, der sich dicht hinter ihm gehalten hatte: »Wie viele mögen es gewesen sein?«

»Mindestens hundert«, sagte Kiefer. »Sie werden auf Schnurrbart stoßen. Was willst du tun?«

Steiner schwieg unschlüssig. Es war eine verteufelte Situation. Auf der einen Seite der Wald, dessen Konturen sich undeutlich gegen den Himmel abhoben, auf der anderen die Russen, die, falls sie tatsächlich auf Schnurrbart stießen, mit ihrer achtfachen Übermacht das Dutzend Männer in den Boden stampfen würden. Die Frage, ob er sie warnen und damit das ganze Unternehmen auffliegen lassen solle, beschäftigte ihn noch, als dort, wo Schnurrbart und seine Männer liegen mußten, ein wildes Gewehrfeuer einsetzte.

Ohne sich auch nur noch eine Sekunde zu besinnen, rannte Steiner den Weg zurück. Die Männer folgten ihm unaufgefordert.

Es wurde schlagartig hell. Über den Stellungen des Bataillons stieg fast gleichzeitig ein Dutzend Leuchtraketen zum Himmel. Steiner stellte mit einem Blick fest, daß die Russen bereits in die Stellungen eingebrochen waren. Dann hörte er die Granaten. Die Männer warfen sich auf den Boden, preßten den Kopf auf die Arme, bis sie merkten, daß es sich um eigenes Sperrfeuer auf den Waldrand handelte. Sie standen auf und rannten weiter. Als Steiner einige regungslose Körper am Boden liegen sah, änderte er seine Richtung und keuchte geradewegs die Höhe hinauf. Im Graben prallten sie auf die Russen. Sie hatten den Vorteil der Überraschung für sich, ihre Handgranaten richteten unter den eingebrochenen Gegnern Verwirrung an, aber die Russen stellten sich gefährlich rasch auf die neugeschaffene Situation ein. Ihr Widerstand versteifte sich. Steiner sah zwei seiner Männer den steilen Hang hinabrollen, als wären sie Holzpuppen. Er war schon halb entschlossen, den ungleichen Kampf an dieser Stelle abzubrechen, als sie unerwartet Hilfe bekamen.

Krüger hatte mit seinen Männern das befohlene Ziel erreicht. Sie kauerten sich nieder und unterhielten sich flüsternd. »Der Plan ist verrückt«, sagte Maag. Pasternack widersprach: »Ich finde ihn gut. Wenn die Russen plötzlich von hinten Feuer bekommen, werden sie die Waffen wegwerfen.«

Sie sprachen mit Krüger darüber. »Abwarten und Tee trinken«, sagte der Ostpreuße. »Es ist jedenfalls besser, ihr macht die Mäuler zu und die Ohren auf. Es wird gleich losgehen.«

»Meinetwegen«, sagte Maag mit gekünstelter Gleichgültigkeit.

»Daß keiner von euch unnötig in der Gegend herumknallt«, sagte Krüger. »Sobald die Burschen hierherkommen, jage ich 'ne Leuchtkugel hoch, und ihr könnt sie in Ruhe umlegen.«

Er blickte immer wieder auf seine Armbanduhr. Seine Ungeduld wirkte ansteckend auf die Männer. Einige von ihnen standen auf. Krüger wollte sie gerade scharf anfahren, als vor ihnen das Gewehrfeuer einsetzte.

Krüger starrte bestürzt auf die Stellungen, die plötzlich in helles Licht getaucht waren. »Diese Idioten!« sagte er verständnislos.

»Das kommt doch aus den Stellungen!« sagte Maag. Etwas später hörten sie auch das Artilleriefeuer; die wuchtigen Schläge der Granaten übertönten den Gefechtslärm. Die Männer waren jetzt alle aufgesprungen und blickten zu den Stellungen hinauf. »Da ist etwas passiert!« sagte Maag.

Krüger hatte es schon selbst begriffen. Einen Augenblick kämpfte er gegen die Versuchung, sich auf jeden Fall an Steiners Befehl zu halten und den ihm zugewiesenen Platz nicht zu verlassen, aber dann dachte er an Schnurrbart und die anderen. Er hatte plötzlich das Gefühl, als hinge da oben alles nur noch an einem seidenen Faden, und wandte sich an seine Männer: »Mitkommen. Wir werden uns das aus der Nähe anschauen.«

Noch immer stiegen aus den Stellungen ununterbrochen Leuchtkugeln zum Himmel, warfen scharfe Schatten über das deckungslose Gelände und meißelten mit erbarmungsloser Klarheit jede Bewegung aus der Nacht. Sie hatten sich den feindbesetzten Trichtern auf etwa dreißig Schritte genähert, als ihnen MPi-Feuer entgegenschlug. Krüger sah noch, wie Pasternack lautlos zu Boden ging, sah einen anderen Mann mit beiden Händen in die Luft greifen und rücklings umkippen, dann rannte er in großen Sätzen vorwärts, schleuderte eine Handgranate auf einige Köpfe, die aus der Erde ragten, als wären sie dort bis zum Hals eingegraben, wartete kaum den schmetternden Schlag der Detonation ab und sprang mit beiden Füßen zugleich in ein tiefes Loch, das sich plötzlich vor ihm auftat. Er stolperte über einen Körper, stürzte, warf sich noch im Fallen auf den Rücken und feuerte mit der Maschinenpistole auf zwei Russen, die eben über den Trichterrand kletterten, dann sah und hörte er einige Sekunden nichts mehr. Er richtete sich taumelnd auf, stieg aus dem Trichter und blickte sich nach seinen Männern um.

Sie standen wenige Schritte entfernt auf einem Haufen. Als sie ihn sahen, kamen sie zögernd näher. »Wo sind die anderen?« fragte er heiser.

Maag wies stumm über die Schulter. Sein rechter Arm hing steif herab. Krüger fragte: »Was ist mir dir?«

»Am Oberarm«, sagte Maag. »Ich weiß nicht.« Seine Stimme klang undeutlich. Der Gefechtslärm in den Stellungen östlich von ihnen hielt unverändert an. Krüger ging einige Meter zurück, bis er auf Pasternack stieß. Er berührte sein Gesicht und wischte sich die Hand an der Hose ab. Es lagen noch drei andere Männer am Boden. »Zwei sind nur verwundet«, sagte Maag. »Was machen wir mit ihnen?«

»Du bleibst bei ihnen«, sagte Krüger. Maag widersprach: »Wenn die Russen zurückkommen . . .«

»Das brauchen sie gar nicht«, sagte Krüger. »Die sitzen schon in unseren Stellungen. Ich schick' dir einige Leute vom ersten Zug herunter.«

Er winkte den Männern und stieg mit ihnen die Höhe hinauf. Dort stießen sie auf Angehörige des ersten Zuges. Krüger erfuhr von ihnen, daß die Russen kaum hundert Meter entfernt im Graben saßen und daß Oberleutnant Schäfer den ersten Zug zu einem Gegenstoß angesetzt habe. Er schickte vier von ihnen hinunter zu Maag, damit sie die Verwundeten und Toten heraufholten, und ging mit seinen Männern im Graben weiter. Sie hatten etwa fünfzig Schritte zurückgelegt, als sich vor ihnen der Gefechtslärm schlagartig verstärkte. Handgranaten detonierten, gleichzeitig erscholl vielfaches Hurragebrüll. Krüger setzte sich in Trab. Er erreichte die Stelle, an der der feindliche Einbruch erfolgt war, zusammen mit den Männern des ersten Zuges, die von der Höhe herunterkamen. In dem ohrenbetäubenden Knattern ihrer Gewehre war für eine Sekunde Schäfers laute Stimme zu hören. Als Krüger aus dem Graben kletterte, sah er die Russen den Hang hinunterlaufen. Er schoß sein Magazin leer und beobachtete, wie Teile des ersten Zuges unter Führung von Oberleutnant Schäfer die Russen noch ein Stück verfolgten. Im Graben stieß er auf Steiner, der damit beschäftigt war, das Magazin seiner Maschinenpistole auszuwechseln. Kiefer war bei ihm. »Wie kommt *ihr* hierher?« fragte Krüger erleichtert.

»Dich erwischt's auch nie«, sagte Steiner. »Wie sieht es in den Trichtern aus?«

»Erledigt«, sagte Krüger und blickte über den Grabenrand. Einzeln und in kleinen Gruppen kehrten die Männer von der Verfolgung zurück, unter den letzten befand sich auch Schäfer. Er kam zu ihnen in den Graben, blickte sie ein paar Sekunden stumm an, dann fragte er: »Wie ist das passiert?«

»Wir konnten es nicht verhindern«, sagte Steiner und gab einen kurzen Bericht. »Wenn Sie nicht dazugekommen wären«, sagte er abschließend, »hätten wir uns nicht länger halten können.«

»Ich war zufällig in der Nähe«, sagte Schäfer. »Was ist mit den Trichtern?«

»Genommen«, sagte Krüger. Schäfer fragte erleichtert: »Wirklich?« Während Krüger ihm erzählte, fiel Steiners Blick auf Hollerbach, der eben im

Graben auftauchte. Er ging ihm rasch entgegen und fragte: »Wo ist Schnurrbart?«

Hollerbach wies den Hang hinunter. »Muß noch unten liegen.«

»Tot?«

»Ich weiß es nicht«, sagte Hollerbach dumpf. »Sie haben uns überrannt. Ich bin den Hang hinaufgelaufen.«

»Führ mich zu ihm«, sagte Steiner.

Sie brauchten eine Weile, bis sie unter den toten und verwundeten Russen auch Schnurrbart und die Männer seiner Gruppe fanden. Einige von ihnen waren nur verwundet, aber Schnurrbart rührte sich nicht. Steiner fühlte nach seinem Puls.

»Er lebt noch!« sagte er rauh. »Wir schaffen ihn zum Revier.«

Hollerbach rannte den Hang hinauf und kehrte mit über einem Dutzend Männern zurück. Auch Krüger, Kern und Kiefer waren bei ihnen. »Ich hatte keine Ahnung, daß es ihn erwischt hat!« sagte Krüger und blickte fassungslos auf Schnurrbart. »Ist es schlimm?«

»Wir wissen es noch nicht«, sagte Steiner. »Hilf mir! Der Rest kümmert sich um die anderen.«

Die Bunker des Reviers lagen hinter der Höhe am oberen Ende der Schlucht. Vor den Bunkern wartete schon eine große Anzahl Verwundeter auf den Abtransport. Auch die Bunker waren überfüllt. Die Schwerverwundeten lagen hier Kopf an Kopf. Steiner sah viele bekannte Gesichter unter ihnen. Maag trug den Arm in einer Schlinge. Neben dem Eingang lag ein Mann mit zerfetztem Unterkörper. Er gehörte zu Steiners Zug und war mit dem letzten Ersatz gekommen.

In einer Ecke wurde gerade ein Platz frei. Sie legten Schnurrbart auf eine Wolldecke. Als sie ihm den Stahlhelm abnahmen, stieß Krüger einen erschrockenen Laut aus. »Kopfschuß!« sagte er. Steiner betrachtete den roten Streifen, der sich von Schnurrbarts Schläfe bis zum Hinterkopf zog. Er hatte plötzlich ein würgendes Brennen in der Kehle. Die Geräusche im Bunker, das unterdrückte Stöhnen der Verwundeten, die gedämpften Stimmen des Sanitätspersonals, das leise Klirren der Instrumente, die kurzen Anweisungen des Oberarztes, der ohne Rock und mit hochgekrempelten Hemdsärmeln arbeitete, das flackernde Licht der Kerzen, all das verblaßte neben dem blutleeren, maskenhaften Gesicht Schnurrbarts. Erst als eine ungeduldige Stimme an sein Ohr drang, sah Steiner auf. Neben ihm stand ein Sanitäter. »Wenn Sie nicht verwundet sind, können Sie nicht hierbleiben, Oberfeldwebel«, sagte er. »Wir brauchen jeden Platz.«

»Ich möchte wissen, was mit ihm los ist«, sagte Steiner, auf Schnurrbart deutend.

Zu Krüger sagte er: »Warte vor dem Bunker.«

Es dauerte noch eine Weile, bis der Arzt auch zu Schnurrbart kam. Steiner beobachtete, wie er mit den Fingerspitzen den blutigen Streifen an Schnurrbarts Schläfe abtastete. »Hat der Mann keinen Stahlhelm getragen?« fragte er.

»Hier liegt er«, sagte Steiner und gab ihm Schnurrbarts Stahlhelm. Der Arzt betrachtete ihn. »Sehen Sie sich das an!« sagte er und zeigte Steiner ein kreisrundes Loch an der Seite. »Die Kugel schlug durch und wanderte innen herum. Der Mann hat unglaubliches Schwein gehabt!«

»Ist es nicht schlimm?« fragte Steiner schnell.

»Wahrscheinlich eine Gehirnerschütterung. Wenn kein Knochen verletzt ist, können Sie ihn in vier Wochen wieder abholen.« Er wandte sich dem nächsten Verwundeten zu.

»Dann können Sie jetzt ja verschwinden, Oberfeldwebel«, sagte der Sanitäter von vorhin und kniete sich neben Schnurrbart nieder.

Vor dem Bunker wurde Steiner von Krüger, Hollerbach und Kiefer erwartet. »Wie sieht es aus?« fragte Krüger.

»Er kriegt vier Wochen Urlaub«, sagte Steiner mit belegter Stimme.

Sie grinsten erleichtert. »Wäre auch zu schön gewesen!« sagte Krüger. »Pasternack hatte weniger Schwein.«

Steiner blickte bestürzt in sein Gesicht.

»Herzschuß«, sagte Krüger »Die Hälfte des Zuges ist futsch. Schäfer läßt nach dir suchen.«

Sie stiegen die Höhe hinauf.

Hauptmann Stransky hatte aufregende Erlebnisse hinter sich. Die Nachricht vom Einbruch der Russen in die Stellungen der zweiten Kompanie erreichte ihn auf dem Weg nach vorne. Er hatte zusammen mit Striebig von der Höhe aus den Handstreich auf die Bombentrichter beobachten wollen. Als dann aber der Gefechtslärm in den Stellungen der zweiten Kompanie einsetzte, war er so rasch, wie er konnte, in seinen Bunker zurückgerannt und hatte dem schreckensbleichen Adjutanten befohlen, mit sämtlichen Männern des Stabes den Bataillonsgefechtsstand zu sichern. Anschließend hatte er zwei Telefongespräche mit dem Gefechtstroß und dem Regimentsgefechtsstand geführt. Während der Gefechtstroßführer von ihm den Befehl erhielt, alles, was in Kanskoje zwei Füße und eine Waffe besaß, umgehend zum Bataillonsgefechtsstand in Marsch zu setzen, hatte er dem besorgten Regimentskommandeur eine ebenso farbige wie drastische Lageschilderung gegeben, in der unter anderem von Widerstand bis zur letzten Patrone und seinem persönlichen Engagement die Rede gewesen war. Dann war er ruhelos in seinem Bunker auf und ab gegangen, hatte die Chancen für einen eventuellen Rückzug durch die Schlucht überlegt und kurze Zeit später, gerade in dem Augenblick, als der Gefechtstroßführer mit seiner schwerbewaffneten Streitmacht eingetroffen war, von Oberleutnant Schäfer telefonisch erfahren müssen, daß die Stellungen vom Feind gesäubert und die Gräben einschließlich der Bombentrichter wieder fest in der eigenen Hand seien. Die Folge war, daß der Gefechtstroßführer mit seinen Männern, wenn auch fluchend, so doch sichtlich erleichtert den Rückmarsch nach Kanskoje angetreten und der Regimentskommandeur einen zweiten Lagebericht erhalten hatte, wie er ihn sich erfreulicher nicht hätte wünschen können.

Jetzt saß Stransky wieder in seinem Bunker, wartete ungeduldig auf Oberleutnant Schäfer, den er zusammen mit Oberfeldwebel Steiner zu sich befohlen hatte, und erteilte seinem Adjutanten Verhaltensmaßregeln für künftige Wiederholungen solcher, wie er sich ausdrückte, leidiger Zwischenfälle. »Es hängt alles davon ab«, sagte er, »daß man allen Möglichkeiten vorbaut. Mein Vater hat im Ersten Weltkrieg ...«

Leider kam Striebig nicht mehr dazu, auch etwas über die soldatischen Vorzüge von Stranskys Vater zu erfahren, weil der Chef der zweiten Kompanie mit Steiner in den Bunker trat. Nach der etwas knappen Begrüßung berichtete Schäfer ausführlich, und anschließend mußte Steiner den Verlauf des Stoßtruppunternehmens auf die Bombentrichter erzählen. Stransky hörte ihm stumm zu und wandte sich dann an Schäfer: »Der Einbruch in die Stellungen hätte unbedingt vermieden werden müssen.«

»Unter normalen Verhältnissen«, sagte Schäfer. »Aber erstens war die Stellung durch den Einsatz des zweiten Zuges nur schwach besetzt, und zweitens wußten die Männer in den Gräben nicht, woran sie waren, weil sie eigene Leute vor sich hatten. Bis sie merkten, daß es sich nicht um sie, sondern um Russen handelte, war es bereits zu spät.«

»Es wäre nicht zu spät gewesen«, sagte Stransky ungeduldig, »wenn die Russen rechtzeitig daran gehindert worden wären, an unsere Stellungen heranzukommen.«

»Das finde ich auch«, sagte Striebig, der eine willkommene Gelegenheit sah, sein Ansehen bei Stransky aufzubessern. »Wenn ich den Stoßtrupp geführt hätte, wäre es für mich das Nächstliegende gewesen, die Russen sofort anzugreifen.«

Steiner blickte ihn verächtlich an. »Wenn Sie so viel davon verstehen«, sagte er, »hätten Sie ihn ja führen können. Hat Sie niemand daran gehindert.«

Es war eine Ungehörigkeit, die Striebig um so tiefer traf, als sie auch noch in Stranskys Gegenwart erfolgte. Bevor er aber den Mund öffnen konnte, schaltete sich Stransky wieder ein: »Werden Sie nicht unverschämt, Mann. Leutnant Striebig hat recht. Sie hätten die Russen sofort angreifen müssen.« Zu Schäfer sagte er: »Es wäre besser gewesen, Sie hätten den Stoßtrupp selbst geführt. Solche Situationen erfordern doch etwas mehr, als man bei einem unteren Dienstgrad voraussetzen darf.«

»Vor allen Dingen Charakter!« sagte Striebig, der jetzt seine Sprache zurückgefunden hatte. »Wer seine Kameraden bestiehlt, taugt auch sonst nicht viel.«

Schäfer blickte rasch in das farblose Gesicht Steiners, dann stand er auf. »Das sollten nicht ausgerechnet Sie sagen!« sagte er zu Striebig. Zu Stransky sagte er: »Was mich betrifft, so hätte ich in keinem Fall anders gehandelt als Oberfeldwebel Steiner. Er hatte den Auftrag, die Bombentrichter zu säubern, und diesen Auftrag hat er ausgeführt. Haben Sie noch Befehle für mich?«

»Im Augenblick nicht«, sagte Stransky mit rotem Kopf. »Ich werde es nicht versäumen, Ihre merkwürdige Einstellung in meiner Meldung an das Regiment zu erwähnen.«

»Ich bitte Sie darum!« sagte Schäfer und verließ den Bunker. Steiner blieb noch eine kurze Weile wie unschlüssig stehen. Erst als Stransky ihn fragte: »Worauf warten Sie noch?«, hängte er sich die Maschinenpistole über die Schulter, blickte Striebig an und ging hinaus.

Vor dem Bunker blieb er wieder stehen. Schäfer hatte anscheinend nicht auf ihn gewartet, er konnte ihn nirgends entdecken. Nur der Posten stand neben dem Kommandeursbunker. Steiner merkte, daß er von ihm beobachtet wurde. Er stieg einige Meter den Hang hinauf und kehrte dann in einem großen Bogen zum Gefechtsstand zurück. Während er zwischen die dunklen Bäume der Obstplantage trat, schwitzte er am ganzen Körper. Er ging zu Striebigs Bunker und stellte sich einige Schritte vom Eingang entfernt hinter einen Baum. Bis dahin hatte er noch keinen festen Plan, er wußte nicht einmal, warum er hier stand. Es war nur sein Zorn, der ihn hier festhielt. Obwohl er wußte, daß er nichts gegen Striebig unternehmen konnte und eine unüberlegte Handlung selbst in seiner augenblicklichen Verfassung von seiner Vernunft verhindert worden wäre, brachte er es trotzdem nicht fertig, seinen Platz zu verlassen. Er stand über eine Viertelstunde regungslos hinter dem Baum und beobachtete den Posten vor dem Kommandeursbunker, der sich inzwischen einige Schritte entfernt hatte und langsam zum anderen Ende der Plantage schlenderte, wo er, nur noch als Schatten erkennbar, wieder stehenblieb.

Dann hörte Steiner ein anderes Geräusch. Aus einem der Bunker kam ein Mann, dessen merkwürdiges Verhalten Steiner sofort auffiel. Er blieb immer wieder stehen, schaute sich nach allen Seiten um und näherte sich dann vorsichtig dem Bunker des Adjutanten. Er kam so nahe an Steiner vorüber, daß dieser ihn mit der ausgestreckten Hand hätte berühren können. Vor Striebigs Bunker sah er sich noch einmal um und stieg dann leise die Stufen hinunter. Kurze Zeit danach kam Striebig aus dem Kommandeursbunker. Bevor er in seinen eigenen Bunker ging, trat er an einen Baum und urinierte. Steiner hörte ihn pfeifen. Mit angehaltenem Atem beobachtete Steiner, wie er näher kam, die Tür zu seinem Bunker öffnete und sie hinter sich schloß. Obwohl er den Besucher jetzt entdeckt haben mußte, drang kein Laut heraus, auch das Fenster neben der Tür blieb dunkel.

Steiner ließ noch zehn Minuten verstreichen, dann näherte er sich vorsichtig dem Bunker, tastete sich mit den Füßen die Stufen hinab und horchte vor der Tür. Er konnte jetzt Stimmen hören. Langsam drückte er die Tür nach innen, bis er seinen Körper durch den Spalt schieben konnte. Als er sie hinter sich schloß, gab es ein Geräusch; die Stimmen verstummten, aber er hatte schon genug gehört. Er knipste seine Lampe an und fragte: »Kann man hier mitmachen?« Die beiden Männer auf dem niedrigen Feldbett stierten entsetzt zur Tür, ihre aufgerissenen Augen reflektierten das Licht der Taschenlampe. In einem von ihnen erkannte Steiner einen Mann des Bataillonsstabes, ein blutjunges, mageres Kerlchen mit spitzen Hüftknochen und dünnen Beinen; neben ihm wirkte Striebig fast fett. Während Steiner sie betrachtete, empfand er nur noch Genugtuung. Striebigs Hand zuckte instinktiv nach der Wolldecke, die neben seinen Kleidern am Boden lag, aber Steiner war rascher. Mit drei Schritten stand er bei ihm und stieß Kleider und Wolldecke mit dem Fuß in die Mitte des Bunkers. »Ohne Ihre Scheißoffiziersuniform«, sagte er, »wirken Sie viel menschlicher. Stehen Sie auf!«

Striebig starrte ihn stumm an. Der Mann neben ihm preßte sich gegen die Wand. Sein kindliches Gesicht spiegelte eine so tödliche Furcht wider, daß er Steiner leid tat. Die Sache zwischen den beiden berührte ihn auch nicht; es war ihr Privatvergnügen. Er wußte, daß das in vielen Mannschaftsbunkern genauso üblich war, und andere wußten es auch, aber man sprach sowenig darüber wie über das Sterben. Beides war immer gegenwärtig, selbstverständlich, legitim. Das einzige Unnatürliche war der Krieg selbst, und die Männer paßten sich ihm nur an, der eine so und der andere so. Sie hatten im Durchschnitt seit vierzehn Monaten keinen Urlaub mehr gehabt, und ihre Chancen, den Krieg zu überleben, waren nicht groß. Wäre es nicht ausgerechnet Striebig gewesen, so hätte Steiner sich nicht mehr dabei gedacht als sonst, aber Striebig war seit einer halben Stunde zu einer persönlichen Angelegenheit für ihn geworden, und so sah er auch in dieser Situation nur einen persönlichen Vorteil in einer sonst ungleichen Ausgangsposition, eine freundliche Geste des Zufalls und eine willkommene Gelegenheit, sich Genugtuung zu verschaffen. Er legte seine Maschinenpistole auf den Tisch, trat einen Schritt zurück und sagte: »Wollen Sie sich mit mir unterhalten oder lieber mit Stransky?«

»Was wollen Sie?« fragte Striebig tonlos. Steiner sah, daß er nach seiner Pistole schaute, die an seinem Koppel an einem Stuhl hing. »Versuchen Sie es nicht«, sagte er. »Es würde nur den Posten alarmieren. Wenn Sie nicht aufstehen, rufe ich ihn herein.«

Striebig stand auf; es sah aus, als würde er jeden Augenblick in Tränen ausbrechen. »Sie hätten ein hübsches Weib abgegeben«, sagte Steiner. »Hier liegt Ihre Hose. Wollen Sie sie nicht anziehen?« Er schob sie ihm mit dem Fuß ein kleines Stück entgegen. Als sich Striebig rasch danach bückte, trat er ihm mit dem genagelten Stiefel auf die Finger und hielt sie am Boden fest. »Wenn Sie schreien«, sagte er, »wird der Posten aufmerksam.« Er beobachtete, wie Striebig mit schmerzverzerrtem Gesicht langsam zu Boden ging, sich auf Knie und Ellbogen stützte und den Kopf nach unten hängen ließ. Er betrachtete eine Weile seinen weißen Rücken, dann nahm er seinen Fuß zurück, griff nach seiner Maschinenpistole und ging, ohne sich noch einmal umzuschauen, aus dem Bunker. Er kümmerte sich auch nicht darum, ob der Posten ihn sah oder nicht, sondern stieg sofort den steilen Hang hinauf.

Es war die Stunde vor der Dämmerung, die Nacht war noch ganz schwarz. Einzelne Gewehrschüsse bellten giftig über die Höhe. Die Sterne verloren ihr Licht.

Vor seinem Bunker blieb Steiner stehen; er fühlte sich beschmutzt, aber es tat ihm nicht leid. Bis heute hatte er sich immer auf seinen Instinkt verlassen können.

Auf einmal huschte ein Schein über sein Gesicht. Er hob verwundert den Kopf. Im Osten zerbrach der Himmel. Der Horizont verwandelte sich in ein zuckendes Flammenmeer, und Augenblicke später brauste es heran wie eine ungeheuere Woge, die über die Stellungen schlug und die Höhe unter sich begrub.

Er stürzte die Stufen hinab, stieß die Tür auf und blickte in ein halbes Dutzend blasser Gesichter. Auf dem Tisch flackerte eine Kerze. Er drückte die Tür hinter sich zu und sah auf seine Uhr. »Es ist genau drei Uhr«, sagte der Schwarzwälder ruhig.

Steiner nickte.

Oberstleutnant Strauß saß halb angezogen auf seinem Bett. Während er schlaftrunken nach seinen Stiefeln tastete, verwünschte er die Sorglosigkeit der Armeeführung, die einen Großangriff der Russen frühestens für Mitte Mai erwartet hatte. Und dies, obwohl sie von der Division oft genug auf die intensiven Vorbereitungen der Russen hingewiesen worden war.

Er hatte inzwischen seine Stiefel gefunden und zog sie an. Draußen brodelte es, als rollten einige hundert Fahrzeuge über ein holpriges Kopfsteinpflaster. Die Gegenstände im Bunker vibrierten, das Glas des Fensters klirrte, und das flackernde Licht der Kerze drohte zu erlöschen. Das Telefon läutete. Hauptmann Kiesel meldete sich: »Es geht los, Herr Oberstleutnant!«

»Es hat noch nie aufgehört«, knurrte Strauß. »Kommen Sie in fünf Minuten herüber!« Er legte den Hörer zurück und blieb einen Augenblick mit gebeugtem Rücken am Tisch stehen.

Als Kiesel hereinkam, war Strauß fertig angezogen. Im selben Augenblick läutete wieder das Telefon. Strauß nahm den Hörer ab und blickte Kiesel an. »Der General«, sagte er.

Während er telefonierte, wurde sein Gesicht ernst. Er sagte: »Ich werde sofort alles Erforderliche veranlassen, Herr General.« Er ließ den Hörer sinken und wandte sich an Kiesel: »Trommelfeuer auf dem ganzen Abschnitt. Nach Ansicht des Generals handelt es sich um die bisher größte Massierung russischer Artillerie.«

»Man hört es«, sagte Kiesel. Er beobachtete, wie Strauß die Kurbel des Feldfernsprechers drehte und mit dem Nachrichtenoffizier sprach. »Da haben wir's!« sagte er mürrisch. »Sämtliche Verbindungen nach vorne unterbrochen.« Er führte noch einige Gespräche mit verschiedenen dem Regiment unterstellten Teilen. Dann ging er in eine Ecke des Bunkers, holte eine Flasche und zwei Gläser und goß die Gläser voll. »Wir haben einen heißen Tag vor uns!« sagte er.

Sie tranken die Gläser leer. Strauß blickte auf seine Armbanduhr. »Zwanzig nach drei. Das Ende der Ouvertüre dürfte vor zwei Stunden nicht zu erwarten sein. Rufen Sie die Herren zu mir.«

Kiesel ging hinaus und kehrte kurze Zeit später mit den Offizieren des Stabes zurück. Die Besprechung dauerte über eine Stunde.

Von den Bataillonen trafen auf dem Funkweg laufend beunruhigende Meldungen ein. So berichtete Stranksy von starkem Motorengeräusch aus der Gegend des Waldes. Als etwas später vorübergehend die Drahtverbindung mit den Bataillonen hergestellt werden konnte, sprach Strauß mit den Kommandeuren und teilte ihnen mit, daß ein ganzes Sturmregiment zur Verstärkung unterwegs sei. Kurz darauf war der Draht wieder unterbrochen. Der Nachrichtenoffizier meldete, daß er bei den Versuchen, die Leitungen zu entstören, bereits die Hälfte seiner Männer verloren habe. Strauß befahl ihm, die Versuche einzustellen, bis das feindliche Artilleriefeuer nachlasse.

Die Offiziere kehrten mit Ausnahme von Kiesel, der bei Strauß blieb, in ihre Bunker und Befehlsstellen zurück. Allmählich wurde es hell. Das Trommelfeuer hatte noch an Heftigkeit zugenommen und schien sich zu nähern. »Wir werden uns die Sache einmal von oben anschauen«, sagte Strauß und griff nach Koppel und Mütze.

Das stumpfe Grau des Himmels schien von silbrigen Fäden durchzogen zu sein. Jenseits der Höhe dröhnte das Artilleriefeuer in ungebrochener Stärke. Als die beiden Offiziere die Kuppe erreichten, blieben sie stehen. Im Osten, so weit man schauen konnte, loderte ein Vulkan. Der Horizont hatte sich in eine zuckende Schlange verwandelt, die sich krümmte und streckte, gelbe Flammenbündel über das Land schleuderte, glühende Wolken ausstieß und ständig in Bewegung blieb. Noch lag fahles Dunkel zwischen den blauschwarzen Hügeln, die von sprühenden Funken überschüttet wurden und deren messerscharfe Rücken gegen den brennenden Himmel standen.

Nach einigen Schritten stießen die beiden Offiziere auf einen Graben mit tiefen Unterständen. In einem davon trafen sie den VB der zweiten Artillerieabteilung, Oberleutnant Spannagel. Er hatte einen Funktrupp bei sich und Drahtverbindung zur Regimentsvermittlung. Strauß telefonierte mit dem Nachrichtenoffizier und befahl ihm, sämtliche eintreffenden Gespräche auf diesen Apparat zu legen. Von Spannagel erfuhr er, daß die Geschütze feuerbereit, die Funkverbindungen intakt seien und daß die Munition ausreiche, um den Russen den Angriff zu verleiden. Die Männer des Funktrupps hielten sich im Hintergrund und blickten erleichtert auf den Kommandeur, als wäre dessen Anwesenheit die sicherste Bürgschaft dafür, daß sie die kommenden Stunden unbeschadet überstehen würden.

Während Strauß durch das Scherenfernrohr des Artillerieoffiziers die gegenüberliegende Höhe beobachtete, die, eingehüllt in eine flammende Rauchwolke, kaum mehr zu erkennen war, unterhielt sich Kiesel in gedämpftem Ton mit Spannagel. Der Oberleutnant mit dem hageren, unrasierten Gesicht wirkte trotz seiner zuversichtlichen Worte nervös. »Wenn ich nur die Hälfte von dem hätte«, sagte er, »was die Russen in die Luft pulvern, würde ich ihnen die Hölle heißmachen.«

»Ich denke, Sie haben genügend Munition«, sagte Kiesel.

»Das schon, aber wir brauchen sie, wenn sie angreifen. Solange die Kerls noch in ihren Löchern stecken, bekommen wir sie nicht zu fassen.«

»Wieviel Geschütze schätzen Sie auf der anderen Seite?«

Spannagel zuckte mit den Schultern. »Schwer zu sagen. Ich bin seit Beginn des Rußlandfeldzuges bei der Abteilung, aber so was habe ich noch nie erlebt.«

Kiesel blickte auf seine Uhr. »Zwei Stunden schon! Jetzt werden bald ihre Flieger kommen.«

»Und anschließend ihre Panzer«, sagte Spannagel. »Sie können sich kein besseres Gelände wünschen. Von unserer Pak wird nach diesem Trommelfeuer kein Geschütz übrigbleiben. Die Russen kennen jedes Geschütz von uns.«

Strauß wandte sich ihnen zu. »Das Feuer scheint sich in erster Linie auf 121,4 zu konzentrieren. Ich glaube nicht, daß die Russen ihren Hauptstoß auf die Straße richten. Sie werden versuchen, auf die Höhe zu kommen. Wenn sie das geschafft haben, ist unsere Panzersperre an der Straße wertlos.«

»Sie dürfen nicht auf die Höhe kommen«, sagte Kiesel. »Wenn wir die Höhe nicht halten, kämpfen die anderen Bataillone mit offenen Flanken.«

Sie traten zu Strauß und blickten mit ihm durch die breite Scharte des Unterstandes. Während sich das stumpfe Grau des Himmels mehr und mehr aufhellte, verblaßte die rote Glut des Horizontes unter dem kalten Licht des jungen Tages, der von Osten her über die Hügel kam und kaum merklich die Konturen des Landes aus der Dämmerung heraushob. Immer deutlicher zeichnete sich die grauschwarze Staubwolke ab, die über den zerpflügten Gräben schwebte und wie eine riesige Rauchfahne die Sicht nach Osten versperrte.

Kiesel hob plötzlich den Kopf und lauschte. Auch die anderen wurden aufmerksam. Zuerst war es ein feines Summen, das die Luft im Unterstand in Schwingungen versetzte, dann schwoll es zu einem Dröhnen an, das den Himmel in seiner ganzen Weite auszufüllen schien. »Die zweite Phase!« sagte Strauß. »Die Flugzeuge.«

Das Läuten des Feldfernsprechers riß ihre Köpfe herum. Spannagel nahm den Hörer ab und blickte Strauß an. »Der Herr General, Herr Oberstleutnant!«

Strauß nahm ihm den Hörer aus der Hand. »Herr General!« sagte er.

»Wie sieht es bei Ihnen aus, Strauß?« Die Stimme klang dünn, fern, wie über unendliche Räume hinweg. »Unverändert«, antwortete Strauß. »Heftiges Artilleriefeuer auf der ganzen Linie, jetzt noch Flieger, ich befürchte . . .«

Draußen wuchs ein markdurchdringendes Heulen an. Strauß bemerkte aus den Augenwinkeln, wie Kiesel und Spannagel sich an die Wände des Unterstandes drückten. Die Männer des Funktrupps lagen flach am Boden. Er preßte den Hörer ans Ohr. »Herr General!«

Die Stimme am anderen Ende wurde besorgt: »Was haben Sie, was ist los, Strauß? Strauß, warum sprechen . . .«

Ein ohrenbetäubendes Krachen zerschlug jedes andere Geräusch, der Boden schwankte, Strauß klammerte sich mit der freien Hand an eine Verstrebung und starrte gegen die Decke des Unterstandes. Das Summen im Hörer erstarb, dunkler Rauch quoll durch die Scharte. Das Krachen steigerte sich noch, Sand rieselte zwischen den Ritzen herab, die türlose Öffnung des Unterstandes verschwand hinter weißem Qualm.

Strauß hustete. Er hatte den Hörer sinken lassen, seine Knie gaben nach, er rutschte, mit dem Rücken gegen die Wand gestemmt, zu Boden und rang mühsam nach Luft. Einige Minuten vergingen. Das Bersten und Krachen wurde schwächer, entfernte sich, der Qualm zog träge durch den Stollen ab, gab die Sicht wieder frei. Strauß raffte sich auf und sah zu Kiesel hin, der neben dem Stollen stand und die Hand gegen die Augen drückte. Spannagel saß am Boden. Jetzt nahm Kiesel die Hand von den Augen, blinzelte ein paarmal, ihre Blicke trafen sich. »Die dritte Phase!« sagte Strauß. »Die Feuerwalze ging nach hinten.«

Sie traten fast gleichzeitig an die Schießscharte und starrten hinaus. In der Luft dröhnte Motorengeräusch, schwere Detonationen ließen darauf schließen, daß das Bombardement der feindlichen Flugzeuge noch immer andauerte. Die Offiziere bemerkten eine weiße Wand, die sich langsam über die ganzen Stellungen ausbreitete. »Nebel!« sagte Strauß heiser. »Sie haben Nebel geschossen.« Mit zwei Schritten stand er am Telefon und riß die Kurbel durch. Die Leitung war tot. Als er sich rasch dem Ausgang zuwandte, stieß er mit einem Mann zusammen, der eine Meldung brachte. »Vom ersten Bataillon,

Herr Oberstleutnant!« sagte er atemlos. »Panzer im Anrollen, erbitten Sperrfeuer. Pak ausgefallen.«

Strauß drehte den Kopf. Die Funker saßen bereits an ihrem Gerät. Sie hatten die Kopfhörer übergestreift und sahen auf Spannagel, dessen Nervosität schlagartig geschwunden war. Er stand neben Kiesel am Scherenfernrohr, seine Stimme klang ruhig: »Feuerkommando!«

»Feuerkommando!« wiederholte einer der Funker monoton. Spannagel blickte durch das Scherenfernrohr, sein hageres Gesicht wirkte kantig. »Ganze Abteilung, feuern!«

Der Angriff erfolgte in einer Breite von zwanzig Kilometern. Sein Hauptstoß richtete sich mit drei Garde-Divisionen, einer Gebirgsschützen-Division, drei Schützen-Divisionen, einem Schützen-Regiment, drei Panzer-Regimentern und einem Garde-Durchbruchs-Regiment auf die westlich von Krymskaja liegenden Stellungen. Der Angriff wurde von etwa fünfhundert Flugzeugen unterstützt und im Schutze der dichten Nebelwand von den Panzern über die zerschossenen Stellungen hinweggetragen. Dreißig Minuten nach Angriffsbeginn erreichten sie den Gipfel der Höhe 121,4. Der Wehrmachtsbericht sprach von einer russischen Großoffensive im Kubanbrückenkopf, deren Umfang nur mit den Materialschlachten des Ersten Weltkrieges zu vergleichen sei. Örtliche Einbrüche hätten durch Gegenstöße abgeriegelt und bereinigt werden können. Die Offensive sei im zusammengefaßten Feuer der deutschen Divisionen steckengeblieben.

An diesem Morgen aber, wenige Minuten nachdem die russische Feuerwalze auf die rückwärtigen Stellungen übergesprungen war, hatte es für die Männer auf der Höhe 121,4 kaum noch den Anschein, als könnte sich der heranbrandenden Flut der russischen Infanterie noch ein ernsthaftes Hindernis in den Weg stellen. Die wenigen Überlebenden des Artilleriefeuers rannten in wilder Flucht durch die eingeebneten Gräben und suchten den Bataillonsgefechtsstand zu erreichen, wo sie, soweit sie es schafften, von Striebig in Empfang genommen und zur Verteidigung des Gefechtsstandes eingesetzt wurden.

Auch für Steiner und seine Männer wurde die Frage, ob sie noch länger auf ihrem verlorenen Posten ausharren sollten, immer drängender. Sie hatten das dreistündige Trommelfeuer und die Bombenangriffe in stumpfer Apathie über sich ergehen lassen. Im Augenblick aber, als es draußen fast schlagartig still geworden war, hatten sie den Bunker verlassen und waren durch eine Wand weißen Nebels zur nächsten MG-Stellung gerannt.

Jetzt drängten sie sich an die Schießscharte und starrten in den weißen Qualm, der undurchdringlich über dem Gelände lag.

Steiner hängte sich die Maschinenpistole über die Schulter. »Ich werde nach Schäfer schauen. Baut das MG auf; es wird gleich losgehen.«

»Du wirst den Russen in die Hände laufen«, sagte der Schwarzwälder.

»Vielleicht auch nicht«, sagte Steiner. »Falls ich nicht rechtzeitig zurückkomme, treffen wir uns beim Bataillonsgefechtsstand.« Er beobachtete, wie Kiefer einen Munitionsgurt in das MG schob. Kern saß am Boden. Außer ihm und Kiefer waren noch drei Männer im Unterstand. Sie wirkten etwas ruhiger, obwohl sie erst mit dem letzten Ersatz gekommen waren. Während Steiner sie anschaute, fielen ihm Krüger und die anderen ein.

Er stieg rasch in den Graben und sah sich um. Über die Höhe peitschten Gewehrschüsse, auch Motorengeräusch war zu hören. Einen Augenblick wußte Steiner nicht, wohin er sich zuerst wenden solle. Hollerbach lag mit seiner Gruppe in Richtung zum Bataillonsgefechtsstand, Krüger entgegengesetzt. Da das Motorengeräusch immer lauter wurde, entschloß er sich, zuerst nach Krüger zu schauen. Er rannte geduckt durch den zerschossenen Graben. Die Schützenlöcher und MG-Stellungen, an denen er vorbeikam, waren leer. Dann lag plötzlich ein Mann mitten im Graben. Neben ihm, mit dem Gesicht nach unten, sein Kopf. Steiner schloß die Augen und stieg über ihn hinweg. Ein Kopf, dachte er, ein Kopf, sonst nichts. Der Graben machte wieder eine scharfe Krümmung. Von hier zu Schäfers Kompaniegefechtsstand, der etwas weiter oben in einem Stichgraben lag, waren es nur noch fünfzig Meter. Als Steiner ihn erreichte, sah er den metertiefen Trichter einer Fliegerbombe. Einige zerfetzte Balken und Holzstücke ragten aus der geschwärzten Erde. Der künstliche Nebel kroch dick und schwerfällig in die Tiefe und bildete auf der Sohle des Trichters einen Tümpel. Steiner krallte unwillkürlich die Finger in die feuchte Grabenwand. Ein paar Sekunden war er unfähig, etwas zu tun. Schließlich stolperte er in den Hauptgraben zurück und tastete sich weiter. Der Nebel war hier noch dichter und klebte wie eine zähe Masse am Boden. Wieder kam er an einem abgedeckten MG-Stand vorüber und warf einen Blick hinein. Er tat es fast absichtslos, ohne Hoffnung, aber dann sah er einen breiten Rücken, einen breiten, ungemein vertrauten Rücken, und blieb ungläubig stehen. Erst als sich der Rücken bewegte, kroch er in das Loch, legte seine Hand auf eine Schulter, die herumgerissen wurde, und starrte in das Gesicht Krügers.

Sie sahen sich stumm an. Dann wandte Krüger den Kopf nach der Schießscharte und sagte: »Sie kommen!« Seine Stimme klang fremd, leise und sehr gleichgültig.

»Panzer!« sagte Steiner. Er trat auf die andere Seite des schweren Maschinengewehrs und blickte durch die Scharte. Das Motorengeräusch hatte sich zu einem anhaltenden Dröhnen gesteigert, füllte die Luft und näherte sich unaufhaltsam. Deutlich war das stählerne Klirren der Raupen herauszuhören. Die Sicht wurde langsam besser, der künstliche Nebel glitt in die Tiefe, so daß man einige Meter des steil abfallenden Geländes überblicken konnte. Nur weiter unten, wo sich die grünen Wipfel des Waldes in den wolkenlosen Himmel reckten, lag er wie eine dicke Suppe und schob sich träge, von einem kleinen Wind bewegt, in östlicher Richtung der Sonne entgegen.

»Wenn sie Infanterie bei sich haben«, sagte Steiner, »kommen wir hier nicht mehr 'raus. Wo sind die anderen?«

»Die anderen?«

»Ja.«

»Saßen im Bunker«, sagte Krüger. »Er bekam einen Volltreffer.«

Steiner wußte jetzt, weshalb die Stellungen, an denen er vorbeigekommen war, leergestanden hatten. »Und du?« fragte er.

»Ich war hier«, sagte Krüger.

»Während des ganzen Trommelfeuers?« fragte Steiner überrascht. Krüger blickte durch die Schießscharte. »Wir wollten auf dich warten, bis du vom Kommandeur zurückkommst«, sagte er. »Als du um halb drei noch nicht hier warst, ist Hollerbach in seinen Bunker zurück, und ich ...« Er verstummte einen Augenblick und betrachtete den weißen Nebel in der Tiefe. »Ich hatte keine Lust, mich hinzulegen«, sagte er dann. »Habe den Jungen abgelöst, der hier am MG stand, und dann ging es plötzlich los. Raus konnte ich nicht mehr, und da bin ich eben hier sitzen geblieben und habe erlebt, wie die Flugzeuge kamen ...« Er sprach nicht weiter.

»Sie sind alle in den Himmel geflogen!« sagte Steiner. »Du hast Glück gehabt.«

»Glück?« Krüger grinste mit leerem Gesicht. »Ich saß vier Stunden ganz allein hier, und es gibt nichts Schlimmeres, als allein zu sein. Das weiß ich jetzt.«

»Das weiß ich schon lange«, sagte Steiner.

Sie horchten wieder auf das Motorengeräusch. Es klang bereits so nah, daß sie sich wunderten, noch nichts von den Panzern zu sehen, obwohl sie angestrengt in die Tiefe starrten. Krüger stand breitbeinig hinter dem MG. Dann zuckten sie beide zusammen. In der Luft schwoll ein Heulen an, stürmte fauchend über ihre Köpfe hinweg und wuchtete in die Nebelschwaden. Das Sperrfeuer! dachte Steiner.

Sie beobachteten, wie unterhalb ihrer Stellungen eine schwarze Wolkenwand zum Himmel wuchs und das Panzergeräusch unter sich begrub. »Sie hätten früher damit anfangen sollen!« sagte Steiner. Dann sah er den Panzer mit wippenden Raupen und stählernen Flanken den Berg heraufrollen und das Dutzend russischer Infanteristen auf seinem breiten Rücken.

T 34, dachte er, immer diese gottverdammten T 34. Fast gleichgültig erlebte er, wie Krüger das MG herumschwenkte und zu feuern begann. Es schien, als hätte eine unsichtbare Faust nach den Männern auf dem Panzer gegriffen, sie fielen herab wie leblose Puppen, purzelten durcheinander, rollten den steilen Hang hinunter, und der Hexenkessel verschluckte sie. Der Panzer rollte unbeirrt weiter und verschwand aus ihrem Blickfeld; er hatte keinen Schuß abgegeben. Aber schon tauchte der nächste auf und hinter ihm noch einer und immer mehr.

Krüger riß das MG vom Podest. Fast gleichzeitig eröffneten die Panzer das Feuer. Die peitschenden Schläge ihrer Kanonen überklangen das Sperrfeuer, hallten dröhnend den Hang empor. Das Hämmern einiger Dutzend Maschinenpistolen vermischte sich mit einem vielstimmigen Urrääă-Gebrüll.

Die beiden hatten sich an den Boden gepreßt und starrten in den Stollen des Unterstandes. Das Sperrfeuer der eigenen Artillerie wanderte zurück, trommelte sekundenlang auf die Gräben und rollte dann die Höhe hinauf. Sie haben uns aufgegeben, dachte Steiner und sagte: »Wir kommen nicht mehr durch.« Seine Worte gingen in dem fürchterlichen Lärm unter.

»Zu spät!« brüllte Krüger. Steiner sah einen Schatten im Graben und feuerte sitzend sein Magazin leer. Der Schatten verschwand. Jetzt würden die Handgranaten kommen oder die geballte Ladung!

Sie starrten mit angehaltenem Atem in den Graben, dessen obere Hälfte bereits von der Morgenröte überflutet war. Während Steiner auf das Ende wartete, beschäftigten sich seine Gedanken mit Gertrud. Vielleicht würde morgen oder übermorgen ein Brief von ihr kommen. Fetscher würde mit einem Rotstift einige Worte auf den Umschlag schreiben, »Gefallen für Großdeutschland«, wie er es schon bei unzähligen Briefen getan hatte, und die Begegnung in Gursuf würde eine Episode am Rande des Krieges bleiben.

Das Warten wurde unerträglich. Krüger richtete sich auf und starrte mit vorgebeugtem Oberkörper in den Graben. Draußen war es stiller geworden, das Motorengeräusch klang dumpfer, auch der Gefechtslärm schien sich immer weiter die Höhe hinaufzuziehen. Kaum, daß noch ein deutsches MG hämmerte. Das Artilleriefeuer war ganz verstummt, auch das Urrääà-Gebrüll. Die beiden sahen sich ungläubig an. Dann schob sich Krüger langsam zum Ausgang, verharrte einige Sekunden regungslos und streckte schließlich den Kopf in den Graben. Steiner starrte auf seinen breiten Rücken. Als er sah, daß sich die angespannte Haltung des Ostpreußen lockerte, trat er rasch neben ihn und schob ein neues Magazin in die Maschinenpistole.

»Nichts!« flüsterte Krüger verständnislos. Der Graben war leer.

»Sie sind über uns hinweg die Höhe hinauf«, sagte Steiner.

Plötzlich klang von links ein neues Geräusch, wie es entsteht, wenn einige Dutzend Stiefel durch den Graben poltern. Steiner ließ sich auf die Knie fallen und richtete den Lauf der Maschinenpistole in den Graben. Die Schritte näherten sich, keuchende Atemzüge wurden laut, und nun kamen sie herangestürmt, keine Russen, Männer der dritten Kompanie, einer hinter dem anderen, die meisten ohne Waffen, mit zerfetzten Uniformen, blutverschmierten, verzerrten Gesichtern, besinnungslose Amokläufer.

Krüger stöhnte vor Erleichterung. Als der letzte vorüber war, wollte er ihnen nachstürzen, aber Steiner hielt ihn zurück. »Warte! Nicht mit dem Haufen, Mensch!«

Sie stiegen in den Graben und lauschten. Erschreckend nah heulte ein Motor auf, Gebrüll setzte ein, Maschinenpistolen, der harte Knall einer Panzerkanone, dann noch eine Serie schmetternder Schläge von Handgranaten, und dann wurde es wieder still.

»Sie sind direkt zu den Russen gerannt«, sagte Krüger ohne Stimme. Steiner benetzte sich mit der Zunge die trockenen Lippen. »Wir sind verkauft!« sagte Krüger. Er betrachtete ratlos das MG in seinen Händen. »Wenn wir hierbleiben, kommen sie zu uns, und wenn wir weitergehen, kommen wir zu ihnen. Wir sind endgültig verkauft.«

»Erst, wenn sie uns haben«, sagte Steiner. »Halte dich dicht hinter mir und immer den Kopf im Dreck.«

Er wandte sich nach rechts und ging geduckt und langsam durch den Graben. Krüger nahm das MG in die rechte Hand. Während er Steiner widerwillig folgte, war er immer darauf bedacht, mit dem Kopf nicht über den Grabenrand zu kommen. Sie kamen an Steiners Bunker vorüber und warfen einen Blick hinein, aber er war leer. Da sie nun bald an die Stelle kommen mußten, wo die Männer der dritten Kompanie auf die Russen gestoßen waren, krochen sie auf den Knien weiter. Hinter der nächsten Grabenkrümmung stießen sie auf einen Mann, den eine schwere Granate an die

Grabensohle genagelt hatte. Aus seinem Rücken ragten die Stabilisierungsflügel wie ein Ventilator. Steiner schloß die Augen und kroch über den Blindgänger im Körper des Mannes hinweg. Krüger folgte ihm dicht. Dann lag ein gutes Dutzend Männer im Graben, übereinander und nebeneinander. Sie krochen auch über die toten Männer der dritten Kompanie hinweg. Ihre Gesichter waren schmutzig und verzerrt, der Schweiß floß ihnen über die Stirn und brannte in ihren Augen, aber sie bewegten sich unaufhaltsam über den Boden, über weggeworfenes Gerät und Uniformstücke, über menschliche Glieder, die aus dem halbverschütteten Graben ragten. Sie krochen über drei Männer, die, zu einem Fleischklumpen vermatscht, noch im Tode mit aufgesperrten Mündern in den Himmel fluchten, der sich in einer samtenen Bläue über die Hügel wölbte. Als Steiner auch dieses Hindernis überwunden hatte und eine ekelerregende Flüssigkeit von seinen Fingern wischte, riß ihnen ein Schrei zu ihren Köpfen den Boden unter den Füßen weg: »Stoi!«

Eine russische Maschinenpistole hämmerte los. Steiner schnellte auf, feuerte blindlings über den Grabenrand und stürmte weiter. Stolpernd, keuchend, halb besinnungslos vor Entsetzen, rannte Krüger hinter ihm her. In ihrem Rücken detonierten Handgranaten, laute Schreie gellten über den Graben, seitlich vor ihnen erschien für Sekunden ein dunkles Gesicht unter einem Stahlhelm, und Steiner schoß, ohne zu zielen. Das Gesicht verschwand. Statt dessen rollte ein dunkler Gegenstand mit zischendem Geräusch vor seine Füße. Er wollte sich zurückwerfen, aber schon hörte er die keuchenden Atemzüge des Ostpreußen dicht hinter sich. Da setzte er mit einem ihm selbst unbegreiflichen Sprung über die Handgranate hinweg, stürzte einige Schritte weiter bis zum nächsten Grabenknie und warf sich flach zu Boden. Die Detonation erfolgte, als ein schwerer Körper über ihn fiel, und dann hörte er wieder die Stimme des Ostpreußen, fühlte seine Hände, die ihn vom Boden rissen, und starrte ungläubig in sein entstelltes Gesicht. »Weiter!« stöhnte Krüger. »Weiter, weiter!«

Sie taumelten erschöpft vorwärts, hörten, wie das Rufen und Schießen hinter ihnen schwächer wurden, und blieben plötzlich stehen, als wären sie gegen eine Mauer gerannt. Etwa zehn Meter entfernt, quer über dem Graben, stand ein russischer Panzer. »Aus!« sagte Krüger tonlos.

Sie starrten auf das stählerne Ungetüm, dessen Turm jetzt langsam in Bewegung geriet, bis das Rohr genau auf sie gerichtet war. Da warf sich Steiner mit einem unartikulierten Laut vorwärts, und der Ostpreuße folgte ihm, als wären sie ein Körper.

Die Ereignisse und Meldungen im Regimentsgefechtsstand überstürzten sich. Noch während des russischen Trommelfeuers war Strauß in den Bunker der Nachrichtenzentrale gerannt, hatte sich über die eingegangenen Meldungen informiert und in einem KR-Funkspruch an die Division dringend um Hilfe gebeten. Kurze Zeit später war Kiesel in den Bunker getreten und hatte berichtet, daß der russische Angriff zwar, wie es den Anschein habe, vor den Stellungen des zweiten Bataillons liegengeblieben sei, beim ersten Bataillon jedoch unaufhaltsam über die Gräben hinweg die Höhe hinaufrolle. Da inzwischen auch von Stransky alarmierende Funksprüche aufgenommen wurden, die das Eintreffen versprengter Teile der dritten und zweiten Kompanie beim Bataillonsgefechtsstand meldeten, konnte an dem Zusammenbruch der HKL auf der Höhe 121,4 nicht mehr gezweifelt werden. Strauß hatte sich durch das Scherenfernrohr des Artilleriebeobachters persönlich von der katastrophalen Lage überzeugt und stand nun in seinem Bunker über die Karten gebeugt, Kiesel und zwei andere Offiziere des Stabes neben ihm. »Es muß bei Gaußer passiert sein«, sagte Strauß. »Wir dürfen keine Zeit verlieren. Bis das Sturmregiment eintrifft, kann es schon zu spät sein. Sehen Sie her!« Die Offiziere beugten sich mit ihm über die Karte. »Vogel hat fast nichts abbekommen«, sagte Strauß. »Er sitzt immer noch in seinen alten Stellungen. Sobald die Russen auf der Höhe sind, fallen sie ihm in den Rücken.«

»Wie sieht es bei Körner aus?« fragte Oberleutnant Mohr, der Nachrichtenoffizier des Regiments.

»Körner sitzt gleichfalls fest im Sattel«, sagte Strauß. »Er ist am wenigsten gefährdet. Die Russen haben es an der Straße gar nicht erst ernsthaft versucht. Seine rechte Flanke wird durch Stransky gedeckt, der seine versprengten Teile beim Bataillonsgefechtsstand sammelt und in dreißig Minuten zum Gegenstoß antritt.«

»Mit dem Sturmregiment?« fragte Kiesel.

Strauß schüttelte den Kopf. »Damit wäre Vogel nicht mehr geholfen. Ich habe ihn und Stransky bereits durch Funk verständigen lassen. Vogel räumt seine Stellungen bis zum Gefechtsstand der dritten Kompanie und stößt von dort auf die Höhe vor, wo er mit Stransky zusammentrifft. Eine einfache Frontbegradigung. Die HKL wird dann bis zum Eintreffen des Sturmregiments nicht mehr um die Höhe herum, sondern über die Höhe verlaufen.«

»Und die durchgebrochenen Russen?« fragte Oberleutnant Mohr.

»Ihre Panzer sollen bereits in Kanskoje stehen.«

»Werden auf das Sturmregiment stoßen«, sagte Strauß. »Es führt zwanzig Sturmgeschütze mit sich.«

Die besorgten Mienen der Offiziere hellten sich auf. Strauß pochte mit dem Knöchel einige Male hart auf den Tisch. »Sobald das Sturmregiment eintrifft«, sagte er, »werden wir die Höhe ganz zurückholen. Wir bekommen Stuka-Unterstützung. Spätestens heute abend sitzen wir wieder in unseren alten Stellungen.«

Seine Zuversicht übertrug sich auch auf die Offiziere. Während Strauß wieder telefonierte, unterhielten sie sich halblaut miteinander. Leutnant Stroh, Ordonnanzoffizier, hatte Bedenken. »Glaube nicht, daß Stransky das schaffen wird«, sagte er. »Sein Bataillon ist völlig zerschlagen. Wenn die Männer versuchen, auf die Höhe zu kommen, wird der Russe sie mit seiner Artillerie eindecken. Außerdem haben sie keinen wirksamen Schutz gegen die Panzer.«

»Hat man Nachricht von den Kompanieführern?« fragte Mohr.

Kiesel nickte ernst. »Schäfer gefallen, Merkel und Schwerdtfeger verwundet, von Gaußer fehlt jede Spur.«

»Dann ist das Bataillon ja ohne Kompanieführer!« sagte Stroh.

Sie blickten Strauß an, der sein Gespräch beendet hatte. »Gute Nachrichten!« sagte er laut. »Die Division meldet, daß der Angriff fast überall abgewehrt worden ist. Kleinere Einbrüche, nicht der Rede wert, zum Teil schon bereinigt.« Er wandte sich an Mohr: »Funkspruch an Stransky und Vogel. Der Gegenstoß wird um fünfzehn Minuten verschoben, sonst fällt er mit dem Stuka-Angriff zusammen. Beeilen Sie sich!«

Während Mohr hinausrannte, richtete Strauß das Wort an Stroh: »Verständigen Sie Spannagel und setzen Sie sich mit Hauptmann Potzenhardt in Verbindung; ich brauche sämtliche Rohre von ihm. Sobald die Stukas eintreffen, soll er zehn Minuten lang die Höhe eindecken. Er hat seine B-Stelle bei Vogels Gefechtsstand.«

»Jawohl!« sagte Stroh.

Strauß wartete, bis die Tür hinter ihm zuschlug, dann holte er wieder Flasche und Gläser und sagte zu Kiesel: »Denke, wir haben eine kleine Stärkung verdient. Was im Augenblick getan werden konnte, ist getan.«

»Erlauben Sie mir eine Bemerkung?« sagte Kiesel.

Strauß steckte sich eine Zigarette an und ließ sich verdrossen auf einen Stuhl fallen. »Kann mich nicht entsinnen«, sagte er, »daß ich es Ihnen schon einmal nicht erlaubt hätte, obwohl Sie mich sonst nie darum gefragt haben. Was ist?«

»Wir werden die Höhe nicht zurückholen«, sagte Kiesel.

Strauß betrachtete ihn mit halbgeschlossenen Augen. Alles in seinem großen Gesicht drückte Ablehnung und Zurechtweisung aus. »Wollen Sie mir Ratschläge erteilen?«

»Ich möchte Sie an die paar hundert Geschütze erinnern, die auf der anderen Seite stehen.«

»Sie glauben doch nicht, daß ich sie vergessen hätte?«

»Nein«, sagte Kiesel. »Das glaube ich nicht.«

Strauß griff nach seinem Glas, trank es aus und stellte es hart auf den Tisch zurück. »Ich habe von der Division den Befehl bekommen, die Russen unter allen Umständen von der Höhe zu vertreiben. Der Herr General ist der Meinung, daß dies mit den vorhandenen Kräften möglich ist.«

»Der Herr General?« fragte Kiesel ruhig.

Strauß lehnte sich ein wenig über den Tisch. »Will Ihnen mal was sagen, Kiesel. Wenn Sie als mein Adjutant versuchen, mir Ihre persönliche Meinung aufzuschwätzen, so kostet Sie das nicht mehr als ein bißchen Unverfrorenheit. Wenn ich dagegen als Regimentskommandeur den General von der Richtigkeit meiner persönlichen Meinung überzeugen möchte, so kann ich das nur, indem ich mein ganzes Regiment bei diesem Scheißgegenstoß verbluten lasse, und weil mein Regiment für mich nicht nur aus Zahlen und Uniformen, sondern aus Menschen besteht, weil ich jede Minute, jeden Tag und jede Nacht daran denken muß und weil ich nicht nur für mich, sondern für ein paar tausend Männer denke, ist es, zum Teufel, vollkommen überflüssig, daß Sie mich auch noch verrückt machen mit Ihrem verdammten Geschwätz. Ist das klar?«

Kiesel blickte in sein zerquältes Gesicht, das eine Sekunde lang ganz nackt war, und biß sich auf die Lippen.

Sie sprachen eine Weile nichts. Strauß füllte sein Glas nach. Als er wieder den Mund öffnete, klang seine Stimme ruhig. »Man müßte entweder ganz oben oder ganz unten stehen, entweder Oberbefehlshaber oder Landser sein, aber nicht so ein dreimal verfluchtes Mittelstück, das weder nach links noch nach rechts Luft hat, weder produziert noch konsumiert, sondern nur ganz einfach entgegennimmt und weitergibt.«

»Ich möchte kein Oberbefehlshaber sein«, sagte Kiesel. »Ich möchte nicht einmal an Ihrer Stelle stehen. Der Preis dafür wäre mir zu hoch.«

Strauß blickte rasch in sein Gesicht. »Welcher Preis?«

»Den wir mit unserem Gewissen bezahlen müssen«, sagte Kiesel. »Wir haben es gegen unsere Uniform eingetauscht, und nun möchten wir den Tausch gerne rückgängig machen, aber es ist zu spät.«

»Halten Sie den Mund!« sagte Strauß blaß.

»Es war schon zu spät«, sagte Kiesel, »als wir die Hand zum Schwur hoben für Führer, Volk und für etwas, das wir damals schon gewußt haben, ohne daß wir den Mut hatten, es uns einzugestehen.«

Strauß wurde kalkweiß. »Ich habe Ihnen befohlen, den Mund zu halten«, sagte er heiser. »Ich dulde nicht, daß Sie in meiner Gegenwart so sprechen. Selbst wenn es zuträfe: Solange da draußen unsere Männer verbluten, haben Sie kein Recht, so zu reden, Sie nicht und ich nicht. Hier!« Er schlug mit der Hand auf die Karten. »Hier ist meine Aufgabe, hier ist der Abschnitt meines Regiments, und hier ist der Russe durchgebrochen, und alles andere interessiert mich nicht, heute nicht und morgen nicht und grundsätzlich nicht, und wenn dieser Krieg verlorengeht, dann werde ich wissen, daß es nicht an mir gelegen hat und ich werde keinen Offizier in meiner Nähe dulden, der nicht das gleiche auch von sich behaupten kann. Habe ich mich klar genug ausgedrückt?«

»Unmißverständlich«, sagte Kiesel. »Sie haben nur eines vergessen.«

»Das wäre?«

Bevor Kiesel antworten konnte, stand Strauß rasch auf und lief zur Tür. »Die Stukas!« sagte er noch. Kiesel hörte sie jetzt auch. Er folgte dem Kommandeur ins Freie und beobachtete die Flugzeuge. Es waren etwa hundert Maschinen, die direkt über den Gefechtsstand hinwegflogen. Kurze Zeit später war die Luft angefüllt von einer fast endlosen Reihe brüllender Detonationen. Obwohl er sich dagegen wehrte, empfand Kiesel eine grimmige Genugtuung. Jetzt setzte auch das Artilleriefeuer ein. »Bleiben Sie hier am Telefon!« sagte Strauß. »Ich sehe mir die Sache von oben an!«

Kiesel kehrte in den Kommandeursbunker zurück. Er setzte sich auf einen Stuhl und betrachtete die Karten. Als das Telefon läutete, waren über zwanzig Minuten vergangen. Er nahm den Hörer ab und erkannte die Stimme des Nachrichtenoffiziers. Stransky meldete in einem Funkspruch, daß der Gegenstoß gute Fortschritte mache und die Verbindung mit dem dritten Bataillon bald hergestellt sei.

Kiesel atmete auf. »Verständigen Sie den Kommandeur«, sagte er. »Er ist oben in der B-Stelle. Sagen Sie ihm, daß ich zu ihm komme.«

Er lief aus dem Bunker und kletterte rasch die Höhe hinauf. Als er in den Unterstand des Artilleriebeobachters trat, stand Strauß mit gespreizten Beinen hinter dem Scherenfernrohr, neben ihm Oberleutnant Spannagel. Die Funker saßen an ihrem Gerät. Jetzt richtete sich Strauß auf, sein Blick fiel auf Kiesel. »Sie sind oben!« sagte er laut. »Das Loch ist wieder zu, überzeugen Sie sich selbst!« Er winkte Kiesel zu sich und schob ihn an das Scherenfernrohr. »Schade, daß Sie nicht hier waren!« sagte er lachend. »Hab' in ganz Rußland noch keinen Luftangriff erlebt wie diesen. Hundert Maschinen! Haben Sie gewußt, daß wir überhaupt noch so viele haben?«

Er wandte sich, ohne eine Antwort abzuwarten, an Spannagel: »Sie hören von mir, sobald das Sturmregiment eintrifft. Behalten Sie die Höhe im Auge, die Russen werden sicher einen Gegenstoß versuchen.« Zu Kiesel sagte er: »Kommen Sie. Vielleicht werden wir unten gebraucht.«

Während sie zu den Bunkern hinunterstiegen, sagte Kiesel: »Ich hätte nie geglaubt . . .«

Strauß schnitt ihm das Wort ab. »Sie sind ein alter Schwarzseher, Kiesel. Die Russen waren so stark mit Vogel beschäftigt, daß ihnen das erste Bataillon völlig unerwartet in den Rücken gekommen ist.«

Vor dem Kommandeursbunker trafen sie auf den Nachrichtenoffizier, Oberleutnant Mohr. »Drahtverbindung mit Stransky wiederhergestellt«, meldete er. »Der Hauptmann möchte Sie sprechen, Herr Oberstleutnant!«

»Gut, gut!« Strauß schlug ihm erfreut auf die Schulter, rannte in den Bunker und griff nach dem Telefon. Während er telefonierte, beobachtete Kiesel sein Gesicht, das unvermittelt ernst geworden war, er sagte: »Es ist gut, Herr Stransky. Sobald das Sturmregiment oben ist, weisen Sie es in die alten Stellungen ein. Wieviel Leute haben Sie noch?«

Als er den Hörer zurücklegte, zuckten seine Lippen. »Das erste Bataillon hat noch siebzig oder achtzig Männer und keine Offiziere mehr. Der Gegenstoß wurde von Steiner geführt.«

»Warum nicht von Stransky selbst?« fragte Kiesel.

»Ist mir lieber so«, sagte Strauß. »Steiner wurde verwundet. Wäre Stransky verwundet worden oder gefallen, müßte jetzt ein Oberfeldwebel das erste Bataillon führen. Ich werde den General bitten, es herausziehen und als Regimentsreserve einsetzen zu dürfen.«

Er wechselte unvermittelt das Thema und erkundigte sich nach Kiesels Schwager.

»Er muß in den nächsten Tagen eintreffen«, sagte Kiesel. »Vielleicht können Sie ihn jetzt im ersten Bataillon . . .«

Er verstummte. Draußen setzte schlagartig heftiges Artilleriefeuer ein. Strauß trat seine Zigarette aus und stand auf. »Es geht los!« sagte er mit erzwungener Ruhe.

Steiner handelte ohne Überlegung, es riß ihn instinktiv vorwärts. Auch das Empfinden Krügers war ausgelöscht, als hätte er durch das schwarze Loch der Panzerkanone etwas gesehen, das ihm das Blut gefrieren ließ. Dennoch reagierte auch er einen winzigen Augenblick rascher als der unsichtbare Richtschütze im Innern des Panzerwagens. In der selben Sekunde, als ihnen der harte Knall der Panzerkanone wie ein Brett an die Ohren schlug, lagen sie ungefähr vier Schritte von dem Panzer entfernt flach am Boden und preßten die Gesichter in die feuchte Erde. In ihrem Rücken versank der Graben unter einer dunklen Rauchwolke, und noch ehe die herabpolternden Erdbrocken zur Ruhe gekommen waren, bewegte sich Steiner auf allen vieren weiter, bemerkte zwischen den eingedrückten Grabenwänden einen dunklen Spalt, zwängte seinen Körper hinein und schloß die Augen. Sechsundzwanzig Tonnen, dachte er, und er kroch unter die sechsundzwanzig Tonnen und fühlte die Hände des Ostpreußen an seinen Beinen. Jeden Augenblick erwartete er das Aufbrüllen des Motors, glaubte zu spüren, wie sich die Erdmassen in Bewegung setzten und seinen Körper zerquetschten, stieß mit dem Kopf, mit den Armen, mit den Schultern verzweifelt gegen ein weiches, dunkles Hindernis, bis es plötzlich nachgab. Der Boden glitt unter ihm weg, er stürzte in die Tiefe, schlug mit dem Gesicht weich auf, dann prallte der Körper des Ostpreußen auf ihn. Sie starrten sich an, ungläubig, keuchend und vor Erschöpfung zitternd. Steiner merkte, daß er seine Finger noch immer in das weiche Hindernis gekrallt hatte, das ihnen beinahe zum Verhängnis geworden wäre. Es war der Körper eines Mannes, der sich seltsam schwammig anfühlte. Er ließ ihn angewidert los. Jetzt erst sah er, daß sie in einem tiefen Bombentrichter lagen. Er blickte nach oben, wo noch immer unbeweglich der Panzer stand; seine rechte Kette war gerissen und hing schlaff über den Rädern.

Steiner tastete nach seiner Maschinenpistole, die ihm bei dem Sturz entfallen war. Sie stiegen vorsichtig aus dem Trichter, krochen wieder in den Graben und gingen, ohne noch einmal zurückzuschauen, hintereinander weiter. Sie gingen langsam und sprachen kein Wort. Irgendwo auf der Höhe wurde noch immer geschossen, einzelne Granaten zogen hoch über ihren Köpfen von links nach rechts und von rechts nach links, aber sie achteten nicht darauf. Sie waren unsagbar müde und gleichgültig und erreichten den Laufgraben zum Gefechtsstand, ohne auf einen Russen zu stoßen. Da ihr Weg nun bergab führte, schien ihnen die Sonne warm ins Gesicht, aber auch das merkten sie nicht.

Es war ein schöner Frühlingstag.

Die Männer lagen am Rand der Obstplantage in rasch ausgehobenen Schützenlöchern. Ihren Gesichtern sah man die vergangenen Stunden an. Hollerbach betrachtete gedankenlos Kiefer, der neben ihm saß und die Augen geschlossen hielt. Kern kam mit einer Feldflasche zu ihnen und warf sie verdrossen auf den Boden. »Hat keinen Zweck«, sagte er. »Liegen ein paar Tote im Bach; lieber verdurste ich.«

»Man müßte einen nach Kanskoje schicken«, sagte Hollerbach. »Wenn Steiner hier wäre ...« Er verstummte.

»Der kommt nicht mehr«, sagte Kern. »Der müßte schon längst hier sein. Vielleicht hätten wir doch noch ein paar Minuten auf ihn warten sollen.«

Kiefer widersprach: »Wir hatten keine Munition mehr. Ich konnte es nicht verantworten.«

»Macht dir keiner einen Vorwurf«, sagte Hollerbach.

Vier Männer schleppten einen Verwundeten vorbei, seine Beine hingen verdreht aus der Zeltplane. »Dem hilft auch kein Arzt mehr«, sagte Kern.

Auf einmal stieß Hollerbach einen merkwürdigen Laut aus. Kern sah auf und folgte mit dem Blick der ausgestreckten Hand des Odenwälders. Auch Kiefer hatte sich aufgerichtet und starrte den Hang hinan. Oben, in dem brusttiefen Laufgraben, wurden zwei Gestalten sichtbar, die sich so langsam näherten, als gäbe es auf der Welt nichts mehr, was noch ihr Interesse wecken könnte.

»Steiner!« murmelte Kern fassungslos.

Sie standen fast gleichzeitig auf und rannten ihm entgegen.

Striebig hatte die Szene beobachtet. Als er Steiner erkannte, drehte er sich rasch um und lief in den Bunker des Kommandeurs. Stransky saß mit blassem Gesicht am Tisch, er fragte: »Was ist jetzt schon wieder?«

»Ich wollte Ihnen nur melden«, sagte Striebig, »daß soeben Oberfeldwebel Steiner eingetroffen ist. Vielleicht könnte er ... ich meine ...«

Stransky sah interessiert auf. »Das trifft sich gut. Ich brauche Sie hier. Schicken Sie ihn herein.«

»Jawohl«, sagte Striebig erleichtert. Er war nicht ängstlicher als andere Männer, aber seit der Kommandeur ihm vor einigen Minuten befohlen hatte, den Gegenstoß des Bataillons zu führen, hatte er nicht mehr richtig atmen können. In dieser Sekunde verzieh er Stransky alles.

Vor dem Bunker rief er einen Mann zu sich und befahl ihm, Oberfeldwebel Steiner sofort zum Kommandeur zu rufen. Er beobachtete noch, wie der Mann seinen Auftrag ausführte, dann ging er in seinen Bunker. Seine Hand schmerzte wieder, er betrachtete die zerschundene Hand, und es wurde ihm fast schlecht vor Haß. Aber vielleicht erledigte sich das jetzt alles von selbst.

Stransky empfing Steiner mit einem Kopfnicken. »Sie kommen von oben?« fragte er.

Steiner nickte auch. Seine undisziplinierte Art, die Frage seines Kommandeurs zu beantworten, trieb Stansky wieder das Blut in den Kopf. Er zwang sich zur Ruhe und fragte: »Wie sieht es aus?«

»Die Russen sitzen in unseren Stellungen«, sagte Steiner.

»Nicht mehr lange.« Stransky lehnte sich in seinem Stuhl zurück. »Das Regiment hat einen Gegenstoß befohlen. Wir haben sämtliche Kompanieführer verloren. Wollen Sie den Gegenstoß führen?«

Steiner blickte in sein glattrasiertes Gesicht. Sogar dafür hat er heute schon Zeit gefunden, dachte er und sagte: »Sie bezweifelten gestern abend selbst, daß ich für so etwas fähig bin.«

Stransky blickte ihn eine Weile stumm an. Dann sagte er: »Es würde mich doch einmal interessieren, woher Sie Ihre Unverschämtheit nehmen. Wahrscheinlich von Ihren guten Beziehungen zum Regimentsgefechtsstand.«

»Ich habe mich nie darum bemüht«, sagte Steiner. »Befehlen Sie, daß ich den Gegenstoß anführe?«

»Ja«, sagte Stransky. »Ich befehle es Ihnen. Sie werden die Höhe zurückholen und Verbindung mit dem dritten Bataillon aufnehmen. Kommen Sie her!«

Er zeigte ihm auf der Karte, wie er vorzugehen habe, und schloß: »Sie erhalten Stuka-Unterstützung, treten aber erst an, wenn unsere Artillerie den Angriff vorbereitet hat.«

»Womit soll ich antreten?« fragte Steiner.

»Ich nehme an, Sie haben die Männer draußen gesehen.«

»Ich habe nicht mehr als hundert Männer gesehen.«

»Zweiundachtzig«, sagte Stransky. »Mit Ihnen.«

»Ein Himmelfahrtskommando.«

»Sieht so aus«, sagte Stransky. Sein Gesicht veränderte sich plötzlich, er betrachtete Steiner neugierig und fast nachsichtig: »Eigentlich schade. Ich hätte mich gerne noch einmal mit Ihnen unterhalten. Ich hätte Ihnen gerne noch erklärt, weshalb Sie trotz Ihrer guten Beziehungen zu einem Oberstleutnant immer nur ein kleiner Unteroffizier geblieben wären.« Er beugte sich wieder über die Karte, seine Stimme wurde sachlich: »Sobald Sie die Höhe erreicht haben, warten Sie auf das Sturmregiment und weisen es in Ihre alten Stellungen ein. Wahrscheinlich wird das Bataillon . . .«

Er verstummte und sah zur Tür. Es hörte sich zuerst wie das Summen einer Fliege an, steigerte sich rasch zu einem dumpfen Dröhnen und ließ die Fensterscheibe des Bunkers klirren. »Die Stukas!« sagte Stransky. Er blickte Steiner an und lächelte wieder. »Ihr Auftritt, Oberfeldwebel.«

Steiner ging hinaus. Vor dem Bunker blieb er stehen und beobachtete die Flugzeuge. Als er sie nicht mehr sehen konnte, winkte er Krüger zu sich. »Laß die Männer antreten«, sagte er. »Wir machen einen Gegenstoß.«

»Doch nicht auf der Höhe?« fragte Krüger entsetzt.

»Regimentsbefehl«, sagte Steiner. Krüger drehte sich wortlos um.

Es dauerte ein paar Minuten, bis die Männer fertig waren. Während oben auf der Höhe die Stukas ihre Bomben abluden und das deutsche Artilleriefeuer auf die kahlen Hänge trommelte, führte Steiner die Männer den selben Weg hinauf, den er vor einer halben Stunde zusammen mit Krüger heruntergekommen war. Die meisten folgten nur widerwillig und mußten von ihren Unteroffizieren angetrieben werden. In halber Höhe, bevor sie den Hauptgraben erreichten, verteilten sie sich auf die Granattrichter am Hang. Steiner ließ die Unteroffiziere zu sich rufen und wies sie in ihre Aufgaben ein. »Wir treten an, sobald das Artilleriefeuer aufhört«, sagte er abschließend. »Hat noch einer eine Frage?«

»Ja«, sagte einer. »Was tun wir, wenn wir auf Panzer stoßen?«

Steiner deutete mit dem Daumen über die Schulter hinweg auf die Höhe, die unter den Bomben der Stukas wie eine Pauke dröhnte. »Welche Panzer?« fragte er.

Der Unteroffizier kehrte zu seinen Männern zurück; die anderen schlossen sich ihm an.

Krüger setzte sich zu Steiner auf den Boden. Auch Kiefer, Hollerbach und Kern waren in der Nähe. »Die verfluchten Säue!« sagte Krüger. »Keine zehn Minuten Ruhe gönnen sie einem.«

»Wenn du einmal zwei Meter Erde über dir hast«, sagte Steiner, »hast du mehr Ruhe, als dir lieb ist.«

»Mit den paar Schwänzen«, sagte Krüger, »werden wir die Höhe nie zurückholen.«

Steiner schwieg. Die Stukas hatten ihr Bombardement inzwischen beendet. Die Männer beobachteten, wie sie sich formierten und hinter der nächsten Kuppe verschwanden. Fast gleichzeitig verstummte auch das Artilleriefeuer.

Steiner stand auf und nahm die Maschinenpistole von der Schulter. »Regiment, marsch!« sagte er.

Während die Männer ihm folgten, schwärmten sie zu einer breiten Schützenkette aus und arbeiteten sich über das von Trichtern zerrissene Gelände die Höhe hinauf. Nach etwa hundert Metern überschritten sie ihre alten Gräben, und bis dahin war noch kein Schuß gefallen. Es hatte den Anschein, als wären die Russen schon längst über die Höhe hinweg nach Westen gestoßen.

Das Gelände wurde, je mehr sie sich der Kuppe näherten, flacher, es war von den Bomben förmlich umgewühlt. Das Gehen wurde immer beschwerlicher. Steiner hatte sich gerade entschlossen, eine kurze Rast einzulegen, als jenseits der Kuppe heftiger Gefechtslärm einsetzte. Sie blieben stehen. Die zerpflückte Erde, an vielen Stellen von Dunst- und Rauchschleiern überzogen, wirkte wie eine Mondlandschaft. Hinter der Kuppe tauchten für Sekunden einige rote Leuchtkugeln auf. »Das sind keine von uns!« sagte Krüger keuchend. »Das müssen russische sein.«

»Das dritte Bataillon greift an«, sagte Steiner. »Wir sollen uns mit ihm auf der Höhe treffen.«

Er blickte zurück. Tief unten sah er die Obstplantage liegen. Dahinter streckte sich der langgestreckte Höhenzug, auf dessen Rückseite der Regimentsgefechtsstand lag, in den wolkenlosen Mittagshimmel.

Der Gefechtslärm vor ihnen wurde noch heftiger. Die Männer lagen regungslos in den zahlreichen Trichtern, ihre Stahlhelme ragten wie dunkle Riesenpilze aus der Erde.

»Worauf warten wir eigentlich?« fragte Krüger unbehaglich. Kern hockte in einem Trichter und starrte mit gelbem Gesicht in die Luft. Der Schwarzwälder stand etwas gebückt neben Hollerbach und stützte sich auf sein Maschinengewehr.

»Sollen mal die anderen die Kastanien aus dem Feuer holen«, sagte Kern. »Sehe nicht ein, warum wir noch weiterrennen sollen. Oben sind wir. Wir könnten doch hier warten, bis das dritte Bataillon kommt.«

Sie vermieden es plötzlich, einander anzuschauen. Hollerbach sagte: »Wenn wir noch weitergehen, sehen uns die Russen vom Wald und trommeln uns zusammen.«

Steiner schwieg.

»Meine Meinung ist die«, sagte Kern, »daß wir den Befehl ausgeführt haben.«

Kiefer beobachtete zwei Unteroffiziere der ersten Kompanie. Sie saßen nicht weit entfernt in einem Trichter und schienen sich über Steiners Unschlüssigkeit zu amüsieren. Kiefer betrachtete eine Weile ihre feixenden Gesichter, dann wandte er sich an Steiner: »Wir müssen weiter. Wir können das dritte Bataillon nicht hängenlassen.«

»Ich weiß selbst, was ich zu tun habe.« Steiner drehte sich um und ging mit großen Schritten weiter.

Während ihm Kiefer und Hollerbach sofort folgten, blieb Krüger noch einen Moment stehen und blickte ihnen verdrossen nach. Erst als er sah, wie die anderen Männer aus ihren Löchern stiegen, wandte er sich an Kern und rührte sich nicht. Krüger trat einen Schritt näher. »Du willst dich wohl drücken, was?«

»Das geht dich einen Dreck an«, sagte Kern, aber dann richtete er sich doch auf, klopfte sich den Staub von der Hose und fluchte. »Ihr könnt es alle nicht abwarten«, sagte er wütend, »zu verrecken.«

»Bin froh, wenn ich es endlich hinter mir habe«, sagte Krüger.

Sie schlossen sich einigen Männern an, die langsam und etwas gebückt an ihnen vorbeigingen. Kerns Zorn verflog rasch, sein Gesicht war plötzlich grau vor Furcht. Er hielt sich dicht neben dem Ostpreußen, der so tat, als berührte ihn das alles nicht mehr. Sie kamen einige hundert Meter gut voran. Kern stellte mit wachsendem Unbehagen fest, daß sich mit jedem Schritt der Horizont ringsum um einige Kilometer erweiterte. Er wagte nicht, in die Tiefe zu schauen, weil er wußte, daß sie jetzt vom Waldrand aus, wo die Russen ihre Artillerie stehen hatten, gesehen werden konnten. Eine Weile klammerte er sich an die verzweifelte Hoffnung, die russischen Artilleriebeobachter würden nicht unterscheiden können, ob es sich um eigene oder um deutsche Infanterie handele.

Plötzlich blieb er stehen. In der Ferne rollte eine Serie dumpfer Schläge ab. Er krümmte instinktiv den Rücken. Dann heulte es über ihre Köpfe heran, dunkle Rauchpilze schossen aus der Erde, und die Männer lagen flach am Boden. Steiner preßte sich neben Hollerbach in einen Trichter, er machte sich auf einen langen und systematischen Beschuß gefaßt, aber das Artilleriefeuer verstummte ebenso plötzlich, wie es eingesetzt hatte.

Steiner blieb noch eine Weile liegen, dann handelte er rasch. Noch ehe sich die dunklen Schleier aus Qualm und Rauch gesenkt hatten, stand er auf und rannte weiter. Die Männer hasteten in grotesk anmutenden Sprüngen hinter ihm her.

Das Zusammentreffen mit den Russen erfolgte völlig überraschend. Ganz unerwartet fiel das Gelände nach Norden ab, und als Steiner mit seinen Männern den höchsten Punkt erreicht hatte, blieben sie verwundert stehen und starrten in die Tiefe.

Der steile Hang unter ihnen war gleichfalls von zahllosen Granaten aufgerissen, in den Trichtern, fast Kopf an Kopf, saßen Russen. Sie feuerten pausenlos auf einen für Steiner und seine Männer unsichtbaren Gegner am Fuße des Hügels. Der Anblick ihrer arglos der Höhe zugewandten Rücken wirkte vor der dunstverhangenen Kulisse der Landschaft so gespenstisch, daß die Männer ein paar Sekunden regungslos verharrten. Als ihr Gewehrfeuer wie eine Lawine den Hang hinabrollte, fuhren die Russen in ihren Trichtern herum.

Steiner sah noch, wie ganz unten am Fuße des Hügels hinter einer Bodenwelle eine weiße Leuchtkugel aufstieg, dann feuerte auch er sein Magazin leer. Als er ein neues einsetzen wollte, riß ein heftiger Schlag seinen Körper um eine halbe Drehung herum. Er ließ die Maschinenpistole fallen, sank mit schmerzverzerrtem Gesicht auf die Knie und griff nach seiner rechten Schulter. Im nächsten Augenblick standen Krüger und Hollerbach bei ihm. Sie schleppten ihn einige Dutzend Schritte zurück und blickten besorgt in sein Gesicht. »Schlimm?« fragte Krüger.

Steiner schüttelte den Kopf. Sein Uniformrock färbte sich an der Schulter rot. Der Schmerz war jetzt etwas erträglicher, er hatte nur ein beunruhigend taubes Gefühl im ganzen Oberkörper.

Ein Blick nach vorne zeigte ihm, daß die Männer seines Bataillons verschwunden waren, als hätte sie ein plötzlicher Windstoß in die Tiefe geweht. Gleich darauf hörte er lautes Gebrüll, das etwas später in deutliches Hurra-Rufen überging.

»Sie haben es geschafft!« sagte Krüger. »Sie sind mit dem dritten Bataillon zusammengetroffen.« Zu Steiner sagte er: »Wir bringen dich zum Verbandsplatz. Zieh deinen Rock aus.«

Sie halfen ihm dabei und zerschnitten das blutdurchtränkte Hemd. »Schulterschuß!« sagte Hollerbach besorgt. »Die Kugel muß noch drinstecken. Hoffentlich hat es den Knochen nicht erwischt.«

Sie verbanden die heftig blutende Wunde. Auch Kern war inzwischen zu ihm gekommen. Er und Krüger halfen Steiner den Hang hinab, während Hollerbach seine Sachen trug. In dem Trichtergelände waren die Männer des ersten und dritten Bataillons damit beschäftigt, die Gefangenen zu sammeln.

Das Gefecht hatte nicht länger als einige Minuten gedauert und auf deutscher Seite kaum Verluste gefordert. Die meisten Russen hatten, als das Feuer in ihrem Rücken einsetzte, ihre Waffen weggeworfen und sich den Männern des dritten Bataillons ergeben, die gleichzeitig zum Gegenstoß angetreten waren. Am Fuße des Hügels stand schon eine große Anzahl Gefangener und wartete auf den Abtransport.

Der nächste Verbandsplatz befand sich beim Gefechtsstand des dritten Bataillons. Er lag mitten in einem dichten Gesträuch. Steiner hielt sich noch gut auf den Beinen, nur sein Gesicht war grau, als sie die Bunker erreichten.

Der Oberarzt, ein magerer, schwitzender Mann, untersuchte Steiner flüchtig, säuberte die Wunde und legte einen frischen Verband auf. Während er Steiner noch eine Spritze gab, sagte er: »In acht Wochen können Sie wieder schießen. Sie müssen hier warten bis heute abend; unser Hauptverbandsplatz ist seit einer Stunde in Kanskoje.«

»Das schaffe ich zu Fuß«, sagte Steiner. Der Oberarzt zuckte mit den Schultern. »Auf Ihre eigene Verantwortung. Sie müssen über die Höhe. Da hinten wimmelt es noch von Russen.« Er wandte sich dem nächsten Verwundeten zu.

Die Männer hatten vor dem Bunker gewartet und sahen Steiner besorgt entgegen. »Wie sieht es aus?« fragte Krüger.

»Gut«, sagte Steiner. »Bin bald wieder hier.« Er blickte Krüger an. »Kümmere dich um den Haufen; ihr müßt die Höhe besetzen und das Sturmregiment in unsere alten Stellungen einweisen. Es wird bald eintreffen.«

»Mist«, sagte Krüger. Vor den Bunkern lagen noch mehr Verwundete. Einige waren mit Zeltplanen und Decken zugedeckt; sie brauchten nicht mehr nach Kanskoje gebracht zu werden.

Auch Kiefer war inzwischen herangekommen; sie machten alle vier bedrückte Gesichter.

»Stellt euch nicht so an!« sagte Steiner ungeduldig. »Ich brauche einen, der meine Klamotten zum Hauptverbandsplatz trägt.«

»Das mache ich«, sagte Hollerbach.

»Nein, ich!« sagte Krüger.

Steiner griff wieder nach der schmerzenden Schulter. »Es kann sein, daß wir unterwegs auf Russen stoßen. Hollerbach kommt mit mir.«

»Warum nicht ich?« fragte Krüger.

»Du hast deinen Auftrag. Hau ab!«

Krüger starrte ihn aufgebracht an. »Vielleicht gefällt dir mein Gesicht plötzlich nicht mehr!«

»Dein Gesicht ist es nicht«, sagte Steiner.

»Was sonst?«

»Du stinkst«, sagte Steiner.

Krüger öffnete den Mund. Dann schloß er ihn wieder und lief davon.

»Das hättest du nicht sagen sollen«, sagte Hollerbach. Steiner grinste. »Jetzt bleibt er wenigstens hier; ihr braucht ihn. Wenn es einer fertigbringt, den Haufen wieder auf die Höhe zu treiben, dann ist er es.« Er gab Kern und Kiefer rasch die Hand. »Komm bald wieder!« sagte Kern. Sein wäßrigen Augen waren traurig.

Es war sehr heiß in der Sonne und so still, als hätte es nie einen Krieg und eine Höhe 121,4 gegeben. Zwischen dem grünen Gesträuch schlängelte sich ein schmales Rinnsal westwärts.

Der Abschied fiel Steiner schwer. »Komm!« sagte er zu Hollerbach und drehte sich rasch um.

Nach einigen Schritten sahen sie Krüger wieder. Er stand am Weg und blickte ihnen finster entgegen. »Ist noch was?« fragte Steiner.

»Du kannst mir was mitbringen«, sagte Krüger. »Wenn du vom Lazarett zurückkommst.«

Steiner blickte neugierig in sein düsteres Gesicht.

»Irgendein Parfüm«, sagte Krüger. »Falls es dir nichts ausmacht.«

Sie schauten sich eine Weile stumm an, dann grinsten sie. Auch Hollerbach grinste, und Steiner sagte: »Wird erledigt. Falls Schnurrbart vor mir zurückkommt, soll er auf euch aufpassen.«

»Werd's ihm bestellen«, sagte Krüger. Mit seinen Augen stimmte etwas nicht, er blinzelte, zupfte sich an der Nase und sagte: »Verschwinde endlich!«

Steiner ging weiter. »Er ist gar nicht so!« sagte Hollerbach. »Muß immer den wilden Mann spielen. Gehen wir nicht über die Höhe?«

»Später«, sagte Steiner. »Hier ist es zu gefährlich.«

»Schmerzen?«

»Man gewöhnt sich daran.«

Der Weg folgte immer dem rechten Ufer des kleinen Baches. Hollerbach sagte: »Am liebsten würde ich mit dir kommen.«

»Wohin?«

»Nach Hause natürlich! Wohin sonst?«

Steiner schwieg.

Sie hatten inzwischen etwa zwei Kilometer zurückgelegt, und die Schmerzen in seiner Schulter wurden heftiger. Wenn seine Schätzung zutraf, mußte Kanskoje nun auf der anderen Seite der Höhe liegen. Der von zahlreichen Radspuren zerpflügte Weg führte fast schnurgerade nach Westen und verschwand in der Ferne hinter einem flachen Hügel, während der kleine Bach an dieser Stelle nach Norden bog und in der endlos wirkenden Weite des Landes zu versickern schien. An seinen Ufern wuchs dichtes Gesträuch.

Steiner blieb stehen und blickte die kahle Höhe hinauf. »Hier müssen wir 'rüber«, sagte er. »Aber vorher machen wir eine Zigarettenpause.«

Sie setzten sich hin. Steiner nahm den lose über seinen Schultern hängenden Rock ab und stellte befriedigt fest, daß der Verband noch nicht durchgeblutet war.

Während sie rauchten, betrachtete er Hollerbach, der seinen Stahlhelm abgenommen hatte. Das blonde Haar hing ihm in die Stirn, sein Gesicht war schmutzig und verschwitzt. Es fiel Steiner plötzlich auf, daß er kaum etwas von ihm wußte, obwohl er ihn nun seit über drei Jahren kannte. Er fragte: »Wann hast du den letzten Urlaub gehabt?«

»Vor fünfzehn Monaten«, sagte Hollerbach. Er lachte unfroh. »Früher habe ich mir immer gewünscht, aus Mudaun herauszukommen. Es ist ein Drecknest, mußt du wissen.«

»Jetzt bist du draußen«, sagte Steiner. Hollerbach nickte. »Anders, als ich mir das vorgestellt habe, und trotzdem . . .«

»Trotzdem?«

Hollerbach winkte unlustig ab. Es war ihm eingefallen, daß sich auch nach dem Krieg nichts ändern würde. Es würde das gleiche Leben sein wie früher. Er drückte seine Zigarette aus. In diesem Augenblick dröhnte in ihrem Rücken eine Reihe heftiger Schläge. Ihr Echo hallte laut und erregend über ihren Köpfen.

Sie sprangen auf und blickten die Höhe hinauf. »Das waren Panzer!« sagte Hollerbach.

Anscheinend war es nur der Auftakt zu einer Schlacht gewesen, die sich mit einer immer heftiger werdenden Kanonade und einem allmählich aufflackernden Gewehrfeuer entwickelte. »Es muß das Sturmregiment sein!« sagte Steiner. »Es ist auf die durchgebrochenen Russen gestoßen.«

Nun konnten sie auch schon Motorengeräusch hören. Hollerbach warf einen abschätzenden Blick auf den etwa zwanzig Meter entfernten Bach mit seinem dichten Gesträuch. Zur Not würde man sich dort verstecken können. Er blickte wieder die Höhe hinauf. Sie war nur ein kurzes Stück einzusehen, stieg etwa fünfzig Meter sehr steil an und verschwand dann hinter einer Krümmung des kahlen Hangs. So kam es, daß sie den russischen Panzerwagen, der mit einer geradezu atemberaubenden Geschwindigkeit herunterkam, erst bemerkten, als er unmittelbar über ihnen auftauchte.

Steiner erkannte die tödliche Gefahr zuerst. Er stieß einen warnenden Ruf aus, drehte sich um und rannte auf das Gesträuch zu. Hollerbach folgte ihm sofort. Dann fiel ihm ein, daß er seine und Steiners Maschinenpistole vergessen hatte, und wenn hinter dem Panzer noch russische Infanterie kam . . .

Er hatte es in diesen drei Jahren des Krieges nicht anders gelernt, und er reagierte auch diesmal so, wie er in jeder ähnlichen Situation reagiert hätte, aber es kostete ihn wertvolle Sekunden. Er rannte an ihren Rastplatz zurück, riß die Maschinenpistolen vom Boden und hetzte wieder hinter Steiner her, der sich dem Gesträuch inzwischen bis auf wenige Schritte genähert hatte. Hollerbach wollte ihm noch zurufen, sich weiter nach links zu halten, weil das

Gesträuch dort dichter und die Uferböschung steiler war, aber er kam nicht mehr dazu. In seinem Rücken tat es einen berstenden Knall, die Erde wurde aufgerissen, und er fiel auf das Gesicht.

Er war ohne Gefühl, nur sein Bewußtsein arbeitete noch. Als er den Kopf hob, sah er, daß Steiner stehengeblieben war und zu ihm herschaute. Er rief ihm zu, weiterzulaufen und sich in den Bach zu werfen. Obwohl er laut schrie, hörte er seine eigene Stimme nicht. Dann sah er Steiner hinter einer Rauchwolke verschwinden, die plötzlich zwischen ihnen stand, und als er Steiner wieder sehen konnte, lag er am Boden und bewegte sich merkwürdig. Es sah aus, als ruderte er mit Armen und Beinen gegen eine starke Strömung, ohne einen Meter voranzukommen, und Hollerbach beobachtete ihn verwundert. Es fiel ihm auf, daß es beunruhigend still geworden war. Mit Mühe gelang es ihm, den Kopf zu drehen. Seine Pupillen weiteten sich.

Auch Steiner war bei Bewußtsein. Er hatte das Gefühl, am ganzen Körper durchlöchert zu sein. Trotzdem versuchte er noch, sich Hollerbach zu nähern. Seit er erkannt hatte, daß der Panzer direkt auf den hilflosen Odenwälder zurollte, war er wie von Sinnen. Seine Bewegungen hatten sich von seinem Bewußtsein gelöst, sie waren nur noch Reflexe seines Körpers. Schließlich lag er wie ein Stück totes Fleisch am Boden; nur seine Augen lebten noch. Der Panzerwagen hatte sich dem Odenwälder bis auf etwa zehn Meter genähert. Steiner sah noch, wie Hollerbach den Kopf drehte, und er fing an zu schreien. Und während Steiner schrie, schien es ihm, als bewegte sich die Erde unter ihm, ein Orkan setzte ein, der die kahlen Hügel wie die haushohen Wogen einer aufgewühlten See vor sich hertrieb, und der Raum zwischen Himmel und Erde wurde dunkel von einem Schleier welken Laubs, der immer näher kam und Steiner wie eine Wolke zudeckte. So konnte er nicht mehr sehen, wie der Panzer über den zuckenden Körper des Odenwälders hinwegrollte, ihn in die Erde malmte und, eine blutige Spur auf dem harten Boden hinterlassend, in östlicher Richtung weiterfuhr.

Das Land lag unverändert in der heißen Mittagssonne. Nur dort, wo wenige Schritte hinter Steiners reglosem Körper das Gesträuch am Ufer des kleinen Baches stand, lagen jetzt einige welke Blätter am Boden, und jenseits des Gesträuchs klaffte zwischen Himmel und Erde ein großes Loch.

DRITTES BUCH

»Im Osten, den ...
Lieber Rolf, ich sitze auf einem Sandhaufen, braungebrannt wie ein Insulaner, und hänge die Füße ins Wasser. Sie haben es bei allen Heiligen nötig. Aber das ist nicht schlimm. Gestern nacht versuchte ein russisches Kanonenboot eine Invasion. Krüger stand gerade auf Posten und hat es abgeschossen. Sagte er. Wir tauchten heute früh über zwei Stunden und fanden einen alten Lederstiefel. Mehr nicht. Krüger behauptete, daß er vom Kapitän des Kanonenbootes stammen müsse. Wir haben ihn dann wieder ins Wasser geworfen. (Den Stiefel natürlich!) Es wird Zeit, daß Du bald wiederkommst. Seit drei Wochen liegen wir hier am Schwarzen Meer. Tagsüber schlafen wir, und nachts ruhen wir uns aus. Das ist vielleicht ein Leben, sag' ich Dir! Schade, daß Du nicht hier bist. Von den Brüdern kann keiner Schach spielen; dabei hätte man jetzt so schön Zeit. Hab' ich Dir schon geschrieben, daß Maag wieder da ist? Hat sich ordentlich herausgefressen und festgestellt, daß Du gestern vor drei Monaten verwundet worden bist. Wie die Zeit vergeht! Jetzt höre ich auf. Bei der Hitze einen Brief zu schreiben ist eine Schinderei. Krüger und Kern schauen mir zu und meinen, ich hätte eine Sauklaue. Aber das wird durch meinen Stil ausgeglichen, oder nicht? Gehab Dich wohl und paß auf, daß Dich auf dem Weg zu uns nicht der SK (Soldatenklau) erwischt. Soll allerhand los sein da hinten, vor allem mit Partisanen! Sei herzlich gegrüßt!

Dein alter Schnurrbart«

Steiner ließ den Brief sinken und blickte aus dem Fenster. Drei Monate! Es kam ihm vor, als wäre seitdem die doppelte Zeit vergangen. Anfang Mai war es passiert, und nun brannte die heiße Augustsonne auf die ausgedörrte Erde des Brückenkopfes. Er hatte gehofft, die Division bereits auf der Krim anzutreffen, aber obwohl im Norden die Front täglich weiter nach Westen rückte und sich die Lage von Stunde zu Stunde zuspitzte, schien Hitler den Brückenkopf nicht aufgeben zu wollen. Viele sagten eine ähnliche Entwicklung wie bei Stalingrad voraus.

Er beobachtete geistesabwesend die vorüberhuschenden Telegrafenstangen. Das monotone Klopfen der Räder, wenn sie über die Schienenstöße rollten, wirkte einschläfernd. Während Steiner in einem Zustand zwischen Wachen und Träumen auf das Ende der nun fast zehntägigen Fahrt wartete, erinnerte er sich auch wieder des Augenblicks, als er, aus seiner Bewußtlosigkeit erwacht, in einer schmutzigen Kate des Hauptverbandsplatzes die erste Station auf dem Weg in die Heimat erreicht hatte. Wie er dorthin gekommen war, hatte er nicht erfahren können. Vielleicht hatten ihn Männer des dritten Bataillons oder des Sturmregiments gefunden und zurückgeschafft. In der Nacht noch hatte man ihn operiert, und als er aus der Narkose aufgewacht war, hatte er bereits in einem Feldlazarett gelegen, von wo aus er zwei Tage später in einem Lazarettzug zuerst nach Przemysel und schließlich in ein Heimatlazarett nach Passau gefahren worden war. Er war, trotz der großen Fleischwunden, rasch wieder auf die Beine gekommen. Schon am dreißigsten

Tag seiner Lazarettzeit in Passau hatte er in einem langen Brief an Fetscher und in einem etwas kürzeren an Strauß darum gebeten, ihn sofort nach seiner Genesung wieder durch die Division anfordern zu lassen. Kurze Zeit später war der erste Brief von Schnurrbart eingetroffen. Mit seiner Verwundung war er nur bis nach Odessa gekommen und von dort wieder an die Front geschickt worden. Er schrieb, daß der Gegenstoß des Sturmregiments im Artilleriefeuer der Russen steckengeblieben sei und die HKL nun endgültig über die Höhe 121,4 verlaufe. Am Schluß erwähnte er noch ein Gerücht über eine baldige Ablösung und das Eintreffen eines neuen Kompanieführers.

Inzwischen waren drei weitere Briefe von ihm gekommen, aus denen hervorging, daß sich das Gerücht bestätigt und die Division für einige Wochen eine Ruhestellung an der Küste bezogen habe. Der letzte Brief hatte ihn am Tag seiner Abreise erreicht. In Kertsch hatte er erfahren, daß die Division inzwischen nach Noworossijsk verlegt worden war.

Er drückte sich in die Ecke und betrachtete die Gesichter der Männer im Abteil. Es waren meist ältere Soldaten, die wahrscheinlich vom Urlaub zurückkamen. Gegenüber saß ein Unteroffizier. Er hielt die Augen geschlossen, sein Kopf wippte bei jedem Stoß der Räder auf einem ungewöhnlich langen Hals hin und her, als säße er auf einer Spirale. Als hätte er Steiners Blick gespürt, schlug er plötzlich die Augen auf, streckte sich ein wenig und sah aus dem Fenster. »Zehn Minuten noch«, sagte er. »Kommt bald ein langer Tunnel. Wenn wir durch sind, haben wir's geschafft.«

»Bist du die Strecke schon oft gefahren?« fragte Steiner. Der Unteroffizier nickte. »Kurier.«

»Netter Posten!« sagte Steiner. »Liegt der Bahnhof in der Stadt?«

»Eine gute Stunde entfernt. Vielleicht hast du Glück und erwischst einen Wagen. Noch nie in Noworossijsk gewesen?«

Steiner schüttelte den Kopf.

»Ruhige Stellung«, sagte der Unteroffizier. »Seit ihrer Landung verhalten sich die Iwans verhältnismäßig friedlich. Wenigstens haben sie den Champagner nicht erwischt!«

»Champagner?« vergewisserte sich Steiner verwundert. Der Unteroffizier lachte. »Sind doch die großen Sektkellereien dort; Krimsekt. Der Krieg kann noch fünf Jahre dauern, bis wir den gesoffen haben.«

»Lieber nicht«, sagte Steiner.

Von der Lokomotive her klangen zwei lange Pfiffe. »Der Tunnel!« sagte der Unteroffizier. Er stand auf und griff nach seinem Gepäck. Auch die anderen Männer im Abteil machten sich fertig. Gleich darauf durchfuhren sie den Tunnel. Der Zug bremste, fuhr noch bis zum Tunnelausgang und blieb dann mit einem harten Ruck stehen. »Tun, als hätten sie Vieh geladen!« sagte der Unteroffizier.

Steiner öffnete die Tür und sprang hinaus. Er kam als erster an die Sperre, passierte die Ausweiskontrolle und trat auf die Straße. Der Bahnhof bestand nur aus zwei kleinen Gebäuden. Auf beiden Seiten der Straße sah Steiner grüne Weinberge; sie waren bereits abgeerntet. Die Straße zog sich schnurgerade nach Westen. Als Steiner zurückschaute, sah er die anderen Männer in einem großen Pulk marschieren; er beschleunigte seine Schritte. Manchmal schimmerte zwischen dem Grün der Reben das weiße Gemäuer eines Hauses. Der Geruch des Meeres war bereits unverkennbar. Aus dem Dunst des Horizontes wuchsen allmählich gelblich schimmernde Silhouetten. Beim Näherkommen sah Steiner, daß es sich um die schroffen Hänge eines Gebirges handelte.

Er machte sich bereits auf einen langen Marsch gefaßt, als von hinten ein Lastwagen heranrollte. Der Wagen hielt, am Fenster zeigte sich ein gutmütiges Gesicht unter einer Feldmütze. »Steigen Sie ein, Oberfeldwebel!«

Steiner nahm das Gepäck vom Rücken und setzte sich neben den Fahrer. »Habe nichts dagegen«, sagte er. »Bin noch nicht ganz in Form.«

»Lazarett?« fragte der Fahrer. Steiner nickte.

»Bin sonst vorsichtig«, sagte der Fahrer. »Vor acht Tagen habe ich zwei mitgenommen, die mir zum Dank eine Kiste Wurst vom Wagen klauten.«

»Verpflegungstroß?« fragte Steiner.

»Leider.«

Steiner lächelte. »Wieso?«

»Nichts als Ärger«, sagte der Fahrer. »Mal ist der Wagen kaputt, mal ballern die Partisanen durch die Gegend.«

»Laß dich zur Infanterie versetzen«, sagte Steiner. Der Mann lachte. »Bin nicht lebensmüde, Oberfeldwebel.«

Beiderseits der Straße mehrten sich die Häuser; sie näherten sich den Außenbezirken der Stadt. Die Straße führte etwas bergan. Als sie die Kuppe erreichten, sahen sie das Meer. Es kam so unvermittelt, daß Steiner überrumpelt wurde. Noch vor vierzehn Tagen hatte er geglaubt, endgültig damit fertig zu sein, und nun schnürte ihm die Erinnerung den Hals zu. Das Meer war blau wie in Gursuf.

»Noch Zivilisten hier?« fragte Steiner. Der Fahrer schüttelte den Kopf. »Wurden alle evakuiert.« Er erkundigte sich nach Steiners Einheit und sagte dann: »Das ist gleich hier, die erste Straße rechts 'runter; liegen am Hafen.« Er trat auf die Bremse. Als Steiner ihm einige Zigaretten zuschieben wollte, wehrte er ab. »Gern geschehen, Oberfeldwebel.«

Steiner schaute dem Wagen nach, bis er um eine Ecke bog. Dann ging er in der heißen Mittagssonne durch die Straßen. Seine genagelten Stiefel dröhnten laut zwischen den leeren Häusern. Später begegnete er einem Feldgendarm und fragte ihn nach dem Weg.

Die Kompanie lag in einer Häuserreihe in der Nähe des Hafens. Steiner traf auf einen Mann, der, als er ihn sah, die Hacken zusammenriß und die Hand zur Mütze hob. Er blieb bei ihm stehen und fragte: »Wohin gehörst du?«

»Zweite Kompanie«, sagte der Mann. Steiner betrachtete ihn. Er hatte ihn noch nie gesehen. »Welcher Zug?« fragte er.

»Zweiter Zug!« sagte der Mann. Es berührte Steiner eigenartig, einen Mann seines Zuges vor sich zu haben; wahrscheinlich war er mit dem letzten Ersatz gekommen. Er fragte ihn nach seinem Zugführer.

»Unteroffizier Schnurrbart«, sagte der Mann. Steiner grinste. »Bring mich zu ihm!«

Die Häuser lagen hinter kleinen Gärten. Vor einem grüngestrichenen Zaun blieb der Mann stehen. Das Haus stand etwas von der Straße entfernt zwischen Obstbäumen. Im Garten wuchs Unkraut. Ein schmaler Weg führte zur Haustür.

Steiner zögerte. Schließlich ging er leise an der Haustür vorbei in den Garten. Als er um die Hausecke bog, blieb er stehen. Auf einer Bank, dem etwa hundert Meter entfernten Meer zugewandt, saß Schnurrbart. Er hielt das Gesicht in die Sonne, die Augen geschlossen und die Pfeife im Mund. Er saß da, wie er immer dagesessen hatte, und er sah aus, wie er immer ausgesehen hatte: schmal, drahtig und ungeheuer bärtig.

Steiner fühlte sein Herz klopfen, und er lächelte und wischte sich über die Augen. Er hatte nicht gewußt, wie gern er ihn hatte. Er ging zu ihm, streifte sich das Gepäck vom Rücken und setzte sich zu ihm auf die Bank. Er hängte die Arme über die Lehne und blickte von der Seite in Schnurrbarts Gesicht. Der hielt noch immer die Augen geschlossen. Jetzt nahm er die Pfeife aus dem Mund, rümpfte die Nase und sagte: »Habt ihr endlich ausgepennt?«

»Schon lange«, sagte Steiner und starrte in sein Gesicht. Zuerst blieb dort alles unverändert, aber dann begann es sich plötzlich zu wandeln. Er blinzelte, öffnete langsam die Augen und drehte den Kopf.

Sie sahen einander an, wortlos, prüfend und unnatürlich ruhig. Schließlich wandte Schnurrbart das Gesicht wieder dem Wasser zu und sagte: »Bei dem Wetter beißen die Fische.«

Steiner nickte. Der Garten fiel zum Hafen hin ein wenig ab. Hinter den grünen Latten des Zauns schimmerte ölig das Wasser.

»Obwohl«, sagte Schnurrbart, »wenn es regnet, sollen sie auch beißen.«

Steiner schwieg.

»Praktisch«, sagte Schnurrbart, »beißen sie bei jedem Wetter.«

Steiner schwieg weiter. Er fühlte sich sehr zufrieden, und ihm war, als hätten sie schon immer nebeneinander auf dieser Bank gesessen. Dann sagte Schnurrbart: »Wir haben dich noch nicht erwartet. Hast du Urlaub gehabt?«

»Wozu?« fragte Steiner. Er griff in die Tasche, zog einen Briefumschlag heraus und zeigte ihn Schnurrbart. »Das war der fünfte«, sagte er. »Sie hat sie alle ungeöffnet zurückgehen lassen.«

»Diese Gertrud?« fragte Schnurrbart.

Steiner nickte. Er hatte nach seiner Rückkehr aus Gursuf mit einem Menschen darüber sprechen müssen, und Schnurrbart konnte zuhören, ohne neugierig zu sein.

»Sie hieß eben nicht Anne«, sagte Schnurrbart. »Vielleicht war es das, was du in ihr gesucht hast.«

»Vielleicht«, sagte Steiner. »Ich habe mich getäuscht.«

»Du wirst dich noch oft täuschen«, sagte Schnurrbart und blickte angestrengt zum Hafen hinüber. »Die Weiber sind eben komisch. Vielleicht hat sie schon einen Mann.«

»Vielleicht«, sagte Steiner wieder. Er schob den Brief in die Tasche zurück und erkundigte sich nach Krüger und Kern.

»Die pennen«, sagte Schnurrbart. »Seit wir hier liegen, habe ich sie noch nie richtig wach gesehen.«

»Und sonst?« fragte Steiner.

Nach zwei Minuten wußte er, daß Schnurrbart und Krüger allein in dem

Haus wohnten, Kern, Kiefer und Maag im Haus nebenan, daß Stransky einen sturen Kasernenladen aufziehe und der neue Kompaniechef, Leutnant März, soweit in Ordnung sei. Als Steiner nach der HKL fragte, wies Schnurrbart mit dem Daumen über das Wasser. »Dort drüben bei der großen Fabrik. Mit einem Feldstecher kannst du den Stacheldraht sehen. Ruhig ist es hier, nur mittags knallt er ab und zu mit seiner schweren Ari in die Gegend.«

»Wer lag vor euch hier?«

»Marineeinheit«, sagte Schnurrbart. »Während wir uns im Kaukasus kalte Füße geholt haben, feierten die Kerls hier den Sieg. Jetzt, da es mulmig geworden ist, sind sie abgehauen.«

Sie vermieden es beide, Hollerbach zu erwähnen. Schnurrbart zündete seine Pfeife an und streckte behaglich die Beine von sich. »Es ist schön, so in der Sonne zu sitzen«, sagte er. »Wenn wir erst zu Hause sind, werde ich wochenlang nur in der Sonne sitzen und froh sein, daß alles so ist.«

»Wie *so?«* fragte Steiner.

»Eben *so!«* sagte Schnurrbart und machte eine unbestimmte Handbewegung. Er sog heftig an seiner Pfeife und sah zum anderen Ufer hinüber, wo die weißen Häuser still in der Sonne standen. Dann fiel ihm etwas ein, er sagte: »Da war vor ein paar Tagen 'ne komische Sache beim Regiment. Krüger und ich mußten zu Hauptmann Kiesel kommen. Er wollte wissen, ob wir in der Nacht, in der ich verwundet wurde, Stransky bei uns gesehen hätten. Hast du ihn gesehen?«

Steiner schüttelte verständnislos den Kopf. »Der hockte doch während der ganzen Zeit in seinem Gefechtsstand!«

»Habe ich Kiesel auch gesagt. Er meinte dann, man müßte eben abwarten, bis du wieder bei der Kompanie bist, weil du den Gegenstoß geführt hast.«

Steiner dachte darüber nach. Schließlich zuckte er ungeduldig mit den Schultern. »Sollen mich in Ruhe lassen. Kaum ist man da, geht der Zirkus wieder los.« Er stand auf. »Werde mir mal die Schlafmütze anschauen«, sagte er grinsend. Schnurrbart grinste auch.

Das Haus hatte einen engen Flur mit drei Türen. Vor der letzten blieb Schnurrbart stehen, drückte langsam die Klinke nieder und öffnete sie einen Spalt. »Er pennt noch!« flüsterte er. Steiner blickte über seine Schulter. Krüger lag, nur mit Hemd und Hose bekleidet, auf einem Bett und schnarchte. Als Schnurrbart in das Zimmer treten wollte, hielt Steiner ihn zurück.

Schnurrbart beobachtete verwundert, wie er in seinem Rucksack kramte, eine kleine Flasche herausholte und ihn bedeutungsvoll angrinste. Dann trat er leise in das Zimmer, näherte sich vorsichtig dem Schlafenden und träufelte etwas von dem Inhalt der Flasche auf sein Haar und auf seine Kleidung. Den Rest schüttete er in seine Stiefel, die schmutzig und unordentlich vor seinem Bett standen. Dann schlich er sich auf den Fußspitzen zu Schnurrbart zurück, der witternd die Nase hob. In der Luft lag ein süßlicher Geruch.

»Parfüm!« sagte Steiner. Er gab Schnurrbart die leere Flasche. »Füll sie mit Wasser!«

Während er auf Schnurrbarts Rückkehr wartete, behielt er den schlafenden Ostpreußen im Auge, der sich einige Male unruhig bewegte und dann wieder anfing zu schnarchen. Als Schnurrbart zurückkam, schleppte er ein gutes Dutzend großer Porzellanteller.

»Zum Wecken!« flüsterte er. »In der Küche gibt es genug von dem Zeug.«

Steiner nahm ihm das mit Wasser gefüllte Parfümfläschchen aus der Hand. »Los!« flüsterte Schnurrbart. Steiner nickte. Er beobachtete, wie Schnurrbart die Teller in die Luft hob. Als er sie auf den Boden schmetterte, stieß er einen so entsetzlichen Schrei aus, daß selbst Steiner zusammenzuckte.

Der Ostpreuße fuhr in die Höhe, als wäre eine Luftmine neben seinem Kopf krepiert, und riß die Augen auf. Ehe sich aber sein Bewußtsein auf die ungewöhnliche Situation einstellen konnte, trat Steiner zu ihm, hielt ihm die Flasche unter die Nase und sagte: »Hier ist dein Parfüm. Soll aus Frankreich kommen.«

Krüger starrte ihn an. Sein Gesicht wurde erst rot, dann blaß. Dann rümpfte er die Nase und sagte: »Pfui Teufel!« Als er den Kopf bewegte, fiel sein Blick auf die Scherben am Boden, und jetzt begriff er blitzartig. Er sprang so rasch auf, daß er gegen Steiner prallte. Die Flasche fiel auf den Boden und zerbrach. Krüger stieß einen unartikulierten Wutschrei aus. »Bist du deshalb gekommen?« brüllte er. »Kommen und Stunk machen, was? Warum bist du überhaupt wiedergekommen? Warum bist du nicht fortgeblieben, was!«

Steiner sah in sein glühendes Gesicht und lächelte. »Ich konnte ohne dich nicht länger leben.«

Einen Augenblick sah es aus, als wollte Krüger sich mit beiden Fäusten auf ihn stürzen, aber dann drehte er sich um, griff nach seinem Rock, trat wild in seine Stiefel und rannte aus dem Zimmer. Sie folgten ihm. Als er sich grollend auf die Bank setzte, ließen sie sich links und rechts von ihm nieder, und Steiner sagte: »Er hat sich nicht gebessert.«

»Er wird sich auch nie bessern«, sagte Schnurrbart.

»Ein hoffnungsloser Fall«, sagte Steiner. »Sei schon friedlich, alter Dickschädel!« Er legte ihm die Hand auf den Arm. Seine Stimme klang sanft, und Schnurrbart blickte ihn verwundert an. Er hatte ihn noch nie in diesem Ton reden hören. Auch der Ostpreuße blieb nicht unberührt davon. Zwar knurrte er noch eine Weile vor sich hin, aber das Knurren wurde schwächer, bis es schließlich ganz verstummte. »Na also!« sagte Steiner. Sie schwiegen und sahen über das Wasser. Drei Männer in zerschlissenen Uniformen, die nebeneinander auf einer Bank saßen und zufrieden in die Sonne blinzelten. Später hob Krüger den Kopf und sagte: »Du stinkst vielleicht!«

Steiner zuckte mit den Schultern. »Muß was abbekommen haben, als die Flasche auf den Boden fiel. Schade drum; hat zehn Mark gekostet.«

»Das Zeug sinkt saumäßig!« sagte Krüger. Schnurrbart stand auf. »Wiedersehen macht Durst. Ich hole die anderen.«

Sie gingen wieder in das Haus. Anscheinend hatten die ehemaligen Bewohner bei der Evakuierung keine Zeit gefunden, ihr Eigentum mitzunehmen. Die Zimmer waren einfach, aber ordentlich möbliert. Während Steiner sich noch umschaute, hörte er draußen hastige Schritte, die Tür wurde aufgerissen, und Kern, Maag und Kiefer stürmten herein. Sie starrten Steiner einige Sekunden wortlos an. Er sah ihre vertrauten Gesichter, die Freude in ihren Augen, und er mußte ein paarmal schlucken. »Da seid ihr ja!« sagte er rauh.

»Heult nicht!« sagte Schnurrbart, der mit einem halben Dutzend Flaschen auftauchte. »Das ist nur, bis er euch wieder zum erstenmal angeschissen hat!« Sie lachten. Während Steiner ihre Hände schüttelte, stellte Schnurrbart die Flaschen auf den Tisch. »Wie gefällt dir das?« sagte er zu Steiner.

Steiner betrachtete die Champagnerflaschen. »Gehört das zur Verpflegung? «

»Frontzulage!« sagte Schnurrbart. »Krimsekt für das Fußvolk. Zum Wohl!«

Sie tranken aus den Flaschen. Kern verzog angewidert das Gesicht. »Viel zu warm; ein Bier wäre mir lieber. Ich möchte nur wissen . . .« Er verstummte und sog die Luft durch die Nase. »Was hast du?« fragte Maag.

»Hier stinkt es nach Parfüm!« sagte Kern und blickte mißtrauisch zwischen Steiner und Krüger hin und her.

»Hab' ich auch schon gemerkt!« sagte Maag. Sie sahen jetzt alle Krüger an. Er lächelte schadenfroh und sagte: »Das ist Steiner!«

Kern schnüffelte wieder. Dann sagte er: »Das ist nicht Steiner, das bist du!«

»Du spinnst!« sagte Krüger ärgerlich. »Schaff dir einen neuen Zinken an!« Schnurrbart suchte zu vermitteln. »Wir stinken alle!« sagte er und hob seine Flasche. »Auf den Endsieg!«

»Auf das Massengrab!« sagte Maag. Sie tranken die Flaschen leer. Kern wischte sich den Mund ab. »Könnte einer das Fenster aufmachen!« sagte er. »Das hält ja kein Schwein hier aus!« Maag ging zum Fenster. Als er zurückkam, blieb er hinter Steiner stehen, roch heftig und sagte: »Der ist es nicht!«

»Was ich gesagt habe!« sagte Kern. »Es gibt Leute, die vertragen es nicht, zum Unteroffizier befördert zu werden.«

Krügers Gesicht färbte sich langsam rot. Er griff nach seiner Flasche. »Noch ein Wort, und ich zieh' dir das Ding da über den Schädel!«

Kern winkte ab. »Darin habe ich mehr Erfahrung als du. Jedenfalls stinkst du wie eine Hure!«

»Ich stinke nicht!« brüllte Krüger. »Das ist Steiner, der stinkt!«

Ein Leutnant trat in das Zimmer. Seine grauen, lebhaften Augen erfaßten mit einem Blick die Flaschen auf dem Tisch; die Männer sprangen auf die Beine und nahmen Haltung an. »Saufgelage am frühen Mittag!« sagte der Leutnant. Sein Blick fiel auf Steiner. »Wer ist das?«

Steiner stellte langsam die Fußspitzen nebeneinander. »Oberfeldwebel Steiner vom Lazarett zurück.«

Die Augen des Leutnants weiteten sich vor Überraschung. Dann lächelte er und gab ihm die Hand. »Ich bin Ihr neuer Kompanieführer, Leutnant März. Schon von mir gehört?«

»Flüchtig«, sagte Steiner, der ihn nicht unsympathisch fand. Der Leutnant nickte. »Ich auch von Ihnen. Allerdings weniger flüchtig. Sie übernehmen sofort wieder den zweiten Zug.« Er wandte sich an die anderen. »In einer Stunde Waffenappell; der Kommandeuer persönlich. Daß mir keiner auffällt!«

Er stand dicht neben Krüger und hob plötzlich den Kopf. »Wer parfümiert sich hier so schrecklich?«

Krüger warf einen schrägen Blick zu Steiner hinüber und grinste.

»Sie meine ich, Unteroffizier Krüger!« sagte Leutnant März scharf. »Sind Sie pervers?«

Krüger wußte nicht mehr, was er denken sollte, er stotterte: »Das bin nicht ich.«

»Nicht?« Die Augen des Leutnants wurden schmal. Er fuhr Krüger mit einer raschen Bewegung durch das Haar und hielt ihm die Hand unter die Nase. »Was ist das?«

Krüger schnupperte entsetzt an der Hand. Er wirkte so verdattert, daß Steiner Gewissensbisse bekam, aber schon klang wieder die scharfe Stimme des Leutnants: »Wenn Sie sich wie eine Frau einschmieren, so ist das Ihre, wenn Sie mich aber belügen, meine Sache. Merken Sie sich das!«

Ehe sich Krüger von seinem Entsetzen erholen konnte, war der Leutnant hinausgegangen. Krüger drehte den Kopf und blickte in das unbewegliche Gesicht Steiners. »Du riechst wirklich schrecklich!« sagte Steiner vorwurfsvoll. »Wie konntest du nur so unvernünftig sein, das dem Leutnant gegenüber abzustreiten!«

Krüger hatte sich ihm so weit genähert, daß sich ihre Körper berührten. Er packte Steiner an der Brust. »Weißt du, was ich mit dir tun werde?« keuchte er.

»Hoffentlich nichts Unvernünftiges«, sagte Steiner. »Es könnte dich deine hübschen Litzen kosten.«

Krüger ließ ihn los. Seine Stimme klang gepreßt: »Ich weiß nicht, was in diesem Krieg noch alles passiert, aber was dir passiert, kann ich dir sagen.«

Steiner zog erwartungsvoll die Augenbrauen hoch. »Und was ist das, mein Guter?«

»Ich bin nicht dein Guter!« brüllte Krüger unbeherrscht.

Steiner lächelte. »Meinetwegen.« Er sah auf Schnurrbart, der jetzt zu ihnen trat, die Augen schloß und scheinbar verzückt den Geruch einatmete. »Scher dich zum Teufel!« brüllte Krüger ihn an.

»Wie er duftet!« flüsterte Schnurrbart.

»Wie eine Rose«, sagte Kern.

»Wie eine stachelige Rose!« sagte Maag.

Krüger lief hinaus.

Der Gefechtsstand des ersten Bataillons war in einer kleinen Häusergruppe etwa achthundert Meter vom Hafen entfernt untergebracht. Die Kompanieführer waren bei Stranksy zu einer Lagebesprechung versammelt. März saß gelangweilt in einem alten Korbstuhl. Oberleutnant Moninger, Chef der ersten Kompanie, blickte geistesabwesend durch das offene Fenster in den wolkenlosen Augusthimmel. Neben ihm bemühte sich der Chef der dritten, Leutnant Hahn, ein Gähnen hinter der hohlen Hand zu verstecken. Oberleutnant Stallmann betrachtete scheinbar interessiert seine Fingernägel. Nur Striebig hörte aufmerksam zu. Sein Blick hing unausgesetzt am Mund des Kommandeurs, der eindringlich darauf hinwies, daß trotz der augenblicklichen Ruhe die Wachsamkeit nicht nachlassen dürfe. »Wir befinden uns in der etwas unglücklichen Situation, von der Offensive in die Defensive gedrängt worden zu sein«, sagte er. »Sorgen Sie für einen angemessenen Dienstplan. Jetzt ist die beste Gelegenheit, die Ausrüstung Ihrer Männer in Schuß zu bringen. Ich werde mich persönlich davon überzeugen. Lassen Sie die Kompanien in fünfzehn Minuten antreten. Ich danke Ihnen, meine Herren!«

Während die Kompanieführer aufstanden und zur Tür gingen, blieb Leutnant März noch einen Augenblick sitzen. Erst als Stransky ihn anschaute, stand er auf. Allein schon der Umstand, daß März der Schwager des Regimentsadjutanten war, machte ihn Stransky unsympathisch, er fragte kühl: »Haben Sie noch etwas, Herr März?«

»Nichts Wichtiges«, sagte der Leutnant. »Ich wollte Ihnen nur melden, daß Oberfeldwebel Steiner zurückgekommen ist.«

Obwohl Stransky bemüht war, sich seine Überraschung nicht anmerken zu lassen, sah März, daß seine Augenlider kurz flatterten. Die Ruhe in seiner Stimme klang gekünstelt: »Wann?«

»Vor einer Stunde«, sagte Leutnant März. Stransky nickte. »Schicken Sie ihn heute abend um acht Uhr zu mir.«

März verabschiedete sich. Vom Fenster aus beobachtete Stransky, wie er die Straße überquerte. Plötzlich wurden seine Augen starr. In der Luft schwoll ein mächtiges Orgeln an. Er sah noch, wie März mit riesigen Sätzen im nächsten Haus verschwand, dann warf er sich blitzschnell zu Boden. Ein harter Schlag ließ das Haus bis in seine Grundmauern erbeben, das Glas der Fenster brach klirrend nach innen, von der Decke löste sich der Putz und hüllte das Zimmer in weißen Staub.

Stransky lag mit angehaltenem Atem, bis draußen das Prasseln von Steinen, Holzteilen und Scherben verstummte. Als er aufstand, zitterten seine Knie. Er starrte durch den leeren Fensterrahmen. Auf der anderen Straßenseite war eines der Häuser in sich zusammengestürzt, als hätte eine unvorstellbare Gewalt seine Grundmauern zerfetzt. Eine große, schwarz-gelbe Rauchwolke schwebte über den Trümmern und trieb langsam dem Hafen zu. Stransky erinnerte sich, daß es sich um das Quartier der Melder gehandelt hatte, und griff sich unwillkürlich an die Kehle. Er sah, wie März aus dem Haus nebenan gestürzt kam und erschrocken stehenblieb. Hinter ihm erschienen einige Männer des Nachrichtenzugs, stummes Entsetzen in den kalkigen Gesichtern. Plötzlich warfen sie sich, wo sie standen, zu Boden. Wieder schwoll draußen das dröhnende Orgeln an, aber diesmal etwas heller und nicht so unvermittelt. Weit hinter den Häusern, mitten auf einem freien Feld, schlug die Granate ein. Die Explosion war so schmerzhaft laut, daß sich Stransky die Ohren zuhielt. Während er beobachtete, wie die Männer auf der Straße aufstanden und in die Ruine liefen, überlegte er, um welches Kaliber es sich handeln mochte. Vielleicht die berüchtigten 21-cm-Mörser der Russen, von denen er schon so viel gehört hatte.

Als keine weiteren Granaten folgten, befahl er Striebig zu sich und ordnete an, sämtliche Appelle sofort abzusagen und die Männer umgehend damit zu beschäftigen, Bunker zu graben. Auch hinter dem Kommandeursgefechtsstand sollte durch die Pioniere ein stabiler Bunker gebaut werden. Dann erst fiel ihm das verstörte Gesicht Striebigs auf, er fragte: »Ausfälle?«

»Drei Mann«, sagte Striebig. »Ihr Putzer . . .«

»Dudek?« fragte Stransky bestürzt. Striebig nickte. »Das tut mir leid«, murmelte Stransky. »War ein ordentlicher Mann.«

»Keppler hat es auch erwischt«, sagte Striebig, aber Stransky war mit seinen Gedanken bereits wieder woanders. Er trat ans Fenster und beobachtete, wie die Männer des Nachrichtenzuges einen leblosen Körper aus der Ruine schleppten. »Steiner ist wieder da«, sagte Stransky. »Ich habe ihn für heute abend zu mir bestellt.« Da er noch immer die Männer beobachtete, entging ihm die Blässe in Striebigs Gesicht, er sagte: »Sobald ich seine Unterschrift habe, schaffen Sie den Wisch zum Regimentsgefechtsstand. Er ist früher zurückgekommen, als ich erwartet habe.«

Striebig befeuchtete seine trockenen Lippen mit der Zunge. »Hoffentlich macht er keine Schwierigkeiten.«

»Das lassen Sie meine Sorge sein«, sagte Stransky und drehte sich nach ihm um. »Ich brauche einen neuen Burschen; kümmern Sie sich darum!«

Er beobachtete mit zusammengepreßten Lippen, wie Striebig grüßte und aus dem Zimmer ging.

Auf der Straße wandte sich Striebig sofort seinem Quartier zu und unterrichtete die Kompanieführer telefonisch von den neuen Befehlen des Kommandeurs. Dann setzte er sich an das Fenster und betrachtete geistesabwesend die weißen Kalkhänge der Berge. Er hatte das Gefühl, als wäre eine Eiterbeule in seinem Körper aufgebrochen. Steiners Rückkehr traf ihn wie ein körperlicher Schlag. Der Gedanke, künftig von dessen Verschwiegenheit abhängig zu sein, wog zwar nach Kepplers Tod nicht mehr so schwer, aber bei Steiners guten Beziehungen zum Regimentsgefechtsstand kam es auf einen unbequemen Mitwisser mehr oder weniger nicht an. Die meisten Kopfzerbrechen bereitete Striebig jedoch diese EK-Geschichte. Sie hatte damit begonnen, daß Stransky in seiner Meldung an das Regiment über die Vorgänge in der Nacht vor der russischen Offensive eine sehr eigenwillige Darstellung der Ereignisse gegeben hatte, und er, Striebig, hatte seinen Namen daruntergesetzt; wenn auch nicht ohne massiven Druck Stranskys, der ihm für seine Unterschrift neben einer Beförderung auch noch das EK II in Aussicht gestellt hatte. Unglücklicherweise hatte es sich jedoch gezeigt, daß Stranskys Glaubwürdigkeit beim Regimentsstab nicht sehr groß sein konnte. Zwar hatte Strauß zu verstehen gegeben, daß Stransky für diese Sache das EK I verdiente, jedoch gleichzeitig auf die in solchen Fällen übliche Unterschrift des zuständigen Kompanieführers oder dessen Stellvertreters bestanden. Obwohl Steiners Name in diesem Zusammenhang nie gefallen war, hatte es keinen Zweifel darüber gegeben, auf wen der Regimentskommandeur anspielte. Wenn es Stransky nicht gelang, Steiner in seinem Sinne zu beeinflussen, konnte diese dumme Geschichte noch sehr unangenehm werden, und Striebig bereute immer mehr, sich darauf eingelassen zu haben.

Stransky empfing Steiner ungewöhnlich freundlich, drückte seine Genugtuung darüber aus, daß er von seiner Verwundung so rasch genesen sei, und bot ihm sogar eine Zigarette an. »Ich rauche nicht«, sagte Steiner.

»Überhaupt nicht?« fragte Stransky verwundert. Steiner schüttelte den Kopf. »Nur in diesem Fall nicht.«

Wenn es Stransky bis dahin schon schwergefallen war, Jovialität zu heucheln, so wurde das jetzt zu einer reinen Zumutung. Er sagte kühl: »Ich habe mit Ihnen zu reden.«

Steiner nickte. »Vielleicht wollen Sie mir heute erklären, weshalb ich trotz meiner guten Beziehungen zum Regimentsgefechtsstand immer ein kleiner Unteroffizier bleiben werde.«

Das hatte Stransky eigentlich nicht vorgehabt, er erinnerte sich auch kaum mehr an dieses Gespräch, und Steiners herausfordernder Ton ging weit über das hinaus, was er ihm selbst in dieser Situation zugebilligt hätte. Er sagte: »Um das zu erfahren, brauchen Sie nur einen Blick in Ihren Wehrpaß zu werfen.«

»Das haben Sie ja für mich getan«, sagte Steiner.

Stransky öffnete den Mund zu einer scharfen Zurechtweisung, aber dann fiel ihm wieder ein, weshalb er Steiner zu sich bestellt hatte, und er zwang sich zur Ruhe. »Sie sind noch sehr jung«, sagte er. »Selbst wenn wir die Eintragung in Ihrem Wehrpaß einmal unberücksichtigt lassen, so gibt es bei Ihnen immer noch genug Dinge, die einer Offizierslaufbahn im Wege stünden. Man wird nicht ohne Grund Offizier.«

»Sicher nicht«, sagte Steiner. »Aber die Zeiten haben sich geändert.«

Stransky runzelte die Stirn. »Was wollen Sie damit sagen?«

»Daß es kein Privileg mehr ist, Offizier zu sein«, sagte Steiner. »Heute genügt schon das Abitur.«

»Nicht in jedem Fall«, sagte Stransky.

Steiner nickte wieder. »Im Bataillon erzählt man sich, daß sie in Ostpreußen einige große Güter hätten. Ist es das, was Sie meinen?«

»Man kommt auch nicht ohne weiteres zu großen Gütern«, sagte Stransky gereizt.

»Nein«, sagte Steiner. »Man muß nur den richtigen Vater erwischen, aber Kant war der Sohn eines Sattlers, und Schubert kam aus einer armen Schullehrerfamilie. Mir persönlich ist Schubert lieber als ein kleiner Bataillonskommandeur.«

Stransky starrte ihn ein paar Sekunden stumm an, dann sagte er leise: »Ihre Dreistigkeit läßt sich nur noch mit Dummheit entschuldigen. Ich habe Ihnen bereits vor einem halben Jahr gesagt, daß Sie sich diesen Ton bei mir abgewöhnen müssen. Wenn Sie sich einbilden, mir durch Ihre Unverschämtheit imponieren zu können, täuschen Sie sich. Ich sehe in Ihnen nichts anderes als einen kriminellen Flegel, dem selbst das Eigentum seiner Kameraden nicht heilig ist, ein Wurm, der sich nach oben krümmt und trotzdem nie aus seinem Schmutz herauskommt. Stehen Sie auf!«

Steiner stand langsam auf. Er sah auf seine Hände nieder und stellte befriedigt fest, daß sie ganz ruhig waren. Er blickte Stransky an und sagte: »Vielleicht begegnen wir uns nach dem Krieg einmal.«

Stransky nickte. »Allein für diese Bemerkung hätte ich Sie zu Hause so lange durch das Gelände gejagt, bis Ihnen das Fleisch in Fetzen von den Füßen gehangen hätte.«

»Wir sind nicht zu Hause«, sagte Steiner, und er wunderte sich einen Augenblick über sich selbst, aber er hatte nie in seinem Leben gegen etwas eine größere Abneigung empfunden als gegen dieses blasierte Gesicht vor ihm. Es war ihm vom ersten Tag an verhaßt gewesen. So, wie man den Tod haßt oder eine ekelerregende Krankheit.

Er beobachtete, wie Stransky zum Telefon ging und einige Worte hineinsprach. Dann drehte er sich wieder nach Steiner um. »Sie werden sich trotzdem noch eines Tages wünschen, zu Hause zu sein«, sagte er leise. »Ich verspreche es Ihnen.«

Etwas später kam Striebig herein. Bei Steiners Anblick wurde sein blasses Gesicht dunkelrot. »Sie haben mich gerufen, Herr Hauptmann«, sagte er. Stransky zündete sich eine Zigarette an, legte das Streichholz sorgfältig in einen Aschenbecher und fragte: »Wie weit ist mein Bunker?«

»Die Pioniere haben angefangen«, sagte Striebig. »Es geht langsam; der Boden ist sehr hart.«

»Wie tief?« fragte Stransky.

»Ungefähr ein Meter.«

Stransky sog an seiner Zigarette. »Der Bunker wird drei Meter tief. Oberfeldwebel Steiner wird ihn heute nacht fertigmachen.«

»Heute nacht?« fragte Striebig verblüfft.

»Sie sind mir dafür verantwortlich, daß der Bunker bis morgen mittag fertig wird.«

»Jawohl«, sagte Striebig. Stransky wandte sich an Steiner: »Warten Sie vor der Tür!«

Er schwieg, bis Steiner draußen war. »Ich werde bei dem Burschen nun andere Saiten aufziehen«, sagte er dann.

»Hat er abgelehnt?« fragte Striebig bestürzt. Stransky schüttelte den Kopf. »Ich habe es mir anders überlegt; wir werden die Sache abblasen. Sie hören morgen früh von mir. Kümmern Sie sich jetzt um diesen Burschen.«

Striebig ging erleichtert hinaus. Vor dem Haus traf er auf Steiner, er rauchte eine Zigarette. »Kommen Sie mit!« sagte Striebig, ohne ihn anzuschauen.

Es war inzwischen dunkel geworden. Striebig führte Steiner um das Haus herum zu einer großen Grube an der Rückseite. »Gerät finden Sie hier!« sagte Striebig. »Sie haben ja gehört, was der Kommandeur befohlen hat.«

Steiner trat dicht an die Grube, warf einen Blick hinein und wandte sich dann wieder an Striebig, der ihn unsicher beobachtete. »Was wollen Sie noch?« fragte er, ohne die Zigarette aus dem Mund zu nehmen. Striebig zündete sich gleichfalls eine Zigarette an. »Ich möchte Ihnen sagen, daß ich mit dieser Sache nichts zu tun habe.«

»Das ist gut für Sie«, sagte Steiner. Er blickte abwägend in sein Gesicht. »Ich habe gehört, man muß Ihnen kondolieren«, sagte er. »Oder haben Sie schon einen anderen gefunden?«

Striebig antwortete nicht sofort. Als er wieder reden konnte, zitterte seine

Stimme: »Ich habe nur einen Wunsch, Oberfeldwebel, und das ist auch der Wunsch des Kommandeurs.«

»Sie brauchen ihn mir nicht zu verraten«, sagte Steiner grinsend. »Hoffentlich haben Sie sich da nicht zuviel vorgenommen.«

Striebig warf seine Zigarette auf den Boden, seine Stimme sank zu einem Flüstern herab: »Sie sind ein dreimal verdammter Idiot, Steiner. Oder glauben Sie im Ernst daran, daß man Ihnen auch nur ein Wort glauben würde?«

»Strauß schon«, sagte Steiner. »Aber wenn ich das wollte, hätte ich es schon lange getan.«

»Und wenn Sie es getan hätten, hätte Aussage gegen Aussage gestanden. Sie können davon überzeugt sein, daß man einem Offizier mehr Glauben geschenkt hätte als ausgerechnet Ihnen.« Er drehte sich rasch um und verschwand hinter dem Haus. Als sich Steiner umschaute, sah er zu seiner Verwunderung aus dem Hintergrund des Gartens zwei Gestalten auf sich zukommen. »Wo kommt ihr denn her?« fragte er kopfschüttelnd.

»Von da!« sagte Schnurrbart und wies mit dem Daumen über die Schulter.

»War ganz interessant«, murmelte Krüger.

Steiner betrachtete sie mißtrauisch. »Habt ihr zugehört?«

»Zugehört schon«, sagte Schnurrbart. »War aber das reinste Liebesgeflüster; habe kein Wort verstanden.«

»War trotzdem interessant«, sagte Krüger. »Kommst du mit?«

»Vorläufig nicht«, sagte Steiner. »Muß diesen Bunker hier fertigmachen.«

Die beiden blickten ihn ungläubig an. »Wer sagt das?« fragte Schnurrbart leise.

»Der Kommandeur.«

»Wird immer interessanter das!« sagte Krüger. Er wandte sich an Schnurrbart. »Ich hol' die anderen!« Er lief zur Straße.

»Was soll der Unsinn?« fragte Steiner. Schnurrbart zuckte mit den Schultern. »Zu sechst geht's rascher.«

»Ihr seid verrückt«, knurrte Steiner. »Wie kommt ihr überhaupt hierher?«

Schnurrbart setzte sich auf den Boden. »Zuerst dauerte es uns zu lange, und wir machten uns Gedanken. Krüger meinte, wir sollten mal nach dir schauen. Als wir hierherkamen, bist du mit Striebig gerade im Garten verschwunden. Krüger hatte schon Angst, du hättest was mit ihm.«

»Du großer Gott!« sagte Steiner. Er blickte auf seine Armbanduhr; es war kurz nach zehn. Plötzlich hörten sie auf der Straße eine laute Stimme. Schnurrbart stand hastig auf. »Das ist März!« sagte er überrascht. »Was will denn der hier!«

Gleich darauf bogen fünf Männer um die Hausecke, allen voran Leutnant März. »Was geht hier vor?« fragte er scharf. Steiner erkannte jetzt auch Krüger, Kiefer, Maag und Kern. Er wandte sich an den Leutnant. Während er ihm von seinem Auftrag berichtete, sagte Schnurrbart leise zu Krüger: »Was ist passiert?«

Krüger hob unbehaglich die Schultern. »Er ist uns plötzlich über den Weg gelaufen und wollte wissen, wohin wir gehen. Was hätte ich ihm sagen sollen!« Er blickte den Leutnant an, der eben fragte: »Hatte der Kommandeur einen besonderen Grund, Sie mit dieser Arbeit zu beauftragen?«

»Wir hatten nur ein kleines Gespräch miteinander«, sagte Steiner. »Sonst nichts.«

»Was heißt das?«

»Privat«, sagte Steiner. März blickte aufmerksam in sein Gesicht, dann wandte er sich an die Männer: »Verschwindet in eure Quartiere. Falls der Oberfeldwebel euch noch brauchen sollte, bekommt ihr Nachricht.« Sie sahen einander bedeutungsvoll an. März wartete, bis sie fort waren. Er beobachtete, wie Steiner wieder in die Grube stieg und nach einem Spaten griff. Dann kehrte er auf die Straße zurück und ging zu seinem Gefechtsstand. Dort telefonierte er mit Kiesel. Das Gespräch zog sich in die Länge, weil der Hauptmann bei Strauß rückfragen mußte. Als März den Hörer auf den Apparat legte, lächelte er befriedigt. Er wartete ein paar Minuten. Dann ließ er sich mit Stransky verbinden. Anscheinend hatte er noch nicht geschlafen, er meldete sich sofort. März entschuldigte sich für die späte Störung und berief sich auf einen Anruf des Regiments. Der Herr Oberstleutnant, sagte er, wünsche, daß Oberfeldwebel Steiner umgehend zu ihm komme.

Am anderen Ende des Drahtes wurde es so still, daß er schon befürchtete, Stransky hätte das Gespräch bereits beendet, aber dann hörte er wieder seine Stimme, etwas undeutlicher als zuvor und sehr kurz: »Es ist gut.« März hörte noch einige Geräusche, deren Ursprung er sich nicht erklären konnte, dann meldete sich die teilnahmslose Stimme der Vermittlungswache: »Sprechen Sie noch?« März gab keine Antwort und lauschte. »Wird noch gesprochen?« fragte die Vermittlungswache. Und etwas später: »Ich trenne.« März legte lächelnd den Hörer zurück und wandte sich dem Fenster zu. Die Berge glänzten wie von Rauhreif überzogen und standen hell vor dem sternenklaren Himmel.

Striebig wurde durch das anhaltende Läuten des Telefons aus dem Schlaf geschreckt. Er taumelte schlaftrunken zum Tisch. Als er Stranskys Stimme erkannte, wurde er hellwach. »Kommen Sie sofort herüber!« befahl Stransky.

Striebig legte den Hörer auf und zog sich in fieberhafter Eile an. Der Schreck steckte ihm noch in den Knochen, als er etwas später aus dem Haus rannte. Bevor er in den Gefechtsstand ging, schlich er sich auf den Fußspitzen zur Rückseite des Hauses und überzeugte sich, daß Steiner bei der Arbeit war.

Stransky empfing ihn in hochgradiger Erregung. »Wo bleiben Sie so lange, zum Teufel! Habe ich Ihnen nicht befohlen, sofort zu kommen!«

»Ich mußte mich erst anziehen«, sagte Striebig. Stransky fuhr ihn gereizt an: »Ein Soldat ist immer angezogen, merken Sie sich das. Wo ist Steiner?«

»An Ihrem Bunker, wie befohlen«, sagte Striebig, durch den unfreundlichen Empfang verärgert. Stransky starrte ihn wütend an, sein Ton änderte sich aber. »Sie werden ihn sofort zum Regimentsgefechtsstand bringen«, sagte er. »Strauß wünscht Steiner heute noch zu sprechen, jetzt um . . .« Er blickte auf seine Uhr. »Um elf Uhr! Wissen Sie, was das bedeutet?«

Striebig bewegte lautlos die Lippen. Als er wieder sprechen konnte, sagte er: »Der Bericht!«

Stransky nickte. »Strauß muß irgendwie Wind von der Sache heute abend bekommen haben, ich vermute, daß dieser März dahintersteckt.«

»Was werden Sie tun?« fragte Striebig mit weißen Lippen.

»Sie werden mit Strauß sprechen«, sagte Stransky. »Sie werden ihm sagen, daß ich auf das EK verzichte, weil es unter meiner Würde liegt, eine verdiente Auszeichnung von dem Zeugnis eines Mannes abhängig zu machen, über dessen disziplinloses Verhalten, das bereits an offene Meuterei grenzt, ich dem Regiment morgen vormittag einen schriftlichen Bericht zukommen lasse. Sie werden dem Kommandeur ferner sagen, daß ich es als eine Zumutung betrachte, einen straffällig gewordenen Menschen, der es darauf abgesehen hat, mir Schwierigkeiten zu bereiten, um eine Gefälligkeit ersuchen zu sollen. Der Herr Oberstleutnant wird nicht umhin können, die berechtigten Beschwerden eines Bataillonskommandeurs zur Kenntnis zu nehmen. Ich habe es endgültig satt, mich von einem Untergebenen wie einen dummen Jungen behandeln zu lassen, nur weil der Herr Regimentskommandeur ihm den Rücken steift. Wenn meine Beschwerde nicht durchgeht, werde ich mich direkt an die Division wenden, und ich lege Wert darauf, daß Sie das dem Oberstleutnant gegenüber unverblümt sagen.«

»Wollen Sie mir das nicht lieber schriftlich mitgeben?« fragte Striebig besorgt.

»Was ich schriftlich zu melden habe«, sagte Stransky, »wird der Herr Oberstleutnant morgen erfahren. Sie machen sich sofort auf den Weg.«

Striebig verabschiedete sich hastig. Als er hinter das Haus kam, stand Steiner bis zur Brust in der Grube. »Hören Sie auf!« sagte Striebig. »Sie werden im Regimentsgefechtsstand erwartet.«

»Das wundert mich«, sagte Steiner und kletterte aus der Grube. Er zog seinen Rock an, schnallte das Koppel um und sagte: »Ich müßte mir vorher die Hände waschen.«

»Dazu haben wir jetzt keine Zeit«, sagte Striebig. »Kommen Sie!«

Während Steiner neben ihm auf die Straße ging, zerbrach er sich den Kopf, weshalb Strauß ihn so spät noch zu sich rufen ließ. Vielleicht hatte Stransky eine Meldung gemacht. Es beunruhigte ihn nicht mehr als der nächste Sturmangriff. Er fragte: »Wissen Sie, worum es geht?«

»Nein«, sagte Striebig. Steiner blickte ihn nachdenklich an. Es war das erstemal, daß er auf dem Weg zu Strauß von einem Offizier eskortiert wurde.

Sie näherten sich dem Stadtzentrum, die Straßen lagen dunkel und menschenleer. Nur gelegentlich stießen sie auf einen Posten. Später kamen sie in eine Straße mit hohen Bäumen. Vor ihnen erklang ein scharfer Anruf; sie hatten den Gefechtsstand erreicht. Striebig wechselte einige Worte mit dem Posten und führte Steiner auf ein großes Gebäude zu. Über eine Treppe kamen sie in einen langen Flur mit vielen Türen. Während Striebig sich noch unschlüssig umschaute, wurde eine geöffnet, und Hauptmann Kiesel trat heraus. Als er Striebig sah, runzelte er die Stirn. Dann fiel sein Blick auf Steiner. Er schaute ihn ein paar Sekunden an und wandte sich dann an Striebig: »Wollen Sie zu mir?«

»Der Herr Hauptmann schickt mich«, sagte Striebig. »Ich muß dringend den Herrn Oberstleutnant sprechen.«

Kiesels Gesicht wurde abweisend. »In welcher Angelegenheit?«

Striebig warf einen raschen Blick auf Steiner. Dann sagte er förmlich: »Ich bitte, den Herrn Oberstleutnant in einer wichtigen dienstlichen Angelegenheit persönlich sprechen zu dürfen.«

»Da muß ich ihn erst fragen«, sagte Kiesel und verschwand hinter einer Tür. Sekunden später tauchte er wieder auf und rief Striebig mit einer Kopfbewegung ins Zimmer.

Steiner, sich selbst überlassen, sah sich um. Im Flur brannten einige Kerzen. Auf der rechten Seite entdeckte er eine Treppe mit einem Teppich. Er setzte sich auf die Treppe und betrachtete seine schmutzigen Schuhe. Seit er es aufgegeben hatte, eine vernünftige Erklärung für seinen späten Besuch bei Strauß zu finden, fühlte er sich schläfrig. Die Stille in dem großen Haus und das flackernde Licht der Kerzen verstärkten dieses Gefühl noch. Er streckte die Beine von sich und ließ den Kopf hängen.

So fand ihn Hauptmann Kiesel. Er weckte ihn auf und sagte: »Ihr Gemüt möchte ich haben!«

»Bitte?« sagte Steiner. Kiesel lächelte. »Kommen Sie mit! Der Herr Oberstleutnant erwartet Sie.«

Er führte Steiner in ein Zimmer, das so mit Möbeln vollgestellt war, daß Steiner Strauß erst auf den zweiten Blick entdeckte. Er saß hinter einem klobigen Schreibtisch und lachte. »Wenn Sie künftig wieder mal verwundet werden wollen«, sagte er, »so melden Sie sich wenigstens vorher bei mir ab. Wie geht es Ihnen, Steiner?«

Steiner grinste. Es geschah mehr aus Erleichterung. Auch seine Stimme klang erleichtert. »Es ging mir schon schlechter.«

»Glaube ich Ihnen!« Strauß gab ihm lachend die Hand und sagte: »Setzen Sie sich; Sie werden müde sein. Ich habe mir sagen lassen, Sie hätten heute besonders viel gearbeitet.«

»Nur heute abend«, sagte Steiner und verwünschte seine Schlaftrunkenheit. Während Strauß ihm sein Zigarettenetui hinstreckte, fiel Steiner auf, daß Striebig nicht im Zimmer war. Hauptmann Kiesel hatte sich im Hintergrund auf eine Couch gesetzt und beobachtete ihn amüsiert.

»Wie war es im Lazarett?« fragte Strauß. Er hatte sich in seinem Stuhl zurückgelehnt, sein großes, wohlwollendes Gesicht wurde von einer Kerze beleuchtet. Steiner erinnerte sich, daß er sich bei ihm noch für die Anforderung zum Regiment bedanken mußte, aber Strauß winkte schon bei seinen ersten Worten ab: »Es ist Ihr Privatvergnügen, wenn Sie sich bei uns wohler fühlen als in einer Kaserne. Sie könnten jetzt in der Heimat Rekruten ausbilden.«

»Oder mich wieder degradieren lassen«, sagte Steiner.

Strauß lachte heftig. Er blinzelte belustigt zu Kiesel hinüber und sagte: »Hätten bei dieser Gelegenheit selbst noch etwas Disziplin lernen können, aber dieser Gegenstoß auf Höhe 121,4 war gekonnt. War sehr zufrieden mit Ihnen, Steiner.«

Sein lärmendes Wohlwollen ging Steiner langsam auf die Nerven. Er sagte: »Sicher haben Sie mich nicht deshalb hierherrufen lassen.«

Strauß wurde unvermittelt ernst. »Allerdings nicht. Wissen Sie zufällig noch, wer den Gegenstoß der zweiten Kompanie am Abend vor der russischen Offensive geführt hat?«

Steiner sah ihn einen Augenblick verwundert an. Dann erinnerte er sich plötzlich an das, was Schnurrbart ihm über diese Sache erzählt hatte, und er sagte: »Oberleutnant Schäfer, natürlich.«

Er sah, wie Strauß einen bedeutungsvollen Blick mit Kiesel wechselte. Dann fragte Strauß: »Haben Sie auch Hauptmann Stransky gesehen?«

Steiner nickte: »Im Anschluß an den Gegenstoß in seinem Gefechtsstand.«

»Vorher nicht?«

»Nein.«

Strauß wechselte wieder einen Blick mit Kiesel und sagte: »Halten Sie es für möglich, daß sich Hauptmann Stransky an diesem Gegenstoß beteiligt oder ihn gar geführt hat?«

Steiner grinste. »Von seinem Bunker aus? Er hat ja erst von Oberleutnant Schäfer erfahren, daß der Russe in unsere Stellungen eingebrochen war.«

»Ah!« Strauß beugte sich rasch über den Tisch. »Woher wissen Sie das?«

»Von dem Oberleutnant«, sagte Steiner.

Strauß blickte ihn an. Etwas in seinem Gesicht gefiel Steiner nicht, aber anscheinend hatte es nichts mit ihm zu tun, denn Strauß wandte sich plötzlich an Hauptmann Kiesel und sagte: »Holen Sie mir diesen Striebig herein!«

Während Kiesel draußen war, schwieg der Kommandeur. Steiner, der jetzt die Zusammenhänge etwas durchschaute, lächelte verächtlich. EK-Hyänen! dachte er.

Als Striebig hereinkam und ihn so zwanglos am Schreibtisch sitzen sah, biß er sich auf die Lippen. Strauß sagte: »Ich habe Sie noch einmal rufen lassen, weil mir einige Widersprüche aufgefallen sind. Haben Sie selbst gesehen, wie Herr Stransky den Gegenstoß der zweiten Kompanie geführt hat?«

»Ja . . . das heißt . . .«

»Bitte?« Strauß blickte ihn kalt an.

Während Striebig nach Worten suchte, fiel sein Blick auf das verächtliche Gesicht Steiners. Er sagte rasch: »Ich habe den Herrn Hauptmann auf die Höhe begleitet und sah noch, wie er einige Männer zu sich rief. Mich hat er zum Gefechtsstand zurückgeschickt.«

»Und woher wissen Sie, daß Herr Stransky den Gegenstoß geführt hat, wenn Sie im Gefechtsstand waren?«

Diesmal kam Striebigs Antwort ohne Zögern: »Von zurückkommenden Verwundeten, Herr Oberstleutnant.«

Strauß blickte mit schmalen Augen in sein blasses Gesicht, dann wandte er sich an Kiesel: »Wie viele Männer haben Sie in dieser Sache gehört?«

»Zwölf«, sagte Kiesel. »Sie erklärten übereinstimmend, daß der Gegenstoß von Oberleutnant Schäfer geführt worden sei. Keiner von ihnen hat Hauptmann Stransky gesehen oder etwas von seiner Anwesenheit erfahren.«

»Danke«, sagte Strauß. Er blickte wieder Striebig an, der kreidebleich vor ihm stand. »Sie werden mir nicht einreden wollen, daß es sich hier um einen unglücklichen Zufall handelt. Sie haben Herrn Stranskys Angaben bestätigt. Wenn ich ihm in diesem Fall eine Falschmeldung nachweisen kann, sitzen Sie mit im Dreck. Ist Ihnen das klar?«

Striebig schluckte ein paarmal. »Ich tat es aus tiefinnerer Überzeugung, Herr Oberstleutnant.«

»Was Sie aus tiefinnerer Überzeugung tun«, sagte Strauß kalt, »steht hier nicht zur Debatte. Sie können nur unterschreiben, was Sie selbst gesehen haben. Es gibt in meinen Augen nichts Erbärmlicheres, als sich mit Auszeichnungen schmücken zu wollen, die einem gefallenen Offizier zukommen. Oberfeldwebel Steiner hat den Gegenstoß miterlebt. Wenn er auf seiner Aussage, daß sich Hauptmann Stransky im Augenblick des Gegenstoßes in seinem Bunker aufgehalten habe, besteht, werde ich Sie beide vor ein Kriegsgericht bringen.« Er wandte sich an Steiner: »Bleiben Sie dabei?«

Steiner blickte in seine harten Augen und von dort zu Kiesel, der mit einem eigenartigen Gesichtsausdruck hinter ihm stand. Noch vor einer Stunde hätte er Stransky kaltblütig umbringen können, und die Gelegenheit, ihn auf eine billige Weise loszuwerden, war nie günstiger gewesen. Er verstand sein eigenes Zögern nicht. Vielleicht lag es daran, daß die Gelegenheit so »billig« war. Er hatte für seine eigenen Probleme noch nie fremde Hilfe gebraucht. Mehr noch: Es schien ihm plötzlich, als sei dies eine Angelegenheit, die nur ihn und Stransky etwas anginge. Fast gegen seinen Willen hörte er sich sagen: »Wäre es möglich, daß ich mir das einige Tage überlege?«

Strauß blickte ihn verdutzt an, aus seiner Stimme klangen Zorn und Enttäuschung: »Was gibt es da noch zu überlegen? Haben Sie Stransky gesehen? Ja oder nein?«

Ehe Steiner antworten konnte, bekam er unerwartet Hilfe; Kiesel schaltete sich ein. Er sagte: »Ich glaube, Oberfeldwebel Steiner hat recht. Eine so bedeutungsvolle Frage bedarf gewissenhafter Überlegung.« Er blinzelte rasch in das fassungslose Gesicht des Kommandeurs und wandte sich an Striebig: »Warten Sie vor der Tür. Sie auch!« sagte er zu Steiner.

Als sie draußen waren, fragte Strauß gereizt: »Was soll der Unsinn!«

Kiesel lächelte. »Natürlich ist es Unsinn, aber sehen Sie, Sie haben zwei Möglichkeiten. Sie können Stransky vor ein Kriegsgericht bringen und Steiner als Zeugen auftreten lassen. Ich weiß nicht, welchen Eindruck es auf die Richter machen wird, wenn Stransky Steiners Glaubwürdigkeit unter Berufung auf dessen Vergangenheit in Frage stellt, und das wird er gewiß nicht versäumen. Steiner schreckt ganz einfach davor zurück, vor einem Gericht aussagen zu müssen. Das können Sie ihm nicht verdenken.«

Strauß schwieg. Er rieb sich mürrisch das Kinn und sagte: »Wir haben noch mehr Zeugen.«

»Das schon«, sagte Kiesel. »Wenn wir aber freiwillig auf den Hauptbelastungszeugen verzichten, wird sich Stransky darüber Gedanken machen und falsche Schlüsse ziehen. Ich meine, wir sollten uns diese Blöße nicht geben. Wie die Dinge liegen, bleibt eine Verurteilung Stranskys immer noch fraglich. Andererseits haben Sie die Möglichkeit, ihn daran zu hindern, ein Disziplinarverfahren gegen Steiner zu beantragen. Solange er sich von dessen Verschwiegenheit abhängig weiß, wird es auch nicht mehr zu solchen Zwischenfällen wie heute abend kommen. Sie erteilen Stransky auf diese Weise eine viel nachhaltigere Lektion und bewahren den Oberfeldwebel vor weiteren Übergriffen.«

Strauß blickte ihn eine Weile stumm an. Dann fing er plötzlich an zu grinsen und sagte: »Rufen Sie die beiden herein!« Er wischte sich das Grinsen aus dem Gesicht und wandte sich zuerst an Steiner: »Ich bin einverstanden; Sie können sich die Sache noch einige Zeit überlegen. Sie haben verstanden, worum es geht?«

»Wenn es mir wieder einfällt«, sagte Steiner, »werde ich mich bei Ihnen melden.«

»Das bitte ich mir aus«, sagte Strauß mit zuckenden Lippen. Er richtete das Wort an Striebig: »Was die vorgesehene Meldung über die Insubordination eines Zugführers betrifft, so können Sie Herrn Stransky sagen, daß ich es seiner Intelligenz überlasse, zu beurteilen, ob hierdurch das Gedächtnis des Betroffenen nicht in einer Weise aufgefrischt werden könnte, die sich nachteilig für Herrn Stransky selbst auswirken würde. Sie können gehen!«

Striebig blickte ihn eine Sekunde ungläubig an, dann hob er die Hand zur Mütze und ging rasch hinaus.

»Und nun zu Ihnen!« sagte Strauß zu Steiner. »Was verschaffte Ihnen die Auszeichnung, den Bunker Ihres Bataillonskommandeurs persönlich ausheben zu dürfen?«

»Darüber möchte ich nicht reden«, sagte Steiner. Strauß blickte angestrengt in sein Gesicht, dann beugte er sich etwas vor und sagte: »Es hat in der Umgebung dieses Hauses für einige hundert Bunker Platz, und ich könnte auf den Gedanken kommen, Sie für zwei oder drei Wochen zu beschäftigen, damit Sie mir nicht noch mehr Scherereien machen. Ist Ihnen bekannt, daß Hauptmann Stransky eine Meldung gegen Sie beabsichtigt?«

»Ich habe es eben gehört«, sagte Steiner.

Strauß wandte sich an Kiesel: »Ich halte es doch für besser, ich stelle ihn unter Ihre Aufsicht und lasse ihn Löcher graben, bis ihm schwarz vor den Augen wird. Finden Sie nicht auch?«

Kiesel lächelte. »Warum wollen Sie die Vorsehung korrigieren?«

»Die was?« fragte Strauß verwundert, aber er wartete keine Antwort ab und sagte zu Steiner: »Ich bekomme es langsam satt, mich ständig mit Ihren Vorgesetzten herumschlagen zu müssen.«

»Ich habe Sie nicht darum gebeten«, sagte Steiner.

Es war die größte Freiheit, die er sich ihm gegenüber je herausgenommen hatte, und er erschrak nachträglich selbst darüber. Mit einer fast wollüstigen Erregung beobachtete er, wie sich das Gesicht des Kommandeurs veränderte. Jetzt richtete sich Strauß ruckartig auf und stützte die Arme schwer auf die Schreibtischplatte. Seine Stimme klang heiser vor Zorn: »Nicht darum gebeten? Sie haben mich nicht darum gebeten! Ja, sind Sie denn vollkommen übergeschnappt? Wissen Sie überhaupt, was Sie da sagen?«

Steiner schloß die Augen. Die seit Monaten aufgestaute Erbitterung brach mit solcher Heftigkeit aus ihm heraus, daß er nichts mehr dagegen tun konnte. Er sagte atemlos: »Und ob ich das weiß! Seit ich diese verdammte Uniform trage, weiß ich, daß es zwei Sorten Menschen gibt und daß die eine davon nur aus Stranskys und Striebigs und sonstigen Portepeeträgern besteht, die sich im Grunde genommen alle so gleich sind wie ein Arsch dem anderen, und ich bin froh, Ihnen das endlich gesagt zu haben!«

Es wurde still im Zimmer. Außer den lauten Atemzügen des Kommandeurs war kein Geräusch zu hören. Strauß setzte einige Male zum Sprechen an.

Seine Stimme war tonlos, als er flüsterte: »Gehen Sie! Gehen Sie auf der Stelle!«

Steiner kam plötzlich zur Besinnung. Er hatte es nicht gewollt, aber nun, da es geschehen war, empfand er auch kein Bedauern. Nur Ekel. Er drehte sich um und ging hinaus.

Strauß ließ sich auf seinen Stuhl fallen. Er blickte Kiesel an, der steif auf der Couch saß.

»Warum haben Sie sich das nicht erspart?« fragte Kiesel. »Sie hätten seine erste Ungehörigkeit übergehen oder seine letzte bestrafen sollen. Sie waren inkonsequent.« Er stand auf und kam an den Tisch. »Sie können eine Wildkatze zwar großziehen, aber Sie dürfen nicht mit ihrer Dankbarkeit rechnen. Offen gestanden, ich mache mir Sorgen.«

Strauß sah zu ihm auf. »Um Steiner?«

»Um Stransky. Seit zwei Minuten bin ich davon überzeugt, daß es nicht gut ist, die beiden ihre Aversionen untereinander ausfechten zu lassen.« Er beobachtete, wie in das Gesicht des Kommandeurs das Blut zurückkehrte und den fassungslosen Ausdruck hinwegschwemmte. »Ich habe auch schon daran gedacht«, sagte Strauß.

»Dann ist es besser«, sagte Kiesel, »Sie versetzen Steiner umgehend in ein anderes Bataillon oder zum Regimentsstab.«

Strauß blickte geistesabwesend auf seine Hände nieder. Als er wieder aufsah, lag ein undefinierbarer Ausdruck in seinem Gesicht. »Sie haben mir vorhin selbst empfohlen, die Vorsehung nicht zu korrigieren, und ich bin der Ansicht, daß Sie damit einmal ausnahmsweise ein sehr gescheites Wort gesprochen haben.«

»Der Fall liegt jetzt anders!« sagte Kiesel unbehaglich. Strauß betrachtete ihn abwägend. Er hatte sich nun wieder völlig gefangen und lächelte. »Diesmal sind *Sie* inkonsequent, Kiesel. Vielleicht habe ich Steiner falsch behandelt. Ich möchte nicht, daß die Männer keinen Kontakt zu mir haben, aber ich möchte auch nicht, daß sie sich die gleichen Freiheiten herausnehmen wie Steiner.«

»Gefühlssache«, sagte Kiesel.

Strauß winkte unlustig ab. »Bleiben Sie mir vom Halse damit. Wenn ich anfangen wollte, mich mit Gefühlen abzugeben, müßte ich mich für jeden Befehl damit entschuldigen, daß er nicht von mir, sondern von der Division kommt. Ich kann Ihnen genau sagen, worin das Problem liegt. Es ist unsere verdammte Angst, daß wir uns eine Blöße geben und damit unseren Nimbus verlieren könnten. Wenn wir uns mit unseren Untergebenen über unser Privatleben unterhalten, ist es genauso, als zeigten wir uns ihnen in Unterhosen. Sie werden dann nicht mehr unbefangen auf eine Panzerkanone losrennen, während wir uns dafür das Ritterkreuz umhängen lassen.« Er grinste. »Eine Erfahrung, die für Stransky noch peinlicher sein dürfte als für mich. Er ist der überheblichste Bursche, der mir je begegnet ist.«

»Eine spezifisch deutsche Eigenschaft«, sagte Kiesel. Strauß schüttelte ungeduldig den Kopf. »Das ist eine Voreingenommenheit. Wir sind nicht schlechter als die anderen.«

»Vielleicht anders«, sagte Kiesel. »Es wimmelt bei uns von verhinderten

Despoten. Sie brauchen für ihr Selbstbewußtsein den Rücken eines anderen unter sich, wie eine Frau hohe Absätze braucht, aber sie sind nur verhindert, solange sie keine Uniform tragen.«

»Sie sind ein Anarchist«, knurrte Strauß. Kiesel lächelte. »Dazu fehlt mir der Mut. Ich bin nur einer von vielen, die genau wissen, daß sie auf der falschen Seite stehen und trotzdem nichts dagegen tun.«

»Es lohnt sich nicht.«

»Vor den anderen nicht«, sagte Kiesel. »Aber vielleicht vor uns selbst. Was werden Sie mit Steiner machen?«

Strauß starrte ihn verdrossen an. »Ich habe Sie nicht gebeten, neugierig zu sein. Warum interessieren Sie sich dafür?«

»Ihretwegen«, sagte Kiesel ruhig. Einen Augenblick sah es aus, als wolle Strauß ihn scharf anfahren, aber dann zog er ein abgegriffenes Lederetui aus der Tasche. Er nahm ein Foto heraus und gab es Kiesel, der es verwundert betrachtete. Es war die Aufnahme eines jungen Soldaten in der Uniform eines Unteroffiziers.

»Mein Sohn«, sagte Strauß. »Er fiel in Polen. War Steiner in vielen Dingen ähnlich, genauso aufsässig und genauso schwierig zu behandeln. Sie wissen, daß ich Steiner praktisch das Leben verdanke. Außerdem hat er seine Eltern verloren.«

»Steiner?« fragte Kiesel überrascht. Strauß nickte. »Sie saßen während eines Fliegerangriffs in einem Zug.« Er nahm Kiesel das Foto aus der Hand, steckte es wieder ein und sagte: »Wir sind alle ein bißchen verrückt. Jeder auf seine Weise, Kiesel. Haben Sie eigentlich nichts zu tun?«

Kiesel ging hinaus.

Der Tag war hinter der ruhigen Dünung des Meeres versunken. Kiefer saß in seinem Quartier und las einen Brief von Barbara. Er hatte sie vor einigen Wochen darum gebeten, ihm etwas über Noworossijsk zu schreiben. Sie war mit seinem Brief zum Dorfschullehrer gegangen, der ihr erzählte, daß es eine Stadt mit 96 000 Einwohnern, vielen Fabriken, Getreidemühlen, Zementwerken und Ölraffinerien sei. Auch den großen Hafen erwähnte sie. Inzwischen hatte sich die Stadt in eine leere Steinwüste am Fuße der Berge verwandelt, eine Stadt ohne Menschen, ein Hafen ohne Schiffe. Kiefer steckte den Brief ein und betrachtete vom Fenster aus die Sterne. Er erinnerte sich, wie oft er um diese Tageszeit mit Barbara auf einer Wiese gesessen hatte. Ohne diesen Krieg wären sie schon längst verheiratet.

Es war sehr warm im Haus. Er entschloß sich zu einem kleinen Spaziergang. Auf der Straße begegnete ihm Maag, der sich ihm unaufgefordert anschloß. »In einer Stunde muß ich auf Posten«, sagte Maag. »Lohnt sich nicht mehr, sich noch hinzulegen. Ich muß Kern ablösen!«

Während sie durch die dunklen Straßen gingen, kamen sie über den Kompanieabschnitt hinaus. Auf beiden Seiten standen niedrige Häuser mit kleinen Gärten. »Scheinen nicht belegt zu sein«, sagte Kiefer. Maag nickte. »Wir könnten sie uns einmal von innen anschauen.«

»Wozu?«

»Organisieren. Ist doch egal, ob das Zeug zusammengeschossen wird oder ob wir es mitnehmen. Vielleicht finden wir irgendwo ein Radio.«

»Das ist verboten«, sagte Kiefer. »Wenn sie dich dabei erwischen, stellen sie dich vors Kriegsgericht.«

»Nur wenn du einfacher Landser bist«, sagte Maag. »In Frankreich haben die Offiziere mit Lastwagen organisiert, und keiner hat was gesagt.« Er blickte von der Seite in Kiefers Gesicht. »Bist du eigentlich verheiratet?«

Kiefer schüttelte den Kopf. »Der Krieg kam dazwischen.«

»Bei mir auch«, brummte Maag. »Aber ich habe ein Mädchen. Du auch?«

»Ja.«

Maag zögerte. Der Einfall war ihm ganz plötzlich gekommen. Er hatte schon oft mit einem anderen Mann über seine Impotenz sprechen wollen, jedoch immer Hemmungen gehabt. Die ruhige Art des Schwarzwälders machte ihm Mut. Er sagte: »Man kann doch mit dir reden?«

Kiefer blickte in sein sommersprossiges Gesicht. »Warum nicht?«

»Finde ich auch«, sagte Maag. »Ist ja nichts dabei. Du hast es doch sicher schon mal mit deinem Mädchen gehabt?«

»Was, gehabt?«

Maag zögerte wieder. Es war doch viel schwieriger, als er angenommen hatte. »Ich meine«, sagte er, »wenn man zusammen ins Bett geht.«

»Bei uns«, sagte Kiefer abweisend, »geht man mit einer Frau erst ins Bett, wenn man mit ihr verheiratet ist.«

Maag schwieg. Man kann mit diesen Idioten einfach nicht reden, dachte er, sie sind alle gleich. Er ging etwas gebeugt neben Kiefer her und ließ den Kopf hängen.

Als sie sich wieder dem Kompanieabschnitt näherten, hörten sie plötzlich ein Geräusch. Es klang wie das Winseln eines Hundes. Dann sahen sie das Tier. Es lag vor einer Haustür. Sie gingen zu ihm, und Maag sagte überrascht: »Wie kommt denn der hierher?«

»Sicher haben sie ihn bei der Evakuierung zurückgelassen«, sagte Kiefer. Der Hund war zutraulich. Als Kiefer seinen Kopf streichelte, leckte er seine Hand. »Er ist völlig entkräftet«, sagte Kiefer.

»Was geht uns das an!« sagte Maag und blickte ungeduldig auf seine Armbanduhr. »Ich muß auf Posten.«

»Niemand hält dich hier fest«, sagte Kiefer. Maag starrte ihn wütend an. Dann drehte er sich um und ging davon. Für einen verdammten Köter haben sie immer was übrig, dachte er erbittert.

Kiefer betrachtete wieder den Hund. Er war groß und entsetzlich mager. Während Kiefer ihn streichelte, leckte der Hund wieder seine Hand. Kiefer setzte sich zu ihm, und der Hund legte den zottigen Kopf auf seine Knie und blickte ihn winselnd an. Kiefer dachte, daß er etwas für den Hund tun müsse, er würde sonst verhungern. Er stand auf und versuchte, das Tier mit sich zu locken. Es rührte sich nicht vom Fleck und schaute ihn nur winselnd an. Schließlich gab Kiefer es auf. Als er den Hund allein vor der Tür liegen ließ und zu seinem Quartier ging, weinte er.

Es war Oktober geworden, und der Marschbefehl kam völlig überraschend. Die Männer waren solche Veränderungen gewöhnt. In den Nachtstunden wurden sie von einer Marineeinheit abgelöst und marschierten über die dunklen Straßen nach Osten. Steiner ging an der Spitze des zweiten Zuges neben Leutnant März. Er war schlecht gelaunt. Am Morgen hatte er sich mit Fetscher unterhalten und von ihm gehört, daß die deutschen Divisionen im Brückenkopf von der Armeeführung angeblich bereits abgeschrieben seien. »Das gibt ein zweites Stalingrad«, hatte Fetscher gesagt. »Die Russen stehen dicht vor Melitopol, in einigen Tagen werden sie vor Perekop stehen. Dann ist die Krim geliefert und wir mit.«

Um sich von seinen trüben Gedanken abzulenken, blickte Steiner in das Gesicht des Kompaniechefs. Er hatte ihn in den letzten Wochen einige Male in seinem Gefechtsstand besucht und Schach mit ihm gespielt. Bei einer solchen Gelegenheit hatte er auch erfahren, daß März mit dem Regimentsadjutanten verwandt war. Wahrscheinlich hatte er dann auch von der letzten Auseinandersetzung zwischen ihm und Strauß gehört, aber er hatte nie ein Wort darüber verloren. Auch Strauß hatte nichts mehr von sich hören lassen. Je länger Steiner Zeit hatte, über den häßlichen Zwischenfall im Regimentsgefechtsstand nachzudenken, desto unbegreiflicher wurde er ihm selbst. Er mußte damals den Verstand verloren haben.

Er ging etwas langsamer und ließ Schnurrbart herankommen, der neben Krüger und dem Schwarzwälder in der ersten Reihe marschierte. »Wohin geht's eigentlich?« fragte Schnurrbart. März, der seine Frage gleichfalls gehört hatte, blickte zurück. »Wir werden auf Lastwagen verladen.«

»Dann weiß ich schon Bescheid«, knurrte Krüger. »Da ist wieder irgendwo der Teufel los.«

»Kann sein«, sagte März.

»Will sich auch noch schnell das EK verdienen«, sagte Schnurrbart leise zu Steiner. »Weißt du auch nicht mehr?«

Steiner schüttelte den Kopf. Sie waren nun bereits vier Stunden unterwegs, und es mußte weit nach Mitternacht sein. Die Gegend war Steiner fremd. Sie waren auch nicht auf der nach Osten führenden großen Straße geblieben, sondern bald auf einen Feldweg gestoßen. Die Landschaft wirkte eintönig, endlos und menschenleer. Unter ihren genagelten Stiefeln knirschte Sand, die Kolonne war in einen Schleier aus weißem Staub gehüllt. Vorne bei der ersten Kompanie wurde ein Lied angestimmt, aber es setzte sich nicht durch und zerflatterte unter dem dumpfen Getrampel der vielen Stiefel. Ab und zu stand ein Mann am Wege und urinierte; sie gingen an ihm vorbei, als wäre er ein Baum. Die Müdigkeit kroch ihnen aus den Beinen ins Gehirn und machte sie schläfrig. Die drei Männer hinter Steiner hatten sich untergehakt und marschierten mit geschlossenen Augen; ein System, das sie im Laufe einiger tausend Kilometer entwickelt hatten und das es ihnen ermöglichte, auch im Halbschlaf zu marschieren, wobei sich ihre Beine vom Körper zu lösen schienen und zu selbständigen Teilen wurden, die automatisch in Bewegung blieben. Steiner ging mit hängendem Kopf und blickte auf die Stiefel des Kompanieführers. Als dieser ihn plötzlich ansprach, blickte er geistesabwesend auf. Jetzt erst sah er, daß der Weg vor ihnen in eine breite Straße mündete. Dort standen auch die Lastwagen, eine lange Reihe dunkler Kästen mit abgeblendeten Scheinwerfern. März ließ die Kompanie anhalten und verschwand in der Dunkelheit.

»Befehlsempfang!« sagte Schnurrbart und setzte sich ächzend in den Straßengraben. »Bin neugierig, wo wir den nächsten Champagner saufen.«

»In Sibirien«, sagte Krüger. Sie ließen sich, wo sie gerade standen, auf den Boden fallen und zündeten sich Zigaretten an. »Weiß einer, wie spät es ist?« fragte Maag.

»Halb fünf«, sagte Steiner. »Wir waren über fünf Stunden unterwegs.«

»Dreißig Kilometer«, sagte Schnurrbart und betrachtete die Lastwagen. Die meisten Fahrer saßen hinter ihrem Lenkrad und schliefen. Dann sah er auch Leutnant März wieder. Der Kompanieführer näherte sich ihnen rasch und sagte: »Fertigmachen!«

»Wohin geht's?« fragte Steiner. März lächelte. »Raten Sie mal!«

»Italien?« fragte Schnurrbart erwartungsvoll.

»Ihr kommt doch nicht drauf«, sagte März. »Es geht wieder zurück.«

»Das geht es seit einem Jahr«, sagte Steiner. Dann kam ihm plötzlich ein böser Verdacht. »Doch nicht . . .«

»Doch«, sagte Leutnant März. »Wir fahren nach Noworossijsk zurück. Zwei Stunden nach unserer Ablösung sind die Russen an fünf Stellen des Hafens gelandet. Merken Sie was?«

Die Männer starrten ihn fassungslos an. »Verrat«, sagte Steiner langsam. März nickte. »Man kann es auch so nennen. Es sind noch keine fünf Tage her, seit wir eine Funkstelle der Russen mitten in der Stadt entdeckt haben. Ich vermute, es waren noch mehr dort.« Er wechselte die Maschinenpistole von der linken auf die rechte Schulter und sagte: »Aufsitzen!«

Die Männer standen fluchend auf und verteilten sich auf die Lastwagen. Zehn Minuten später rollte die Kolonne an.

Schnurrbart saß dicht neben Steiner und betrachtete den Sternenhimmel. »Ach, du große Scheiße!« sagte er. Steiner nickte.

Diesmal brauchten sie bis in die Außenbezirke der Stadt nur eine knappe Stunde. Es wurde bereits hell. Über den Dächern hingen dunkle Rauchwolken, dumpfe Detonationen rollten vom Hafen her durch die Stadt, und auf den Straßen lagen Glasscherben und Gesteinstrümmer. »Geht hier zu wie im Krieg!« sagte der Ostpreuße und betrachtete angewidert einen schwarzen Granattrichter. Die Lastwagen hielten. Während die Männer herunterkletterten, ging Steiner zu Leutnant März und fragte: »Wo sollten wir ursprünglich eingesetzt werden?«

»Am Tatarengraben«, sagte März. »An der Landenge von Perekop.«

»Wozu?«

»Die Krim verteidigen«, sagte Leutnant März.

Steiner nickte. »Dann ist es egal, wo wir krepieren.« Er kehrte zu seinen Männern zurück. Irgendwie fühlte er sich erleichtert.

Sie standen frierend in der kühlen Dämmerung. Vom Hafen her drang heftiger Gefechtslärm zu ihnen. Schnurrbart bewegte unbehaglich den Kopf. »Hört euch das an!« sagte er. Kern stieß einen Seufzer aus. Am liebsten hätte er sich in eines der Häuser verkrochen. Seine Zähne schlugen aufeinander. Er beobachtete zitternd, wie sich die Spitze der ersten Kompanie gefechtsmäßig entwickelte. Die Männer hatten ihre Stahlhelme aufgesetzt und bewegten sich geduckt wie Raubtiere.

Die Luft war dunstig, ein kühler Wind trug den Gestank verbrannten Pulvers in die Straßen. März setzte sich an die Spitze der Kompanie und stieß die Faust in die Luft.

Sie marschierten durch Straßen, die teilweise in Schutthalden verwandelt und in dichten Rauch gehüllt waren. »Stalinorgeln!« sagte Schnurrbart und blickte besorgt zum Himmel, der allmählich Farbe bekam. Es schien ein schöner Tag zu werden.

Nach viertelstündigem Marsch hatten sie sich dem Stadtzentrum so weit genähert, daß der Gefechtslärm hinter der nächsten Straßenecke zu toben schien. Deutlich waren Maschinengewehre und Handgranaten herauszuhören. Einzelne Granaten zogen hoch über die Dächer hinweg und detonierten irgendwo berstend. An der Spitze gab es eine Stockung. Steiner beobachtete, wie die Männer in den Häusern verschwanden, während März geduckt weiterging. »Was ist los?« fragte Schnurrbart. Steiner zuckte mit den Schultern. »Wahrscheinlich Befehlsempfang. Verschwindet von der Straße!«

Er setzte sich auf eine Türschwelle und betrachtete die gegenüberliegende Häuserreihe. Die oberen Stockwerke reckten sich bereits in das rötliche Licht der aufgehenden Sonne. Aus einem leeren Fensterrahmen wehte eine Gardine. Steiner sah sie unentwegt an. Hinter sich hörte er Kern und Krüger, die sich leise unterhielten. Dann war ein neues Geräusch da, ein langanhaltendes dumpfes Rollen, das sich zu einem ohrenbetäubenden Heulen steigerte und durch seinen Lärm die Straße vibrieren ließ. Sekunden später trommelte es wie mit Panzerfäusten in die Stadt. Die Männer waren aufgesprungen und starrten mit fahlen Gesichtern auf die Straße. »Salvengeschütze!« sagte Steiner. Kern, der sie zum erstenmal aus der Nähe hörte, sagte mit weißen Lippen: »Die werden uns den Arsch aufreißen!«

Sie waren alle blaß, unrasiert und übernächtig. Ihre Stahlhelme saßen tief über ihren Augen. »Wißt ihr, was das gibt?« fragte Krüger. Als keiner antwortete, lachte er wütend. »Das gibt die gleiche Scheiße wie in Charkow, sag' ich euch. Von Haus zu Haus und von Zimmer zu Zimmer. Wenn wir sie auf der einen Seite hinauswerfen, kommen sie auf der anderen wieder herein, und wenn wir im Keller sitzen, sitzen sie oben im Speicher.«

Sie mußten noch eine halbe Stunde auf März warten. Als er kam, rief er die Zugführer zusammen. Außer Steiner waren es noch die Feldwebel Schulz und Stober; sie waren beide mit dem letzten Ersatz gekommen.

»Wir greifen an«, sagte März. »Angriffsziel ist eine große Maschinenfabrik am Hafen. Der Russe hat auf dem Fabrikturm eine rote Fahne gehißt, wahrscheinlich für seine Artillerie. Der Kommandeur wünscht, daß sie heruntergeholt wird. Die erste und dritte Kompanie stoßen links und rechts von uns zum Hafen durch. Angriffsbeginn ist auf acht Uhr angesetzt.«

»Wie weit ist es bis zu der Fabrik?« fragte Steiner.

»Etwa fünfhundert Meter.«

»Und die HKL?« fragte Schulz. März zuckte mit den Schultern. »Überall. Die Lage ist völlig unübersichtlich.«

»Dann verstehe ich nicht, warum wir diese verdammte Fabrik nehmen sollen«, sagte Feldwebel Stober. Sein hageres Gesicht mit den hohlen Backen war blaß. März ließ ihn die Karte sehen. »Der Russe ist hier am Hafen gelandet. Wenn wir die Fabrik haben, schneiden wir ihn von seinem Nachschub ab.« Er wandte sich an Steiner. »Sie übernehmen mit Ihrem Zug die Spitze. Vor uns liegen noch Teile einer Marineeinheit. Wir lösen sie ab und greifen dann sofort an. Lassen Sie die Kompanie antreten!«

Es dauerte ein paar Minuten, bis die Männer aus den Häusern kamen. März befahl große Abstände und hob den Arm.

Das Artilleriefeuer über ihnen war jetzt noch stärker geworden, auch der Gefechtslärm wurde heftiger. Sie kamen an brennenden Häusern vorbei, tasteten sich über Geröll, Glasscherben und Granattrichter durch dichten Qualm, kletterten über Schuttberge hinweg und passierten den Sperrfeuerriegel der Russen ohne Verluste. Je mehr sie sich dem Hafen näherten, desto heftiger wurde der Gefechtslärm. Er kam jetzt allerdings mehr von rechts. Später hatten sie sogar den Eindruck, als käme er bereits von hinten. Die Straße mündete kurz vor dem Hafen in eine andere, die sich parallel zum Hafen hinzog. Auf ihrer dem Wasser zugewandten Seite stand ein hoher Bretterzaun, aber noch ehe sie die Kreuzung erreicht hatten, blieb Leutnant März stehen und ließ die Kompanie aufschließen. »Der Zaun gehört bereits zum Fabrikgelände«, sagte er zu Steiner. »Ich sehe mir die Sache jetzt einmal aus der Nähe an. Lassen Sie die Kompanie von der Straße wegtreten. Keiner betritt ohne meinen ausdrücklichen Befehl die Straßenkreuzung; es ist möglich, daß sie von der Fabrik eingesehen wird.«

»Wollen Sie mich nicht mitnehmen?« fragte Steiner. März schüttelte den Kopf. »Sie sind mir für die Kompanie verantwortlich; ich nehme Feldwebel Schulz mit.« Er ließ den Feldwebel holen und verschwand mit ihm hinter der Straßenkreuzung. Steiner schickte die Männer in die Häuser und ging langsam zur Kreuzung vor. Die Straße mit dem Bretterzaun führte im Halbkreis um den Hafen. Dem Zaun gegenüber standen zweistöckige Häuser. Aus einem davon wurde Steiner angerufen. Er bemerkte einen Mann, der vorsichtig den Kopf aus dem Fenster streckte. Über den Zaun hinweg klatschten immer wieder Gewehrschüsse und MG-Garben in die Mauern.

»Seid ihr die Ablösung?« fragte der Mann am Fenster. Er trug die Uniform der Marineinfanterie. Steiner nickte. »Wo ist die Fabrik?«

»Von hier aus können Sie sie sehen«, sagte der Mann. Steiner ging in das Haus und stieg eine Treppe hinauf. Er traf den Mann in einem leeren Zimmer zusammen mit vier anderen, die Steiner erleichtert anschauten. Als er an das Fenster trat, sagte einer: »Passen Sie auf, hier knallt es.«

Steiner schwieg. Vom Fenster aus konnte er über den Zaun hinwegsehen. Die Fabrik, ein achtstöckiger Gebäudekomplex, stand etwa hundertfünfzig Meter vom Zaun entfernt. Die beiden großen Hauptflügel bildeten zum Hafen hin ein offenes Dreieck; der südliche Flügel endete in einem turmähnlichen Gebäude, auf dessen Spitze an einer hohen Stange eine rote Fahne wehte. Je länger Steiner das Gelände betrachtete, desto aussichtsloser erschien ihm der Angriff. Der Weg vom Zaun zu der Fabrik führte über ein deckungsloses Gelände, aber wahrscheinlich würde März den Angriff von Süden her ansetzen. Dort reichte der Zaun bis auf etwa dreißig Meter an die Fabrikmauer heran. Während Steiner noch das Gelände betrachtete, sagte einer der Marineinfanteristen:

»Wie gefällt Ihnen die rote Fahne, Oberfeldwebel?«

»Wir sollen sie herunterholen«, sagte Steiner.

Die Männer starrten ihn ungläubig an. »Im Ernst?« fragte derselbe Mann. Steiner sah in ihre übernächtigten Gesichter. »Wollt ihr mitmachen?«

»Wir sind doch nicht verrückt«, sagte ein anderer. Steiner nickte.

»Wir sind immer dann an der Reihe, wenn andere Mist gebaut haben. Habt ihr geschlafen, als die Russen landeten? Ihr habt uns doch abgelöst?«

»Ihr hättet sie auch nicht daran gehindert«, sagte einer mürrisch. Steiner gab keine Antwort. Als er zufällig wieder aus dem Fenster schaute, sah er einige Männer seiner Kompanie geduckt über die Straße rennen und sich an den Zaun kauern; auch Leutnant März war bei ihnen. Er drehte sich rasch um, lief die Treppe hinunter auf die Straße und ging zu März, der ihn scharf anfuhr:

»Wo waren Sie denn?«

»Ich habe mir die Sache von oben angesehen«, sagte Steiner und blickte auf seine Uhr. Es war fünf Minuten vor acht.

»Sie übernehmen den rechten Flügel«, sagte März. »Wir haben Artillerieunterstützung.«

»Das kenne ich«, sagte Steiner. Sein Blick fiel auf einige Männer, die am Boden knieten und mit ihren Seitengewehren die Latten des Zaunes lockerten. »Was soll das?« fragte er.

»Wollen Sie über den Zaun hinweg?« fragte März. Steiner blickte ihn ungläubig an. »Soll das heißen, daß wir von hier aus angreifen?«

»Befehl des Kommandeurs«, sagte März.

Von der Fabrik her hämmerte ein russisches MG. Die Garben pfiffen über sie hinweg und klatschten in die Häuser auf der anderen Seite. Der Gefechtslärm rechts von ihnen hatte an Heftigkeit zugenommen. Auch links wurde er immer stärker. Vielleicht waren die zweite und dritte Kompanie schon angetreten. Die Einschläge der schweren Artillerie lagen jetzt mehr im Stadtzentrum. Vor den Bergen standen dunkle Rauchwolken. Steiner sah zurück zu den Häusern. Ihr weißer Verputz mit den häßlichen Spuren der MG-Garben schimmerte grell in der kalten Morgensonne.

»Ich hoffe«, sagte Steiner, »Sie sind sich über unsere Chancen im klaren.«

März nickte.

»Dann ist es ja gut«, sagte Steiner. Er beobachtete wieder die Männer. Die ganze Kompanie war damit beschäftigt, die Nägel des Zauns zu lockern. Die Männer arbeiteten mit einer Hingabe, als wäre er das letzte Hindernis zwischen ihnen und der ewigen Glückseligkeit. Der Anblick war so komisch, daß Steiner auflachte. März sah ihn verwundert an. »Was haben Sie?«

»Ich habe eben an eine dumme Ratte gedacht«, sagte Steiner, »die sich freiwillig abmüht, in eine Falle zu kommen.«

»Das ist allerdings komisch«, sagte März. Sein Gesicht war todernst. Als Steiner sich umdrehen wollte, hielt er ihn fest. »Vergessen Sie die Fahne nicht«, sagte er. »Ausdrücklicher Befehl des Kommandeurs.«

»Er wird noch das Ritterkreuz bekommen«, sagte Steiner und ging zu seinen Männern. Sie saßen etwa hundert Meter entfernt am Zaun und blickten ihm entgegen. »Wie sieht es aus?« fragte Schnurrbart. Er hielt die kalte Pfeife im Mund, sein Gesicht wirkte eingefallen und müde. Steiner setzte sich zu ihnen und lehnte sich mit dem Rücken gegen den Zaun. »Sollen wir von hier aus angreifen?« fragte Kern. Steiner nickte.

»Da kommen wir nicht 'rüber!« sagte Krüger bestimmt. »Bei dieser Geschichte gehen wir alle drauf.«

»Vielleicht haben wir Glück«, murmelte Maag. Man hörte seiner Stimme an, daß er selbst nicht daran glaubte. Kiefer schwieg. Er hatte das MG über die Beine gelegt und blickte vor sich auf den Boden. »Morgenrot«, sagte Schnurrbart.

Dann zuckten sie zusammen. So dicht über sie hinweg, daß sie den Luftzug zu spüren glaubten, rauschte eine Serie schwerer Granaten und schlug in ihrem Rücken in den Fabrikhof. Sie drehten sich auf die Bäuche, schoben die Latten etwas zur Seite und beobachteten das Feuer. Die nächste Lage trommelte gegen die Fabrikmauern, das Gebäude versank hinter einer gelbschwarzen Rauchwolke. Mist, dachte Steiner. Die Mauern waren stabil, die Russen brauchten nur in Deckung zu gehen und zu warten, bis das Feuer aufhörte. Sein Blick fiel auf einen kleinen, schwarzen Käfer, der unterhalb des Zauns über den Boden kroch und in einem winzigen Loch verschwand. Man ist viel zu groß, dachte Steiner.

Das Höllenkonzert über ihnen dauerte an. Rasant und entsetzlich laut kamen die Granaten über die Dächer, durchschnitten heulend die Luft und schlugen krachend in die Fabrik. Huiii-wumm, huiii-wumm.

Steiner bewegte etwas den Kopf und sah das fahle Gesicht Kerns neben sich. Er sah Kiefer mit geschlossenen Augen am Boden sitzen. Er sah Krüger und Schnurrbart durch die Fugen des Zaunes in den Fabrikhof starren; die Haut über ihren Backenknochen war zum Zerreißen gespannt. Und neben ihnen saß Maag; die Sommersprossen in seinem weißen Gesicht wirkten wie rote Tropfen im Schnee.

Dann wurde es schlagartig still. Irgendwoher gellte ein lauter Ruf. Steiner sah die Männer aufstehen, nach den Zaunlatten greifen und daran zerren. Die verrosteten Nägel knarrten, als bewegten sich einige hundert schlecht geölte Türen in ihren Angeln, und die Bretter polterten zu Boden. Jetzt lag der Hof vor ihnen, eben, dunstig und von der Morgensonne beschienen. Eine Schlachtplatte! dachte Steiner und begann zu laufen. Zweihundert Schritte bis zur Fabrik. Zweihundert lächerliche Schritte bis zu den Backsteinmauern, hinter denen die Russen saßen. Er fühlte sein Herz gegen die Rippen trommeln, fühlte Schweiß im Gesicht und keuchte. Zweihundert Schritte, zwanzig Sekunden. Seit Anne abgestürzt war, waren zweitausend Jahre vergangen, oder waren es noch mehr? Zwanzig Sekunden, es war lächerlich! Er hörte seinen Atem pfeifen, sah die jagenden Schatten der Männer links und rechts, bekam ätzenden Qualm in die Augen und stolperte und rannte und keuchte.

Sie hatten die Hälfte des Weges hinter sich gebracht, als ihnen MG-Feuer entgegenschlug. Sie hatten hundert Schritte getan und fielen zu Boden, als wären sie über einen Draht gestolpert. Nach zehn Sekunden lag die Kompanie wie ein vielgliedriges, sich krümmendes Tier über dem Fabrikhof verstreut, und irgendwo begann ein Mann zu schreien, als hätte er drei Stimmen zugleich. Sekunden später setzte ein zweiter ein und dann noch einer und noch viele. Sie lagen da und schrien, und über sie hinweg und in sie hinein hämmerte ein halbes Dutzend russischer Maschinengewehre. Und dann kam das Artilleriefeuer. Der Hof verwandelte sich in einen Wald zuckender Rauchfontänen, die Erde schien an hundert Stellen geborsten zu sein, und das Brüllen und Schreien der verwundeten und sterbenden Männer erlosch unter grellen Schlägen.

Steiner lag zwei Schritte von Kern entfernt, dessen rechter Arm mit seltsam gespreizten Fingern in die Luft ragte. Steiner lag neben dem Toten, und wieder zwei Schritte weiter hatte Maag das sommersprossige Gesicht gegen den Boden gepreßt, als hätte er dort einen Schacht quer durch die Erde entdeckt, an dessen Ende der blaue Himmel über den Azoren leuchtete. Steiner lag neben den toten Männern und fühlte Erdbrocken auf seinen Rücken prasseln, spürte den glühenden Hauch zerfetzten Stahls, und in seinem Kopf war ein Dröhnen, das ihn unempfindlich machte gegen den höllischen Lärm auf dem Fabrikhof. Auf dem Friedhof, dachte er und schloß die Augen. Er hörte eine Stimme, die seinen Namen brüllte, aber er rührte sich nicht. Er rührte sich nicht, und seine Gedanken zogen weite Kreise. Er hörte eine andere Stimme sagen: »... Und keiner von euch wird ohne Lohn bleiben ...«, aber es klang unwirklich und fern. Es wird ein Kasernenhof gewesen sein, dachte er, eine Stimme über einem Kasernenhof, auf dem achthundert Männer standen mit neuen Uniformen und blitzenden Stiefeln. Wie weit lag das schon zurück! Sechs Millionen Schritte und mehr, und über den Fabrikhof waren es nur zweihundert.

Er hob den Kopf und sah zur Straße. Hundert Schritte zum Zaun, die Hälfte nur. Und er sah zwischen den Granateinschlägen einige Dutzend Männer rennen, hinstürzen, sich aufraffen und weiterjagen. Die ersten hatten bereits den Zaun erreicht. Plötzlich wußte er auch, daß es Schnurrbarts Stimme gewesen war, die seinen Namen gerufen hatte. Er stieß sich vom Boden ab und stand einen Augenblick aufrecht da. Als er sich umdrehte, sah er März. Er kam mit geschlossenen Augen und aufgesperrtem Mund über den Hof getaumelt. Seine Arme pendelten schlaff am Körper, und Steiner hörte ihn schreien, aber er verstand ihn nicht. Als in seiner Nähe eine Granate einschlug, kippte März um, als hätte sie ihm die Beine weggeschlagen, und Steiner rannte zu ihm hin. Er riß ihn vom Boden, stemmte ihn auf seine Schulter und rannte mit ihm blindlings durch das Feuer. Er bewegte sich empfindungslos wie eine Maschine, hielt die Augen geschlossen und dachte: Ihr werdet alle eueren Lohn erhalten. Er stolperte über Körper, sackte schwer in Granattrichter, keuchte durch dunkle Rauchwolken, die ihm die Sicht versperrten, bis er plötzlich den Zaun vor sich sah.

Das Gewicht des Leutnants schien sich zu verzehnfachen. Als er mit ihm über die Straße lief, fiel er beinahe. Er sah einige Männer vor einer Tür stehen, sah Schnurrbart, der auf ihn zugelaufen kam, und dann fielen die

Tonnen von seiner Schulter, und er stürzte in einen Hausflur, wo er keuchend und halb besinnungslos liegenblieb. Ihr werdet alle eueren Lohn erhalten, dachte er wieder.

Gegen Abend kam Kiesel in das Zimmer des Kommandeurs.

Strauß blickte beunruhigt in sein Gesicht. »Nun?«

»Er hatte Glück«, sagte Kiesel. »Ich traf ihn noch auf dem Hauptverbandsplatz. Man hatte ihn bereits operiert; er war bei Bewußtsein. Im Augenblick ist er sicher schon unterwegs zur Fähre.«

»Das freut mich für Sie!« sagte Strauß herzlich. »Was wird wohl Ihre Schwester dazu sagen?«

Kiesel setzte sich unaufgefordert zu ihm an den Tisch. »Bis sie es erfährt, liegt er schon in einem Heimatlazarett. Steiner hat ihn gerettet.«

»Steiner?« Der Kommandeur blickte ihn überrascht an. Kiesel nickte. »Ohne ihn wäre er liegengeblieben und verblutet. Steiner hat ihn durch das Artilleriefeuer geschleppt. Mein Schwager hat es mir erzählt.«

Strauß schwieg. Nach einer Weile sagte er: »Wissen Sie, woran ich gerade denke? Ich denke daran, was aus Ihrem Schwager geworden wäre, wenn ich Ihren Rat befolgt und Steiner in ein anderes Bataillon versetzt hätte.«

»Daran habe ich auch schon gedacht«, sagte Kiesel und blickte zum Fenster. Die Dächer der Stadt ragten in den glühenden Himmel. Durch die Scheiben fiel das Licht der untergehenden Sonne und zeichnete rötliche Muster auf den Teppich.

Kiesels Blick fiel wieder auf den Kommandeur, der nachdenklich ein Blatt Papier auf seinem Schreibtisch betrachtete. Jetzt hob er den Kopf und sagte: »Hauptmann Morlock war hier!« Morlock war der Ia der Division; ohne wichtigen Grund kam er nie zum Regiment. Kiesel blickte den Kommandeur aufmerksam an. Dann sagte er: »Wir räumen?«

Strauß nickte.

»Und weshalb greifen wir dann noch an?« fragte Kiesel.

»Verschleierungstaktik. Solange wir angreifen, rechnet der Russe nicht mit einer Räumung des Brückenkopfes.«

»Liegt der Termin schon fest?«

Strauß zuckte mit den Schultern. »Heute, morgen, übermorgen. Alles ist bis auf das letzte I-Tüpfelchen vorbereitet. Was die Herren stört, ist die Invasion der Russen. Der General legt größten Wert darauf, daß diese Geschichte vorher noch bereinigt wird.«

»Wir sind zu schwach«, sagte Kiesel. Strauß stand auf und betrachtete ein Bild an der Wand. Dann drehte er sich um. »Das befürchtet Morlock auch. Trotzdem dürfen wir nichts unversucht lassen, es steht zuviel auf dem Spiel. Die Armeeführung hat Informationen, nach denen der Russe seit Wochen seine Kräfte zusammenzieht. Es wird ein Wettlauf mit der Zeit. Noworossijsk ist das erste Sandkorn im Getriebe.« Er trat wieder an den Tisch und beugte sich über die Karte. »Vogel hat den Hafen erreicht, Körner schlägt sich noch im Zentrum herum, und Stransky liegt vor der Fabrik fest. Seine erste und dritte Kompanie sind auch nicht durchgekommen.«

»Was wird er tun?«

»Ich habe ihm befohlen, den Angriff nach Einbruch der Dunkelheit zu wiederholen. Striebig übernimmt die zweite Kompanie. Solange wir die Russen nicht aus der Fabrik werfen, werden sie ihren Brückenkopf halten. Scheinen vier bis fünf Kanonenboote im Hafen zu liegen.« Er setzte sich hin und betrachtete angestrengt die Karte. »Körner macht mir am meisten Sorgen. Hat nach beiden Seiten offene Flanken. Ich werde ihm die Pioniere . . .«

Er wurde durch das Läuten des Telefons unterbrochen. Kiesel beobachtete, wie er den Hörer abnahm und sich meldete. Er blieb ein paar Sekunden regungslos sitzen, dann legte er den Hörer zurück und sagte: »Meldung vom dritten Bataillon: Vogel ist tot.«

Kiesel verfärbte sich. »Wie ist das passiert?«

»Sie haben den Bataillonsstab erwischt«, sagte Strauß. »Sind plötzlich von hinten in das Haus gekommen; kein Mensch weiß, woher.« Er beugte sich über den Tisch und blickte in das blasse Gesicht des Hauptmanns. »Was tun wir, wenn wir den Krieg verlieren?«

Die Frage kam so unvermittelt, daß Kiesel zusammenfuhr. Er hob müde die Schultern. »Von vorne beginnen.«

Das Gesicht des Kommandeurs zuckte. »Sie vielleicht, aber nicht ich. Bin schon zu alt dafür.« Er starrte eine Weile mit hängendem Kopf vor sich hin, dann lachte er ungeduldig auf. »Vielleicht machen wir uns unnötig Gedanken. Es gibt andere Lösungen, Heldenfriedhof zum Beispiel oder Sibirien oder Nationalkomitee. Wäre das nichts für Sie?«

Kiesel blickte in ein von Zorn und Schmerz aufgewühltes Gesicht. Er merkte, daß der andere Streit suchte, und sagte ruhig: »Sie schätzen mich falsch ein.«

»Das wundert mich«, sagte Strauß. Sein Gesicht entspannte sich. Er betrachtete geistesabwesend seine großen Hände und sagte: »Als meine Frau starb, war ich vierzig. Inzwischen sind zwölf Jahre vergangen.«

»Sie könnten noch einmal heiraten«, sagte Kiesel. Strauß zündete sich eine Zigarette an und warf das Streichholz auf den Boden, wo es weiterglühte und ein schwarzes Loch in den Teppich brannte.

Sie sahen zu, ohne es zu verhindern. »Daran merken Sie«, sagte Strauß, »daß ich nicht mehr zum Ehemann tauge. Warum sind *Sie* noch nicht verheiratet?«

Das war eine Herausforderung; Kiesels Haltung versteifte sich. »Ich nehme an, Sie wissen es schon.«

Strauß nickte. »Wenn es zutrifft, was man sich erzählt, wollten Sie Pfaffe werden, bis Ihnen eine Frau dazwischenkam, die Ihnen später wieder davongelaufen ist. Stimmt das?«

»Sie sind gut unterrichtet«, sagte Kiesel.

»Damit mußten Sie rechnen. Sie haben sich, genau wie ich auch, in die Uniform geflüchtet, und nun, da wir sie voraussichtlich verlieren werden, stehen wir wieder mit nacktem Hintern da. Ich habe keine Lust mehr.«

Kiesel betrachtete ihn kalt. »Sie könnten sich erschießen.« Die Pupillen des Kommandeurs weiteten sich etwas, aber seine Stimme klang völlig gelassen: »Der Gedanke ist nicht neu. Vielleicht komme ich eines Tages darauf zurück.«

Es war plötzlich ein Ausdruck in seinem Gesicht, der Kiesel beunruhigte. Er sagte: »Das ist keine Lösung.«

»Sie ist nicht schlechter und nicht besser als die anderen; höchstens endgültiger.«

»Auf den ersten Blick«, sagte Kiesel.

Strauß winkte ab. »Auf den letzten, und das macht sie mir fast sympathisch.« Er beugte sich wieder über den Tisch. »Sie haben Ihre Weltanschauung, und ich habe meine eigene. Vielleicht beneide ich Sie um Ihre Illusionen, Kiesel, aber ich kann sie trotzdem nicht ernst nehmen. Ihnen mögen sie dabei helfen, über das hinwegzukommen, was uns bevorsteht, weil Sie daran glauben oder sich einbilden, daran zu glauben. Meine Illusionen haben immer Stoff und Form besessen. Es war nicht so, daß ich keine andere Möglichkeit als die Uniform gehabt hätte, es war ein Geschäft da, aus der Familie, aber es genügte mir nicht. Kotzte mich an. Ich war ehrgeizig, wollte Karriere machen, nun bitte, habe ich es geschafft oder nicht?« Er grinste unfroh. »Zwar nicht Generaloberst wie Guderian, aber immerhin Regimentskommandeur, und das ist keine Episode, die man einfach abschreiben kann, das waren zweiundfünfzig Jahre meines Lebens. Ich kenne keinen, der mit zweiundfünfzig Jahren noch einmal von vorne begonnen hätte, wenn er einmal alle Brücken hinter sich abgebrochen hat. Kennen Sie einen?«

Ehe Kiesel antworten konnte, läutete das Telefon wieder. Strauß nahm den Hörer ab. Sein massiger Körper straffte sich. »Herr General!«

Sie saßen am Tisch. Schnurrbart blätterte in einer abgegriffenen Brieftasche. Das Fenster war mit einer Zeltplane verhängt. Auf dem Tisch flackerte eine Kerze. Draußen war es ruhig geworden. Ab und zu hämmerte ein MG. »Was machen wir mit dem Zeug?« fragte Schnurrbart.

»Gib es Fetscher mit«, sagte Steiner. Er streckte ihm die Hand hin. »Zeig mal her!«

Als Schnurrbart ihm die Brieftasche gab, fiel ein Foto heraus. Krüger hob es auf und betrachtete es. »Netter Käfer!« sagte er. »Was sie wohl macht, wenn sie es erfährt?«

»Kann ich dir sagen«, sagte Schnurrbart mürrisch. »Sie wird sich ein schwarzes Kleid anziehen und vierzehn Tage später mit einem anderen schlafen.«

»Das ist nicht immer so«, sagte Kiefer. »Was redest du so von ihr, wenn du sie nicht kennst?«

Schnurrbart schwieg. Krüger hatte das Foto inzwischen herumgedreht und las die Widmung auf der Rückseite. Er sagte: »Hat von euch einer gewußt, daß er Kurt geheißen hat?«

»Wer?« fragte Steiner.

»Maag. Habe nie seinen Vornamen gehört.«

»Ich auch nicht«, sagte Schnurrbart verwundert. Steiner wandte sich an Kiefer: »Hast du Kerns Sachen geholt?«

»Sie hatten ihn schon weggeschafft«, sagte Kiefer. »Als ich hinkam, lag nur noch Maag da. Ob wir noch einmal angreifen müssen?«

»Glaube ich nicht«, sagte Schnurrbart. »Sie hätten sonst die Toten liegenlassen können, bis wir in der Fabrik sind. War ein Himmelfahrtskommando, sie den Russen vor der Nase wegzuholen. Wundert mich sowieso, daß sie nicht uns dazu eingesetzt haben.«

»Vielleicht haben sie was Besseres für uns«, sagte Krüger. »Den Säuen traue ich nicht über den Weg.«

Seine düsteren Ahnungen erfüllten sich rasch. Striebig kam zu ihnen ins Zimmer. Sie starrten ihn an, ohne sich zu rühren, aber er achtete nicht darauf und wandte sich sofort an Steiner: »Wie viele Männer haben Sie noch?«

Steiner blickte in sein Gesicht. »Hatte noch keine Zeit, sie zu zählen.«

»Dann holen Sie das sofort nach!« sagte Striebig. »Sie greifen in fünfzehn Minuten mit einem Stoßtrupp die Fabrik an. Sobald Sie in der Fabrik sind, schießen Sie eine grüne Leuchtkugel. Das ist für mich das Zeichen, Ihnen mit dem Rest der Kompanie nachzukommen. Befehl des Kommandeurs.«

Es wurde still im Zimmer. Striebig sah in die maskenhaften Gesichter der Männer und hob unbehaglich die Schultern. »Befehl des Kommandeurs«, sagte er noch einmal. Zu Steiner sagte er: »Sie haben den Auftrag, die Fahne herunterzuholen; der Kommandeur will sie haben.«

»Will er sich den Hintern damit abwischen?« fragte Schnurrbart.

Striebig fuhr herum. »Was fällt Ihnen ein, Mann! Stehen Sie auf, wenn ich mit Ihnen spreche!«

»Er meint dich«, sagte Steiner zu Schnurrbart. Zu Striebig sagte er: »Spielen Sie hier nicht den Gernegroß. Er wird vor Ihnen in der Fabrik sein, und da könnte Ihnen leicht etwas zustoßen.«

Striebig blickte ihn mit weißem Gesicht an. »Was wollen Sie damit sagen?«

»Er könnte Sie aus Versehen mit einem Russen verwechseln«, sagte Steiner grinsend. Es war das erstemal, daß er sich Striebig gegenüber in Gegenwart anderer diesen Ton herausnahm, und Striebig wußte, daß er, wenn er seine Autorität als Offizier nicht ganz verlieren wollte, jetzt etwas Entscheidendes tun mußte, er sagte atemlos: »Das werde ich dem Kommandeur melden, verlassen Sie sich darauf.« Seine Stimme bebte, er war nahe daran, vor Wut in Tränen auszubrechen. Steiner nickte ihm lächelnd zu. »Erzählen Sie es auch Ihrer Frau. Oder haben Sie noch keine andere gefunden?«

Striebig schwieg. Er betrachtete die Gesichter der Männer, als wolle er sie sich für alle Zeiten einprägen, dann ging er hinaus.

Schnurrbart fragte: »Wieso seiner Frau? Ist er verheiratet?«

»Warum nicht?« sagte Steiner. »Er sieht ja ganz hübsch aus!«

Krüger machte ein bedenkliches Gesicht. »War das nicht ein wenig zu scharf?« Auch Kiefer blickte Steiner besorgt an. »Ich bin ja nur Obergefreiter . . .«, sagte er. Steiner schnitt ihm das Wort ab. »Macht nichts. Wir haben alle mal als Obergefreiter angefangen.«

Sie grinsten, auch Kiefer mußte grinsen. Steiner stand auf, schnallte sich das Koppel um und griff nach seiner Maschinenpistole. »Ich trommle den Zug zusammen; macht euch fertig.« Er ging hinaus.

»Diesmal gehen wir alle drauf!« sagte Krüger. »Merkt ihr was?« Als sie ihn verständnislos anschauten, hob er die Hand und begann an seinen Fingern zu zählen: »Zuerst Dietz, dann Anselm und der Doktor, dann Hollerbach und Pasternack und heute Kern und Maag. Wißt ihr, was ich glaube?« Sie schwiegen. Er betrachtete sie der Reihe nach und sagte: »Ich glaube, daß keiner von uns aus diesem Scheißbrückenkopf lebend herauskommen wird. Das glaube ich.«

Schnurrbart nickte. »Das weiß ich schon lange.«

»So!« sagte Krüger. Er blieb einige Sekunden unbeweglich sitzen. Sein Blick fiel auf die Blumenvase auf dem Tisch. Er stand plötzlich auf, packte sie und schleuderte sie mit aller Kraft auf den Boden. Dann nahm er einen Stuhl und warf ihn quer durch das Zimmer an eine Wand. Als er auch noch den Tisch vom Boden heben wollte, fiel ihm Schnurrbart in die Arme und sagte wild: »Hör auf, du Idiot!«

Krüger kam jäh zur Besinnung. Er ließ sich wie ein Klotz auf einen Stuhl fallen und blickte in das ausdruckslose Gesicht des Schwarzwälders, der sich während der ganzen Zeit nicht von seinem Platz gerührt hatte. »Du kannst nichts dagegen tun«, sagte Kiefer. »Du kannst es auf dich zukommen sehen, aber du kannst nichts tun.«

»Amen«, sagte Schnurrbart.

Sie schnallten sich das Sturmgepäck über. Als sie damit fertig waren, kam Steiner zurück. Er warf nur einen kurzen Blick auf die Unordnung im Zimmer und fragte: »Fertig?«

Auf der Straße stießen sie auf die anderen. Die Männer hatten ihre Stahlhelme aufgesetzt und standen stumm beisammen. Bevor sie losmarschierten, ließ sich Steiner von einigen Männern ihre Stielhandgranaten geben. Er holte eine Schnur aus der Tasche, legte zehn Stielhandgranaten auf den Boden und band sie zusammen. Dann hängte er sich das Bündel an das Koppel und wandte sich an einen Mann neben ihm: »Du bleibst hier und weist die Kompanie ein. Wir versuchen es diesmal von der anderen Seite.« Er erklärte ihm noch, an welcher, und ging dann an die Spitze des Zuges. »Haltet eure Gasmasken fest«, sagte er. »Wenn sie uns hören, schießen sie uns ab wie Hasen.«

Es war kurz vor elf Uhr. Über den Dächern hing die schmale Sichel des Mondes. Einzelne Leuchtspurgeschosse verzischten vor den weißschimmernden Kalkhängen der Berge. Die Häuser, an denen die Männer vorbeimarschierten, wirkten wie eine düstere Kulisse, ihre leeren Fenster klafften schwarz in den weißgetünchten Mauern. Später wechselte Steiner auf die andere Straßenseite hinüber und führte die Männer dicht am Zaun zur Südseite der Fabrik. Der Zaun war hier von vielen Granaten zerfetzt, sie sahen den riesigen Gebäudekomplex der Fabrik wie einen großen Schatten vor dem Sternenhimmel, und sie gingen jetzt nur noch auf Fußspitzen. Als Steiner stehenblieb, schlossen sie vorsichtig auf. Er blickte zwischen den Fugen des Zauns auf die dunklen Fabrikfenster. Von hier aus waren es nicht mehr als fünfzig Schritte, aber wahrscheinlich wäre es bei Tag unmöglich gewesen, unbemerkt an diese Stelle zu kommen. Er sagte zu Schnurrbart: »Ihr wartet hier. Ich versuche, die Ladung in ein Fenster zu werfen. Sobald es kracht, kommt ihr 'rüber, und dann nichts wie 'rein. Ist das klar?«

»Du hast einen Knall!« flüsterte Schnurrbart. »Allein schaffst du das nie.«

»Zwei fallen mehr auf als einer«, sagte Steiner. »Wenn sie uns entdecken, werden sie ein paar ...« Er verstummte und sank blitzschnell zu Boden. Aus einem der Fenster im Parterre stieg plötzlich eine Leuchtrakete, zischte über ihre Köpfe hinweg und prallte an eine Hauswand. Die Männer lagen dicht an den Zaun gepreßt und rührten sich nicht. Steiner wartete, bis es wieder dunkel wurde, dann flüsterte er in Schnurrbarts Ohr: »Hast du dir das Fenster gemerkt?«

»Bin kein Idiot«, brummte Schnurrbart. »Steht sicher ein MG dort.«

»Da müssen wir 'rein«, sagte Steiner. Im Knien hängte er sich die Maschinenpistole um den Hals und nahm die geballte Ladung in die Hand. Die Männer beobachteten erregt, wie er an einer beschädigten Stelle des Zauns durch die Bretter kroch. Dann robbte er auf dem Bauch über den Hof. Auf halbem Weg stieß er auf einen tiefen Granattrichter. Er kroch vorsichtig hinein und wartete auf die nächste Leuchtkugel. Sein Hemd klebte naß am Rücken. Noch nie hatte er solche Angst gehabt. Als er das Kinn auf die Arme legte, zitterte er am ganzen Körper. Verfluchter Heldentod, dachte er und schloß die Augen.

Nach dem schweren Zwischenfall mit Steiner war Striebig fassungslos zu Stransky gelaufen und hatte eine ausführliche Meldung gemacht. Stransky hörte ihm mit ausdruckslosem Gesicht zu. »Wenn Sie nichts gegen ihn unternehmen«, sagte Striebig beschwörend, »wiegelt er noch die ganze Kompanie gegen Sie auf. Er hat Sie vor versammelter Mannschaft lächerlich gemacht und mich mit dazu. Er hat mir sogar gedroht.«

»Warum haben Sie ihn nicht über den Haufen geknallt?« fragte Stransky. Striebig blickte ihn betroffen an. »Ich kann doch nicht ...«

»Im Krieg können Sie alles«, sagte Stransky und stand auf. Er trat an das Fenster und blickte in den dunklen Hinterhof hinab. Nach dem mißglückten Angriff seines Bataillons hatte er seinen Gefechtsstand in ein Haus verlegt, das ihm weniger gefährdet erschien. »Sie wissen so gut wie ich«, sagte er, »weshalb sich der Bursche diese Unverschämtheiten herausnimmt. Offiziell kann ich im Augenblick nichts gegen ihn unternehmen. Oder sehen Sie eine Möglichkeit?«

»Wenn er einen Befehl verweigert ...«, sagte Striebig. Stransky drehte sich rasch nach ihm um. »Hat er das getan?«

Striebig schüttelte verdrossen den Kopf.

»Er riskiert nicht mehr, als er kann«, sagte Stransky. »Mir könnte es ja egal sein. Ich habe bereits Schritte unternommen, um wieder nach Frankreich versetzt zu werden. Aus zuverlässigen Quellen weiß ich, daß man den Kubanbrückenkopf und die Krim bereits abgeschrieben hat. In spätestens vierzehn Tagen ist die Krim ein Sack ohne Loch; der Russe steht dicht vor Perekop. Alles, was sich südlich davon befindet, wird genauso verheizt werden wie die 6. Armee.«

Striebig starrte ihn bestürzt an. »Woher wissen Sie ...«

»Ein Verwandter von mir sitzt im AOK«, sagte Stransky. »Bevor es aber soweit ist, werde ich bereits in Frankreich sein. Biarritz, Arcachon oder Paris.

Hätten Sie nicht Lust, mitzukommen? Natürlich als Oberleutnant. Sie könnten mein Adjutant bleiben.«

Das Angebot kam für Striebig so unerwartet, daß ihm fast schwindlig wurde, er sagte heiser: »Wenn Sie mich mitnehmen ...«

»Wir sprechen morgen noch mal darüber.« Stransky blickte auf seine Armbanduhr. »Sie müssen losgehen; Steiner wird gleich antreten. Haben Sie ihm gesagt, daß ich die Fahne haben will?«

»Jawohl«, sagte Striebig. Stransky betrachtete ihn abwägend. »Ich wünsche, daß Sie sich persönlich um ihn kümmern«, sagte er. »Sie sind jetzt sein Kompanieführer. Haben Sie mich verstanden?«

Striebig blickte unsicher in seine kalten Augen. »Ja. Das heißt ...«

»Biarritz oder Sibirien«, sagte Stransky. »Sie haben die Wahl. Lassen Sie sich etwas einfallen.«

»Jawohl!« sagte Striebig. Er drehte sich benommen um. An der Tür blieb er noch einmal stehen. »Sie sagten selbst, es könnte Ihnen egal sein!«

»Das verstehen Sie nicht«, sagte Stransky. Striebig öffnete die Tür. Bevor er endgültig das Zimmer verließ, sagte Stransky noch einmal: »Biarritz oder Sibirien. Denken Sie daran, Striebig.«

Er wartete, bis die Tür hinter Striebig zufiel. Als er zum Telefon ging und den Hörer abnahm, grinste er verächtlich. Vom Nachrichtenzugführer hörte er, daß von den Kompanien noch keine neuen Meldungen eingegangen seien. Er setzte sich an den Tisch und zündete sich eine Zigarette an. Zum ersten Male, seit Striebig damals vom Regimentsgefechtsstand zurückgekommen war und ihn von dem Ergebnis seines Gespräches mit Strauß unterrichtet hatte, fühlte er sich wieder etwas wohler. Selbst die Erinnerung an Eveline konnte ihn nicht mehr beunruhigen.

Er war so sehr mit seinen Gedanken beschäftigt, daß er kaum das Telefon hörte. Erst als er Kiesels Stimme erkannte, riß er sich zusammen, aber er mußte sich zweimal vergewissern, um Kiesels Befehl, den Angriff sofort zu stoppen und sich auf der erreichten Linie zur Verteidigung einzurichten, in seiner ganzen Bedeutung zu begreifen. Auf Kiesels Frage, ob die zweite Kompanie schon angetreten sei, zögerte er zunächst. Erst als Kiesel seine Frage ungeduldig wiederholte, bat er ihn, einen Augenblick zu warten. Er legte den Hörer auf den Tisch, lief aus dem Zimmer auf den Flur und die Treppe hinunter. Als er auf die Straße trat, setzte sich die zweite Kompanie gerade in Marsch. Er kehrte an das Telefon zurück und sagte: »Der Angriff hat bereits begonnen; ich konnte ihn nicht mehr aufhalten.« Er hörte, wie Kiesel einige Worte sagte, die nicht an ihn gerichtet waren. Etwas später fragte er: »Haben Sie Funkverbindung?«

»Noch nicht«, sagte Stransky. »Nach den letzten Meldungen soll die erste Kompanie dicht vor dem Hafen liegen, die dritte ist planmäßig angetreten. Ebenso die zweite.«

»Schicken Sie ihnen Melder nach«, sagte Kiesel. »Die erste und die dritte Kompanie stellen ihren Angriff sofort ein. Falls Sie die zweite nicht mehr zurückrufen können, soll sie noch versuchen, die Fabrik zu nehmen, aber nur, wenn es ihr auf Anhieb gelingt. Ist das klar?«

»Jawohl«, sagte Stransky. Er beendete das Gespräch und ließ sich wieder mit dem Nachrichtenzugführer verbinden. »Schicken Sie Melder zur ersten und dritten Kompanie«, sagte er. »Der Angriff wird eingestellt; die Kompanien gehen auf ihre Ausgangslinie zurück.«

»Die zweite auch?« fragte Feldwebel Hüser.

»Nein«, sagte Stransky. »Die zweite nicht.«

Es mochten etwa drei Minuten vergangen sein, als Steiner vor sich den dumpfen Knall einer Leuchtkugel hörte. Er wartete, ohne die Augen zu öffnen, bis es wieder dunkel wurde, dann schob er sich vorsichtig aus dem Trichter. Nun, da die Entscheidung unmittelbar bevorstand, war er wieder völlig ruhig. Während er Meter für Meter an die schwarze Fabrikmauer herankroch, sah er unausgesetzt auf das Fensterloch, hinter dem er das russische MG vermutete.

Er hatte sich dem Fenster bis auf etwa zehn Meter genähert, als so unvermittelt ein Schrei an seine Ohren drang, daß es ihm den Atem wegnahm. Dann folgten einige sich überstürzende russische Worte, und ehe sich Steiner zu irgend etwas entschließen konnte, lag der Fabrikhof in das erbarmungslose Licht einer Leuchtkugel getaucht, die, senkrecht hochgeschossen, wie eine grelle Bogenlampe in der Luft hing. Gleichzeitig begann ein MG zu hämmern. Das Geräusch der vorbeizischenden Stahlmantelgeschosse, die ringsum den trockenen Sandboden aufrissen, mit häßlichem Jaulen die Luft durchschnitten und wie Peitschenhiebe in sein Bewußtsein drangen, gab Steiner seine Reaktionsfähigkeit zurück.

Noch ehe das Streufeuer des unsichtbaren Schützen seinen Körper erreichen konnte, schnellte er wie ein Tier über den Boden, prallte schwer gegen die Ziegelsteine der Fabrikmauer und schleuderte, die ganze Kraft seines Körpers in den Wurf legend, die geballte Ladung der zehn Handgranaten durch die gähnende Leere eines schmalen Fensters. Dann ließ er sich langgestreckt zu Boden fallen, zerrte den Riemen der Maschinenpistole über den Kopf und wartete. Das MG-Feuer fegte wild über den Fabrikhof, kam aber von einem der weiter westlich gelegenen Fenster. Über sich hörte er einige laute Stimmen, dann ein Gebrüll, das sich durch die ganze Fabrik fortzupflanzen schien, und dann tat es im Innern des Gebäudes einen Schlag, als wäre eine Decke eingestürzt.

Die folgenden Ereignisse spielten sich in Sekundenschnelle ab. Bevor das letzte Dröhnen der Explosionswellen verklungen war, hatte sich Steiner auf das Gesims geschwungen, sprang mit beiden Beinen zugleich in einen Raum von nicht abzuschätzender Tiefe und landete wohlbehalten neben einer riesigen Maschine. Mit einem Blick hatte er sich orientiert. Der lange Saal verlor sich in der Dunkelheit. Überall standen große Maschinen, und unter den Fenstern waren schmale Drehbänke. Das MG-Feuer war verstummt, aber im Hintergrund des Saals dröhnte auf den steinernen Fliesen hastiges Getrampel vieler genagelter Stiefel, das sich zu einem wilden Trommeln steigerte, als Steiner das Magazin seiner Maschinenpistole leerfeuerte. Während er das Magazin auswechselte, hörte er vom Hof her lautes Rufen und trat rasch an das Fenster. Da kamen sie herangejagt, Schulter an Schulter, mit hochgerissenen Karabinern, keuchend und mit wippenden Stahlhelmen, an ihrer Spitze Schnurrbart und Krüger. Sekunden später sprangen sie durch die Fenster, stolperten über die Drehbänke, stießen sich gegenseitig in der Dunkelheit gegen die Maschinen und drängten sich um Steiner. Während noch die letzten Männer durch die Fenster kamen, lief er bereits zum anderen Saalende, erreichte eine Tür, die an der Längsseite auf einen schmalen Flur führte, und sah sich um. Von den Russen war nichts mehr zu sehen.

»Dafür bekommst du das Ritterkreuz«, sagte Schnurrbart atemlos. Sie betrachteten den langen Flur, der parallel zum Maschinensaal lag, und Schnurrbart sagte: »Allein schaffen wir das nicht.«

Steiner schwieg. Seine Blicke glitten abschätzend über die Fensterreihe auf der linken Seite des Flurs. Er ging vorsichtig näher, um einen Blick in den Hof zu werfen, aber er hatte es noch nicht ganz erreicht, als draußen ein russisches MG loshämmerte. Die Geschoßgarben prasselten durch die Fenster. Wie auf ein Kommando gingen die Männer in die Knie und krochen rasch in den Saal zurück. »Das gefällt mir nicht«, sagte Schnurrbart. Er blickte Steiner an. »Wie stellst du dir das vor?«

»Zuerst die Leuchtkugel«, sagte Steiner. Sie gaben von einem Fenster aus das mit Leutnant Striebig vereinbarte Zeichen. Dann ließ Steiner durch seine Männer die Fenster besetzen und untersuchte gründlich den Saal. Er hatte an beiden Enden je eine Tür zum Flur. In der hintersten Ecke entdeckte Steiner einen Aufzug. Er leuchtete mit der Taschenlampe in den dunklen Schacht und betrachtete die eisernen Gleitschienen und die starken Stahltrosse. Seine besondere Aufmerksamkeit erregte eine Reihe stählerner Sprossen, die in Abständen von etwa dreißig Zentimetern an der Vorderseite des Schachtes nach oben und unten in der Dunkelheit verschwanden. Er richtete den Strahl seiner Lampe in die Höhe, konnte das Ende des Schachts aber nicht absehen.

Während er noch am Schacht stand, kam Leutnant Striebig mit Feldwebel Schulz zu ihm. »Wie sieht es aus?« fragte Striebig kurz. »Wo sind die Russen?«

Steiner wandte ihm das Gesicht zu. »Im Hof. Vielleicht auch noch in der Fabrik. Wie stark ist die Kompanie?«

»Ohne Ihren Zug fünfzig Männer.«

»Das reicht nicht«, sagte Steiner. »Um diese Fabrik zu besetzen, brauchen wir mindestens zweihundert.«

»Das schaffst du auch mit zweihundert nicht«, sagte Feldwebel Schulz mürrisch. »Selbst wenn wir alle acht Stockwerke besetzen, bleibt immer noch der andere Fabrikflügel übrig. Man hätte das ganze Bataillon auf die Fabrik ansetzen müssen.«

Striebig starrte unschlüssig vor sich hin. Er fühlte sich der Situation nicht gewachsen und sagte zu Steiner: »Was schlagen Sie vor?«

»Vor allem draußen am Zaun ein MG aufzustellen«, sagte Steiner. »Wenn die Russen vor uns auf diesen Gedanken kommen, schneiden sie uns den Rückweg ab.«

»Wir haben nur noch drei«, sagte Leutnant Striebig. »Die brauchen wir hier. Es genügt, wenn an den Fenstern Posten stehen. Versuchen Sie, mit

Ihrem Zug einen Weg nach oben zu finden. Das Haus muß doch eine Treppe haben!«

Steiner nickte. »Ist anzunehmen. Wollen Sie nicht mitkommen?«

»Überlassen Sie mir, was ich tue«, sagte Striebig scharf. »Ich habe Ihnen einen Befehl gegeben.«

Steiner wandte sich an Schnurrbart und Krüger, die stumm zugehört hatten. »Ruft eure Männer zusammen. Wir versuchen es noch einmal über den Flur.«

»Warum nicht über den Aufzug?« fragte Schnurrbart.

»Du bist verrückt«, sagte Steiner. Er beobachtete Striebig, der mit Feldwebel Schulz sprach und ihm befahl, an jedes Fenster einen Doppelposten zu stellen.

»Das sind allein schon dreißig Männer«, sagte Schnurrbart, als sie etwas später in den Flur traten. »Dreißig Männer für die Fenster, und uns schickt er mit achtzehn Schwänzen die Treppe hoch.«

»Hat jetzt schon die Hosen voll«, sagte Krüger. »Wo ist überhaupt diese verdammte Treppe? Ich habe bis jetzt noch keine gesehen.«

Sie blickten durch die Fenster in den dunklen Hof. Undeutlich zeichneten sich die Umrisse einiger Lastwagen ab. Steiner wandte sich nach rechts. Damit sie von den Russen im Hof nicht gesehen werden konnten, bewegten sie sich mit gekrümmten Rücken. Etwa zwanzig Meter hatten sie auf diese Weise zurückgelegt, als sie an eine Tür kamen. Steiner tastete mit den Fingerspitzen den Rahmen ab. Dann winkte er den Männern, die in einer langen Reihe hinter ihm standen. Sie drückten sich eng an die Wand, und Schnurrbart flüsterte: »Paß auf!« Er beobachtete mit angehaltenem Atem, wie Steiner den Fuß hob, die Tür aufstieß und sich fast gleichzeitig seitlich gegen die Wand fallen ließ.

Das Ergebnis war atemberaubend. Aus der pechschwarzen Finsternis bellte ein halbes Dutzend russischer Maschinenpistolen los. Ihre Geschoßgarben peitschten durch den langen Flur und rissen die Männer von den Beinen, als hätten sich die rauhen Steinfliesen unter ihnen in spiegelglattes Eis verwandelt. Während die vorne stehenden Männer in den toten Schußwinkeln beiderseits der Tür Deckung fanden, lagen die anderen schutzlos am Boden. Schon gellte das tierische Brüllen der Verwundeten durch den Flur.

Steiner saß zusammengekrümmt am Boden. Obwohl er darauf gefaßt gewesen war, hatte ihn das Entsetzen für einige Sekunden gelähmt. Schließlich zerrte er mit zitternden Händen eine Handgranate aus dem Koppel, schraubte die Sicherheitskappe herunter und riß an der Schnur. Er wartete drei volle Sekunden, dann warf er die Granate durch die Tür, einen Augenblick früher als Schnurrbart, der gleich zwei Granaten hintereinander warf. Die Detonationen dröhnten mit solcher Gewalt durch den engen Flur, daß sich Steiner unwillkürlich die Ohren zuhielt. Ohne darauf zu achten, was sich hinter ihm tat, wälzte er sich über die Schwelle und feuerte blindlings in die Dunkelheit.

Die russischen Maschinenpistolen waren verstummt. Er glaubte hastige Rufe zu hören, irgendwo klang das dumpfe Geräusch einer Tür, dann wurde es still vor ihm. Als er die Taschenlampe anknipste, sah er am Fuße einer kleinen Treppe die leblosen Körper zweier Russen liegen.

Dann tat es in seinem Rücken einen lauten Knall. Er fuhr herum und stieß mit Krüger zusammen, der ihm zubrüllte: »Sie werfen Handgranaten durch die Fenster.« Gleichzeitig setzte auch das russische MG im Hof wieder ein und übertönte mit seinem Lärm das Gebrüll der Verwundeten. Mit einem Blick stellte Steiner fest, daß die Männer seines Zuges verschwunden waren. Er rannte geduckt durch den Flur, stolperte über einige Körper, die sich am Boden krümmend oder regungslos dalagen, und stieß an der Tür zum Maschinensaal mit Striebig zusammen, der ihn aufgeregt fragte: »Was ist passiert? Kommen die Russen?«

»Scheren Sie sich zum Teufel«, sagte Steiner und wandte sich einer Gruppe Männer zu, die hinter Striebig im Saal stand. Er erkannte in ihnen Angehörige seines Zuges, die bei dem Feuerüberfall der Russen in den Saal gelaufen waren. Seine Stimme klang heiser vor Wut: »Holt die Verwundeten herein, aber rasch, sonst mache ich euch Beine!«

Sie starrten ihn feindselig an. Erst als er einen an der Brust packte und ihn vor sich her in den Flur stieß, gehorchten sie widerstrebend. Jetzt tauchten auch Schnurrbart und Krüger auf. Sie schleppten bereits einen Verwundeten, und Steiner fragte: »Was ist mit Kiefer?«

»Hat nichts abbekommen«, sagte Schnurrbart. Steiner wandte sich an Striebig, der mit weißem Gesicht neben ihm stand. »Wenn Sie unbedingt eine Treppe brauchen«, sagte er, »dann suchen Sie sich selbst eine. Die Sache hat mich die Hälfte meines Zuges gekostet.«

»Wir brauchen keine Treppe«, sagte Striebig. »Kommen Sie mit!« Er drehte sich um und ging in die Ecke zum Aufzug. »Hier ist eine Eisenleiter«, sagte er. »Stellen Sie fest, wohin sie führt.«

»Ich denke nicht daran«, sagte Steiner. Striebig trat einen Schritt zurück und sagte kalt: »Das ist ein dienstlicher Befehl, Oberfeldwebel. Wenn Sie nicht gehorchen, lasse ich Sie zum Bataillonsgefechtsstand bringen.«

Sie waren nicht mehr allein. Ihr lauter Wortwechsel hatte die anderen Männer aufmerksam gemacht. Mit Ausnahme der Posten an den Fenstern und der Verwundeten, die zwischen den Maschinen auf dem Boden lagen, waren alle herangekommen. Es war nicht ganz dunkel im Saal. Durch die leeren Fenster leuchtete der Widerschein der brennenden Stadt. Steiner bewegte etwas den Kopf. Sein Blick fiel auf Schnurrbart, der plötzlich neben ihm stand und sagte: »Er kann nicht anders. Er hat dem Bataillon einen Funkspruch geschickt, daß er die Fabrik genommen hätte.«

»Wann?« fragte Steiner.

»Vor zehn Minuten; ich habe es eben erfahren.«

Steiner blickte Striebig wieder an, der jetzt das Wort an Schnurrbart richtete: »Sie gehen auch mit, Unteroffizier. Der Aufzug führt wahrscheinlich auf den Turm. Der Kommandeur hat befohlen, die Fahne herunterzuholen. Ich gebe den Befehl hiermit an Sie weiter.«

»Sie wissen genau, daß das unmöglich ist!« sagte Schnurrbart laut.

»Befehlsverweigerung?« fragte Striebig und schob erwartungsvoll das Kinn vor. Für ein paar Sekunden war nur das Stöhnen und Wimmern der Verwundeten zu hören. Die Männer starrten alle den Leutnant an. Dann hängte sich Steiner die Maschinenpistole um den Hals, ließ sich von einem Mann seines Zuges zwei Handgranaten geben und steckte sie in das Koppel. Er trat an den Aufzugsschacht, tastete im Dunkeln nach der Leiter und kletterte hinauf. Als er einmal zurückschaute, sah er Schnurrbart und zwei andere Männer nachkommen. »Wer ist das?« fragte er.

»Krüger und Kiefer«, sagte Schnurrbart. »Fall uns nicht auf den Kopf.«

Steiner leuchtete mit der Taschenlampe hinunter. An der Tür zum Schacht standen einige Männer, die regungslos heraufschauten. Er knipste die Taschenlampe aus und kletterte weiter. Es war jetzt so dunkel, daß er die Augen schloß und sich nur noch auf seinen Tastsinn verließ.

Kiesels Besuch kam für Stransky völlig unerwartet. Er faßte sich aber rasch und wies auf einen Stuhl. »Ich habe wichtige Befehle für Sie«, sagte Kiesel. »Darf ich um Ihre Karte bitten?«

Während Stransky die Karte auf dem Tisch ausbreitete, griff Kiesel nach einem Bleistift und sagte: »Sie setzen sich heute früh um vier Uhr ab, und zwar auf diese Linie.« Er zeichnete sie auf der Karte ein. »Ungefähr zehn Kilometer nordöstlich von dieser Stelle, am Ostausgang des großen Tunnels. Sehen Sie?«

Stransky beugte sich über die Karte und nickte.

»Rechts von Ihnen liegt das dritte, links das zweite Bataillon«, sagte Kiesel. »Ihr Abschnitt ist etwa ein Kilometer breit, von Punkt 411 bis zu diesem Weg hier. Sobald Sie die Stellung bezogen haben, erwartet Sie der Herr Oberstleutnant im neuen Regimentsgefechtsstand; seine genaue Lage werden Sie noch erfahren. Ihr Bataillon findet ausgebaute Stellungen vor.«

»Soll das heißen«, fragte Sttansky, »daß Noworossijsk von uns geräumt wird?«

»Die Details erfahren Sie im Regimentsgefechtsstand«, sagte Kiesel. »Haben Sie neue Meldungen von Ihren Kompanien?«

Stransky schüttelte den Kopf. »Den letzten Funkspruch Striebigs, daß er die Fabrik genommen hat, kennen Sie ja. Die erste und dritte Kompanie haben den Angriff befehlsgemäß eingestellt und ihre alten Linien bezogen.«

»Wie stark ist die zweite Kompanie?«

»Etwa siebzig Mann«, sagte Stransky.

Kiesel runzelte die Stirn. »Ich kann mir schlecht vorstellen, daß Striebig mit siebzig Mann die ganze Fabrik besetzt hat. Funken Sie ihm, daß er nichts mehr riskieren soll. Bei starkem Feindwiderstand zieht sich die Kompanie sofort auf ihre Ausgangsstellungen zurück. Wir brauchen in den nächsten Tagen jeden Mann ...«

Er wurde durch das Telefon unterbrochen. Stransky nahm den Hörer ab. Bereits nach den ersten Worten zeigte sein Gesicht einen Ausdruck so grenzenloser Verblüffung, daß Kiesel unwillkürlich aufstand. Stransky legte geistesabwesend den Hörer zurück und starrte eine kurze Weile vor sich hin. »Es war der Artilleriebeobachter«, murmelte er. Dann wurde er sich wieder der Gegenwart des Regimentsadjutanten bewußt, er sagte: »Er hat durch sein Glas beobachtet, wie soeben auf dem Fabrikturm die russische Fahne eingezogen wurde. Ich hätte es nicht für möglich gehalten!«

»Was?« fragte Kiesel rasch. Stransky merkte, daß er einen Fehler gemacht hatte, und blickte in das mißtrauische Gesicht Kiesels. »Daß Striebig auf den Turm kommt.«

»Woher wissen Sie, daß Striebig es war?«

»Er führt die Kompanie«, sagte Stransky. Kiesel betrachtete ihn aus schmalen Augen. »Haben Sie den Befehl gegeben, die Fahne herunterzuholen?«

»Selbstverständlich«, sagte Stransky. Er hatte sich jetzt wieder völlig in der Gewalt und lächelte. »Finden Sie das komisch?«

»Zumindest merkwürdig«, sagte Kiesel. »Haben Sie zufällig Oberfeldwebel Steiner damit beauftragt?«

Stransky hörte auf zu lächeln. »Oberfeldwebel Steiner ist Zugführer bei der zweiten Kompanie. Er bekommt seine Befehle direkt von seinem Kompanieführer.«

»Von Leutnant Striebig?«

»Ganz richtig«, sagte Stransky kühl. Kiesel stand auf und ging, ohne sich zu verabschieden, aus dem Zimmer.

Er fuhr im Wagen des Kommandeurs direkt zum Gefechtsstand zurück. Zu seiner Überraschung zeigte sich Strauß desinteressiert, er sagte: »Erstens wissen wir nicht, ob er tatsächlich Steiner damit beauftragt hat, und zweitens ist das seine Sache und nicht die des Regimentsadjutanten. Was wollen Sie eigentlich?«

»Es ist doch offensichtlich«, sagte Kiesel gereizt, »daß er nichts unversucht läßt, um Steiner loszuwerden. Sie können da doch nicht einfach zuschauen!«

»Warum nicht?« fragte Strauß. Als Kiesel ihn nur stumm anblickte, sagte er: »Ich schaue seit fünf Jahren zu. Ist Ihnen noch nicht aufgefallen, daß sich in diesem Krieg jeder selbst der Nächste ist?«

»Nein!« sagte Kiesel scharf.

Strauß lächelte. »Sie sind ein Träumer, Kiesel. Könnte ich mein eigenes Leben damit retten, so würde ich keinen Augenblick zögern, Sie zu opfern. Etwas anderes tun wir ja seit fünf Jahren nicht. In diesem Krieg kämpft schon längst jeder gegen jeden, die Uniform spielt dabei keine große Rolle mehr. Ich habe selbst erlebt, wie Landser ihre verwundeten Kameraden im Stich gelassen haben, nur um ihre eigene Haut zu retten. Vor einem Jahr wäre so etwas noch nicht vorgekommen. Was sich zwischen Stransky und Steiner tut, ist höchstens symptomatisch für unseren Selbsterhaltungstrieb. Im Frieden arrangiert man sich, im Krieg löscht man sich gegenseitig aus. Das ist völlig natürlich.«

»Nicht für mich!« sagte Kiesel erregt. »Ich muß Ihnen gestehen . . .«

Strauß unterbrach ihn: »Behalten Sie es für sich.« Er lachte ein wenig. »Sieht so aus, als hätten wir unsere Rollen neuerdings vertauscht. Möchte Ihnen deshalb keine Vorhaltungen machen, aber es lohnt sich nicht. Steiner ist mit seinen fünfundzwanzig Jahren schon dort angekommen, wofür ich die doppelte Zeit gebraucht habe.« Sein Ton wurde unvermittelt dienstlich: »Nehmen Sie einige Männer mit und kümmern Sie sich um den neuen Gefechtsstand; ich komme in zwei Stunden nach. Den Wagen schicken Sie mir wieder zurück.«

»Es wäre mir lieber . . .«, sagte Kiesel. Strauß unterbrach ihn wieder: »Ich habe Sie nicht danach gefragt, was Ihnen lieber wäre. Tun Sie, was ich Ihnen befohlen habe!« Als sich Kiesel trotzdem nicht vom Fleck rührte, fragte er scharf: »Was wollen Sie noch?«

»Erlauben Sie mir eine Frage«, sagte Kiesel blaß. »Wo ist Steiner angekommen?«

Strauß betrachtete ihn mit undurchdringlichem Gesicht. Dann nahm er sein Koppel vom Tisch, schlug mit der flachen Hand auf die Pistole und sagte: »Hier! Wollen Sie noch mehr wissen?«

»Nein«, sagte Kiesel und ging hinaus.

Einhundert der eisernen Sprossen hatte Steiner gezählt, als seine Hand ins Leere griff. Durch einen leisen Zuruf verständigte er sich mit Schnurrbart und schaltete die Taschenlampe ein. Die eisernen Sprossen waren zu Ende. Etwa zwei Meter über ihm verschwanden die stählernen Trossen des Aufzugs in der Schachtdecke. Auf der linken Seite befand sich eine zweiflügelige Eisentür, die verschlossen war. Sie gab auch nicht nach, als er mit dem Fuß dagegentrat. Er betrachtete sie. Unterhalb der Tür war eine breite Stufe in der Mauer. Mit etwas Glück mußte es zu schaffen sein. Er richtete wieder den Schein der Taschenlampe nach unten. Krüger und der Schwarzwälder hatten inzwischen aufgeschlossen; ihre Gesichter wirkten in dem weißen Licht der Lampe wie geschminkt. »Wir müssen sie aufsprengen«, sagte Steiner. »Klettert bis zum nächsten Stockwerk zurück und wartet dort.«

»Du bist verrückt!« flüsterte Schnurrbart. »Wir werden das Ding auf die Schädel bekommen.«

»Zieht sie ein«, sagte Steiner. »Schnallt euch mit den Koppeln an den Sprossen fest; die Tür wird nach außen auffliegen.«

Er wartete, bis sie etwa zehn Meter unter ihm waren, dann machte er die Stielhandgranaten fertig. Das mühsame Klettern hatte ihm den Schweiß auf die Stirn getrieben. Die Luft im Schacht war stickig. Er vermied es, in die Tiefe zu schauen, legte die Handgranaten auf die Stufe unterhalb der Tür, hakte sich mit einem Arm in eine der eisernen Sprossen und zog die Granaten ab. Dann kletterte er in halsbrecherischer Geschwindigkeit in die Tiefe und zählte die Sprossen. Zwölf hatte er geschafft, als es einen Knall tat, als stürze der ganze Schacht in sich zusammen. Die Explosionswelle hätte ihm fast die verkrampften Finger von der Sprosse gerissen, glühendes Eisen patschte über ihm gegen die Wände, aber noch ehe das brüllende Echo in den acht Stockwerken der Fabrik ganz verklungen war, turnte er wieder nach oben, stieß mit dem Fuß die jetzt schräg in ihren Angeln hängenden Türflügel nach außen und stand etwas später in einem breiten Flur, durch dessen große Fenster der Widerschein der brennenden Stadt fiel. Auf der anderen Seite befanden sich einige Türen, die gleichfalls abgeschlossen waren. Wahrscheinlich handelte es sich um die Fabrikbüros.

Inzwischen waren auch Schnurrbart, Krüger und Kiefer heraufgekommen. Sie keuchten; Schnurrbart sagte: »Das mach' ich nicht noch einmal mit, verlaßt euch darauf. Was hast du jetzt vor?«

Steiner trat an ein Fenster. Am Hafen und im Stadtzentrum standen überall brennende Häuser wie riesige Fackeln. Das Artilleriefeuer war verstummt, aber durch die zerbrochenen Scheiben war deutlich Gewehrfeuer zu hören, das sich in wechselnder Heftigkeit über die ganze Stadt auszudehnen schien. »Ich glaube, die Russen sitzen bereits in unserem Rücken«, sagte Schnurrbart. »Willst du tatsächlich die Fahne herunterholen?«

»Wenn er mir noch ein paar Männer heraufschickt«, sagte Steiner.

»Das ist doch Quatsch!« sagte Krüger gereizt. »Wir könnten doch wieder 'runtergehen und erzählen, wir seien nicht weitergekommen. Wozu hast du überhaupt die Tür aufgesprengt, Menschenskind! Soll er sich seine Scheißfahne doch selbst holen!«

Steiner blickte ihn an. »Du hättest ja nicht mitzukommen brauchen.« Kiefer schaltete sich ein: »Steiner hat den ausdrücklichen Befehl bekommen, die Fahne zu holen. Wenn er ohne sie hinunterkommt, wird der Leutnant ihn noch mal 'raufschicken. Warum versuchen wir es nicht wenigstens?«

»Aber nicht mit vier Männern!« sagte Krüger mürrisch. Sie beobachteten, wie Steiner an den Schacht trat und mit der Lampe einige kreisende Bewegungen machte. Augenblicke später wurde das Zeichen von unten beantwortet. Es sah aus, als tanzte in der Tiefe eines grundlosen Brunnens ein Licht aus einer anderen Welt. »Sie haben uns gesehen!« sagte Schnurrbart erleichtert. »Hoffentlich schicken sie genug Männer.«

»Und wenn Striebig keinen 'raufschickt?« fragte Krüger. Kiefer hob rasch die Hand. »Seid mal ruhig!«

Steiner hatte das dumpfe Geräusch in der Tiefe gleichfalls gehört. Noch ehe sie sich aber über seine Ursache klarwerden konnten, hörten sie einen Schrei.

Sie hatten schon viele Schreie gehört. Sie wußten, wie ein Mann brüllte, wenn das glühende Eisen eines Granatsplitters in sein Fleisch fuhr oder eine Kugel seinen Bauch zerfetzte. Aber der Schrei aus dem tiefen Schacht hatte nichts Menschliches mehr. Er schlug ihnen wie ein Brett um die Ohren, daß sie zurückfuhren und sich mit blutleeren Gesichtern anstarrten. Dann hörten sie eine russische Maschinenpistole, ein klatschendes Geräusch, und dann war es wieder ruhig.

»Was war das?« fragte Schnurrbart flüsternd. Steiner drehte sich rasch um, lief zu einem Fenster und blickte in den Hof hinab. »Wir müssen die Treppe finden«, sagte er. »Durch den Schacht kommen wir nicht mehr zurück.« Ohne eine Antwort abzuwarten, lief er durch den Flur. Sie folgten ihm. Am Ende des Flurs fanden sie die Treppe. Gegenüber der Treppe war eine Tür und hinter der Tür eine Wendeltreppe, die steil nach oben führte.

»Der Turm!« sagte Steiner. »Ihr wartet hier!« Er achtete nicht auf ihre erregten Einwände und stieg rasch hinauf. Die Treppe schraubte sich scheinbar endlos durch die Dunkelheit nach oben. Irgendwann, er wußte nicht, wieviel Zeit vergangen war, hörte er Stimmen. Er hängte sich die Maschinenpistole um den Hals und kroch auf Händen und Knien weiter. Die Stimmen wurden lauter, ein unbestimmbares Licht sickerte von oben in die enge Röhre des Treppenschachtes, dann sah er über sich eine halboffene Tür. Er nahm die Maschinenpistole vom Hals, kroch die letzten Stufen zur Tür hinauf und blickte durch den Spalt.

Der Raum hinter der Tür war rechteckig, völlig kahl und hatte auf drei Seiten eine durchgehende Fensterfront. In ihren unbeschädigten Scheiben spiegelte sich die brennende Stadt. Auf der rechten Seite, mit dem Rücken zur Tür, standen vier Russen und sahen durch die Fenster in die Tiefe. Sie unterhielten sich laut und sorglos. Zwei von ihnen schienen Offiziere zu sein, sie trugen schmale Mützen, Ledermäntel und hohe Stiefel. Dann bemerkte Steiner auch zwei dunkle Kästen am Boden, offenbar Funkgeräte. Er hob die Maschinenpistole.

Einen Augenblick zögerte er noch. Die Arglosigkeit der Männer hemmte ihn. Er gab einen zischenden Laut von sich, und die Köpfe der vier Männer fuhren herum. Für den Bruchteil einer Sekunde konnte er ihre maskenhaften Gesichter sehen, sah ihre Hälse kurz werden, das instinktive Anwinkeln ihrer Arme, dann zog er den Drücker durch. Das leblose Metall in seinen Händen verwandelte sich in ein zuckendes, brüllendes Wesen, das die Körper der vier Männer durcheinanderwirbelte, als hätte eine unsichtbare Peitsche nach ihnen gefaßt. Steiner wunderte sich, wie lautlos sie starben. Wie Tiere, dachte er und ließ die Maschinenpistole sinken. Als er die Tür ganz aufstieß und in den Raum trat, hörte er hinter sich das wilde Trampeln genagelter Stiefel die Treppe heraufdröhnen und Schnurrbarts Stimme seinen Namen rufen. Augenblicke später kamen sie hereingestürzt. »Es ist schon vorbei«, sagte Steiner. »Hört auf zu spinnen.«

Sie starrten zuerst ihn, dann die vier Männer am Boden an, dann ließen sie ihre Waffen sinken, und Schnurrbart fragte: »Ein Funktrupp?«

»Sieht so aus«, sagte Steiner und betrachtete eine schmale Öffnung neben der Tür.

»Scheint der Zugang zur Turmspitze zu sein«, sagte Kiefer, der sie gleichfalls entdeckt hatte. Schnurrbart betrachtete noch immer die Toten. »Vielleicht dieselben, die uns gestern früh das Artilleriefeuer beschert haben«, sagte er. »So habe ich sie immer einmal sehen wollen!« Er wandte sich an Steiner: »Wie geht's weiter?«

»Du kommst mit«, sagte Steiner. »Die anderen passen hier auf.«

»Du bist wirklich verrückt!« sagte Krüger beschwörend. »Sobald sie merken, daß wir hier oben sitzen . . .«

Steiner unterbrach ihn: »Wir müssen fertig werden, bevor sie es merken.« Er ging zu der schmalen Wandöffnung. Auch hier führte eine Wendeltreppe nach oben. Sie war enger als die andere und mündete schon nach einigen Dutzend Stufen in einen stockfinsteren Raum, den Steiner mit der Taschenlampe rasch ableuchtete. Er war fensterlos und kreisrund. In der Mitte führte eine Eisenleiter fast senkrecht zu einer rechteckigen Öffnung in der Decke. Sie war mit einer hölzernen Klappe verschlossen, die sich aufdrücken ließ. Augenblicke später stand Steiner auf dem Dach des Turmes und sah die Sterne über sich.

Das Dach war flach und von einer kniehohen Mauer eingefaßt. In einer Ecke, mit eisernen Krampen an die Mauer befestigt, ragte der knarrende Mast in den Himmel. Die Fahne bewegte sich schwerfällig in einem frischen Wind, der vom Meer kam.

Auch Schnurrbart war inzwischen die Leiter heraufgekommen. Sie standen nebeneinander auf dem hohen Turm und blickten in die Tiefe. Es war ruhig geworden über der Stadt. An vielen Stellen loderten immer noch Brände, die mit ihrer Glut in die finsteren Schächte der Straßen leuchteten und gelegentlich einen sprühenden Funkenregen über die Dächer schleuderten. Die roten Fensterhöhlen wirkten aus dieser Höhe wie bunte Lampions.

Steiner betrachtete wieder die Fahne. Ihr Anblick löste eine Genugtuung in ihm aus, wie er sie lange nicht mehr empfunden hatte. Er hätte sie auch heruntergeholt, wenn Stransky es nicht befohlen hätte. In dieser Sekunde erschien ihm der Besitz dieser Fahne unumgänglich. Ohne sie wäre alles umsonst gewesen.

Sie war an einem Drahtseil befestigt. Als er sie herunterzog, kam Schnurrbart zu ihm und half ihm. Sie rollten die Fahne zu einem kleinen Bündel zusammen, das Steiner mit einem Riemen auf sein Sturmgepäck schnürte. Als er damit fertig war, sah er Schnurrbart an der niedrigen Mauer stehen und regungslos zum Hafen schauen. »Woran denkst du?« fragte er.

Schnurrbart wandte ihm das Gesicht zu. »Wie weit ist es bis zur Krim?«

»Keine Ahnung«, sagte Steiner. »Die Fähre braucht zwei Stunden. Warum fragst du?«

»War nur so ein Gedanke«, sagte Schnurrbart. Steiner blickte aufmerksam in sein Gesicht. »Hast du das oft?«

»In der letzten Zeit«, sagte Schnurrbart. »Komm!«

Sie kehrten zu den anderen zurück, die sie bereits ungeduldig erwarteten. Ohne Zwischenfälle kamen sie die enge Wendeltreppe hinunter zu dem breiten Flur mit den großen Fenstern zum Hof. Als sie den Flur überquerten, hörten sie von unten Gefechtslärm. Sie blieben stehen und lauschten. »Sie greifen die Kompanie an!« sagte Steiner. »So ungefähr habe ich mir das vorgestellt.«

»Dann können wir nicht 'runter«, sagte Krüger aufgeregt. Steiner nahm die Maschinenpistole von der Schulter. »Wir müssen. Wenn Striebig den Saal räumt, sitzen wir in der Falle. Los!«

Sie ließen jede Vorsicht außer acht und rannten auf der anderen Seite des Flurs die breite Treppe hinunter. Drei Stockwerke schafften sie, dann wurden sie von einem scharfen Anruf gebremst.

Steiner sah den Russen zuerst. Er stand auf dem nächsten Treppenabsatz und starrte regungslos zu ihnen herauf. Steiner schoß, ohne zu überlegen. Der Mann fiel um. Über ihn hinweg stürzten sie weiter die Treppe hinunter. Gleichzeitig wurde es in der Fabrik laut, Türen wurden aufgerissen, Männer schrien, das Getrampel zahlloser Stiefel trommelte über steinerne Fliesen, und schon im nächsten Stockwerk peitschte eine wilde Gewehrsalve über ihre Köpfe. Sie rasten geduckt die Stufen hinunter, rissen sich am Geländer um die steinernen Zwischenpodeste, und der Lärm in ihrem Rücken wurde von Stockwerk zu Stockwerk lauter. Dann war die Treppe zu Ende, sie mündete in einem dunklen Flur, auf der anderen Seite befand sich eine Tür, die in den Hof führen mußte; sie war abgeschlossen. Ein paar Sekunden standen sie unschlüssig da. Über ihnen polterte es wie eine Lawine die Treppe herunter, grelles Licht von Taschenlampen streifte durch die Dunkelheit, russische Wortfetzen dröhnten an ihre Ohren, und sie standen atemlos, keuchend vor der verschlossenen Tür, während ihre Blicke gehetzt nach einem Ausweg suchten.

Krüger sah die zweite Tür zuerst. Einen Winkel neben der Treppe, eine große Holzkiste und direkt daneben eine Tür. Eine unverschlossene Tür, und dahinter eine schier endlose Treppe in einen dunklen Schacht. Als sie hinunterstolperten, fiel die Finsternis über sie. Steiner knipste die Lampe an. Ein langer, schmaler Kellergang nach links und rechts, eine niedrige Decke mit eisernen Rohren, ein paar Türen auf beiden Seiten und im Hintergrund undurchdringliches Dunkel. Aber es blieb keine Zeit zum Überlegen, die Russen hatten den Kellerzugang erreicht, und Steiner wandte sich nach rechts. Die Lichtkegel ihrer Taschenlampen zeigten ihnen den Weg. Hinter ihnen dröhnten die harten Schläge einiger Handgranaten. Sie duckten sich noch tiefer. Jeden Augenblick mußten die Russen unten sein, mußten ihre Maschinenpistolen loshämmern, und der Gang schien kein Ende zu nehmen. Keine Abzweigung, nur Türen, Türen, Türen, aber hinter jeder Tür lauerte eine Falle, und Steiner wußte es.

Er blieb so plötzlich stehen, daß die anderen auf ihn prallten.

»Was?« keuchte Schnurrbart. Steiner leuchtete in sein weißes Gesicht. »Lampen aus und weiter! Irgendwo muß in dem verdammten Gang eine Abzweigung sein.«

»Und du?«

»Ich komme sofort nach. Los, zum Teufel!«

Während die Männer weiterrannten, legte sich Steiner flach auf den Boden und feuerte blindlings in die Dunkelheit. Schnurrbart wollte stehenbleiben, aber die Faust des Ostpreußen traf ihn wie ein Hammer in den Rücken. »Los, los!« Sie rannten atemlos weiter, bis sie im Dunkeln gegen eine Wand stießen.

Ihre Augen wurden starr vor Überraschung. Der Gang führte im rechten Winkel auf einen hellen Fleck zu, aus dem sich die schattenhaften Umrisse einiger Gestalten abhoben. Sie trugen deutsche Stahlhelme, und Schnurrbart stieß einen ungläubigen Laut aus. Dann rannte er auf die Männer zu und schrie: »Oberfeldwebel Steiner hier, nicht schießen! Wir sind es, Oberfeldwebel Steiner!« Er rannte aus der Dunkelheit gegen das Licht, und mit jedem Schritt wuchs eine jubelnde Freude in ihm. Schon glaubte er Striebig zu erkennen, der etwas geduckt am Ende des langen Ganges stand und plötzlich die Hand hob. Aber Schnurrbart achtete nicht darauf. Er sah nur die vertrauten Uniformen und dachte, wir haben es geschafft, wir haben es wieder einmal geschafft!

Dann schien plötzlich etwas vor seine Füße zu fallen, und er stolperte. Trotzdem hielt er sich noch auf den Beinen und bemühte sich um das Gleichgewicht. In seinen Ohren dröhnte es. Mit Entsetzen begriff er, daß sein Körper getroffen wurde. Es war, als risse seine Brust auseinander, ein rasender Schmerz jagte hoch bis in seine Haarwurzeln. Die sind verrückt! dachte er noch und brach in die Knie. Das Dröhnen in seinen Ohren verstummte. Er bemerkte eine Unzahl flimmernder Punkte, die konzentrisch auf ihn zustürzten. Dann erloschen sie.

Unteroffizier Danske war Funktruppführer im Regimentsnachrichtenzug. Er war ein kräftiger Mann mit rosigem Gesicht und abstehenden Ohren, die nur dann nicht auffielen, wenn er, so wie jetzt, den Kopfhörer seines Funkgeräts übergestreift hatte. Er saß im zweiten Stock des Regimentsgefechtsstandes und kurbelte gelangweilt an der Skala. Hinter ihm lagen die Männer seines Funktrupps auf einem Bett und schliefen.

Während Danske die Wellenbereiche der Bataillone absuchte, dachte er an die neuen Quartiere. Bestimmt waren sie nicht so komfortabel wie dieses hier. Für ihn war Rußland nur in einer größeren Stadt zu ertragen, und Noworossijsk war nicht die schlechteste gewesen, die er zwischen San und Kuban kennengelernt hatte. Wenn er an den nahen Winter und an die schneeverwehten kahlen Hügel außerhalb der Städte dachte oder an die dreitausend Kilometer, die ihn von seiner Familie trennten, wollte er fluchen, aber er fluchte nicht, um seine Männer nicht zu wecken, und daß er sie dann doch noch wecken mußte, geschah völlig programmwidrig, denn es war sonst nicht üblich, daß sich der Regimentsnachrichtenzug auch noch um den Funkverkehr zwischen den Bataillonen und ihren Kompanien kümmerte. Da sich aber auf den direkten Wellen der Bataillone nichts rührte, hatte er den Knopf seiner Skala etwas weiter gedreht und plötzlich eine brüllend laute Stimme in den Ohren. Er korrigierte die Lautstärke, stellte anhand des Rufzeichens auf einer Liste routinemäßig fest, daß es sich um einen Funkspruch der zweiten Kompanie des ersten Bataillons an ihren Gefechtsstand handelte, und schrieb ihn mit. Der Inhalt schien ihm wichtig genug, um seine Männer zu wecken. Er befahl ihnen, ein zweites Gerät auf die Frequenz des Bataillons einzuschalten. »Die Drahtverbindungen sind bereits abgebaut«, sagte er. »Muß gleich ein wichtiger Funkspruch des Bataillons an uns eintreffen. Ich möchte mir diese Sache vorsorglich direkt anhören.«

»Was funken sie?« fragte einer der beiden Männer schlaftrunken. Danske las ihnen vor: »Oberfeldwebel Steiner gefallen; können die Fabrik nicht länger halten.«

»Sieht ja heiter aus«, murmelte der Mann.

Etwas später hörte Danske wieder die Funkstille der zweiten Kompanie. Die Stimme des Sprechers klang aufgeregt, als er dem Bataillonsgefechtsstand einen schweren Angriff der Russen meldete und die Aufforderung anschloß, auf Dauerempfang zu bleiben. Dann wurde es still, und Danske blickte ungeduldig zu den Männern seines Funktrupps hinüber, die inzwischen das zweite Gerät aufgebaut und eingeschaltet hatten. »Noch nichts?« fragte er. Die Männer schüttelten den Kopf.

»Das verstehe ich nicht«, sagte Danske. »Ruft mal an!«

Er beobachtete, wie die Männer das Gerät umschalteten, einer von ihnen griff zur Morsetaste und hämmerte das Rufzeichen des ersten Bataillons herunter. Dann schaltete er wieder auf Empfang, blickte Danske an und zuckte mit den Schultern. »Vielleicht ist ihr Gerät ausgefallen«, sagte der zweite Mann. »Oder sie schicken einen Melder.«

»Versucht es noch mal!« sagte Danske. Dann hörte er auch die zweite Kompanie wieder, diesmal mit einem langen Pfeifton. »Sie gehen auf Telegrafie«, sagte er. Er schrieb das Rufzeichen mit. Der Empfang war viel schwächer als beim erstenmal; wahrscheinlich hatten sie mit ihrem Funktrupp Stellungswechsel gemacht. Er wartete gespannt auf die Antwort des Bataillons, aber es kam keine, nur in immer kürzeren Zeitabständen das Rufzeichen der zweiten Kompanie. Schließlich riß Danske die Geduld. Er nahm die Morsetaste zwischen die Finger und gab Dauerton. Dann flogen seine Finger über die Taste. Die Männer seines Funktrupps sahen ihm bewundernd zu; er war der schnellste Funker im Regiment. Sie beobachteten, wie er das Gerät umschaltete und wieder an den Knöpfen drehte. Jetzt kam die Antwort, Rufzeichen und Bestätigung der Verbindung, dann einige abgehackte Pfeiftöne. Danske nickte befriedigt. »Sie haben uns, geben Emil, Berta; wir sollen warten.«

Es vergingen etwa zwei Minuten, dann hörten die Männer das ebenso vertraute wie erregende Zeichen, das jedem dringenden Spruch vorausgeht. Während Danske mitschrieb, rötete sich seine Stirn. Er starrte eine Weile fassungslos auf die Meldung nieder und sagte: »Jetzt versteh' ich überhaupt nichts mehr!«

»Was funken sie?« fragte einer der Männer. Danske sah auf. »Kümmert euch um das erste Bataillon!« sagte er. »Wir brauchen unbedingt Funkverbindung!«

Er riß das Blatt mit dem Funkspruch vom Block und rannte zum Zimmer des Kommandeurs.

Oberstleutnant Strauß war damit beschäftigt, seine Privatsachen vom Tisch zu räumen. Als Danske in das Zimmer kam, blickte er ihn ungeduldig an. »Was haben Sie?«

»Funkspruch von der zweiten Kompanie!« sagte Danske. »Sie ist im Fabrikkeller unterhalb des Turms eingeschlossen; Leutnant Striebig ist gefallen.«

Strauß runzelte die Stirn. »Die zweite Kompanie, sagten Sie?«

»Jawohl, Herr Oberstleutnant«, sagte Danske. »Der letzte Funkspruch kam von Oberfeldwebel Steiner, obwohl . . .«

»Obwohl was?« fragte Strauß rasch. Danske erzählte, wie er die ersten Funksprüche mitgehört und später selbst die Verbindung aufgenommen habe, weil sich das Bataillon nicht mehr meldete. Strauß hörte ihm mit gerötetem Gesicht zu. »Ich möchte das schriftlich von Ihnen«, sagte er dann. »Mit dem genauen Wortlaut der verschiedenen Funksprüche.«

»Jawohl«, sagte Danske. »Sollen wir der zweiten Kompanie einen Funkspruch schicken?«

Strauß nickte. »Funken Sie ihr, daß wir kommen werden. Beeilen Sie sich!« Er wartete, bis Danske das Zimmer verlassen hatte. Als er zum Telefon griff, waren seine Lippen schmal.

Feldwebel Schulz sah das Lichtzeichen zuerst. Er beantwortete es mit seiner Taschenlampe und wandte sich an Striebig: »Sie leben noch. Vielleicht brauchen sie Verstärkung. Soll ich mit meinem Zug . . .«

»Das kann eine Falle sein«, sagte Striebig rasch. »Sie haben doch die Explosion vorhin gehört!«

»Vielleicht haben sie eine Handgranate geworfen«, sagte Schulz. »Ich bin dafür, daß wir ein paar Männer hinaufschicken.«

Striebig überlegte. Dann entschied er: »Sie bleiben aber hier. Schicken Sie zehn Männer hinauf; mehr können wir nicht entbehren. Die MGs bleiben auch hier.«

Schulz wandte sich an einen Unteroffizier seines Zuges: »Nimm deine Gruppe mit. Wenn ihr oben seid, gebt ihr mit der Lampe ein Zeichen.«

»Was soll ich Steiner bestellen?« fragte der Unteroffizier.

»Er hat seinen Auftrag«, sagte Striebig. »Wenn er die Fahne hat, soll er die oberen Stockwerke säubern. Wir warten hier auf ihn.«

Der Unteroffizier starrte ihn ein paar Sekunden wütend an. Schließlich drehte er sich um, winkte seine Männer zu sich und stieg schnell in den Schacht.

»Sie hätten ihnen wenigstens ein MG mitgeben sollen«, sagte Schulz. »Sie sind viel zu schwach, um da oben etwas auszurichten.«

»Lassen Sie das meine Sorge sein«, sagte Striebig. Er beobachtete, wie die Männer hintereinander in den Schacht kletterten. Als der fünfte gerade einsteigen wollte, hörten sie von oben ein Geräusch. Dann gellte ein Schrei herab, der die Männer von der Tür zurückwarf. Sekunden später sahen sie den Unteroffizier wie einen Stein in die Tiefe fallen. Sie hörten den dumpfen Aufprall und fast gleichzeitig das Gehämmer einiger russischer Maschinenpistolen. Dann kamen auch die anderen herunter, in der gleichen Reihenfolge, wie sie hinaufgestiegen waren, und dann wurde es ebenso plötzlich wieder still.

Schulz wandte sich mit kreidebleichem Gesicht an den Leutnant. »Sie sollten endlich die Verwundeten hinausschaffen lassen, bevor es dafür zu spät ist.«

»Welche Verwundeten?« fragte Striebig tonlos.

»Diese hier!« sagte Schulz und zeigte auf die stöhnenden Männer zwischen den Maschinen. »Wenn wir nichts für sie tun, verbluten sie.«

»Wir haben jetzt andere Sorgen«, sagte Striebig. Er drehte sich um und rannte zu dem Funktrupp am anderen Saalende. »Melden Sie dem Bataillon, daß wir die Fabrik nicht länger halten können«, sagte er atemlos. »Haben Sie Verbindung?«

»Jawohl!« sagte der Funktruppführer. »Funkspruch an das Bataillon, daß wir die Fabrik nicht länger halten können.«

Striebig zögerte. Dann fiel ihm noch etwas ein: »Geben Sie auch durch, daß Oberfeldwebel Steiner gefallen ist.«

Während er beobachtete, wie die Männer ihr Gerät einschalteten, kam Schulz, der Striebigs letzte Worte gehört hatte, zu ihnen. Er sagte: »Wir wissen ja noch gar nicht, wie es oben aussieht!«

»Wir haben es eben erlebt«, sagte Striebig. »Sie glauben doch nicht im Ernst daran, daß von denen noch einmal einer 'runterkommt?«

Schulz schwieg. Er holte eine Zigarette aus der Tasche. Als er sie anzünden wollte, rauschte ein feuriger Regen durch die Fenster, dem ein ohrenbetäubendes Knattern folgte. Schulz ließ sich auf den Boden fallen, seine Blicke jagten durch den Saal, der von einer Unzahl bläulicher und hüpfender Flammen in ein gelbliches Licht getaucht war. Er hörte Striebig einige Worte brüllen, aber er verstand ihn nicht und brüllte zurück: »Explosionsgeschosse!« Ohne sich um Striebig zu kümmern, kroch er auf allen vieren zu den Fenstern. Die meisten Männer, die dort auf Posten gestanden hatten, lagen tot oder verwundet am Boden. Andere hatten ihre Plätze eingenommen und erwiderten das Feuer. Die Verwundeten in der Mitte des Saals begannen zu brüllen. Vom Flur her krachten plötzlich Handgranaten, Schulz sah einige Männer durch die Türen in den Saal stürzen. Er kroch, so rasch er konnte, wieder zu Striebig, der noch am gleichen Platz am Boden lag. »Sie greifen von beiden Seiten an!« brüllte Schulz. »Wir kommen nicht mehr aus dem Saal.«

Striebig stand auf und rannte geduckt durch den Saal zur Schachttür. Als Schulz und die Funker zu ihm kamen, befahl er Schulz mit vor Erregung kreischender Stimme, festzustellen, ob der Schacht im Keller eine Tür habe.

Schulz zögerte. Er dachte an die Russen, die irgendwo weiter oben an einer Schachttür sitzen mußten. Er dachte an den Unteroffizier und an die drei Männer, die in der Tiefe auf der Schachtsohle lagen, aber es gab keinen anderen Weg; durch die Fenster flogen bereits die ersten Handgranaten. Er trat rasch an die Tür, angelte mit dem Fuß nach den eisernen Sprossen und starrte einige Sekunden in die Höhe. Erst als dort alles ruhig blieb, stieg er rasch in die Tiefe, bis er mit den Füßen auf etwas Weiches stieß. Er schob einen leblosen Körper zur Seite, tastete mit den Händen die Wand ab und griff ins Leere. Gleichzeitig fühlte er einen kühlen Luftzug im Gesicht.

Nachdem er sich vergewissert hatte, daß er aus einer offenen Tür kam, kletterte er wieder die Sprossen hinauf. Der Schacht lag wie eine schwarze Säule über ihm. Hier war nur wenig von dem Gefechtslärm zu hören. Erst als er die Tür zum Saal erreichte, war es wieder laut. Einige Hände streckten sich ihm entgegen, dann stand er wieder vor Striebig und sagte: »Wir können hinunter!«

Seine Worte lösten bei den Männern ein Stöhnen der Erleichterung aus. Striebig griff hart nach seinem Arm. »Rufen Sie die Leute von den Fenstern und Türen weg; sie sollen in den Keller kommen.«

»Wir müssen die Verwundeten mitnehmen«, sagte Schulz, aber Striebig schwang sich bereits in den Schacht. Auch von den Männern achtete keiner mehr auf Schulz. Er beobachtete ein paar Sekunden ratlos, wie sie sich an die Tür drängten, dann jagte er in großen Sätzen durch den Saal. Das irrsinnige Krachen der Explosionen machte ihn taub, durch Qualm und Rauch kam er an ein Fenster, wo zwei Männer hinter einem MG knieten und mit eingezogenen Köpfen zur Straße feuerten. Er versetzte dem ersten einen Schlag in den Rücken und brüllte: »In den Schacht, in den Schacht mit euch!« Am nächsten Fenster bot sich ihm das gleiche Bild, am übernächsten auch.

Dann blieb er plötzlich stehen. Im vorderen Teil des Saals quoll es in dicken Klumpen durch die Fenster, sprang über Drehbänke hinweg, federte zu Boden und verteilte sich mit schattenhaften Bewegungen nach allen Seiten.

Sie sind da! dachte Schulz noch, die Russen sind da! Dann fuhr er herum, stürmte blindlings zwischen den Maschinen zum Schacht zurück, stolperte über einen Körper, fühlte zwei Hände, die sich in seinen Rock verkrallten, hörte ein grauenhaftes, verzweifeltes Brüllen und riß sich mit einem Ruck los. Die Verwundeten! dachte er, aber es blieb ihm keine Zeit mehr, einen anderen

Weg einzuschlagen. Sie lagen dicht nebeneinander, Seite an Seite, den schmalen Gang zwischen den Maschinen ausfüllend. Seine Stiefel gruben sich tief in ihre zuckenden Körper, stolperten über hochgereckte Arme, bis sich sein Fuß irgendwo verfing und er lang hinstürzte und einige Fäuste ihn festhielten. Er sah ein Gesicht vor sich, eine Stimme bettelte, er versuchte verzweifelt, sich loszureißen, und als es nicht ging, schlug er blindlings mit der Maschinenpistole zu. Dann bekam er einen Stoß in den Rücken, der ihn wieder auf das Gesicht warf, und neben ihm brüllte einer: »Wenn wir verrecken, verreckst du auch!« Er wehrte sich verzweifelt, und als immer mehr Fäuste ihn festhielten, drehte er seine Maschinenpistole herum und feuerte das Magazin leer. Das Brüllen erstickte, er hörte sie winseln, schluchzen, die Fäuste lösten sich von seiner Uniform, er richtete sich auf, gewann mit drei Sätzen wieder festen Boden und jagte weiter. Jagte mit keuchenden Lungen auf den Schacht zu, und hinter ihm brüllen sie wieder: »Nehmt uns mit, laßt uns nicht verrecken, Kameraden!« Jedes Wort traf ihn wie ein Faustschlag, er ließ im Laufen die Maschinenpistole fallen, hielt sich die Ohren zu, aber das Brüllen blieb. Als er den Schacht erreichte, zitterte er am ganzen Körper. Er sah einen Knäuel Männer, die sich vor der Tür zum Schacht herumbalgten, sich gegenseitig zurückdrängten, weil jeder zuerst die rettenden Sprossen erreichen wollte. Ohne sich zu besinnen, rannte Schulz mit vorgeschobenen Schultern weiter, prallte mit voller Wucht auf die lebende Mauer und riß sie mit sich in die Tiefe. Er landete auf einem Hügel ineinanderverschlungener Körper, rollte sich instinktiv herunter, sprang auf die Beine und hetzte weiter durch einen langen Gang auf einen Lichtschimmer zu. Er fiel aus einer Tür auf der rechten Seite. Als Schulz hineinlief, sah er Striebig mit etwa fünfzehn Männern in der Mitte eines leeren Kellers stehen. Einige von ihnen hielten ihre Taschenlampen auf Schulz gerichtet, er schloß geblendet die Augen und keuchte: »Weiter! Sie kommen! Die Russen kommen, Herr Leutnant!«

Striebig fuhr herum und rannte zu einer zweiten Tür im Hintergrund des Kellers. Dort blieb er stehen und wartete, bis die Männer an ihm vorbei waren. Als Schulz zögerte, fragte er gereizt: »Worauf warten Sie noch, Mann?« Schulz wies auf die gegenüberliegende Tür, wo jetzt wieder zwei Männer auftauchten. »Kommen noch mehr?« rief Striebig ihnen entgegen. Die Männer nickten, und einer sagte atemlos: »Aber die Russen . . .«

»Was ist mit den Russen?« fragte Striebig. Der Mann blickte über seine Schulter zurück. »Sie sind schon im Schacht, Herr Leutnant!«

»Warum sagen Sie das nicht gleich!« fuhr Striebig ihn an. »Rein mit euch, los, los!« Er drängte die Männer rücksichtslos durch die Tür und schlug sie hinter sich zu. Es war eine schwere Eisentür mit zwei Riegeln. Als Striebig sie mit zitternden Händen vorschob, trommelten von der anderen Seite plötzlich Fäuste gegen die Tür, und ein paar Stimmen brüllten: »Aufmachen, aufmachen!«

»Das sind noch Männer von uns!« stammelte Schulz. »Wir müssen sie hereinlassen.«

»Unterstehen Sie sich!« schrie Striebig. »Besser die als wir alle.« Die anderen Männer waren bereits verschwunden, er drehte sich um und lief hinter ihnen her. Schulz starrte unschlüssig die Tür an. Er hörte, wie sie mit den Stiefeln dagegentraten, aber er war jetzt ganz allein und hatte Angst. Wenn er gegen den Befehl des Leutnants aufmachte, konnte es passieren, daß gleichzeitig die Russen hereinkamen, und schließlich war es nicht seine Sache, sondern die des Kompanieführers. Als er auch noch feststellte, daß seine Taschenlampe verschwunden war – wahrscheinlich hatte er sie bei dem Sturz in den Schacht verloren –, setzte er sich über seine Skrupel hinweg und rannte durch den dunklen Gang, der nach etwa dreißig Schritten in einem rechten Winkel in einen anderen, mit vielen Kisten gefüllten Raum mündete. Hier traf er auch wieder den Leutnant und den Rest der Kompanie. Er vergewisserte sich, daß eine zweite Tür vorhanden war, und wandte sich atemlos an Striebig: »Vielleicht sprengen sie die Tür auf. Wenn wir in dem Gangknie ein MG aufstellen, halten wir uns den Rücken frei.«

Der Vorschlag leuchtete Striebig ein. Er sagte: »Wir bleiben vorläufig hier. Kümmern Sie sich um das MG.« Er richtete das Wort an die Männer des Funktrupps und befahl ihnen, sofort Verbindung mit dem Bataillon aufzunehmen.

Während sie ihr Gerät aufbauten, ließ Schulz in dem Gangknie vier der schweren Kisten aufstellen. Sie waren mit Schrauben und Scharnieren gefüllt. »Dahinter seid ihr so sicher wie in einem Panzer«, sagte Schulz zu den Männern des MG-Trupps. »Sobald sie die Tür aufsprengen, haltet ihr in den Gang.«

Er wartete noch, bis die Männer das MG aufgebaut hatten. Hinter der verriegelten Tür am Ende des Ganges war es still geworden. Schulz vermutete, daß die Männer inzwischen einen anderen Weg gefunden oder sich den Russen ergeben hatten. Als er zu Striebig zurückkehrte, spannte sich die Haut über seinen Backenknochen.

Die Männer hatten sich inzwischen auf die Kisten gesetzt und starrten erschöpft und teilnahmslos vor sich hin. Striebig stand neben den Funkern und beobachtete nervös, wie sie die lange Stabantenne auf das Gerät steckten. »Hoffentlich haben wir Empfang«, sagte einer und betrachtete mit bedenklichem Gesicht das steinerne Gewölbe über ihnen. »Wenn der Keller wenigstens ein Fenster hätte!«

»Spielt das eine Rolle?« fragte Striebig nervös. Der Funker sagte: »Bei diesen Kästen schon, ist ein Dora-Gerät. Die taugen nur im freien Gelände was.« Er legte sich das Kehlkopfmikrofon um, zog den Kopfhörer über und kurbelte am Gerät. »Kein Ton!« sagte er. »Ich versuch's gleich mit Telegrafie.«

Während er die Morsetaste in die Hand nahm, sagte Schulz in gereiztem Ton zu Striebig: »Wir verlieren nur kostbare Zeit. Haben Sie schon feststellen lassen, wohin die zweite Tür führt?«

»Das können Sie tun!« sagte Striebig, ohne den Blick von den Funkern zu nehmen. Schulz widersprach: »Es ist besser, Sie tun das selbst. Falls sich der Gang irgendwo teilt, müssen Sie als Kompanieführer entscheiden, welchen wir nehmen sollen.«

»Ich kenne mich hier genausowenig aus wie Sie!« sagte Striebig laut. Schulz nickte. »Aber Sie sind Offizier; ich nicht.« Seine Stimme klang aufsässig. Striebig blickte in sein entschlossenes Gesicht und von dort zu den Männern auf den Kisten. Sie starrten ihn feindselig an. Er merkte, daß er einen Fehler gemacht hatte, und zwang sich zur Ruhe. »Wenn Sie Angst haben, Feldwebel«, sagte er, »komme ich mit Ihnen.«

»Ich habe keine Angst«, sagte Schulz. »Fragen Sie die anderen. Die können Ihnen genau sagen, wer hier Angst hat und wer nicht.«

Die Männer auf den Kisten grinsten; Striebig sah es aus den Augenwinkeln, aber solange er auf sie und auf Schulz angewiesen war, konnte er es sich nicht leisten, empfindlich zu sein. Er fragte die Funker: »Noch keine Verbindung?« Als sie den Kopf schüttelten, drehte er sich um und ging zu der zweiten Tür. Schulz ließ sich für seine verlorengegangene Maschinenpistole von einem Mann das Gewehr geben und folgte dem Leutnant. Ein paar Männer schlossen sich ihnen unaufgefordert an.

Auch der neue Gang hinter der Tür führte nur etwa zwanzig Meter geradeaus und bog dann links ab. Striebig blieb stehen, zog seinen Marschkompaß aus der Tasche und prüfte die Richtung. »Weit sind wir noch nicht gekommen«, sagte Schulz, der das Gefühl hatte, als bewegten sie sich ständig im Kreis. »Ich verstehe nicht, weshalb der Kasten kein einziges Kellerfenster hat. Welche Richtung ist das?«

»Osten«, sagte Striebig und steckte den Kompaß in die Tasche zurück. Sie gingen vorsichtig weiter und stießen wieder auf eine Tür, die in einen hohen Raum mit einer großen Maschinenanlage führte. Schulz ließ sich von einem Mann die Taschenlampe geben und leuchtete die riesigen Kessel und die dicken Rohre ab. »Die Fabrikheizung«, sagte er. »Hier kommen wir auch nicht weiter.« Sie durchsuchten den Raum. In einer Ecke führte eine schmale Öffnung in einen anderen, der bis zur Decke mit Koks gefüllt war. Schulz kletterte hinein, während Striebig unschlüssig stehenblieb. Dann hörte er plötzlich ein Geräusch. Er drehte sich rasch um und sah einige Männer zu einer Tür laufen, die ihm bisher entgangen war. Von dort klang schwach, aber unverkennbar, das Hämmern einer Maschinenpistole.

Im ersten Augenblick fühlte sich Striebig versucht, hinter Schulz in den Kohlenkeller zu kriechen, aber etwas an der Haltung der Männer, die jetzt an der Tür stehengeblieben waren, hielt ihn davon ab. Er ging rasch zu ihnen und starrte mit ihnen in einen dunklen Gang. Ehe er ihnen befehlen konnte, ihre Taschenlampen auszumachen, hörte er aus der Tiefe des Gangs eine Stimme brüllen: »Oberfeldwebel Steiner hier, nicht schießen . . .«

Die Stimme brüllte noch weiter, aber Striebig verstand kein Wort mehr. In ungläubigem Staunen starrte er auf einen Mann, der mit hochgerissenen Armen aus der Dunkelheit auf ihn zugelaufen kam, während weiter hinten das Hämmern der Maschinenpistole immer lauter wurde. Noch waren für Striebig nicht viel mehr als die Umrisse des Mannes zu erkennen, aber er glaubte sicher zu sein, daß es tatsächlich Steiner war. Steiner, dessen Tod er bereits dem Bataillon gemeldet hatte, Steiner, der auf den Fabrikturm geklettert war und nun wie ein Gespenst im Keller auftauchte, Steiner, den er mehr haßte als alles, was ihm bisher in seinem Leben an Widerwärtigkeiten begegnet war, und Steiner, der . . .

Er verlor unmittelbar die Kontrolle über sich, er vergaß die Männer seiner Kompanie, vergaß, wo er war, vergaß sich selbst. Als er den Drücker seiner

Maschinenpistole durchzog, geschah es ohne sein Wissen, und bis dahin hatte sich der Mann bis auf etwa zehn Meter genähert. Striebig sah noch, wie er stolperte, in die Knie brach und auf das Gesicht fiel. Dann rissen einige Hände seine Arme nieder, Stimmen brüllten auf ihn ein, aber er verstand auch sie nicht. Er bewegte den Kopf und blickte in das entsetzte Gesicht eines Mannes, der ihn anschrie: »Das war doch einer von uns!«

Striebig schwieg. Er beobachtete mit einem seltsamen Gefühl, wie die Männer auf die regungslose Gestalt in der Mitte des dunklen Ganges zurannten, aber er begriff noch immer nicht. Es fiel ihm nur auf, daß es plötzlich sehr still war, und dann hörte er neben sich die Stimme von Feldwebel Schulz: »Was ist hier los?«

Striebig gab keine Antwort. Er beobachtete geistesabwesend, wie im Hintergrund des Ganges drei Gestalten auftauchten. Sie blieben bei den Männern stehen, die sich über den leblosen Körper am Boden gebeugt hatten, und während er sie noch immer geistesabwesend anstarrte, fühlte er seine Lider zucken. Er blinzelte ein paarmal heftig, wischte sich mit den Fingern über die Augen und starrte wieder die drei Männer an. Er merkte nicht einmal, daß seine Maschinenpistole auf den Boden gefallen war, er stand nur verständnislos da, und Schulz, der ihn verwundert anschaute, schob sich an ihm vorbei, ging zu den Männern und fragte: »Wer ist das?« Sein Blick fiel auf Steiner, der neben dem Mann am Boden kniete und dessen zerfetzten Rock aufgeknöpft hatte. »Wie kommt ihr hierher?« fragte Schulz überrascht.

Steiner stand auf und wandte sich an Krüger, der mit käsigem Gesicht an der Wand lehnte. »Wie ist das gekommen?« fragte er. Seine Stimme klang so leise, daß sie ihn kaum verstanden.

»Ich weiß es nicht«, sagte Krüger und fuhr sich mit der Hand über das Gesicht. »Als wir um die Ecke bogen, ist er weitergerannt. Kiefer hat mich festgehalten, und dann . . .« Er verstummte und blickte Kiefer an. »Ich verstehe es auch nicht«, sagte er. »Er hat doch ganz laut gerufen, Oberfeldwebel Steiner hier! Dann wurde geschossen.«

»Von wem?« fragte Steiner. Die Männer schweigen, aber ihre Blicke gingen alle in eine Richtung. Steiner schaltete die Taschenlampe ein. Ihr Strahl zuckte in ein schneeweißes Gesicht, in zwei aufgerissene Augen, und Steiner sagte, ohne die Stimme zu verändern: »Wer war bei ihm?«

Zwei der Männer, die neben ihm standen, meldeten sich. »Wir haben es alle gehört«, sagte der eine. »Der Leutnant muß es auch gehört haben.«

»Was habt ihr gehört?« fragte Steiner. Der Mann blickte Kiefer an. »Was der Obergefreite eben gesagt hat. *›Oberfeldwebel Steiner hier.‹* Er hat es zweimal gerufen, ganz deutlich.«

Steiner blieb einige Sekunden regungslos stehen, dann wandte er sich an Krüger: »Nimm vier oder fünf Männer mit. Ihr müßt die Ecke besetzen. Sie können jeden Augenblick kommen.«

»Die Russen?« fragte Schulz. Steiner gab keine Antwort. Er nahm die Maschinenpistole von der rechten in die linke Hand und ging zu Striebig. »Warum haben Sie geschossen?« fragte er. Striebig schwieg. Während Steiner in sein blutleeres Gesicht schaute, hatte er ein Prickeln in den Augen. Der Schmerz nahm ihm fast die Stimme, er keuchte: »Du verdammte Sau.«

Im gleichen Augenblick hämmerten hinten an der Ecke, wo jetzt Krüger und seine Männer stehen mußten, einige Maschinenpistolen los. Die Schüsse dröhnten unter dem niedrigen Gewölbe des Ganges wie eine Serie schwerer Kanonenschläge und ließen die Männer zusammenfahren. Sie wandten sich instinktiv dem Heizungsraum zu, aber Steiner vertrat ihnen den Weg. Sie konnten seine Stimme bei dem fürchterlichen Lärm nicht hören, sie sahen nur seine Maschinenpistole, und sie rührten sich nicht mehr vom Fleck. Nur Striebig versuchte es noch. Er kam nicht einmal auf den Gedanken, nach seiner Maschinenpistole zu suchen, die irgendwo am Boden liegen mußte. Nach zwei Schritten fuhr ihm ein Fuß Steiners zwischen die Beine. Er stolperte, schlug lang hin, raffte sich wieder auf und hatte Steiner genau vor sich. Als er in sein Gesicht schaute, verlor er vor Furcht die Besinnung und schlug mit beiden Fäusten gleichzeitig auf ihn ein, schlug ihm seine Taschenlampe von der Brust, und die Männer hinter Steiner rannten in der Dunkelheit an ihnen vorbei. Jetzt achtete er nicht mehr darauf. Er drängte Striebig gegen die Wand, und als dieser mit den Füßen nach ihm trat, schlug er mit der Maschinenpistole zu. Er hörte ihn trotz des Gewehrfeuers brüllen, griff im Dunkeln nach seiner Brust und stieß ihn vor sich her. Er empfand nichts, hatte nur noch einen Gedanken, und als sie auf Krüger trafen, der ihnen mit seinen Männern entgegengelaufen kam, stieß er Striebig gegen die Wand. »Wir können sie nicht länger aufhalten«, schrie Krüger. Dann fiel sein Blick auf den Leutnant, er leuchtete ihm mit der Taschenlampe in das blutverschmierte Gesicht und stammelte: »Was ist denn?« Steiner schob ihn auf die Seite. »Verschwinde«, sagte er, aber seine Stimme ging in dem Gehämmer der russischen Maschinenpistolen unter. Die Männer beobachteten entsetzt, wie er den Leutnant vor sich hertrieb wie einen Ball. Wenn er stehenblieb, schlug er ihm den Kolben der Maschinenpistole in den Rücken und sagte: »Weiter!« Er trat ihm gegen die Beine, gegen das Gesäß, gegen den Leib und sagte: »Weiter! Weiter!«

Sie hatten sich der Ecke bis auf drei Meter genähert. Das russische Gewehrfeuer raste noch immer über die Wände, riß den Verputz herunter und peitschte ihnen Querschläger um die Ohren. Dann tat es vor ihnen einen grellen Schlag.

Steiner sah noch, wie Striebig mit beiden Händen in die Luft griff, zur Seite taumelte und schwer zu Boden stürzte. Dann drehte er sich um und jagte zurück. Bereits nach wenigen Schritten stieß er auf Krüger und Kiefer, die hier auf ihn gewartet hatten. »Wo ist Schnurrbart?« fragte er.

»Schon weggeschafft«, sagte Krüger. »Komm!« Sie rannten in den Heizungsraum, wo sie von Schulz und den anderen aufgeregt empfangen wurden. »Was ist mit dem Leutnant?« fragte Schulz. Als keiner der drei Männer antwortete, richtete er das Wort an Steiner: »Wir haben im nächsten Keller noch zehn Männer und einen Funktrupp sitzen.«

»Bring uns hin!« sagte Steiner. Sein Blick fiel auf Schnurrbart, der neben der Tür lag; sein Gesicht war kaum mehr zu erkennen.

»Überlaß das uns«, sagte Krüger. »Du mußt uns jetzt hier 'rausbringen, sonst gehen wir alle drauf. Draußen wird's bald hell.«

»In einer Stunde«, sagte Schulz. »Das schaffen wir nicht mehr.« Er führte

Steiner durch den Gang in den Keller mit den vielen Kisten. Hier wurden sie von den Männern ungeduldig erwartet. »Habt ihr einen Ausgang gefunden?« fragte einer.

»Direkt zur Hölle«, sagte Schulz. »Wir müssen auch diese Seite mit Kisten vollstellen; die Russen kommen.« Er rannte zu dem MG-Trupp und fragte: »Wie sieht es hier aus?«

»Alles ruhig«, sagte der Truppführer. »An der Tür hat sich nichts gerührt. Und bei euch?«

»Scheiße«, sagte Schulz. Er kehrte zu Steiner zurück. Die Männer schleppten bereits einige der schweren Kisten in den Gang zum Heizungskeller und stapelten sie dort übereinander. »Mehr können wir vorläufig nicht tun«, sagte Schulz zu Steiner. »Solange wir Munition haben, holen sie uns hier nicht 'raus. Was meinst du?«

Steiner nickte. Der Raum war für eine Verteidigung wie geschaffen. Die Russen hatten von beiden Seiten lange Anlaufwege über die deckungslosen Gänge. Selbst ihre Handgranaten würden ihnen hier nicht viel helfen. Er ging zu dem Funktrupp und fragte: »Habt ihr Verbindung?«

Die Männer schüttelten den Kopf. »Muß an diesem verdammten Keller liegen«, sagte der Funktruppführer, ein Obergefreiter. »Wir kommen nicht durch.«

Steiner sah in ihre blassen Gesichter. »Versucht es weiter«, sagte er. Die anderen Männer waren mit ihrer Arbeit fertig geworden und saßen wieder auf den Kisten. Es fiel ihm auf, daß sie ihn merkwürdig anschauten; einige flüsterten miteinander. Auch Krüger und Kiefer saßen untätig herum. Sie hatten Schnurrbarts Körper in eine Zeltplane gewickelt. Als sich Steiner zu ihnen setzen wollte, hörte er plötzlich die Stimme des Funktruppführers wie eine Trompete: »Wir haben Verbindung mit dem Regiment, Oberfeldwebel. Was sollen wir durchgeben?«

Die Nachricht wirkte wie elektrisierend auf die Männer. Sie sprangen von ihren Plätzen auf und drängten sich um den Funktrupp. Steiner wandte sich rasch an Schulz: »Wie seid ihr hierhergekommen?«

»Durch den Schacht«, sagte Schulz und gab ihm eine genaue Schilderung.

»Dann müssen wir immer noch unter dem Turm sein«, sagte Steiner. Er richtete das Wort an den Funktruppführer: »Funken Sie ihnen, daß wir im Fabrikkeller eingeschlossen sind. Leutnant Striebig gefallen.«

Merkwürdigerweise löste die Nachricht von Steiners Tod kaum Genugtuung in Stransky aus. Vielleicht deshalb nicht, weil Striebigs Funkspruch eine Fülle anderer Probleme aufwarf. Eigentlich hätte er ihm jetzt befehlen müssen, sofort die Fabrik zu räumen, wie es das Regiment für einen solchen Fall gefordert hatte. Daß er damit noch zögerte, hatte verschiedene Ursachen, die ebenso mit Striebig und seinem Versprechen, ihn nach Frankreich mitzunehmen, wie mit der gefährlichen Lage zusammenhingen, die auch für den Bataillonsgefechtsstand entstehen konnte, wenn Striebig die Fabrik überstürzt räumte. Es konnte dann leicht passieren, daß die Kompanie von den nachstoßenden Russen überrannt wurde, und Stransky verspürte keine Lust, wenige Tage vor seiner Versetzung nach Frankreich noch ein persönliches

Risiko einzugehen. So begnügte er sich vorerst damit, dem Nachrichtenzugführer zu befehlen, mit sämtlichen Männern des Stabes den Bataillonsgefechtsstand zu sichern. Da aber die meisten Melder, ebenso wie die Nachrichtenleute, die ihre Leitungen abbauten, auf dem Weg zu den Kompanien waren, konnte der Nachrichtenzugführer nur sechs Männer auftreiben.

»Ist das alles?« fragte Stransky unangenehm überrascht.

»Ich habe jetzt nur noch einen Funktrupp, der mit der zweiten Kompanie in Verbindung steht«, sagte Feldwebel Hüser.

Stransky befahl ihm, auch diesen Funktrupp vor dem Gefechtsstand einzusetzen. Er ging dabei von der Überlegung aus, daß ihm auf diese Weise unangenehme Entscheidungen, wie sie durch neue alarmierende Funksprüche Striebigs erforderlich werden könnten, erspart blieben. Die Kompanien setzten sich ohnedies in einer Stunde auf die neuen Linien ab. Die erste und dritte hatte er bereits durch Melder verständigen lassen, und bei der zweiten Kompanie würde es genügen, wenn er sie kurz vor der vorgesehenen X-Zeit benachrichtigte. Striebig würde den Befehl sonst vielleicht zum Vorwand nehmen, die Fabrik sofort zu räumen. Seinen dramatischen Funkspruch hatte Stransky vorsorglich nicht erst dem Regiment gemeldet, er war fest davon überzeugt, daß Striebig die Dinge schwärzer schilderte, als sie in Wirklichkeit lagen. Nachdem er nun schon seit über sechs Stunden in der Fabrik saß, kam es auf die eine mehr oder weniger auch nicht an.

Da Stransky bei alldem ein ungutes Gefühl nicht ganz loswerden konnte, kam ihm Kiesels Besuch, den er schon längst im neuen Gefechtsstand wähnte, äußerst ungelegen. Um so mehr, als das finstere Gesicht des Regimentsadjutanten auf peinliche Überraschungen schließen ließ. Er gab Stransky auch nicht die Hand, sondern erkundigte sich sofort nach der zweiten Kompanie. »Sie haben doch sicher Funkverbindung?« fragte er. Stransky nickte überrumpelt. »Ich wollte dem Regiment gerade einen Funkspruch durchgeben«, sagte er. »Striebig meldet, daß er die Fabrik nicht länger halten könne.«

»Wann meldete er das?« fragte Kiesel kalt. Stransky hatte sich inzwischen so weit gefaßt, daß er ihm wieder in die Augen sehen konnte. »Vor einigen Minuten.«

»Das ist aber eigenartig«, sagte Kiesel im gleichen kalten Ton. »Ich traf vor der Tür Ihren Nachrichtenzugführer. Er erzählte mir, daß der letzte Funkspruch vor einer dreiviertel Stunde aufgenommen worden und die Funkstelle seitdem auf Ihren ausdrücklichen Befehl hin nicht mehr besetzt sei. Der letzte Funkspruch der zweiten Kompanie kam auch nicht von Striebig, sondern von Oberfeldwebel Steiner, den Striebig als gefallen gemeldet hatte. Steiner wiederum meldet Striebig als gefallen. Haben Sie eine Erklärung dafür?«

Stransky sah ihn ungläubig an. Ehe er sich aber zu einer Antwort aufraffen konnte, wurde an die Tür geklopft. Ein Leutnant kam herein. Er blieb an der Tür stehen und hob die Hand an die Mütze. Kiesel stand rasch auf »Sie kommen früher, als ich erwartet habe«, sagte er. Zu Stransky sagte er: »Das ist Leutnant Gollhofer. Er führt seit einigen Tagen den Pionierzug und ist vom Kommandeur beauftragt, die zweite Kompanie zu ersetzen. Sie wissen ja auch nicht, daß sie inzwischen in der Fabrik eingeschlossen ist?«

Stransky konnte ihn nur stumm anschauen.

»Sie werden das dem Kommandeur erklären«, sagte Kiesel mühsam. »Er erwartet Sie um neun Uhr in seinem neuen Gefechtsstand.« Er ging wieder, ohne sich zu verabschieden, aus dem Zimmer. Gollhofer folgte ihm. Als sie auf die dunkle Straße kamen, standen dort einige Dutzend Männer. Kiesel gab Gollhofer die Hand. »Sie wissen Bescheid. Lange darf die Geschichte nicht dauern, sonst verlieren Sie den Anschluß. Viel Glück!«

Er ging rasch zu seinem Wagen. Der Fahrer riß ihm die Tür auf. »Zum Regimentsgefechtsstand«, sagte Kiesel. Auf eine gewisse Weise fühlte er sich durch das Ergebnis seines Besuches bei Stransky befriedigt; Strauß würde jetzt endlich etwas unternehmen müssen. Es wäre nur schlimm, wenn erst eine ganze Kompanie geopfert werden müßte, um ihn dazu zu bewegen. Er erinnerte sich an das Gesicht des Kommandeurs, als er vor einer Viertelstunde in seinem Zimmer war. Eine halbe Stunde vorher war Kiesel noch in dem neuen Gefechtsstand gewesen. Der Fahrer des Kommandeurs hatte ihn von dort in die Stadt zurückgeholt. Strauß hatte ihm sofort die aufgefangenen Funksprüche der zweiten Kompanie gezeigt und ihm befohlen, sich durch einen persönlichen Besuch bei Stransky davon zu vergewissern, ob es sich nicht um ein unglückliches Versehen handele, aber davon konnte nach allem, was Kiesel inzwischen erlebt hatte, keine Rede mehr sein. Strauß hatte ihm auch gesagt, daß er den Pionierzug zu einem Gegenstoß einsetzen und den Zugführer, Leutnant Gollhofer, zu Stranskys Gefechtsstand schicken werde. Mehr war nach Lage der Dinge nicht zu tun, und während Kiesel geistesabwesend durch die Fenster des rasch fahrenden Wagens auf die dunklen Straßen blickte, dachte er daran, daß diese Sache Stransky sogar den Hals kosten konnte; es würde nur an Strauß liegen.

Als sie den Gefechtsstand erreichten, befahl Kiesel dem Fahrer, das Gepäck des Kommandeurs zu holen. Die meisten Männer des Stabes schienen das Haus bereits verlassen zu haben, die Türen in dem langen Flur standen weit offen; Kiesels Schritte dröhnten laut durch das leere Haus.

Strauß erwartete ihn ungeduldig an seinem Schreibtisch. »Sie können mir unterwegs erzählen, was los war«, sagte er. »Seit die Vermittlung weg ist, hänge ich hier völlig in der Luft.«

Während sie zum Wagen gingen, erfuhr Kiesel, daß die letzten Teile des Stabes schon vor zehn Minuten abgefahren waren. »Ich habe sie auf LKWs verladen lassen«, sagte Strauß. »In einer Stunde wird es hell. Der Zeitpunkt für die Räumung ist viel zu spät angesetzt; ich verstehe den General nicht.«

Kiesel nickte. »Die Bataillone werden am hellichten Tag in ihre neuen Stellungen kommen. Bei der Luftüberlegenheit der Russen ist das unverantwortlich.«

»Werden sich schon etwas dabei gedacht haben«, knurrte Strauß. Er setzte sich seufzend in den Wagen und sagte zu dem Fahrer: »Fahren Sie zu, Karl! Wenn wir nicht rechtzeitig im neuen Gefechtsstand sind, versetze ich Sie in eine Schützenkompanie!«

»Jawohl, Herr Oberstleutnant!« sagte der Fahrer und ließ den Motor an. Strauß blickte auf seine Uhr. »Gleich vier. In drei Minuten tritt der Pionierzug an. Hoffentlich schaffen sie es.«

»Hoffentlich«, sagte Kiesel. Er beobachtete, wie der Wagen an einem umgekippten Leitungsmast vorbeiraste. Sie fuhren ohne Licht. Erst als sie den Stadtrand erreichten, schaltete der Fahrer die Scheinwerfer ein. Strauß warf einen Blick auf den sich grau färbenden Himmel, dann drehte er Kiesel das Gesicht zu und fragte: »Was haben Sie erfahren?«

Während Kiesel berichtete, beobachtete Strauß an dem Kopf des Fahrers vorbei mit steinernem Gesicht, wie der Wagen mit zunehmender Geschwindigkeit über die Straße raste. »Er muß verrückt geworden sein«, sagte er dann. »Er hat doch damit rechnen müssen, daß die Schweinerei herauskommt!«

»Nicht unbedingt«, sagte Kiesel. »Es war ein Zufall, daß unsere Funkstelle mitgehört hat. Allerdings glaube ich auch nicht, daß er die Kompanie nur wegen Steiner hat hängenlassen. Es muß noch mehr dahinterstecken.«

»Wir werden es erfahren«, sagte Strauß. In seiner Stimme war ein Ton, der Kiesel frösteln ließ. Er drehte den Kopf und blickte auf die Stadt zurück. Ihre Silhouette stand schwarz vor dem grauen Himmel.

»Wir haben getan, was wir konnten«, sagte Strauß, der seinen Blick richtig deutete. »Jetzt geht es nicht mehr um eine Kompanie, sondern um eine ganze Armee. Eine Stunde von historischer Tragweite, Kiesel. Wir machen wieder mal Geschichte. Oder hätten Sie ein besseres Rezept gewußt?«

»Kapitulation«, sagte Kiesel. Strauß winkte ungeduldig ab. »Wir haben den Zeitpunkt verpaßt. Was versprechen Sie sich davon?«

Kiesel gab keine Antwort. Seine Gedanken beschäftigten sich bereits wieder mit Stransky. Obwohl er ihn verachtete, war ihm der Gedanke, daß er durch seinen Besuch bei ihm vielleicht wesentlich dazu beigetragen hatte, ihn vor ein Kriegsgericht zu bringen, plötzlich unangenehm. Er fragte: »Was werden Sie mit Stransky machen?«

»Raten Sie einmal!« sagte Strauß. »Als Kiesel schwieg, lächelte er dünn. »Sie sind für dieses Handwerk viel zu labil, Kiesel. Leute wie Sie sollten sich vor einer Umgebung hüten, die die Bestrafung des Bösen nicht als eine Angelegenheit des Himmels betrachtet, weil sie keine Zeit hat, darauf zu warten. Sie hätten nie eine Uniform anziehen dürfen, aber Sie können sowenig aus Ihrer Haut wie ich. Wenn ich Ihnen überhaupt etwas vorwerfe, dann Ihre Unfähigkeit, zu erkennen, in welcher Gesellschaft Sie sich befinden, und falls Sie es inzwischen doch gemerkt haben sollten, so hätten Sie sich eben damit abfinden müssen, j'y suis et j'y reste. Seit ich Kommandeur bin, habe ich schon etliche Leute vor das Kriegsgericht gebracht, nicht etwa, weil es mir Spaß gemacht hätte, sondern weil ich eben Kommandeur bin, und ich werde auch im Falle Stransky nicht vergessen, was man von einem Kommandeur erwartet. Ist das klar?«

»Vollkommen«, sagte Kiesel.

Im Scheinwerferlicht flogen Häuser vorbei, die schattenhaften Umrisse eines Bahnhofs, hohe Masten, ein langer Zaun, dann kletterte die Straße in vielen Serpentinen einen steilen Hang hinauf, der kein Ende nehmen wollte.

Strauß fragte: »Wie weit noch?«

»Zehn Minuten«, antwortete Kiesel und blickte auf seine Armbanduhr. Jetzt hatten sie die Höhe erreicht. In fast schnurgerader Richtung führte die Straße über ein kahles Plateau hinweg und bog nach einigen Kilometern nach Norden ab in ein enges Tal, auf dessen Sohle einige Gebäude standen. »Ihr neuer

Gefechtsstand«, sagte Kiesel. Strauß nickte. »Genauso habe ich ihn mir vorgestellt. Sieht aus wie eine Endstation.«

»Vielleicht ist es eine«, sagte Kiesel.

Der Fahrer steuerte den Wagen durch eine letzte Kurve und bremste vor einem langgestreckten Gebäude mit häßlichen Mauern. Noch ehe der Wagen stand, wurde die Tür aufgerissen. Kiesel erkannte Oberleutnant Mohr, den Nachrichtenoffizier des Regiments. Er öffnete Strauß die Wagentür und sagte: »Der General hat bereits dreimal nach Ihnen gefragt, Herr Oberstleutnant. Ich habe ihm gesagt, daß bis jetzt alles programmgemäß verlaufen sei. Die Bataillone haben sich ohne Feindeinwirkung absetzen können.«

Strauß nickte erleichtert. »Von Gollhofer noch keine Nachricht«, sagte er. Es klang mehr nach einer Feststellung als nach einer Frage. Oberleutnant Mohr holte einen Zettel aus der Tasche. »Befindet sich mit der zweiten Kompanie bereits auf dem Marsch. Funkspruch vor fünf Minuten.«

Die beiden Offiziere starrten ihn ungläubig an. »Was sagen Sie da, Mann!« fragte Strauß heftig und riß ihm den Zettel aus der Hand. Es war jetzt schon so hell geworden, daß er die wenigen Zeilen lesen konnte. Er blieb eine Weile regungslos stehen, dann fing er an zu kichern und schaute Kiesel an, dessen Gesicht so erstaunt wirkte, daß Strauß sich vor Lachen verschluckte. »Sie hätten sich eben sehen sollen!« sagte er keuchend. »Sie hätten sich wirklich sehen sollen, Kiesel!« Er ging kopfschüttelnd und noch immer lachend in das Haus. »Wo ist mein Zimmer?« sagte er zu Mohr.

Der Oberleutnant öffnete eine Tür. »Hier, Herr Oberstleutnant. Sie werden bereits erwartet. Ein Hauptmann Killius, kommt von der Division und behauptet, einen Bataillonskommandeur ablösen zu müssen.«

Strauß blieb plötzlich stehen. Er blickte zuerst Mohr, dann Kiesel an. Dann trat er rasch in das Zimmer. Auf einem Stuhl saß ein breitschultriger Offizier. Er stand auf und schlug die Hacken zusammen. »Hauptmann Killius ...«, begann er, aber Strauß schnitt ihm mit einer schroffen Handbewegung das Wort ab und sagte: »Sie haben Order für mich?«

Sichtlich schockiert durch den unfreundlichen Empfang, überreichte ihm der Hauptmann ein Schreiben. Während Strauß es las, beobachtete Kiesel sein Gesicht, das plötzlich jeden Ausdruck verlor. Jetzt ließ er das Schreiben sinken und blickte eine Weile über die Offiziere hinweg, ohne daß sich sein Gesicht veränderte. Schließlich wandte er sich an Kiesel. »Haben Sie nicht einmal die guten Verbindungen des Herrn Stransky erwähnt?« fragte er ruhig.

Kiesel nickte. »Generalmajor Stransky beim AOK. Ich glaube, ein Vetter unseres Herrn Stransky.«

»Verstehe«, sagte Strauß. Sein Gesicht verzog sich zu einer Grimasse. Er warf das Schreiben auf den Tisch und sagte: »Wissen Sie, was das ist?«

»Seine Versetzung«, sagte Kiesel.

Strauß blickte ihn verwundert an. »Manchmal sind Sie mir über«, sagte er. »Herr Stransky hat sich innerhalb von acht Tagen beim Stab eines Wachbataillons in Paris zu melden. Ich finde das ulkig.«

»Ich auch«, sagte Kiesel.

»Bestimmt nicht so wie ich«, sagte Strauß. Er wandte sich an Hauptmann Killius. »Seien Sie willkommen«, sagte er und schüttelte dem überraschten

Offizier herzlich die Hand. »Haben sich einen schlechten Zeitpunkt ausgesucht, geht im Augenblick etwas drunter und drüber bei uns. Das ist mein Adjutant, Herr Kiesel.«

»Angenehm«, sagte Hauptmann Killius steif.

Das Telefon läutete. Strauß nahm den Hörer ab. »Der Herr General«, sagte er und setzte sich auf einen Stuhl. Das Gespräch war kurz. Als Strauß den Hörer zurücklegte, war sein Gesicht ernst. »Wir bleiben nur bis heute abend«, sagte er. »Ein Kurier ist mit wichtigen Befehlen unterwegs. Zur Sache, meine Herren!«

Im Keller hatte sich nichts geändert. Die Männer saßen untätig auf den Kisten und brüteten vor sich hin. Ihre Gesichter unter den Stahlhelmen waren unrasiert und fahl. Krüger zertrat mit einem Fluch seine Zigarette und sagte: »Die kommen nicht mehr; müßten schon längst hier sein.« Das waren die Gedanken aller, nur hatte sie bisher keiner ausgesprochen. Er blickte zu Steiner hinüber, der mit hängendem Kopf auf einer Kiste saß und regungslos vor sich hin starrte. »Wenn er nicht bald etwas unternimmt«, sagte Krüger, »müssen wir selbst etwas tun.«

»Was willst du tun?« fragte Kiefer. Er hielt das MG zwischen den Beinen und betrachtete das massive Gewölbe des Kellers.

Schulz kam zu ihnen. »Finde auch, daß wir etwas unternehmen sollten«, sagte er laut. »Wie sollen sie uns finden, wenn wir hier herumhocken! Verstehe sowieso nicht, wo die Russen bleiben. Hätten uns schon längst ausräuchern können.«

»Das können sie billiger haben«, sagte Krüger. »Brauchen nur zu warten, bis wir vor Durst und Kohldampf verrecken.« Er blickte zu den Funkern hinüber. »Noch immer nichts?«

Der Funktruppführer schüttelte den Kopf.

»Das verstehe ich nicht«, sagte Krüger. »Sie haben doch zuletzt gefunkt, daß sie kommen wollen.«

»Falls sie durchkommen«, sagte Schulz. Er schaute Steiner an. »Auf den brauchen wir auch nicht zu warten.«

Krüger stand auf. »Laß ihn in Ruhe«, sagte er. »Das verstehst du nicht. Welche Seite nehmen wir?«

Während ihn die meisten Männer verständnislos anschauten, begriff Schulz sofort. Er sagte: »Rechts. Vielleicht schaffen wir es wieder durch den Aufzug.«

Einige Männer widersprachen. »Das wäre glatter Selbstmord«, sagte einer.

»Wenn wir nichts tun«, sagte Schulz, »ist es auch Selbstmord. Die Tür zum Heizungsraum stellen wir mit Kisten zu, damit wir den Rücken frei haben.«

Krüger willigte sofort ein. Etwas von ihrer Entschlossenheit übertrug sich auch auf die anderen Männer; die meisten waren froh, daß die zermürbende Untätigkeit ein Ende hatte. Der MG-Posten zum Heizungsraum wurde zurückgezogen, die Tür von innen verriegelt, dann stellten sie sie mit Kisten zu, vier Reihen hintereinander. »Das genügt«, sagte Krüger keuchend. Er ging zu Steiner und sagte: »Wir versuchen jetzt, 'rauszukommen.«

»Es ist gut«, sagte Steiner, ohne den Kopf zu heben. Krüger blickte mit verkniffenem Gesicht auf ihn hinab. »Sie werden vielleicht nicht damit rechnen, daß wir es wieder durch den Aufzug versuchen«, sagte er.

Steiner stand auf. »Nehmt Schnurrbart mit«, sagte er, ohne Krüger anzuschauen. »Wer kommt mit mir?«

»Ich«, sagte Schulz. Es meldeten sich noch mehr Männer. Steiner sagte: »Zwei genügen. Wenn sie irgendwo ein MG stehen haben, sind sogar zwei zuviel. Die anderen folgen in großem Abstand. Ich brauche eine Taschenlampe.«

»Nimm meine«, sagte Krüger. »Ich komme sowieso mit.« Er gab Steiner die Taschenlampe, bestimmte vier Männer, die Schnurrbart tragen sollten, und trat mit Schulz und Steiner in den dunklen Gang. An der Ecke mußten sie erst noch die Kisten des MG-Postens zur Seite räumen, dann gingen sie auf Fußspitzen zur nächsten Tür. Schulz erinnerte sich, daß es die gleiche war, hinter der Striebig die Männer ausgesperrt hatte, aber er sagte nichts.

Bevor Steiner die Riegel zurückschob, knipste er die Taschenlampe aus und sagte: »Drückt euch hinter der Tür an die Wand.«

Sie hörten, wie er im Dunkeln die Tür öffnete. Krüger spürte einen kühlen Luftzug im Gesicht und grub vor Erregung die Zähne in die Lippen. Sie blieben eine Weile regungslos stehen und horchten in die Dunkelheit. Als sich nichts rührte, gingen sie auf Fußspitzen weiter. Schulz flüsterte: »Das ist ein leerer Keller. Die andere Tür liegt genau gegenüber, dann geht es links zum Aufzug.«

Die Nägel ihrer Stiefel knirschten auf dem Steinboden. Sie passierten unbehindert den Keller und auch die zweite Tür, traten wieder in einen Gang mit einer Biegung nach links und stolperten über einen Körper, der mitten im Weg lag. Als Steiner die Lampe anknipste, erkannte er einen Mann seines Zuges. Sie stiegen über ihn hinweg und kamen an den Aufzugschacht. Da Steiner die Lampe wieder ausgeschaltet hatte, bemerkten sie ihn erst, als sie schon unmittelbar davor standen. Sie blieben wieder eine Weile regungslos stehen und lauschten. »Verstehst du das?« flüsterte Krüger. Steiner schaltete die Lampe ein. Ihr Schein fiel auf etwa ein Dutzend übereinanderliegender Männer, die mit verdrehten Gliedern und verstümmelten Gesichtern den Zugang zum Schacht versperrten. Im Schacht lagen noch mehr. Sie deckten mit ihren Körpern die eiserne Plattform des Aufzugs. Einige lehnten mit dem Rücken an der Wand, als schliefen sie. »Falls euch mal einer nach der zweiten Kompanie fragen sollte . . .«, sagte Kürger heiser.

Steiner knipste die Lampe aus. Er wandte sich an Schulz, der vor Entsetzen keinen Ton herausbrachte. »Hol die andern. Sie sollen kein Licht machen und hier warten.«

»Du willst doch nicht hinaufklettern?« fragte Krüger. Er schwitzte plötzlich am ganzen Körper und preßte die Faust gegen das rechte Knie, das wie ein Maschinenhebel zu zittern anfing.

Steiner kletterte über die Toten hinweg, tastete im Dunkeln nach den eisernen Sprossen und zog sich langsam hinauf, bis er auf der linken Seite das unklare Rechteck der Tür erkannte. Er horchte wieder eine Weile in die Dunkelheit, dann setzte er den linken Fuß auf die Türschwelle und blickte in den Saal. Durch die hohen Fenster sickerte graues Licht über die Maschinen. Während er sie betrachtete, hatte er das sichere Gefühl, daß keine Russen mehr im Saal waren. Er zog auch den rechten Fuß nach, machte ein paar Schritte und blieb wieder stehen. Er begriff es nicht, aber sein Gefühl hatte ihn nicht getäuscht: Die Russen waren verschwunden. Etwas später kam Krüger zu ihm und dann, einer nach dem anderen, die übrigen Männer. Sie drängten sich zu Steiner, starrten in den stillen Saal, starrten zu den Fenstern und durch die Fenster in den sich grau färbenden Himmel. Ihre Überraschung verwandelte sie in leblose Puppen. Schulz fand zuerst die Sprache wieder, er sagte atemlos: »Das ist ein verdammter Trick. Sie warten nur, bis wir an die Fenster kommen.«

Steiner blickte in sein Gesicht. Dann ging er durch den Saal zu den Verwundeten. Sie lagen noch da. Als er ihre zertrümmerten Schädel sah, wandte er sich rasch ab und lief zu einem Fenster. Die Männer beobachteten mit angehaltenem Atem, wie er sich auf das Fensterbrett schwang, einen Augenblick verharrte und dann mit beiden Füßen zugleich ins Freie sprang.

»Der ist übergeschnappt!« murmelte Schulz und schloß in Erwartung des MG-Feuers unwillkürlich die Augen. Dann wurde ihm bewußt, daß nichts geschehen war, und er rannte ungläubig zum nächsten Fenster und starrte in das graue Zwielicht. Er sah Steiner noch aufrecht zum Zaun gehen, dann verlor er ihn aus den Augen. Schulz wandte den Kopf. Die Männer waren inzwischen alle an das Fenster gekommen, Krüger sagte: »Er ist drüben! Er ist tatsächlich drüben!« Er drehte sich rasch um, schob sich zwischen den Männern hindurch und stieß auf Kiefer, der eine schwere Last schleppte. »Sie haben ihn unten liegenlassen«, sagte er. »Nimm ihn mir draußen ab; er wird schon steif.«

Die ersten Männer waren bereits aus den Fenstern gesprungen und rannten zum Zaun. Krüger warf seine Maschinenpistole hinaus, kletterte aus dem Fenster und half Kiefer, den Toten ins Freie zu schaffen. Als sie etwas später mit ihrer Last zur Straße gingen, liefen Krüger die Tränen über die Backen.

Auf der Straße stand eine große Anzahl Männer. Steiner sprach mit einem Offizier; Schulz hörte ihnen zu. Als Krüger zu ihnen kam, fragte Schulz ihn: »Hast du das mitbekommen?«

»Was?« fragte Krüger und wischte sich die Augen.

»Sie haben uns mit dem Pionierzug heraushauen wollen! Stell dir das vor: mit einem lächerlichen Pionierzug!«

»Wer ist der Offizier?« fragte Krüger.

»Leutnant Gollhofer«, sagte Schulz. »In zehn Minuten wird die Stadt von uns geräumt.«

Krüger starrte ihn ungläubig an. »Im Ernst?«

»War nicht mein Einfall«, sagte Schulz und zündete sich mit zitternden Händen eine Zigarette an.

Krüger blickte hinüber zur Fabrik, deren Konturen sich immer deutlicher vom Himmel abhoben. »Dann brauchen die Russen sie ja gar nicht mehr«, sagte er.

»Nein«, sagte Schulz. »Jetzt nicht mehr.«

Steiner kam zu ihnen. »Wo ist Schnurrbart?«

»Dort«, sagte Krüger und wies mit dem Kinn zum Zaun. Sie gingen hin und trafen Kiefer, der wie ein Denkmal neben dem Toten stand. »Er hat ihn allein heraufgeschleppt«, sagte Krüger. »Was machen wir mit ihm?«

»Mitnehmen«, sagte Steiner. Er vermied es, den Toten anzuschauen. In der Zeltplane wirkte er klein und unscheinbar.

Der Pionierzug hatte sich inzwischen auf der Straße formiert. Nur die überlebenden Männer der zweiten Kompanie standen noch unschlüssig herum. Der Leutnant sprach mit einem Feldwebel der Pioniere. Sein Blick fiel auf die kleine Gruppe am Zaun, er näherte sich rasch und sagte: »Lassen Sie Ihre Leute antreten, Oberfeldwebel; Sie schließen sich dem Pionierzug an. Wir haben nicht viel Zeit; in einer Stunde setzen sich auch die Nachhuten ab. Wer ist das?«

Seine letzten Worte bezogen sich auf Schnurrbart. Steiner sagte: »Ein Mann von mir; ich möchte nicht, daß die Russen ihn beerdigen.«

Gollhofer sah ihn verständnislos an. »Sie wollen ihn mitschleppen?«

Steiner nickte.

»Das können Sie nicht«, sagte der Leutnant ungeduldig. »Wir haben etwa zwanzig Kilometer vor uns.«

»Das ist mir egal«, sagte Steiner. Seine Stimme klang so entschlossen, daß ihn der Leutnant wieder verwundert anschaute. »Ich möchte doch annehmen«, sagte er, »daß dies nicht der einzige Tote Ihrer Kompanie ist, Oberfeldwebel.«

»Nein«, sagte Steiner. »Sie können noch ein paar Dutzend aus der Fabrik holen lassen, aber dieser hier ist meine Sache.«

Gollhofer blickte ein paar Sekunden abwägend in sein Gesicht, dann deutete er mit dem Daumen über die Schulter. »In der nächsten Querstraße stehen unsere Gefechtsfahrzeuge. Berufen Sie sich auf mich.«

»Vielen Dank«, sagte Steiner. Er wandte sich an Krüger. »Laß den Haufen antreten; ich bin gleich wieder hier.«

Der Leutnant beobachtete, wie er zusammen mit dem Schwarzwälder den Toten vom Boden hob und ihn über die Straße trug. »Hat ihn wohl gut gekannt?« fragte er Krüger.

Krüger gab keine Antwort. Er rief die Männer zusammen und ließ sie hinter dem Pionierzug antreten. Der Leutnant setzte sich an die Spitze. Als sie losmarschierten, blickte Krüger durch das Gerippe des Zauns hinüber zu der Fabrik, bis sie auf der Höhe des bisherigen Bataillonsgefechtsstandes die Straße überquerten und in dem dunklen Schacht rußgeschwärzter Mauern untertauchten.

Schulz marschierte neben Krüger. An der nächsten Querstraße kam auch Steiner wieder zu ihnen. Krüger fragte: »Wo sind die Fahrzeuge?«

»Fahren hinter uns her«, sagte Steiner.

Sie marschierten eine halbe Stunde quer durch die menschenleere Stadt, an qualmenden Ruinen vorbei und leeren Fenstern. Dann kamen sie in eine Straße mit Bäumen und einstöckigen Häusern hinter grünen Gartenzäunen. Schulz sagte: »Kommt mir bekannt vor. Hier haben sie uns gestern früh von den Lastwagen geladen. Erinnert ihr euch noch?«

Krüger nickte. Sein großes Gesicht geriet plötzlich in Bewegung, er schluckte, wischte sich mit dem Rockärmel über das Gesicht, aber gegen den Druck in seiner Brust war er wehrlos. Wie durch einen feuchten Schleier sah er die Straße, die zwischen der Baumallee in das heller werdende Grau des Morgens führte. »Das war kein Versehen!« sagte er heiser vor Wut. »Ich wette meinen Kopf, daß das kein Versehen war.«

»Was?« fragte Schulz, aber Krüger achtete nicht darauf. Er sagte: »Wenn er ihn absichtlich umgelegt hat, dann hatte er es nicht auf *ihn* abgesehen, und wenn er es nicht auf *ihn* abgesehen hatte, dann steckt ein anderer dahinter. Ich weiß auch wer, wenn ihr mich fragt.«

»Ich verstehe immer nur Bahnhof«, sagte Schulz mürrisch. Er blickte an Krüger vorbei in das Gesicht Steiners und spitzte etwas die Lippen. »Du siehst zum Kotzen aus«, sagte er. »Ganz grün. Ist dir nicht gut?«

»Mir?« fragte Krüger. Schulz schüttelte den Kopf. »Steiner. Was ist los mit dir, Mensch?«

»Ich werd' ihn fragen«, sagte Steiner, ohne die Zähne auseinanderzunehmen. »Sobald er mir wieder über den Weg läuft.«

»Er wird es dir nicht auf die Nase binden«, sagte Krüger.

»Ich werde ihn trotzdem fragen«, sagte Steiner.

Schulz grinste verwundert. »Ist das ein neues Gesellschaftsspiel?« Dann fiel ihm wieder die Sache mit Striebig im Fabrikkeller ein, und er wurde ernst. »Geht mich ja nichts an . . .«, sagte er.

»Dann halt dein Maul«, sagte Krüger.

Sie hatten inzwischen die Außenbezirke der Stadt hinter sich gelassen, die Straße führte zwischen Weinbergen hindurch. Steiner blickte einmal zurück. Undeutlich hoben sich die Silhouetten der Berge vom Himmel ab. Die Konturen der Stadt waren eingebettet in das zwielichtige Dämmern des Morgens. Das Bild löste kein Empfinden in ihm aus. Nur seine Gedanken kreisten unablässig um einen zentralen Punkt, der sich wie ein Kristall in sein Hirn gebohrt hatte.

Dann hörte er unvermittelt eine Reihe dumpfer Schläge in seinem Rücken. Er blieb stehen und sah zurück. Auch die anderen Männer blieben stehen und starrten nach Westen, wo jetzt der ganze Horizont unter einem monotonen Trommeln zu beben schien. Die Konturen der Stadt verschwanden hinter einer dunklen Rauchwand, die wie eine riesige Wolke zum Himmel wuchs. »Sie greifen wieder an!« sagte Krüger. »Die Idioten greifen unsere leeren Stellungen an; sie haben nichts gemerkt.«

Er blickte in das grinsende Gesicht von Schulz und fragte: »Was freut dich daran?«

»Ist doch ein Witz«, sagte Schulz. Krüger nickte. »Für uns. Für unsere Nachhuten weniger.«

Schulz hörte auf zu grinsen. »Daran habe ich gar nicht mehr gedacht.«

»Von denen kommt keiner mehr 'raus«, sagte Krüger.

Sie marschierten weiter. Das Trommeln in ihrem Rücken wurde mit jedem Kilometer, den sie zurücklegten, leiser. Später gab es an der Spitze wieder eine Stockung. Krüger trat an den Straßengraben und blickte nach vorne. »Ein

Kradmelder«, sagte er. »Hoffentlich schicken sie uns nicht noch einmal in die verdammte Stadt zurück.«

»Bei diesem Haufen wundert mich nichts mehr«, sagte Schulz. Dann sahen sie Leutnant Gollhofer. Er kam rasch zu ihnen und sagte zu Steiner: »Sie müssen mit mir zum Regimentsgefechtsstand kommen, Oberfeldwebel. Befehl des Kommandeurs.«

»Und wir?« fragte Schulz.

»Das erfahren Sie noch«, sagte Gollhofer und kehrte wieder an die Spitze der Kolonne zurück.

Während sie weitermarschierten, fragte Krüger: »Was wollen sie jetzt schon wieder von dir?«

Steiner gab keine Antwort.

Es war inzwischen so hell geworden, daß man das Gelände beiderseits der Straße gut übersehen konnte. Die Blätter an den abgeernteten Rebstöcken hatten bereits leuchtende Herbstfarben. Als Steiner den Kopf hob, blieb sein Blick am Horizont haften. Dort war der Himmel von einem purpurnen Schleier überzogen, der langsam höher wanderte und eine blauschwarze Hügelkette enthüllte. Es sah aus, als mündete die Straße in einen überirdischen Schein. Mit einem seltsam beklemmenden Gefühl erlebte Steiner den Tagesanbruch. Er blickte zurück und sah die Gesichter seiner Männer in ein fahles Leuchten getaucht. Dieses Bild hielt so lange an, bis ein Blitzen über den Horizont zuckte und der Rand der Sonne hinter den blauschwarzen Hügeln hervorkam. Sie schob sich mit lautloser Gewalt höher und löschte die letzten Schatten mit ihrem Licht aus. Es war Tag geworden.

Sie marschierten noch eine Stunde, dann ließ Leutnant Gollhofer die Kompanie anhalten. Er kam zu Steiner und sagte: »Ihre Männer müssen auf der Straße weiter bis zu einem Bahndamm. Dann auf dem Bahndamm zu einem Tunnel. Dort sind Ihre neuen Stellungen.«

»Und wir?« fragte Steiner. Gollhofer deutete auf einen Feldweg, der von der Straße abzweigte und zwischen den Reben verschwand. »Wir kürzen ab. Die Straße führt zwar auch zum Regimentsgefechtsstand, macht aber einen Umweg. Meine Gefechtsfahrzeuge bleiben auf der Straße. Am Bahndamm müssen Sie den Toten herunternehmen lassen. Oder sollen wir ihn zum Regimentsgefechtsstand bringen?«

»Nein«, sagte Steiner. Er ging an den Männern vorbei nach hinten zu den Fahrzeugen. Der Tote lag auf einem pferdebespannten Karren, der bis zum Rand mit Munitionskästen gefüllt war. Kiefer stand hinter dem Wagen. Sein Gesicht war ausdruckslos wie immer. Auch Krüger war herangekommen und betrachtete Schnurrbarts genagelte Bergstiefel. Sie ragten aus der Zeltplane, als wären sie ein Teil für sich.

»Bringt ihn zu Fetscher«, sagte Steiner. »Er soll ihn an einer Stelle beerdigen, wo ihn niemand findet. Man darf auch nicht sehen, daß es ein Grab ist. Habt ihr verstanden?«

»Ist gut«, sagte Krüger.

»Am liebsten wäre es mir«, sagte Steiner, »wenn einer von euch beiden dabeisein könnte und sich darum kümmert.«

»Ist gut«, sagte Krüger wieder. Er beobachtete, wie Steiner sein Sturmgepäck vom Rücken nahm, die rote Fahne abschnallte und sie unter die Zeltplane schob. »Deckt ihn damit zu«, sagte Steiner.

Krüger nickte. Sie standen eine Weile regungslos auf der Straße und starrten auf den Toten. Als Krüger die Zeltplane von seinem Gesicht ziehen wollte, riß ihn Steiner zurück. »Nicht!« sagte er wild. Sein Blick fiel auf Gollhofer, der sich unbemerkt genähert hatte und mit einem eigenartigen Gesichtsausdruck die Szene beobachtete. Er hängte sich wieder das Sturmgepäck auf den Rücken, griff nach seiner Maschinenpistole und sagte: »Ich bin fertig.«

»Das sehe ich«, sagte Leutnant Gollhofer. »Sie können mit mir an der Spitze marschieren, Oberfeldwebel.«

Steiner lehnte ab: »Wenn es Ihnen recht ist, komme ich hinterher.«

»Wie Sie wollen«, sagte der Leutnant.

Steiner wartete, bis er mit seinen Pionieren zwischen den Rebstöcken verschwunden war, dann sagte er zu Krüger: »Ihr wißt Bescheid. Auf der Straße bis zum Bahndamm und dann zum Tunnel. Schulz führt den Haufen.«

»Bleib nicht zu lange weg«, murmelte Krüger. Er drehte sich schnell um. Steiner beobachtete noch, wie er Kiefer zunickte und mit Schulz zu den Männern ging. Dann folgte er dem Pionierzug. Zuerst schritt er rasch aus, bis vor ihm auf dem Feldweg zwischen den Rebstöcken die letzten Männer des Pionierzuges auftauchten. In der nächsten Stunde hielt er sich immer nur in Sichtweite des Zuges. Einmal sah er Leutnant Gollhofer am Weg stehen und zurückschauen.

Das Landschaftsbild änderte sich, die Weinberge blieben zurück, der Weg führte über eine vegetationslose Hochebene, stieß später wieder auf eine Straße, die nach einigen Kilometern in vier scharfen Serpentinen eine tiefe Schlucht kreuzte. Ihre fast senkrechten, zerklüfteten Wände waren mit hohem Gesträuch bewachsen. Unten standen einige Häuser.

Als Steiner hinunterkam, saßen die Männer des Pionierzugs bereits links und rechts der Straße am Boden. Leutnant Gollhofer verschwand eben in einer Tür, die von einem Posten bewacht wurde.

In der Schlucht war es noch schattig. Die niedrigen Häuser hatten halbzerfallene Schornsteine und große Löcher in den schindelgedeckten Dächern. Hinter der östlichen Häuserreihe stürzte der von tiefen Rinnen zerfressene Hang in ein ausgetrocknetes Bachbett. Auf der Straße standen einige Fahrzeuge. Eines von ihnen trug die Standarte der Division. Am anderen Ende der Häuserreihen stand wieder ein Posten mit Stahlhelm und Karabiner und beobachtete drei Männer des Nachrichtenzugs, die eine Leitung legten.

Steiner sah sich um. Die Männer des Pionierzuges waren inzwischen in einem der niedrigen Häuser verschwunden. Die meisten schienen leerzustehen. Auch das Haus gegenüber vom Regimentsgefechtsstand war leer. Steiner sah es, als er einen Blick durch eines der Fenster in einen kahlen Raum warf. Nur am Boden lagen einige Strohbündel. Hinter dem Haus zog sich eine tiefeingeschnittene Bodenrinne den Westhang der Schlucht hinauf. Sie wurde an drei Stellen von den Serpentinen der Straße geschnitten, die hier aus der Schlucht auf die Höhe führte. Während Steiner sie noch betrachtete, hörte er die Stimme Leutnant Gollhofers hinter sich: »Hauptmann Kiesel erwartet Sie,

Oberfeldwebel. Erste Tür rechts.« Er gab Steiner lächelnd die Hand. »Vielleicht begegnen wir uns gelegentlich wieder. Muß ja nicht unbedingt eine Fabrik in Noworossijsk sein.«

»In diesem Krieg nicht mehr«, sagte Steiner.

Kiesel empfing ihn ungewöhnlich herzlich. »Diesmal hatten wir Sie schon endgültig aufgegeben«, sagte er. »Wie machen Sie das nur immer?«

»Ich habe kein System«, sagte Steiner. Kiesel betrachtete ihn belustigt. Dann wies er auf einen Stuhl. »Sie haben nicht nur eine schlimme Nacht, sondern auch einen anstrengenden Marsch hinter sich. Der Kommandeur wünscht, daß Sie mir eine ausführliche Schilderung des Angriffs auf die Fabrik geben. Rauchen Sie?«

Steiner nahm sich eine Zigarette aus Kiesels Etui. »Übrigens muß ich mich noch bei Ihnen bedanken«, sagte der Hauptmann. »Sie haben meinem Schwager, Leutnant März, das Leben gerettet. Wußten Sie, daß er mit mir verwandt ist?«

Steiner nickte.

»Er hat seine Verwundung bis jetzt gut überstanden«, sagte Kiesel. »Dank Ihrem Eingreifen, Oberfeldwebel Steiner.«

Das Thema behagte Steiner nicht. Er sagte: »Er lag mir im Weg. Da habe ich ihn eben mitgenommen.«

»Natürlich«, sagte Kiesel lächelnd. »War ja die einfachste Sache der Welt.« Dann wurde er ernst. »Also wie war das in der Fabrik?«

Steiner erzählte nur, was er für wichtig hielt. Als er Striebigs Tod erwähnte, sah Kiesel von seinem Notizblock auf. »War er sofort tot?«

»Ich hoffe es«, sagte Steiner. »Es wäre ihm sonst genauso ergangen wie den Verwundeten, die er den Russen überlassen hat. Er hat auch versehentlich einen Mann von uns erschossen.«

»Wie ist das passiert?« fragte Kiesel rasch.

»Ich bin erst nachträglich hinzugekommen«, sagte Steiner. Kiesel blickte eine Weile mit schmalen Augen in sein Gesicht. Dann legte er seinen Bleistift weg und sagte: »Sind Sie sicher, daß es ein Versehen war?«

»Mir wäre es nicht passiert«, sagte Steiner. Er wollte noch etwas hinzufügen, überlegte es sich aber im letzten Augenblick anders und preßte die Lippen zusammen.

»Wie hieß der Mann?« fragte Kiesel.

»Unteroffizier Reisenauer. Es passierte, als wir im Keller auf den Leutnant trafen.«

»Nachdem Sie die Fahne heruntergeholt hatten?«

Steiner nickte.

»Auf Befehl von Leutnant Striebig?«

»Auf Befehl des Kommandeurs«, sagte Steiner. »Der Leutnant hat es ausdrücklich betont.«

Kiesel blickte ein paar Sekunden vor sich hin. »Haben Sie die Fahne mitgebracht?« fragte er schließlich.

»Ich habe sie unterwegs verloren«, sagte Steiner.

Kiesel stand auf. »Es kann sein, daß der Kommandeur Sie noch sprechen will, im Anschluß an ein Gespräch mit Hauptmann Stransky. Sie können sich solange schlafen legen. Sagen Sie dem Posten Bescheid, wo Sie sind.«

»Der Hauptmann kommt hierher?« fragte Steiner. Kiesel blickte auf seine Armbanduhr. »In einer Stunde etwa. Der Kommandeur hat ihn für neun Uhr zu sich bestellt.«

»Das ist gut«, sagte Steiner. Als Kiesel ihn verwundert anschaute, stand er auf. »Ich liege im Haus gegenüber«, sagte er.

Kiesel ging noch mit ihm zur Tür. »Unsere Feldküche steht hinter dem ersten Haus. Sie werden hungrig sein.«

»Das auch«, sagte Steiner.

Auf der Straße blieb er stehen und blickte zur anderen Seite hinüber. Stransky würde wahrscheinlich zu Fuß kommen, sein Pferd war beim Gefechtstroß, und der Gefechtstroß steckte irgendwo zwischen Anapa und Noworossijsk. Wenn er aber zu Fuß kam, mußte er die gleiche Straße benutzen, die auch der Pionierzug marschiert war.

Der Gedanke beschäftigte ihn so stark, daß er darüber seinen Hunger und die Feldküche vergaß. Er ging über die Straße in das leere Haus und betrachtete von einem Fenster auf der Rückseite wieder die tiefeingeschnittene Rinne. Sie war an ihren Rändern mit dichtem Gesträuch bewachsen, eine günstige Gelegenheit, unbemerkt auf die Höhe zu kommen. Bis dahin war alles nur eine Art Planspiel gewesen. Je länger er sich aber damit beschäftigte, desto präziser wurden seine Überlegungen. Die Bodenrinne hinter dem Haus mochte im Durchschnitt etwa zwei Meter tief und drei Meter breit sein und war vom Fenster aus mit wenigen Schritten zu erreichen. Problematisch waren nur jene Stellen, an denen sie von der Straße gekreuzt wurde.

Er ertappte sich dabei, daß er sich bereits die Möglichkeiten für ein Alibi überlegte, ohne überhaupt eine ungefähre Vorstellung davon zu haben, wofür er ein Alibi brauchte. Nur um Stransky zur Rede zu stellen, war kein Alibi erforderlich, er konnte es ebensogut hier vor dem Haus oder in Gegenwart des Regimentskommandeurs tun, aber er hatte seine Differenzen mit Stransky immer als eine persönliche Angelegenheit betrachtet.

Er entschied sich fast unbewußt. Als er etwas später aus dem Fenster kletterte und die Rinne hinaufstieg, dachte er nur noch daran, daß es für dieses Gespräch mit Stransky keinen besseren Platz als die einsame Straße auf der kahlen Hochebene gab.

Die Rinne war sehr steil, vom Regen ausgewaschen, und er mußte sich oft auf Händen und Füßen hinaufarbeiten. Die Maschinenpistole hatte er sich über den Rücken gehängt. Vor der ersten Straßenserpentine ruhte er sich ein wenig aus. Die Rinne war hier mit einem hohen Damm aufgeschüttet worden. Die Häuser lagen bereits ein beträchtliches Stück unter ihm, er sah die Löcher in den Schindeldächern. Auch den Posten vor dem Kommandeursgebäude sah er und den Steindamm am anderen Ende der Häuser, auf dem die Straße das Bachbett überquerte.

Er wartete noch, bis sein Atem ruhiger ging, dann kletterte er rasch den Damm hinauf, rannte über die Straße und rutschte wieder in die Rinne hinab. Auf diese Weise überwand er auch die anderen Serpentinen. Als er schließlich die Höhe erreicht hatte und von den Häusern nicht mehr gesehen werden konnte, ging sein Atem pfeifend. Er wischte sich den Schweiß von der Stirn und trat auf die Straße. Obwohl das Gelände übersichtlich war, gab es beiderseits der Straße viele kleine Sandhügel, hinter denen man sich verstecken konnte. Auch stieg der Boden rechts der Straße etwas an und bildete einen parallel zu ihr verlaufenden flachen Hügel, dessen jenseitige Mulde gleichfalls einen guten Schutz gegen unvorhergesehene Begegnungen bot. Es kam früher dazu, als Steiner erwartet hatte. Als er einmal zurückschaute, bemerkte er die Staubfahne eines sich rasch nähernden Wagens. Er lief den kleinen Hang hinauf und preßte sich in die Mulde flach an den Boden, bis der Wagen dicht an ihm vorbeifuhr. Er schob sich auf dem Bauch den flachen Hügel hinauf und erkannte den Wagen mit der Divisionsstandarte, der vorhin vor dem Regimentsgefechtsstand geparkt hatte. Im Fond saßen zwei Offiziere. Er blickte ihm nach. Seine Befürchtung, sie könnten auf der Straße Stransky begegnen, erfüllte sich nicht, denn der Wagen bog noch in Sichtweite von der Straße ab, wahrscheinlich auf einem Feldweg, der sich von Steiners Platz aus nicht erkennen ließ.

Als er weiterging, kehrte er nicht mehr auf die Straße zurück, sondern hielt sich auf dem Rücken der Bodenwelle. Das Gehen war hier etwas beschwerlicher, aber es hatte den Vorzug, daß er mit wenigen Schritten in der Mulde verschwinden konnte. Nach etwa einem Kilometer blieb er stehen. Die Entfernung zum Gefechtsstand war jetzt schon so groß, daß die Schlucht bereits hinter der Krümmung des Horizonts lag. Steiner setzte sich in den warmen Sand, legte die Maschinenpistole neben sich und zündete sich eine Zigarette an. Während er die leere Straße betrachtete, kam ihm zum erstenmal der Gedanke, Stransky zu töten. Er brauchte ihn dann nur noch von der Straße in die Mulde zu ziehen; kein Mensch würde ihn dort vermuten, und falls man ihn trotzdem finden sollte, so würde man Partisanen dafür verantwortlich machen. Es war so gut wie kein Risiko damit verbunden; er hatte an alles gedacht. Aber es wurde ihm erst jetzt bewußt.

Im Anschluß an das Gespräch mit Steiner war Hauptmann Kiesel wieder zu Strauß zurückgekehrt. Außer Hauptmann Morlock, dem Ia der Division, saß auch noch Hauptmann Killius am Tisch. Sie unterhielten sich über die bevorstehende Verlegung der Division auf die Krim. Als Kiesel hereinkam, unterbrach Strauß das Gespräch und fragte: »Schon erledigt?«

Kiesel nickte und setzte sich zu ihnen. »Es trifft sich günstig, daß Herr Morlock gerade hier ist«, sagte Strauß und massierte sich mit dem Handrücken das Kinn. »Sie können ihm bei dieser Gelegenheit erzählen, was Sie über Stransky erfahren haben.« Zu Killius sagte er: »Sie wissen ja nun Bescheid und brauchen bei der Besprechung um neun Uhr nicht hier zu sein. Sie übernehmen sofort das erste Bataillon. Ist mein Wagen hier?« fragte er Kiesel.

»Sie haben ihn Leutnant Stroh gegeben«, erinnerte dieser.

»Hatte ich vergessen«, sagte Strauß ungeduldig. Er wandte sich an Hauptmann Morlock: »Ich habe Stroh vorübergehend mit der Führung des dritten Bataillons beauftragt. Seit Vogel gefallen ist, wird es von einem Leutnant geführt. Vielleicht können Sie Hauptmann Killius mitnehmen. Ist zwar ein kleiner Umweg für Sie . . .«

»Nicht der Rede wert!« sagte Morlock lächelnd. »Um so weniger, als wir gestern beim Eintreffen von Herrn Killius im Divisionsgefechtsstand festgestellt haben, daß wir Landsleute sind. Wir können uns bei dieser Gelegenheit noch etwas unterhalten.«

»Tun Sie das«, sagte Strauß. »Wer weiß, wo sich die nächste Gelegenheit dafür bietet. Vielleicht in Sibirien.«

Das Gesicht des Ia verhärtete sich einen Augenblick, dann lächelte er wieder. »Glaube nicht, daß man beim AOK noch so weit gesteckte Ziele hat, Herr Oberstleutnant. Ich persönlich wäre mit Baku zufrieden.«

Es war eine Zurechtweisung, und Kiesel, der das kurze Gespräch mit Unbehagen verfolgt hatte, verstand sie genausogut wie Strauß. Der dunkelhaarige, immer etwas distanziert wirkende Ia der Division gehörte zu jenen Offizieren, bei denen man politische Themen am besten vermied. Selbst Strauß pflegte sich bei den gelegentlichen Zusammenkünften mit ihm danach zu richten, aber heute schien ihn der Teufel zu reiten, er sagte frostig: »Ihre persönliche Meinung interessiert mich in diesem Zusammenhang nicht, Herr Morlock. Unsere taktischen Ziele werden seit mindestens einem Jahr nicht mehr vom AOK, sondern von den Russen bestimmt. Als Ia der Division müßten Sie das besser wissen als ich.«

»Eben deshalb«, sagte Morlock. »Ich vermute, daß sich der Herr General über Ihre Ansichten sehr wundern würde.«

Sie saßen sich plötzlich wie zwei unversöhnliche Gegner gegenüber. Kiesel machte einen Versuch, zu vermitteln, aber Strauß schnitt ihm gereizt das Wort ab: »Ich weiß nicht, wo die Bretter gehobelt werden, die man mancherorts noch vor dem Kopf trägt. Für meine Person behalte ich mir jedenfalls vor, ohne sie auszukommen.« Zu Morlock, der in steifer Haltung am Tisch saß, sagte er: »Ich bin alt genug, um mir eine eigene Meinung bilden zu können. Der Herr General übrigens auch; ich kenne ihn zufällig sehr gut.«

Er stand auf, ging zum Fenster und blieb eine Weile mit abgewandtem Gesicht stehen. Mit einer Mischung von Bewunderung und Unbehagen blickte Kiesel auf seinen breiten Rücken und von dort in das dunkelrote Gesicht von Hauptmann Morlock. Ehe sich aber einer der Offiziere dazu aufraffen konnte, die peinliche Stille zu beenden, drehte sich Strauß plötzlich um, ging mit drei großen Schritten zum Tisch, nahm seinen Feldstecher und lief zum Fenster zurück. Die Offiziere beobachteten verständnislos und beunruhigt zugleich, wie er das Glas an die Augen preßte und regungslos hinausschaute. Kiesel dachte zuerst an Flugzeuge, konnte aber kein Geräusch hören, das darauf schließen ließ. Er war bereits entschlossen, sich Gewißheit über das merkwürdige Verhalten des Kommandeurs zu verschaffen, als dieser das Glas sinken ließ und sich mit einem verwunderten Gesichtsausdruck umdrehte. Zu Kiesels Enttäuschung gab er jedoch keine Erklärung, sondern sagte zu Hauptmann Killius: »Falls Sie unterwegs zufällig Herrn Stransky begegnen sollten, so erzählen Sie ihm bitte nichts von seiner Versetzung. Ich möchte ihn damit überraschen.«

»Selbstverständlich«, sagte Killius und stand auf. Auch Hauptmann Morlock stand auf. »Wollten Sie nicht noch über Herrn Stransky mit mir reden?« sagte er zu Kiesel. Ehe dieser antworten konnte, schaltete Strauß sich ein: »Hat sich für den Augenblick erledigt.« Er richtete das Wort an Kiesel: »Bringen Sie die Herren zum Wagen.«

Er verabschiedete sich nur mit einem Kopfnicken von ihnen. Als sie draußen waren, beobachtete er vom Fenster aus, wie sie in den Wagen stiegen und davonfuhren.

Gleich darauf kam Kiesel wieder herein. Sein Gesicht wirkte mehr verständnislos als verärgert, als er sagte: »Vielleicht erlauben Sie mir eine Frage?«

»Das weiß ich noch nicht«, sagte Strauß und setzte sich auf seinen Stuhl. Er streckte seine kräftigen Beine von sich und blickte Kiesel merkwürdig an. »Worum handelt es sich?«

»Um Herrn Stransky.«

Strauß nickte, als hätte er nichts anderes erwartet: »Genau darauf werde ich Ihnen voraussichtlich keine Antwort geben.«

»Dann möchte ich Sie bitten«, sagte Kiesel, »mich mit der Führung des dritten Bataillons zu beauftragen.«

»Abgelehnt«, sagte Strauß. »Nicht etwa, weil Sie unersetzlich wären. Ich möchte lediglich vermeiden, vielleicht einen Mann wie Morlock zugewiesen zu bekommen. An Sie habe ich mich inzwischen gewöhnt, und ich kann das gleiche auch von Ihnen verlangen. Bin ich Ihnen plötzlich unsympathisch geworden?«

Kiesel setzte sich verdrossen an den Tisch. »In diesem Fall könnte ich mich damit trösten, daß ich spätestens nach der nächsten Unterhaltung zwischen Ihnen und Herrn Morlock ohnedies einen anderen Kommandeur bekommen werde.«

»Angst?« fragte Strauß lauernd. Kiesel zuckte ungeduldig mit den Schultern. »Man hat nur um seiner selbst willen Angst. Es ist schließlich nicht mein Kopf, um den Sie sich reden.«

Strauß grinste. »Als Regimentskommandeur genießt man einige Narrenfreiheit.« Er wurde unvermittelt ernst. »Was haben Sie von Steiner erfahren?«

»Nur eine Bestätigung dessen, was wir bereits wissen«, sagte Kiesel. Es entsprach zwar nicht ganz den Gegebenheiten, aber wenn Strauß es für richtiger hielt, ihn über seine Absichten in dieser Sache im unklaren zu lassen, so hatte er, Kiesel, auch keinen Grund, ihm mehr zu erzählen, als unbedingt erforderlich war. Trotzdem konnte er es nicht unterdrücken, noch hinzuzufügen: »Vielleicht ist es besser, Sie hören ihn selbst einmal an.«

»Warum?«

Kiesel zögerte ein wenig. »Ich habe das Gefühl, als versuchte Steiner schon wieder, Stransky zu decken.«

»Das glaube ich nicht«, sagte Strauß. »Wo ist Steiner jetzt?«

»Im Haus gegenüber; er sagte es wenigstens.«

»Und was tut er dort?«

Kiesel zuckte mit den Schultern. »Ich habe ihm empfohlen, sich hinzulegen. Er hat seit achtundvierzig Stunden nicht mehr geschlafen.«

»Ich auch nicht«, sagte Strauß. »Weiß er zufällig, daß Stransky hierherkommt?«

»Das ist möglich«, Kiesel überlegte. »Ja, ich erinnere mich. Ich habe es ihm selbst gesagt.«

»Sie haben es ihm selbst gesagt!« sagte Strauß. Er blickte eine Weile mit halbgeschlossenen Augen in sein verständnisloses Gesicht, dann fing er plötzlich an, lautlos zu lachen. Sein großer Körper zuckte wie unter Krämpfen, aber er wurde wieder so unvermittelt ernst, daß Kiesel der Veränderung seines Gesichts kaum folgen konnte. Er beugte sich über den Tisch und sagte leise: »Ich habe Ihnen heute früh gesagt, daß Sie labil sind, Kiesel, aber Sie sind nicht nur labil, Sie sind auch naiv. Soll ich Ihnen verraten, wen ich vorhin durch den Feldstecher beobachtet habe? Ich habe einen Mann beobachtet, der, um nicht aufzufallen, auf dem Bauch durch den Dreck die Höhe hinaufgekrochen ist, und muß ich Ihnen auch noch verraten, um wen es sich dabei gehandelt hat?«

Kiesel stand unwillkürlich auf. Es war, als könnte er plötzlich mit geschlossenen Augen sehen, aber Strauß ließ ihm keine Zeit für eine Antwort, er sagte spöttisch: »Was sind Sie doch für ein Narr, Kiesel. Steiner ist ein Produkt unserer Zeit. Können Sie sich noch entsinnen, was ich Ihnen über die Gerechtigkeit gesagt habe? Ein Mann wie Steiner ist durchaus in der Lage, die Vorsehung zu korrigieren, wenn sich der Himmel als Stümper erweisen sollte, und er wäre ein genauso großer Narr wie Sie, wenn er seine irdischen Möglichkeiten im Vertrauen auf die himmlische Gerechtigkeit ungenutzt ließe. Es wird Zeit, daß Sie sich endlich damit abfinden.«

»Nicht in jedem Fall«, sagte Kiesel und wandte sich der Tür zu.

»Bleiben Sie hier!« sagte Strauß scharf. Kiesel blieb stehen. Der Kommandeur musterte ihn kühl. »Vielleicht sind Sie doch nicht ganz so naiv, wie ich angenommen hatte, aber ich brauche Sie hier. Wir müssen die Marschrouten für die Bataillone festlegen.«

»Sie machen sich mitschuldig!« sagte Kiesel blaß.

Strauß grinste dünn. »Ich stehe gerade im Begriff, mein Regiment in einen Sack zu führen, aus dem es nach menschlichem Ermessen nicht mehr herauskommen wird. Von welcher Schuld reden Sie eigentlich?«

»Das eine ist keine Rechtfertigung für das andere.«

»Vor wem muß ich mich rechtfertigen? Vor Ihnen etwa?«

Als Kiesel keine Antwort gab, griff Strauß nach den Karten auf dem Tisch. »Ich kann es mir nicht leisten, mich mit Hypothesen aufzuhalten, solange ich hier über wichtige Tatsachen zu entscheiden habe. Gehen wir an die Arbeit!«

Es war zwanzig Minuten vor neun, als in der Ferne ein dunkler Punkt über den Horizont kroch und langsam näher kam. Es dauerte aber noch eine Weile, bis Steiner sicher war, daß er sich auf der Straße bewegte, deren graues Band sich so verlassen über das wellige Gelände hinzog, daß selbst die Telegrafenmasten wie sinnlos in die Erde gesteckte Pfähle wirkten. Er blickte ihm, ohne sich von der Stelle zu bewegen, entgegen. Obwohl er auch jetzt nicht viel mehr als die Umrisse eines Mannes erkennen konnte, der sich in einem fast schneckenhaften Tempo näherte, oft unbeweglich auf der Stelle zu verharren schien, glaubte er doch bereits Stransky zu identifizieren. Er wartete noch, bis auch der letzte Zweifel beseitigt war, dann kroch er auf dem Bauch ein Stück in die Mulde zurück und blieb wieder ruhig liegen. Es war bereits sehr warm in der Sonne, er fühlte sein Hemd an der Haut kleben, sein Gesicht war von einer dünnen Schweißschicht überzogen, die salzig in seine Mundwinkel kroch und in seinen Augen brannte. Er legte die Hände auf den öligen Stahl der Maschinenpistole und schob den Sicherungsflügel zurück.

Nun, da die Begegnung unmittelbar bevorstand, fühlte er sich auf eine ihn lähmende Art unsicher. Alles, was ihn in der letzten halben Stunde bewegt und hierhergetrieben hatte, erschien ihm plötzlich sinnlos, unwirklich und unbefriedigend. Er wußte nicht einmal mehr, ob sein Wunsch, Stransky zu töten, nur ein vager Einfall oder ein konkreter Teil dessen war, was ihn seit Schnurrbarts Tod beschäftigt hatte. Er wußte nur, daß es ihn genausowenig Überwindung kosten würde wie immer, wenn er in den vergangenen Jahren gezwungen gewesen war, auf einen wildfremden Mann zu schießen, aus Notwehr, aus Angst, aus Selbsterhaltungstrieb. Er brauchte nur den Drücker durchzuziehen; es war keine große Sache. Aber es wäre in diesem Falle vielleicht etwas Nützliches, und weil es vielleicht nützlich wäre, weil er in seinem Leben unzählige Dinge getan hatte, die weniger nützlich waren, und weil er nun schon einmal hier im Sand lag und Stransky inzwischen bis auf etwa zweihundert Schritte herangekommen war, wäre es vielleicht unsinnig gewesen, es nicht zu tun. Genauso unsinnig wie der ganze Krieg.

Dann sah er, daß Stransky nicht allein war. Seitlich von ihm wurde die Gestalt eines Mannes sichtbar, der während der ganzen Zeit hinter Stransky hermarschiert sein mußte. Vielleicht sein Putzer oder ein Melder, der ihn zum Regimentsgefechtsstand begleitete; Steiner kannte ihn nicht, aber es änderte alles. In seinem Schock darüber, daß er diese Möglichkeit nicht in seine Überlegungen einbezogen hatte, wurde ihm aber auch bewußt, wie endgültig seine Entscheidung bereits gewesen war. Jedenfalls endgültiger, als er sich selbst gegenüber eingestanden hatte, und wenn das so war, wenn es nur noch an dem unerwarteten Begleiter Stranskys liegen sollte, an einem Mann, der ihm genauso gleichgültig war wie die anderen, die zufällig keine deutschen, sondern andere Uniformen getragen hatten ...

Er dachte es nicht zu Ende, aber während er ihnen entgegenschaute, während er im Sand auf dem flachen Hügel lag und der Schweiß ihm wieder in den Augen brannte, fühlte er sich nicht viel anders als in einem Schützenloch, wenn aus dem Niemandsland ein verdächtiges Geräusch an seinen Ohren drang.

Stransky marschierte mit großen Schritten, die rechte Faust in die Hüfte gestützt, sein Begleiter mit hängendem Kopf und stumpfsinnig einhertrottend. Etwas in seiner Haltung ließ Steiner zögern. Es war ein Mann wie alle anderen auch, mit einem Gesicht wie alle Gesichter, die seit vielen Monaten zu einem festen Bestandteil seiner Umgebung geworden waren, hager, müde und gleichgültig. Seine Arme pendelten am Körper, der nur widerwillig den Bewegungen der Beine zu folgen schien. Steiner sah eine staubige, zerknitterte

Uniform, ohne Rangabzeichen, eine Schildmütze, unter der einige zerzauste Haarsträhnen hervorschauten. Den Karabiner trug der Mann quer über dem Rücken. Bei jedem Schritt wirbelten kleine Staubwolken von der Straße auf, seine Stiefel sahen aus, als wäre er durch Kreide gewatet.

Während Steiner ihnen entgegenschaute, schien es ihm plötzlich, als ob in der flimmernden Sonne ihre Körper zu einem verschmolzen. Zu dem Körper eines müden, gleichgültigen und hoffnungslosen Mannes auf einer Straße ohne Ende. Und je länger er in das Gesicht des einen Mannes auf der Straße starrte, desto vertrauter erschien es ihm, und plötzlich sah er, daß es Dietz war, und doch wiederum nicht Dietz, sondern Dorn und Hollerbach und . . .

Nur ein Teil seines Bewußtseins registrierte die Bewegung, die ihn auf die Beine stellte und zur Straße trug. Dann war die Wirklichkeit wieder da. Stransky stand vor ihm. Sie starrten einander an, unbeweglich wie die Telegrafenstangen in ihrem Rücken, und es lagen nicht mehr als zehn Schritte zwischen ihnen.

Stransky sah nur Steiners Gesicht, eine weiße Scheibe in der Sonne, ein Gesicht ohne Haut und Knochen, die furchteinflößende Fratze eines Verrückten, eine andere Erklärung gab es dafür nicht. Dann sah er auch die Maschinenpistole, und er machte keinen Versuch, nach seiner eigenen Waffe zu greifen. Er dachte auch nicht mehr an seinen Begleiter, der neben ihm stand und in starrer Verwunderung den Mund geöffnet hielt. Stransky dachte nur, daß der Mann vor ihm endgültig den Verstand verloren haben mußte, und er rannte ganz einfach los. Er nahm die rechte Faust von der Hüfte und rannte Hals über Kopf auf der Straße weiter.

Steiner sah ihm regungslos nach. Aus den Augenwinkeln beobachtete er, wie sich auch Stranskys Begleiter in Bewegung setzte und hinter dem Kommandeur herrannte, daß der Staub unter seinen Stiefeln aufwirbelte. Er sah sie beide auf der staubigen Straße rennen und immer kleiner werden.

Sie werden es nicht schaffen, dachte er.

Stransky blieb erst wieder stehen, als er stolperte und seine Brust wie unter glühenden Nadelstichen schmerzte. Er blickte zurück und sah seinen Burschen wie ein lahmendes Pferd mit wippendem Kopf näher kommen. Hinter ihm lag die Straße leer in der Sonne, und Stransky fühlte sich einen Augenblick versucht, an eine Halluzination zu glauben, aber das war keine Halluzination gewesen, er hatte das Bild noch zu deutlich vor Augen, und er würde es auch nie vergessen können. Er merkte, daß er am ganzen Körper zitterte, und er preßte die Hände gegen die Brust, hinter der ein Herz in unregelmäßigen Schlägen hämmerte. Noch halb betäubt vor Angst blickte er seinem Burschen entgegen, der inzwischen sein Tempo verringert hatte und schwerfällig heranstolperte. Stransky glaubte in seinen Augen ein mit Verachtung gemischtes Staunen zu erkennen, und jetzt erst kam ihm fast blitzartig zum Bewußtsein, wie unglaublich lächerlich er sich benommen hatte.

Er drehte sich rasch um und ging mit großen Schritten weiter. Je länger er über den Zwischenfall nachdachte, je öfter er sich vor Augen führte, wie er vor Steiner davongelaufen war, ohne ihm beweisen zu können, daß hinter dieser ganzen Sache mehr steckte als nur eine zufällige Begegnung, desto deprimierter fühlte er sich. Er hätte jetzt vor Wut und Scham heulen mögen, aber selbst das konnte er nicht mehr. Auch der Gedanke an die bevorstehende unangenehme Unterhaltung mit Strauß löste kein Empfinden mehr in ihm aus. Ihm war, als sei er psychisch steril geworden.

Als er den Regimentsgefechtsstand erreichte, ließ er seinen Burschen vor der Tür warten. Im Flur traf er auf Kiesel, der bei seinem Anblick stehenblieb und ihn mit einem Ausdruck so grenzenloser Verblüffung anstarrte, daß Stransky unwillkürlich an sich hinabschaute. Ehe er aber eine Erklärung für den merkwürdigen Empfang fand, öffnete Kiesel mit einer Hand eine Tür, faßte mit der anderen Stransky beim Arm und schob ihn in das Zimmer. »Sie haben Herrn Stransky für neun Uhr zu sich bestellt, Herr Oberstleutnant«, sagte er. »Hier ist er.«

Strauß sah von seiner Arbeit auf. Sein Blick ruhte ein paar Sekunden ungläubig in Stranskys Gesicht, dann stand er auf, ging zum Fenster und betrachtete die Häuser auf der anderen Seite. Als er sich wieder umdrehte, klang seine Stimme vollkommen ruhig. »Haben Sie unterwegs Herrn Morlock getroffen?«

Stransky befeuchtete sich mit der Zunge die trockenen Lippen. »Nein, Herr Oberstleutnant. Wir sind . . .«

»Wer: wir?« fragte Strauß rasch.

»Mein Bursche und ich«, sagte Stransky. Strauß musterte ihn von oben bis unten. Dann setzte er sich wieder hin und blickte Kiesel an, der lächelnd an der Tür stand. »Sie haben zuviel Phantasie«, sagte Strauß zu ihm. Zu Stransky sagte er: »Hauptmann Morlock hatte einen Offizier bei sich, der Ihr Bataillon übernehmen wird. Ich dachte, Sie wären ihnen unterwegs begegnet. Haben Sie zufällig Oberfeldwebel Steiner gesehen?«

Stransky starrte ihn stumm an und schluckte.

»Nicht?« fragte Strauß. Dann schien ihm etwas aufzufallen. Er lehnte sich im Stuhl zurück und fragte: »Wo haben Sie Ihren Burschen gelassen?«

»Er wartet vor der Tür«, sagte Stransky undeutlich.

Strauß betrachtete ihn nachdenklich, dann wandte er sich an Kiesel: »Holen Sie den Mann herein!«

Es war das Ende; Stransky wußte es, und es gab keine Möglichkeit, es zu verhindern. Am liebsten wäre er einfach zur Tür hinausgelaufen, aber auch dafür war es zu spät: Kiesel kam mit seinem Burschen zurück. Der Mann wirkte verstört und blickte den Kommandeur an, der zuerst seine staubigen Schuhe und dann sein Gesicht musterte. »Wie heißen Sie?« fragte er.

Der Mann schlug die Hacken zusammen. »Soldat Fritz, Herr Oberstleutnant.«

»Schön, Soldat Fritz«, sagte Strauß. »Jetzt erzählen Sie mir einmal, was unterwegs passiert ist, aber alles, sonst kriegen Sie es mit mir zu tun, verstanden?«

»Jawohl!« sagte der Mann erschrocken.

Kiesel, der keine Ahnung hatte, worauf der Kommandeur hinauswollte, blickte rasch zu Stransky. Als er sein totenblasses Gesicht sah, kam ihm ein Verdacht. Er beobachtete, wie Stranskys Bursche ein paarmal zum Reden ansetzte. Schließlich sagte er: »Er stand eben auf einmal an der Straße.«

»Wer?« fragte Strauß.

»Der Oberfeldwebel«, sagte der Mann. »Er stand da und hatte seine Maschinenpistole in der Hand, und da ist der Herr Hauptmann abgehauen.«

Strauß beugte sich etwas über den Tisch. »Abgehauen?«

Der Mann nickte unsicher. »Er ist eben gelaufen, und ich bin dann auch gelaufen, ich weiß nicht ...« Er verstummte und sah Stransky an, der halb die Augen geschlossen hatte und mit farblosem Gesicht durch das Fenster schaute. Strauß fragte: »Und weshalb sind Sie davongelaufen?«

Der Mann hob ratlos die Schultern. »Der Oberfeldwebel hat die Maschinenpistole so komisch gehalten.«

»Hat er geschossen?«

»Nein, nein«, sagte Stranskys Bursche hastig. »Es war doch ein Oberfeldwebel von uns. Der hat doch nicht schießen können!«

»Natürlich nicht«, sagte Strauß. »Sie können zu Ihrem Bataillon zurückkehren, der Herr Hauptmann braucht Sie nicht mehr.« Er warf Kiesel, der fassungslos zugehört hatte, einen undeutbaren Blick zu und wartete, bis Stranskys Bursche draußen war. Kiesel beobachtete atemlos, wie der Kommandeur Stranskys Versetzungspapiere in die Hand nahm. Mit einer unnachahmlichen Geste, die Widerwillen, Verachtung und Resignation zugleich ausdrückte, warf er sie Stransky vor die Füße. »Lesen Sie es draußen«, sagte er. »Ich will Sie hier nicht länger sehen, Sie kleiner Scheißer!«

Stransky starrte mit offenem Mund in ein steinernes Gesicht. Als er sich nicht rührte, wandte sich Strauß an Kiesel: »Machen Sie ihm die Tür auf!«

Kiesel gehorchte. Er hätte Strauß dafür umarmen können. Als Stransky das Papier aufhob und zur Tür ging, taumelte er. In dieser Sekunde tat er Kiesel fast leid. Er machte die Tür hinter ihm zu und fragte: »Wie sind Sie nur darauf gekommen?«

»Ich habe an Steiner gedacht«, sagte Strauß. Er ging zum Fenster und beobachtete Stransky, der mit steifen Bewegungen die Straße überquerte; er schaute kein einziges Mal zurück.

»Was mir nicht ganz in den Kopf will«, sagte Strauß, »ist, daß ausgerechnet diese Kreatur davonkommt.«

»Warum sagen Sie das?« fragte Kiesel. Strauß drehte sich nach ihm um. »Sie wissen so gut wie ich, was auf uns wartet. Wenn die Division die Landenge von Perekop halten soll, ist sie erledigt.«

»Bis heute hatten wir Glück«, sagte Kiesel, aber er hatte ebensowenig Illusionen wie Strauß. Seit Hauptmann Morlock den neuen Einsatzbefehl gebracht hatte, war zwischen ihm und Strauß nicht mehr darüber gesprochen worden.

Strauß setzte sich schwerfällig an den Tisch. »Reden Sie keinen Unsinn«, sagte er müde. »Glück kann man nur haben, wenn man wenigstens eine Chance hat. Wenn Hitler die Krim nicht aufgeben will, ist das wie Stalingrad. Nur mit dem Unterschied, daß die 6. Armee noch Land im Rücken hatte; wir haben nur Wasser im Rücken.«

Kiesel schwieg. Er ging zum Fenster und blickte auf die Straße. In den letzten Monaten hatte er sich oft mit der Frage beschäftigt, wo die letzte Station der Division einmal liegen würde, aber an die Krim hatte er nie gedacht. Er hob den Blick über die Häuser zu den kahlen Rändern der Schlucht, hinter denen das Blau des Himmels leuchtete. Er hatte plötzlich das Gefühl, ersticken zu müssen, und atmete tief durch. Das Geräusch drang bis zu Strauß, der sich nach ihm umschaute und fragte: »Was haben Sie?« Als Kiesel keine Antwort gab, griff er nach einer Karte und sagte: »Wir haben unser Konto überzogen, das ist alles. Übrigens braucht das, was auf der Krim passiert, nicht Ihre Sorge zu sein.«

Kiesel drehte sich rasch um. »Was heißt das?«

»Das heißt«, sagte Strauß, während er die Karte studierte, »daß ich Sie, bevor es soweit ist, in Urlaub schicken werde.«

»Das ist doch nicht Ihr Ernst?«

Strauß ließ die Karte sinken und wandte ihm das Gesicht zu. Seine Augen sahen aus, als hätte sich plötzlich eine harte Schale über die Pupillen geschoben. »Was ich sage, Kiesel, ist immer viel ernster gemeint, als Sie glauben. Ich werde Sie vorher in Urlaub schicken, ich sehe keine Möglichkeit für Sie, es zu verhindern.«

»Vielleicht doch«, sagte Kiesel. Strauß lächelte. »Nicht gegen meinen Willen. Sehen Sie, Kiesel, Sie haben mich in der Vergangenheit schon so oft falsch eingeschätzt, daß es auch auf dieses eine Mal nicht mehr ankäme, aber wenn ich mich schon von Ihnen trennen muß, dann sollen Sie wenigstens wissen, warum. Sie kennen doch die Geschichte von Noah. Er baute die Arche und rettete sich und seine Familie vor der Sintflut. Er hat beides gerettet: das Gute wie das Böse. Das gleiche versuche ich auch. Ich habe dem Bösen, in diesem besonderen Fall Stransky, eine Chance gegeben, und ich werde auch dem Guten eine Chance geben, und keine Macht der Welt wird mich daran hindern.«

Kiesel blickte ihn atemlos an. Nach einer Pause sagte er: »Sie übersehen nur eines. Sie übersehen, daß Noah sich selbst mit der Arche gerettet hat.«

»Noah war auch kein Regimentskommandeur«, sagte Strauß. Dann wurde er sachlich. »Wir haben vor der Sintflut noch eine Menge zu erledigen. Was das zweite Bataillon betrifft, so wird es . . .«

»Einen Augenblick noch!« sagte Kiesel. Er kam zu ihm an den Tisch und sagte: »Sie haben Steiner vergessen.«

Strauß nickte. »Ich habe ihn nicht vergessen; Steiner ist ein Fall für sich. Wie spät ist es?«

Kiesel blickte auf seine Uhr. »Fünf vor zehn.«

»Stellen Sie fest, wo er steckt«, sagte Strauß. »Und noch etwas: Ich möchte unsere Herren darauf vorbereiten, was uns auf der Krim bevorsteht. Ich erwarte sie um elf Uhr hinter dem Haus, auch Herrn Gollhofer.«

»Jawohl«, sagte Kiesel und ging hinaus. In den nächsten fünfundvierzig Minuten schrieb Strauß drei Briefe. Er war noch damit beschäftigt, als Kiesel zurückkam. »Ich habe soeben mit Herrn Killius telefoniert«, sagte er. In seiner Stimme war ein Ton, der Strauß aufmerken ließ. Er schob die Briefe auf die Seite und blickte in sein Gesicht.

»Steiner wurde vor zehn Minuten durch eine russische Granate schwer verwundet«, sagte Kiesel. »Herr Killius hat es eben von der zweiten Kompanie erfahren.«

»So«, sagte Strauß. Er betrachtete seine großen Hände. »Hatten Sie ihm nicht befohlen, in der Nähe zu bleiben?«

»Ausdrücklich«, sagte Kiesel. Strauß lächelte. »Ich habe Ihnen vorhin gesagt, daß Steiner ein Fall für sich ist, und ich bin jetzt froh, daß ich nicht auf Sie gehört habe. Sind die Herren schon versammelt?«

»Ich sehe nach«, sagte Kiesel.

Als er draußen war, stand Strauß auf und trat an das Fenster. Er verschränkte die Hände auf dem Rücken und hielt das Gesicht in die Sonne, die schräg über der Schlucht stand. Stern und Blume, dachte Strauß. Stern und Blume. Es war vormittags zehn Uhr, und die gegenüberliegende Höhe war kahl wie ein Brett, aber Strauß dachte immer nur: Stern und Blume.

Aus der Ferne rollten irgendwoher einige dumpfe Schläge über den Himmel. Strauß hatte sie nicht gehört. Er verspürte eine leere und sanfte Zufriedenheit, wie Menschen sie empfinden, die ihr Leben geordnet und ihre Wege abgesteckt haben. Es blieb nichts mehr zu tun, als zu warten. Hinter ihm wurde die Tür geöffnet, er hörte Kiesel sagen: »Die Herren sind angetreten.«

Strauß drehte sich um. Er blickte ein paar Sekunden in das blasse Gesicht des Hauptmanns, dann ging er zum Tisch, steckte die Briefe in seine Tasche und sagte: »In Gottes Namen.«

Das Bataillon hatte seine letzten Stellungen im Brückenkopf bezogen. Die zweite Kompanie lag am Ostausgang des Tunnels. Während die meisten Männer im Tunnel lagen und schliefen, saßen Schulz, Krüger und Kiefer dicht am Tunnelausgang und unterhielten sich halblaut miteinander. »Glaube nicht, daß die Russen vor heute abend kommen«, sagte Schulz. Sie pflastern nur schon mit ihrer Ari in die Gegend. Laßt euch nicht zu oft draußen sehen. Sie haben sich auf den Tunnel eingeschossen.«

»Meinetwegen«, sagte Krüger. Er und Kiefer waren erst vor fünf Minuten zurückgekommen. Sie hatten Schnurrbart nur ein kurzes Stück zu tragen brauchen. Am Tunnel hatten bereits die Verpflegungsfahrzeuge auf sie gewartet. Sie hatten ihn auf einen Wagen geladen und zu Fetscher geschafft.

Krüger hatte seine Socken ausgezogen und stieß jetzt die Faust durch ein großes Loch in der Ferse. »Seht euch das an!« sagte er.

»Tu den Stinksocken weg!« sagte Schulz angewidert. »Warum zeigst du ihn nicht dem Oberzahlmeister?«

»Seit ich in Rußland bin«, sagte Krüger, »habe ich keinen Oberzahlmeister mehr gesehen. Die Säue verschieben sogar unsere Socken, sag' ich euch. Hat keiner von euch ein Paar übrig?«

»Könnte selbst welche brauchen«, sagte Schulz. »Warum hast du Fetscher nicht gefragt?«

Krüger winkte mürrisch ab. »Hättest sein Gesicht sehen sollen, als wir mit Schnurrbart ankamen. Lieber laufe ich in meinen alten Socken 'rum.« Er blickte durch den Tunnelausgang in den sonnigen Oktobertag.

»Wo habt ihr ihn begraben?« fragte Schulz.

Das Gesicht des Ostpreußen verhärtete sich. »Standen ein paar Bäume da«, sagte er kurz.

Schulz betrachtete ein schweres Maschinengewehr, das auf dem Bahnkörper stand. Die Männer lagen daneben zwischen den Gleisen und blickten unverwandt nach Osten. »Das Neueste wißt ihr noch gar nicht«, sagte Schulz. »Wir haben einen anderen Bataillonskommandeur bekommen; Stransky wurde abgelöst.«

»Wer sagt das?« fragte Krüger schnell.

»Hat vorhin angerufen«, sagte Schulz. »Ein Hauptmann Killius; will vorkommen und sich die Stellungen anschauen. Vielleicht bringt er auch gleich einen neuen Kompanieführer mit.«

»Das ist komisch«, murmelte Krüger geistesabwesend. Schulz nickte. »Habe ich mir auch gesagt.« Er gähnte. »Wird der gleiche Schleifer sein wie Stransky. Kommt nie was Besseres nach.« Sein Gesicht wurde besorgt. »Hoffentlich halten die Kerls dicht. Wenn einer dumm daherredet, gibt's Stunk.«

Krüger, der die überraschende Ablösung Stranskys noch immer nicht ganz verarbeitet hatte, wandte ihm zerstreut das Gesicht zu.

»Wieso?«

»Ich denke an Striebig.«

»Und?« fragte Krüger. Als Schulz schwieg, beugte er sich zu ihm hinüber. »Ich weiß nur, daß ihm eine russische Handgranate vor die Füße gefallen ist. Weißt du mehr?«

»Ich nicht.«

»Andere wohl auch nicht«, sagte Krüger ruhig. »Sonst schickst du sie zu mir.« Er richtete das Wort an Kiefer, der die Augen halb geschlossen hielt; sein Gesicht war unbewegt wie immer. »Du hast neben mir gestanden, als es passiert ist«, sagte Krüger. »Hast du was anderes gesehen?«

Kiefer schwieg.

»Hat er überhaupt eine Stimme?« fragte Schulz grinsend. »Habe ihn noch nie reden hören.«

Krüger grinste auch. »In Königsberg kannte ich ein Mädchen, das genausoviel redete wie er.«

»Hat seine Vorzüge«, sagte Schulz und gähnte wieder. »Muß mich eine halbe Stunde hinhauen, bevor der neue EK-Jäger eintrifft. Weckt mich, wenn er kommt.«

Er stand auf und ging zu den anderen Männern im Tunnel.

»Er wird nicht der einzige sein, der es nicht vergessen hat«, sagte Kiefer. Krüger blickte rasch in sein Gesicht. »Hast du was gehört?«

»Im Augenblick sind sie zu erledigt«, sagte Kiefer. »Steiner hätte es nicht tun sollen.«

»Warum nicht?«

Kiefer sah ihn an. »Es hätte genügt, wenn er die Sache gemeldet hätte.«

»Weißt du, was passiert, wenn ein Oberfeldwebel einen Leutnant meldet?«

»Ich weiß nur, was im Fabrikkeller passiert ist«, sagte Kiefer und stand auf. Er ging zu den Männern des MG-Trupps. Der Höhenzug über dem Tunnel stieg mit seinen kahlen Lehmhängen fast senkrecht an. In halber Höhe des Hanges standen einige Männer bis zur Brust in Schützenlöchern und beobachteten das Gelände vor dem Tunnel. Kiefer wechselte einige Worte mit der MG-Bedienung und wollte sich wieder dem Tunnel zuwenden, als einer der Männer in den Schützenlöchern herunterrief: »Da kommt einer! Muß aber einer von uns sein.«

Kiefer drehte sich rasch um und blickte über den Bahnkörper nach Osten. Die Gleise blitzten in der Sonne und verschmolzen in der Ferne zu einem silbrigen Band, das schnurgerade in den blauen Himmel zu führen schien. »Nicht von dort!« sagte der Mann von oben. »Er kommt von der Straße.«

Kiefer, der sofort an Steiner gedacht hatte, wandte sich nach rechts. Hier stieg das Gelände etwas an. Auf einem kleinen Hügel waren Reben angepflanzt, und hinter dem Hügel führte die Straße vorbei. Als Kiefer die Kuppe des Hügels erreicht hatte, sah er Steiner auf der Straße marschieren. Er rief ihn an und wartete, bis er heraufkam. »Wieso kommst du von den Russen?« fragte er ihn.

Steiner grinste. »Habe keinen gesehen. Du?«

»Sie hätten genausogut schon hier sein können«, sagte Kiefer. »Ich denke, du kommst vom Regiment?«

»Wußte nicht mehr genau, wo ihr liegt«, sagte Steiner. »Bin einfach den gleichen Weg zurückgegangen. Wo ist Krüger?«

»Im Tunnel«, sagte Kiefer.

Während sie nebeneinander den Hügel hinabstiegen, fragte Steiner: »Was ist mit Schnurrbart?«

»Erledigt«, sagte Kiefer.

Sie hatten jetzt den Bahnkörper erreicht und kletterten hinauf. Steiner hörte die Granaten noch kommen, bevor ihn die schwarze Rauchwolke verschluckte und er wie ein Brett zu Boden klatschte. Er brüllte nur einmal kurz auf.

Aus dem Tunnel kamen einige Männer gelaufen und schleppten ihn zurück. Er öffnete die Augen und sah Krügers Gesicht über sich. »Da bist du ja!« sagte er.

»Ja«, sagte Krüger. »Ich hatte schon Angst, du wärst hinüber.« Er weinte.

»Warum heulst du?« fragte Steiner überrascht.

»Ich heule nicht«, sagte Krüger und drehte das Gesicht weg.

»Natürlich heulst du«, sagte Steiner. »Wo hat es mich erwischt?« Es waren jetzt noch mehr Gesichter über ihm, er sagte: »Verschwindet.« Dann fiel ihm auf, daß Krüger seine Frage nicht beantwortet hatte. Er versuchte ein Grinsen und sagte:»Ist mein Hintern weg?«

»Dein Hintern nicht«, sagte Krüger.

Steiner versuchte vergeblich, die Arme zu bewegen. Da er auch keine Schmerzen spürte, wurde er ungeduldig, er richtete den Oberkörper ein wenig auf, aber Krüger hielt ihn fest und sagte:

»Bleib ruhig liegen; sie werden dich gleich holen.«

»Die Totengräber?« fragte Steiner. Er fühlte, daß ihm etwas Feuchtes aus dem Mund lief, und er wußte, daß es Blut war. Die Lunge, dachte er. Plötzlich spürte er auch Schmerzen, sie waren überall, im Rücken, in der Brust, in den Beinen, im Kopf, überall.

»Red keinen Mist«, sagte Krüger. »Die vom Revier werden dich holen.«

»Das ist das gleiche«, sagte Steiner.

»Ich würde gerne mit dir zum Verbandsplatz gehen«, sagte Krüger, »aber ich bin der letzte Unteroffizier in der Kompanie; Schulz läßt mich nicht weg.« Er blickte ungeduldig auf seine Armbanduhr. »Wo die nur so lange bleiben. Ist schon fünfzehn Minuten her.«

»Seit wann?« fragte Steiner.

»Seit es euch erwischt hat«, sagte Krüger. »Du warst zehn Minuten völlig weg. Ich hatte schon Angst, du wärst hinüber.«

Die Worte kamen Steiner irgendwie bekannt vor. Während er darüber nachdachte, hörte er ein Geräusch, als hätte man den Kopf eines brüllenden Mannes in eine Decke gewickelt. Er fragte:

»Was ist das?«

»Kiefer«, murmelte Krüger.

»Was ist mit Kiefer?« Als Krüger schwieg, öffnete Steiner die Augen und blickte in sein zuckendes Gesicht. »Was ist mit Kiefer?«

»Ich glaube, sie kommen«, sagte Krüger. Aus der Tiefe des Tunnels klang das Trampeln hastiger Schritte, jemand fragte: »Wo liegen die Verwundeten?«

»Hier!« sagte Krüger. Zu Steiner sagte er: »Seine Augen.«

»Was ist mit seinen Augen?«

»Weg«, sagte Krüger.

»Weg?«

»Beide weg«, sagte Krüger. Steiner starrte zu dem massiven Gewölbe des Tunnels. Er fühlte, wie er vom Boden gehoben und auf eine Bahre gelegt wurde. Dann war wieder Krügers Gesicht über ihm, und Steiner sagte: »Heul nicht.«

»Ich heule nicht«, sagte Krüger, während ihm das Wasser aus den Augen schoß.

»Du bist der letzte Unteroffizier«, sagte Steiner. Krüger nickte.

»Seid ihr fertig?« fragte eine Stimme.

Die Männer mit der Bahre setzten sich in Bewegung. Krüger lief noch einige Schritte neben Steiner her. »Wenn du zurückkommst«, sagte er, »kannst du mir wieder eine Flasche Parfüm mitbringen.« Es war an dieser Stelle des Tunnels immer noch so hell, daß er Steiners Gesicht sehen konnte, und er blieb plötzlich stehen und schrie: »Du heulst ja auch!«

Aber Steiner gab keine Antwort mehr. Mit geschlossenen Augen merkte er, wie es dunkel um ihn wurde. Dunkel und kühl. Plötzlich fror ihn. Er versuchte die Beine an den Leib zu ziehen, und er spürte wieder das Blut im Mund. Mist, dachte er. Das Blut floß ihm über die Lippen. Als er hustete, jagte ein Schmerz durch seinen Körper, der ihn aufstöhnen ließ. »Wir sind gleich am Sanka«, sagte eine Stimme über ihm. »Beiß noch etwas die Zähne zusammen.«

»Schon gut«, sagte Steiner.

Als er die Augen öffnete, sah er, wie dunkel es wirklich war. Wie in einem Grab, dachte er. Seine Zähne schlugen aufeinander, und er zitterte am ganzen Körper. Er hatte plötzlich Angst, daß es immer so dunkel bleiben könnte, so dunkel wie für Kiefer, der beide Augen verloren hatte. Es war so unvorstellbar, daß er für Sekunden seine eigenen Schmerzen vergaß und mit aufgerissenen Augen nach oben starrte, wo irgendwo das Gewölbe des Tunnels sein mußte. Und über dem Gewölbe der blaue Himmel. Aber für Kiefer gab es keinen blauen Himmel mehr und keine Sterne und keine grünen Bäume.

Eine Weile lag er wieder mit geschlossenen Augen und lauschte auf das bösartige Pochen in seiner Brust und in seinem Rücken. Er fühlte, wie die Wolldecke unter ihm feucht wurde von Blut, das unablässig aus dem zerrissenen Fleisch quoll.

Und es war ihm, als werde sein Körper immer leichter dabei. Von irgendwoher fiel ein Licht in seine Augen. Zuerst war es nur ein grauer Schimmer, der über sein Gesicht kroch und der sich allmählich in eine funkelnde Kugel verwandelte, die größer und größer wurde und schließlich einen solchen Glanz besaß, daß ihm vom Hinsehen die Augen schmerzten. Aber er wandte keinen Blick, und er bewegte unaufhörlich die Lippen.

So trugen sie ihn aus dem Tunnel ins Freie.

ENDE